首霸春秋

方机动

著

管仲

郑州大学出版社

目　录

第一章　管相新政

　　齐宫皋门外，偌大一片广场上，顿时官民云集，人山人海。但见广场中央，正冲城门之处，新竖起一支夺目的桓表来。那桓表不知采自何处的山野栋梁，直挺挺，圆溜溜，拔地而起，足高五丈，几与城墙相齐。一人展臂合抱犹有不足，通体被打磨得精光圆滑，抚之如玉；其顶端则架着一条横木，而柱身上又镌刻着四个红漆大字——"新政强齐"，耀日鲜明。如此南门一柱，气冲霄汉，齐人从未见过，更不解其中是何用意，当下个个惊奇称叹，交头接耳，一片私语嘈杂。人群中一个颇有见识的老伯，微笑着捋着白须道："昔日尧舜之时，于交通要道之处立上木柱，柱头则交于横木，以指示道路方向。此法至今于邮亭、馆舍、岔口之处依旧沿用之，称为桓表，又名桓木、表木。如今管相主政齐国，立此巨大桓表，乃是要为齐国指出一条金光大道啊！"

　　桓表确为管仲所立。临淄城始建于姜尚太公之时，严循周制，乃是一座大城套小城的回字形都城。小城便是专供齐侯居住的宫城，位于大城之中央，是全城核心所在。宫城前为朝，后为寝；朝有内朝、燕朝之分，寝有王寝、后寝之别，布局有序，尊卑严苛。单说这朝——宫城南北贯穿着一条中轴线，从北至南依次列有三朝：燕朝、内朝、外朝；三朝对应有三门：路门、应门、皋门。三朝三门之制——其中路门燕朝，乃是国君举行册命、接见大臣以及举行宴饮、燕射、议事等用。应门内朝，乃是国君与大臣日常处理政务,办公之用。皋门外朝位于宫城最前方,乃是一个国人广场,所谓"全民事于外朝",为举行仪式、祭祀活动、决断诉讼、处理民事的所在。皋门外最是开阔,左侧祖庙,右侧社庙,东西并峙,庄严肃穆。管仲特意在皋门之外、广场正中竖立如此一支桓表,足见深思熟虑,用心良苦。

众人嘈杂议论间,銮铃响处,从皋门中悠悠驶出一辆豪华的青铜马车来。驾车者双手持缰,口中不住高声喊道:"管相到——"车后随着一队威武的甲兵,皆操长戈,踏步而行。

"管相来了!管相来了——"无数百姓惊喜道。众人不约而同回望,又不约而同让道,人人都要争看新任齐国相国的威仪。但见管仲头戴玉冠,身披披风,腰悬铜剑,手抚栏杆,眼睛横扫一遍国民,又高高凝向桓表,昂然立于赭色车盖下,应着銮铃声响,如一阵暖风扑面而来。管仲魁梧俊美,年少之时便已力压春秋第一美男子公孙子都,如今年逾四旬,依旧面如冠玉,目若深泓,兼之颐下长须过胸,飘然若举,更显风神飘洒,气宇轩昂,恍如雪野之孤松,又如苍山之白鹤,又如大海之洪波,那些齐民个个看得呆了,都暗暗赞道:"好管相。"

马车从人群中穿过,驶到桓表跟前停下;管仲于车厢中,高高立于"新政强齐"四个大字之下,俯视着如蚁攒聚的齐民,拱手行了一揖,而后朗朗道:"我管夷吾,异国他邦之野民也!蒙齐侯恩遇,登坛拜相,托以举国重任。齐侯如此信任夷吾,夷吾则当仁不让,推行新政,富国强兵,以效死命!今在皋门之外立此桓表,镌刻'新政强齐'四大大字,此乃夷吾为相之志!——上报国君之所托,下答黎民之所负,唯鞠躬尽瘁而已。此桓表亦是万民心声之表,倘若夷吾为政不明,处事不正,行止不端,有负于相国重任;倘若新政不能富国强兵,徒令君民心冷;倘若夷吾言行不一,有负于今日之诺,举国之民,尽可以在此桓木上书写罪状,以警管仲!此桓表即夷吾也,夷吾于此桓表之下对齐国万民起誓:终我一生,倘不能富齐强齐,使齐国大出于天下,夷吾与此桓俱倒,断不苟延残喘!"

管仲慷慨激昂,引得眼前民众一片击掌喝彩,都欢呼道:"好管相!好管相!"只见管仲伸出右臂遏住呼声,又道:"自今日始,齐国推行管仲新政。本相新政的第一令便是：四民分居令。天下之民分为四属，一曰士，二曰农，三曰工，四曰商，四民职业不同，思想有异。如今四民杂处，混淆视听，见异思迁，于业不利。齐国将依据四民职业的不同划分不同的居住区域，使士人居住在闲静之地，使农人居住在田野之中，使工人居住在官府附近，使商人居住在市井地带，如此居住之地便是职业之所，人以类聚，业精于勤，朝夕相处之中，耳濡目染之间，皆是从业之术，其生存之道必然与日俱进！不出三载，民与民之间更为亲昵，业与业之间也更为精熟，四民安居乐业，国必兴旺繁荣！"

在民众的一片欢呼声中，有两名操戈的甲士将新政第一令的文书张贴在皋门之侧，上面公布着四民分居的具体细则与执行法规……

至此，齐国管相新政正式拉开帷幕。

三日后，管仲又发布了新农令。

又三日后，又发布了官山海令。

七日之间，连发三令。新政如雷轰一般，朝野骤然躁动，把个齐国搅得天翻地覆。齐桓公尊管仲为仲父，对其新政鼎力支持；而管仲的一腔热血、满腹经纶也终于得到了用武之地。齐桓公于临淄城中为管仲开设了相府，配备了甲兵卫队，又精选了一名得力亲随——国叔牛。国叔牛年方二十岁，精细干练，文书纯熟，乃是齐国国氏宗族中的一个年轻后辈，齐桓公念其德才兼备，可堪栽培，于是推荐其入了相府，做了管仲的左膀右臂。大司行公孙隰朋、大司马王子城父、大司田宁越、大司理宾须无、大谏官鲍叔牙，也一律归相府调遣，成为管仲辅弼、新政砥柱；一场轰轰烈烈的改革就这样在泰山之北卷地而起。然而改革旧弊，推行新法何其艰难，管仲也是万分谨慎，因势利导，或急或缓，分批分期，边走边看着一步一步地来。管仲以一个名不见经传的外邦野民，忽然从天而降，位居一国之相，统领朝野百官，且上任伊始，便又大刀阔斧，力推新政，今日改革旧制，明日推行新政，弄得齐国那些世卿贵胄难免不爽，不少人暗暗阻挠发难。这些绊脚之石管仲早有预料，只付之一笑，自信可以应付自如。管仲心中最大的担忧却是国君桓公，此君虽然雄才，只是血气方刚，年龄尚浅，真如子男一般，一旦禁不住挑唆，对新政丧失信心，那便是管仲灭顶之灾了。每每深虑至此，管仲不觉忧从中来。

又到了一年一度春耕时节。此年可谓齐国农民开天辟地之年,随着新农令的颁布,存在了四百余年的井田制在齐国彻底废除,农民从奴隶一转眼间变成了自由人;家家户户也都分到了田地,故而劳作的积极性可谓从古以来未有的高。依照往年惯例,齐桓公率领文武群臣,在临淄城西、系水岸边最为肥沃的田野上举行了隆重的春耕礼。礼毕,齐桓公特意要到民间视察春耕,于是管仲陪同,携着公孙隰朋、宁越、王子城父、宾须无、鲍叔牙一行数人沿着系水前行,边走边看。

时过惊蛰,乍暖还寒,虫鸟躁动,大雁南归,尽管还看不见浓绿,然而树木枝条皆变得柔韧,仿佛眨眼之间就要吐出新蕾;忽有东风吹过系水,平静的河面陡然生出一道道水波,你追我赶,尤若潮汐。岸边是一块一块连绵不断的农田,此起彼伏的牛哞声中,星星点点到处都是正在辛勤耕作的农夫——看得出来,人人都有一种完全不同于往昔的崭新而振奋的精神。一队甲兵尾随,齐桓公率众徒步登上一处高岗,俯视国民热火朝天地劳作,想着管相新政以来,齐国面目焕然一新,不由得露出抑制不住的笑容。

见国君来了,那些农夫欢欣鼓舞,纷纷抛下手中的农具,如水一般涌到岗下。众农人脸上都挂着笑容,集体跪拜行礼,感恩国君赐田,赞叹管相新政。齐桓公乐得不能自已,挥手致意。须臾,一农道:"我等近在国都之人,皆已分得田土。敢问国君,远在齐国山野之农,是否同样也会分到农田?"

新农令在管仲之下,主要由大司田宁越总理。宁越当下应道:"依新农令,齐国所有之农,都将统一由国家分到农田,无论是国都近民,还是郊野远民。只是偌大一个齐国,事有先后之序,绝难一步到位,所以,近民已得,远民将得!国人勿忧。"宁越说完,呵呵一笑。君民不由同乐。

"新农令虽好,却是大有不公!"一片欢笑声中,陡然冒出一句冷语来。宁越俯望去,见人群中一个尖嘴猴腮的年轻人耸着肩膀道:"依新农令,人人都将分到平等的土地,固然是公;然而我等也将以土地数目多少上缴赋税,这便是不公。想贱民直言,贵族老爷哪里懂得农耕之苦?——譬如向阳之田与向阴之田,同等劳作而收获不同;干旱之田与灌溉之田,同等劳作而收获不同;山岗之田与平原之田,同等劳作而收获不同；如此，同样的辛苦，收入有别，又要缴纳同等的赋税，民岂能无怨？"

宁越不能答。只见管仲挺身而出，笑道："齐有如此深谋远虑之民，国家兴旺不远矣！——废井田制，均地分力，只是新农之政第一令。不出三月，齐国将颁布新农第二令：相地而衰征令。相地者，土地有差别也；衰征者，赋税有不同也。国家将统一对齐国所有土地进行勘测，以'相'法视肥沃贫瘠之不同，而确定土地等级，再以土地等级之不同而征收相应不同的赋税。譬如：十仞见水不大潦，五尺见水不大旱。十一仞见水轻征，十分去二三，二则去三四，四则去四，五则去半，比之于山。五尺见水，十分去一，四则去三，三则去二，二则去一，三尺而见水，比之于泽。如此相地衰征法，民可无怨乎？"

岗下顿时一片欢腾，尖嘴猴腮的年轻人惊道："哇！管相比我等农人更知农事！从此，齐国之农将安居不移，耕夫比力，田土必然增产，户口也必然大增啊！"言罢，带头伏拜于黄土地上。

却说岗上，管仲身后，远远地侍立着亲随国叔牛。那国叔牛刀笔纯熟，又机敏又勤勉，目下主要负责相府文书档案之事。国叔牛见管仲今日当众首提"相地衰征"令，当下从袖中掏出一支刀笔和一片竹简，在竹简上迅速刻上"十一仞见水轻征，十分去二三，二则去三四，四则去四，五则去半，比之于山。五尺见水，十分去一，四则去三，三则去二，二则去一，三尺而见水，比之于泽"几行文字，以备日后查用。后世有管子学派，整理有《管子》一书，这几行文字便被收于《管子·卷第一·乘马第五》篇中。而管仲首创的"相地衰征"法，乃是中国历史上第一次土地赋税改革，此法自齐国肇始，对当时的各诸侯国造成了重要冲击和影响，各国纷纷仿效，推行了一系列的农业经济改革，如后来鲁国的"初税亩"法、秦国的"初租禾"法等，皆以"履亩而税"为特征，以实物地租取代了劳役地租，从而迅速瓦解了周井田制，加快了整个中国的封建化进程。

见眼前一大片农夫纷纷俯身拜倒，管仲略一沉吟，又道："农者，国之基，农业不兴，何来强国！新政兴农，犹有三策，以待来日：其一，国家将统一打造铁制农具，分批发放农户手中，每家皆可获得一耒一耜一铫。其二，现有农田之外，官府鼓励民间开荒。齐乃东方大国，四野之地多有荒废可耕之田，民间尽可开垦，多多益善。其三,秋冬之际,农闲之时,国家将开辟一些副业允许农民参与,如此农民既有粮粟之足,亦可有工商之富。不出三年,齐国之农,必将成为天下列国最为富庶之民!"

岗下农民山呼谢恩,都为新政欢呼。高岗上,国叔牛又将管仲适才所言择要刻于竹简上。齐桓公望望农人,又瞧瞧管仲,含笑不已。而宁越则满脸迷茫,听闻管仲言道"每家皆可获得一耒一耜一铫",顿时疑虑丛生;宁越又回望岗上诸人,见鲍叔牙也是眉头紧锁。鲍叔牙与宁越的担忧如出一辙,当下忍不住凑到管仲身边,悄悄道:"如此之多的铁器农具将从何而出?管相不可轻诺于民。"不想管仲淡淡回笑道:"官山海令正如火如荼,无须多日,齐国铁器将如江河之水奔涌而来,区区一国之农具,何足挂齿……"

正欢笑间,岗后树林边忽然汹汹赶过来一群人,有二十余个,闹哄哄不住喊叫着:"我们要见国君。"齐宫侍卫见状,架起戈矛,将之拦住。齐桓公回首一望,见是一帮衣着鲜亮的贵族子弟,当下命道:"放他们过来。"

那群人愤愤地拥过来,为首者名叫国梦熊,是国子最小的儿子。却说系水岸边土地最为肥沃,也是齐国世卿高子与国子的封地之田。管仲新政,高子倒是鼎力支持,而国子因为新法触动了老旧贵族固有的利益,一直耿耿于怀,暗藏恨意。今日借齐桓公在系水岸边行农耕礼之机,国子便暗中支持国氏宗族势力,以自己的小儿子为首,前来寻衅滋事。

国梦熊走到跟前,率那帮自家纨绔子弟,一溜儿躬下身行了大礼,道:"国梦熊参拜国君,见过管相,见过大司行、大司马、大司田、大司理、大谏官。"

齐桓公冷冷道:"不必多礼。你等结阵而来,所为何事?"

国梦熊道:"我等皆是国氏子孙,难免年少无知。今有要事,特来请教,冒昧冲撞之处,望国君等海涵。"

管仲见状,挺身出前,一声大笑,凛凛道:"国氏前来,必是对新政有话要说——但讲无妨。"

"好极了! 最是喜欢管相爽朗痛快的模样!"国梦熊阴阳怪气道,"我等前来,有一事请教管相:系水之地乃国氏采邑,由来三四百年之久。以往井田古制,一块公田周边附有八块私田,农奴耕作先公田而后私田,公田之粮归国氏,私田之粮归农奴,先后有序,公私两便,数百年来相安无事。如今管相废除井田,将土地挨家挨户分给农奴,管相爱民之心,我等深为体谅;只是我等莫非不是齐人? ——国氏请问管相:我等以后果腹的粮食从何而出? 系水之田还是不是国氏封地?"

一言已毕,国氏之众皆附和躁动不已。岗下农民纷纷起身,脸上都浮起一片悲凉和不忿;而齐桓公、鲍叔牙、宁越等也被阴云笼罩住。齐桓公暗忖道:"新政势在必行,然而如国子等世卿旧贵亦是暂时动摇不得,两者当如何平衡?"所有的人都将目光聚向管仲,要看这个盖世奇才、辅霸相国如何应对。

管仲沉吟片刻,微笑道:"系水国氏之田依旧是国氏封地! 非但国氏,齐国原有世卿大夫封地采邑,一律归还原有宗主不变! 所不同者有二:其一,土地业已分给农民,无公田私田之分,此后农民向封地之主缴纳赋税即可。其二,国家统一制定地租赋税标准,封地主照章执行即可,不得私自横征暴敛! 倘若不从新政之法,国法是问,必将严惩!"

一席话说得众人皆哑口无言。管仲既保证了世卿旧贵的利益不受损害,又找到了新农令可以顺利推行的路径,且使得贵族与新农、国家与民间等方面都可以接受;那些国氏子弟一听到自家封地依旧不变,立时高兴得手舞足蹈。国梦熊嗫嚅着嘴唇,半晌又忽然道:"即使如此,只怕赋税之粮尚没有以往公田之粮收得多!"

管仲仰头一阵大笑:"国公子,今日于国君面前与你一赌:待到秋熟收获之时,倘若你家今年赋税之粮没有去年公田之粮多,我输你两倍赋税粮食;倘若今年多于去年,你要低头认输,于这土岗之上大摆宴席,敬本相三爵佳酿! 并今日岗下所有农夫,每人皆赏酒三爵。"

国梦熊脸上一阵红来一阵白,终于也是尴尬三声笑,强作高声道:"好! 本公子就与管相赌上一赌,你我秋末见分晓! 国君、管相政务繁忙,我等就此告退。"便带着那群国氏子弟悻悻退去了,自觉又是兴奋又是愤恨,还掺杂着几分懊悔、几分敬服,五味杂陈,不一而足。

见国梦熊一行远去,岗下的农夫们忽然群起欢呼,各个击掌跳起农耕舞来,惊得后面的七八头耕牛也不住哞哞叫起。那质朴而又幸福的声音在黄土地上起伏回荡,令人深深陶醉。齐桓公、管仲、公孙隰朋、宁越、王子城父、宾须无、鲍叔牙纷纷低头凝望去,刹那间仿佛同饮甘露,人人脸上都挂着欣慰的笑容。

　　临淄西南有一座山,名叫商山。山不甚高,有水有树,与齐地其他山峦并无太大区别。只是此山岩石与土壤却呈现出罕见的赤褐色,时称赭色,十分难得——此乃铁矿所出之山。管仲的官山海令一经颁布,齐国境内十余座矿山全部封禁,山民限时全部迁出,严禁民间私自开采,有违者则行斩足之刑。新政急急如律令,此商山则首当其冲。

　　官山海事,管仲以下,由负责刑法诉讼的大司理宾须无和负责百工建造的大司空卿末六两人协同办理。连日来,宾须无和卿末六率领一支甲兵和官徒,隐在商山之中,奔波劳碌不息,封山迁民,开凿矿洞,新辟道路,寻找水源,又在半山腰建造了一处冶炼铸铁的工场。此乃齐国官方第一把炉火,意义非同小可;初拟可以容纳负责采矿冶铁的官徒一千人,管仲以为不够,后期要增加到两三千人。

　　这日,管仲、宾须无、卿末六及国叔牛一行数人,正于山中协办冶铁场事宜。只见林木遮掩之下,好大一块刚刚平整好的空地,官徒们就近取材,物尽其用,以石头铺地、砌墙并建造房屋;正中央,数人高的几具大炉业已成形,偌大的鼓风正在调试。一片嘈杂,眼前众人忙得热火朝天。

　　不远处,一条曲径直通山坳,那里隐然包裹着一个幽深的石洞,里面传来哐哐当当的凿石之声。卿末六指着那洞口道:"禀管相,矿洞里已经开采出数堆铁石,有经验的官徒一眼就认出,那是含铁量极高的矿石!——呵呵,我有一事不明,特请教管相:此山乃是管相亲定的铁矿山,管相何以知道此山含铁颇丰?"

　　管仲道:"天下出铜之山四百六十七山,出铁之山三千六百九山。我年少游学列国之时,常入矿山查验。山如有矿,必有异况,观山上岩石与土壤便可以知之。上有丹砂者,下有黄金;上有慈石者,下有铜金;上有陵石者,下有铅、锡、赤铜;上有赭者,下有铁。我与鲍叔牙为公子师傅时,曾相携到此商山游玩,见山上赤褐之色浓厚,十分异常,那时便已知晓此山必可出铁,而且铁量奇丰!"

　　卿末六默默点头。宾须无叹道:"管相博学,乃以至此!"

　　管仲又道:"齐国境内矿石之山不少,有铜山者,更有铁山者,统筹开采,大有可用。青铜可以铸造兵器、礼器,以资国用;而铁矿最可以生产农具,如锄、夷、斤、劂等,试诸壤土,大利农业。齐乃山海之国,地广而地薄,土荒而粮少,有铁制农具为用,洪荒野地皆可以化作肥沃农田,如此粮粟大大丰足,民可安乐,国可富强。"

宾须无道:"今日方知农耕礼时,管相何以承诺民众,每家每户皆可获得一耒一耜一铫!"

管仲道:"新政九策,互生互助,相得益彰,终必使齐国称霸于天下。"忽然又想到了什么,顿了一顿,道:"这官山之策——矿山国有,乃丝毫不可动摇之铁则!然而官府之外,宜可以允许民间申请得批之后,自行开采冶炼,其从业所得,国家得其三,而民留其七,可矣。"

卿末六大惊,眼睛睁得圆彪彪地,嗫嚅道:"国家其三?……民……民留其七?……"

管仲望着面前正在合力推车运石的一队劳夫,淡淡回道:"国三而民七,是也!此官山海细则,容后颁布施行。"

宾须无朗声大笑,道:"管相妙策,冠绝古今!如此大惠于民,民将空前绝后奋发,前仆后继进取,我齐国豪富之民,必将层出不穷!藏富于民则国势必振,齐国霸业何愁不就!"

站在一旁的国叔牛掏出备用的刀笔与木牍,将这一策令即时录了下来。

几人正说着,旁边一条岔道上,十余个山民被绳子反绑着手串成一线,在甲兵大戟押送之下,有气无力慢慢悠悠走过来。个中有一个瘦弱的赤脚青年,一见卿末六在,发疯一般狂跳起来,高呼道:"司空大人!我认得司空大人!司空大人,救命啊!"

管仲等被惊得回头望去。卿末六道:"你是何人?为何认得我?你们这是犯了何罪……"

那青年急道:"司空大人自然不认得我……我等世居商山,以山为生,那一年小人曾向大人府上送过山鸡与木器,所以认得大人……大人,救救我们,救救我们……"

在旁的押运官一拱手,禀道:"此十二人皆是商山上的山民。遵照管相官山海之令,商山早已封禁,山民皆已迁至山下安置,唯有这十二个人不遵法令,拒绝下山,且依旧私自伐木贩卖,今日一网缴捕,按律治罪。"

"原来如此。"卿末六见他们都是贫贱无知的山野草民,不觉动了恻隐之心,当下指着管仲道,"此乃管相,尔等还不快向管相求情!"

那些绑在一起的山民同时匍匐于地,都大呼道:"管相救救我们吧!"一时哭声不绝。卿末六也躬身道:"野民无知,似可宽恕,愿管相慈悲为怀……"

管仲从左到右将这些伏在地上的山民瞧了一遍,踱了几步,正色道:"本相以法治国,有官山海令——矿山封禁,闲杂人等不可私入封山,你们可是知道?"

山民惊恐难安,面面相觑。有一人终于大声道:"知道知道,我等知错。只是私入封山,仅为采伐几根木头,以讨生活……"

管仲闻言喝道:"法者,所以兴功惧暴也;律者,所以定分止争也;令者,所以令人知事也。不知而初犯,犹可谅也;明知而故犯,自取其罪!——此十二人该当何罪?"

众皆大惊。押运官应声道:"依官山海令,私入封山而犯令者,左足入,左足断,右足入,右足断。此十二人当斩双足!"

一听到"当斩双足",那些山民个个脸色煞白,齐声叫苦,五六个人号啕大哭,又五六个人不禁抱住膝盖颤抖——仿佛眼前已经横七竖八躺着一堆血淋淋的断足,骇人魂魄,惨不忍睹。

宾须无也低声求情道:"押运官所言刑法,丝毫不差。然而新政初始,新旧更迭,山野之民一时或许无法适从,念其只是谋生之行,并无大恶,似可从宽处理啊!"

管仲回望宾须无,毫不思索,厉声道:"法令如山,岂可擅动!朝令夕改,其法自废!国人若不知法行法,齐国新政何日可成?——斩足!"

宾须无见管仲义正词严,心志如铁,便不再多言,当下重重道:"诺!"

押运官与兵士拽起那十二个人,推搡着朝前走去。那十二个人大骂管仲,哭喊一片,身不由己被推着顺着山路走下去。走那条路,如下地府。正在冶铁场劳作的官徒们被惨烈的哭声吓倒,都停下手中的活儿,望着那群山民离去的背影,个个惊得目瞪口呆,不能言语……

不久,这座商山便被齐人自发改名为铁山,成为齐国最早开采铁矿和炼铁铸器的地方,在此后的两千多年中,时断时续,凿石之声,始终未绝,泽被后世,以至于今。

官山海在齐国如火如荼地开展,不日又有捷报传来,东海之滨齐国第一个官办盐场已经开工,第一批白花花的海盐也已经煮出来了。管仲闻报,喜不自胜,便与宾须无、卿末六和鲍叔牙一起同往东海查看。新政诸项举措之中,官山海策尤为管仲所偏爱倚重,因为盐与铁乃民生日常大宗所需,为国家赋税巨源。颁布盐铁法,实行盐铁专卖,管仲系中华史册第一人,此乃后话。

管仲等行出临淄南门,于淄水渡口乘坐一艘大船,顺流而下。那淄水源发泰沂山脉,自西南向东北,纵贯齐国,直入大海。淄者,黑也;只因淄水两岸土石发黑,河流便呈现出罕见的墨绿色,故得淄水之名;齐都也因濒临淄水西岸而建,故名临淄。淄水实乃齐之母河,齐国之兴,首仰淄水。时天气转暖,一水横阔,船头浪花,盈盈欲笑,两岸翠色如烟,风景这边独好。大船从临淄高高的东城墙下驶过,面朝大海,一路悠悠北去;只是行了半晌,却始终不见其他任何一艘来往行船。管仲诧异道:"齐国背山面海,水系发达,这淄河尤为纵深开阔,正是航运通商的好所在,为何不见有商船往来?"

鲍叔牙道:"此乃商货贫乏、商路断绝之故。"

管仲叹道:"可惜!——假我以时日,此河必有千帆竞发之壮观!"正说间,忽见粼粼波光中,一叶扁舟自北逆水而来。管仲喜道:"我们靠过去!"

两船渐渐贴身,管仲见小船中一老一少奋力摇桨,便拱手道:"老伯何往啊?"

那老汉满脸欢喜,答道:"前方海边,官府新开了盐场,天!沙滩上黑压压那么多人都在煮盐!那许多人又都不能拿盐当饭吃嘛!——所以,我们爷孙俩便从临淄贩了粮去卖。"

管仲也喜道:"老伯,可得利否?"

老汉迎风一笑,白髯飘飘:"临淄之粮,到了盐场便翻了两倍!老汉只恨本钱少,走一遭,贩太少!哈哈哈哈!"

　　管仲几人也大笑不已。那老汉微一惊,问道:"你们大船,也是要去海边贩粮食吗?"

　　鲍叔牙接道:"我们不贩粮,乃是前去开通一条商道,此道可以贩粮,可以贩盐,可以贩衣冠,可以贩陶器,凡民所需,皆可以贩! 呵呵呵呵……"笑声正飘扬间,两船便已相擦而过,一南一北,各自去了。

　　老汉一片茫然,欲要请问却又不能,只呆呆望着那艘大船浮在水波中,渐行渐远了。

　　淄水悠悠,深不可测,仿佛一条在山野间翻涌奔腾的黑龙,不停地发出风云吟啸之吼,欢快地奔向前方浩渺的大海。

　　哗哗水声中,宾须无、卿末六一前一后道:"大谏官所谓商路不兴,看来在管相的新政之下,将立时化作商贩云集,货流不绝了?"

　　鲍叔牙道:"天下利者,莫过于商。官山海后,单单盐业一项——齐国数十万之民,哪个可以无盐? 如此盐税大大充盈,府库将巨发矣!"

　　管仲望着淄水一阵大笑:"鲍兄世商出身,何至于如此小算? ——齐海无边,产盐无计,而鲁国何曾有盐? 宋国何曾有盐? 郑国何曾有盐? 其他如卫国、晋国、秦国、楚国、周天子国等等,天下邦国无尽,而如齐国盛产海盐者有几? 齐国府库岂能单单蓄藏齐人之富? ——普天之下,万国之民,尽可取之!"

　　鲍叔牙不由失声称赞。

　　管仲道:"齐自太公立国以来,向有工商传统。齐之衣冠步履甲天下,早有闻名。夷吾以为,我辈当假太公遗风,倍使齐国商业鼎盛,货通天下。新政前三策:四民分居令、新农令、官山海令业已奏效,接下来管仲要推行第四策,即四海通商令——国都之中,拟设工商之乡有三,发展商民六千户;国都之外,每隔一百五十里,皆设市井一处,为民自由交易之所。我要齐国之内,遍地市井。国门之外,免征关税,降低市税,天下商贾,欢迎入齐! 齐境交通要道,每隔三十里,专为各国商旅设驿站一座——凡载一乘货物入齐者,供奉饮食;凡载三乘货物入齐者,加奉牲畜之草料;凡载五乘货物入齐者,再加派五个齐人侍奉服务;如此海内商客岂不闻风而动,纷纷入齐？钱财将如雨雪一般狂落齐国,齐国必将富甲于天下！——而主政齐国商务者,非鲍叔牙鲍兄不可！……"

有周以来,虽有工商,然而主要集中在国中城邑附近,主要是为贵族与奴隶主服务,有所谓"工商食官"之说,工商业多局限于一城一地一市井,或有四处行走之商贩,也是星星点点之少数;彼时断无走出国门、货通天下之思想。所以,管仲以一国之相,提出四海通商之策,在当时的确为石破天惊之壮举,鲍叔牙等三人听得惊心动魄,皆默默不能言语！

大船驶过一片芦苇荡,流水作响,群鸟惊飞,河面涟漪环生。呆了半晌,宾须无望着又深又阔的淄水,悠悠叹道:"……若水趋下,直入江海,日夜无休,不召自来！今日始知,管相是相,亦是天下第一巨商啊……"

大海边上,山峦脚下,齐国官办的第一座大型盐场刚建好不久,并且已经成功煮出第一批盐了。盐夫们先在海滩上筑坝围堤,引入海水屯住,约七日后,海水被太阳基本蒸发掉,剩下的就是一层厚厚的蓄含着相当盐分的泥土——被称为盐泥。然后盐夫们用石头垒起一个个高台,上面先铺竹板,再铺茅草,而下面则是一个大大的漏斗。盐夫们将采集好的盐泥均匀摊在茅草上,用海水反复冲淋,经过盐泥、茅草的不断过滤,下面漏斗中便收集到了黄澄澄的海水,这便是所谓的卤水。将卤水再度过滤后,就可以煮盐了。靠近山峦的阴凉处,新起了木棚二十座,每棚下皆筑一大灶,每灶置有大锅三口或五口不等。盐夫们将卤水倒入大锅中,烧沸卤水,蒸发水分,初时大火猛烧,继之小火慢熬,慢慢地黄色的卤水一点点凝结,最后就变成白花花的海盐了。此法煮盐,由卤水而变成白盐,需耗时整整一个昼夜。

盐场里人声鼎沸,一派繁忙景象。管仲、鲍叔牙、宾须无、卿末六以及国叔牛,在盐官的带领下,逐一查看海坝、盐泥、盐漏、卤水、灶棚、成盐,那盐官如数家珍,介绍得眉飞色舞。管仲边听边看,满脸喜悦,不停地点头。是夜,凉风轻拂,月明如洗。一望无垠、波光颤动的汪洋之中,尽情淘洗着一丸又大又亮的明珠;波光粼粼,如幻如梦,恍惚间,不知是明月落到了海里,还是海水淹没了夜空。风不甚大,湿气满满,一道又一道的浪花呢喃着向岸边轻快地追逐。常年寂静无闻的海滨,此刻却是一片欢呼雀跃，躁动不绝。一座裸露的黑色石崖下，盐夫们在沙滩上燃起了十余堆的篝火，群起跳起舞来。劳作一天，固然辛苦，但眼望白盐如雪，心中甘之如饴，盐夫们便于晚间燃火跳舞，以表达丰收喜悦之情。盐官邀请管相与民同乐，管仲也毫不推辞，便与鲍叔牙、宾须无、卿末六及国叔牛并几名护卫一起前去，同享海滩野火之欢。

那石崖只数人高，仿佛天然的屏障，崖前置有五席，设有五案，管仲居中，左有鲍叔牙、卿末六，右有宾须无、盐官，相互行礼入席，一边饮酒食鱼，一边观看篝火之舞。盐夫们都知道是临淄城中管相来了，更加欢欣鼓舞，纷纷都要观看管相仪容；有不少盐夫上前敬酒，管仲也来者不拒，皆一饮而尽。

本是海滨荒芜之地，人烟稀少，然而因为管相新政，盐业大兴，一时四方民聚，户口骤增，陡然间欣欣向荣。眼看着月光下，火影中，国民载歌载舞如画，管仲倍感欣慰，不免多饮了几爵酒。正乐间，眼前火堆忽一下烈焰腾起，红星四溅，但见黑影里忽然闯过来一人——那人魁伟挺拔，步履矫健，双手捧着一只土碗前来献酒；粗看与周边盐夫无异，只是多戴了一柄斗笠，腰间束带里又别着一只什么黑色物件，瞧不甚清楚。

那人带风，踏步而来，行至管仲案前，将高大的身躯匍匐于地，双手捧碗过头，却用冷冰冰的嗓门道："草野之民，敬管相。"在一旁的鲍叔牙察觉有异，心头一凛，不禁盯着那人瞧过去。但见斗笠遮面容，人在黑影中。

"好。"管仲开怀应道。今夜敬酒之民连续不绝，加上管仲心情颇好，早有微醺薄醉之态，当下也丝毫没有多想，接过碗来就要饮，却发现那碗手沉，移到嘴边偶一迟疑，就听身边鲍叔牙猛然大呼道："小心！"

但见那敬酒的人霍一下腾身，飞跃上案，从腰间拔出一支短剑，对准土碗下管仲的左胸，狠狠就刺下去。管仲更是眼疾手快，将碗砸向那人头颅，顺势侧身避过短剑，而后旋即几个后滚翻，便已躲出老远。那人虽未刺中管仲胸膛，却将其右臂衣衫划破，终还是见了血了，虽然只是皮外小伤。

那人将斗笠高高抛起，仗剑挺身，厉声高呼道："残暴无道的管仲，拿命来！"说着就又扑过去。这当儿，左有鲍叔牙，右有宾须无，率先迎上去；须臾盐官与众护卫便又水一般围过来。一时间打作一团。

原本正欢舞中的盐夫们大受惊吓,纷纷躲开,远远地看着——那人虽然以一敌众,却也丝毫不弱,虽然行刺未成,然而也令那些甲兵围捕不着。几番拼斗,崖前一堆篝火被冲散,燃木到处都是,四下里遍地是火。慌乱之间,那人手中短剑被击落,没了武器,自然落了下风。只见那人不慌不乱,从纷乱的戈矛中拼出一条血路,直向后面黑崖上逃去。那人动作如风,灵敏如猴,双脚一踏上石崖,几个闪展腾挪,一溜烟就不见了。管仲与盐官带来的护卫也火速攀爬追了上去。

管仲立在崖下看着那人不凡的功夫,失声叹道:"好身手!"身边卿末六扯下一条青色衣襟,将管仲右臂缠好,一边缠着一边道:"好险!不想我齐国海滨竟有如此恶民!"而管仲冷冷立在那里,对卿末六言语浑然不觉,只深思着那个人。

片刻后,管仲被移席到另一堆篝火边,那些盐夫也纷纷围过来,问候管相伤势。盐官警惕不已,将众盐夫隔在三丈之外。众人惊恐之心稍安,唯有鲍叔牙依旧怒火朝天。

那人到底还是被捉住了!浑身湿透,发上滴水,被绳索绑死,推了过来。原来那人登上崖顶之后,手无寸铁,被众围攻,无奈之下投海以求生;奈何不善水性,偏偏盐官手下的几个护卫皆是世居海滨的戏水高手,当下大海之中未经几番搏斗,便将那人生擒。管仲踱步望去,见那人身高八尺,四旬上下,虽然狼狈被捉,却依旧傲岸不屈,只冷冷望月,并不看人。管仲见那人堂堂正气,一身功夫,不似寻常的刁蛮恶民,不由犯了嘀咕,当下问道:"你是何人,为何要行刺于我?"

那人望月而答:"男儿丈夫,有名有姓,我乃商山公孙猿,乡人唤我猿侠是也!我自齐国商山一路尾随到此,专为刺杀管仲而来!"

宾须无厉声喝道:"夜刺相国,死无悔意,嚣张跋扈,当处极刑!"

那公孙猿哈哈大笑:"一死而已,何惧极刑!"

商山乃官山海之山,此海乃官山海之海,公孙猿千里迢迢,追杀而来,莫非对齐国新政仇恨不已?管仲暗暗思忖,半晌后又道:"杀我可以,总要有个正大的理由。"

在外的一圈盐夫也群情激愤,纷纷道:"什么猿侠,山野恶民!管相乃是为我等造福的好相国,你为何要起杀心!"

公孙猿未料到会犯众怒,当下望向火影里那些模糊不清的盐夫,道:"尔等远在天边煮盐，得了管仲小恩小惠，便以为此人乃是好人！荒谬！尔等可知：管仲在商山中冶铁，一次竟将十二个山民全部斩足，何其残暴不仁！"

盐夫们听到公孙猿如此说，不由唏嘘，陷入一片沉寂。却见管仲精神抖擞，仰头大笑，道："壮士因此而要杀我？"

公孙猿振振有词："你乃异国他乡远客，非我齐国血脉之亲，自然对齐国没有乡土之爱！商山十二民，皆公孙猿之乡邻。你滥用私权，妄斩乡邻之足，使其一个个残废；他们废了，家无劳力，父母妻子皆失依靠，那十二家便皆陷入贫困无依之境，此皆你堂堂相国之过！我公孙猿素怀侠义，好打抱不平，见身边亲人遭此无妄之罪，我岂能容你！只恨天不助我！愿来世再讨管仲之命！"

管仲又是开怀一笑，道："原来壮士心结，在于商山斩足之刑。我且问你，那十二山民因何而被斩足，你可知晓？"

"众山民皆知，都是管仲滥用酷刑！"公孙猿高声应道。

"混账！"管仲陡然变色，厉声斥道，"夷吾拜相，推行新政，有官山海之令，齐国矿山，一律封禁！新政法令森严，举国尽知——私入封山而犯令者，左足入，左足断，右足入，右足断。你那十二山民明知故犯，当着本相之面尽皆认罪，本相依法行事，正大光明，何来滥用酷刑！本相蒙齐侯厚恩，受任之始，便在皋门之外高立桓表，刻'新政强齐'四字，以表富民强国之志，不达此志，夷吾当报之以死！——我此生早已化入齐国！你一介武夫，鼠肚鸡肠，偏偏以异国他乡之念拒我于千里之外，简直糊涂至极！况齐侯一国之君，尚礼敬我为仲父，何来非齐之亲！你心胸狭隘，目光短浅，昨日看不见十二山民因触犯国法而受刑，今日又看不见新政之下的海滨盐夫们载歌载舞、欢呼雀跃之崭新气象！所谓丈夫，却有眼如盲！口称猿侠，不过蠢如猪头！——公孙猿！你有何面目再立于天地之间！"

管仲声情并茂，言语滔滔，势若千钧之浪，卷地立起，劈头迎面，直逼过来，在场之人，无不受其震慑。公孙猿不由一颤，便举目望去，但见跃动的火光中，管仲长髯过胸，仪表堂堂，佩剑而立，气宇轩昂，真如天人一般；公孙猿一时顿悟，无限羞惭之下，复又生出许多敬畏心来，他虽少知寡见，却并非一个真正的糊涂人！当下一声唏嘘，低低叹道："原来如此……险些误杀贤良，我当自裁，以谢世人！"

管仲忽大惊，走近，转柔声道："壮士所虑者，乃是一家一户之安康；本相所谋者，乃是千家万户、举国之富强。壮士一时蒙蔽而已，又何至于死！"

公孙猿大骇，满脸煞白。管仲又道："松绑，取干净衣服与壮士换上。"身边如卿末六、盐官等众都是一惊；只见管仲又解下腰间佩剑，递与公孙猿，道："猿侠武功精湛，岂可无剑！今将此剑赠予壮士，愿壮士从此入官，为我贴身侍卫。我与壮士面海相约：倘若五年之后，本相新政不能使齐国千千万万之家共富，不能使万万千千之民共强，此剑随时可取我头！断然不负壮士今日为民请愿之志！"

松绑后，公孙猿顿时身软如泥，伏拜于地，呆了半晌，抬起头，朗朗振声道："好！我便应了管相今日之约。五年之中，有我公孙猿在，断不令管相毫发有损！五年之后，倘若管相不能使齐民以富，公孙猿还要行刺于管相；倘若管相果真富齐，民皆受益，公孙猿必以此剑自刎于项，以谢今日之罪，以报今日之恩！"说罢，接了管仲之剑，又拔剑将自己的长发削了一缕，抛在半空，重重道："权将我头寄存五年！"

"真义士也！"管仲暗暗叹道，遂扶起公孙猿，又命道，"上酒，为壮士压惊。"

须臾，盐官抱了一只陶缶来，鲍叔牙亲自斟了两爵，递与管仲一爵，公孙猿一爵。公孙猿接了，却将酒爵弃在海滩上，从盐官手中夺了酒缶，双目圆睁，爽朗道："小爵之饮，不足以敬管相！"说罢，双手举缶，大口豪饮，但见嘴角残酒如线，滴落在沙滩上；喉结也在火影中一上一下地跳动不已。管仲不由一笑，围观众人也顿时喝起彩来。

海风扑面，满月如镜。一场祸事顿时烟消云散，管仲成功将公孙猿纳入麾下。

公孙猿非但好武，亦擅驾车；此后，国叔牛与公孙猿一文一武，成为管仲的左右臂膀，相得益彰。

翌日，管仲本要乘船出海，查看附近岛屿，却意外接到了齐桓公自临淄发来的快报，说是要相国速回，有伐鲁大事相商。管仲闻报，面露忧伤，他所担忧的事情到底还是来了。原来齐桓公拜相，尊管仲为仲父，委管仲以国政，关于新政与霸业诸务，也是无不鼎力支持，任由管仲独断专行，放手一搏；然却唯独对管仲"先内后外、先富后强、先尊后攘"之策潜藏异议。齐桓公毕竟只有二十多岁，年轻气盛，急功近利，恨不能一夜之间挥戈问鼎，称霸天下，如此长远之谋划，如此缓慢之步伐，如何能等？管仲新政不久，齐桓公便急着要出兵鲁国，刻意打出霸主之名，被管仲两次好言劝阻住了。如今又来相催，必是铁了心要攻打鲁国，此番十有八九必将劝谏不下。何况新政初兴，创业艰难，国中世卿世贵支持者少，反对者多，居心叵测，暗流汹涌，如此当口，倘若管仲与齐桓公君臣之间再生嫌隙，后果将不堪设想。管仲想到这里，不由一声浩叹！

时鲍叔牙在侧，问道："管相为何而叹，可是国君那里发生了什么大事？"

管仲道："国君召我速回临淄，必是起了兵戈之念，要发兵攻鲁。"

此事鲍叔牙也是早有耳闻，道："国君年少，求胜心切，管相当以利弊好言劝之。"

"鲍兄啊，"管仲唏嘘，无奈道，"我已两番劝阻，此番再劝，必将适得其反。"

鲍叔牙惊道："如此，计将安出？"

管仲道："只可因势利导之。法曰：国虽大，好战必亡。兵戈凶事，慎之又慎，国君多些历练，也许可以更快成熟起来。"言讫，沉默半晌，又道："我齐国自先君襄公被弑以来，内忧外患，乱象频仍，户口骤减，财税枯竭，百业衰颓，元气大伤，夷吾于此危难之际拜相，实感重任如山。我纵有翻江倒海之能，亦需假以时月。当下齐国，当以新政为要，休养生息，暗中图强，待五年之后，方可以挥戈相向，大出天下。此方为霸业之正途啊。"

"管相此番良苦用心，老鲍自然知之，他日得遇机缘，我将转达国君。"

"我料此番伐鲁之帅，必是鲍兄。"管仲道，"前时乾时大战，鲁国惨败，鲍兄指挥得当，英勇善战之名，早令鲁国上下胆寒，故此番国君必会再令鲍兄统兵——然而以夷吾观之，此次齐鲁之战，却必是齐败而鲁胜！所以国君可以豪情逞强，而鲍兄自当头脑冷静啊！此战若有不利，旋即收兵，切莫深陷其中，徒令府库空耗，国家蒙羞。"

"哈哈哈哈！"鲍叔牙大笑，"管相多虑了，倘若国君果真又令老鲍出征，鲁国必将再逢乾时！你自在国中主持新政，战场之事，不劳费神。"

管仲默然，微微摇头，心中暗暗叹道："我之良苦用心，鲍兄还是不知啊……"

国事紧急，管仲便辞了盐官速归。临行前将官山海令再度叮嘱一番；又嫌水路太慢,便乘快车改行陆路,携着鲍叔牙、宾须无、卿末六及国叔牛、公孙猿等一行数人,风驰电掣,一路南下,直奔临淄而去了。

第二章　长勺之战

　　管仲返回临淄,便匆匆入宫去见国君,不想齐桓公到郊外天齐渊踏青去了。管仲便又急忙掉转车辕,出宫城,过南门,跨淄水,朝着眼前一列青山驰去。

　　天齐渊位于淄水东岸,牛山西麓,乃是山水之间一处偌大温泉。古人以为此泉迥异非常,如天之腹脐,便唤作天脐渊;后来又因脐与齐相通,故名天齐渊。齐国之所以称齐国,也因此渊而得名。天齐渊平地涌水,五泉并出,喷珠吐玉,汇而成溪,最后顺山势注入淄水。每年春暖之时,天齐渊水烟弥漫,雾气蒸腾,阳光洒照,五彩缤纷,更兼此地湖光山色,鸟语花香,实在是一处绝妙景致,令人陶醉!今早辰时后,齐桓公便在泉边古松树下大摆筵席,陈设歌舞,与国中十余个大夫欢聚;此刻酒已半酣,众人正玩投壶游戏。

　　管仲赶到天齐渊边,弃了车,顺着蜿蜒的小径,踏着茵茵软草而行。远山渺渺,松竹青青,泉上水烟如五彩轻纱般扑面拂来,润人肺腑;阵阵欢呼里,便有几支羽箭落入铜壶的声音传入耳中。管仲大步近前,见汩汩泉水后面,齐桓公居中而坐,正满脸笑容。两侧陪席者有十几人,大多是年过花甲的旧族老大夫;但见为首者更是须发花白,脊背佝偻,正笑得呛住了而不停地咳嗽呢。

　　管仲走近,躬身行礼,道:"臣拜见国君。"

齐桓公微一惊,转眼便笑道:"仲父何须多礼! 仲父来得好快,仲父为齐国新政劳苦非常,快快入席!"

早有侍从铺席,设案,置酒。这当儿,铜壶前面一个墨衣老大夫手中捏着一支长箭立着,原本轮到他投了,却因为管仲到来不得不暂停;那墨衣大夫满脸不快,对着管仲嗤了一鼻,便拿着箭悻悻地回席。其他大夫都是齐国世胄旧贵,都对管仲新政持有不同看法,当下个个神色鄙夷,都不言语。

管仲毫不在意,仿佛若无其事,坦坦荡荡入席。青山为屏,古松为盖,阵阵暖风吹来,齐桓公举爵道:"仲父远来,腹中必是饥馁,请先饮一爵,然后食些桃子。"

管仲举起酒爵,道:"国君请,众位大夫请。"便一饮而尽。齐桓公亦尽饮。其余众人虽纷纷举爵,但个个只是酒爵碰唇,只抿了一小口。

管仲早看在眼里,却并不放在心上。桓公一提到"食"字,管仲还真是感到饥肠辘辘了,暗忖道:"老大夫们尽情愤愤吧,本相先吃个痛快!"低头一瞅,见案上一具铜簋、一只竹笾分外入眼,簋中盛着黍米饭,笾中盛着鲜桃子。管仲不语,捋起袖子,用手抓起铜簋中的黍米,大口吞咽起来。见管仲吃得十分香甜,那些老大夫个个看呆了。管仲食完簋中之粟,又顺手从竹笾中拿起一只鲜红大桃,于掌中旋转了几圈,捋去桃毛,就脆脆地咬了一口——那些老大夫更是惊得面面相觑,目瞪口呆! 但人人脸上都浮现出轻蔑和嘲笑的神情。

《诗经》曰:"笾豆有践。"饮食之礼,若是重乎! ——管仲吃桃,吃出问题了!

齐桓公在上也忍不住,就微微笑了一下。那墨衣老大夫见国君已经发笑,就故意重重咳了几声,引得众人向他望去。但见他正襟危坐,噘起嘴唇,一本正经,先左手从笾中取出一桃,后右手从簋中抓起一把黍米,然后将黍米裹在桃子上,继之轻轻揉搓一番,如此桃上绒毛就褪尽了。他故意不停地用黍米褪桃毛,慢慢悠悠,却不吃,只别有用心让大家看。

席间最为年长的白发伛偻老翁见状,率先打破沉寂,纵声大笑起来,鄙夷道:"堂堂齐国相国,连桃子都不会吃! 哈哈哈哈!"引得众人皆掩口大笑,哄作一片,得意非常。

原来这是有周以来贵族之间吃桃子之礼。桃子配以黍饭,而黍米仅仅是为雪洗桃毛而用的,并非直接当饭吃。此所谓"以黍雪桃"。管仲生于贫寒之家,长于草莽之间,虽然也曾在公卿大夫之间多有厮混,但于这些贵族之礼终究还是有许多不知的。

众人恣肆取笑。管仲抬头,对着墨衣大夫盯去,见其依旧在黍米雪桃,当下便什么都明白了。众人只管讥笑,而管仲只管吃桃——似乎众之不存,毫无羞惭之色;待桃子吃完,那些人便不再笑,反而有惶恐不安之感。管仲将吃剩的桃核轻轻放在案上,猛然间却独自大笑起来——笑得那些老大夫个个惶惑,面面相觑,不知所以。管仲朗朗道:"本相堂堂齐国首辅,岂会不知黍米雪桃?先食黍米,而后食桃,本相乃是故意为之,故意为之!五谷者,黍、稻、稷、麦、菽也,黍居其首,祭祀所用,最为尊者,无可替代;六果者,枣、李、杏、栗、梅、桃也,桃居最末,故而祭祀果属不用桃子,其地位最贱,难入宗庙!由此观之,黍乃上贵,桃乃下贱!只有贱者为贵者雪洗,岂有以贵雪贱之理?以黍雪桃,便是以贵雪贱,乱了尊卑礼法,此乃取祸之道,所以本相刻意正之。"

老大夫们个个涨红了脸,哑口无言。呆了半晌,齐桓公打破尴尬,率先大笑几声,道:"仲父所言,善!"遂与管仲同饮一爵。

齐桓公放下酒爵,转口道:"今召仲父前来,乃是因为鲁国之事——寡人早欲伐鲁而称霸,蒙仲父几番劝解,本已放下了。不想近日从曲阜城中传来消息,言道鲁侯悔恨自己放了仲父归齐,以为纵虎之患,受齐愚骗,大怒难消之下,竟要起兵报仇!好啊,寡人不去打他,他倒要来打我!孰不可忍!所以故,仲父,寡人决定即日兴兵,直入曲阜,定要一鼓而败鲁,打出我齐国霸业的威风来!"

管仲微低头,似乎在望着簋中残剩的黍米,又似乎在望着若有若无的空气,似听非听,似想非想。待齐桓公言毕,举目望了望泉上轻烟,淡淡一笑道:"臣之心,国君尽知。鲁国之事,国君既已定下攻伐之计,臣便不再言语,自当鼎力支持国君。以臣愚见,去岁乾时之战,鲍叔牙早令鲁国上下胆寒,国君如今与鲁再战,自当以鲍叔牙为帅。"

齐桓公顿时惊喜交集,一时难抑,他本以为眼前相国又要苦口婆心,絮絮叨叨,做父母状,做忧国状,做忠臣状,满口家国道理,涕泪劝谏不止,怎么也没有料到管仲竟然满口应允,而且连伐鲁之帅也做了推荐! 何况鲍叔为帅也恰恰正中自己下怀,当下不由脱口道:"仲父与寡人想到一块去了! 即命鲍叔牙为帅,随寡人出征。国中新政之事,任由仲父,只是不可过于操劳;两军对阵,寡人有鲍师傅在,仲父可以放心。"

"诺。"管仲回道。

席间众人不由都怔住了。原来他们都在坐等国君与相国大起争执,要借此机会向管仲发难,不想这管相国却一改往日风范,反而上演了一出君臣亲密无间的好戏来,直令那些老大夫个个沮丧不已。管仲席位正面,那位方才以黍雪桃的墨衣大夫倒是忽然眼里放出亮光来,一个劲儿地瞧管仲不够;他忽然萌发出一个奇异的新看法,不住在心中暗暗赞道:"管相随机应变,神鬼莫测啊! 我齐国有此人为相,霸业不远矣!"

艳阳高照,清风拂来,天齐渊上薄雾轻烟随风袅袅,迷离变幻,恍若梦境一般……

三日后,齐桓公便统率兵车五百乘,以鲍叔牙为帅,国子副之,另以仲孙湫、宁越、雍廪三人为将,挥师南下,直扑鲁国而去。此番伐鲁将帅五人中,鲍叔牙、仲孙湫、宁越、雍廪四人皆是乾时大战中卓立大功之人,自不必多言;唯有国子自请出征,且以世卿老贵之尊自愿担任鲍叔牙之辅,实在大出意外。齐桓公不得不允之。其中缘故,乃是国子对管仲其人甚是藐视,对齐国新政也颇有微词,于是请命伐鲁,誓要压一压管相国的气焰,抖一抖老贵族的威风。

齐军一路浩荡,势如破竹,径直犯入鲁国境内,抵长勺之地。

消息早报入曲阜,宫中一片哗然,最恼者乃是鲁庄公。鲁庄公自任国君以来,齐鲁之间连续发生了两件大事:一是本受齐国之请,鲁庄公率师护送齐公子纠回国即位。结果却是公子小白抢先登基,然后又在乾时将鲁庄公打了个落花流水。二是不听谋士施伯"能用之则用之,不能用之则杀之"的建议,误信齐使之言,将阶下之囚管仲白白送入齐国,结果纵虎归山,管仲官拜齐相,鲁国凭空又添一劲敌。这两件事,鲁庄公皆以为齐国要诈,自己被骗,乃是奇耻大辱! 鲁庄公也是二十来岁的年龄,年少气盛,如何能忍!——几番有起兵伐齐之念,不想自己尚未动手,齐国居然再度打上家门,真真欺人太甚!鲁庄公咬牙切齿。

鲁庄公连夜召谋士施伯进宫,待施伯刚刚落席,鲁庄公不由一声叹息,道:"悔当初不听施大夫之言,铸成大错。管仲归齐拜相,推行新政,自此鲁之榻侧,横卧一头斑斓猛虎,如何得了?眼下,齐国小白、鲍叔牙又率师前来犯我,兵车已至长勺,当如何应对?"

施伯道:"国君勿忧,以施伯观之,此番齐国伐我,必败!——何以故?乾时之败,纵管之辱,犹在昨日,鲁国上下早已怒气填膺,正欲喷泄!如今齐国无故又来伐我,我朝野上下必会精诚团结,众志成城,不败齐国,决不甘休!而反观齐国:管仲拜相后,竭力推行新政,齐国上上下下都闹了个底儿朝天,如此大动元气之时,岂可再对外用兵?如此浅显之理,那绝顶聪明的管仲岂能不明?我料此番干戈,绝非管仲本意,乃是齐侯自作主张之故。齐国君臣之间,必然已生嫌隙!况新政动摇根本,举国躁动,世卿旧贵,岂能没有一点怨言!齐国上下如此失和,岂有取胜之理?当此风口浪尖之时,稍有不慎,一场战争便能将一个国家摔个粉身碎骨,万劫难复!——所以,国君勿忧,此战非但鲁国必胜,亦可望击倒管仲,将这只卧榻之侧的齐虎枭首斩足,剥皮剔骨,叫其永世不得翻身!"

鲁庄公脸上露出得意的笑意,道:"施伯如此说,寡人心中稍安。只是齐军直犯长勺,到底需要一个御敌应急之策。"

施伯沉思片刻,忽然惊喜道:"我举荐一人,可敌齐军。"

鲁庄公忙问何人,施伯道:"此人姓曹,名刿,鲁之野人,臣之旧识,隐居于东平之乡。曹刿居茅屋,食藿羹,耕读为乐,从未出仕。其人曾言:国家无难则不出,国家有难则不隐。乃真将才也!"

鲁庄公喜道:"鲁国竟有如此人杰,烦施大夫快快与寡人请来!"又道:"齐侯可以不计射钩之嫌,拜管仲为相;寡人也可以不较礼仪,提拔幽隐为官!"

"诺。"施伯得令,便匆匆去了。

施伯携了酒肉金帛等求贤之礼,驾着马车,一溜儿尘烟,早至东平。但见春光旖旎,群鸟高飞,一座浅灰色的石岗犹如刚刚苏醒的大野龙蛇,横亘眼前,阻了去处。

小溪流边上，砌着三五层梯田，有二童子共骑一牛，自乐其间。顺着路径望去，但见一条羊肠小道尽头，树木交杂，远远地几间茅草小屋，被翠色藏着掖着，上面却又升腾起袅袅炊烟。施伯与曹刿虽非至亲，却也是故友，有过几次抱膝畅谈。那梯田之上的茅屋，便是曹刿隐居之所。已近正午，想来曹刿正在煮饭。

轻车熟路，施伯沿山道行至曹刿家，见竹篱茅舍，柴门虚掩。施伯下了车，拎着礼物，推门而入，立于庭中，面草堂躬身行礼，大声道："曹兄，故人来也！"

"啊呀！"一人大叫着冲出草堂外，正是曹刿。但见曹刿年近四旬，身形高大，瘦骨嶙峋，目光炯炯，头上裹着青色巾帻，身上穿一件已经洗得泛白了的墨色深衣，袖口处又打着四五个补丁。曹刿笑容可掬，只是额头却不知何时抹了一块草木灰，浑然不觉。当下大乐道："施伯大人来访，草堂蓬荜生辉！"说着便躬身行礼。

施伯笑道："腹中饥馁，特来寻一餐饭食。只是不知曹兄正烹煮何物，竟将炊火烧到额头上去了！"说罢，指着曹刿额上之黑，大笑不已。

曹刿方才明白，当下用衣袖将额头抹个干净，笑吟吟地，就将施伯迎入堂中。

猛一进屋，颇感黯淡。施伯放眼瞧去，除了必备的几样寻常家什，四壁空空。地上火塘里木柴烧得正旺，架起的陶鬲不断向上冒着白烟，鬲中正煮着普通人家日日必吃的藿羹。火塘边上，置有一只粗糙木几，几上摊着一册竹简，乃是鲁国的相关法令。

两人席地而坐。曹刿望一眼被火烧得半黑的陶鬲，道："野人之家，无肉待客，稍等片刻，藿羹既熟。"

施伯将带来的酒食等物放在几上，两人相视一笑。曹刿又道："施大夫不辞劳远，必有要事，请直言。"

施伯叹一口气，道："去岁乾时之战，鲁国大败。如今齐国又来兴兵，犯我疆土，举国惶惶。施伯造访草堂，特来请教御敌制胜之策。"

曹刿仰头大笑，笑得前俯后仰，道："肉食者无谋，乃向藿食者求?!"——却说春秋之时，只有王公贵族才有得肉吃，所谓"肉食者"；寻常百姓多以豆饭藿羹度日，所谓"藿食者"。藿，指的是芹、葵、藜等野菜之类，藿羹即野菜汤而已。曹刿口出肉食藿食之语，明显有讥笑富贵当权者无能之意。

施伯当下一怔,转眼间又笑道:"藿食者能谋,便可做肉食者啊!"说着便将带来的礼物打开,只将其中几束风干的牛肉和鹿肉取出来。

曹刿看了看那几束干肉,俄尔止笑,眼中射光,正色道:"乾时之战,乃是鲁国自取其祸。今齐又发兵,师出无名,其中胜败,一目了然,施大夫辅佐国君,一鼓可胜!又何必来问我?"

"齐乃山中猛虎,海中大蛟,岂可轻敌!"施伯叹道,当下将齐鲁二国最近两年间邦交故事一一道来,尤其将乾时大战之时齐国如何将鲁军诱入河谷,打得鲁庄公如何弃车而逃的惨状;齐国如何诳骗鲁国将管仲死囚赚回,管仲拜相后如何在齐国推行新政的盛况等等详加陈述,大肆渲染,直说得自家人被外人欺侮得仿佛要吐血而亡一般,以激曹刿雄心。

果然,未等施伯言尽,曹刿拍案而怒道:"欺我太甚! 国有难,曹刿不可等闲视之! 为雪鲁耻,愿随施大夫一行!"

施伯拜道:"曹兄爱国之心,令施伯万分感佩。实不相瞒,国君正在宫中等候曹兄久矣!"

曹刿始知施伯此行,乃是受了国君之命,当下道:"大敌当前,刻不容缓,但食一碗藿羹,即上征程。"曹刿说着,便将陶鬲从火塘上摘下,盛了两碗羹汤,两人就此大吃起来。碗中羹藿热腾腾,清亮亮,寡淡淡,甚无滋味,然而施伯觉得比肥牛鲜羊要美味百倍。

藿羹食毕,施伯与曹刿同乘一车,下得岗来,奔大路赶至曲阜,早入宫中,觐见鲁庄公。

鲁庄公见状大喜,与二人叙了君臣之礼,入席坐定。鲁庄公急问曹刿道:"卿有何谋,可败齐军?"

曹刿并不答,反问道:"请问国君,您凭借什么与齐军相战呢?"

鲁庄公道:"衣服饮食,为性命之本,寡人从来不敢独享,一定要分与众人。"

曹刿道:"此乃小恩小惠,并不能惠及所有百姓,百姓是不会听从您的。"

鲁庄公沉思,又道:"祭祀大事,所用牛羊玉帛等,严循礼制,从来不敢虚报数目,务求诚实可信。"

曹刿道："只是小信而已,大德犹有不足,神灵是不会保佑您的。"

鲁庄公不由得红涨了脸,又沉思半晌道："刑狱案件,大大小小,虽然不能一一亲临,但务求处理得合情合理。"

曹刿道："善。此乃忠于职守,待民以公。可以凭此与齐军一战!"

鲁庄公与施伯皆喜。鲁庄公不由再次问道："卿有何谋,可败齐军?"

曹刿道："兵者,贵在因势利导,随机应变,不可预言。来日齐鲁交锋,请赐臣行伍之中,战车一乘,我自有谋略决胜于两军阵前。"

"这个,当然……好!"鲁庄公虽然听了也应了,却双目空空,一脸茫然……

长勺平野茫茫,碧草青青,黄花点点,好似一张偌大的锦席沿着广袤的大地,直铺向遥远的天际。粗糙的老树正在抽枝,崭新的叶子正在疯长,蛰伏的虫儿正在出土觅食,和煦的东风如同稚子的小手不停地挠着每个人的痒肉,到处活泼泼,欣欣然,万物竞发,无限峥嵘。天地间正在释放着一团不可遏制的生机勃勃的能量,焉敢有肃杀之气前来阻挡?然而,偏偏此时,齐鲁两国于春光无限的野地中扬起旌旗,列开战阵,兵车如铁,戈矛如霜,仿佛是一把大斧正横扫过一片花蕾,实在是糟蹋风物,不合时宜啊。

却说鲍叔牙让齐桓公安坐于中军大帐,叫国子陪着,不用临阵;自己则统率兵马,携着仲孙湫、雍廪、宁越三将,驱车长勺,严阵以待。鲍叔牙因乾时之战将鲁国打得惨败,颇有轻鲁之心。那边,鲁国也是早早列阵。鲁庄公特意与曹刿同乘一车,亲临阵前;其后有公子偃、曹沫等将。

鲁庄公立于车前,望着鲍叔牙,忍不住眼冒金星,说与身边曹刿道："齐之中军,麾盖之下,黑面虬髯,得意扬扬者,便是鲍叔牙。"

曹刿望去,远远地盯着鲍叔牙,依稀认得,恍惚间仿佛想起了一件往事……但鲁庄公不停催逼,又容不得曹刿有丝毫分心。曹刿回道："齐乃千乘之国,今观其兵车战阵,倒也十分威猛。那鲍叔牙堂堂正正,凛凛一躯,倒也是条好汉;只可惜气焰嚣张,骄傲太过,此乃临阵统兵者之大忌。"

鲁庄公叹道："未可轻敌!卿可知乾时之事否?"

曹刿不答。

风卷旌旗之声呼呼作响。正说间，忽然听得齐军那边鼓声大噪。原来鲍叔牙视鲁军如蝼蚁一般，哪有心思空耗时间，便传令击鼓进军；一通鼓响，仲孙湫高声喝道："随我冲啊！杀——"驾着战车率师而出。鼓声震天中，齐军如同猛虎下山，声势咆哮，令人胆寒。

鲁庄公大惊，急命道："擂鼓！迎敌！"不想身边曹刿急止住道："慢！齐军锐气正盛，不可硬碰。传令三军，静守阵地，有胆敢喧哗者，斩！"

鲁庄公愕然，但终究依曹刿之言而行。随着一声令下，鲁军迅速将战车连接，前后一体，仿佛石壁，前有盾牌为阻，后有弓弩为射，简直铁阵，岂可冲破？仲孙湫率师来冲鲁阵，被一阵乱箭阻住，不得不退了回去。

鲁军不战，鲍叔牙大怒，传令再次击鼓。二通鼓响，宁越厉声道："众将士，随我上！"便率领兵车再度冲出。鼓声震天中，齐军如同饿狼群奔，一片嗷嗷号叫之声，刺破云天。

曹刿立于车上，淡淡道："依前而行。"鲁庄公应之。鲁军依旧是阵如铁桶，纹丝不动。宁越变成第二个仲孙湫，空忙一番，也不得不退回。

这次，鲍叔牙不怒，反而仰头大笑道："鲁国，怯战懦夫！早被乾时吓破了胆！"身边众人不由齐笑，哄然一团。鲍叔牙不知对方阵中新来了一人名叫曹刿，而曹刿却隐隐地将鲍叔牙瞧了个明白。

雍廪道："容我与懦夫再战一回！请鲍卿三鼓！"鲍叔牙道："再鼓，鲁军当不战自退。"当下传令击鼓。三通鼓响，然鼓声已暗暗声势不足。雍廪骄傲地立在战车上，满脸堆笑，并不动，似在等鼓声停了再发兵；而齐军都泄气了，原先的虎狼之猛荡然无存，当下倒像是土鸡瓦犬一般。

齐军三鼓已毕。此刻，曹刿眼睛里忽然射出冷冷的电光，急禀鲁庄公道："破齐正在此时！可一鼓而克之！"鲁庄公也忽一抖擞，惊喜交集，便果断下令击鼓出击。

齐军都以为鲁不敢战，正笼罩在一片松懈涣散的气氛里，人人都不上心，个个似在瞌睡，哪里料得对面鲁军猛然鼓响，突然杀出，以迅雷不及掩耳之势，好似饿虎扑食，飙风而至！但见慵慵懂懂之间，风卷残云一般，洪水猛兽一般，沸汤泼雪一般，戈扫箭射,马踏车碾,只片刻工夫,鲁军便将齐军阵营冲破,杀了个七零八落,流水落花,齐军大败而逃窜。鲁国将士乾时以来长期积累的羞辱怨恨之气刹那间爆发,一泻千里,狠狠地报复在长勺战场之上。

"痛快痛快!"鲁庄公狂喜不已,见鲍叔牙率残兵逃遁而去,当下急命追击。曹刿陡然又道:"国君未可!请容臣查看一番。"于是改乘一辆青铜小车,奔至齐军阵营之地,四周不住瞧了又瞧,看来又看;又回转身来,登上一处高高的轊车,手搭凉棚,远望不已。良久后,禀告鲁庄公道:"可以大胆追杀去!"

鲁庄公一挥手,亲自率军追赶而去。他的战车迎头当先,风驰电掣,真如龙腾虎跃一般!屈辱与抑郁憋在心中太久,鲁庄公太需要这种胜利的驰骋了!呼啸声中,鲁军兵威大振,势如潮水,径直向北追去。

兵败如山倒,三军全乱套,鲍叔牙护着齐桓公及国子,幸得仲孙湫、宁越、雍廪死战相保,惊慌失措,且战且逃,一口气逃出长勺地界,进入齐国境内。

见齐军大败退出鲁国,长勺收复,鲁庄公方才鸣金收兵;算来已经追击了三十余里,沿途缴获齐之甲兵辎重,不可胜数。鲁军于两国边境之地集结完毕,队列整齐,士气高涨,但见兵甲旌旗,耀日鲜明。望着自己麾下得胜之师,鲁庄公甚是春风得意。曹刿、公子偃、曹沫等也纷纷聚过来,互相拱手道贺,大笑不已。

公子偃喜道:"恭喜国君大败齐国!"

鲁庄公微微摇头,道:"长勺之胜,皆是仰仗曹刿之谋!"又一皱眉,盯着身边的曹刿道:"寡人有惑不解,急请教于卿——我军何以一鼓而胜?齐军何以三鼓而败?"

曹刿微微笑道:"夫战,勇气也。一鼓作气,再而衰,三而竭。齐军三鼓之下,勇气早竭;此时我军一鼓,则勇气正盈!彼竭我盈,以盈克竭,恰似恶鹰扑兔,猛虎逐羊,岂有不胜之理?"

旁边几人皆称妙。鲁庄公又问道:"齐军已败,何以初时不可追,继之却又可以追?"

曹刿道:"齐国乃大,齐人多诈。一战而败走,犹不可信,恐其暗设伏兵,诱我深入。去岁乾时之战,我军便是犯此忌而中了齐国的埋伏,以致惨败。臣几番细察,见齐军车辙纵横,便知其军心已乱;见齐军旌旗不整,便知其是急于奔逃——齐军乃是真败!所以,可以放胆追去。"

鲁庄公赞道:"卿可谓真知兵者也!施伯荐贤,诚不虚言。"

当下鲁庄公率师凯旋。入得曲阜城中,乃拜曹刿为大夫,早晚参与国政;又厚赏施伯举荐之功。那谋士施伯,遂戏曹刿大夫道:"兄如今再也不是藿食者!所谓肉食者无谋,论兄可乎!哈哈哈哈……"

长勺之战,以鲁胜齐败而告终。时周庄王十三年春,公元前684年事。

却说齐桓公、鲍叔牙等带着残兵败甲,退入齐国南山之谷,扎下营寨来。此战失利,大出齐桓公与鲍叔牙意外,鲍叔牙道:"鲁国军中必是忽然来了能人,可差人打探清楚。"齐桓公便急令斥候前去打探。

而临淄城中,管仲闻得齐国败报,也是坐卧难宁,焦躁道:"此番鲁国用兵者,是何许人也?"

未多时,一个消息迅速传来——曹刿!败齐国者,乃鲁国新晋大夫曹刿!管仲与鲍叔牙得报后,均大惊失色道:"原来是昔日故人!"——为何有如此一说?原来此中乃有一段曲折往事。却说那年,管仲、鲍叔牙结伴前往齐国,欲赴召忽之请,任齐公子师傅。二人夜宿晓行,一路向东,途经鲁国,行至一个叫作东平之乡的地方。时已近正午,饥肠辘辘,山边一条大道上,旅途行人,络绎不绝。车轮正转动间,忽见对面一人高高立于马车上,大声呼道:"前面可是管兄、鲍兄吗?"

管仲、鲍叔牙不由一怔,举目望去,见来人乃是故友萧大兴。三人顿时喜出望外,纷纷勒马,跳下车来,于大道边上,彼此拱手行礼。萧大兴喜道:"上次自商丘一别,管兄音信杳无;鲍兄也是多年不得消息,何期今日与两位兄长相逢在这鲁国大道上?"萧大兴早年落魄亳城街头,曾得管鲍十匹布帛之助,后入公子御说门下,渐渐崭露头角,拜官受得重用,如今乃是堂堂正正的宋国萧邑大夫。

"正是天公作美,欲使你我朋友重逢!"管仲大乐,又道,"我二人受齐国召忽相邀,至临淄城中小住。不知萧兄这是……"

"我受宋公差遣,因两国邦交,北上曲阜,出使鲁国。"萧大兴答道。

鲍叔牙哈哈大笑道："昔日街巷蓬头，今朝国之大夫！萧兄可喜可贺！"

"此皆鲍兄、管兄不吝慷慨之助！大兴时刻铭记在心。"萧大兴说罢，又一拱手。

管仲道："昔日去矣，何足挂齿。"又用手一指前方，但见矮山包下一丛树木间，隐隐透出一个酒店，道："前面酒舍之中，我等且去小酌一番！"

"好，好好好！"于是两车并驰，早至那店。管仲、鲍叔牙、萧大兴三人相拥入店，择临窗地方，围席而坐。店中食客稀少，都是急匆匆赶路的行人。萧大兴主动相请，上了一盆肥羊、两碗菜蔬、三碗粟米饭，另有满满一缸糙酒。

一碗酒下肚，谈兴更浓。三人故交，他乡相遇，免不得嘘寒问暖，纵论古今大势。管仲更是豪情难抑，抢先道："天下之事若何？请萧兄教我。"

萧大兴放下酒碗，嘴角微微一笑，道："我乃愚昧之人，岂敢在管兄面前论天下事——余以为周室之衰不可逆转，诸侯之盛不可阻遏。自古要在中央，事在四方，天下强国必出中原！如今郑国已衰，天下之强，舍宋国其谁?!"

这话管仲听得不怎么入耳，恰此时，旁边一人独席，哈哈大笑道："天下之强，岂能在宋！笑话，笑话！"

三人同时望去，见那人是一个三十上下的瘦子，头戴斗笠，身穿布衣，挽着袖管，双脚赤足，腿上依稀还沾着点点黄泥；虽然看着贫寒，但是骨骼清奇，暗藏着一股凛凛傲气。那人屈膝席上，一份粟米团子就着半碗藿羹，正吃得香。管仲觉得奇异，起身行礼道："同店而食，亦是缘分，如不嫌弃，权到敝席同饮一碗如何?"

那人一笑，毫不客气道："甚好。"于是挪席而来，见这边食物丰盛，大乐道："哈哈，肥羊肉！可比我那藿羹强多了！"说罢伸手抓起一块羊肉就大口咀嚼起来。吃法粗犷而豪迈，令人一看十分欢喜。

萧大兴倒了一碗酒过来，问道："未曾请教姓名?"

那人并不抬头，只管开心大吃，随口道："你乃做官之人，那两位是将要做官之人，我一个东平之乡的隐士，何必谈什么姓名。"

此语一出，管仲等三人皆惊。鲍叔牙叹道："壮哉，隐者！"

管仲道："天地万物，岂可无名。我乃颍上人管夷吾，字仲。此乃同乡鲍叔牙，此乃宋国大夫萧大兴。"

那人抬头，淡淡道："我乃曹刿。"说罢，举起酒碗，一仰而尽，大笑道："美哉，今日之饮！"

管仲道："适才听先生高论，意犹未尽，当恭敬请教一二。"

"既然天下之强不在宋国，当在何方？"萧大兴也随之追问道。

曹刿一脸云淡风轻，呵呵道："周室衰颓，王权遗落，诸侯并起，天下四战。而居中者首当其冲，中原登时化作水深火热之地，能够乱世自保，已属不易，想要争霸图强，诚为难矣！当今天下雄强，必在四方之国——周室居中而为土，其东为木，其南为火，其西为金，其北为水，能克土者，木也！今时之强，必在东方泰岳，非齐即鲁，非鲁即齐，岂有他哉！哈哈哈哈——某乘酒兴，一时狂言，诸君一笑可耳！就此告辞。"说罢，再不容留，只微微一行礼，系好斗笠就出了店门，但见其身影飘洒，足下生风，恍惚间几个大步，就消失在山林中了。

萧大兴一直想追问到底齐鲁谁强，可惜那曹刿拱手就辞了。管仲望着空荡荡的框着一角青山、几株碧柳的大门，叹道："此人日后必是鲁国俊杰，相逢有期……"

三人酒足饭饱后，互相揖别，便要各奔前程而去。萧大兴又与管鲍二人不少钱财，以资远行之用，也是报答昔日朋友之恩。鲍叔牙连连推辞不要，管仲则乐呵呵一把接过，道："天下之财，尽在你我，何必为这一点点盘缠劳心费神！"三人于是大笑而别。

此事历历在目，依稀如昨，而屈指一算，待管鲍与曹刿再次重逢，却已是十年之后了——且双方一齐一鲁，各归明主，曹刿一出场，就在长勺战场将鲍叔牙打了个大败……

南山谷口，齐军营寨之中，齐桓公召集众将领会于国君大帐。却说齐桓公意气纵横，正是斗志昂扬、锐不可当之时，然而去年乾时大胜未远，如今长勺惨败忽来，如此高山深渊，骤起骤落，心里如何能够承受得住？又想到出师伐鲁之前，管相仲父几番劝阻，虽然最终答应，也是实在拗不过自己之故，如今自取其败，有何面目去见仲父？当下不由腾起一股无名之火，怒道："长勺大败，兵出无功，寡人何以威服诸侯，争霸天下！"

帐中众将领皆汗颜。宁越叹息,道:"想不久前乾时大战,我乃右军副将,曾杀得鲁军丢盔卸甲,狼狈鼠窜!何以今日便倒反过来!"

宁越言未毕,仲孙湫急道:"乾时之战,我乃左军副将!"雍廪也急道:"我乃乾时之战,中军先锋!"两人一前一后争功,然而话刚出口,均又觉得十分羞惭,便都不再作声了。

宁越又接道:"遭此惨败,我等有何脸面返回临淄?"

齐桓公更是眉头紧锁,苦不堪言,直欲掉下泪来。

鲍叔牙思忖再三,道:"齐鲁二国,泰山南北,各自逞强,势均力敌,不相上下;皆以主客为强弱。去岁乾时之战,我为主而鲁为客,所以我胜;今日长勺之战,我为客而鲁为主,所以我败。更兼鲁公提拔起用曹刿,此人深通兵法,长于谋略,我等也是轻敌了。"

"眼下之计,鲍师傅以为该当如何?"齐桓公道。

正商议间,帐外忽报王子城父觐见。原来受管相之令,王子城父率领一师接应国君回城来了。若依平常,齐桓公此刻定是无限欢欣;然而此番非同以往,齐桓公深感无颜回见管仲,便又羞又恼,又暗藏些许不服,当下对王子城父道:"寡人不破鲁国,绝不回朝!卿自回去便了,寡人必要再战雪耻!"

王子城父大惊,劝谏道:"国君乃图霸之雄主,何必对一战之失耿耿于怀?"

齐桓公道:"寡人主意已决,卿不必再言。"

王子城父无奈退下,只好白跑一趟。

望着王子城父退去的背影,鲍叔牙大声道:"鲁国此胜,不过一时侥幸,老鲍也实在咽不下这口气!国君,臣意——再战报仇!"原来鲍叔牙虽是谋国尽忠之臣,却也是宁折不弯之辈,好胜逞强,心志过刚,早把管仲临行时"善辅国君、适可而止"的嘱咐抛于九霄云外了。

齐桓公愁眉渐展,道:"鲍师傅有何计策?"

鲍叔牙道:"国君权且屯兵山谷,容臣宋国一行。齐宋向来交厚,互为盟好,臣愿以君命,借师于宋,宋国必应。齐宋合兵来攻,以二敌一,则鲁国必败!"

众人皆拍案称好。齐桓公道:"鲍师傅之谋,正合寡人之意。"当下便定了齐宋伐鲁之计,又命鲍叔牙为使,翌日入宋,行联合之策。

是日深夜,星月无光,山谷之中一片漆黑。鲍叔牙早早在帐中落榻,睡梦正酣,不想却被亲兵急急唤起,说是帐外来了不速之客,相国府人。鲍叔牙打起精神,掌灯起身,披衣坐于案前,见来者却是管仲亲随国叔牛,当下惊道:"叔牛深夜造访,可是管相有甚紧要公事?"

国叔牛躬身行礼,道:"正是。管相亲笔书信在此,令在下务必亲转鲍卿手中。"

鲍叔牙接过书信,于灯火下阅了一遍。管仲信中再发肺腑之言,言道国君桓公年少逞强,意气用事,长勺之败,败便败了,当早返临淄为宜;不可再动兵戈,一错再错,悔之莫及。又言道鲍叔牙当以师傅之尊,长者之善,安抚国君,好言相劝,切忌同仇敌忾,火上浇油,因小失大,以铸成不可挽回之大错。

鲍叔牙看完,不由哈哈一笑,转头又问道:"管相还有何叮嘱?"

国叔牛道:"千言万语,尽在信中。"

鲍叔牙道:"管相良苦用心,我已尽知。你可回话——有我鲍叔牙在,必可保国君无恙。只是今日国君大帐,老鲍已经请命入宋,齐宋联合伐鲁,已成定局;老鲍箭在弦上,不容不发。待再战破鲁之后,老鲍便入城向管相请罪。"

"这?……诺。"国叔牛面有难色,又不得不应诺。忽然又道:"管相尚有一言,赠予鲍卿——宁为玉碎,不为瓦全;留得青山,何患无柴!"

鲍叔牙闻言,怔了半晌,抚摸黑髯哈哈大笑道:"管相知我是那宁为玉碎的人,却要我行那留得青山的事!管仲啊管仲,老鲍明白了,只是……嘿嘿,老鲍已决意联合宋国,再战鲁国。且容我再搏一把——叔牛辛苦了,且于军中睡上一夜,明日返城不迟。"

国叔牛不再言语,拱手行了礼,退出帐外,在营中胡乱歇了半夜,待天色放亮后,便返回临淄城中复命去了。

第三章　郎城风云

鲍叔牙辞了齐桓公，带着亲随，驾着车乘，载着金帛之礼，风尘仆仆，早入宋国，一径赶到商丘城下。护城河边，鲍叔牙手搭凉棚，望着阳光下行人如梭、幽暗深邃的门洞，自言自语道："齐宋世代盟好，胜似兄弟，宋公必会出兵助我。"

一行人入城，从熙攘人流中穿过，直奔宫城而去。车马踏过两条街，忽见前面一座府邸门前，众人乌压压地云集，喝彩声冲天而起，堵了去路。鲍叔牙惊诧不已，起身立于车厢上，居高望去。人山人海，随着几声"南宫绝技"的呐喊，鲍叔牙还是清晰地瞧见人墙之中有一魁梧大汉，头戴黑色皮弁，颐下黑髯偾张，浑身墨衣，挽着袖口，手执一支青铜长戟正耍得虎虎生威。那人将长戟在右掌中旋转几圈，忽然间一声狮子吼"起——"，便将长戟嗖一下掷向高空；那长戟从人头上蹿出，跃过树影，越过高墙，直向云中刺去！此一掷，足有三丈高，俄而又如巨石从天而堕，呼啦啦直砸下来！那人如磐石立，高举右手，将掌一拧，只微微抖了一下，便将长戟一把接住，自身竟纹丝不动。这一掷，围观众人先是被惊得鸦雀无声，而后喝彩声就如雷鸣骤响似的，久久不息。这当儿，又见一人，身形消瘦而文质彬彬，一身大夫模样，犹若鹤立鸡群一般，向那掷戟大汉拱手行了大礼，恭恭敬敬道："足矣！仇牧今日有幸目睹宋国一绝，此生无憾！"

鲍叔牙远远地也被惊倒了，不禁脱口叹道："如此神力，古今罕有！"又忍不住再向那大汉细细打量去——身高八尺，虎背熊腰，一脸横肉，黑髯如戟，两目圆睁如铃，浑身筋骨似铁，真硬朗朗一条好汉，让人一见，陡然间升起无限豪情。

此大汉乃是宋国第一勇将，名叫南宫长万。高空掷戟，百不失一，为南宫长万平生绝学，人皆不能。宋国朝野军民，人人都以目睹此技为荣，赞为"南宫绝技"。今日乃是大夫仇牧邀南宫长万于府中饮酒，酒酣耳热之际，戏道"未曾亲见，不知真假"；而南宫长万受不得激，狂饮几大觚，竟提戟迈出仇牧府门，于街心当众掷起戟来，一时引得围观如堵，欢呼如雷，不巧也正好被鲍叔牙撞上了。

须臾，众人渐渐散去。鲍叔牙走上前来，拱手道："好一个掷戟，天下无双！我乃齐国之使鲍叔牙，敢问英雄姓名？"

南宫长万此时酒意又涌上来，呵呵道："某乃南宫……长万……"

仇牧并无丝毫醉意，在旁道："你便是齐侯鲍师傅？——我乃仇牧，幸会。"

"啊——"南宫长万忽然一吼，瞪着眼睛道，"鲍叔牙？齐侯？……早听传报，你们在长勺被鲁国打得大败！鲁国又赢了，气杀我也！"

鲍叔牙一怔，赔笑道："长勺之战，鲁国兵多而齐国兵少，鲁虽胜，却是侥幸。"

仇牧道："鲍公来我宋国，不知有何公干？"

"齐宋世交，古来友好；如今齐国战败，宋国岂能旁观？我奉齐侯之意，觐见宋公，愿宋国出师助我，共伐鲁国！"

"哇呀呀呀呀——"南宫长万咆哮道，"正合我意！鲁国曾犯我疆土，夺我宿邑，此笔旧账，尚未清算！南宫早恨得牙也痒痒，手也痒痒，借此机会，正好好好教训一下鲁国小儿！"

鲍叔牙道："齐宋伐鲁，以二敌一，又有南宫如此虎将助威，鲁国必败！鲁败，宋齐则可以平分鲁地，岂止宿邑可以复得？"

南宫长万纵声大笑不已。

仇牧道："如此大计，我们当陪同齐使，一起面见国君。"三人说着，便同乘一车，喝马开道，共赴宋宫而去。

内侍传报毕，鲍叔牙、仇牧、南宫长万等相携入宫觐见。时宋闵公正在花园中饮酒投壶为乐，太宰华督及几位亲近大夫作陪。鲍叔牙一望见铜罍、酒爵，心中暗自叹道："一入宋国，尽碰到饮酒的。商都故地、三恪之国，缘何如此好酒？"

宋闵公乃宋国第十七任国君，子姓，名捷，是个不事修身、性情狂纵之主。却说自齐桓公继位以来，宋齐两国尚未通好。宋闵公今见新齐侯之使，自然生出几分善意和友好，当下与鲍叔牙赐席、赐酒。

宋闵公道："齐侯少年英主，继位以来，寡人未及道贺。今逢齐使，请为转达敬意！"

"我国君亦向宋公致敬！"鲍叔牙道，"宋齐世交数百年，宋有难，齐助之；齐有困，宋援之。目下齐国与鲁国战于长勺，齐不幸而败于鲁。我奉国君之令出使宋国，愿宋国念盟友兄弟之情，出兵助齐，双方会师于郎城之地，共伐鲁国。战胜之日，平分鲁地，自有金帛重谢……"

"呵呵呵呵！"鲍叔牙言未毕，便见席中一人古里古怪哂笑不已。众人望去，却是太宰华督。华督道："久闻齐侯礼贤下士，不计射钩之仇，拜了那九败丈夫为相，以为得了天下第一奇才！怎么，管相上任还没半年，齐国就败了？哈哈哈哈……"

鲍叔牙望去，并不认得华督其人，只觉他傲慢不屑，面目可憎。在一旁的仇牧轻声提醒道："此乃我国太宰，华督。"

"华督！"此名一入耳孔，鲍叔牙恍然大悟。十几年前，管仲漂泊无依，受萧大兴及宋公子御说举荐，曾到华督府上任门客。不想管仲无意间发现了华督因贪恋人妻美色，而杀当时宋国大司马孔父嘉的秘闻，于是留下"桃花国贼，耻与为伍"八个字，不辞而去。谁曾想到，华督又羞又怒，设立阴谋，反诬管仲是偷了府中粟米而逃去！由此后，"粟米小贼"的名号不胫而走，徒令管仲蒙羞受辱至今近二十年！这段不堪往事，鲍叔牙如何不知？难怪今日席间，华督再次讥讽管兄弟！一想到这里，鲍叔牙便浑身躁动不已，当下强压着怒火，冷眼瞪着华督，淡淡道："不知太宰大人有何指教？"

华督又笑，傲然道："无他。宋国自可派遣兵车伐鲁，只是到了得胜之日，齐国需遣那管相国亲入商丘，以向我国君致谢！此邦交之礼，齐国自然不会推却吧。"言毕,席上几个大夫都不约而同地大笑起来。

鲍叔牙闻言,再也遏制不住,竟拍案而起,厉声怒道:"可!只是宋乃公爵之国,齐乃侯爵之国,论起邦交礼仪,宋国自然比齐更为周全。此次齐国求宋,宋便要我国相国登门致谢,他日宋国有求于齐之时,宋公自当亲入临淄以谢!如此方是来往之礼!"说罢嗤了一鼻,断然拂袖而去。

华督怎么也料不到,一个求人的使臣竟然如此刚正无畏,当下被惊得满脸煞白,一时无措。宋闵公也急忙赔笑道:"齐使留步!方才一番戏谈,何必耿耿于心!"

这里,仇牧霍一下也拉住鲍叔牙的衣袖,笑吟吟道:"席间笑谈,何足挂齿?不足挂齿,呵呵……"说着就把鲍叔牙按下席位。

鲍叔牙半推半就,就又坐了下来。华督把盏道:"齐使请满饮一爵,华督方才戏谈,不必挂怀。"

鲍叔牙一饮而尽,顷刻间换了笑脸,却依然冷冷道:"我也是戏谈而已。"而后直面宋闵公,道:"宋公,外臣请求之事,不知宋公意下如何?"

宋闵公道:"齐国之请,宋国焉有不应之理?且鲁国占我宿邑已久,寡人早欲伐鲁,将我宿邑夺回。南宫长万何在?——寡人命你为将,猛获为副将,统率兵车,应齐之期,会师郎城。此战定要大败鲁国,以泄宋齐之恨!"

"诺!"南宫长万正求之不得,当下雄赳赳应道。

鲍叔牙大喜,拱手道:"多谢宋公,齐国必有后报。"

阴云再度笼罩曲阜。长勺之战大胜,昔日乾时之耻业已雪洗,本想着鲁国与齐国之间可以休战歇兵,安享一段太平。孰料齐桓公败而不服,再起烽烟,借来宋师,又来报复。齐以齐桓公、鲍叔牙为帅,宋以南宫长万、猛获为将,各统大兵,集于郎城之地——齐军屯于东北,宋军驻于东南,互为掎角,气势汹汹。鲁庄公眉头紧锁,急召重臣施伯、曹刿、曹沫、公子偃等人商议。

鲁庄公忧道:"郎城之地,在国都东南不远,齐、宋屯兵于此,譬如虎狼窥门,何以御敌?"

公子偃挺起胸膛道:"国君勿忧,此番且看我公子偃出征,必要大败敌军!"

鲁庄公瞧一眼公子偃,默不作声。施伯在旁道:"公子不可轻敌。齐侯少年英主,又有鲍叔牙等股肱之臣辅佐,此番兴兵,不得其志,绝不肯善罢甘休。而宋国之大将南宫长万,我最清楚,此人天生勇猛,有拔山扛鼎之神力,我国绝无其对手啊。如今两国联军集于郎城,实有窥视曲阜之意,我等断不可疏忽大意!"

公子偃仰头笑道:"施伯只知南宫长万神力无敌,却不知我公子偃也是天下无双!"

公子偃有夸口卖弄、华而不实之嫌,鲁庄公当下不悦,摇头道:"你绝非南宫长万之敌,唉——"

曹刿道:"去年乾时之战,鲁败而齐胜;今岁长勺之战,齐败而鲁胜。两国交锋,有以强克弱者,亦有以弱胜强者,全在因地制宜,因时制策,因人制计。齐国败于长勺,卷土复来,实是泄齐侯一己之私恨,非国家之大计,我料其必败!齐国师出无名,宋国附之,乃是蝼蚁之合,南宫虽勇,不足虑也。"

"曹大夫言之有理。有卿在侧,寡人无忧。"鲁庄公闻言,转忧为喜,当下朗朗道,"寡人明日便统兵车五百乘,命曹刿伴君左右,出战郎城,与齐宋一决雌雄!"

公子偃闻言,悻悻不已。公子偃乃鲁国贵族世家,对草莽野民向来不屑一顾。曹刿乃东平隐士,被施伯举荐,一入朝堂便立了长勺战功,由布衣而官拜大夫,如今又被国君点名称赞,命其伴君之侧,出征郎城!一想到曹刿就要再立战功,公子偃酸溜溜的,浑身不是滋味。但国君已经下令,公子偃当下也不好再说什么。

只听曹刿又道:"未可也!明日不可轻易出战!当下第一急务,乃是探得敌军虚实,而后定破敌之策。我将亲往查看。"

"何劳曹刿大夫亲往!"公子偃高声道,"偃愿为麾下先锋,请容我郎城观阵,定将齐、宋敌军摸个一清二楚,容后禀报。"

"公子偃为国请命,忠勇可嘉。就命你前去观察敌阵,速去速回。"鲁庄公也应允道。

当下又安排了调兵遣将诸事,命各路人马严整待命,又将粮饷调拨安排完毕,君臣方才散去。而公子偃立功心切,片刻也不停留,自驾一辆青铜快车,就直奔郎城而去了。

暮云平,暮山横。次日黄昏时分,晚霞如烟,天色渐暗,曲阜城中一片朦胧。鲁庄公正于堂内读国史,忽报公子偃前来求见。鲁庄公大喜,起身迎公子偃。

公子偃拱手行了礼,禀道:"齐军屯于郎城东北,宋军屯于郎城东南,两军并峙,互为掎角,倒也颇合兵法。然而,臣静观多时,其中却有嫌隙可乘——齐军鲍叔牙有戒心,军容肃整,甲兵雄壮,纪律严明,臣曾远远观到鲍叔牙亲自巡营,足可见戒备森严。欲破鲍叔牙,诚非易事。而宋军则不然,南宫长万自以为天下无敌,以至于骄傲懈怠,行伍杂乱,军心涣散,白日里遥遥可见其饮酒贪睡之状! 偃特来向国君请命:愿统领一袭车马,自雩门潜行,出其不意,攻其不备,直攻宋军大营,宋军必败! 宋败则齐军自然退去,郎城之危可解。"

鲁庄公沉吟片刻,道:"虽然如此,但你终究非那南宫长万的对手。待明日寡人与曹刿商议后,再行定夺。"

公子偃道:"曹刿不过野民,胆敢狂言肉食者无谋! 偃愤愤不已。如今大敌当前,国君为何不给我等肉食者一个建功立业的机会?"

"放肆! 岂可以私人之嫌而妄定国家大计?!"鲁庄公喝道,转眼又笑了笑,"郎城功劳簿上,寡人已为卿观察敌阵记上了一笔,卿且下去安歇吧。"

公子偃红着脸,便不再言语,躬身行了礼,悻悻而退。

公子偃牢骚满腹,垂着头只一个劲儿地走,恍惚间也不知行到了哪里。一想着自己就要归寝卧榻,忍不住重重一声叹息,又不由自主地用右脚狠狠踹地。这一踹不当紧,惊得身旁一株歪脖子老树上几只巢中小鸟惊叫不已。公子偃抬头望去,见月色朦胧,树影婆娑,几片淡云如烟,若隐若现,当下忽然心生一计,喜上眉梢。

自家内堂中,小窗幽亮,铜灯如豆。公子偃唤来心腹家臣左戎,密谋道:"趁着今夜月光朦胧,我欲与你共干一件建功立业的大事,不知你意下如何?"

左戎道:"但凭公子吩咐,赴汤蹈火,在所不辞。"

"我将率领本部人马,即时出城,偷袭郎城宋军大营!"

左戎惊道:"可是奉了国君之令?"

公子偃傲然道:"非也。国君厚此薄彼,弃我等鲁国贵族不用,却将破敌重任尽皆托付于那个曹刿,我大为不平! 我偏要出奇制胜,压一压曹刿的威风,也让国君知道野民岂能与贵族并论！此战，上为国家安危，下为你我富贵，忠义两全，公私两便，就看你左戎有没有这个逆天之胆？"

左戎道："蒙公子厚爱，待某恩重如山。死何足惧！只是左戎可以死，公子断不可以亡！"

公子偃一怔，道："此话怎讲？"

左戎道："国家备战在即，各路人马原地待命。既无国君之令，公子所能调动者，只有本部区区兵车百乘，如此人马，强攻宋国大军，岂非以卵击石，自取灭亡？"

公子偃哈哈大笑："足矣！我有一计，可以以一敌十。我那府中藏有泰山虎皮百余张，今夜正是派上大用场……"当下与左戎窃窃私语一番。

左戎恍然大悟，当下议定，拱手一诺，便匆匆退去。

原来，公子偃生性好游猎，平常更有收藏野兽皮毛的偏爱，尤嗜虎皮；于是不断有好事者专门以上好的泰山猛虎皮进献，以博公子偃欢心。数年下来，竟然收得虎皮一百余具——陈于室中，密密匝匝，似满壁虎啸，令人胆寒！公子偃之计，乃是将这些虎皮蒙于战马之上，借助夜色掩饰，这些战马陡然间便可以化作一群风驰电掣的恶虎，此所谓"虎马阵"。宋营防备疏松，乘其不备，用"虎马阵"猛然攻之，必然出奇制胜！——春秋时期，制造车马的技术大大提升，其中以装饰马首的马冠尤为精妙。马冠常以青铜或者皮革打造，常制作成兽头模样，戴在马首，以为威慑之用。公子偃"虎马阵"之计，其实也不过是化用常识而已。

夜色渐深，公子偃与左戎率领虎马战车百乘，打开雩门，悄悄出城而去。全军偃旗息鼓，静悄悄却又十分迅捷地向郎城方向移动。月光晦暗不明，旷野里，凉风中，一只只泰山猛虎整齐划一，列队群出，实在诡异非常；总觉得有无数白牙血口正在舔舐肉颈，令人毛骨悚然，不寒而栗。

却说雩门守卫早将消息报与曹刿，曹刿大惊失色，忙觐见鲁庄公。

鲁庄公闻信，怒道："公子偃如此贪功冒进！其所部车马已经出城，如之奈何？"又一声叹："此去必败，灭鲁国之威啊……"

曹刿却微微一笑，道："国君不必烦恼。以我之见，公子偃或可全胜。何以故？

其一,公子偃日间已经探得郎城虚实,知齐军不可击而宋军有隙可乘,此去必是避实击虚,直取宋军,甚合用兵之法。其二,公子偃兵车虽只有百乘,却是虎马之阵,今晚月色朦胧,虎马正得其用,足可以一以当百,不容小觑。其三,南宫长万傲慢疏忽,乃易败之骄兵;而公子偃反其道而用之,以突袭之法攻之,必可一击而胜! 所以——国君不必过忧。”

鲁庄公又惊又疑:“如此说,公子偃出兵是出对了?”

曹刿笑笑,道:“公子偃私自出兵固然有违军令,然而目下兵戈已开,只可因势利导,全以取胜为计。国君,公子偃此去虽有三利,却也有二险:其一,南宫长万乃万人敌,即使兵败,犹存杀气——困兽犹斗,何况世之猛将啊! 其二,公子偃只知攻宋,不知郎城尚有齐。即使偷袭得手,倘若齐军闻讯而至,齐、宋合兵再战鲁,则公子偃必陷入危局。”

鲁庄公道:“如此,何以应付?”

曹刿道:“时机已到,我等当出城决战。可兵分两路:一路增援公子偃,速速与公子偃合兵一处,必要将南宫长万击败,果如此,宋军自然溃逃出境;一路开赴郎城大道,于齐、宋两军之间列阵,深挖壕沟,阻断交通,以绝齐军援宋。只要宋军败了,则齐军不战自退。”

“卿真是妙算!”鲁庄公道,“既然如此,寡人与卿各统一路车马,齐国那一路重任,卿自当之。宋国这一路,寡人亲赴一战! 世人皆道南宫长万如何如何神勇,今夜寡人定要与这宋国第一猛将见个雌雄!”

“诺!”曹刿领命。

只见鲁庄公霍然起身,踱步到西壁彩屏之前,那里一条镌着猛虎兽纹的青石案上,青铜铸造的底座里,赫然供着一支长箭。鲁庄公对那箭躬身行了一礼,取箭过来,道:“卿可识得此物?”

曹刿接过,观此箭手感很重,通体寒光,金黄中杂着些许乌色,似金非金,似铜非铜,入眼明明是古物,但又鲜亮如新。曹刿端详半晌,惊道:“此箭? ……莫非鲁国奇宝——金仆姑?”

“正是。”鲁庄公道。金仆姑,为鲁国府库中秘藏的劲矢,亦是春秋时的天下名箭。相传鲁国开国之初，曲阜宫中有一仆人，白昼正午之时，于众目睽睽之中，行至一株老槐树下，就忽然不见。过了整整十日后，又忽然现身，一个跟跄扑倒于那树槐荫之下。宫中其他仆人都惊奇不已，一时围观如堵。那人一切如旧，只是腰间多了一支长箭，开口道："我姑姑善于修道，业已白日飞仙，于是召我于泰山之巅饮宴欢聚，不觉一旬已过。临别姑姑赠我一支金箭，言道此箭非常，不会射术之人，亦可一射而准，请秘藏之。"众人更惊，其中有不会射者数人，嬉笑着都用那箭试射，竟然个个皆中！后来消息传入鲁侯之耳，此箭从此便珍藏于鲁国府库之中，只有不得已时方可取用，绝不肯轻易示人，代代相传，以至于今。此箭也因此取名金仆姑。

鲁庄公当下凝视那箭，道："先祖神箭，佑我鲁国。寡人将携此箭临阵，与那南宫猛将对决！"

却说公子偃虎马之师，路上无声无息一般，悄悄潜行，飞一般赶至郎城宋营。此时寅时，也是人们酣睡最熟之时。夜色朦胧更甚，一片模糊中，但见宋营寂寂，零零星星闪烁着几许灯火。虎马威猛之师已到，而宋兵浑然不觉。

公子偃一声号令，鲁军陡然间举起火来，到处亮闪闪，焰腾腾，忽如白昼。随之金鼓齐鸣，杀声震天，鲁军群虎齐出，以排山倒海之势直向宋营冲杀去。宋兵平时军纪涣散，一盘散沙，此刻遭此突袭，丝毫无备，如何能挡？火影月光之下，但见营中到处都是猛虎咆哮，仿佛神兽天降，假假真真，一时间，人人惊悚战栗，个个争先鼠窜，哪有什么战心？有些仓促应战的兵车，好不容易执戈上阵，谁知那马以为遇到真虎，恐惧嘶鸣，掉头就跑。宋兵死的死，逃的逃，弃甲抛戈投降者，不计其数。公子偃又下令乘势放起火来，片刻间仿佛飓风忽起，只一卷，整个宋营就化作一片火海。

公子偃志在南宫长万一人，乱军中率领精锐，直扑中军帅帐。南宫长万夜中多饮了几爵酒，此刻见大营葬身火海，一时酒梦俱醒，狂怒不已，操了铜戟，命御者驾车，就要冲上去厮杀。不想御者已被公子偃提前斩于马下，南宫长万无奈，只好将铜戟置于车厢中，独自驱车，且行且战，但没多久，便又且战且退。

火光里，公子偃眼睛一亮，见南宫长万要逃，于是高声喝道："南宫休走！"一袭鲁兵就团团围过来。

"将军速往南退！"混乱之中，副将猛获从斜刺里杀来，大喊道。当下猛获护着南宫长万共同杀了几番,不敢恋战,便带着身边人马匆匆撤出,径直南逃,奔宋国方向而去。

　　捣了宋营,公子偃与左戎率众乘胜追去。如此大捷,公子偃岂能轻易放跑那威震天下的猛人南宫? 却说刚刚追出五六里,忽见身后火光闪耀,龙蛇一般,来了好长一队兵马。夜色如烟中,犹可见人数众多,足以胜己两倍。公子偃大惊道:"不好! 莫非齐国鲍叔牙追过来了?"

　　须臾,后面这支兵马愈来愈近,有声音呼呼传来:"公子偃留步!"左戎定睛瞧了又瞧,终于看到旗号,喜道:"是国君! 非鲍叔牙啊!"言罢,陡然间转喜为忧,惊道:"国君忽来,莫不是兴师问罪?"

　　公子偃心中不由一震,只好止住车马,以待来师。果然是鲁庄公来了! 待鲁庄公大军赶至,公子偃赶忙下车,伏拜于地,大声道:"国君即使治罪,公子偃也要擒了南宫长万! 请国君暂缓一日,容我追击。"

　　不料爆响起一阵笑声。公子偃与左戎不由同时抬头望去,只见大军簇拥之中,焰腾腾一片火光影里,鲁庄公立于国君大车之上,左有执缰驾车、玉树临风的县贲父,右有操戈护驾、威武雄壮的卜国,正望着自己笑道:"卿不必多心。寡人统率大军,正为助卿而来。"

　　公子偃笑了,起身一指身后道:"国君英明神武! 宋营已被我攻破,南宫长万率残部南逃而去,今夜宋国第一猛将必堕囚笼之中!"众人皆大喜,当下两军合并一处,火速向前追去。

　　鲁军锲而不舍猛追,宋军狼狈不堪急奔。到了一个叫乘丘的地方,眼看残兵败甲,宋军连逃命的力气也将丧失殆尽,南宫长万急得连连大吼! 深夜荒野里,那一阵吼,声如震雷,虎啸狼嗥一般,却无丝毫回应。

　　南宫长万召身边猛获,道:"逃无可逃,身陷绝境,唯有死战,或可脱免!"

　　猛获应道:"将军,是也!"南宫长万望着猛获,点了点头。两人当下收拾残师,鼓舞士气,掉转矛头,重新列阵,以必死之念反向鲁师冲杀去。

　　狭路相逢,激增强悍。猛获当头,正遇公子偃,二人便对杀起来;随之两军乱成一片。南宫长万一眼就望见对面大军中那辆分外入眼、独一无二、五马嘶鸣的豪华战车，当下睁起圆眼，青筋暴起，大吼着抡起那柄长戟，直取鲁庄公而去。鲁兵忙护驾，如水围过来，哪知南宫长万势如猛虎，骁勇异常，众人一见，未及相战，便先自胆怯了，片刻间恍如狂风骤雨，南宫戟下，倒下满地尸横。

县贲父见势不对，唯恐鲁庄公为南宫长万所伤，便喝马掉转了国君车辕，暂避风头。只听几声箭响从身旁呼呼飞过，不过车上鲁庄公、县贲父、卜国，并无一人中矢。鲁庄公还回头不舍，盯着南宫长万又望望，不由叹道："真乃天下第一猛将！可叹不能为寡人所用！"

南宫长万追车而来，鲁兵竟无敢近前者。县贲父驾车正急，正欲转辕，忽然边上一马声嘶力竭哀鸣，也不知怎的，霍然间马倒车翻，鲁庄公与卜国被甩出车厢之外老远，而县贲父半掩在车身之下。所幸三人皆无大碍，只是鲁庄公左脚撞上一节树干，疼痛直上半腹，一时难忍。这当儿，南宫长万气汹汹挺戟向鲁庄公刺来——"休伤我主！"万急时刻，卜国一骨碌爬起来，操起铜戈便迎上去，与南宫长万大战。卜国虽勇，奈何南宫长万乃万人敌，几个回合下来，如狼逢虎，卜国无力招架。

县贲父大惊，从车下爬出，赶忙搀扶起鲁庄公。鲁庄公一脸铁青，夜色朦胧里望着大战中的卜国，气呼呼道："卜国，无勇！"说罢，也是一时心乱，身不由己，便挣了县贲父之手，弃之而去。这时，有国君副车赶来，鲁庄公被救上车去。望着鲁庄公冰冷的背影，县贲父已知国君既在指责卜国无勇，更是严斥自己翻车失职，不禁羞从中来，愧不可当，仰天叹道："以前从未失手，偏偏战时翻车，实乃罪过！我当赴死！"说罢，大步奔过去，徒手与南宫长万战起。

不远处，公子偃见鲁庄公陷入危局，大呼一声"国君"，便弃了猛获，也赶来参战。当下，公子偃、卜国、县贲父三人共战南宫；而猛获又被左戎缠住，依旧脱身不得。

南宫长万虽被围，却愈战愈勇。此时天渐透亮，晓色迷蒙，乘丘地方短刀长矛，杀声震地，鲁宋双方激战正酣。卜国更显不支，一个不经意，但见一戟横扫划过，卜国颐下血流如注，当场倒下而亡。县贲父大呼"卜国"，便向那南宫长万扑过去。鲁庄公立于车上远远观望，惊魂动魄，脱口道："以一敌三，仍占上风，南宫长万之勇，世所罕见！"当下一咬牙，又厉声道："取我金仆姑来！"

左右捧矢以进。闪烁不定的身影里，但见鲁庄公挽弓搭箭，觑定南宫，嗖的一射，凌厉飞出，那箭正中南宫长万右肩，竟深入骨中三寸——金仆姑岂是那寻常之箭！南宫长万大叫，当下弃了手中长戟。此时不想县贲父又捡起卜国之矛，迎面刺来；南宫长万顺势躲过，近身贴近县贲父，探出左手一下子就锁定其喉头。县贲父几番挣扎，无奈对方力大，终究被折断骨头而掐死了。县贲父轰然倒地，与卜国横尸并在一起，一如未死之时两人并肩立于国君战车之上！壮哉！

公子偃发起狂来，乘着南宫长万掐死县贲父之际，挺起手中长戟，尽力一刺，正中南宫长万左股，南宫长万上下疼痛难忍，终于坚持不住，扑通一声倒了下来。待到欲要起身，却见公子偃已将大戟横于自己颈项，动弹不得。片刻间，众多鲁兵一齐拥来，将南宫长万死死按着缚住。公子偃更是将右脚踏在南宫长万横阔的胸膛上，一时忽然想到鲁庄公曾言"你终究非那南宫长万的对手"，禁不住心花怒放，便高扬头颅，纵情狂笑，得意之状无以言表。

宋国第一猛将终于被擒，鲁庄公也长长舒了一口气。晨曦火把中，鲁庄公瞧见南宫长万浑身绳索被绑了过来：金仆姑箭依旧斜横在右肩，左股戟伤之处依旧滴血不止，然而南宫长万也依旧如常挺立，傲然如山，无丝毫痛楚之状。鲁庄公一见，不由心生敬意。"押下去。"鲁庄公道——南宫长万虽被生擒，然而因鲁庄公爱其勇，此后也得到了优礼善待，并未受屈，此乃后话。

猛获见主将被活捉，再无丝毫战心，独自驾车逃窜而去。追随的还有些残兵败甲，因为鲁军不再追赶，到底都还是平安逃到了宋国，将消息报与宋闵公。乘丘一战，以鲁胜宋败，南宫长万被俘而落下帷幕，时公元前684年，周庄王十三年事，在齐鲁长勺战后不久。

宋军乘丘大败，其盟友齐军为何不来？——是夜，鲁庄公带一军直扑郎城宋营，以援助公子偃。而曹刿另带一军也开赴郎城大道，在齐、宋二营之间阻击。

曹刿之军行至目的地，副将正要埋伏备战，曹刿笑道："无须一战，只挖掘壕沟，截断道路即可。齐军来时，再配合弓箭足矣。"副将领命，亲带几百人，掌着火把，开始掘土。曹刿又自言自语道："泰山南北，齐鲁近邻，世代联姻，互为强弱，不宜结怨太深。郎城战事，逼迫齐国知难而退即可，何须大动干戈！"

却说公子偃突袭宋营不久，齐军这边早有巡报。鲍叔牙披衣登上木楼，见南方夜空里，一片耀眼烟火，有喊杀声隐隐传来，立时惊道："不好！宋军被袭，我当提兵救之。"当下亲率兵车火速驰援。齐桓公坐镇大营，全军戒备，以防宋兵也来偷袭。

鲍叔牙风驰电掣，奔驰正急，忽见前方灯火通明，兵车云集，一条深不见底的壕沟横亘眼前。鲍叔牙驱车临近，不由眉头紧锁，细瞧深沟对面，尚有几排弓箭手严阵以待。正观察间，曹刿从鲁军中簇拥而出，立于土堆高处，高声道："鲍叔牙，别来无恙，可还认得故人曹刿否？——哈哈哈哈，宋营已被焚烧殆尽，南宫长万也向乘丘方向败逃而去，你也快逃吧！等天亮我们收拾完了南宫长万，再合兵攻齐，那时就晚了！哈哈哈哈……"言罢一挥手，万箭齐出。

鲍叔牙无奈，只骂道："该死的曹刿！"连连叹息，便转身退去了。

鲍叔牙归营，报与齐桓公。齐桓公一屁股呆坐在席上，只一声叹，半晌无言。鲍叔牙道："一时胜败不足虑。宋军已败，我军亦危。当下只有立即退兵回齐国，再作计较。"齐桓公又叹，垂头道："就依鲍师傅——唉！……悔当初不听仲父劝谏，以至于连番两败！小白无颜回临淄，小白无颜见仲父……"

拂晓时分，齐军拔营，别了郎城伤心地，偃旗收兵思故土，北归临淄去了。

天早放亮，微见薄雾。鲁军营地，炊烟四起，早饭将熟。鲁庄公正与众臣聚于中军大帐，先饮了两爵浊酒。大战一夜，终奏凯旋，上上下下一片欢喜。鲁庄公厚赏公子偃虎马夜袭之勇略，又大赞曹刿运筹帷幄之功劳，其他有功之士皆有赏赐。正谈笑间，帐外忽报："齐军已从郎城撤去。"帐内于是轰然响起一片笑声。鲁庄公道："宋败，则齐自退。曹刿大夫与公子偃皆有此高见，皆不虚言啊。哈哈哈哈，鲁国人才济济，寡人何忧！"

忽然又有养马的圉人也报求见，鲁庄公命传。圉人入帐，参拜国君道："臣发现一事，不敢不报。臣适才浴马之时，见国君战车的边马，其大腿红肉之内，有箭矢一枚。"

"啊！"鲁庄公大惊道，"原来昨夜寡人战车翻倒，乃是马匹中箭之故，非县贲父、卜国二人失职之过啊！寡人错怪忠勇之士了……"眼前再度浮现出县贲父、卜国二人因为自己一言错怪，便殉死于沙场之上的场面，更加心痛不已。须臾，鲁庄公又道："县贲父、卜国二人自追随寡人以来，德才兼备，尽忠职守，乃鲁国士之楷模！倘若不是寡人一时口误，此二国士皆不至于双双死去——传令，厚葬二国士，寡人将亲往致诔。"

诔，乃是春秋时期追念死者功德的悼词。帐中一大夫道："贱不诔贵，幼不诔长，礼也。县贲父、卜国其德虽佳，然而终是士子之身，今国君要为士子致诔，古来见所未见，闻所未闻。国君此举，勿乃太过？"

鲁庄公道："礼者，善也。此二国士，因寡人之误而为国殉难，寡人致诔，有何不可？天下之礼，从此可增一数。"

曹刿赞道："甚好。从此士人之心，将尽归于我鲁国。善莫大焉！"

返回国都后，县贲父、卜国被安葬于曲阜城东南高岗之下，鲁庄公果然亲往致诔，一时美谈，广为流传。后世言道："士之有诔，自此始也。"

却说齐国深宫，国君寝殿之前，管仲立于廊下，求见齐桓公。须臾，有一人屈身自殿门钻出，乃是一个十几岁的少年郎，身姿清秀，容貌俊美，只是嗓音奇特，不男不女，道："国君有言：寡人身体不适，只宜深宫静养。盖凡齐国政事，仲父自裁之——管相，请回吧。"

管仲一看，乃是桓公近宠、寺人竖貂。寺人，即后世所谓宦官，春秋时称为寺人；《周礼》中所载宫中侍御之官，负责掌管内侍及女宫戒令。竖貂本是临淄一士人，为亲近内廷，取悦桓公，甘愿自宫以进。竖貂办事伶俐，巧于献媚，故而深得桓公宠信，遂日夜不离左右。竖貂由此陡然显贵，时人称之为寺人貂。

当下管仲不发一言，默默而退。齐桓公从郎城返回已有三日，管仲三次求见，皆不见；朝中有大夫求见，也只一句"禀告仲父处置即可"，皆拒见；只将自己闭于深宫内寝，多召美艳妇人，昼夜沉迷酒色。管仲暗暗叹道："国君羞于见我，如此自暴自弃，大非齐国之福啊……"

管仲登车，返归相府，刚行至半道，便遇家仆匆匆来报，说鲍叔牙已在府中恭候多时了。管仲大喜，厉声喝马，车轮滚滚而行。

郎城撤军，将近临淄时，齐桓公却带着一队亲随，悄悄先行，早入城中了。只因羞于见管仲，于是躲在深宫中不出，谁也不见。而鲍叔牙自统大军慢行，至临淄将各项军旅之事安置妥帖，已到今日此时。鲍叔牙什么也不管，只飞速赶至相府要立见管仲。

故友重逢，股肱相会，十分欢喜，亦十分沉重。管仲拱手，正欲行礼，却见鲍叔牙先自伏拜于下，高声道："未听管相善言，以致长勺兵败，郎城无功，鲍叔牙特来向管相请罪。"

管仲慌忙扶起，道："鲍兄，鲍兄不必如此！虽然有败，然鲍兄依旧有护驾之功。"

"天杀的，要气死老鲍啊！"鲍叔牙一扶就起来，依旧气得脸色紫涨，黑髯偾张，当下也毫不客气，与管仲落席而坐。有侍人捧奉蜜水。鲍叔牙接过，一饮而尽，抹嘴道："老鲍始终想不明白，前后不过一年，齐国何以乾时大胜而长勺大败？愿管相教我！——哎呀，你先听听前线战况……"鲍叔牙胸中块垒，不吐不快，当下滔滔不绝，将管仲不在军前的那些日子里发生的大小事情，竹筒倒豆，和盘托出。从长勺到郎城，从曹刿到公子偃，从一鼓作气到虎马夜袭等等，唯恐遗漏，说得怒火攻心，说得眉飞色舞，说得杀气腾腾。

待鲍叔牙一气泄完，管仲道："此番出征，所以齐败而鲁胜，缘由有三。其一，国君新立，举国新政，当此新旧交叠、大动元气之时，潜龙勿用，是为上计，最忌大动兵戈。我有'先内后外，先富后强，先尊后攘'之策，国君表面虽应，然其功利之心太过，实是焦躁不能等。内政不稳，急欲称霸，妄动干戈，师出无名，我国于道上早已输了，何必再至长勺论雌雄？其二，主客有异。乾时之战，齐国为主，鲁客无道来犯，主必克之；长勺之战，鲁国为主，齐客无礼来伐，则主必全力驱之；其理与乾时同。其三，鲁国新增谋臣良将之益。国有危难，必出忠良，曹刿、公子偃是也。观曹刿一鼓作气之计，观公子偃虎马偷袭之谋，皆上上兵道，此二人真乃鲁国奇才啊。鲁国得此三利，而齐国有此三弊，安得不败？"

"老鲍悔之晚矣！"鲍叔牙一声叹。

"不过，齐国也得一大利！"

"损兵折将，空耗府金，自取其辱，威名扫地，还有何利可言？"鲍叔牙满脸诧异。

"此利不在他处，正在国君一人。"管仲朗朗道，"其心不坚，其志不定，欲成霸业，谈何容易？国君出于诸侯之家，自幼锦衣玉食，遍享尊荣，世间富贵，日用不知；未经挫败，不知艰难，其所缺者，正是一番淬火锤炼！此次鲁国用兵，我另有一层心思，亦在使国君遭逢战火洗礼，吃吃苦头，受受屈辱，好尽快成熟起来。我之所以点将鲍兄随驾，亦有此意。国君虽是齐侯之尊，然目下不也是一个莽撞冲动、不知轻重的少年孩子吗？——嘿嘿，有你我在，孩子出一点岔子，犯一点错，那又有什么？"

鲍叔牙恍悟，道："管兄用心良苦，难怪国君呼你为仲父，可谓实至名归。"

管仲默默，不由想到刚从宫中归来之事，叹了一声气，道："孺子不成大器！鲁国一败，躲匿深宫，昼夜取乐，不理政事。我已三番求见而不得一面之缘！"

鲍叔牙也大惊，呆了半晌无言。

鲍叔牙又饮了蜜水，问道："当下，齐国之计，该当如何？"

管仲道："不过内事、外事两种。国门之内：四民分居令、新农令、官山海令正如火如荼，深得民心，齐国老贵族渐渐也开始拥戴新政，其他政令也将逐一实施。夷吾以为，三年之后必有大成。眼下四海通商令也已实施，其中涉猎最杂，细则最多，急需一刚直中正之人来主持，夷吾拟设大司商之官；鲍兄归来甚好，齐国首任大司商，非你鲍叔牙莫属！国门之外，有二事可以缓缓图之。其一，欲称霸天下，当先利友邦。齐鲁两年之间两次大战，彼此一胜一负，也算扯平了。当择时机与鲁国重修盟好，以睦邦交。其二，国君继位以来，未曾上报周天子，也尚未立国夫人。当派遣使臣，出使洛邑，参拜天子，求王姬下嫁于齐。齐国与天子联姻，干系重大，不可不慎。"

"好！管相如此信任老鲍，老鲍便就做了这个大司商！其他事情管相自行斟酌便了。"鲍叔牙道，"管相深谋远虑，我老鲍不及。从今以后，老鲍但凭管相差遣，不敢违命。"说完哈哈大笑起来。管仲也随之一乐。

"只是——"须臾，鲍叔牙又转忧道，"眼下齐国最紧急之事，乃是要让国君快快从深宫沉沦之中走出来啊！"

　　"鲍兄所言甚是。"管仲张口应道，"国君有心疾，夷吾有心药，无妨。"

　　鲍叔牙一听，顿时满脸茫然，怔了半晌，眼睛直勾勾盯着管仲，笑道："管相什么时候也行医治病了，呵呵呵呵，心药！心药，妙……但看灵也不灵……"

第四章　君疾可医

深宫内寝,正是春梦大好光阴。铜炉香烟缭绕,透过三层薄如蝉翼的轻纱,依稀可见有一人散发披肩,右手托腮,侧身半倚于玉榻之上,醉眼惺忪地瞧着前面乐舞。又有两个妙龄女子浓施粉黛,轻绾发髻,酥胸微露,尤物一般;一个捶着那人的右腿,一个捏着那人的左肩。悠扬的钟磬声中,三人衣衫凌乱,腻歪在曼舞影里。玉案上置有七鼎六簋,盛着牛、羊、豕、鱼等各色上等美食,并有果品、菜蔬、蘸酱等物;又有一罍美酒,不使爵中空乏;又有酸梅汤和蜜水,以作调口之用。那人无精打采,目光虚浮,一动不动盯着眼前歌姬销魂的舞姿,也不知究竟看在眼里没有。

那人便是齐桓公。从郎城返回临淄,已有十多天了,齐桓公依旧难从鲁国战败的阴影中走出来,每日里闭锁深宫,沉迷酒色,拒见任何人,尤其是管相仲父。寺人竖貂见君主烦闷,便一门心思变着花样贡献美食、美酒、美色,以悦桓公身心;果然,桓公销魂尽欢,如梦如醉,忘乎所以,不知昼夜。说来也奇了怪了,管仲初时还来扫兴几番,后来不知何故便再未叨扰,还安排相府特意送来一缶蜜水——这是齐桓公日常里最爱喝的。齐桓公只以为管仲在尽人臣之道,也懒得再深思熟虑什么,只管在竖貂的精心安排下,一心寻欢作乐去了。

乐舞声中,一双穿着白袜的脚踩着席子,又快又轻地走了进来,其快如疾风,其轻如鸿毛。齐桓公最宠爱的竖貂来了。竖貂躬着身,垂着头,却翻着眼睛死死盯着齐桓公的脸色。竖貂走近,将铜爵中添了酒,又用铜匕从鼎中取了几块肥羊肉,小心谨慎地放在齐桓公面前的俎上。竖貂细声细语道:"今日小人准备的酒食,国君尝着可还可口?"

齐桓公仿佛大梦初醒,眼睛从跃动的歌舞中瞟到竖貂的白脸上,竟忽然叹了一口气,将竖貂吓了一大跳。齐桓公道:"酒也美哉,女也美哉,就是这饭食——唉!竖貂啊,寡人总觉得心神恍惚,食不甘味,这可如何是好?"

竖貂惊了一下,忽又赔笑道:"国君自幼时便是如此饮食,年深日久,任他山海奇珍,也是难免乏味。国君放心,小人定使国君换换口味。"

"如此最好。"齐桓公也不太在意,当下吃了一口羊肉,便又欣赏歌舞去了。宫中饮食固然是极好的,只是食者心不在焉罢了。齐桓公此语,实则随口一说,并未上心。

桓公说者无意,竖貂听者有心,这无意与有心之间,不想竟引出一个厉害角色来。却说那竖貂回府,为齐桓公的"食不甘味"四字坐卧不宁,如何才能使国君胃口大开呢?这个问题直把竖貂愁得掉起头发来。忽有门人献计说:"宫中烹饪犹有不足,难以取悦国君之口,必要遍访齐国,寻得庖厨奇人方可。"竖貂当下乐道:"然也。"于是将门人尽散出府,许以重金,到处寻访庖厨去了。

原以为大海捞针,其事甚难,不承想到第三日时,竟有一人主动登门,自荐而来。竖貂又惊又喜,忙赶来见。但见眼前人粗布葛衣,青巾裹头,打草鞋,挽袖口,满身都是市井里肉菜混杂的气味,令人不由要掩一下鼻。不过此人正值盛年,生得魁梧高大,仪表堂堂,猛一入眼,也是一副好男儿气象;只是脸色也黑,两手也黑,似乎是长年累月烟熏火燎的缘故。竖貂当下瞧了,板着脸,冷冷问道:"你叫什么名字?哪里人氏?"

"小人易牙,世居临淄,祖上至今五代为厨。"那人不卑不亢行礼答道。

"哦——"竖貂微露笑意,转眼又傲然道,"你既自荐登门,想必有些手段,说说看,你都有哪些本领?"

易牙道："小人舌头，可辨微妙百味；小人厨技，独步天下无双……只恨未有明主识我……"

竖貂哈哈大笑起来："天下无双！竖子好大的口气！你可知道，一旦欺瞒国君，你便再也不能张口说话了！"

易牙笑答道："岂能不知……"正要说时，竖貂却将其话截断，从旁递过一小碗肉羹来。这羹是早饭时齐桓公鼎中之物，因为桓公嫌其不够味美，竖貂有意留了一碗，揣摩着看如何改进，当下道："易牙，这碗羹乃是宫厨为国君所烹的，你尝尝看滋味如何。"

易牙接了，从鼻下嗅一口而过，入眼三瞧，又抿一小口细细咀嚼。待轻轻咽下，便道："此乃羊羹。所取之肉乃是小鲜羊肉，羹中又特意加了豆叶调味。此碗羊羹已经十分鲜香，不愧是出自宫中的美味，然而以我看来，却是白白糟蹋了尤物——岂不知肉羹之美，全在调味之菜——其中奥妙：牛羹要用豆叶，羊羹要用苦菜，豕羹要用山菜。此碗羊羹不入苦菜而用豆叶，乃是以牛法做羊，不知滋味之妙！大人可将此羹中改放苦菜，只此一个小小关节，滋味便可胜出百倍。"

竖貂听了，颇有惊喜感慨，须臾，又在心中暗忖道："此人本领或可一用，可让他与国君先试做一鼎，以观后效，再行定夺不迟。"当下道："你留下吧，明日权为国君做出一道美味，看国君喜也不喜。"

"谢大人！"易牙一面躬身行礼，一面道，"只是……只是需赐小人三日光阴，方可做出一道世间绝味来。"竖貂大惊，但见易牙又口若悬河，滔滔道来。竖貂听了，顿时恍悟，不觉叹服。两人当下商定，竖貂命准备了大鼎小鼎及各种食材，又指派了三个仆人听用；易牙则自去忙活去了。

三日后，正午间，齐宫花圃。酒宴刚刚摆开，齐桓公双臂各拥一美姬，调笑饮酒。身边左右静静立着许多侍人。

只见竖貂匆匆跑来，笑嘻嘻道："国君，如此饮宴颇感乏味，小人特献一乐，以助国君酒兴。"

齐桓公"哦"了一声，饶有兴趣地问道："如何一乐？"

"小人府中有一下人，可辨百水滋味。自称临淄东西南北，无论河水湖水泉水，只要舌头一尝,便知其水来自哪里,实是一个奇才怪杰啊!"

齐桓公十分惊诧,道:"我临淄一带,河湖密布,水网纵横,然绝非一脉之水,可谓源头众多,水品各异,常人哪有这种奇妙本领?"

竖貂更喜道:"对呀,所以国君可以亲试一番,看他舌头是真是假?"

齐桓公兴致盎然,当下放下酒爵,大乐道:"速将此人召来。"

"诺。"竖貂嘿嘿笑着退下去了。

这里,齐桓公一伸手,将左右在侧的侍人都召过来,秘密吩咐一番,令他们出宫东西南北取水去。一番车马疾驰,众侍人返回。于是齐桓公面前又新置了一张大案,案上竖起八只陶缶,盛着八种不同之水;陶缶后面又各自摆着一支竹简,写着其水具体取自哪里,只是字迹那面一律朝下。

哪八种水?却说早在春秋时代,临淄城山环水绕,天下形胜,远非后世所看到的情形。其地东有淄水为池,西有系水通航,形成两河夹一城的格局。若以大环境论,临淄南依泰沂山脉,北望巨淀大湖,东面淄河蜿蜒,西方高岭盘桓,后世有所谓"南门牛峰翠霭,北门淄池锦带,东门淄流斜抱,西门愚岭遥盘"之美誉,可谓土肥水美,物产丰富,虎踞龙盘,百世永固,乃是绝佳的都城选址。此地尤其水旺,城东有淄水,城西有系水,城北有淄水,城东南又有天齐渊,城西又有申池,城北又有巨淀湖,加上还有溡水、画水、康水三条河流错综其间,于是便有"六水三湖绕临淄"之盛况!齐桓公命取来的八陶缶水,乃是淄河之水、系河之水、淄河之水、溡河之水、画河之水、康河之水、天齐渊之水和申池之水,只因北边巨淀湖距城太远,一时不便,所以没有取来,临淄九水得其八。

又须臾后,易牙被带来了——黑布蒙了眼睛,独自对着那一排水缶立着。齐桓公与二美姬都笑吟吟望着易牙,左右众侍从也都瞪大了眼睛惊异地盯着。只见竖貂随手从正中的陶缶中倒了半碗水,然后笑眯眯交给易牙。易牙抿一小口,咂摸两下,舌尖轻吐出唇外,道:"其水甘甜,其质纯净,必是山涧诸泉汇合而下,然后经过重重沙石淘滤所形成的淄水之水。"

一侍人将缶后的竹简翻开,果然是"淄水"两个字。齐桓公不由一惊。

竖貂又递过来半碗水,易牙如旧一品尝,出口道:"水有泥腥之味,水有浑浊之感。此水必从低洼卤地流过，乃是取自源发城西、流经城北的渑河之水。"

缶后竹简被翻开，"渑水"二字赫然入目。齐桓公十分惊讶，不禁呆住了，身边那些侍从不由群起发出一声惊叹。

竖貂又递过来半碗水，易牙复又品尝，脱口道："此水甘甜无比，尚有余热之温，不消说，必是来自临淄东南、牛山脚下的天齐渊水。"

缶后竹简又被翻开，果然是大大的"天齐渊"三个字。齐桓公不由哈哈大笑起来，身边二姬也是咯咯笑个不停，都道："真是神了！"齐桓公命赐一席。于是陶缶案前、与齐桓公相对的正中位置设了一张蒲席，易牙由站立改为跪坐，继续蒙眼辨水。

竖貂将余下的五种水一一取来，交由易牙分辨。易牙逐次一一品味，竹简也逐次一一翻开，而易牙所辨与简上字迹也逐次一一吻合，竟无一错。齐桓公乐得前俯后仰，而竖貂也被惊得魂魄俱销。将要面见国君时，易牙特意请求辨水为乐，竖貂自然答应，但万万没有料到竟能这般神奇！竖貂心中暗暗道："易牙必有宠于国君矣！"

八水辨完，齐桓公正要赏易牙，忽见眼前有个内侍抱着一只大黑陶碗，喊着"国君国君"，匆匆跑来。那人故意道："北边的水也取来了！"然后在齐桓公耳边窃窃私语了一番。齐桓公听后点点头，满脸诡谲。

齐桓公将这只黑碗交给竖貂，然后道："这是城北巨淀湖之水，但请品评一番。"

竖貂将黑碗交给易牙，易牙探舌头品一小口，须臾，又多抿了一口，摇摇头，朗朗道："恕臣直言，此绝非巨淀之水，国都方圆百里之内，哪怕是深山隐泉，臣舌头一尝，便知出处。此碗水究竟是何方之水？……恕臣懵懂，或在齐国之外，臣不能知。"

言未毕，齐桓公一阵哈哈大笑；身旁那位送黑碗的内侍也是大乐不已。齐桓公笑道："真乃奇人！你又中了！此碗水并非巨淀湖水，乃是昨日天上的雨水！方才相戏耳。"原来那位内侍有意要再试一下易牙，将宫中残存的半碗雨水故意说成是巨淀湖水，不想还是被易牙辨出了真假。

齐桓公大乐，命赐酒一爵。易牙摘除了蒙眼黑布，先向国君躬身行礼，而后举爵一饮而尽。

齐桓公道："你是何人？如何有这般神奇本领？"

易牙答道："臣乃易牙，临淄人氏，祖上世代为厨。臣与生俱来有禀赋，口中之舌异常灵敏，十二岁时即可分辨百味。如这般临淄诸水之差异，于臣而言不过儿戏一般。后继承祖业，玩弄薪火，调和五味，舌头及厨技越发灵异。国君——"易牙忽然匍匐拜于地上，重重道："适才辨水仅为博国君一乐。臣闻国君口淡，不思饮食，这如何得了？今特随竖貂大人，来献一鼎美食，请国君尽享。"

竖貂也过来，忙道："易牙所言甚是。易牙厨艺出神入化，比之宫中更胜一筹，国君一试便知。"

齐桓公兴致更浓，不由自主伸了伸脖子，喜道："什么美食？快快上来。"

"诺！"竖貂与易牙一前一后急应道。

片刻后，一只大如肚腹的铜鼎被抬来。竖貂、易牙各执鼎上一耳，累得气喘，共同将那鼎搬到齐桓公前面案上。竖貂打开鼎盖，一阵鲜香伴着几缕热烟，悠悠飘出，一下子就令齐桓公陶醉不已。易牙又端过来一豆自己调制的蘸酱，又递过来一双铜箸，对齐桓公道："此乃臣制之味，请国君品尝。"

齐桓公接过铜箸，瞧一眼鼎中之物，乃是削得一片一片、摆得整整齐齐的像是烤肉一般的食物，色泽焦黄油亮，令人入眼垂涎。齐桓公夹起一片，蘸了豆中酱吃起来——羊肉，但又从未吃过如这般的羊肉！外酥里嫩，极其鲜美，不腻不膻，满口奇香，既有烟熏火燎气，又有油脂烹饪香，还夹杂着些许枣甜香、鱼鲜味、梅酸爽以及其他莫名其妙之口感，似乎是百味调和之羊，可谓平生从未食过的绝妙美味！齐桓公当下胃口大开，不禁连吃一大通，一个劲儿赞道："好好好！"

尽兴后，齐桓公放下铜箸，痛饮一爵，满脸堆笑，问道："易牙啊，此美味是何名堂？可叹寡人堂堂齐侯，至今未曾吃过啊！"

"此乃炮羘。"易牙答，然后开启利口，将其制作过程一五一十和盘托出——炮者，火中烧烤之意，为古之烹制技法之一。羘者，羊也，专指母羊。制作一鼎炮羘十分繁杂：先将一头小小母羊杀掉，掏出内脏，洗剥干净，用上好红枣将其腹腔填满，然后通体用芦苇缠裹，再涂上一层厚厚的草泥，之后放入猛火中烧，此即所谓"炮"。待炮至半熟，火中取出，剥去草泥，摘除芦苇，然后将羊体表面因烧制之时而产生的皱皮，轻轻搓揉掉；再将调制好的稻米粉糊糊，淋遍羊身，要通体挂糊，不可有丝毫遗漏。然后将这羊投入盛有动物油的小鼎之中,再将小鼎置入盛满水的大鼎之中——大鼎水面不可高过小鼎边沿,以免水入油中。如此大功已成一半,接下来便在大鼎之下燃起火来,直要烧熬三天三夜,那羊方才熟透了。将羊从小鼎中取出,用利刃削割完毕,还需佐以鱼肉酱与酸醯混合而成的蘸酱,如此这般食用,方是一道绝佳的炮羊! 只是这道美味,对食材与时间的要求非常苛刻,这也是易牙要在三日之后方才觐献给齐桓公的原因。

易牙说着,齐桓公听得津津有味,得知这鼎羊肉足足用了三天三夜方才制成,不由一叹,当下重重赏了易牙,又道:"卿之厨艺,宫中绝无。寡人欲请留在身边,委以官职,专主寡人庖厨之事,不知卿意下如何?"

此正为易牙梦寐以求之事,当下就忍不住感激涕零。易牙虽是一技见长的民间布衣,却也是野心勃勃的大志向人,素以富贵为念,不甘久居人下,当得知竖貂满城寻觅厨子时,便果敢地第一时间登门自来。如今看着国君重用,机会已到,免不得喜极而泣,于是匍匐地上,颤抖道:"堪为国君效力,易牙幸甚之至!"

齐桓公大乐,自鲁国归来,还是头一次这么开怀。当下又赐易牙一爵酒,同时又褒奖竖貂举荐之功,一时花圃之中笑声不绝,欢喜之状,溢于言表。

齐桓公自得了易牙,每日里总有意想不到之美食,饱享口腹之欲。兼之竖貂巧于献媚,精于干练,总是精心张罗,细作安排,日日夜夜总将自己伺候得舒舒服服,可谓富贵梦中赛神仙,越发沉迷不愿醒了。

如此这般又过了十几个昼夜,并不见仲父方面有丝毫干扰,倒也耳根清净。这日酒足饭饱,齐桓公正要入寝宫休息,时易牙正侍奉在侧。人影晃动中,案上用毕的方鼎圆簋等食器被一一撤去。齐桓公腆着肚子,悠悠道:"寡人得一易牙,便是将天下美味悉数尽得,美哉!"

易牙听了十分惊喜,躬身微微笑道:"臣无他能,唯愿国君适口。"

齐桓公一时得意不已,也不知从哪里忽有所感,并非有心,只无意间一脱口,戏言道:"寡人将世间鸟兽虫鱼之味不知尝了多少遍,所不知者——只是不知人肉是何味道啊,呵呵呵呵。"言罢大笑,被四个侍女簇拥着就向寝宫走去了。挪了三五步,方才所言,也就忘了。

易牙却听得真真切切,陡然间将眉头锁起,心内翻江倒海一般,当下无言,只默默而退。

翌日午膳,奇哉怪也,不见琳琅满目几鼎几簋,也并无什么山珍海味,玉案上只有易牙献上的蒸肉一盘,蘸酱一豆,连一爵酒也没有。齐桓公满脸诧异,不知何意,但见易牙伏拜脚下道:"今日之食非比寻常,国君必定得偿所愿。"

"易牙又搞什么新名堂!"齐桓公不以为意,半笑着入席,拈起盘中蒸肉就大吃起来。嫩似乳羊又过之,鲜如鲈鱼又过之,另有一种无可形容的甘美之感,以前从未吃过,齐桓公也就胃口大开,顷刻间将这盘蒸肉吞了个一干二净。

齐桓公吃肉之时,易牙抬起头来目不转睛盯着,面带五分喜色五分痛色——神情怪怪的,似在自受一种自求的刀割。待盘中肉食尽,齐桓公才发现易牙有异样,齐桓公道:"此是何肉,竟能美味至此?"

易牙跪答:"此乃人肉。"

"什么!"齐桓公大骇道,"何人之肉?"

易牙笑,淡淡答:"臣之子方三岁,正娇嫩可人之时。我闻'忠君者不有其家',昨日国君曾言未知人肉之味,臣于是连夜杀子,以献国君之口。"

原来昨日齐桓公一时戏谈,而易牙却分外上心,拿命上心。回到家中,夜幕早降,月色黯淡,其妻宁氏正在堂前织布,其子娇娇刚于榻上睡下。院中桑树下系着一只小黄犬,日常里最好野跑,易牙轻轻解开绳索,打开院门,任其窜到街上撒欢而去。随着几声犬吠,宁氏迎出,见丈夫归来,也见黄犬离去,宁氏不及多想,只怨一句:"小犬怎么跑了?"拔腿便出门追赶而去——那小黄犬乃是娇儿心爱之物。家里寂静异常,娇娇白白胖胖,酣睡中依旧嘴角挂笑。易牙望着稚子最后慈笑一下,便恶狠狠瞪起了眼睛。灯火幽幽,黑影满壁,易牙抱起稚子,转入家厨,置于案上,掌灯,捋袖,操刀,但见利刃寒光从娇娇喉上一闪而过,那孩子便梦中疼叫了一下,尚不知怎样一回事情,便横尸血泊之中了。易牙气定神闲,打来水,又将孩子衣服剥下……

"天啊! 你……你!"一声凄惨大吼,把易牙吓得打个冷战;回首一望,黑暗中,宁氏已霍然立在厨门之外,其怀中抱着的小黄犬也掉了下来。宁氏疯了一般,无论如何不相信自己的眼睛，一下子扑倒在娇儿身上，想哭哭不出，只浑身上下直打哆嗦。

"你……你听我说！"易牙霎时静住，振振有词道，"我素有鲲鹏之志，只是屈居市井，飘零无奈。今幸遇国君，赐我相伴左右，此正是图谋大业之良机！国君口淡，不知人肉何味，我当杀子以献，必受重用！如此你我富贵不远……"

"住口！"宁氏吓得脸色煞白，"你要杀我儿子让国君吃！……是你亲手将自己儿子杀掉！——不！这不是一头猪一只羊一只狗，你……天杀的孩子他爹啊！你怎么下得去手，呜呜呜呜……"宁氏忍不住，纵声大哭，举起双袖，护在娇儿尸前。

"我等布衣之辈，想要出头做人上人，岂能没有一番异常手段！滚开，不要让我儿子白死！"易牙怒气冲天，揪住宁氏，一把就甩在墙角边上。

眼睁睁看着自己的丈夫操着明晃晃、阴森森的快刀，在自己儿子的身上划拉来划拉去，宁氏忽然就不闹了，慢悠悠起身，对着泥墙土壁上满满晃动的鬼影，自言自语道："你布衣，我野民，你做厨，我为织。日出而作，日落而息，数载夫妻，恩爱非常。哪知一入宫城，骤然巨变，地下天上！昔日自以为枕边人乃是一个自食其力的好男子，此刻方知我丈夫乃是丧心病狂的血魔头！哼哼，只怪我眼盲……"说罢，箭步疾驰，猛然向前冲出，一头便撞死在房柱下。

易牙从背后听得真切，并不回头，鼓出眼珠，冷冷道："妇道人家懂得什么！"而后继续低头，快手快刀，从儿子已经裸露出来的胫骨上削肉……那肉，眼看就要装满一大盘了……

齐桓公未等易牙说完，便觉一口气直往上涌，当下哗哗呕吐，将刚才咽下的所谓美味全部吐出。一边吐，一边朝易牙摆手，狠狠道："退下！退下！快快退下——"

易牙没想到是这般局面，当下大惊失措，又无可奈何，只得悻悻而退。

待易牙离去好远，齐桓公这才慢慢缓过神儿来，由惊转怒，怒转恨，由恨转呕，由呕转叹，由叹又生出无限怜爱来。"易牙可以为寡人一时之欲而杀亲子，忠心可鉴啊。放眼当今天下，谁能当之！我当宠爱之。"齐桓公轻声自言道。当下命内侍将易牙追回，当面赐其黄金十镒、锦帛十匹、黄黍十钟；令其厚葬其子其妻；同时又将宫中妙龄美女一名赐其为妻室，以暖易牙之心。

"国君啊!"易牙重重叩首,伏地拜谢;一抬头,双眼模糊,泪如雨下,禁不住就号啕大哭起来⋯⋯

却说易牙杀子的消息迅速从宫中传出,竖貂闻后又惊又叹,自语道:"够黑够狠! 我倒小瞧了这个厨子! ——嘿嘿,倒可以成为我的得力臂膀!"想到自己是阉割身体入宫,易牙是杀子献肉邀宠,彼此皆对自己下过狠手,倒也算是同道中人。此后竖貂刻意拉拢易牙,易牙更是投以暧昧的目光,两人私底下常有密谋,彼此皆以兄弟相称,并暗暗约道:"我们一个管吃,一个管玩,玩转了这两样,则可将国君攥于掌中,如此偌大一个齐国便是我们的了!"寺人貂、杀子牙蛇蝎聚首,一拍即合,此后狼狈为奸,两面三刀,阴谋桓公,齐国后宫一股新的邪恶势力渐渐形成。

斗转星移,时光飞转,转眼间齐桓公从鲁国回来已经整整一个月了,也隐匿深宫沉湎酒色、不理政事一个月了,鲍叔牙屈指算着日子呢!

管仲心中却早有主意,先顺势放手,让齐桓公纵情享乐个够,待一个月满,便令鲍叔牙闯宫。鲍叔牙是个急脾气,因管仲有言在先,只好耐着性子等,仿佛等了一年。不过现在终于满一个月了!

这日辰时,鲍叔牙端正衣冠,腰悬宝剑,双手捧着一领锦袍,直入宫来。那锦袍乃是当年齐桓公还是公子时,鲍叔牙还是其师傅,两人于莒城避难归来,因为鲍叔牙辅君继位有功,所以齐桓公亲赐了这件锦袍。

鲍叔牙脸色铁青,一路直行,来到国君寝宫之前。竖貂应声而出,将宫门掩紧,又回转身来,傲然道:"国君有令,贵体有恙,概不见客! 怎么鲍卿不知道吗? 请回吧。"

"哼哼,国君真病也好,假病也罢,今日老鲍必要面君! 你给我闪开!"说着就要闯进来。

"放肆! 胆敢如此无礼!"竖貂说着就气冲冲堵住门口。

鲍叔牙手捧锦袍,二话不说,上去就是连踹两脚,将竖貂踢翻在廊下红柱边。鲍叔牙"呸"一句,骂道:"都是尔等谄媚小人,惑乱君心!"

竖貂疼得直打滚儿,趴在地上,扯起娘娘腔叫道:"武士——武士给我拦住!"

霎时,四名魁梧护卫执戈操戟,一拥而来,将鲍叔牙逼得连连后退。鲍叔牙望着冷冰冰的兵器,将锦袍高举过头,厉声高呼道:"姜小白！姜小白——你果真病入膏肓了吗？——"

如此大闹,正中鲍叔牙下怀,他正要将齐桓公逼出来。果然,一转眼间,但见齐桓公披头散发,赤着双脚,到底还是跑出来了。齐桓公斥退武士,忙扶住鲍叔牙,赔笑道:"小白知罪,小白知罪！"说着便将鲍叔牙拥入宫中。

高堂上,两人分君臣坐定,只是臣鲍叔牙衣冠楚楚,君齐桓公却便衣乱发,齐桓公颇感尴尬。这当儿,竖貂面容犹带疼痛之状,要过来与齐桓公更衣;只见齐桓公一挥手,示意其退下。

齐桓公定定神,面鲍叔牙,恭敬道:"小白向鲍师傅赔罪！不知鲍师傅此来何事？"

鲍叔牙沉默,将身边叠得整齐的锦袍顺着席子推给齐桓公,而后道:"无他,但将此袍还与国君。"

齐桓公十分惊诧,用手抚一下那袍,就想起昔日赐袍情景,不觉心中万分温暖,又万分酸楚。见锦袍厚厚叠在一起,齐桓公不由就打开,这一下不当紧,但见袍上四个大字赫然入目:"勿忘在莒。"刹那间如黑夜中一道霹雳,将齐桓公惊得猛醒,顿时又忽来一个寒战,浑身上下便透出汗来。昔日艰难岁月,莒城避难,师徒二人相携流亡,寄人篱下,饱尝心酸,受尽白眼,千辛万苦,立志图强……一幕幕往事如潮水般涌上心头,令齐桓公百感交集,又羞又愧。

"国君继位后,亲赐臣此袍。此袍臣视为珍宝,从不敢穿！只将袍背书写'勿忘在莒'四字,日夜悬于壁上,以警醒臣创业艰难,万千不易,自当励精图治,辅佐明君,干一番大事……"鲍叔牙说着,无比痛心哀叹,又道,"如今国君贵为齐侯,便忘了昔日之耻,丧了英雄之志,长了奢靡之风,整日里闭锁深宫,纵情酒色,早将我等谋划的宏图霸业抛诸脑后！——此袍臣再珍藏,也是枉然,今特闯宫,归还于君。"

"鲍师傅——"齐桓公再不忍听,一声长唤,便伏拜于鲍叔牙前。齐桓公到底是一世雄主,也是聪明绝顶之人,如何不明白鲍叔深意？闭宫一个月来,齐桓公沉迷酒色、消沉堕落自然是真的,然而面壁思过、昼夜自省却也一样是真的。一头猛虎受了伤,于是找个深山老林悄悄躲起来,日日夜夜舔那伤口,如今那伤口被舔得差不多就要痊愈了。当下齐桓公落泪道："鲍师傅无须再言，小白明日便出宫理事，断不让鲍师傅、仲父及齐国朝野失望！"

鲍叔牙大喜过望，回拜道："老鲍失礼，国君见谅。臣即将此袍取回，再悬于榻侧。多少个日日夜夜啊，真没了它，老鲍要睡不着的……"

鲍叔牙辞了齐桓公，乐呵呵又赶到相府，将此番经历一五一十说与管仲听。两人相视大笑。管仲霍然拍案道："国君之疾已去了一半，明日当再遣一人，再送一剂药去。"

翌日，大司田宁越受管仲委派，手执一策，入宫觐见。管仲所言另一人另一药，便是这宁越。此番竖貂不敢拦，礼数周全，将宁越引至齐桓公面前。

宁越躬身行了礼，道："臣受君恩，拜为大司田，主掌全国农业。今年开春自新农令实施以来，可谓风调雨顺，五谷丰登，府中存粮也是大增，特来向国君道贺。"说罢，将整理好的一简手策递给齐桓公。

"哦？"齐桓公颇喜，接过手策，忙打开看，眼睛从头扫到尾，不由大惊道，"去年此时，因有乾时之战，库中缺谷一万钟，此亦是常理；而今年依旧有长勺之战，府中却盈谷二万钟！啧啧……向来兵事耗粮甚巨，如何我齐国打仗之余，府库存粮不减反增？莫非用兵不用粮？……"

"用兵自然要用粮，国君所言兵事耗粮，孰国能免？"宁越喜道，"国君啊，只因管相新农之令，齐国今年粮食收入竟比去年翻了一番！"

齐桓公闻言大骇，但听宁越又禀道："新农令废除井田，平分土地，农人家家户户皆有田亩，皆是为自己耕种，于是夜寝早起，唯恐落后，田垄地头，竞争一般！许多荒僻土地也得到开垦，同时新政税收深入人心，农夫从田土里增收，贵族从封地里获利，国君啊，齐国农业早已是翻天覆地的新气象！"

齐桓公目瞪口呆，叹道："仲父真乃奇人也……"

"何止农业一事！"宁越谈兴愈浓，"大司徒孺子牛领四民分居令，举国实施，目下已经十得其六。今民各居其所，各司其职，民心乃安，百业兴旺！大司理宾须无领官山海令，早已南山产铜，北海出盐，官府统一调配，府库大金日增！大司马王子城父领新军政之令,已得新军若干,正如火如荼操练之中!大司商鲍叔牙领四海通商令,每三十里设客商之驿一座,每一百五十里设大市井一处,天下商贾,正潮水一般向我涌来,齐国大富,指日可待……"

齐桓公听得热血沸腾,不禁想到拜相之前,堂阜茅屋,自己深夜访贤,管仲纵论"霸道九策"时的那番情景。当时两人足不出户,密谈了三天三夜,定下了齐国称霸的壮志宏图,如今管相励精图治,齐国蒸蒸日上,而自己却如此醉生梦死,不成大器……齐桓公不由心中一声长叹,自己握拳击了右股一下。

待宁越道完,辞去,齐桓公再也坐不住,命竖貂驾车,自己便亲往相国府中。

时管仲正在审阅今年三选法之后呈报上来的人才档案,听闻国君驾到,也大出意外,自语道:"相国本欲明日觐国君,不想国君今日访相国!国君之疾,痊愈不远矣!"当下乐呵呵出府迎去。

齐桓公一见管仲,依旧窘得脸色发红,当下强装镇定,便躬身一拜:"小白怯懦无能,不听劝谏在前,自甘堕落于后,小白特来面请仲父责罚!"

"啊呀呀呀,折杀夷吾了!"管仲一边忙着说话,一边忙着搀扶起桓公,将其引入府中,恭敬行了君臣之礼,拜入正席,然后道,"国君年龄尚幼,一时挫败而羞于见人,也是人之常情,然国君欲为霸主,其情则不可以常人论之。夫天地之间,莫大于水。水之弱,点点滴滴,悄然润物,似有若无。水之强,则势成汪洋,可起连绵洪波,可兴惊天巨浪,排山倒海一般,无坚不摧!人之志亦如此,能屈能伸,可大可小,如此方是顶天立地之大丈夫!乾时之胜不足喜,长勺之败不足忧,宠辱不惊,岿然不动,此方可以为天下霸主!"

"闻仲父教导,茅塞顿开。"齐桓公道,"今日始知,仲父当年九败丈夫之名,实乃是艰难困苦、玉汝于成之意!"

"然也。"管仲淡淡一笑,命上蜜水,接着又急忙道,"不知国君亲临,有何吩咐?"

齐桓公忍不住又叹一口气,道:"齐国霸业非朝夕之功,定当从长计议。鲁国兵败,归来日久,下一步该当如何,请仲父赐教。"

管仲道:"新政逐步推进,自不必说。眼下第一要事乃是齐鲁邦交,当以和为贵,遣使结好。第二件事嘛——另需遣使入周。国君自继位以来,尚没有告于天子,此为其一;其二,当求天子下嫁王姬,为国君立国夫人。"

一想到自己要完婚,齐桓公竟然不好意思起来,红着脸道:"寡人的私事,难为仲父还要想着。"

"齐侯大婚,既是国君之私事,更是齐国之公事,臣岂敢怠慢?"

齐桓公忽有所感,眨了眨眼睛,转口道:"齐鲁连年交战,该如何结好? 如何恢复邦交?"

"天子下嫁王姬,为国君主婚者,必鲁侯也。此事水到渠成,齐鲁必会和好如初。"——齐乃姜姓,而鲁国则是姬姓,与周天子同姓。依当时礼制,天子之女下嫁齐国,当由宗族同姓之鲁国主婚,所以管仲才如此说。

"原来如此。"齐桓公一边说着,一边望着案上的公文竹简,道,"就依仲父。仲父日夜为国政操劳,亦要保重身体,不可过于劳累。"

管仲微微一笑,将案上一卷竹简递与齐桓公,道:"此事臣正要入宫觐见国君,这是今年三选法实施以来,各地乡长举荐上报的人才,个个堪称德才兼备,臣拟让这些人从乡中转入官府,先行试用一年。国君请过目。"

齐桓公接过,见简上载有各地报来的人才,共二十一人。当下又将竹简递与管仲道:"尽凭仲父裁决。寡人早有言在先,齐国政事均委任于仲父,仲父自行决断便可。"

当下两人又热议了一番天下各诸侯国的大势,谈兴甚欢。而侍立一旁的竖貂见两人亲密之状非同寻常,国君一口一个"仲父"叫着,又说"齐国政事均委任于仲父"等语,不觉心中大为不满,生出无限羡慕嫉妒恨来;但又不敢插言拦阻,只能低着头、翻着白眼冷冷地看着、听着、无奈地气着。

时光匆匆流过,这日,管仲遣公孙隰朋为使,入洛邑朝拜周天子,一告齐桓公业已继任齐侯,二求天子将王姬下嫁于齐。周庄王自然应允,即时定下了王姬婚姻之期,并要鲁庄公为其主婚。公孙隰朋不辱使命,正要归齐,却在洛邑城中意外探得一个消息:东方谭国之君谭子拒绝向周天子缴纳税贡。公孙隰朋不由叹道:"谭乃弹丸小国,乱世求存何其不易,如今谭子公开无礼,此取祸之道,谭国将危矣!"

公孙隰朋归来,齐桓公早朝,众臣得知王姬将下嫁齐国,皆向齐桓公道贺。齐桓公有好色之癖,当下自然不亦乐乎。公孙隰朋又道:"另有一桩小事禀告:齐之小邻谭国藐视王室,拒不向洛邑缴纳税贡,天子颇为震怒。"

谭国太小,小到仿佛不存,众人闻言,都不以为意。唯见管仲变色,道:"谭子无礼太甚!昔日齐国内乱,国君及鲍叔牙二人东出避难,过谭国,谭子拒之门外,不得已才改赴莒国。我国君继位登基,偌小谭国又胆敢不来称贺!如今拒纳赋税,藐视天子,大失臣子之道,无礼太过!想我先祖姜太公开创齐国时,周天子曾有特令曰:'东至海,西至河,南至穆陵,北至无棣,五侯九伯,实得征之。'此征伐之专权,正可用之无道昏君!——所以,齐当发兵灭谭!"

朝堂众臣个个吃惊,唯见齐桓公却是异常镇定。桓公内心深处,两年前在谭国那里吃得闭门羹,乃是无法磨灭的羞辱。当时谭子不但不纳这个落难公子,还赐了一条小小死鱼加以讥讽,齐桓公望着寒风中的谭城,曾发誓道:"弹丸小国,焉敢欺我!有朝一日,小白必报今时之辱!"此情此景,依稀如昨。管仲倡议伐谭,可谓正中齐桓公的心思,当下齐桓公道:"仲父所言甚是,寡人必要亲率兵车,教训教训这个失礼无道的小国!"

人群中王子城父瞅着管仲,心领神会,微微一笑,心中独自暗暗道:"管相谋划,神出鬼没。目下国君也好,齐国也好,太需要一场扬眉吐气的胜仗了!"

管仲道:"国君亲征,必可扬我国威!臣议以鲍叔牙为帅,宁越、雍廪、仲孙湫为将,三日后发兵攻谭!"——却说此次伐谭将帅,连同国君在内,全是去年在长勺之战吃过败仗者!当然也参与了长勺战事的国子此次无须随征,因为拿下弹丸谭国,如同囊中取物一般,不需再劳驾这位齐国世卿了——伐谭将帅,管仲特意如此安排。

"好!就依仲父所议,三日后,兵发谭城!"齐桓公霍然起身,对着东南方,冰冷冷道。他的心,早已仗剑立于谭子宫门之外……

谭,乃是西周穆王时期受封的子爵小国,方圆不出百里,长期以来,早已沦为齐的附庸之国。齐谭之战,无异于巨石与孤卵,面对强齐来伐,谭如何能挡?加上谭子又是一个昏庸之主,日常只知享乐,不懂体恤臣民,大战一开,不消两日,谭城便被攻破。

硝烟弥漫中,齐桓公趾高气扬,令齐军兵车,列阵从谭城下呼啸而过。谭子在宫中得到败报,仰头叹道:"齐小白灭我,实为昔日落难时,寡人无礼之过！眼下国破家亡,我当火速逃命去。"当下由两个心腹大夫鱼子、智子护着,带着一队亲随,出宫直向东逃,奔莒城而去。

谭子一行狼狈不堪,慌乱中鱼子腹下中了一箭,来不及医治,只好忍着,匆匆奔逃要紧。赶了一程,终于到了谭国与莒国边境。情形稍安,然而鱼子挺不住,到底横尸车上。随行的亲兵死的死了,逃的逃了,此时竟然仅仅只剩下一个驾车的御者。黄尘道上,一阵凉风吹来,谭子、智子与御者三人面面相觑,无限感伤。谭子忽然放声哭道:"如今谭国只剩下我等三人了啊……"边境荒地,故国永别,三人不由相拥而泣,悲不可言。

智子望着谭城方向,浊泪横流,纵声哭吟道:

> 有饛簋飧,有捄棘匕。周道如砥,其直如矢。君子所履,小人所视。睠言顾之,潸焉出涕。
>
> 小东大东,杼柚其空。纠纠葛屦,可以履霜?佻佻公子,行彼周行。既往既来,使我心疚。
>
> 有冽氿泉,无浸穫薪。契契寤叹,哀我惮人。薪是穫薪,尚可载也。哀我惮人,亦可息也。
>
> 东人之子,职劳不来。西人之子,粲粲衣服。舟人之子,熊罴是裘。私人之子,百僚是试。
>
> 或以其酒,不以其浆。鞙鞙佩璲,不以其长。维天有汉,监亦有光。跂彼织女,终日七襄。
>
> 虽则七襄,不成报章。睆彼牵牛,不以服箱。东有启明,西有长庚。有捄天毕,载施之行。
>
> 维南有箕,不可以簸扬。维北有斗,不可以挹酒浆。维南有箕,载翕其舌。维北有斗,西柄之揭。

　　此为《大东》诗,见存于《诗经·小雅》中,作者乃是一名谭国大夫,只是不知姓名。智子于此亡国之日,立于最后一寸国土边上,诵此"乡音",聊寄哀思。吟罢,御者驾起车来,三人凄惨同行,最后躲进了莒城之中。此后谭子再无消息,不知所终。

　　齐桓公攻破谭城,于先前谭子的宫中摆宴,众将士痛饮一番。齐桓公将谭国并入齐国版图,改设为谭邑。有人奏道:"谭子逃入莒城,是否乘胜追击,将莒国一并拿下?"齐桓公道:"不可! 昔日小白落难,曾避于莒城,得莒子相助甚多,此恩不可负! ……谭子嘛,就让他在莒城颐养天年吧。"众皆大笑不已。

　　时公元前 684 年,周庄王十三年,齐师灭谭。

　　却说齐桓公与鲍叔牙等自谭城而归,行至临淄城东五十里处,但见前面一座小山下,人山人海,旌旗飘扬,凯歌高奏,原来是管仲率众文武出城迎接来了。

　　齐桓公又惊大喜,驱车忙赶过去,那边管仲等也急忙迎过来。临淄郊野,青山连绵,一水蜿蜒,浮云若絮。天地山川,俱有喜态。双方一碰头,这边立着齐桓公与鲍叔牙、宁越、雍廪、仲孙湫四个凯旋大将,那边站着管仲、王子城父、宾须无三员护国砥柱,但见青山绿水,衣甲鲜亮,山呼如雷,凯歌雄壮。齐桓公顿生豪情壮志,觉得此刻才是国君应有的模样! 陡然间忽然又想到自闭宫中时那一个月的情形,真有天壤之别。而这一番转变,全在管相仲父! 当下未及管仲行完拜君礼,便一把向前,将管仲扶起,又使管仲立好,而后自己端正衣冠,恭恭敬敬接连三拜,口中无他言,只两个字:"仲父!"——恍如两年前临淄城中拜相一般。

　　这一边,宾须无大为不解,不由一问:"国君早已拜管相为仲父,如何今日又拜? ……"身边王子城父笑答:"昔日之拜,其拜在口;今日之拜——乃拜在心!"

　　那一边,仲孙湫也满脸迷茫,叹道:"国君今日之礼,如何太过!"身边无人应答。只见鲍叔牙含笑立于一株大松树前,望着齐桓公下拜的背影,心中乐道:"管仲曾言,医治国君心疾需用三药:鲍叔闯宫乃是第一药,宁越觐见乃是第二药,而第三药何在? 老鲍始终不解——今日始知,原来这第三药便是齐师灭谭! 经此一番淬炼,国君必当成长为一代霸主! 哈哈哈哈……"

第五章　临淄双喜

灭谭之后,齐桓公愈加精神焕发,日日图强,对管仲也是更加信任与尊崇,凡管仲所议,言必听而计必从,于是齐国大政,尽决于管仲。此后,管仲名为臣子,实则为齐国第一人物。

这日午膳,易牙奉上一簋"淳母"——乃是将蒸熟的谷米饭中拌入香喷喷的油脂,最后浇上以姜、桂、醢等调和而成的一种特制肉酱,如此方成。这道"淳母"美味异常,齐桓公吃了赞不绝口,当下道:"寡人有此美味,只是不知仲父此时何食? 来呀,将此'淳母'也与仲父送上一簋。"

时竖貂、易牙侍奉在侧,当下两人互觑,皆有不悦之色。易牙强笑道:"诺。只是……只是国君日日将仲父挂在嘴边,毋乃太过? 恐乱了尊卑礼法……"

竖貂一旁也赔笑道:"小人听闻'君出令,臣奉令',今齐国政令尽出于管相,长此以往,齐国则只知有管相而不知有国君矣!"

齐桓公闻言,陡然大怒,霍地起身,用冷峻的目光朝两人一一射去。吓得二人前后匍匐于地,身子皆颤动不已,竖貂抢道:"小人一时失言,国君恕罪!"

齐桓公冷冷瞪着伏在脚下的两位近侍之人,沉默半晌,忽然一阵大笑,然后便令二人起身,道:"寡人譬如身体,仲父譬如股肱,有股肱方成其身,有仲父方成其君!

尔等小人愚见,无须再言。"说罢,又是一声淡淡笑,若无其事一般。

"国君英明,小人告退。"竖貂道。

两人遂缓缓而退。

易牙拎着一篮"淳母"饭,行出宫门,惊魂方定。竖貂也是心有余悸,道:"国君如此迷信管仲,如之奈何?"

易牙道:"管相的威严与手段当世无人可比。当下之计,只有权且忍耐,等待时机……"说罢就去相府送"淳母"去了。

竖貂驻足,独自望着身后巍峨的城墙与壮丽的宫楼,不住摇头,连连叹息不已。

却说眼看王姬下嫁齐国的日子临近,鲁庄公忙召众臣商议。宫中大殿,一干君臣落席。鲁庄公道:"天子意将王姬下嫁齐侯,着寡人到齐国做主婚人。此番主婚,寡人去?不去?"

公子偃道:"以臣愚见,国君不可去。去年长勺之败、郎城之恨,齐侯依旧怀恨在心,此番赚国君入齐,恐怕凶多吉少。"

曹沫气愤地接道:"诸公,可还记得十一年前,我国先君到人家临淄城中,与齐襄公办理主婚之事吗!"曹沫所言,乃是周庄王三年,公元前694年,鲁桓公与夫人文姜入齐之事。当时齐襄公也是要娶周室王姬的,鲁桓公也是做主婚人,本来匆忙赶赴临淄是要商议婚仪具体事宜的,结果齐襄公与自己妹妹,即早已下嫁鲁桓公十五年的文姜夫人淫乱私通,同时色胆包天,竟将鲁桓公杀掉了!此桩鲁国奇耻、齐国丑闻,虽已过去多年,却至今依旧令人不寒而栗。

今日之事与十一年前那桩旧事,几乎如出一辙,鲁庄公听曹沫如此一说,心中便暗忖道:"曹沫之言是也!齐国断然不可轻涉!"不想下面施伯一阵大笑,鲁庄公茫然,问道:"施大夫何故发笑?"

施伯道:"两桩婚事相隔十余年,岂可相提并论?此番主婚,国君必去!"当下又一声叹,眼睛里闪过一丝忧伤,道:"齐侯迎娶王姬,非他,必是管仲之谋也。管仲相齐一年来,推行新政,成效显著,国势日强。偏偏齐侯不听劝谏,妄动干戈,以至于兵败鲁国,自取其辱,也对管仲的新政改革造成不小阻碍。如何继续顺利推进新政,如何使齐鲁邦交和平稳定——管仲迎娶王姬之谋,正为此来!"施伯眼睛里射出一种异样的光芒,又是钦佩又是羡慕又是悔恨,接着道:"周之天下,最贵之姓,莫过于姬、姜二族。早在岐山周原之时,古公亶父便娶了姜姓之女为妻。武王伐纣,立国后乃至于今,姬、姜联姻,绵绵不绝。武王之妃邑姜、康王之妃王姜、穆王之妃王俎姜、懿王之妃王伯姜、厉王之妃中姜、宣王之妃齐姜、幽王之妃申姜,皆是齐国姜姓血脉,而齐之国君也多有迎娶周室姬女以为夫人者,四百年来,始终不绝。管仲如此一番苦心,攀龙附凤,顺应姬、姜大势,以争天下之宠,此所谓远谋。鲁乃天子同姓之国,又是齐国近邻之邦,为姬姓王女主婚,最是义不容辞,当仁不让! 如此一来,去年长勺之怨自然消解,齐鲁必然和好如初,此所谓管仲近谋。管仲为齐计,可谓谋划深远,非同一般! 胸中酝酿一盘大棋,眼里乃是一壁宏图,岂会斤斤计较,再蹈十余年前齐襄公之覆辙? 此番主婚一片和平,国君尽管放心而去。"

施伯所言,令鲁庄公恍悟,当下不禁想起早时不听施伯"管仲能用则用之,不能用之则杀之"的劝谏,以至于管仲龙归大海,一代奇才到底为鲁之强敌所用了。鲁庄公脸上,掠过几丝悔意和无奈来,隐隐一叹,道:"施伯所言甚是,也只好赴齐为其主婚。此行于鲁于齐,皆有裨益。"

"然也。"施伯又道,"不过——齐国不好周礼,齐人之俗:男子迎娶不亲迎,女子出嫁也不亲迎。可先将王姬接来曲阜,令齐侯亲来迎娶,如此亦可试探齐国诚意若何。"

众大夫都附议。当下如此而定,鲁庄公赴齐主婚,公子偃、曹沬二将护驾同行。

齐国这边,一切由大司行公孙隰朋从中周旋协调,严格依照周制,每一项礼节都精心到位。当齐桓公得知需到鲁国亲迎王姬时,颇有不悦。管仲笑道:"我国君到曲阜走一遭,鲁国君到临淄来一趟,如此一来一往,颇合礼仪,天下皆知齐鲁乃是兄弟了!"齐桓公听了,便遵仲父之意而行。

齐宫上下,置办国君婚礼成了头等大事,到处张灯结彩,喜气洋洋。

曲阜城中,王姬与随嫁的另外八女早已安置妥帖,等待齐侯来迎——齐桓公是一娶九女,这是怎么一回事呢? 西周乃至整个春秋时期,诸侯(包括贵族阶层)娶妻乃是媵婚制。媵，陪送出嫁之意。《公羊传》记载："媵者何？诸侯娶一国则二国往媵之，以侄娣从。侄者何？兄之子也。娣者何？弟也。诸侯一聘九女。"即诸侯国君娶一国之女为妻为嫡夫人，女方则以其侄女和妹妹随嫁，同时还有两个和女方同姓同族的国家的女子陪嫁，她们也需以各自的侄、娣二人相从，如此等于是一娶三国之女，共有九人。其中只有正妻才是国夫人，其余陪嫁女子称之为"媵"。这些媵妾，又有左右之分，左尊而右卑，娣尊而侄卑。其中特别重要一点，"凡诸侯嫁女，同姓媵之，异姓则否"，即正妻与媵妾都是同一族姓的娘家人。而且所谓媵，仿佛是妾，又与后世的妾大有不同。这些媵女都是血统高贵的王室之女，绝非地位卑贱的普通女子，她们下嫁时虽然是从属地位，然而一旦正妻死掉或者故去，她们马上替补转正；一旦正妻儿子出现意外，她们所生之子也是可以继承社稷的。如此一来，以血亲关系为纽带，诸多妻妾相敬相亲，一人有子，数人同喜，可以有效消除嫉妒，确保子嗣血统纯正，自然也便会"尊尊、亲亲"了——先贤周公制礼何其高妙，当为一叹！却说齐桓公所娶的王姬乃是周室姬姓之女，另有同是姬姓封国的卫国、蔡国有女媵之，卫为左媵，蔡为右媵，加上各自所随嫁的侄女、妹妹，于是九个姬姓老婆便摩肩接踵，齐集曲阜，一时风华绝代，壮观异常！——其中，后来王姬未育子嗣，而卫国媵女卫姬最先生下一子，加上其人美艳绝伦，精明干练，善于取媚，暗藏城府，于是深得齐桓公宠爱，并在齐国掀起了一段狂风巨浪，此为后话。

　　迎亲日到，曲阜壮丽的宫楼之下，有几只燕子叽叽喳喳，不停地翻飞跳跃。齐国迎亲的礼车在街道正中一字排开，这边望不见头，那边瞧不见尾。每车四马，车上皆有御者，车前车后、车左车右皆有侍奉的随从，人人脸上都挂着欢喜，但同时又规整而严肃。其中又有分外入眼、与众不同的一溜儿相连着的九辆青铜大车，都罩着严严实实的车厢，悬挂着耀眼的五彩帐幔，这些显然是迎接王姬与八媵的女眷之车。

　　新郎齐桓公早就到了！钟鼓雅乐声中，忽听得主婚人鲁庄公高声扬道："请新夫人！"只见齐桓公携着王姬，欢欢喜喜从朱红的大门中出来，身后跟着鲜艳八媵及众多随从。行至第一辆女眷婚车，齐桓公踏着一只木几先上车来，而后将红色引绳向下递向王姬。那王姬二九芳龄，眉清目秀，袅袅婷婷，当下羞红了脸垂了头，只将柔荑之手轻轻伸去,露出腕间一段如脂白肤。齐桓公看得心花怒放,瞧准了,将红绳放到王姬手中。几个侍女过来搀扶,王姬也踏着木几,被那绳子顺势一拽,便上了车。齐桓公将车门打开,王姬屈身,探入车厢中,端端正正坐好。这里齐桓公掩了车门,从身边御者手中接过辔绳,喝起马来,待车轮在地上完整转了三周,齐桓公又将辔绳交给御者,由御者驾车;自己跳下车来,呵呵一笑,便走上前面自己乘坐的国君辂车里。周礼婚仪"女始乘车,婿御轮三周,御者代婿"——此之谓也。

见王姬乘车毕,后面众多媵女纷纷上车,无数侍人各尽其职,但见许多娇嫩的软脚同时踏车,但见满目的彩幔一时纷纷晃动,但听得美人身上的佩环同时发出一阵阵悦耳的鸣响,齐桓公立于自己的车上陶醉不已。迎亲车队启动,浩浩荡荡辞了曲阜,向齐国进发。身边的宫殿楼阁渐去渐远,唯有佩玉之鸣始终盈耳,齐桓公悦然,不由大乐吟道:"有女同车,颜如舜华。将翱将翔,佩玉琼琚。……有女同行,颜如舜英。将翱将翔,佩玉将将……"

此番婚仪,乃是管仲心头大事。管仲立下"严循周礼,不避奢华"八个字,所用礼品与场面在当时皆首屈一指。齐桓公本是好奢之人,自然无比高兴,而齐国新政一年后,府库也是大为充盈,足有大量金帛可用,况管仲有意张扬齐国之富,乃为霸业铺路——管仲心中,齐国不日必是天下第一强国,临淄不日必是天下第一大城!齐桓公此番迎亲,管仲着公孙隰朋、王子城父随行,共启用大车一百,盛况空前。"河水洋洋,北流活活。施罛濊濊,鳣鲔发发,葭菼揭揭!"从鲁到齐,车队所过之处,百姓皆是围观如堵,赞不绝口。鲁庄公作为主婚人,眼见婚仪如此壮观,又惊又羡,不由想到自己也尚未婚,将来自己大婚之时也要如此这般啊——但转瞬之间便又止念,对着田野间浩浩荡荡行进中的车队,鲁庄公微微叹道:"齐国奢靡太过,鲁不为也……"

国君迎亲的百辆车队驶入临淄,开赴宫中,满城哗然。待车队到达寝宫堂前,齐桓公与王姬等人下了车,早望见管仲、鲍叔牙、高子、国子率领朝野众臣以及各路贺礼嘉宾分列左右,恭敬等候。

主婚人鲁庄公立于堂上,高声道:"请新夫人入堂!"齐桓公与王姬相携,缓缓而入。之后鲁庄公主持,行了"沃盥礼""同牢礼""合卺礼",众人于钟鼓雅乐之中欢欢喜喜贺诗,然后将一对新人送入洞房。男女脱服,行"合床礼";是夜极尽欢愉,齐桓公大乐。

次日王姬拜见国君之母,行"妇见舅姑礼""妇馈舅姑礼""舅姑飨妇礼";此"舅姑"非后世之舅姑——春秋时新婚妻子称丈夫父亲为舅,称丈夫母亲为姑,乃是新人初见公婆之礼,十分典雅庄重。只是齐桓公之父早已故去,母夫人尚在,于是王姬实则只是行了"姑礼"而已。然后整整三个月后,齐桓公率王姬至齐国太庙,告于姜氏先祖,行"新妇祭礼",至此,齐桓公之婚礼才算圆满完成。

鲁庄公主婚完毕,从临淄返回曲阜。不久,管仲遣公孙隰朋为使,入曲阜和谈。乾时鲁国之败、长勺齐国之羞自此皆烟消云散,兄弟相约,再修盟好,双方可谓皆大欢喜。鲁庄公与诸大夫如施伯、申繻、曹沫等众也瞬间对管仲另眼相看,过去是七分藐视三分杀心,现在是三分无奈七分敬意,虎已归山,龙已得水,其势难逆,只好顺势而为了。

公孙隰朋订了友好盟约,便返回齐国去了。

却说公孙隰朋车马尚未出曲阜,鲁庄公忽然想到另一个国家——宋国,另一个猛人——南宫长万来。齐鲁之战,本与宋国无关,只是去年因为齐桓公过于偏执,才将宋国强拖入这趟浑水中,结果郎城之地,齐国不战而退,而宋国却被鲁国打得惨不堪言。如今齐鲁业已修好,又何必再恶于宋呢?鲁庄公对施伯道:"寡人欲将南宫长万释放归国,与宋修好,卿以为如何?"

施伯道:"善。"

于是鲁庄公遣使入宋,使南宫长万归国。宋闵公感其诚,亦遣使入鲁国致谢。至此,齐、鲁、宋三国尽释前嫌,复归于好。同时,借助齐桓公与周天子联姻之机,管仲又向华夏各国派出使臣团队,广交四海诸侯之心,齐国外交格局由此为之一变。

天下事多不可料。却说南宫长万被鲁庄公放了,离开曲阜,回到商丘,梳洗毕,端端正正来见国君。郎城虽然战败,但南宫长万自以为是鲁国要诈,自己并非真败,并不有损宋国第一猛将的威名。时宋闵公正与几位大夫园中饮宴,见南宫长万雄赳赳走来,宋闵公顿时一笑,乐道:"瞧,鲁囚来了!"其余大夫不由哄笑。

南宫长万霎时怔住,不觉羞惭难当,当下还是挺直腰杆,大声道:"我乃南宫长万,国君之挚爱猛将,今为何如此戏我?"

宋闵公道:"南宫大名,宋国孰人不敬? 寡人初时敬你,乃是敬你之勇,如今你乃鲁国之囚,难道寡人还要敬一个异邦囚徒吗?"说罢大笑。南宫长万无语,当下气愤填膺,拂袖而去。

大夫仇牧谏道:"君臣之间,以礼相交,国君敬臣,臣效忠贞。岂可戏之? 戏则无礼,无礼则乱,悖逆将生! 国君当戒之。"

宋闵公不以为意,依旧笑道:"寡人与南宫一时调笑而已,无妨。"

南宫长万出得宫门,胸中万堵,愤愤不住,将右拳狠狠砸在护宫的高墙上,只见拳下顿时陷入一窝。南宫长万想到自己虽曾被囚于曲阜,然而鲁庄公尚且优待有加;如今归国了,自家国君却如此嘲弄,反倒不如异国他邦之主,当下大怒,自语道:"君不君,臣则不臣!"——如此一番君臣嬉戏,不想竟埋下一段惊天祸事,此为后话。

齐国后宫中,几丛翠竹掩映着一汪清泉,汩汩上涌的泉水声与女子甜美的嬉笑声相伴传来。齐桓公心情大好,在泉畔设席,正与卫姬等美女饮酒、投壶。竖貂与易牙皆侍立在侧。齐桓公少年雄主,万般皆好,唯有一个毛病难以自拔:好女色。大婚以来,有九位如花似玉的美人轮番侍奉,夜夜春宵,尽享艳福。不过正妻王姬出身天子之家,自幼恪守周礼,日常言行过于贤淑拘谨,齐桓公不甚喜欢。倒是媵妾当中的那位卫姬美艳而善媚,最懂桓公性情,于是脱颖而出,颇受宠爱,似有反客为主之意。这一切最是瞒不过竖貂、易牙的眼睛,二人见风使舵,暗暗弃王姬而改投卫姬。所谓物以群分,人以类聚,日升月落,时光荏苒,齐国后宫便渐渐成了卫姬、竖貂、易牙三人的天下。

随着一声金属撞击的闷响,卫姬拍手嘻嘻笑道:"国君输了,国君输了,要罚酒一爵!"原来轮到齐桓公投壶,他一挥手,那箭没有投中,只是撞到壶身上了。

"好、好,寡人罚酒……"齐桓公乐呵呵说着,举起爵来便一饮而尽。待酒爵放下,齐桓公一抬头,恰见卫姬那新婚少妇独有的桃花笑脸正倒映在泉水中,波光竹影,倍增娇艳。不知怎的,管相仲父的容颜也倏尔从眼前一闪而逝——齐桓公忽然想到,自己有九美相伴,而日夜为国操劳不息的堂堂相国,还是形单影只、孤孤凄凄的只一个人!当下自语道:"仲父昼夜劳累国事,却并无妻室之暖,这如何使得?寡人当为仲父娶妻。"

此语如从云中堕,卫姬等女属不知所以,满脸茫然中。竖貂与易牙同时颤了一下,两人不由面面相觑,又惊又喜,只见易牙先道:"国君自己有食,想管相之无食;自己得妻,想管相之无妻。如此推己及人,君臣一体,齐国必将大兴大旺啊!"

竖貂接道:"国君所言甚是。管相乃齐国擎天一柱,怎可没有妻室!君之言即臣之命,国君请安心,竖貂将从临淄城中为管相选得最贤之妻,必令管相满意。管相得此妻,必对国君感恩涕零矣!"

齐桓公闻言大喜:"好好好,此议甚好!就着你替寡人选人去,定要配得上我那仲父!"又道:"此事不要张扬,寡人要给仲父惊喜。"

"诺!"竖貂得令,暗自窃喜,当下与易牙相视一望,彼此心领神会。

竖貂哪有这番好心?竖貂与易牙最恨管仲,一心想着只有扳倒管仲,才能彻底掌控国君,如此方能为所欲为。如今借着齐桓公对臣子的一番善意,暗中打起歪脑筋。几日下来,竖貂表面看是为管仲选妻,也的确是前后驱驰,然而竖貂所选之女无论其他如何,单单地必须具备一个共通之点,即必是可以为己所用的祸水红颜!此外,竖貂特意为管仲一下子选了九女——依周礼婚制,天子娶十二女,诸侯娶九女,卿大夫娶三女,士娶二女,庶民则一妻匹配。管仲乃是卿大夫,三女便可。而竖貂有意使管仲一娶九女,行僭越而与诸侯同,以便挑拨齐桓公与管仲君臣关系,将管仲置于众矢之的。

天下没有不透风的墙,这个消息到底传到了鲍叔牙的耳朵中,鲍叔牙大惊。"竖子当诛!"鲍叔牙骂道,当下再也坐不住,便火急火燎赶到相府。时管仲正在堂中批阅公牍,拟明日将发布第九批新政令。

"哎呀,我的管相,你只知道忙国家大事,却不知咱们国君正在张罗你的私事!"

鲍叔牙气呼呼的，径直闯入，脱履进堂。管仲惊得一怔，见鲍叔牙又道："国君要为你娶妻呀！——娶妻就娶妻，偏偏国君让那寺人貂、杀子牙满城为你选妻，这两个小人能选什么好人家？"当下将探得的消息和盘托出，又说道他们故意选了丑女，鲍叔牙气得牙痒痒，恨不能将其生吞了。

管仲日理万机，自然不知这等消息。鲍叔牙干柴烈火般说完，但见管仲静静地，微微道："此乃国君恩典，只是被居心叵测的小人顺势利用罢了。"

"是啊！"鲍叔牙鼓着眼睛气愤道，"这两个小人日夜守在国君身边，早晚必是祸患，我要上谏，将这二人除掉。"

"不必了，鲍兄啊，"管仲语重心长道，"盖凡天下之事，皆由阴阳和合而成。红日普照，到底阴影相伴；富贵之乡，必生谄媚小人。杀了寺人貂，还会有寺人狗；除了杀子牙，还会有杀父牙。为卿为相者，虚怀若谷，腹可乘舟，即国家洪流之砥柱，亦为小人泛滥之堤防！有你我在，此区区二小人，何足道哉。"

"管相胸怀四海，君子也能容得，小人也能容得，俺老鲍可不行！我与竖子之辈势不两立！"鲍叔牙说罢，吐一口气，抱膝长叹。

"呵呵呵呵！"管仲无奈笑着，偶一皱眉，忽然想到一件重要事情，当下一阵大笑。鲍叔牙不由诧异，但见管仲离席过来，深深躬身行礼，满脸喜悦道："鲍兄不必烦恼。弟有一事，请鲍兄成全！——本相国要娶高府之女高雪儿为妻，请鲍兄为媒！"

鲍叔牙闻言惊叫，先前抑郁一扫而光，当下一骨碌就起身，大乐道："对对对，呀呀呀——哥哥我好粗心啊！你与那高女早已心有灵犀，又是十足的门当户对，绝配！这个媒人，舍老鲍，还有其谁？"言罢仰起头来，开怀大笑。

"国君既然要管仲娶妻，那管仲就娶妻！管仲要娶那齐国第一世卿之女为妻！"管仲激昂道，眉宇之间神采飞扬，尽是得意之色。管仲与高雪儿，自有往日一番情愫在里面，这个自是不必说；然而管仲心中，另有一番凛凛傲气——昔日颍上，管母郁郁而终之际，犹念其子茕茕孑立，一事无成。时管仲坟头起三誓，其二便是"管仲誓娶公卿贵族之女，光耀管氏门庭"……

"老鲍做媒去喽！"鲍叔牙笑着，就退去了。

鲍叔牙气愤愤而来，喜洋洋而去，忽然间又要为平生挚友、当今齐相做媒，别提心中那个美！鲍叔牙辞了相府，直奔宫中。当齐桓公得知管仲之意，乃在高氏之女，先是一惊，继之便大乐；又见鲍叔牙甘愿做媒，当下喜不自胜。这件事就这么定了下来。齐桓公早将竖貂选女之事抛诸九霄云外，那竖貂见鲍叔出面，国君点头，管氏与高氏联姻在即，不由连连叹息——自己只好白白空忙一场，徒自几声苦笑作罢。

风雨同舟，患难相交二十余年，鲍叔牙之与管仲，既是挚友知音，又可谓如兄如父。有这样一位人物为管仲张罗，这桩婚事自然是风生水起，水到渠成。女方那边，系国子为媒。高雪儿素有奇志，自言非英雄不嫁，自临淄街头与管仲一面之缘，便已芳心暗许。而管仲也是非名门之女不娶，况与高雪儿早已心心相印，为相以来，早视高雪儿为内室之人。国子初时对管仲颇有偏见，但随着管仲拜相，为政日显，便渐渐心悦诚服起来，于是此番笑呵呵自请为高氏之媒。管、鲍兄弟也，高、国亦兄弟也，能成就如此一段善缘，鲍叔牙与国子都是忙得不亦乐乎。

今天是个好日子！高子府中，祖庙堂上之户西，早早为神设了一筵席，席头也朝西，席的右边置放一张木几——这筵席，这木几，空空如也，乃是专门供先祖神灵享用的，之所以在户西、席朝西，乃是因以西为上之故。

府门外的大树上，两只喜鹊踏枝，叽叽喳喳叫个不停。但见鲍叔牙驱车赶到，下了车，整一整今日特别而穿的"上衣下裳"的黄色玄端礼服，捧着雁礼，立于门外；仅带得一名随从侍立在侧。高家的摈者立在门前迎接。鲍叔牙满脸堆笑，有辞道："尊敬的主人加惠，把妻室赐给管仲。管仲按照祖辈先人之礼，派我鲍叔牙来，请求行纳采礼。"

摈者答道："我家主人的女儿天性愚钝，父母又不能教而使之聪慧。但是您有命于此，某不敢推辞。"说罢便入内禀告去了。

须臾，高子一脸微笑，也穿着与鲍叔牙一模一样的玄端礼服，出门迎接。高子向鲍叔牙行拜礼，鲍叔牙并不答拜。然后高子、鲍叔牙又拱手行礼后，同入大门。行至高氏家庙门前，两人再次拱手行礼后，入门。来到阶前，高子道："使者请。"鲍叔牙道："岂敢！主家请。"两人彼此又三揖三让，其礼极其谦恭。

之后，高子先从东阶上堂，以为先导；上堂后面朝西而立。鲍叔牙从西阶上堂，然后面朝东,面对高子,致辞道:"敢请主人纳采。"说罢,捧出雁礼——红色木盒盛着一只大雁,那雁子乃是活雁,体形硕大,被红缨捆缚着,安安静静卧在木盒中间。所谓纳采,乃是周时婚礼六仪(纳采、问名、纳吉、纳征、请期、亲迎)之首,即纳其采择之礼。男方令媒人下达此礼,表示已经选择其女为婚配对象。"纳采用雁",之所以以雁为礼,乃是因为雁为候鸟,秋寒时南飞,春暖时北归,为随阳之物,象征女子随男人而去;从不失时节,象征男女信守如一;又因大雁雌雄一配而终,象征夫妻忠贞不渝,白头偕老。高子闻言,立于阶上面朝北而拜,意在告知祖庙先人,然后伸手接过雁礼,与鲍叔牙两两并肩,皆面南而立。

纳采礼毕,鲍叔牙循阶下堂,先出庙门而去。这里高子也下了阶,将大雁交给立在一旁的家中老臣。

那位摈者这时也快步出庙门,见鲍叔牙问道:"使者还有事否?"鲍叔牙又双手捧着又一只雁,辞道:"我既受命,将要占卜婚姻吉利与否? 请问女子的姓名。"摈者答:"您既然有命于我,而我家女子又只是备供选择之一,某不敢推辞。"摈者再次入庙门,告与高子。高子道:"然也。"于是鲍叔牙再度入庙门,高子在前引路,两人立于阶上,高子将女儿姓名郑重告知,两人皆如前一般行礼,最后并肩面南而立。

此即"问名礼"。礼毕,鲍叔牙再次下堂,出了庙门。

摈者再度出庙门,见鲍叔牙道:"使者是否还有其他未尽之事?"鲍叔牙道:"问名之礼已毕,某将返回。"摈者道:"我家主人将以醴礼酬宾,请——"鲍叔牙道:"不敢叨扰主家。"摈者道:"您辛苦而来,理当如此。"鲍叔牙便不再推辞,与摈者再度进入庙门。

时高子已经出来迎接,两人微笑着行至阶下,彼此三揖三让,然后登阶入堂中。先前供奉神灵的木几与席位已经撤去,另设一新几、新席,席头朝东。饮食之筵已经摆好,堂正中专设的一缶醴酒分外入眼。

高子、鲍叔牙行了祭拜之礼,入席。高子有辞道:"鲍卿为管相与小女的婚事,来到我们高家,依照家中先辈传授的礼节,请允许我用醴酒酬谢您。"鲍叔牙辞道:"此番婚礼非同一般,老鲍还有许多事情要办,不得不辞谢!"高子一笑,又辞道:"醴酒酬宾,乃是先辈传了几百年的礼节,所以还请您务必相请。"鲍叔牙辞道:"既然我的推辞不能得到您的同意,敢不相从!"于是执爵,小口一饮。

三巡酒后,鲍叔牙一边说着"告辞",一边从几上竹笾之中取了一些杏脯,并郑重致谢。这脯乃是女方主家的赏赐,鲍叔牙要带回去与管仲复命。高子笑道:"不是什么奇珍之物,不值得您这样珍重。"鲍叔牙道:"多谢款待,待行了纳吉之礼,卜得吉祥婚日,再来登门造访。"

鲍叔牙循阶而下,将杏脯交给一旁的随从,与高子躬身行礼,然后出庙门而去。高子还礼,一直将鲍叔牙送出府门之外,两人再行拜礼后,鲍叔牙便登车离去了。

"朋友者,若子若弟。"自相交以来,鲍叔牙始终视管仲如子如弟,从未相负。十几年前,彼时落魄,管仲与乐姜之合,鲍叔牙便是其媒人;不承想十几年后,管仲骤然拜相,为这位相友谋婚姻者,又是鲍叔牙!前后恍若一梦,而今已是天壤有别。鲍叔牙得了高女姓名,入庙中占卜,得了一个大大的"吉"字,于是再入高府行"纳吉"礼,双方婚事就此定了下来;另有高雪儿表妹冰儿、侄女梦姑二人为媵。至此,管仲大喜,早早备了一份彩礼,再令鲍叔牙为使,到高家行"纳征"之礼。但见纳征礼品,首要的便是彩丝五两,然后是鹿皮两张,束帛五匹——其中玄色帛三匹,缥色帛二匹;然后又有合欢、嘉禾、九子蒲、干漆及铜镜、玉梳、铜篦、耳坠、香囊等女饰若干,还有管仲特别加上的鲜红桃子两只——只因两人初次邂逅之时,高雪儿曾经赠他一只桃子之故。周时娶妻之聘礼,重在其朴素的象征意义,不似后世那般好以经济价值来衡量,其中最基本的便是要有彩丝五两,无论贵族庶民,皆不能免——后世所谓"彩礼"之说,便是由此而来。

鲍叔牙又代表管仲至高家,行"请期"之礼,双方确定下月初六日为婚礼之期、亲迎之日。

国君新婚刚过,又逢管相大喜,君臣父子,双喜接踵,临淄城自建都以来,这还是头一遭,别提齐国朝野那个高兴劲儿了!齐桓公着大司行公孙隰朋为仲父主婚,同时又特别命工匠精心浇筑了一只青铜食鼎,鼎外制有铭文"仲父用鼎",以为国君之贺。同时随着婚礼日近,与齐盟好的各个诸侯国也纷纷派遣使者前来相贺——其中便有重要二人:鲁国曹刿和宋国萧大兴。还有就是因管相新政,齐国率先行四海通商之策,各国商旅纷纷入齐发财,他们视管仲如同财神一般,感恩戴德不尽,一时间这些民间人物潮水般拥入相府,各种贺礼层出不穷,竟比齐桓公婚时更多。但见金帛玉石,无所不有,羽毛齿革,无所不备,蔚为奇观。

各国商旅之贺,令管仲十分震惊,也颇为自豪。管仲由此看到齐国新政是何等的得民心、顺民意,前程远大。一日自立庭中,不由大笑道:"临淄富甲天下不远矣!齐国富甲天下不远矣!"公务之余,管仲不吝与这些民间商人相聚相谈,所获颇丰。其中,便有鲁国商人高武子、许国商人漆白子——周桓王二十二年,公元前698年,宋国攻伐郑国时,此二商人曾与贩粮的管鲍同在新郑郊外避难,彼时遭逢兵戈,商业尽毁,无限凄凉;如今难友重逢,共兴共旺,有说不完的旧话,道不尽的感慨。鲍仲牙、鲍季牙二兄弟也从老家赶来了,管仲大喜,唤来鲍叔牙,亲设一宴,专奉鲍氏三兄弟。席间,鲍仲牙先敬一爵,以谢当年不识俊杰,妄称管仲"败丈夫"之罪;管仲大笑,也敬一爵,口中称罪说当年盲目轻狂,几乎将鲍家钱财赔个精光!于是四人不由哄堂大笑,往日种种,无论是非恩怨,皆在笑声中如云烟消散。管仲又提议鲍氏举家由郑国迁来临淄,一来可以兄弟相聚、合家团圆,二来齐国商业方兴,正是用人之际,扎根临淄,前途无量。鲍仲牙、鲍季牙来时便有此意,当下便爽快答应。后来,鲍氏果然就在临淄城落根。鲍叔牙是拥有封地的卿大夫,鲍仲牙、鲍季牙二人便成了齐国大富商,鲍氏由此成为齐国大族,一时显贵,子孙数百年间繁衍昌盛。其中,身为齐相的管仲免不得关照一二,以报当年鲍家慷慨资助之恩,以至于鲍季牙曾感慨道:"我等小算,不及管仲大算;我等小贩,不及管仲巨商;我等小人,实在难识管仲巨匠!"此为后话。

另有独特一宴,也是管仲于府中亲设,盛情相邀,仅限四人:管仲、鲍叔牙、曹刿、萧大兴。当是时,四人脱履入堂,彼此行礼,并无一言,只面面相觑,大笑不止。待个个笑得直不起腰,方才落席,只见鲍叔牙首先感慨道:"十年前鲁国野店四匹夫,今日复会于齐国相府!"是呀,整整十年了,那时在鲁国东平一个山野酒舍,管、鲍、曹、萧不期而遇,管、鲍是结伴前往临淄任齐公子师傅,萧大兴正赶往曲阜为宋国之使,而曹刿那时则是寂寂无名的东平隐士。如今四人重聚,俨然一相三大夫,皆为国之栋梁,当世俊杰。

曹刿笑道："为管兄之喜，当饮一大爵！"鲍叔牙、萧大兴附和，四人举爵共饮。

管仲道："为齐、鲁、宋三国世代盟好，再饮一爵。"一缕忧思从几人脸上同时一掠而过——正是此四人同心协力，三国邦交方才刚刚拨乱反正，当下都颇为感慨，又饮一爵。

酒过三巡，萧大兴道："曹兄啊，十年前弟就有一问：那时曹兄便远见卓识，以为天下第一强国，必在东方齐鲁——是齐国，还是鲁国啊？"

曹刿仰头一阵大笑："有曹刿在鲁，齐国绝难称雄！"

管仲微笑，淡淡接道："夷吾相齐，天下唯齐，鲁国何足道哉！"

萧大兴接着大笑："大哥轮流做，待管兄、曹兄老去，天下伯主在谁？——宋！"——单以年龄论，萧大兴确是四人中最少者。

"哎——"鲍叔牙皱起眉头，高声劝道，"你等远道而来，皆为贺管兄一私之喜！况故友重逢，殊为难得，不可煞风景！今日之会，莫谈国事！"

萧大兴道："鲍兄言之有理。此时此刻，我忽然想起当年颍上山村，茅屋小院之中，管兄小婚之事。昔日草莽布衣，今朝钟鸣鼎食，岁月风逝，判若云泥，大丈夫今日之婚，何其壮哉……"此番话，却说得管仲脸上不由黯然神伤……

几人不谈国政，纵论昔日往事、朋友之谊，然而话题转了三圈，到底还是又绕到管相新政上了。曹刿、萧大兴早对新政有所考察，也早知齐国隐忍之心、称霸之志，当此与主政者面谈之机，岂能不请教一二。管仲也当仁不让，滔滔不绝，将新政九策如数家珍般道来——但，唯独只将"寄军于政，操练新军"一节略去。曹刿、萧大兴听得惊心动魄，五内焚烧，二人同时萌生了超越之志。却说后来回国后，曹刿在鲁国，萧大兴在宋国，皆欲主张仿齐，改革图强，为天下霸，只可惜鲁乃周礼之邦，宋乃殷商余脉，二国皆以文化见长，死守仁心，不善因势，旧老观念根深蒂固，非一己之力可以撼动，不似齐国因其俗，减其礼，尊贤上功，顺势而为，敢为天下先。于是曹、萧二人之愿，皆壮志未酬，无疾而终。此皆后话。

管仲微醺，一时大乐，不由离案，甩开大袖，于堂中踏步，唱起《缁衣》歌来："缁衣之宜兮，敝，予又改为兮。适子之馆兮，还，予授子之粲兮……"萧大兴起身来伴舞，鲍叔牙击案，曹刿拊掌，四人开心得不亦乐乎。是夜皆醉，横卧于酒案之侧，随意而眠，直至天亮……

　　时光如箭，转眼到了太卜所占下的六日吉期。相府内外显贵云集，仆隶匆忙，车乘如水，酒食飘香，到处喜气洋洋。新房早已布置停当，但见寝门外东方空地上，纵向一溜儿陈着五只大鼎，各盛熟食，自北而南分别是：第一鼎中小牛一头，第二鼎乃小羊一具，第三鼎是小猪一只，牛、羊、猪皆是左右牲体合在一起，都剔除了蹄甲，并各有各的举肺两块，脊骨两块，祭肺两块。第四鼎中装着上好的鲫鱼四十条。第五鼎为风干全鹿一只，是刚刚制好的新鲜腊肉，也是左右牲体合二为一。每鼎都配有鼎盖和鼎杠，铜器灿灿，长木斜倚，兼之奇香飘溢，令人垂涎。五鼎并立，直如五大庖厨鼓腹挑担，整齐不二，吆吆喝卖一般，异常壮观。而推门入房，但见厅堂敞亮，庄严朴素，正中设有一木几，其上置有醋酱二豆，螺酱二豆，腌冬葵菜二豆，稷饭一簋，黍饭一簋；其中六豆之上各罩着白巾一块，二簋之上皆盖着盖子。另有盛着各色果子的竹笾两具，又有好酒两瓶，还有一只青色的圆形竹筐分外入眼——其内立着铜爵四只，躺着业已切开、形如两只瓢、此刻被红丝线缠着合在一起的瓠瓜卺一个。

　　熙熙攘攘的繁忙中，但见西天的斜阳从城墙上一点一点滑落，整个临淄沉浸在一片暖暖的、淡淡的金色余晖里。天色欲暗而犹亮，乃曰"阳将去而阴将来"，正是迎娶新妇的好时光。銮铃阵阵响起，管仲的迎亲车队游走在城中笔直的大道上，车乘五十余辆，首尾不能相顾，马踏声碎，仆从如流，前有烛火，后有仪仗，鲍叔牙为其媒妁，公孙隰朋为其主婚，国叔牛和公孙猿手执喜庆的火炬，如二大将，为其前方开路。所有从人皆是严肃规整的黑色玄端礼服，一望之下，便众星捧月般衬托出那玄衣缥裳、独领风骚的新人管仲！但见管仲头戴五旒冕冠，脚蹬赤色之履，上穿玄黑色之衣，下配赤绛色之裳，腰间悬着一串翠绿透亮的水苍玉饰。名相娶妻，春风得意，一身威风凛凛，满脸喜气洋洋。管仲身材魁伟，玉树临风，年轻时候便是力压公孙子都的美男子；如今年已四旬，颐下多了丝丝美髯，比之昔日青春，神采未减反增，更显风神飘洒，绝代风华。

　　车水马龙，止于高府。管仲下车，在鲍叔牙、公孙隰朋等众人簇拥下，行至府门；早见高家摈者立在门前。管仲道："夷吾受岳父大人之命，于此黄昏时刻前来迎妻，我已至,请承命。"摈者对道:"我主高子也一直恭恭敬敬,候您到来!"话音刚落,但见高子满面笑容,身穿玄端礼服,出门来迎。

高子先对婿行拜礼,待高子礼毕,管仲再答拜还礼。翁在前,婿在后,众人随行,来到高氏家庙。阶下,翁婿之间三揖三拜,方才循阶而上,入庙里。管仲眼前一亮,早见灯火通明之中,高雪儿一身纯玄色衣裳,用透亮的玉簪绾着高高的发髻,正立于堂内正中,微微垂头,羞羞地望着自己。高雪儿向来是冷美人,唯见此刻娇羞如花,无限春情。冰儿与梦姑两个媵女皆已黑帛束发,加簪绾髻,也是纯色玄衣,只是各自多披了一件黑白相间的斧形花纹披肩,一左一右立在高雪儿身后。高雪儿身前,左有母亲高夫人,右有乳母淄氏,其他陪嫁诸人也是清一色玄黑衣裳,散在前前后后、左左右右。堂内之西,设有一张空几、一张空席,那是家庙之尊、神之筵席。

公孙隰朋高声道:"送雁礼——"但见管仲双手捧着一只盛在木盘中的活雁,躬身前递,高夫人接了。高夫人将那雁礼瞧了瞧,眼神里莫名忧伤;有侍女将雁礼接了去。此时高子过来,叮嘱女儿道:"到了夫家,恭敬从事,日日年年,不可废之。"高雪儿应声点头。又见高夫人从袖中取出一只装佩巾用的青色丝囊,与女儿系在腰上,不由哽咽道;"勉之敬之,日日夜夜不要犯错,经常看看这个丝囊,就不会忘记父母的告诫了……"高雪儿心头一酸,不由咬了咬嘴唇,当下欲语还休,只躬身对父母重重行了一礼。

夜幕初降,摇曳的火影中,高雪儿由乳母淄氏搀扶着,随管仲脚步,出了庙门,从西阶下堂。高子与高夫人立在门口,不再下堂相送,只目送一对新人远去,眼见人影攒动,背影模糊,高子悠悠叹道:"雪儿去矣……"

高府门前,国叔牛和公孙猿一左一右掌火,管仲先上了车,将引绳递了下来。高雪儿右手接了引绳,左脚踏上登车矮几,乳母淄氏又赶忙为她披上一件黑色披风。火光一闪,高雪儿与管仲并立车上,两人会心一笑。管仲喝马驾车,待车轮滚动三圈后,便下了车,复登上自己先前来时之车。随后一片杂乱声响起,在公孙隰朋的调度中,冰儿与梦姑各自登上自己的悬着帷幕的新车,其余众人也各个安置妥当,车队便再度启动了。

车轮滚滚,銮铃阵阵,一派欢喜,鲍叔牙与公孙隰朋的谈笑声也是不绝于耳。然而,瞧着最前面国叔牛与公孙猿举着的火把,如星光闪耀,管仲喜悦而沸腾的心忽然无比凄冷起来。火光模糊中,仿佛刹那间就回到了昔日峥嵘岁月,回到了郑国颍上家乡,当年乐姜落泪的面孔猛地闪了一下,母亲坟头的青草依旧在夜风中不住地摇荡,还有……唉……管仲五味杂陈,便再也高兴不起来,举头仰望辽阔的夜空,轻轻叹了一声。

管仲神思,几十年光阴风驰电掣,起起落落,正伤感间,婚车早已行至相府。此刻明月隐去,星斗满天,府中灯火阑珊,亮如白昼。管仲及高雪儿等踏几下车,管仲对高雪儿高高兴兴行了一礼,请其入门;高雪儿含羞答礼,与管仲并立于前;二媵女随后。众位来贺之人分列两旁,中间闪出一条明亮亮的道来,公孙隰朋高声道:"请新妇,众人贺——"于是众人皆笑着齐声歌唱:

> 桃之夭夭,灼灼其华。之子于归,宜其室家。
> 桃之夭夭,有蕡其实。之子于归,宜其家室。
> 桃之夭夭,其叶蓁蓁。之子于归,宜其家人。

此乃《桃夭》诗,见于《诗经·周南》。歌者中有齐国朝中重臣如鲍叔牙、王子城父、宁越、宾须无等,也有其他诸侯国贺喜大夫如曹刿、萧大兴等,也有四海行走的民间野人如郑国鲍仲牙、鲍季牙,鲁国高武子,许国漆白子等,不分贵贱,有官有民,五花八门,不一而足。

歌声飘扬中,管仲、高雪儿相携走至寝门,彼此行礼,登堂入室,一步一步来到堂中。众人也缓缓入堂,分列两旁。这当儿,庖人异常繁忙,将事先准备好的鼎中之肉用匕取出,安排好"同牢宴"。满堂灯火的亮光中,又见公孙隰朋高声道:"新人行沃盥礼——"话音刚落,有二青衣侍女各自用头顶着一个铜盘,一左一右低低跪在管仲、高雪儿膝下。冰儿与梦姑二媵各执一只铜匜走过来——那铜匜若瓢一般,却是精美的长嘴兽之状,里面盛着清水。铜匜倒水,铜盘接水,为周时沃盥之礼必备器具。冰儿将匜中之水浇在管仲手上,梦姑则将水浇在高雪儿手上,一对新人轻轻洗手毕,匜中之水也便渐渐沥沥落在铜盘中。

铜匜、铜盘撤去。公孙隰朋又高声道："新人行对席礼——"管仲、高雪儿彼此躬身行礼，而后各于堂前落席，相对而坐。管仲坐于西席，高雪儿坐于东席——男女席位平时必是男东女西，唯婚礼之时反用之，一是对妻子表达尊敬，二是取其阴阳交会之意。

公孙隰朋又高声道："新人行同牢礼——"同牢之礼，便是新婚夫妇同吃一份肉食，表示共同新生活的开始。牢者，非牢狱也，乃是周礼中祭祀所用的牺牲，只因行祭之前要先饲养于牢，所以称之为牢。牢有太牢、少牢之分——牛、羊、猪三牲全备者，为太牢；无牛，仅有羊、猪二牲者，为少牢。负责进食的赞人将黍饭、牛肉、羊肉、猪肉、祭肺、脊骨以及些许蘸酱完整组合后，做两份，分别装在一只红色木盒中，移至这对新人面前。管仲、高雪儿象征性地各吃了一点肉食，然后有滋有味地吃了三口黍饭。此所谓三饭之后，同牢礼毕。

公孙隰朋又高声道："新人行合卺礼——"赞人从早准备好的竹筐中取出那对瓠瓜卺，解开红丝线，一分为二，放在席前。赞人手执酒器，将两个瓜瓢中各自倒了喜酒，一人一只，捧送给两位新人。管仲、高雪儿接了，那卺依旧被红丝相牵相连，二人举卺对视，情意绵绵。管仲暗乐道："终得高雪儿为妻！"高雪儿眼中噙着泪花，心中对自己暗暗道："同牢而食，合卺而饮，妾从此为管氏矣！"于是两人各自交换了卺，红丝牵连中，众目睽睽里，一饮而尽。众人都看了，皆大喜，同声共唱《绸缪》诗：

> 绸缪束薪，三星在天。今夕何夕，见此良人？子兮子兮，如此良人何？
> 绸缪束刍，三星在隅。今夕何夕，见此邂逅？子兮子兮，如此邂逅何？
> 绸缪束楚，三星在户。今夕何夕，见此粲者？子兮子兮，如此粲者何？

公孙隰朋又高声道："新人行合床礼——"在众人的殷殷祝福中，管仲、高雪儿被送入内寝之中。早有冰儿、梦姑二媵先入寝室，铺设好了卧席。待管仲与高雪儿进来，室内执烛者等侍人一一出门退去；冰儿、梦姑二媵随后也退去——不同的是，此二媵人是要彻夜留守在新房门外的，以便新婚夫妇有事呼唤时，可以随时听用，此谓当时媵女之责。

　　大婚此时方才礼毕,房中独独留下一对新人,彼此略生尴尬,室内显得异常寂静。沉默片刻,管仲望着烛光中迷人的窈窕仙娘,忽然轻轻叹了一口气。高雪儿闻声一颤,满脸通红,秀眉微蹙,怯声道:"妾身貌丑,惹得相国大人失望了……"

　　管仲急转笑容,赶忙弯腰赔礼,道:"夫人花容月貌,云中仙子一般！只是……只是夫人年轻貌美,管仲业已四旬,老夫少妇,同牢合卺,我不知当为自己得意,还是替夫人失意,故而……"

　　高雪儿听了,咯咯咯咯笑起,轻启樱唇道:"夫君乃当今齐国第一英豪,不想却也做如此儿女态！大丈夫志在天下,满头霜雪犹不悔,何况夫君正盛年！妾在深闺之时,夫君犹是飘零之日,众皆轻君,唯妾视君必是英雄！如今夫君官拜相国,力推新政,举国灿然,海内诸侯,孰不敬仰？妾嫁得意中人为妻,我愿足矣！"

　　管仲听得心暖,不由对高雪儿又行了一揖,深情道:"悠悠青天,何厚于我！得高雪儿为妻,此生何憾！"

　　高雪儿笑靥如花,轻轻扶起管仲,乌溜溜、水灵灵的眼睛中满是仰慕之情,喃喃道:"夫君,你为何总对妾身行礼……"说罢将自己娇小的身躯钻入管仲怀抱,一张秀脸贴着管仲胸膛,闭眼柔声道:"我想起三年之前,你我邂逅于临淄街头,夫君青衣飘飘,大步独行,高吟《考槃》……"

　　管仲也幸福地眯上了眼,将怀中新夫人散着幽兰花香的乌发抚了一遍又一遍……那年那天,两人初识于街头市井的情景便一一浮现,似朦胧如诗,又清晰如画,管仲不由如旧吟道:

　　　　考槃在涧,硕人之宽。独寐寤言,永矢弗谖。
　　　　考槃在阿,硕人之薖。独寐寤歌,永矢弗过。
　　　　考槃在陆,硕人之轴。独寐寤宿,永矢弗告。

第六章　宋国之乱

　　战车辚辚,甲兵森森,戈矛如霜,尘烟四起,喊杀之声惊天动地。伴随着一面面舞动的旌旗,无数的精锐青壮正在整齐划一地操练。却说临淄城南的山谷,群峰环绕之中,新开辟了一座壮观的军营——依管仲"寄军于政,兵隐于民,强兵以霸"之令,王子城父受命组建、训练齐国新军,早已征得精兵三万,这里乃是齐国新军的大本营。

　　这日,管仲在鲍叔牙、王子城父的陪伴下,正于谷中视察新军操演。但见辕门外陡然飞来一辆轻快的青铜马车,国叔牛从车上急匆匆跳下,然后径直迅跑,穿营过帐,早至管仲身后,满脸焦虑地递上一份万急密报。管仲拆而阅之,片刻间脱口叹道:"宋国巨变,宋公被弑,华督被诛!"鲍叔牙与王子城父闻言皆大惊失色。却见管仲将密报转与二人看,自己背过身去,对着眼前校场上热火朝天操练的新军,沉思良久,须臾,又喃喃了一句"华督被诛……",声音中满是一种无奈的落寞感。

　　其中深意,王子城父不解,而鲍叔牙最是心知肚明。十九年前,管仲受萧大兴举荐曾任宋国太宰华督的家臣,只因无意间发现了华督欲夺人之妻而杀孔父嘉的卑鄙阴谋,于是管仲断然弃之远去。那华督故技重演,再施毒计,反而诬陷管仲是偷了府中粟米而逃走,管仲一生中最为悲催的"粟米小贼"之号也便由此而来。尽管近二十年的时间过去了,然而那段刻骨铭心之耻管仲又岂能忘记? 如今拜相领国,正当再会前敌,一雪前耻,岂料那华督竟然被自己国中人杀掉了! 虽说恶人终得恶报,然而管仲心中一时难免有未及我待的巨大失落感。往事一幕幕袭来,又想到当年在宋国边境之野,萧大兴匆忙赶来送别,自己曾铮铮语道:"他年得志之日,宋国必是自己第一用武之地!"——一想到此语,仿佛醍醐灌顶,管仲霍然开怀,当下莞尔转笑,扭头对鲍叔牙、王子城父道:"机会来了,齐国霸业可以开始了!"

此时的中原宋国,究竟发生了什么巨变? ——这一切还是要从南宫长万说起。

数年前郎城之战,鲁国大破齐、宋,南宫长万作为宋国大将不幸而被生俘,囚在曲阜。后来管仲为大局计,促使齐桓公迎娶周室王姬,此番婚仪,主婚者乃是鲁国国君庄公——于是借助这次大婚,齐、鲁两国自乾时之战以来的种种干戈皆瞬间化作玉帛,昔日为敌,今朝为盟,两国朝野一片称快。齐、鲁既已复归于好,鲁、宋又何必继续交恶,鲁庄公于是放南宫长万归宋,再结宋好。自此,齐、鲁、宋三国握手言和,焕然一新。

却说南宫长万高高兴兴回到商丘城,本以为第一猛将归家,当受破格礼遇,岂料欣欣然朝见国君时,却意外遭到了宋闵公一顿奚落。宋闵公笑吟吟地,道:"寡人初时敬你,乃是敬你之勇,如今你乃鲁国之囚,难道寡人还要敬一个异邦囚徒吗?"南宫长万大惭而退,君臣之间由此生隙。

转眼周庄王十五年,公元前682年,周庄王驾崩,太子继位,讣告至宋国。时宋闵公与两个嫔妃、一群宫女正于蒙泽园囿中嬉戏游玩,南宫长万随行在侧。玩到兴头,众皆大乐,一嫔妃忽然瞟到南宫长万虎躯凛凛,雄赳赳立在一边,不由心动不已。那嫔妃当下拉着宋闵公的衣襟道:"今日之游,意犹未尽。妾在深宫,早闻宋国第一猛将南宫长万有一绝技,唤作高空掷戟,妾却从未目睹。今日有缘,何不请南宫掷戟,令我辈女流一开眼界!"

另一嫔妃也拍手叫好。宋闵公嘿嘿道:"美人要看,有何不可——南宫长万,寡人命你掷戟为乐!"

南宫长万久被冷落,无限失意,如今忽然得了一个施展平生绝技的机会,虽说仅仅只为博宫中女流一乐,却也是十分得意,当下一挺胸,高声应道:"诺!"

案上陈列着各色食鼎,铜罍中酒香四溢,宋闵公揽着美貌的二妃坐定,其余一大堆正值妙龄的宫女簇拥在旁。美酒美食美女,活色生香,美艳绝伦,空气里弥散着一股柔柔的令人站立不稳、直欲倾倒的气息。案前腾出的一大块空地里,但见魁伟的南宫长万黑髯偾张,怒目圆睁,双手执戟,屏息而立,陡然间虎啸一声"起——",那支长戟便被凌空抛起,高数丈,从云中如石堕下,眼看着就要将人砸成肉饼,众女顿时惊恐尖叫起来,一妃子不由以袖掩面,不忍再看——群女惊叫之声尚未息,却见南宫长万矗立原地,岿然不动,早举起右手将那戟牢牢稳稳接了。二妃子连连娇喘,却也不由齐喝一声:"好!"

南宫长万见状,愈加得意,索性又舞起戟来。那戟在他手中仿佛化作一条丝带,说远就远,说近就近,直舞得虎虎生威,满地风起。众人除宋闵公外,皆是赞叹之色,个个敬慕不已。眼看着南宫长万大抢风头,仿佛夺走了自己身旁的美人之心,宋闵公不由生出妒恨之意,心中暗暗骂道:"一个囚徒,安敢如此!"

舞了一阵戟,众人欢呼到高处时,南宫长万再次掷戟,一口气连掷三戟,连接三次,无一失手。如此这般武艺实在精彩,那些女子简直要疯狂了!待南宫长万表演完毕,一嫔妃不由自主从宋闵公怀中脱出,立起身,笑靥如花柔声道:"今日得见南宫绝技,果然名不虚传。来呀,赐酒——"

身边侍女正要向铜爵中倒酒,却见宋闵公登时也起身,厉声喝住。那嫔妃大惊,迷惘瞧去,见宋闵公眉宇间暗暗透出一股怒气,只是转瞬即逝。宋闵公转眼间又慨然大笑,乐呵呵道:"如此之饮,毫无乐趣,寡人与南宫将军赌酒如何?"

这一句君之戏言可谓鬼神莫测,惹得一片喝彩之声。适才那位嫔妃恍如梦醒,也鼓掌乐道:"好呀好呀,妾已许久未见国君赌斗了。"

宋闵公令内侍另设一案,取出博局,笑吟吟就拉着南宫长万入了局。南宫长万满脸窘色,低头一看,案上除了一块四四方方的厚厚的木制博局器物之外,上下还各置了一个大金斗。二嫔妃甜美的笑声中,但听得宋闵公道:"你我决赌,输者以大金斗饮酒为罚。"

南宫长万暗暗叫苦,他乃粗莽武夫,掷戟可以天下无敌,只是于这赌博游戏却是一窍不通。然而国君下令,嫔妃附和,又如何能够推得掉? 当下只好硬着头皮入局,听天由命吧。

这博戏却是宋闵公所长,可谓一代高手。宋闵公戏南宫长万,直如囊中取物一般,只几个回合下来,南宫长万竟然连输五局,罚酒五斗。宋闵公故意要出南宫长万的丑,所以有意用大斗罚酒,此时南宫长万早已醉了八九分了。看着方才还耀武扬威的宋国第一猛将此刻醉眼迷离,神情恍惚,立在地上连站也站不稳,宋闵公十分得意,一个劲儿地瞧着南宫长万软绵绵的腰身,嘿嘿笑个不已。

南宫长万饮尽第五斗酒,头重脚轻,心中只是不服,依旧逞强,厉声道:"来! 开……再开一局,我要胜国君一把……"

宋闵公只淡淡笑着,阴阳怪气道:"南宫囚乃是常败之家,安敢再与寡人赌胜啊?"南宫长万身虽醉,心却还是醒着,听得那个"囚"字,自知其中来龙去脉;当下胸中一片奔腾的怒火,可还是强压住了,脸色僵着,只憨憨而笑,再无言语。

正尴尬间,忽见一人急急来报:"周王之使到。"宋闵公微惊,弃了博局,复入正席,命传周使。使臣入见,乃是报周庄王之丧,并告新王之立。宋闵公听了,长长一叹,道:"周室业已更立新王,宋当遣使吊贺。"

此刻南宫长万依旧呆呆立在一旁的博局边,听得"遣使吊贺",不由心中一热,鬼使神差一般,忽然高声冒出一句话——"洛邑王都之盛,冠绝天下,而臣平生未睹,臣请为宋使,赴洛邑一行。"

宋闵公看着南宫长万的醉样儿,啐了一口,厉声道:"宋国何其无人! 要遣一囚为使!"说罢哈哈大笑,身边二妃子与众宫女不由都开怀乐起来,顿时一片女人的哄笑之声骤起,实在刺耳! 连周使也惊得目瞪口呆,满脸茫然,不知所以。

今日国君第二次口出"囚"字! ——长期以来正是这个"囚"字如洪水一般将南宫长万卷入深渊,任凭你天生神力,任凭你挣扎不息,终被那软水团团裹住,越陷越深,渐渐地窒息得只剩下最后一口气了! 南宫长万终于忍无可忍,瞬间雷霆大震,霍一下就立起身来,面颊发赤,恼羞成怒,兼之酒醉,心性狂纵,便脱口大骂道:"无道昏君! 你可知道囚能杀人吗?"

宋闵公顿时恼了,咆哮道:"贼囚! 焉敢如此无礼,我誓杀之!"说罢将案上一具青铜食鼎举起,恶狠狠向南宫长万砸去。南宫长万微一侧身,轻轻躲过。宋闵公左右顾盼,见南宫长万的大戟立在一旁,于是快步急出,操了那戟,径直向南宫长万刺杀来。

南宫长万何许人也!胸中那团恶气长期郁结,正巴不得使出浑身解数,实打实地打一番呢!南宫长万当下也来不及多想,只觉得热气上涌,筋骨暴起,见宋闵公挺戟来刺,也并不夺戟,提起膝下的博局就迎上来。那博局形如一块棋盘,厚约五寸,枣木所制,沉甸甸的。南宫长万大喝一声,操起博局,横扫一下便将大戟挡得老远,又劈头盖下,便将宋闵公打倒在地,博局登时碎为两半!可见南宫长万力道之猛。宋闵公趴在地上,刚刚惨叫一声,便又见南宫长万那对铁拳如雨点般砸来。只片刻工夫,宋闵公停了呻吟,没了动静,而南宫长万冷冷立起身来,双拳殷红,犹有鲜血滴滴而下。呜呼,宋君闵公一时儿戏,竟然惨死在南宫长万拳头之下!

那两个妃子与宫女们早吓得魂飞,纷纷惊叫着抱头散去。周使也吓得不知何时逃去了。满目狼藉中,南宫长万仰头一阵大笑,高声道:"痛快痛快!"……陡然间酒醒,始知闯下弥天大祸,当下定睛看一眼已然断气的宋闵公,自言自语道:"索性一不做二不休,打死昏君,再立新君!我南宫长万从此横行宋国,有何惧哉!"言罢,又一脚将闵公尸首踹得滚了两滚,从地上捡起自己的大戟,便雄赳赳、气昂昂地走了。

南宫长万杀气腾腾,扛着大戟大步独行,赶至朝门,忽见一人驾车迎面而来。乃是大夫仇牧。仇牧因有要事要到蒙泽觐见国君,也知南宫长万正侍奉在侧,于是下车行了礼,柔声问道:"国君何在?"

"昏君无道,我已杀之!"

仇牧此时忽然嗅到一股酒气,呵呵笑道:"南宫将军醉了!"

南宫长万黑着脸,冷冷应道:"我是被人灌了几斗酒,可我不醉,乃是实话。"说罢将满是血污的双手摊开,推到仇牧面前让他看个清楚。

仇牧见状,乃知所言非虚,登时勃然大怒,厉声骂道:"弑逆之贼,天人共诛!"说罢挥舞拳头就打过来。南宫长万依旧扛着大戟,暂不还手,被仇牧拳打脚踢连连退后,逼退到了城门墙根。

　　南宫长万钢筋铁骨,仇牧拳脚与他无异于挠痒痒一般,待到己身贴住城墙,便弃戟于地,陡然间皱起剑眉,瞪亮圆眼,左手揪住仇牧胸膛,右手化作铁拳对着仇牧之头,霍霍只一左一右两下,但见仇牧脑袋已碎,立时倒地身亡。仇牧的一颗牙齿也被南宫长万打脱,如箭飞出,竟然深深嵌入城门木头之中,深达三寸——真乃古今罕见之绝力! 可怜仇牧大夫也是一代忠良,宋闵公以"囚"羞辱南宫之初,仇牧还曾直言劝谏,如今也于此朝门之下,化作一缕冤魂了。

　　南宫长万俯身拾起大戟,缓步登上仇牧的马车,旁若无人,目空一切,掉转车辕就向家中驰去了。

　　不想行至半道,又被迎头赶来的一队人马重重包围。原来太宰华督得知闵公被杀,亲率甲兵前来讨乱。南宫长万见了,只呵呵冷笑两声,并不答话,操起手中那杆大戟,跳下车来就是一阵横扫砍杀。那些甲兵岂是宋国第一虎将的对手,顷刻间便倒了一片。余众皆胆寒,皆怯缩不敢向前。但见华督立在后面车上,拔出腰间宝剑,厉声呼道:"杀南宫长万者,爵封上卿!"这一喊不要紧,却见南宫长万弃了那些甲兵,挺着长戟,旋风般就直向华督杀来。华督早被吓破了胆,慌乱中挥舞手中的剑勉强抵挡了几下,孰料一个稍不留神,就被戟上利刃刺破了咽喉,当下一声惨叫就从车上坠落下来。

　　南宫长万操着大戟,一步步逼近华督,而后一戟将华督胸下刺穿,高高挑在半空;那华督身子疼得乱颤,鲜血淋漓而下,无力发声,气犹未绝。南宫长万挑着华督走了几步,怒斥道:"顺我者昌,逆我者亡!"那些甲兵个个倒退,纷纷弃了兵器,伏拜地上,一个劲儿地直唤:"饶命饶命……"

　　刺眼的阳光下,华督的血如雨线般吧嗒吧嗒不住滴下。南宫长万得意而狂,仰天纵声大笑:"痛快! 痛快! 哈哈哈哈!"

　　"父亲——"随着一声高呼,但见南宫牛与猛获率着一队家兵也赶过来救应。只是二人来得晚了,南宫长万早已杀出重围。戟上华督早已断气,南宫长万轻轻一甩,那华督的尸首便已滚落在道旁。猛获拱手赞道:"杀得好、杀得好!"

　　南宫牛毕竟年幼,虽有其父之勇,到底还是被这突如其来的巨变惊得六神无主,当下脸色煞白,颤抖道:"事已如此,父亲……我们该当如何?"

南宫长万瞪了一眼，昂然道："罪在昏君无道！事已至此，我们索性杀个痛快，凡有不顺我者，大戟便是！国不可一日无君，可以拥立公子游为君！华督已死，太宰之位我做了便是。如此，这偌大宋国便是我们的了！"

南宫牛与猛获诺诺遵命。于是南宫长万以迅雷不及掩耳之势迅速控制了商丘，而后立了公子游为君，自命自己为太宰，儿子南宫牛封为大司马，又令猛获接管了城中禁卫，将国都暂时攘入股掌之中。

那公子游乃是闵公之堂弟，彼时不过一个十余岁的孩子，被南宫长万强行做了傀儡，身不由己。而宋国诸位公子因惧怕被杀，结伴共同逃到萧邑避难——只有公子御说奔去了亳邑。宋国遭此巨变，国中人心惶惶，南宫长万虽以武力一时得逞，到底抵抗不了整个宋国公族。商丘城中，除了国君子系一脉，便是戴、武、宣、穆、庄五族势力最为强大。南宫长万发疯一般，又将这五族之众尽皆驱逐出城，于是此五族也群集萧邑，与群公子会合一处。动乱中的宋国，一时呈现出商丘、亳邑、萧邑三足鼎立之势。

南宫长万身边有一谋士，名叫乌禽，谏道："群公子与五族之众共聚萧邑，其势甚强，萧邑大夫萧大兴也是一个干才，宜早图之。"南宫长万不以为然，道："目下宋国，只公子御说是个文武全备的英豪，又是君之嫡弟，根深叶茂，最具人望。其在亳邑，不日必生变。杀了公子御说，则我等心腹之患尽除，萧邑群公子之众自会臣服，不足虑也。"乌禽称高见。南宫长万于是命南宫牛与猛获率大队兵车出城，将亳邑团团围住——在南宫长万心中，只要除了公子御说，便可以天下太平了。

天已入冬，西风横扫萧邑，寒气逼人。萧大兴府上，火塘烧得正旺，一圈圈蒲席显得有一些凌乱，众人围火而坐。邑大夫萧大兴自不必说，避难的群公子一个不缺，戴、武、宣、穆、庄五大望族之主事者也悉数到场。堂中颇显沉闷，只听得毕毕剥剥的火响之声。须臾，有一公子静得不耐烦，昂首道："大家都说句话啊！南宫长万弑了国君，占了都城，如今又重兵围了亳城，下一步必是萧邑，难道我等几十余众都要坐着等死吗？"

　　这些公子哥平日里钟鸣鼎食，作威作福，如今大难临头，却没有一个能拿主意的，当下有怒骂咆哮者，有胡乱议论者，有惧怕哭泣者，顿时乱成一锅粥了。萧大兴一一看在眼里，呆了半晌，却不由仰头大笑起来。戴氏族长，一个须发斑白、精神矍铄的老者望着萧大兴，微微一笑，而后高声咳嗽两声止住混乱，道："诸公子莫急！我等群集萧邑，皆是仰赖萧大夫庇护之功。大兴之才，国人瞩目，必有成竹良策，以解宋国之危！"

　　萧大兴止笑，慨然道："戴老如此过誉，萧大兴情何以堪！然而国家遇难，匹夫有责，何况我乎？我有一策，足可拨乱反正，鼎定宋国。"满席众人不由唏嘘一声，又听萧大兴接着道："南宫长万不过草莽之勇，我除此贼，易如反掌。但我有一问，必须在座诸公公议而定——南宫死后，谁人为君？何人主政？"

　　萧大兴显然是在说国君候选人问题，众人都是一怔。须臾，有一公子朗朗道："先君死于非命，南宫长万独霸朝纲，拥立幼童公子游为君，此乃傀儡之法，我等绝不奉命。若平了南宫之乱，我以为，堪为宋国国君者，非公子御说不可！"此语刚落，群公子与在座五族皆不约而同齐声附和，足见公子御说人望之广。

　　此议也正中萧大兴下怀。一来公子御说雄才大略，文武兼备，在宋国群公子中早就脱颖而出，是朝野公认的一流才俊；且又是庄公之子，闵公之弟，由其继位为君，正是不二人选。再者萧大兴乃是公子御说家臣出身，蒙御说伯乐相待，不断委以重任，才渐渐有了今天的成就。拥立御说为君，也是报答明主知遇之恩。

　　戴老一捋白须，眯着眼睛道："拥立公子御说为君，非但是我等共识，恐怕也是那南宫长万所忧，否则他为什么舍萧邑而专围亳城，其用意必在御说！如今大家公议已决，萧大夫自可将胸中韬略快快道来。"

　　萧大兴道："南宫长万弑君篡政，国中人人愤恨，虽然一时鸠占都城，其势却是甚孤。南宫门下，不过南宫牛、猛获、乌禽三人而已。如今南宫长万与乌禽守商丘，南宫牛与猛获围亳邑，如此分兵而用，乃是天赐良机，可一战而破！我愿赴齐国借来兵车，而后与萧邑守军合兵一处，先打亳邑，救公子御说，杀南宫牛。而后回师席卷商丘，用计赚开城门，则擒杀南宫长万不过瓮中捉鳖一般！内贼已灭，便拥立公子御说城中继位，如此则危局可解，大事可定。"

众人都齐声赞妙，当下就如此定了下来。

萧大兴便急忙忙赶赴齐国，搬运救兵。萧邑城中，暂由戴老主政，将戴、武、宣、穆、庄五族之中聚合起来，发了甲衣兵器，与城中守军合在一处，专候齐国援兵到来。

齐国宫中，齐桓公与管仲、鲍叔牙、王子城父、公孙隰朋、宾须无君臣共聚一堂，正议宋国之变。却说萧大兴不舍昼夜，赶至临淄，先见管仲禀明求助之意；有意思的是，在同一天，南宫长万也派乌禽为使，面齐桓公，献上无数金帛玉器，欲要与齐结盟。桓公举棋不定，特召众臣商议。

齐桓公先道："宋国遭逢南宫之变，国中动荡难安，如蹈水火。一日之间，萧大兴与乌禽两路之使同到临淄，争先向我求助。齐国是要助南宫呢，还是要伐南宫呢？请诸公为我一决。"

鲍叔牙道："南宫长万其人，令臣感慨万千，不是滋味。想来几年前，齐鲁战于长勺，我国惨败，臣奉君命到宋国请求盟友之助。以这个机缘，臣得以与南宫长万相识。此人天生神力，实是难得的虎将！可惜啊，如此人物却犯下弑君大罪，落得个举国声讨。此乃天下公理所在，臣以为，齐国断然不可附逆南宫！"

王子城父叹道："无论齐国出不出手，南宫长万皆是必死无疑！"

公孙隰朋道："齐宋向来交好，兄弟之国数百年之久。宋国有难，齐自当施以援手，南宫悖逆弑君之举，我当起兵伐之。只是，齐国劳师远征，非只平息南宫之乱，亦要为宋国定立新君才好。"

管仲闻言而笑，朗朗道："公孙大夫一语中的！宋国之乱，不过武夫恃勇而骄，一时得势，断难持久。南宫长万虽然得了商丘，然而势单力薄，不过坐守一座空城而已。宋国群公子与戴、武、宣、穆、庄五大望族，被逼齐聚萧邑；而公子御说坐镇亳城，正各有谋。如此交锋，胜败早已一目了然！——南宫长万败局早定，能继位为宋公者，必是公子御说！齐国当应萧大兴之请，发兵讨伐南宫，助公子御说复国，此乃上上之策。"

齐桓公舒展眉头，笑道："寡人无忧矣！"

"臣愿统兵，入宋平乱。"鲍叔牙霍然挺起胸膛，自荐道。

管仲接道："鲍兄曾经出使宋国,郎城之战,与南宫长万及诸多宋将也多有熟悉,正是此次统兵的不二人选。"

"仲父言之有理。"齐桓公应道。点将鲍叔牙,还有一层深意,管、鲍与萧大兴早是相交二十年的故友,彼此甚是投缘。萧大兴敢于孤身前来齐国借兵,也是自信管、鲍断然不会不答应。而令鲍叔牙出征,也算是对这份朋友之情的回赠。

翌日,鲍叔牙与萧大兴共乘一车,带领军马直下宋国而去。而乌禽得知后大骇,急匆匆要返回商丘去报信,不料刚出齐境,便被萧大兴设伏,一剑刺在一棵干枯的歪脖子老树下,立时就毙命了。

天阴沉沉的,朔风呼啸,白日无光,似乎就要下起雪来。凛冽的风沙卷起枯叶,一阵一阵地向亳邑扫荡。公子御说孤独地立在城头,俯视一眼城墙下密密麻麻的南宫牛大军,又焦灼无奈地向萧邑方向远眺而去。烈风如刀,打在眼皮上,不由颤了又颤。公子御说浓眉凤眼,皓齿明眸,又高又瘦,神清骨秀,三十五六年纪,有一对潇洒的八字黑须掩在朱唇之上。此刻他满身甲衣,腰悬长剑,外罩黑色披风,从头到脚处处洋溢着一副外柔内刚的儒将气度。南宫牛围亳已经多日,一直围而不打,而城中马上就要断炊,看来敌方早知亳邑缺粮少兵,是要将自己活活困死在这里。公子御说早将城中十六岁以上的男子统统动员,以厨刀、竹木、锄头等作为武器,与原有守军编在一起,共守亳邑。然而如此小邑小众,如何是那南宫大军的对手? 公子御说不由将眼光投向萧邑,宋诸公子、五氏望族,还有自己的心腹之臣萧大兴都在那里,也称得上"人多势众"了,难道会袖手旁观吗? 尤其是萧大兴,公子御说坚信萧邑城中唯有大兴之才可以出奇制胜,力挽狂澜,然而当此危难关头,萧大兴为何迟迟不来救自己呢?

公子御说眺望许久,叹了一口气,摇了两下头,转身就要走下去了。谁知刚向阶下迈了一只脚,陡然间听得城外车马之声如雷鸣骤响。公子御说大惊,急急回转身,抚着城墙望去,但见南宫敌军之后,一大片兵车势如潮涌,冲杀过来。随着"杀南宫牛"的阵阵呐喊,但见中军一面"萧"字大旗愈来愈近,赫然映入公子御说的眼帘。"是萧大兴!"公子御说当下狂喜不已,仰头大笑道,"救兵来也!"当下唰一下拔出腰间宝剑,高呼:"破敌就在今日,随我杀出城去!"城楼上两名守将随即就附了过来……

城外,萧大兴、鲍叔牙各统一师,分左右夹击,直向南宫大军杀来。此路人马混而不乱,其中有齐国精锐,有萧邑守军,有宋群公子及其家兵,更有五大望族临时拼合的杂军,皆归萧大兴统一指挥。南宫牛本以为亳邑乃是一座死城,实是未曾料到萧大兴竟敢来救,当下与猛获整合军马,仓促应战。双方于城下交起锋来,鲍叔牙缠住猛获,萧大兴与五族中五个勇士则围住南宫牛,专取其一人。那南宫牛果然是虎父无犬子,挥舞着家传戟法,左冲右突,以一敌六,仍旧勇不可当。几个回合下来,萧大兴这边没有占到丝毫便宜,其中一个勇士还被南宫之戟划伤了左肩。萧大兴暗暗叹道:"又是一员猛将,我必以智取之!"

正胶着之间,忽然亳邑城门大开,公子御说率领自己的守军蜂拥而出,从背后狠狠向南宫之军捅来。内外夹攻,腹背受敌,南宫牛陡然间乱了方寸,不得不且战且走。萧大兴看在眼里,悄悄向后退了退,从车后操起弓箭,趁着南宫牛乱而不备,嗖嗖连射两箭! 一箭被南宫牛侥幸躲过,一箭则直穿其咽喉。南宫牛惨叫,跌下车来就又被四个勇士的铜戈长矛一顿猛刺,当场于血泊之中就断气了。

南宫一死,萧大兴之军乘势杀得更猛。猛获见主帅已亡,连连叹气,匆忙间收了兵戈,只带着几个心腹匆匆而逃。猛获不敢回商丘,直接逃向卫国去了。鲍叔牙正要追赶,被萧大兴拦住。萧大兴挺起长剑,立于大车上,对南宫之军厉声喝道:"南宫牛已死,猛获已遁,尔等何不速降!"

这一声喊如同惊雷,双方缓缓地就停下手来。果如萧言,南宫牛的兵士你看看我,我瞧瞧你,而后不约而同都弃了兵器,纷纷投降。萧大兴成功将亳城救下!

黄土城下,风萧萧里,尸横遍野,一片狼藉。烽烟弥漫之中,萧大兴将公子御说迎出,以城墙为靠,面南而立。萧大兴与诸公子、五族之众皆立于南面行了大礼,而公子御说也当仁不让,只默默受了礼。公子御说一个一个瞧了个遍,想着家国巨变,命悬一线,今日诸多落难子弟风云际会,终胜一局,来日便可攻克商都,再立江山,重整社稷! 一时间禁不住感慨万千。

萧大兴等众礼毕。公子御说淡淡笑着,继之先向鲍叔牙行礼,感谢齐国援救之情，又接着道："国难当头，萧大夫挺身而出，实是国家第一功臣！这些南宫兵卒既已归降，皆赦其无罪，归萧大夫调遣。"

萧大兴称诺领命。

鲍叔牙在旁，微微笑道："今亳城之危已解，而南宫长万之患犹在，公子当想一个万全之策才好。"

公子御说略一沉吟，道："请鲍公与我等暂入亳城中休息，避避风寒，再谋良策不迟。"

一股寒风猛烈袭来，众人都不由一抖擞，空气里已暗藏有冰雪之气。看着天色更加阴暗，大雪将至，萧大兴陡然心生一计，道："亳城不必入，可直入商丘便可。臣有一计，可立时破了南宫长万。"

众人一惊，公子御说大喜道："萧大夫有何妙计？"

萧大兴接着道："可将这里降兵旗号打起，班师回朝，谎称南宫牛已然攻破亳邑，擒了御说。那南宫长万必然疏于防备，如此我等赚开城门，可以一鼓而定商都。入城之后，只擒杀长万，废公子游，不诛无辜。我等皆愿拥立公子御说为君，如此则大事可成！"

在场群公子与五族诸人皆高呼道："我等愿拥立公子御说为君！"

公子御说气宇轩昂，临风而立，一挥手道："国君重器，唯有德者居之，御说不敢受命——不过，萧大夫之计甚妙！战机稍纵即逝，我等断然不可迟疑！"当下收拾残甲，再整旗幡，先纵出五十余兵士沿商都大道一路传言，直道南宫牛大胜而公子御说被俘，以令南宫长万相信；而后大队兵车在萧大兴统率下，打降军旗号，浩浩荡荡向商丘开来。

萧大兴率军匆忙而行，赶至商丘城下，半空里悠悠飘起了雪花。天光黯淡，风雪迷眼，顿时化作了朦胧世界。真实的公子御说被虚绑在军前显眼的一辆兵车上，假扮的与南宫牛长相十分相似的一个大兵高呼"开门"。守城之将见状，欣喜异常，立时传命就将吊桥放下，城门大开，之后便满脸堆笑乐呵呵迎了出来。不想刚刚逼近公子御说，便被假南宫牛一矛刺死于车轮之下。呐喊声震天响起，萧大兴的大军如洪水一般拥入城门,直向宫中扑去。公子御说解下自己手上的绳索,静静地抚栏而立,望着风雪中似要被冲破的门洞,淡淡地笑了笑。

时南宫长万正率着一队喜气洋洋的车马,要来迎儿子南宫牛凯旋,不期于半道上就撞上了亳邑来军,南宫长万大惊,情知有变,便大喝一声就迎上来。双方立时陷入血战之中。

萧大兴与公子御说精打细算,巧妙布兵,早将南宫长万赶入绝境。未战多时,南宫长万不敢逞强,顿时慌乱起来。一片厮杀声中,南宫长万叹息道:"我中公子御说之计了!今日之败,无可挽回,我当速速逃去。"

南宫长万丝毫不再恋战,提着大戟,匆忙赶回朝中,要寻公子游带着杀出。昔日繁华旖旎的宫室,如今天上风雪催逼,地下甲兵填塞,处处搏杀,满目是血,凡有所见,直令人魂飞魄散。一条回廊拐角的梅花树前,忽然撞到一个内侍,哭着禀南宫长万道:"宫城已被夺去,公子游伏尸寝宫,早为乱军所杀!"南宫长万听了,连连叹息,任凭风雪在自己脸上打来打去,呆呆无言。半晌后,忽然自言道:"我命休矣!中原诸侯,唯陈国与宋无交,我当逃命奔走陈国,或有一线生机……"言毕,拔腿就走。行了十余步,忽又想到堂中尚有七十老母;那南宫长万粗莽武夫,却也是至孝之人,当下又一声叹:"母不可弃也!"于是挺戟开路,向家中发足狂奔而去。

南宫长万撞破家门,纵入堂中,从榻上抱起老母,横跨三五步,置于庭中车辇上,不由老母分说,便左手挟戟,右手推辇,风驰电掣一般,匆匆夺门逃去。风雪更急,道路泛白,盖凡逢到甲兵,南宫长万挥起大戟,皆一击而退。偌大的商丘城防,此时不知有多少关卡,竟无一人可以阻拦!南宫长万出了城,收了戟,双手推辇,迎着大雪,踏着泥泞,荒野之间,其行如风。从宋至陈,相去二百六十余里,南宫长万一口气不歇,竟然一日便到!如此神力,直欲羡煞古今英雄!

商丘城终于静了下来,鹅毛大雪翻飞,天地间顿时银装素裹,正好掩去了刚刚发生的浓烈的战火和血腥,还了人间一个安宁和太平。

朝堂早已整理完备,一如往时。萧大兴为首,与宋诸公子,戴、武、宣、穆、庄五族,国中众大夫,共同拥立公子御说继位,是为宋桓公。时周庄王十五年,公元前682年事。宋桓公第一先致敬鲍叔牙,感恩齐国援助之情;待鲍叔牙班师返回后,又遣宋使入临淄，携以金帛粮饷答谢，愿与齐国永结盟好。选戴、武、宣、穆、庄五族中之贤良者，拜为公族大夫，皆委以重任。至于第一功臣萧大兴，宋桓公正要爵封公卿，加赐采邑，不想萧大兴却辞道："大兴不过略尽为臣之道，岂敢如此贪功？如今国中虽定，而猛获逃卫，长万奔陈，余患犹在，不可姑息！君当乘势讨回此二人，以正国法。"

"大兴所言甚是。"宋桓公道，"寡人就依卿所奏，派遣两路使臣，分赴卫、陈，将二罪囚押回。"

时宋桓公之庶子，小公子目夷，年方十岁，在侧咯咯笑道："猛获必来，而南宫长万必不来也！"

宋桓公大乐，含笑问道："何故？"

目夷道："猛获寻常匹夫，微不足道，卫国必然绑缚送来。而南宫长万是宋国第一勇士猛将，海内闻名。勇武者，天下人人敬之，宋国所弃，陈必庇之，安肯轻易放之！"

众人都是一怔，皆叹目夷天性聪颖，少而老成，宋桓公也陷入了沉思。萧大兴见状，挺身道："小公子言之有理。我愿赴陈一行，必将南宫长万羁押回国。"

宋桓公称善。当下命萧大兴为使，出使陈国。至于卫国方面的猛获，则命武大夫一行。

却说武大夫驱车北上，来到朝歌。翌日入宫，欲拜见卫惠公朔。无意间行至宫中一大片草地，见一儿童，十余岁年纪，眉清目秀，衣装华丽，正端坐在一群白鹤中间的高台上，由四个侍人陪伴，正指指点点着什么。武大夫走近，方知这孩童乃是当今惠公嫡子、卫公子赤，据说不喜诗书射御，唯好养鹤。武大夫定睛观看，见两个侍从匆忙间各抱着一只鹤，跑到公子赤身边，先后道："宋人猛获，今日又献鹤两只。"公子赤认认真真瞧那两只鹤，摸了摸彼此的羽毛，指着其中稍胖的一只，竟大喜道："我封你为上大夫！"又指着另一只瘦高的，嗔怒道："你嘛，封为下大夫！"而后将两只鹤放入台下鹤群里，忽一下赶得乱飞，就开心笑起来。然后又令身边几个侍人拜"大夫"，那几个人就真拜起来，拜得又虔诚又老到，显然不是第一次拜了。

武大夫看得哭笑不得,堂堂卫侯之子,未来一国之君,竟会如此荒诞不经!难道是童稚未泯吗?武大夫不由想到自家国君之子、公子目夷来,轻轻叹道:"同为君侯之家,少年公子,奈何一个好学聪慧,一个如此玩物丧志!"又想到适才窃听到的猛获向公子赤献鹤的事情,心中暗忖:"落难武夫,寄人篱下,有国难归,有家难回,不得已竟向一个小孩子献起媚来!唉,早知如此窘迫,何必当初为祸……"

武大夫不忍再看,径步向前,直入朝堂。见了卫惠公,禀明来意。卫惠公问身边众臣道:"宋使前来索要猛获,寡人当还?不当还?"

几个大夫同时嚷嚷道:"猛获虎将,急而投我,卫国怎忍心舍弃啊?"

大夫公孙耳道:"昔日国君被内乱驱逐,客居齐国。后齐襄公统率五国兵车相助,国君方才得以复国,其中,齐之下,便是宋国功劳最大。猛获附逆南宫,犯上作乱,其罪天下共诛!又何止于宋?又何止于卫?卫、宋累世盟好,倘若不还猛获,宋国必怒。为包庇一人之恶,而损失一国之好,无异于得犬而弃虎,绝非善计,愿国君三思。"

卫惠公称善,于是将猛获缚了,打入槛车,交由宋使武大夫押回商丘不提。

说话间,萧大兴也已行至陈国,落脚都城宛丘。与武大夫不同,萧大兴是有意带着一车重宝而来的。陈国在宋国之南,被封于西周早期,侯爵。周武王灭商之后,曾访求前代帝王后裔,赐地封国,以延其祀。诸如杞乃是夏朝大禹之后东楼公的封国,宋乃是商朝后裔、纣之庶兄微子启的封国,而陈国则是周武王访到的舜帝三十三世嫡裔妫满,将其封于陈地而立国,以奉祀舜帝的。妫满此后便以国为姓,称陈胡公,为陈国开国之君;后传世十六世,有陈宣公。

南宫长万逃到陈国,因其勇冠当世,无人可敌,陈宣公以为天降一宝,乐而待为上宾。及至萧大兴到来,陈宣公避而不见。萧大兴早知陈宣公贪财,于是将满车宝贝悉数奉上,陈宣公大喜过望,这才召见萧大兴,道:"宋使来我陈国,不知有何要务?"

萧大兴道:"宋陈南北之邻,我国君遣我而来,特与陈国结兄弟之好。区区薄礼,略表寸心。此外,我国有一人名叫南宫长万,乃是诛杀先君、犯上作乱的逆臣贼子，数日前畏罪潜逃至陈，陈侯必知之。此辈宋公必要生俘而返，以国法惩之，望陈侯成全。"

陈宣公道："宋国诚意，寡人心领了。宋使来讨南宫长万，此乃宋国自家私事，寡人无意阻拦。我将南宫绑了，交付宋使便是。"

"陈侯！"萧大兴猛然重重地一声呼唤，急切道，"如此则陈国必受其殃！那南宫长万天生神力，更兼一杆大戟所向披靡，无人可敌。倘若匆忙间发生武斗，必然血流成河，尸积如山，而长万犹作漏网之鱼，再逃别处，岂非赔本买卖，一场空忙？"

陈宣公一怔，半晌道："南宫长万如此厉害啊……计将安出？"

萧大兴道："以力胜者，必拙于智。陈侯如此便可……"当下悄悄向陈宣公密授一计。陈宣公连连点头。

萧大兴行礼后退去，陈宣公又传公子结觐见……

宛丘城西南，小树林边上，有一竹篱小院，为南宫长万母子栖身之处。这日，公子结独自驾一辆马车，载着一缸好酒、牛脩、腊肉和两捆布帛、一些毛皮来拜见。南宫长万大惊，慌忙将公子结迎入草堂之中。

两人行了揖礼，落席。公子结道："天寒地冻，恐南宫将军缺衣少食，特备了些。这些皮毛嘛，特为母夫人御寒。"

只此一句话，南宫长万立时心酸，热泪盈眶，拱手道："我乃客居避难之人，怎敢劳公子如此挂怀？倘有用某之处，万死不辞！"

公子结一笑，道："昨日宋使已到宛丘……"南宫长万听了，顿时大惊失色。公子结继续道："将军不必惊慌。我国君却说，陈国得一南宫，胜似十座城池，宋人就是百请，也断然不予归还。国君恐南宫将军见疑，特遣我来传达肺腑之言。将军安心在陈国住下，我国必以上宾之礼待之——倘若将军嫌陈国偏小，欲从大国，陈国也绝不阻拦！请暂缓月余，容我为将军准备车乘。"

南宫长万一叹，道："陈国如此容我，长万夫复何求！"

公子结道："若蒙不弃，我愿意与将军结为异姓兄弟，从此福祸从之，患难与共！"

　　南宫长万喜出望外,眼中掉出泪珠,挂在浓密的黑髯上:"长万正求之不得!"当下两人于堂中设酒摆宴,叩首结拜,公子结呼长万为兄,长万呼公子结为弟;公子结又拜长万老母,也以母亲称之。当下两人开怀畅饮,直将那缶酒饮得不剩一滴。

　　眼看天色将晚,公子结告辞。南宫长万醉醺醺送到门外,大笑道:"明日我要到你家中……道谢……谢……"

　　公子结装醉,歪着身子行了一揖,乐呵呵道:"弟当备好宴,只盼兄早来。"

　　翌日,南宫长万果然早早来到公子结府上。公子结大喜,将南宫长万引入府后内宅,置酒相待。公子结频频劝饮,又设歌舞以助酒兴,又令二女一左一右在南宫长万身侧相陪。那南宫长万早迷失了南北,以为到了自己兄弟家中,自然百无禁忌,只管开怀豪饮。酒半醉间,忽然想到自己在宋国陡然成名又陡然败落,儿子南宫牛被杀,自己推着老母顶风冒雪出逃,如今落魄无奈之时,偏偏上天又送来一个弟弟,一时百感交集,又哭又笑,抱着酒缶就牛饮起来。公子结见状,只频频劝饮,又故意以言语挑逗南宫长万的酒兴,一时间真是喝得天昏地暗,山河变色,南宫长万早已醉得不省人事,倒在座席上便呼呼大睡起来;无论公子结如何呼唤,就是不醒。

　　公子结轻轻放下酒爵,眼睛放出寒光,霍地一挥手,四个甲士就冲进来。虎背熊腰、筋骨如铁的南宫长万此刻如一摊软泥,被他们七手八脚裹入犀革之中,外面用一道又一道的牛筋束好,如包粽子似的。那犀牛之革、壮牛之筋皆是柔而坚韧之物,是早早备好专门用来对付南宫长万这种大力士的。南宫长万被裹好,扔入一辆大车;片刻后,其母也被囚,载入槛车。

　　计谋成功,萧大兴莞尔一笑。陈宣公又给萧大兴增派了三十甲兵,执大棒铜戈,一路押送南宫长万及其老母,同上宋国而去。

　　正是寒冬时节,来时大雪,返时朔风,南宫长万就这样依旧沿着那条路一步一步向故国归去。行至半道,南宫长万忽然酒醒,一时怒而发狂,奋身挣扎,只是犀革、牛筋皆坚固异常,终不能脱。南宫长万大叫咆哮,竟然将犀革挣破几个窟窿,双手双脚皆露出于外。押送军士大怒,手执大棒遍体打去,南宫长万双腿胫骨俱被打折,血流满车,便不再挣扎了。其母白发满头,浑身哆嗦,于槛车中已被冻得只剩下半条老命,当下见儿子如一头猛虎被活活废掉,便一声惨叫,就心疼得昏死过去了。

　　这日朝会,众臣早到,却见朝堂之上早摆好了宴席,皆茫然不解。过了一会儿,宋桓公款款而来,轻轻入了国君之席,并不言语,只将满满一豆又一豆的醢酱遍赐群臣。众人更迷茫了。醢,乃是春秋时期专以肉制成的一种酱,调味之用。宋桓公眼上眉毛如戈,唇上胡须似刀,淡淡道:"此乃南宫长万之醢。人臣有不能事君者,视此醢矣!"——原来南宫长万被押到商丘后,与猛获一道被绑至市曹,万众瞩目之下,皆被剁为肉泥。那醢便是宋桓公令庖人取南宫长万的肉泥而制成。其七十老母,也被一并斩首。

　　众臣闻言,面面相觑,个个心惊胆战。

　　宋桓公又道:"萧大兴救亳平叛,首功之臣! 寡人擢升萧邑为萧国,萧大兴为萧君!"萧大兴立时目瞪口呆! ——只因这一番平叛功劳,萧大兴由一个大夫而被宋桓公封于萧邑,建立萧国,享侯爵,萧大兴于是成为萧国开国之君! 萧国为宋之附庸,国小而位高,此后直到公元前 597 年,萧国终为楚国所灭,前后历时共八十五载。春秋乱世,攻伐频仍,兴灭无常,英雄辈出,国却是越来越少,所谓"弑君三十六,亡国五十二,诸侯奔走不得保其社稷者不可胜数",唯有萧大兴反其道而行之,偏偏横生出一个新国来,可谓一时壮观,令后人无限称奇。

　　一场动乱终被平息,殷商后裔之国,从此迈入宋桓公时代了。

第七章　北杏之会

　　寒尽春暖,光阴如箭,转眼间已是周釐王元年,公元前681年。此时距平王东迁洛邑(公元前770年事)已经整整过去九十年,齐桓公继位也已五年。天下依旧大乱,战火连绵不绝,礼坏乐崩,愈演愈烈。北方晋国,武公铁血征战,使分裂了六十余年的晋国复归一统,大国图霸,近在目前;南方楚国称雄江汉已久,近来又灭息国,问鼎中原之志,一步步逼来;西方秦国励精图治,血战关中,国力大增,距离德公迁都雍城、穆公称霸西戎也已为时不远;而东方齐国自桓公继位以来,得名相管仲辅佐,悄无声息,隐忍不发,竭力推行图霸新政已历五年,其民富、国强、兵盛,早已脱颖天下诸侯,率先成为当世之雄! 其他邦国如宋、鲁、卫、郑、陈、蔡、曹、燕等,皆是争权夺利,混乱不堪,不足挂齿。而中央洛邑周室,面对王权日益衰落、诸侯日益争强的危局,自平王始,历桓王、庄王、釐王,四任天子,皆难作为,空自叹息,其江河日下之势,不可阻遏。此外,华夏外围,更有东夷、西戎、南蛮、北狄之异族,铁蹄践踏,趁火打劫,从四面八方侵扰不断,以至于人为刀俎,我为鱼肉,华夏不绝如线。内忧外患,遍地烽烟,茫茫神州,谁主沉浮!

　　临淄城中,管相新政根基已稳,齐国大治,兵精粮足,百姓富庶,国力激增,管仲精心谋划的一局大棋是时候可以落第二子了。想着周庄王十二年之拜相前夜,年少初立的齐桓公风尘仆仆,亲赴堂阜小邑,不耻躬身下问,请教图霸之道,与管仲畅谈三天三夜之久。时管仲献上《霸道九策》,并定下了"先富后强,先内后外,先尊后攘"之计,自拜相以来,虽然举国翻天覆地,新政风波不息,然而君臣始终同心同德,不离不弃,管仲终于佩相印,居高位,操国柄,展雄才,心底里那个熊熊燃烧了几十年的巨子大梦,正步步逼近,呼之欲出! 如今内计已定,下一步便是昂首阔步向外走出去。东周天下鼎沸,诸侯遍地生烟,管仲的第二枚棋子当落在哪里呢?

淄水北去,南山如屏,山水怀抱中的临淄因得了氤氲滋润,到处花红柳绿,春色撩人。宫中,齐桓公在竖貂、易牙二人的侍奉下,正于花圃中习射,一连五箭,不想皆中! 齐桓公仰头大笑间,忽报管相觐见。齐桓公点了点头,竖貂、易牙急忙将席位铺好,便知趣地退在一边。

管仲入见,行了君臣大礼,昂然道:"霸业始矣! ——齐国霸业就从这宋国之乱开始!"

"仲父是说,时机成熟,可以出手了?"齐桓公又惊又喜。想继位之初,管仲不务虚名,埋头苦干,一心一意只推行新政,而桓公年少性急,甚是等不得,于是独断孤行,举兵伐鲁,想要一夜之间打出一个霸主的威名来,这才有了后来的长勺之败、郎城之羞! 沉痛教训后,不得不又重新回到管仲既定的战略路线上来。如今自己的仲父霍然开口霸业可始,别提桓公心中那个沸腾激动了! ——为这一天,他也耐着性子等了整整五年。

"然也。"管仲道,"方今天下,诸侯并起,南有荆楚,西有秦、晋,然而这些国家只知各自逞强,而不知尊奉周王,所以虽有称雄之志,而终不能成功。昔日郑庄公何其枭雄,然却骤兴骤衰,郑国公开与周王为敌是其失败的重要原因。周室虽衰,仍是天下共主,其势犹在,只是可叹东迁以来,王权旁落,四方不朝,礼乐征伐不再出自天子,而决于诸侯,以至于北有郑伯射桓王之肩,南有熊通敢于僭号称王! 列国臣子,不知君父,弑君篡政,习以为常,天下无主持正义之人,海内无心悦诚服之主,所以故,臣有霸道早献国君,国君当取代周天子以为天下霸! 此臣所以报国君知遇之恩也。

"目下时机已到。一来洛邑城中,庄王驾崩,新王初立,诸侯臣子理当为之吊贺;二来宋国遭逢内乱,南宫长万虽诛,而宋君未定,齐国正可借此良机,派遣使臣出使洛邑而朝周,并请天子之旨,大会诸侯,立定宋君。宋君一定,则我为伯主,便可奉天子以令诸侯!对内共尊王室,对外同攘夷狄,列国之中,衰弱者扶之,强横者抑之,不尊共命者率众讨伐之!如此海内诸侯,皆知我之公正无私,必然争先恐后以齐为尊!假以时日,就连周天子也会顿觉时局为之一变,股肱栋梁,相逢恨晚,迟早必诏命册封国君为伯!诚如是,不出五年,齐国霸业必成!"

齐桓公大喜道:"仲父一席话,拨云雾而见青天,此亦小白昼夜魂牵梦绕之志,仲父之命,敢不相从!"又道:"出使洛邑,事关重大,不知何人可以为使?"

管仲道:"王城之使,非大司行公孙隰朋不可。"

"善。"齐桓公道,"事不宜迟,明日便命公孙隰朋为使,赴洛邑一行。"

"大人,洛邑终于到了。"御者一边驾车一边提醒道。齐使公孙隰朋的马车缓缓从护城河的吊桥上驶过,桥下波光粼粼的碧水中,早倒映出王城巍峨的城楼和雄伟的城墙,几株碧柳的柔丝正从水面轻轻拂过。城门洞开,来往熙攘,望着这座周公亲自营造的在风雨中早已屹立了近四百年的天子之都,公孙隰朋的心情顿时沉甸甸的。此番洛邑之行,乃是要得到周室首肯,以促成齐国国君可以大会诸侯的使命。然而,可以主持会盟诸侯者,从来都是周天子,自周立国近四百年来,从未改变过。如今管相却要开亘古未有之举,要齐侯来主持会盟,此越俎代庖之举,天子会答应吗?天子如果拒绝,自己岂不有辱使命?临行之前,公孙隰朋忧虑重重,曾请教管仲,管仲却笑道:"一个字:诚!大司行只需将齐国尊王的诚意和盘托出,则天子必应。"公孙隰朋听了,将信将疑,总觉泰山压顶,心中到底难安。

车马入城,但见道路宽广,市井稠密,十分喧闹热闹,比之齐国的临淄城,终究壮丽和繁华许多。公孙隰朋并未直接觐见周王,而是漫无目的地在城中先走一走,看一看。马车踏过两道街,在一株大槐树前正欲转角,忽然迎面而来的百姓中有一身穿黑衣的彪形大汉手提长剑,如风驰来。御者赶紧喝住马,将车避在边上。这当儿,一队甲兵操着铜戈铜矛呼呼从后追来,将那黑衣大汉围住就大战起来。原来是官兵在捕捉一个来自吴国的贼盗。公孙隰朋立在车上,远远地回首观望。十余大兵围剿一个,那人如何能挡,然而那人手中之剑却是锋利异常,几番拼杀,虽然终被生俘,但官兵也有数人受伤,另外还有一个兵士的铜戈竟然被那剑削断了!公孙隰朋大惊,定睛一看,并非那剑是什么神兵利器,而是官兵们的戈矛早已腐朽残破,不堪一击!公孙隰朋又瞧见他们身上的官服衣甲也是十分陈旧了,当下不由一叹:"天子之军,兵甲如此不堪!"眼前忽一下就又闪现出临淄城外王子城父操练的新军,衣甲鲜亮,新打造的长戈大戟也闪耀着夺目的光芒,何其威武雄壮!

黑衣大汉被绑缚起,满脸暴躁。这当儿,折了戈的兵士收起他的长剑,瞪大眼睛仔细瞧了瞧,骂道:"贼人的兵器竟比我们王城守军的还要好!"又有一兵望了望自己手中又朽又钝的铜矛,摇头叹道:"新王登基,大司马倒是嚷嚷着要给我们打造一批新兵器,可惜啊……呵呵,如今洛邑却是这普天之下最穷的地方了……"

公孙隰朋一听到"大司马"三个字,陡然间眼睛一亮,如暗室中得一道白光,急命御者道:"速到大司马国子鱼府上。"

国子鱼本是齐国人,其祖、其父都是洛邑城中管理兵部的大夫,到了国子鱼这一代,他便做了大司马,位列九卿之一。司马府外,闻公孙隰朋到了,国子鱼慌忙迎出,长揖道:"齐国大司行来访,春风拂槛,蓬荜生辉啊!"

公孙隰朋拱手还揖,道:"隰有苌楚,猗傩其枝。夭之沃沃,乐子之无知!"

"公孙大夫取笑我了,是我羡慕'隰有苌楚'不已啊!"国子鱼满脸堆笑,将公孙隰朋迎入堂中,两人脱履入席,分宾主而坐。

国子鱼道:"大司行此时来洛邑,不知是何要事?"

"新王登基,普天同庆。齐侯遣隰朋为使,特来向天子道贺。"

"唉——"国子鱼忽然叹气,"如今天子之庆,诸侯十有七八不来;而诸侯继位为君,也是十有七八不来洛邑接受册封……祖宗礼制,弃如敝屣!"又忽然转笑道:"只有齐国——齐侯登基五年来,年年朝贺天子,从无懈怠,真乃诸侯之楷模!"

这倒是的,管仲一向主张尊王,故自齐桓公元年始,齐国对周室的尊崇与礼仪严守法度,一如周公之时,此为天下诸侯所不及。公孙隰朋道:"列国是列国,齐国是齐国,齐国尊王之心,唯日月可鉴!"当下话锋一转:"本欲明日朝拜天子,不想今日在街头不期遇上守城甲兵捉拿一个吴国贼盗,本是小事一桩,只是……隰朋却发现那些兵士衣甲破旧,兵戈腐朽,如此之军岂能为天子镇守王城?岂非大司马渎职之罪?所以……所以,隰朋特来给子鱼兄提个醒。"

"唉——"国子鱼又一叹,"王城守军武装配备之差,向非一日!我这个大司马又岂能不知?新王登基,我上书请求打造新式兵器,更换老破甲衣,天子也是喜而允准的,然而,周室局促河洛一隅,早非昔日关中沃野千里之国,地少人稀,国库空虚,哪里有财力武装军队!此事渐渐就凉了下来,天子也连连叹息不已。"

"呜呜呜呜……"公孙隰朋忽然伏倒席前就痛哭起来,一边掉泪一边道,"想我大周天子,何至于窘迫至此!身为臣子,情何以堪!都是列国诸侯各自为政,不尊王室之故!——齐国当为天子讨之!"悲情更浓,忽又一顿,眼睛放光道:"大司马不必忧虑,洛邑兵事,齐国当奉黄金三千镒、黄吕一百车,以助王室。"

"啊——"如此从天而降一笔巨额财宝,国子鱼怎么也预料不到,当下惊得要跳起来,"此乃齐侯之意?还是隰朋兄一己之念?可是……可是当真?"

公孙隰朋道:"乃隰朋一己之见,我需上报国君而定。然而隰朋既为齐使,自知齐国之心。我国自国君继位、管相新政以来,朝野上下,遍插尊王之帜!——今日这番王室供养,隰朋自信还是可以做得了主的。"

国子鱼悲喜交集,一时不知所以,不自主连连击案,开怀道:"隰朋兄可谓雪中送炭来了!快、快,随我去面见天子!"

公孙隰朋微微一笑,故意努嘴嗔道:"大司马啊,依着礼制,隰朋当于明日朝会之时觐见为宜。"

"对、对。哈哈!隰朋兄先到驿馆中休息……我是等不及了,我要入宫,我要将这个好消息现在就上奏天子!"

公孙隰朋告退,连日来紧锁的眉头终于舒展开来。

翌日,周釐王上朝,众臣列班。宫人传齐使觐见,公孙隰朋应召而来。

国子鱼早将那个好消息上报了!朝堂肃穆,周釐王眼巴巴地正等着齐使呢,当下目不转睛地盯着公孙隰朋从外面一步一步走来——但见公孙隰朋身材魁梧,神清气爽,玉冠博带,大袖飘飘,自门外款款而入,一望之下,状如天人。周釐王直叹绝代风华好人物!又不由想到一人——王子城父。王子城父乃是桓王之弟,釐王之叔,当年因为"子克之乱"不得不亡命天涯,最后却到齐国做了临淄城父。这段昔日风波虽说以自己的父亲嬴、叔叔败而告终,然而釐王内心一直对王子城父的才华十分仰慕,可惜如此人杰终归齐桓公所有!还有那个当世第一风流人物管仲,不知具有什么魔力,竟令齐桓公不计射钩之仇,甘愿倾国相托,拜为仲父?怎么天下英豪一时间都投了齐国?而洛邑之城、天子之国又有几个俊杰干才呢?……周釐王忽然又喜又恨又嫉又妒,五味杂陈,百感交集。

公孙隰朋来到堂中,恭恭敬敬行了礼,道:"臣公孙隰朋受齐侯之使,奉命觐见天子,恭贺我王登基大宝。些许献礼,略表齐国尊王之心。"说罢将一册礼单献上。釐王接了,见单子上金帛玉器等物罗列堆砌,十分丰厚,早超出预料之外。"齐国好富啊!"釐王不由暗叹,转眼就又心酸起来。原来自釐王登基后,齐国是第一个派遣使者前来祝贺的!洛邑乃是天下共主,王之所在,然而诸侯四方割据,各自称雄,早将周室视若无睹!天子登基,诸侯多不来贺;而诸侯继位,也不再接受天子册封。就说鲁国吧,鲁乃是制礼的周公的封国,谁能想到数百年后,周公的子孙——第十六世鲁侯即鲁桓公,杀了自己的哥哥鲁隐公,自立为君,竟然公开不向周桓王请求册封了!——从那以后,周天子的册封制就形同虚设,可有可无了。更别说后来的郑国以臣战君,射王之肩,致使洛邑至今余悸犹存,王室颜面,扫地如斯!所以今日齐国来贺,釐王心中陡然升起一种久别的王者尊严和荣耀之感,似乎要感激涕零一般——然而,这些本应该是天经地义的啊!釐王一时心潮澎湃,感慨万千。

"赐席。"周釐王道。

公孙隰朋于右侧落座。周釐王又道:"朕听闻齐国甚富,不知是真是假?"

"我君继位以来,任用管仲为相,力推新政,有四民分居令、官山海令、三选法令、四海通商令等等,至今已历五载,家国巨变,非昔日可言。今时之齐,国中之富,海内无可比;兵锋之盛,天下莫敢当。"

此一番话,令周釐王及朝中重臣个个惊讶失色。在旁的周公忌父,乃是十世周公,新任周釐王的冢宰,不由向公孙隰朋瞪了一个冷眼。

微微的唏嘘声中,但见国子鱼于席上挺起身躯,朗朗大声道:"齐使还带来一个好消息,齐国将奉黄金三千镒、黄吕一百车,以资王城军用。"

洛邑之军要更换武器装备之事,近期沸汤了好一阵子就又冷了,其中缘由,皆因国库穷得实在拿不出一块铜锭。一大夫笑道:"大司马日夜煎熬的心事,终于可以了了。"

周釐王大喜。周公忌父望着公孙隰朋道:"齐使此番前来,是为我王贺喜呢?还是给大司马送军需给养呢?"

此问令满堂忽然僵住,但见公孙隰朋哈哈大笑,慨然道:"臣奉齐侯之命,专赴洛邑贺天子之喜。不期昨日于街头撞见甲兵抓捕贼盗,偶然得知大司马要打造新的兵戈甲衣,索性就一并办了。无他,齐国尊王之心,天日可鉴,诸公何疑?"

"尊王"二字掷地有声,仿佛久渴得饮,再次深深打动了周釐王的心。王室东迁以来,天子是多么需要一面尊王的旗帜啊!周釐王暗忖道:"齐本东方大国,今借管子新政,无疑已成为当下第一强国。昔日先君曾以王姬下嫁齐国,实乃明智之举。臣强主弱,时局艰难,必要结好齐国,如此王室方有复兴之望。"当下眉开眼笑,道:"齐侯善意,朕已知晓。不知齐侯想要什么赏赐,朕将……"

"我王!"公孙隰朋高呼一声,将周釐王的话打断,接着道,"齐国只是尽臣子本分,岂敢邀赏!齐侯来时交代明白——恕臣无礼了。"

周釐王不住点头,赞道:"好一个齐侯!天下列国都如齐侯一般,朕无忧矣!"

公孙隰朋接着道:"替天子分忧,为臣者责无旁贷。兹有一事容禀:去岁之时,宋国遭逢南宫长万之乱,闵公被弑,如今贼乱虽平,而宋君未定。齐侯请天子旨,愿在北杏之地大会诸侯,以定宋君。"

"原来又要为宋国操劳啊,齐侯倒有公心!"周釐王想也没多想,脱口便道,"准。"

"臣代齐侯谢天子之恩!"公孙隰朋大喜过望,正要行礼,却见周公忌父厉声道:"我王!"满堂众臣都是一怔,纷纷瞧向周公忌父。但见周公忌父满脸阴云,深深忧道:"自古以来,主持诸侯会盟者,乃天子也,岂有诸侯乎?齐国此举,不合礼制,我王岂可轻允!"

公孙隰朋道:"周公多虑了。齐侯岂有取代天子而会盟诸侯之意?不过念在齐、宋世代交好,今宋国遭逢内乱,齐国理当伸以援手,以定宋君。如此这般,有何不可？"

周公忌父愤愤道："如今海内大乱，其根源皆在于礼坏乐崩。齐国又要越俎代庖，是嫌这个天下乱得还不够吗？"

公孙隰朋淡淡一笑，冷冷道："昔日我朝开国之初，太公姜尚因功被封于齐，天子命太公曰：'东至海，西至河，南至穆陵，北至无棣，五侯九伯，实得征之。'齐国有此征伐专断之权，即使主持诸侯大会，又有何不可呢？——恕我斗胆犯颜，倘若齐国果真做了诸侯盟主，必号令诸侯以尊王守礼为本，果如此，不知这个天下越俎代庖的事情，会越来越多呢？还是会越来越少呢？"

"狂妄！……"周公忌父正要怒斥公孙隰朋，却被周釐王一声喝退。但见周釐王端正衣冠坐好，微微冷笑一声，而后悠悠道："不要争了。周公之心朕知道，齐侯之心朕也明白。朕意已决，准齐使所奏之请，赐齐侯诸侯会盟之权。"

此言一出，满堂皆惊，周公忌父便不再言语，公孙隰朋则是狂喜难遏。周釐王显然已经看出齐国的真正用意，然而非但没有呵斥，反而明明白白果断授权，实是超出公孙隰朋之预料——只能说明天子想透彻了，是无奈之举，也是明智之举，其中最重要的便是对齐国寄予殷殷后望——而这一切，早在管仲预料之中，不过是水到渠成罢了。

"臣叩谢天子，臣告退。"公孙隰朋重重行了礼，就退去了。

周公忌父望着公孙隰朋的背影，一时所思甚多，忽然也想明白了，就暗暗叹道："齐小白不是那个郑庄公，天下真正的霸主就要来了……"

周釐王也退了。满朝大臣不由面面相觑，一时都默默无言。

公孙隰朋返回齐国，入禀相府，管仲拍案而喜，纵声大笑。公孙隰朋出色完成使命，得王室授权而会盟诸侯，这是管仲所谋霸业中至关重要的一步。关于公孙隰朋所承诺的黄金三千、黄吕百车，自然不在话下，不日这些财物便如数运到洛邑。但是很遗憾，这些齐国的供奉，后来仅有一半的黄吕被打造成了兵器箭矢，而剩下的黄吕和那三千黄金则被周釐王铸造礼器、制作服饰、建造宫殿等，用于一己奢靡之用了。

临淄城中，管仲遂以天子王命布告宋、鲁、陈、蔡、卫、郑、曹、邾、遂九国诸侯，约以五月初一日，共会于北杏之地。宋桓公御说见齐国乃是"以定宋君"而大会诸侯，自是感激，于九国之中第一个响应北杏会盟。

却说齐桓公心中思绪万千，兴奋得彻夜不能寐。北杏一会，必出盟主，此盟主便是旷古以来的第一位霸主！虽说自拜相以来，便有称霸之志，然而大业临近，心中到底忐忑难安。齐桓公不由想到，五年前齐国遭逢公孙无知之乱，那时还是公子的自己与鲍叔牙师徒二人一路东逃，避难莒国。在莒城外，偶遇一位善于占卜的白发翁，当时就预言自己当是天下霸主，并留下了"一箭始，一女终。宝木始，宝木终"这十二个字的谶语。谶语究竟是什么意思，齐桓公至今不解，不过关于霸主的预言看来马上就可以兑现了。

这日，齐桓公召来鲍叔牙，未唤竖貂等伴随，仅君臣二人静悄悄来到太庙中祭拜先祖，而后令太卜为北杏之事卜算一卦。那太卜约五十岁年纪，清瘦，长须，面如灰土而目光炯炯，呼吸慢而匀称，浑身上下有一种难得的静气，低头静思时恍若一尊石人。但见堂内空空，四面土壁空无一物。太卜跪坐席上，面前横一长案，上置一碟石墨，一杆竹笔，几片木牍，还有一只滚圆的竹筒，筒内装着占卜专用的又长又瘦又硬的筮草，共五十根。据说周文王当年被商纣囚于羑里，曾用牢中生长出的筮草推演易经八卦，由此留下了皇皇巨著《周易》，并有一套占筮方法。其法如何？——乃是取筮草五十根——所以用五十者，乃是因为五十乃是"大衍之数"。古时有甲、乙、丙、丁、戊、己、庚、辛、壬、癸十日，又有子、丑、寅、卯、辰、巳、午、未、申、酉、戌、亥十二个时辰，再加上天空中四时运转不息的二十八星宿，其数共计五十，所谓天地"大衍之数"。占卜时，先取出一根筮草，以示先天太极，置之一旁不用，然后将余下的四十九根分握在左右手中，再从右手中抽出一根夹在左手的小指中，再然后以八为一组用右手将左手中的筮草分尽，将其剩下的加上左手小指间的那一根来计数：一数为乾卦，二数为兑卦，三数为离卦，四数为震卦，五数为巽卦，六数为坎卦，七数为艮卦，八数为坤卦。如此便得到一个下卦。然后再用同样的方法再进行一次，就又得到一个上卦。上卦下卦相合，则是《周易》六十四卦之一，为此次占问事情的吉凶之象。

太卜缓缓弄着筮草，当下得了一个下三离火，上六坎水，用竹笔蘸墨记于木牍上——原来是《周易》第六十三卦水火既济卦,当下眉宇间有几分喜色一闪而过。齐桓公与鲍叔牙恭恭敬敬立在一旁,目不转睛看着。见太卜放下竹笔,又将四十九根筮草随意左右手分开,从右手中取出一根夹在左手小指间,这次却是按六根为一组来分右手中的筮草,分到最后,只余一根,加上小指间那根,得数为二——此番分筮,得到此卦二爻是变爻——之所以变爻以六根为一组,乃是因为卦仅八个卦,而每卦只有六个爻,所谓"卦以八除,爻以六除"。到此,太卜脸上忽然转喜为忧,不过瞬间又复转喜色。太卜道:"禀国君,北杏之会,得水火既济卦。既济者,功成之谓也,此卦刚柔正位,阴阳融通,如日在天,如鼎在火,最是大吉大利之象。只是六二爻变,不吉之变,暗指此次诸侯之会,曲折反复,不可一蹴而就。"

齐桓公道:"六二爻变,不吉之变,何意?"

太卜道:"我朝先祖周文王传下易经占筮之法,共有六十四卦,三百八十四爻。卦者,主事之吉凶;爻者,主事之演变。适才国君所问,卦为水火既济,乃是上吉之卦;爻乃是第二爻变,其爻辞曰:'妇丧其茀,勿逐,七日得。'乃是说国君所谋霸主之宝座,会暂时失去,但是不久便会失而复得。"

鲍叔牙听了大喜过望,脱口道:"哈哈,霸主终究是国君的!"

齐桓公脸上却挂满忧虑,喃喃道:"看来北杏之会,征程多艰啊。"

太卜道:"国君不必忧虑,只需心平气和,坦然处之即可,切忌急躁冒进,一意孤行。北杏之会,齐国必将大出于天下!"

"善。"齐桓公低低道……

北杏之地位于齐国东南边疆,与卫国、鲁国、遂国等国毗邻。此地乃是一片莽莽平原,林木遍地,人烟稀少,随处可见成片成片的古老而茂盛的杏树,在春天之时宛若一片娇艳艳、粉嘟嘟的杏花之海,蔚为壮观;又因其地坐落于济水之北,于是人们俗以北杏称之。即今山东东阿。

北杏之会乃是目下齐国第一要务,公孙隰朋奉管仲之令,早在北杏一片林子中用黄土筑起一坛,坛分三层,高达三丈,异常壮观,取名会盟之坛。王子城父的军队也早已在临淄城外集结完毕,随时待命。齐桓公问管仲:"此乃齐国初会诸侯,当用兵车多少?"管仲大笑道:"国君奉天子令,会盟诸侯,鼎定宋乱,此替天行道之义举,安用什么兵车?——夷吾为国君所谋之霸业,重在民心,非唯武力。北杏之会,不用一兵一卒,把酒临风即可。是为衣裳之会。"齐桓公恍然大悟,点头称诺。

会期临近,宋国最先来到。宋桓公与谋士戴叔皮及武大夫、宣大夫、穆大夫、庄大夫等率着大队兵车一路黄烟,风尘仆仆赶至北杏。时天气转暖,正是杏子成熟时节,老树枝头,硕果累累,满目都是红黄相间、娇艳欲滴、香气扑鼻的杏果,实是令人垂涎三尺。然而,这些诱人的果子丝毫难入宋桓公的眼睛,他立在兵车上,搭手眺望,但见远远地,前方杏林中高高扬起一面黑色大旗,其上四个朱红大字"衣裳之会"赫然扑入眼帘。此面旗帜十分夺目,旗上四字可谓见所未见,闻所未闻,宋桓公立时一怔,就暗暗为齐国喝起彩来。少时,探马来报,言道齐国并未布设一车一卒,宋桓公道:"衣裳之会,不动兵车,其公正诚信之心,不同凡响啊,齐国之志不可量也!"于是传命将自己的兵车退在二十里之外扎营。

不久,陈宣公杵臼、蔡哀侯献舞、邾子克先后到来。与宋一样,三国皆将兵车退出二十里外。蔡国与楚临近,常被楚国以强凌弱,蔡哀侯闻得此会乃是衣裳礼仪之会,不由心生感慨,叹道:"楚王无道欺我,齐侯以诚待我,蔡国自当盟于齐国。"

至此,再无其他国来。眼看明日即会期,齐国主持的这番诸侯大会,应来九国,而实至四国;其余鲁、卫、郑、曹、遂五国并未响应而来。原来齐桓公会盟诸侯的消息自临淄发出后,列国也是立时炸了锅,其状不一。

——消息传到商丘,宋桓公道:"齐侯来主持会盟,哼哼,越俎代庖,野心弥彰!不过以定宋君之名而会,却对宋国大有裨益。寡人初立,若得天子册封,则根基稳矣!况宋国平乱,齐国有相助之功,寡人当笑而赴会。"

——消息传到宛丘,陈宣公乐道:"陈、齐两国数百年之好,向为盟友,今齐侯相邀,寡人自当赴会。"

——消息传到蔡国,蔡哀侯道:"江汉一带,尽归楚王,蔡国也日渐濒危!齐乃北方雄强,寡人当赴北杏,联齐抗楚。"

——消息传到邾国,邾子道:"邾乃弹丸小国,如今齐侯相邀,敢不奉命?"

——消息传到朝歌,却说卫国今年遭逢旱灾,民生凋敝,更有暴民乘势作乱,国中一时水深火热。卫惠公叹道："寡人昔日被逐，蒙齐国相留，后又得齐国兵车相助，方才得以复国，况齐、卫世代姻亲，早是一家人。寡人理当赴会，奈何国中内乱，抽身不得。当遣使前往齐国谢罪，齐侯自然不会怪我。"后卫使赶至临淄，齐桓公知卫国如此而不能来，当下也没有再说什么。

——消息传到曹国，曹庄公哈哈大笑，道："宋国之事，与他齐国何干？齐侯要做什么诸侯大会？可笑可笑！寡人不去。"

——消息传到新郑，国君郑子仪大怒道："昔日寡人兄弟郑子亹因赴齐襄公之会，而被无辜枉杀，郑、齐至此便有不共戴天之仇！如今姜小白又来赚寡人赴北杏，是何道理？北杏之约，寡人断然不奉！"

——消息传到曲阜，鲁庄公大惊，紧皱眉头，暗忖道："齐侯假天子令而会诸侯，表面看是为定宋君，实则为争做天下霸主！齐、鲁毗邻，齐霸则鲁国必衰。寡人断然不赴北杏，使齐国此番会盟不成！"当下首先令自己的附属国遂国也不可参加会盟。九国之众，鲁庄公是意识到齐桓公借北杏之会而开始图霸的唯一一人。

——消息传到遂国，遂公本要赴会，不想又立即接到了鲁庄公的命令，遂公道："东方之地，唯鲁唯齐，遂国夹缝之中，艰难图存。然而遂国乃是鲁之附庸，鲁重于齐。既然鲁侯不赴会，寡人自然也不赴会。"

…………

北杏之夜，果香四溢，却惨惨戚戚。月光下的茂林深处，但见会盟之坛冷冷耸立，不远处一溜白帐灯火相连，人影憧憧。

齐国国君大帐，数盏铜灯齐燃，帐壁上堆满晃动的身影。齐桓公与管仲、鲍叔牙、公孙隰朋、王子城父、宁越、宾须无等君臣齐聚，分宾主落席而坐。竖貂、易牙侍立在侧。齐桓公满脸忧虑，焦急道："寡人诚邀九国诸侯来会，如今仅仅来了四国，如之奈何？"

宾须无道："与会诸侯，未及一半，此会可谓自取其辱，不如弃之。"

鲍叔牙怒道："国君奉天子令而会合诸侯，鲁、卫、郑、曹、遂五国不至，皆是藐视天子，不尊王命之举，实是可恨！齐国霸业，单靠口舌之争是争不来的，老鲍以为，索性打下五国,再会盟不迟!"

王子城父道:"尊王讨逆,师出有名,此战可也。齐国新军早调集在北杏之外五十里地,随时可用。只是以一敌五却非上策,擒贼擒王,逐一而破,首要在于拿下鲁国!"

"妙!"管仲乐呵呵一笑。

齐桓公茫然道:"仲父妙什么? ——打?"

"王子兄尊王讨逆,先伐鲁国之论,甚是高妙。只是——只是眼下还不到用兵的时候。"管仲双目炯炯,问齐桓公道,"不知国君以为该当如何?"

齐桓公道:"寡人自觉颜面扫地,既然诸侯未集,不如改期再会,如何?"

管仲郑重道:"齐国霸业,譬如逆水行舟,不进则退。话说'三人成众',如今已来四国,不可谓不众。倘若临时改期,齐国失信诸侯在前,有辱王命在后,岂不沦为天下笑柄! ——那时国君才是颜面尽失。初合诸侯,若信义不存,且辱王命,何以图霸?"

宾须无点了点头,尴尬道:"管相之言乃是正论,只是……只是,唉!"

沉默了半晌,王子城父终于高声道:"当如期而会!"

齐桓公闻王子城父之言,终于放开了眉头:"就依仲父之言。"转眼又皱眉道:"明日之会,是否还需推选盟主?"

管仲哈哈大笑:"我等一番操劳,不为盟主,难道单单为那宋公吗?"

齐桓公也不由笑了,戏谑道:"仲父是执意要寡人做这四国之伯吗?"——故意将"四"字高高扬起。

"四国少吗? 有一国称伯便足矣!"管仲朗朗道。

齐桓公立时又蒙了,呆呆地,茫然不解。公孙隰朋见状,道:"管相之意,无论诸侯是多是少,皆要通告天下,齐侯主盟称霸的时代来了! 此番之会,正好借机洞察列国之变,然后再作计较。"

管仲微笑,一捋颐下长须,眯着凤眼瞧着公孙隰朋,得意道:"知我者,大司行也!"

翌日会期。拂晓后,群鸟啁啾,声彻云霄。清新而湿润的空气中饱含着甜蜜的果香,有微微的白烟在杏林和高坛之间游荡,叶子湿漉漉的,杏子低沉沉的,鸟儿喜盈盈的,北杏在万古洪荒、无尽轮回中漫不经心迎来了新一天的霞光。

黄土砌就的会盟坛拔地而起,分三层而上,一直高高地通到那些不知长了几百年的老杏树的枝头。坛上东方架鼓,西方悬钟,正中先设天子虚位,左右有各个诸位之席相陪;铜鼎、玉器、酒具之类,俨然整齐。通向坛口的道路平平整整,早已洒扫干净,道路两旁,遍插着五颜六色的旗帜,与周围碧绿而浓密的杏林交相辉映。

说话间,吉时已到。齐桓公、宋桓公、陈宣公、蔡哀侯、邾子五国诸侯齐聚坛下,彼此一笑,互相拱手行了礼。管仲等列国随行官员分立在侧。齐桓公又对坛上天子虚位郑重行君臣大礼,而后告众人道:"孤奉王命,会合诸侯。今有两言相告:其一,鼎定宋君。宋国内乱已平,贼臣南宫已诛,先君闵公不幸枉死,国中臣民公推御说为君,可谓众望所归。御说德才兼备,又是闵公之弟,庄公之子,周王之心甚慰,特颁下册封恩旨。"言罢,公孙隰朋站出,手执帛书,高声诵读了周釐王关于御说继位为宋公的册封之书。

宋庄公御说一脸肃静,心中暗暗窃喜不已。有了这道天子圣旨,自己宋公的身份便是合理合法的了,从此国中将无一人敢于异议,当下行礼道:"御说叩谢天子宏恩,谢齐侯成人之美!"

齐桓公又道:"其二,共尊王室。自东迁以来,王道日渐弛废,群龙无首,混乱不堪,天下由此板荡汹汹。小白请天子令,愿与诸公携手,共扶王室!然而——此事必推一人为主,然后权有所属,令有所出,禁有所止,如此方可行大道于天下。"

齐桓公此论甚得其他诸侯之心,自古以来,天子如父,诸侯如子,列国同心,共尊王室,乃是一个毋庸置疑的公论,孰敢不应?只是此刻齐桓公光天化日之下,以此公论之旧尸,装了一个亘古未有之新魂,手法高妙而悄然,其他诸侯却是不知不觉。众人纷纷而议——在场齐、宋、陈、蔡、邾五国诸侯,有资格主事者,唯有齐侯、宋公两个大国之君。若推齐侯,则齐乃侯爵,宋乃公爵,宋公居上,尊卑礼仪大大不妥;若推宋公,宋公方才赖齐侯而定位之事余温犹在,宋公又岂敢称尊长?一时踌躇难决。

一阵风来,杏子林边,"衣裳之会"的大旗徐徐飘荡。但见陈宣公高声一言道:

"天子将纠合诸侯之命赋予齐国,谁敢代之? 此诸侯盟主,非齐侯莫属!"

此论仿佛晴天霹雳,令众人一时震醒,皆道:"陈侯言之有理,盟主非齐侯不可。"

齐桓公强笑,只不住推却道:"小白年幼,焉敢造次! 况公爵在前,当推宋公。"

宋桓公急道:"齐侯定位之恩未报,御说岂敢为尊? 齐侯——请齐侯登坛,主持会盟。"

齐桓公依旧谦让不休,管仲、鲍叔牙、公孙隰朋等悄悄起哄,其余四公一起来拥,推推搡搡,嘻嘻呵呵,众人一片混乱中,齐桓公于是做了盟主。五国国君依次登坛,各入席位。齐桓公为主,宋桓公为次,陈宣公再次之,蔡哀侯又次之,邾子又次之。

会盟仪式开始,管仲亲任司盟官。坛上群鸟噪起,纷纷飞去;左人击鼓,右人鸣钟。在庄严的钟鼓齐鸣声中,盟主齐桓公与其余四国国君,先于天子位前行君臣大礼,而后互相交拜,以叙兄弟之情。

坛下一侧,宾须无担任诅祝官,用竹笔蘸了朱红之墨,正于一策竹简上书写盟辞。而坛前正中之地,几名武士手操铁具,三下五下就挖出一个土坑。土坑四四方方,深约四米,长宽五米,名为方坎,是盟誓中专门用来杀牲埋书的。"盟必用牲"——一头壮硕的黑牛早已备好,被捆绑着拉到方坎边上。精于庖厨的易牙一脸得意之色,挽着袖子,操着短刀,先一刀,割下一只牛耳,将牛耳上的血滴入一只铜敦中,然后又将牛耳轻轻盛于一个朱色的木盘里。继之,霍霍几刀自牛的咽喉出入,但见血流如注,直入黄土,那牛挣扎着最后哞叫了几声,就倒地不动了。

公孙隰朋接过盛着牛耳的朱盘,大步走到齐桓公面前。齐桓公双手恭敬接过,威风凛凛地端着,只是微微有一些颤抖。此所谓"执牛耳",执牛耳者非盟主不可——自武王伐纣兴周以来,三四百年之间,周室诸侯何止千千万万,然而以诸侯之身而主持会盟者,齐桓公乃是旷古第一人! 自己继位以来,推行新政,励精图治,历五年隐忍,如今会盟诸侯,称霸天下的梦想终于就要实现了! 齐桓公心中的狂喜自然难以遏止。

鲍叔牙接过盛着牛血的铜敦,首先来到齐桓公面前。齐桓公望一眼敦中依旧温热着的红艳艳的鲜血,用右手二指蘸了蘸血,而后从自己嘴唇上一横抹过,此所谓

"歃血"——首先歃血者,也必是盟主。齐桓公歃血后,鲍叔牙捧起那铜敦,之后宋桓公、陈宣公、蔡哀侯、邾子——歃血。

歃血毕,管仲立于坛上,高声道:"昭告神灵,宣读盟辞。"但见公孙隰朋应声而出,于坛上面北而跪,捧着一简盟辞,对着大天大地,朗朗高声道:"庚子年五月一日,齐小白、宋御说、陈杵臼、蔡献舞、邾克,以天子命,会于北杏,共奖王室,济弱扶倾。特告于名山名川、群神群祀、先王先公,五国之祖,有败约者,神灵惩戒之,列国共讨之!"齐桓公、宋桓公、陈宣公、蔡哀侯、邾子五君个个拱手受命。时周釐王元年,公元前681年,五国北杏之会。后世所谓齐桓公九合诸侯,此便是其第一会。

待齐桓公与四君献酒毕,管仲立于坛上,目射精光,言语铿锵:"天下诸侯,衰弱者扶之,强横者抑之,不尊天子者率众伐之!今鲁、卫、郑、曹、遂五国,违抗王命,不来赴会,大逆尊王之旨!盟主当率众举兵,以顺诛逆,讨伐五国!"

齐桓公道:"若不讨伐,今日之盟,威严何在?齐国兵车不足,愿诸公多多相助,共事讨逆!"

陈宣公道:"既已结盟,当唯盟主之令是从。陈国兵车,任凭调用。"

蔡哀侯、邾子也立时应命。唯见在侧的宋桓公只嘿嘿一笑,似点头又似摇头,默默无言。

当下如此议定,拟首先问罪曹国。

会盟仪式已成,众诸侯脸面上皆是十分欢喜。又见坛下扬起黄尘,易牙指指点点,将那头杀好的牛牲规规矩矩于方坎内放好,同时又置有玉璧、玉环、玉璋各一件,覆土掩埋。一番动作后,方坎瞬时如初。随同埋入的还有诅祝官宾须无撰写的盟辞载书正本一份;此外,另有抄写的副本五份,参加会盟的五个诸侯国各执一份,回国后各藏于国中盟府,以备日后查证。

……钟鼓声又起,雷鸣般的欢呼声中,北杏之会便圆满结束了。众诸侯暂且各自先回营帐,明日当到盟主处一起商量讨伐不来五国的大事。

一转眼天色入暮,北杏恍然间升起阵阵寒气。却说宋桓公将自身随行众大夫召入帐中,满脸愤愤。戴叔皮、武大夫、宣大夫、穆大夫、庄大夫等见了,面面相觑。宣大夫道:“国君可是为今日盟主一事烦忧?”

宋桓公不语。戴叔皮微微一笑,接道:“国君所忧者,非唯今日之盟主,乃是明日之霸主!”

众皆大惊,帐中一时寂寂无言。

宋桓公环视众人,沉沉道:“北杏之会,所谓鼎定宋君只是其表,图谋立盟才是其里!那齐小白其志不可量,又有名相管仲为辅,盟主只是第一步,第二步必是要做天下霸主!今日会盟坛上,齐小白便已开始调遣各国之兵,从此后,宋国也将为齐国疲于奔命了。”

戴叔皮道:“北杏此会,齐侯奉天子令以召九国,来者有四,未来有五,可见齐势尚不足以成。今日做了盟主,必会讨伐五国,倘若拿下鲁国、郑国,余下三国必会不战而自臣服,如此则齐国霸业成矣!齐国为霸,非宋之福,我当用计瓦解今日之盟,以使齐国之图谋半道夭折。”

宋桓公道:“戴大夫真乃寡人身边第一谋士,计将安出?”

戴叔皮接着道:“国君前来赴会,只为得王命以定位耳,如今天子册封诏书已得,何必再待在这里会什么盟呢?当旋即撤回商丘。此番来会四国中,以宋为大,若宋国撤去,其余三国自然也去,北杏之盟便荡然无存,齐侯只好做个空空盟主。”

众人皆大笑起来。宋桓公一捋唇上的八字胡须,目射冷光,满脸铁青道:“戴大夫所言甚合我意。哼哼,要做霸主,得先过了我御说这一关!争霸天下,人人有份,安知这霸主在齐不在宋!”

正议论间,有内侍捧着一只竹篮悄悄走进来。竹篮内盛满了刚刚摘下的洗得清清爽爽的新鲜杏子,那内侍道:“此地杏子正熟,小人特采摘了来,请国君与众位大夫品尝。”言罢将竹篮放好,就退了去。

宋桓公移身,忽然右手握住竹篮的长柄,猛地一个倾倒,满满的杏子如水珠一般就倾泻地上,熟透了的当即就烂在脚下。宋桓公意味深长,悠悠道:“北杏的果子,难吃得很啊……”

三更时分,幽暗混沌,北杏大地正在酣梦之中,而宋桓公便已登车,带着自己的兵马悄悄返回宋国去了。

稠密的鸟鸣声中,天亮了。

得知宋桓公已经背盟逃去,齐桓公大怒,当即要王子城父统兵,追上去打他个落花流水。管仲急忙劝住,笑道:"宋国背盟,正可转祸为福!国君少安毋躁,夷吾去去就来。"

原来宋庄公一走,陈宣公、蔡哀侯、邾子三人见宋国撤去,也只好知趣地告辞。齐桓公一时又怒又羞,不知所措,避而不见。而管仲则若无其事,乐呵呵出来,以礼相送,临别叮嘱道:"诸公勿忘昨日之盟!从今之后,天下列国人人皆知北杏之会,诸公想忘也是忘不掉的。"陈宣公、蔡哀侯、邾子不由同时打了一个冷战,皆道"不敢忘",行礼辞去。

三层之高的会盟坛上,昨日的钟鼓、旌旗、礼器、座席依旧原在,而人物已空。齐桓公独自一人登上高坛,呆呆出神。那坛足高三丈,周围被杏林环绕,循阶登坛,如在空中,如在云间,又分明在杏树枝头。齐桓公恍恍惚惚地,昨日忽一下就做了古来第一的诸侯盟主,今日又忽一下四个同盟之国就又散去了,真是来也匆匆,去也匆匆!明明青天白日,满眼累累硕果,却又仿佛是在摸也不着、抓也不住的梦中!这一切是真是假?

管仲送走三国,得知国君正独自一人待在坛上,于是便踏着三层土阶,一步一步走上来。齐桓公背对着,知身后有人来,回头一看,见是管仲,便火急火燎道:"五国不来,四国又去,初会不成,自取其辱,仲父啊,我们该当如何?"

管仲立在坛上,纵声一笑,道:"如何叫作初会不成?——北杏之会已会,国君已然做了盟主,天下尽知,这便是成了!"

齐桓公诧异不已,道:"这便是成了?……宋国背盟而去,仲父又不让追,这如何是好?"

"国君,请坐。"管仲以手指向席位。两人于是相对而坐。管仲道:"诸侯不来,诸侯背盟,早在我预料之中。齐国霸业,开旷古之先河,领当世之风流,正不知有多少艰难,所谓兵来将挡,水来土掩,不过随遇而安,随机应变罢了。国君勿忧,夷吾必保国君登上霸主宝座——目下宋国背盟,不可不伐。然而伐宋之事,尚需请得天子之师,师出有名,然后可伐!——国君,伐宋还需缓一缓,目下尚有更急之事。"

"比伐宋更急一筹?请仲父赐教。"齐桓公道。

"我若伐宋,需借道哪国?"

"自然是鲁国。"

"然也。宋远而鲁近,必先近而后远!且鲁国同为姬姓王室宗亲,公然不来赴会,不先伐鲁,何以服宋?"

齐桓公此时恍然大悟,叹道:"仲父谋略长远,小白受教了。只是自继位以来,齐、鲁几番相战,互有胜负,雌雄难决,不知此番将如何击败鲁国?"

"遂!"管仲重重吐了一个字,道:"齐国奉王命而大会诸侯,遂乃东方小国,焉敢公然不来,是为藐视天子,违抗王命!我当出师伐遂,为天下以儆效尤。遂乃是鲁国之附庸,遂克,则鲁国必惊。然后大兵压鲁境,再遣使入鲁,责其不会。如此内外交攻,文武并用,鲁国必来求盟!平了鲁国,再移兵于宋,此所谓破竹之势,不可阻挡!宋国也必臣服。"

"仲父妙计!寡人将亲自统兵伐遂——北杏这里堵得慌,我要驰骋兵车,长舒胸中一口怨气。"

管仲道:"小小遂国,岂堪国君虎威!国君既要征遂,可令鲍叔牙、王子城父为辅——只是国君啊,齐国霸业以尊王取信为本,伐遂之战,诛其不尊王室便可,国君不可过于杀戮!"

齐桓公不由一笑:"寡人谨遵仲父之命。"先前的忧郁一扫而光。

"国君眉头有喜啊!这里到处是熟透了的杏子,小人刚刚采来,请国君与管相尝尝。"齐桓、管相谋划正酣,却见竖貂端着一只精致小巧的红色漆盘,满脸堆笑就走上来。管仲接了,一挥手,示意竖貂退下。

竖貂讨了个冷眼,悻悻地下去了。

管仲将那小盘子放在二人中间,但见红艳艳的漆盘,黄澄澄的杏子,分外入眼,诱人垂涎。齐桓公不由低头瞧了一眼,道:"如此荒野之地的果子,好似十分可口?"

管仲更是垂着头盯着杏子,嘴里还"一二三四"数着数儿,仿佛发现了什么……齐桓公乐呵呵盯着看,十分好奇。但见管仲喃喃道:"一、二、三、四、五、六、七、八、九,正好九个! ——宋、鲁、陈、蔡、卫、郑、曹、郕、遂,正好九个! 如此好杏,一个不留,全部吃掉! ——齐国霸业,就从这一盘杏子开始。"

齐桓公此时方才明白管仲的深意,不由与管仲相视一笑。天上满是软绵绵、白胖胖的云絮,太阳已经高高升起,几缕暖暖的阳光从杏树枝头打下来,撒在高高的会盟坛上,影子碎得到处都是。一条被硕果压弯了的老树枝下,齐桓公与管仲乐呵呵地拈起杏子,你一个我一个,我一个你一个,片刻工夫便把盘中九枚杏子吃了个精光。齐桓公觉得,那杏子肥美甜软,入口满汁,比之前曾经吃过的任何一种美味都要好吃,同时还增生出一种从未有过的酣畅淋漓之感——每咬一口,便仿佛吞下了一片山河,嚼碎了半个城郭! 痛快,痛快! ……

第八章　一平鲁国

峰峦起伏的山脚下,清澈的济水缓缓流过。岸边,黄尘漫漫,车马萧萧,齐桓公统率齐军精锐以迅雷不及掩耳之势滚滚而来,将济水之滨的小国遂国纳入彀中。遂人尚未意识到是怎么回事,自己的都城就被齐国兵车重重包裹住了。

北杏会盟,除主会的齐国外,共关乎宋、鲁、陈、蔡、卫、郑、曹、邾、遂九个诸侯国。而九国当中,陈、蔡、邾三国系主动臣服,其余六国都对齐国有着不同程度的抗议和不臣。管仲决议必要将北杏九国全部纳入囊中,定下了逐一收复之策——很不幸,遂国成了管仲的第一个目标。

遂国,乃是舜帝后裔之国,早在商时就有。周朝建立后,武王曾经遍寻先朝帝裔而封国延祀,遂国于是得以保留,被赐公爵,成为东方齐、鲁夹缝之间一方尊贵之国。遂国已经绵延千余年,初时为大国,后来不断减缩,至齐桓公时仅为鲁国之附庸小国。国君称遂公,国中仅有四姓:遂因氏、颌氏、工娄氏和须遂氏,可谓国小民少,乱世之中,艰难图存。

见齐桓公围城,且以不尊天子令、不赴北杏会为名来伐,遂公大惊失色。大祸已然临头,唯有冷静以对,遂公于是急召国中四姓大夫入宫商议。

遂因氏、颌氏、工娄氏、须遂氏应召而来,君臣五人入席坐定。遂公先道:"寡人本欲赴北杏一会,奈何主国鲁侯之命又不能相抗,如今惹恼齐国,招来亡国之祸,众大夫有何高见?"

遂因氏道:"可遣使出城,求鲁国发兵来救。"

须遂氏道:"齐小白伐我甚急,如今重兵围城,不待援军到来,国已破了。鲁国这次毫无指靠!何况——我以为齐国此番伐我,其意却正在鲁国。齐小白假天子命,于北杏大会诸侯,称霸野心已现。齐国称霸,首要必先击败近邻鲁国,而败鲁又必然先要克遂,所以,齐国与遂并无仇怨,遂国之祸只不过是齐鲁争锋的一个牺牲品罢了!"

遂公一叹,昂然道:"须遂氏言之有理。既然其祸难免,那就众志成城,血战保国,寡人誓与遂国共存亡!"

四人立时群应道:"愿与国君血战到底!"长期以来,由于身处齐、鲁两国的夹缝之中图存,遂人渐渐养成了团结、崇武、敢战的品格,虽然军队不多,却个个都是能战善战的勇者,亦小觑不得。遂公更是坚贞不屈之君,深得朝野上下一致拥护。

翌日,齐军向遂城发起攻击。齐桓公于城下亲自坐镇指挥,鲍叔牙与王子城父一左一右侍立在侧。遂人敢于誓死抵抗,且战力极强,这大大出乎齐桓公意料之外。然而如此弱小之国,又如何能够抵挡王子城父训练、装备一流的齐国新军,打了半晌,齐军终于攻上城墙,遂国防线瞬间土崩瓦解。

城墙上,黑烟弥漫之中,遂公额头淌血,左臂也伤,眼看着自己的兵士死伤大半,再打下去,遂人就要彻底灭国了;当下把剑一举,高呼"住手",然后亲自打着白旗朝城下的齐桓公挥动起来。

齐桓公望着那白旗,得意笑了。

遂公愿降,战事可止。双方停手后,但见遂公于城头上,高声道:"齐侯!我今愿降,遂城与寡人之头皆奉于明君!只是不知齐侯可否保我城中百姓安然无恙?"

齐桓公大声道:"寡人以诚信取天下,岂是那嗜血好杀之辈!早献城池,我保遂公与城中百姓皆安!"

"齐侯必为天下霸主!可为霸者,必不负我!"遂公满脸沧桑,立于城楼之上,放声而笑,继之转身,面朝国中宗庙方向,伏地三拜,低声泣泪道:"不肖遂子已经竭尽所能,只欠以身报国。舜帝先祖,列位宗亲,我已无憾!"其时,残余的守城之兵与遂因氏、颌氏、工娄氏、须遂氏皆簇拥在侧。那四氏听了,大骇不已。

遂公拜完,缓缓起身,最后望一眼无比熟悉的宫城、国中纵横的街道、身边带血操戈的甲兵、远处起伏连绵的峰峦,又将手中佩剑轻轻交予遂因氏大夫,而后淡淡地微笑,霎时转身,从城墙上一跃而下,果敢决绝,立时就毙命于城下血泊之中了。

四姓大夫与遂兵们个个大呼"国君",涕泪交流,皆长跪于城墙上,为国君送行,一时血泪交织,悲壮万分。遂因氏紧紧握着手中遂公的佩剑,心如刀割一般。

这边,王子城父见了,不由一叹:"壮哉!"鲍叔牙在旁,也心软道:"此君虽亡,却令人敬仰,国君当予诸侯之礼厚葬。"齐桓公允准。

城门于是洞开,齐军入城。遂国被齐桓公一举拿下。

却说齐桓公身边有一侍卫首领,名叫虎贲,彪悍勇猛,十分忠心,深得齐桓公信任;此次伐遂之战,也是第一个攻上城楼的有功之臣。虎贲与齐桓公谏道:"遂公已死,不若将遂城改作遂邑,并入齐国版图。"齐桓公摇头道:"仲父一再教导寡人,霸业必以尊王立信为本。寡人攻克遂城,只为其不尊天子之故,非为贪图遂国疆土。倘若吞并遂国,天下将皆知寡人无信义矣!"于是将遂城保留不动,令遂因氏、颌氏、工娄氏、须遂氏四氏共治之。不过,又令虎贲率领一支齐军戍守此地,以防不测。齐桓公又嘱托虎贲以仁为本,善待城中之民。虎贲得令,自此便在遂城驻扎下来——不想这一番安排竟然埋下了一个祸根,此为后话。

遂国已克。不日,管仲也统领齐国大军自后赶来,当下与齐桓公会师一处,屯兵济水,虎视鲁国。

果不其然,遂国破城,曲阜胆寒,鲁庄公大为惊骇,于宫中大集群臣问计。师伯、曹刿、曹沫、公子庆父等一干文武应声而至。

鲁庄公道:"齐侯以王命号令诸侯,大会于北杏,未赴会者有鲁、卫、郑、曹、遂五国。如今齐国攻克遂国,兵屯济水,必有伐鲁之意啊!众卿以为如何?"

公子庆父道:"长勺之战,郎城之战,依稀如昨,那齐国何足惧!国君无忧,我愿亲提一师,再败齐国!"

"非也,今非昔比!"曹刿大声道,"长勺、郎城之时,齐侯初立,根基未稳,仓促用兵且师出无名,故有大败。如今齐国新政已历五年,管仲为相,王子城父统军,更有鲍叔牙、公孙隰朋等贤才辅佐,君臣同心,国富兵强,其战力天下诸侯莫敢当! 倘若交兵,我料鲁国必败!"

一时哗然。众人不理会曹刿之言,如曹沫等皆信誓旦旦,拍胸欲战。鲁庄公犹豫难决,转头问谋士施伯道:"众卿皆是主战,施大夫以为可否?"

"不可,不可。"施伯道,"曹刿大夫言之有理。我早有言,管仲天下奇才,霸王之辅,今拜齐相,宏图大展,决然不可小觑。目下齐国实力大胜于鲁国,此其一不可也。北杏之会,齐国乃是以尊王为名,行衣裳之会,目下以违命责鲁,理屈在我,此其二不可也。齐鲁近邻,以和为贵。昔日公子纠之戮,君有其功;王姬下嫁齐国,君有其劳。弃往日之功劳,结将来之仇怨,非明智之选,此其三不可也。当下之计,修和才是上策。"

"然也。"曹刿道。

鲁庄公沉吟片刻,又问道:"齐军屯于国门之侧,寡人要屈身做城下之盟? ——寡人以为齐侯必不答应,长勺之败,郎城之辱,正可今日报之。"

施伯哈哈一笑:"国君宽心。我料修和之意,齐国也必有之! 今日之齐,管相主政,志在称霸诸侯,领袖天下,非是要泄那长勺之小恨、郎城之小怨。国君只要尊齐侯为伯主,则齐军不战自退!"

"施大夫如此肯定?"鲁庄公不由一笑,胸内却是无比煎熬。数百年来,齐、鲁一直是兄弟,如今要自己尊齐为盟主,鲁庄公心中实在不是滋味。

"不出十日,齐国使臣必到。"施伯道,言语间成竹在胸。

"倘若齐使果来,寡人又当如何?"

"修和请盟便可。"施伯应道。

清风徐来,波光粼粼,两岸一抹浓荫如画。江心里,犹见几只小船扬着白帆,随波逐流,漂浮北去。"好一个济水!"望着宽阔而平缓的水面,齐桓公不由叹道。身边管仲也有感而发,道:"济水三隐三现,百折入海,譬如神龙,变幻莫测。"

齐军沿着济水一线扎下营寨,军帐连绵,旌旗遍地,首尾相顾二十余里;其粮草辎重,则尽屯于遂城。却说这日齐桓公心情大好,与管仲二人沿着济水岸边,信步闲游。浓密的树荫里,济水的氤氲中,两人款款而行。一个二十多岁,朝气蓬勃,锐不可当;一个年逾不惑,黑须飘飘,成熟老辣,虽说是君臣,更如同父子。

齐桓公接着道:"仲父,我军大破遂国,屯兵济水,兵锋正盛,正可一鼓而下,攻入曲阜,以雪寡人长勺之耻! 仲父为何迟迟不动?"齐桓公心中,一直对继位之初的长勺之败耿耿于怀,如今强兵在手,又刚刚攻克遂国,于是恨不能立时发兵曲阜,将鲁国痛打一番。

管仲瞧着壮阔的水面,悠然道:"国君所言差矣。能隐则隐,当现则现,胸如大海,广纳百川,此济水所以为济水也。国君图伯争霸乃是大志,不当再有昔日长勺小怨,目下霸业初始,百事艰难,刚柔相济,乃可成事。国君破遂,乃是武战,而目下降伏鲁国,文争即可。"

"如何文争而降鲁?"

"只需两封书信而已。"

"愿闻其详。"

管仲道:"此两封书信,一曰明信,一曰暗信,皆需国君手笔。明者:大兵压境,遣使执书入鲁,以不尊王室,不赴北杏而责问鲁侯;鲁侯理屈,必生求和之意。暗者:鲁夫人文姜乃国君之姊,鲁侯之母。夫人向来以齐鲁姻亲盟好为重,鲁侯为人至孝,其母一言,有九鼎之效。国君可私信于姐姐,则文姜夫人必欲使其子与母家交厚,自会极力怂恿。如此,鲁侯外惧兵威,内迫母命,错综交集之下,必将向我求盟。只要鲁侯尊齐为盟主,则鲁国定矣! 我自退兵便可。"

"平定鲁国,二书便可。仲父之谋,可谓神出鬼没啊!"齐桓公赞道。

两人一边说着鲁国之事,一边沿着济水不断前行。忽然,前面几株大柳树下,有一老一少正在练剑。少年稚嫩,一招一式照猫画虎一般,而那位长者则异常魁伟,双足点地,运剑如风,招招凌厉,气势若虹,一看就是非同寻常的剑客。又走了几步,齐桓公再瞧了瞧,就问道:"早闻仲父身边有一个侍卫,莫非就是此人?"

管仲答道:"是的。此人名叫公孙猿,本是商山好打不平的侠客,人称猿侠,使得一手好剑。那是他唯一的儿子,名叫黑子。"

齐桓公"嗯"了一声,陡然间仿佛想到了什么,就大步走过去。

波光潋滟,碧柳茂盛,长堤之上景色怡人。见国君和相国到了,公孙猿旋即收了剑,快如闪电一般,然后伏地拜道:"臣公孙猿拜见国君,见过管相。"身后黑子也慌忙随着就拜。

"起来吧。"齐桓公呵呵一笑,"公孙猿啊,寡人听说五年之前,你从商山一路追到东海,连夜刺杀寡人的仲父,此事是真是假?"

公孙猿道:"确有此事。"

齐桓公望一眼身边的仲父,依旧笑,又回头问道:"如今日日待在相国身边,每时每刻都有机会,又如何不行刺了?"

公孙猿道:"彼时管相推行官山海令,商山十二草民因犯禁令而被斩足,臣以为管相乃是残暴不仁之相,故而行刺。后来在东海之滨,管相亲自为臣松绑,教臣光明无畏之法理,又斥责臣心中所想不过一家一户之温饱,而相国心中所谋,乃是齐国千千万万百姓之富强!管相不治臣罪,还赐剑予臣,令做卫士,并当众相约五年之期——倘若五年之后,管相不能使齐国千千万万之家同富,不能使万万千千之民共强,我可随时以此剑而斩相国之头……国君啊,臣在第三年岁末,先回商山,又赴东海,但见山民皆以铸造为业,家家富有;海民皆以煮盐为务,人人饱囊!沿途所见,无不安居乐业,国富民丰。自我齐国开国以来,何曾有过如此气象?臣悔恨不已,本当自裁,管相却丝毫不计前嫌,免臣之死,继续留在身边重用!如此度量,如此恩德,臣父子二人,唯有效死以报!"

公孙猿情真意切,声情并茂,听得齐桓公感慨万千,心中暗暗忖道:"仲父可使行刺之人甘愿效死,这是何等的胸怀,何等的魅力!今日偶遇公孙猿,寡人深感所谓长勺之耻、郎城之羞,何足道哉!寡人当向仲父学习。"当下又深情道:"仲父安危,寡人就拜托给你了!"

公孙猿道:"不劳国君嘱托,臣自当效命。公孙猿譬如铁甲,时时刻刻不离管相之身。"

齐桓公听了,满意地点了点头。

而此刻,管仲心思却走了神,又在想着如何降伏鲁国,当下一转话锋,道:"与文姜夫人送信之事,可遣公孙猿前去。"

齐桓公应道:"好。"

一阵风来,微波乍起,几人倒影落入济水河中,伴随着岸上生命力无比健旺的野柳古树,一漾一漾地,那水影晃得老长老长。

连日来,齐军屯兵济水,时时窥测,始终令鲁庄公惊惧难安。夜晚睡在寝殿内,鲁庄公耳畔总能听见战车呼啸之声,常常梦醒。遂城被破,一些亡国逃难的遂人成群结队纷纷拥来鲁国,"齐国将要伐鲁"的声音也随着这些难民到处流窜,致使鲁国境内到处人心惶惶。朝议虽然定下了与齐国修和请盟之策,然而鲁庄公心中始终犯嘀咕,总觉得这是被逼而盟,实是不甘;又怕齐桓公终究要为长勺之战报仇,一旦落入局中,后果则不堪设想。鲁庄公五内俱焚,坐卧不宁,渐渐地又起了战意。

这日,鲁庄公正于花园中愤愤地习射。百步之外,连发三箭,皆中,鲁庄公一时舒展皱眉,自言自语道:"齐侯!寡人将兵发济水,你我再决雌雄!"

"混账小子!你还要与舅舅开打吗?"鲁庄公大惊,回头一看,见是母夫人文姜在两个侍女簇拥下,正怒骂而来。唬得鲁庄公赶紧弃了弓箭,慌忙迎上,低头赔罪道:"儿子是混了!母亲……母亲怎么来了……"

文姜夫人因何而来?原来齐桓公亲笔写了一封书信,由公孙猿悄悄带到鲁国转给文姜。信中只道齐国屯兵济水,只为伐遂不尊王室,绝无战鲁之意,齐、鲁世代舅甥,愿结盟好等语。文姜阅信,顿时潸然泪下。文姜美人迟暮,更多伤感,一见母国弟弟书信,便禁不住想起许多年前,自己与哥哥齐襄公之间那段有悖于常理的兄妹之恋来。如今哥哥早死,徒留妹妹一人,空自落寞。所谓爱屋及乌,文姜对齐国之爱总多于对鲁国之情,故而每每主张鲁国亲齐。后来公孙猿又详述了齐桓公奉天子令,于北杏大会诸侯,鲁国故意不会等曲折之情,文姜静静听了,心中早就拿定了主意。

当下文姜夫人端正立好,冷冷道:"我儿说什么再决雌雄,是何意思啊?"

鲁庄公慨然一叹,委屈道:"非是儿要决雌雄,是我那齐国舅舅大军屯于国门,寻衅挑战，儿不得不被迫应战。"

"朝中众人是何意见？"文姜又道。

"有主战者，有主和者，尚不统一。儿也是心乱如麻，久久拿不定主意。"鲁庄公喃喃道。

"我已得到你舅舅亲笔书信，齐国绝无伐鲁之意。儿啊！"文姜语气转为和缓，慈蔼道，"北杏之会，我已尽知。齐国奉天子令而大会诸侯，你乃周公之后，姬姓宗亲，怎可不去赴会呢？王道公理，你已经输了。齐国自你舅为君，得管仲、鲍叔牙等贤良为辅，可谓明君强臣，风云际会，如今的齐国是自古以来最为强盛的齐国，也是当今天下第一诸侯，齐国为霸，不可逆转！此乃几百年来一大变局也！尊齐为盟，辅齐称伯，才是鲁国正道，愿我儿三思。"文姜顿了一顿，接着又道："北杏一会，鲁、齐之间实已交恶，齐国非但没有抱怨，如今反有求好之意，此既是舅甥之情，亦是霸主之量，我儿当顺势而为，捧玉帛而请盟，齐国必然欣然而许。如此双方平局，乃为善策。我儿切不可率意而战，悔之晚矣！"

文姜之言隔岸观火，洞悉透彻，令鲁庄公恍然大悟，当下叹道："是战是和，儿踌躇难决，今闻母亲一番话，儿主意已定，明日便遣使修和！"

母子二人会心一笑，当下又论及一些家族之事。正聊得高兴，忽然内侍传报，齐使公孙隰朋求见。鲁庄公喃喃道："施伯曾断言，齐使十日之内必来，果然……"文姜暖暖而笑，推了鲁庄公一把，道："去吧，去吧。"

曲阜宫中，鲁庄公正襟危坐，施伯一旁作陪。公孙隰朋入殿觐见，行了礼节，献上齐桓公手书。鲁庄公拆而阅之，内容曰：

"寡人与君并事周室，情同昆弟，且婚姻也。北杏之会，君不与焉。寡人敢请其故？若有二心，亦惟命。"

鲁庄公阅完，将书信转与施伯观看，而后道："齐侯公心，天下皆知，寡人正有请盟之意。齐使请先到馆驿休息，容寡人商议一番。"

公孙隰朋道："外臣告退。"

公孙隰朋去后，鲁庄公道："施大夫远见在先，今天齐使已到，寡人心意已决——齐鲁会盟，尊齐为伯。只是，齐国大军屯于济水，寡人难不成要到齐军大营之中跪地求和吗？"

施伯略一沉吟，道："可先修书一封，请齐侯率军由济水退至齐国境内柯地，然后国君入齐，柯地会盟便可。"

"言之有理。"鲁庄公赞道。

事不宜迟，当下侍人捧来竹笔石墨，施伯旋即作书，写道："孤有犬马之疾，未获奔命。君以大义责之，孤知罪矣！然城下之盟，孤实耻之！若退舍于君之境上，孤敢不捧玉帛以从。"

次日，公孙隰朋得了回书，便返归济水营中，回禀鲁庄公柯地会盟之意。齐桓公与管仲得书大悦，于是传令退兵至柯。不日后又约定吉期，只待齐侯、鲁侯舅甥，至期柯地一会。

此年冬天来得太早，连续两场西风袭过，树叶扫荡殆尽，河流尽数结冰，就连土地也封冻起来。烈烈朔风中，鲁庄公与施伯、曹刿、曹沫、公子庆父一行数人，各着厚厚的寒衣，外罩披风，带着一百兵车，风尘仆仆赶到齐国境内柯地。鲁庄公先以曹刿为使，奉着金帛玉器，面拜齐桓公，絮絮言道不赴北杏之会，实乃鲁国之过，今愿诚心请盟，两国永结友好等语；而齐桓公与管仲等也倾心相待，一番笑谈，而后约定明日两国歃血而盟。

翌日，寒风依旧未息。管仲早命于柯地筑好一坛，阶级七层，黄土夯就，状若小山。坛上高高竖起一面镶黄大旗，风中恣肆飘扬，明明白白可见"方伯"两个大字。坛中央置一香案，案上排列着盛牲歃血的朱盘铜器等物，公孙隰朋执掌。两边各设有置放酒器的长方形小土台一个，名叫反坫，一只只待用的铜爵反着立在坫上，竖貂执掌。坛西侧立有石柱两根，系着一头黑牛和一只白羊，屠人执刀准备宰杀，易牙执掌。坛东侧置有文案，设笔墨竹简以备盟辞之用，宾须无执掌。齐桓公一身狐裘，外加雪白披风，意气风发立于"方伯"旗下；身旁管仲身穿黑色披风，长须飞扬，目射精光，威风凛凛担任司盟之官。坛下左右，鲍叔牙、东郭牙分立两侧阶前，以为迎宾。另有齐国雄兵分列坛之四周，按东南西北四方，分打青红白黑四旗，各有将官统领，王子城父执掌。七层之阶，每层俱有精猛壮士十余人，各执黄旗、腰悬长剑，威武如雄狮般镇守！寒风呼啸，尘沙漫卷，五色之旗竞相夺目，坛上坛下庄严肃整，气势逼人，自有一股压倒西风的肃杀之气。

鲁庄公率众行至坛下，正欲登坛，却见东郭牙厉声道："鲁侯到！只许一君一臣登坛，余人坛下等候。"鲁庄公与施伯等陡然一惊。

此刻，却见曹沫挺身而出道："我陪国君登坛，诸公勿忧。"见鲁庄公脸上犹见犹豫之色，曹沫慨然再道："曹沫可保君必是君，臣必是臣！国君尽可登坛。"

施伯望了望曹沫，面鲁庄公道："可也。"于是曹沫护着鲁庄公，君臣二人登坛而去。

鲁庄公与曹沫腰间皆佩剑，行至阶下，东郭牙拦住，又厉声道："今日柯地相会，两君相好，互致赞礼，安用凶器！请去剑。"曹沫闻言而趋前，满脸黑髯怒而偾张，目射烈火，眼眶欲裂，一时瞪得东郭牙不由倒退几步。曹沫收了目光，按了按腰间的剑，拥着鲁庄公迈开脚步，循阶登去，并不去剑。

这一幕，管仲在上瞧得清楚，悄悄对身旁齐桓公道："鲁侯身边之人，乃是曹沫，此人勇而无惧，国君当谨慎处之。"

西风凛冽中，满目甲兵环伺，战旗飘飘。鲁庄公登了几层阶，不由自主，战战兢兢；而曹沫昂首升阶，神色沉稳，毫无惧色。

坛顶，"方伯"绣旗之下，齐桓公与鲁庄公互相叙礼致敬。鲁国方面二人皆佩剑，而齐方之人都是赤手空空。

管仲主持司盟。但听得三通鼓毕，偌大的香案之前，齐桓公与管仲立于东，鲁庄公与曹沫立于西，中间公孙隰朋双手捧着盛了牛血的玉盂，面北跪于二君面前，以请歃血而盟。齐桓公淡淡一笑，以右手蘸血，正欲涂唇，忽然——曹沫右手紧紧攥住剑柄，眼看一恍便可把剑拔出；左手死死拽住齐桓公右袖，满脸铁青，怒目相向，却一言不发。管仲情知有变，一个箭步挡在齐桓公面前，瞪着曹沫，厉声道："曹大夫意欲何为？"

坛下四周布设好的齐兵见状，纷纷举起长戈，惊天动地一声呐喊示威；鲍叔牙、东郭牙、王子城父、宾须无等一时都大起而惊。那边坛下，鲁国众人也不约而同操起兵器，双方顿时剑拔弩张，若干柴烈火，一触即燃。

曹沫瞟了一眼坛下，哈哈大笑，回管仲道："鲁国屡屡遭兵，国势日衰。齐侯以扶弱济困而大会诸侯，为何不为鲁国帮扶一二？"

管仲道："扶弱济困，共尊王室，齐国是也。请问曹大夫有何求？"

曹沫转眼又怒，厉声道："五年前乾时之战，齐国恃强凌弱，夺我鲁国汶阳之田，今日请还，然后我国君方才可以歃血而盟！"

一提到"乾时、汶阳"，齐桓公立时就火冒三丈。彼时自己刚刚继位，鲁国就拥着公子纠前来逼自己让出江山，当时齐国幸有乾时奇谋，才将鲁国打得惨不忍睹，又顺手得了汶阳之田。如今在会盟坛上，竟要被威胁着将汶阳之田再还回去，齐桓公如何能忍，当下将面前的管仲轻轻推开，冷笑道："寡人要是不还呢？"

曹沫满脸杀气，气愤愤道："今日此坛，曹沫与齐侯不过三步之遥，君若不还，我一剑将君刺死，同样可以雪了鲁国汶阳之耻！"说罢将齐桓公的长袖攥得更紧，又有意提高了来，那袖子在风中呼呼啦啦地摆来摆去。同时曹沫握紧的剑也拔出了一小截。

"你——"齐桓公一时受窘，又毫无办法。

众目睽睽，杀机隐隐。时管仲在侧，见状登时发出一阵笑声，乐呵呵对齐桓公道："国君可以许之。"

见管仲如此说，齐桓公心中立时就有了底，瞬间也转为笑颜，慷慨道："区区汶阳之田，何足挂齿。鲁国想要，寡人还了便是——曹大夫，可以放手了吧？"

曹沫这才丢开齐桓公的衣袖，又撤了佩剑，道："诸侯盟主，定不负鲁！"

鲁庄公也展开笑颜。

一场危局霍然化解。这里公孙隰朋继续捧血而歃，齐桓公先，鲁庄公后，歃血而毕。望着齐鲁二君嘴唇上的那道牲血，曹沫又挺身而出，道："管相者，主齐国之政也。曹某请与管相歃血！"其意乃是犹怕齐国耍诈，不还汶阳之田。

管仲闻言一笑，正要答话，不想齐桓公抢先道："何必仲父？曹大夫所虑之事，寡人与你立誓便可。"又指着天上被风沙遮掩住了的太阳，慨然道："齐若不返汶阳之田与鲁者，有如此日！"

曹沫接道："如此，曹沫无言以对。"当下涂血受歃。

西风渐猛，仿佛寒刀割面，绣着"方伯"二字的镶黄大旗在风刀中展得正欢。歃血完后，公孙隰朋高声宣读盟辞，朗朗道某年某月某日，齐侯、鲁侯盟于柯地，愿意携手同心，济弱扶倾，共尊王室等语。然后又酹酒献祭，祷告天地神灵。一切礼仪，丝毫无差。鲁庄公面上虽然笑如春风，心中到底忐忑难安。齐桓公时喜时忧，面色多变，令人难以捉摸。曹沫是这边也瞧瞧，那边也看看，始终机警。管仲最静，只是眼睛滴溜溜不住地转。坛下鲁国众卿如施伯、曹刿等，都暗暗捏着汗，身在寒风里，却如炉火旁。

直到方坎中，易牙将牛牲、羊牲以及盟辞、玉器祭物等入土掩埋好，会盟仪式方才完毕。齐桓公与鲁庄公再拜称谢，而后告辞。风呼呼刮着，会盟坛前黄叶狂舞，渐欲迷了眼睛。一片尘烟中，鲁桓公被众臣拥着，迎风而去，忽一下就不见了。

待鲁国君臣没了踪影，齐国众臣纷纷奔上坛去，鲍叔牙、东郭牙、王子城父、公孙隰朋、宾须无等，将齐桓公与管仲围在中央，众人皆愤愤难平。东郭牙第一个道："鲁人欺我太甚，会盟坛上，胆敢持剑挟持我国君！是可忍，孰不可忍！"

鲍叔牙道："今日之耻，比之长勺更重十倍！不知国君做何计？"

齐桓公此刻却平静起来，问鲍叔牙道："鲍师傅以为该当何如？"

管仲只冷冷瞧着众人，不发一语。但见鲍叔牙圆目怒睁，咬牙切齿道："鲁国挟持国君，不仁在前，我以不义报之！汶阳之田不必还，可即刻发兵曲阜，打得鲁国跪地求饶！"

宾须无道："弃今日之盟于不顾，岂非大失信于天下？"

王子城父接道："诸侯之会，礼仪之信也。今柯地会盟，曹沫持剑相胁，以死威逼，国君不能不允。鲁国早失礼信之根本，所以会上之诺，自然不必作数，汶阳之田，我不必还。齐国新军枕戈待旦，兵锋正锐，鲁国所来不过百余兵车，只需一声令下，在此柯地擒拿鲁侯，囊中取物一般。此战轻如小儿游戏，愿国君裁之。"

齐桓公听了，于大旗下踱了几步，终究还是摇了摇头，道："寡人宁受曹沫之匹夫小辱，不愿失大信于天下人。"

众人不由一怔。唯见管仲纵声一笑，道："国君容人之量，海纳百川，真乃霸主气象！"又道："曹沫持剑相胁，是齐之耻也；柯地擒拿鲁侯，也确是易如反掌。然而，万万不可！杀曹沫，劫鲁侯，不过一时之小快，但于天下诸侯而言，我已失信，齐国无信，霸业难成，可谓得不偿失！反之，我宁受曹沫之仇，以德报怨，言出必行，归还汶田，则齐国信义之名，必令天下震惊，海内诸侯，必将争先归附！因一匹夫之耻而得天下之心，其利不可计数！我等皆当大谢今日之曹沫啊！"

鲍叔牙等众恍然大悟，都觉管仲所谋者大，见解更高一筹。公孙隰朋暗暗道："鲍叔曾言，管仲善于随机应变，转祸为福，今日一见，诚不虚言！"

管仲接着道："明日，国君当于公馆设宴，以为鲁侯饯行。汶阳之田即时交割。"

齐桓公快意一笑，道："寡人谨遵仲父之命，只怕明日之宴，鲁侯惊惧难安而不敢来也！呵呵呵呵……"

众皆大笑。

寒风终于停了。会盟坛下满满一地黄叶，凌乱不堪，但仔细一瞧，又分明是一幅模糊而壮丽的山河画卷。天气甚冷，齐桓公呼出一口热气，将身上雪白的披风抖了抖，与管仲、鲍叔牙等就顺着土阶缓缓走了下来。

柯地馆舍。火塘烧得正旺，堂中一如暖春。鲁庄公君臣数人围着火塘而坐，烤火饮酒，言谈正欢。鼎中肉将被食尽，罍中酒也将见底，一片欢声笑语中，众人都为曹沫今日所为喝彩赞叹。正说话间，门外忽报："齐侯明日设宴，请国君赴会。"

鲁庄公闻报，陡然失色，放下手中酒爵，自言自语道："齐侯设宴，好宴？歹宴？"

公子庆父高嚷道："此宴国君断不可去！昔日我先君被齐相邀，赴牛山之宴，结果却被公子彭生杀于车上，此事犹昨，历历在目。如今曹沫持剑劫持齐侯，齐国上下岂能善罢甘休？明日之宴，必乃凶险之宴！"

"怕他怎的！明日某再劫他一回！"曹沫满身豪气，举爵一饮而尽。

公子庆父又接着道："不若立时起身，连夜返回鲁国，走为上！"

"走？走不掉的。"施伯抚着颐下之须道，"此是柯地，乃在齐国。王子城父的大军就屯于附近，我等行不出二十里，必被齐军生擒！"

鲁庄公大骇，火光映出额头上一层细细的汗珠，叹道："寡人莫非要葬身此地？"

施伯道："此宴还是要去的。齐侯野心勃勃，麾下如管仲、鲍叔、王子城父、公孙隰朋等皆是智谋之士。明日之宴，凶多吉少，愚以为多与汶阳之田有关，我等察言观色，见机行事，不得已便弃了汶阳之田，唯愿全身而退。明日诸公当内穿软甲，暗藏兵刃，以防不测……此外，公子庆父需连夜返回曲阜，调集大军前来接应，如此可保国君无虞。"

不想一声大笑雷鸣而起，却是曹刿。鲁庄公因而问之，曹刿道："明日之宴，乃是好宴，诸公多虑了，国君勿忧！曹沫今日之举，齐若反悔，则国君下坛，必有一战，公等不见土坛四周，尽是齐军精锐，何必再等到什么明日之宴？齐侯志在图霸，断然不会失信；管仲、鲍叔牙等良辅皆是光明磊落、谋大事、创大业之辈，岂会行此龌龊之举？明日乃是齐侯为国君饯行之宴，意在礼仪，尽可宽心而去。"

鲁庄公听了，凝思片刻，道："施伯、曹刿所言各有道理，然人心难测，寡人宁信其有，不信其无。明日我等谨慎赴宴……嗯……公子庆父即刻动身，将曲阜国中之军全部调来，以作接应。寡人宁愿明日乃是一场虚惊！"

当下如此而定，公子庆父立时返回曲阜不提。

翌日，鲁庄公率众如时赴宴。公馆堂中，齐桓公与鲁庄公分宾主而坐，齐国之臣、鲁国之臣分列左右，各自落席。齐臣有管仲、鲍叔牙、公孙隰朋、王子城父、宾须无、东郭牙六人；鲁臣则是施伯、曹刿、曹沫、大将乌氏、遂氏大夫五人。每人膝前皆设一木案，按诸侯食礼，置七鼎六簋相待。

齐桓公先道："柯地会盟已毕，特设小宴为鲁侯饯行。"众人一片乐呵呵的，举爵共饮。只是唯见曹沫并不入席，其人一脸铁青，手按长剑，不怒自威，寸步不离立于鲁庄公身后。齐人并不理会。堂中酒宴丰盛，歌舞升平。有乐工两人鼓瑟，两人吹笙，又有铜钟、石磬鸣起，一时欢乐无限。一群妙龄女子闻声起舞，边舞边唱《南有嘉鱼》：

> 南有嘉鱼，烝然罩罩。君子有酒，嘉宾式燕以乐。
> 南有嘉鱼，烝然汕汕。君子有酒，嘉宾式燕以衎。
> 南有樛木，甘瓠累之。君子有酒，嘉宾式燕绥之。

翩翩者雝,烝然来思。君子有酒,嘉宾式燕又思。

酒过数巡,齐桓公望着鲁庄公问道:"鲁侯,鼎中滋味如何啊?"

鲁庄公瞧一眼案上的各色美食,答道:"甚好,可谓人间绝妙之美味。曾闻齐侯身边有一人,名叫易牙,乃是庖厨高手。想来此间食物,莫非皆出自易牙之手?"

"然也。"齐桓公答道。说话间,正巧易牙捧着一只铜盘,又来献食。齐桓公微笑道:"此便是易牙。"但见易牙将那铜盘放在鲁庄公面前,旁又置一精致小瓯,内盛调料;易牙道:"齐鲁盟好,无量之福。我国君特命小人好生烹调美食,以待鲁侯。此乃牛渍,请细细品尝。"

铜盘中乃是牛肉片,摆放得整整齐齐,一律横向纹理下刀,其薄如叶,其大如卵,血色透亮,像是刚刚宰杀的新鲜生肉。鲁庄公拈了一片,蘸了那汁入口,只觉一个字:鲜!——不过牛肉而已,竟然可以鲜美可口而如斯,当下不由道:"妙!此牛渍制法如何?"

易牙掩藏不住得意之色,又强装镇定,缓缓道:"回鲁侯,昨日新杀之牛,趁鲜取肉切片,而后于美酒中浸泡整整一夜,今日取出,用鱼肉酱、梅子浆、野果醋调味入口便可。"

鲁桓公听得入神,大加赞叹:"美哉,今日之渍!"

见鲁庄公如此,管仲呵呵一笑,道:"如此美味,诸公请!——曹沫将军也请入席品尝!"

见管仲发话,易牙便不敢再留,当下悄悄然就退去了。

不想曹沫把脸一甩,挺胸立于鲁庄公身后,昂然道:"曹某要务在身,不便入席,不劳管相挂念。"

管仲大笑,道:"曹大夫之要务,不过汶阳之田尔!"一提到"汶阳之田",席中鲁人人人自危,以为陡然生变,横祸将来;除曹沫外,都将手向腰间兵刃摸了去。但听得管仲又道:"传汶阳邑宰来——鲁侯,今日之宴,一为答谢鲁侯柯地之行;二为履行承诺,归还汶阳之田。我方邑宰已到,彼方何人前来交割?"

此一番话,大出意料之外,令鲁方君臣个个大惊不已,而曹沫依旧毫不客气,厉声道："鲁国曹沫，便来交割！"

一片诧异之中，齐国汶阳邑宰将相关印信、户册等捧来，交予曹沫之手。曹沫接了，有点不敢相信，陡然间忽觉双手无比沉重，心中大生感激之情，当下独自一叹，不知如何是好。

鲁庄公暖暖的，始知自己乃是以小人之心而度君子之腹，先前的种种疑虑一扫而空，心中五味杂陈，羞愧难抑，拱手道："齐侯一诺，重于泰山！寡人今日始知，齐侯胸怀，天下无人可及！齐必霸矣！"

齐桓公道："鲁侯过誉了！小白唯愿睦邻友好，华夏一家而已。"

曹沫将手中之物轻轻置于案上，而后大步行至堂中，忽然就对齐桓公伏地三拜："昨日曹沫唐突，劫持齐侯，乃十恶不赦之罪！但凭齐侯治罪！"

齐桓公慌忙离席，扶起曹沫，微笑道："曹大夫行臣子之道，忠君护国，何罪之有？"

管仲在旁，见机揶揄道："曹大夫在身之要务，可以放下了！不知可否入席一饮？"

曹沫仰头大笑，面管仲道："齐国明君贤臣，天下无双，曹某感佩不已！来——"曹沫说罢，亲执一爵酒敬献管仲。管仲大乐，当下与曹沫双爵相对，两人皆一饮而尽。

席间气氛空前热烈而融洽，笙瑟大噪，正所谓《南有嘉鱼》所歌"君子有酒，嘉宾式燕以乐"。鲁庄公也与管仲饮一爵，戏道："昔日管子在鲁，寡人送之归齐，真乃肝肠寸断，痛不欲生啊。"

管仲嘿然，应道："彼时有人劝谏，管子能用之则用之，不能用之则杀之，可惜鲁侯啊，一时耳背，没有听见……"

鲁庄公面露窘色，一时无措，只自己呆呆落了席，缓缓酌酒。施伯明知管仲所谓"不能用之则杀之"之语，乃是当年自己的主张，一时心中也是感慨万千——一方面深感管仲之才，我不及也；而另一方面也是彼此各为其主，又总需不停地争斗下去。施伯抬头望去，见对面管仲白面黑须，眉清目秀，儒雅潇洒之下，更有一种令人高山仰止的威严，真真好人物！施伯当下一笑，道："柯地之会，汶阳之田，齐当为天下之楷模！此皆赖管相之才，我不如也！——管相啊，昔日九败之歌，乃施伯所为，我愿请罪。只是……呵呵，只是可叹你我各为其主，身不由己，徒呼奈何！"

一听得"昔日九败之歌"，鲍叔牙愤愤地将酒爵摔在案上。那齐桓公继位前后，管仲被困鲁国之时，因嫉妒管仲之才，施伯于是令人传唱《九败丈夫》歌，欲以口唾文杀管仲。此事鲍叔牙最是清楚。管仲见状，随即满脸一笑，仿佛所有事情不曾发生似的，瞧着施伯道："没有昔日之九败丈夫，何来今朝之一箭相国！鲁有施伯之智，二曹之勇，实是社稷之福，夷吾也深深羡慕不已！你我虽各为其主，然而如此间之柯地会盟，不是同样可以携手同心，休戚与共，为天下列国共谋一件善事吗？"

众人皆喝一声"好！"，只鲍叔牙依旧悻悻的。

齐桓公与鲁庄公也四目相对，不由一笑。又见管仲接着道："我尚有一言，诸公细听：齐、鲁东方近邻，山水相连，鸡犬相闻，百姓杂居，常有边界之争，以致两国屡屡生隙……譬如这汶阳之田。此番归还汶阳之田后，我将在此地齐国境内，用石头沿两国边界筑起一道大墙，名曰长城。长城之阳，鲁也；长城之阴，齐也。如此界线分明，各有权属，以期永解纷争。"

"甚好！"曹沫高声赞道，"只是管相，这道汶阳长城，不知是齐国自己修呢，还是齐鲁共建呢？"

管仲淡淡道："既是齐国提议，自然齐国自建，不需鲁国一分一毫。"

鲁庄公君臣都赞一声"善"。

齐桓公心中不由升起一缕疑问——不知仲父如何又忽然冒出这个叫作"长城"的念头？但当下场合又不便细说，只好一笑举爵，与众共饮，暂将那心中之疑先搁置一旁。

于是再起歌舞，再劝酒食，一时间觥筹交错，万分惬意。此番酒宴，鲁国人自以为占了上风，个个喜不自禁。其间唯见曹刿只冷冷而饮，放眼瞧了瞧十分得意的鲁人，又望了望并未见失意的齐人，心中暗自叹道："柯地会盟，齐鲁双赢。然而鲁国只是侥幸小胜，齐国则是转祸而得大胜！从此柯地美名将传遍列国，齐国信义之名将天下尽知！四海之心，尽归于齐！霸则小矣，齐当为王！"

时周釐王元年，公元前681年，齐鲁柯地会盟，管仲成功平定鲁国。此事不胫而走,天下尽传,各路诸侯皆服齐国之信义,桓公方伯之名无冕而立。不久,卫国、曹国先后遣使,入齐请罪,自愿请盟,尊齐桓公为霸主。克遂、平鲁之后,管仲运筹帷幄,乘势而上,下一步便要伐宋而来。

第九章　平定宋国

汶水北岸,莽莽苍苍,放眼望去,满目荒寒。凛冽的西风顺着早已结冰的河面一阵阵袭来,裹着呼哨,如刀剑般打在脸上。岸边的树木茂密驳杂,高低错落,只是此刻枯败萧疏,毫无生机。这里是一片河川谷地,地势平坦而狭长,四周不远处尽是连绵不断的小小山包,这里有丰沛的水、肥沃的田、取用不尽的石头树木,以及各种各样缤纷多彩的鸟兽虫鱼,只是少人。此地时称汶阳之田,位于齐鲁接壤、双方拉锯地带,一次又一次的战火使得这里人烟稀少,土地荒芜,以至于无论齐国还是鲁国,都觉得这片粮仓之地难得其用,忍不住要摇头叹息。

然而此刻,这片仿佛死寂的世界,却忽然间迎来了一大批热情洋溢的少年青壮,他们三五成群,七八结队,捋着袖子,喊着号子,于寒风之中战天斗地,正热火朝天干着什么。这些青壮被规整有序地分作两拨:一拨驾着牛车、马车、驴子车,操着杠杆、铁具、绳索,就地取材,到附近的小山上采了石料又运来;一拨则将运来的石料于北岸空地的齐国疆域内,小心拼接,层层垒砌,筑起一道石墙来。那石墙在一双双粗糙而繁忙的手中虽然还是雏形,却早已显现出其非同一般的雄伟和壮观! ——石墙厚近三米,高达五米,庞然大物,拔地忽起,就仿佛诸侯国都的城墙一般,其连绵不绝、坚不可摧的灰色身躯孤零零地倒映在汶水洁白的冰面上,如同一条荒野大龙,横卧河川，一望之下，便令所有天下英豪、四海俊杰，心惊胆战，魂魄俱销！它有一个石破天惊的名字——长城！

御者驾驶一辆五马兵车，青铜伞盖下，载着齐桓公正往这里赶来。行至一堆乱石跟前，齐桓公下了车，望望前面风风火火的工地，一下子就瞅到了正在指挥一群工匠堆放石头的仲父。叮叮当当的凿声中，弥漫的石灰烟里，管仲魁梧的背影、飘举的黑须，依稀可辨。

齐桓公连呼了三声"仲父"，管仲这才醒转身来。管仲拍了拍手上的尘土，慌忙过来行礼，道："这里又冷又乱，国君何来？"

"仲父在这里筑长城……长城是何物？寡人甚是好奇，特来一观。"齐桓公一边说着，一边与管仲向前走去。来到一株古松树下，这里较为干净，侍者于枯黄的草地上铺了两张蒲席，两人款款落座。

柯地会盟，齐国归还鲁国汶阳之田，且管仲曾说要在汶阳两国边界上修建一座石墙，名叫长城。当时齐桓公以为管仲只是随口一说，不想会盟之后，管仲神速行动，立刻调集了一支军队，就到此汶水岸边修筑长城。齐桓公对此颇多疑虑，所以今日特来查看。管仲道："国界之争，古来不绝。夷吾早在游学时期，便思可否建造一物，一来用于划清疆界，二来可以利于防守。去年某日，我见河边老农手舞锄头，砌了一道土垒，用以防止河水侵田；我一时恍然大悟，此道田垒不就是日夜所思之物吗！——我为之取名长城。不日前齐鲁两国会于柯地，争夺不断的汶阳之田一语澄清，归属明白。所以故，我将长城从这汶水边界始筑起来。"

齐桓公道："那日柯地之宴，曹沫曾问道此长城是齐国自己修筑呢，还是齐鲁共建呢？既是疆界之物，何必只劳我齐民、伤我齐财，而将鲁国置之度外？寡人不解，请仲父赐教。"

"长城非齐国自建不可！"管仲纵声一笑，从怀中取出一张丝帛来，打开，如一卷长画，铺于齐桓公面前，乃是管仲手绘的长城建造图。管仲一边指点，一边道："这长城拟于国都城墙，又有不同。若处平原之地，便以黄土夯筑而成；若在山岭之间，则取石头垒筑。其高五米，其厚三米，墙上可以通行兵车，对外一侧加筑外墙，设有垛口，可以瞭望与射御。每隔五里另筑烽火台一座，以利藏兵。如此则如护国之铜墙铁壁,坚不可破!此所谓江山重器,岂可假手他人啊!"——彼时的齐长城与后世长城还是有很大不同的,相对低矮,较为粗糙,尤其城墙上只有对外的一面有墙体,内面则无,属于单体城墙,与后世长城的双面墙体迥然有异。

齐桓公看了那图,大吃一惊:"仲父之意,疆界之分仅是长城之表,屯兵保国才是长城之里?"

"是也。齐鲁一时和盟,难保日后不会反复,需要早做打算,以防后患。齐国西临黄河、济水,其北、其东尽是大海,唯有南边有陆路以通鲁国及各方诸侯,然而这南面也是一条绵延不断的崇山峻岭,妙!如此三面环水,一面靠山,可谓占尽地利。汶阳长城只是小试牛刀,我意在漫长的齐国南疆,依托山岭,西起济州之水,东至琅琊之海,一千余里,尽筑长城!如此齐国则成四塞之国,霸王之府,我攻人易,人攻我难!足可成就千秋大业。"

齐桓公惊叹道:"仲父之谋划,可谓至深至远啊,只愿这齐国长城早日筑成……不过仲父啊,长城耗费甚巨,不知何日可就?"

管仲望一眼前面正在用条石堆砌的起起伏伏的墙体,道:"长城之业,绝非一日之功,也非一代可就。恐要数代君主,历时二三百年方可筑成。此事不在急切之间,可以先在边疆重地、军事隘口先予筑城,然后星星点点,串联而成之。"

"善。我们就先从这汶阳长城做起吧。"齐桓公顿觉一个千秋万代的宏伟工程正从自己手中诞生,不觉生出一种无限豪迈和无比沉重来。

齐长城由此落地生根,在此后近三百年的时间里,齐国修筑长城始终未断,直到战国齐宣王时期,管仲所谋划的这条西起古济水东岸,东至今日青岛海滨的绵延一千余里的齐长城才终于完成。齐长城是中国最早的长城,比之秦长城早了四百年,齐桓公和管仲可以说是真正的中国长城之父。

安排好汶阳长城事宜,齐桓公与管仲返回都城临淄。转眼春来,天气转暖,大地苏醒,山河一新,正是建功立业之时。齐国再议伐宋之举。齐桓公召集群臣,道:"寡人奉天子命,初会九国诸侯于北杏,赴会者仅有宋、陈、蔡、邾四国,而鲁、卫、郑、曹、遂五国不来。最为可恨者,乃是宋国盟誓之后竟然背盟而去,此不可不伐也!如今上仰仲父谋略深远,下赖众卿鼎力相助,逐国已克,鲁国已平,卫、曹二国也已负罪请盟。北杏九国不服我者,唯余宋国与郑国!方今春暖,正可用兵,先伐宋国,再定郑国,如此则霸业成矣!"

管仲道:"宋国必伐!然克敌制胜之策,武略固然不可少,文韬亦是制胜之法宝。伐宋之前,可先遣使入洛邑,斥责宋公不尊王室、背盟叛约之罪,以请天子之师共同讨伐!如此天下之心尽在于齐,平宋只在弹指之间。"

众皆称善。齐桓公道:"仲父刚柔并济,文武兼施,甚得国事之妙!"当下议定,再令公孙隰朋出使洛邑。

春光明媚,春满洛邑,窗外的花花世界令人陶醉。周釐王却无暇欣赏,避居深宫之中,又将如花似玉的侍人宫女全部屏开,独自一人于内殿中饮闷酒。去年两件大事:北杏之会和柯地之会不仅令天下诸侯震惊,更令这位东周第四任天子又喜又怕,内心惶惶。如果说北杏之会,天下人都在冷眼旁观齐国,那么到了柯地会盟,则齐国已被天下人共青睐了。自平王东迁洛邑以来,一位真真正正可以领袖群雄、鼎定乾坤的霸主来了!此人不同于射王的郑庄公,不同于僭越的楚武王,更不同于只知道一味杀伐、争权夺利的众诸侯,此人乃是以诸侯之身,行天子之权!这令周釐王心潮翻滚,忐忑难安。喜!喜的是江河日下的周室对于天下早已无能为力,此时若有一个雄主站出来,愿意尊王而定乱,不能不说是一种乱世中福。怕!怕的是这位无冕之王日后羽翼丰满,会不会果断地抛弃周室而自立天子……那就是自掘坟墓、万劫不复了!都说兵戈之时百姓苦,谁人又知,乱世之中天子难啊!

周釐王越想越恍惚,不由大饮一爵,酒不醉人人自醉。门外忽报太后驾到,周釐王大惊,慌忙起身迎接。母子相见,叙礼入席。太后道:"我儿可是为齐侯会盟诸侯之事烦心?"

"母亲明鉴,实是如此。"周釐王道,"王室之衰不可逆转,天下之乱不可逆转,而齐国之强亦不可逆转!儿子不肖,祖宗社稷乱到这步田地,儿将来有何面目到九泉之下啊!"

幽幽的光亮中,太后轻轻一叹,而后慈笑道:"此三不可逆转,合而为一,便是转机。江山社稷走到今天，乃是百年积弊，数代之过，非我儿一己之罪。目下今非往昔，时局大变，我儿正可顺势而为，以地方制地方，以诸侯制诸侯，此百年难遇之机，不可不慎。"

周釐王满脸惊诧："以诸侯制诸侯？母亲是说——齐国？"

"然也。"太后道："如此危局之中，齐侯自愿挺身而出，争做伯长，天子为什么不增设一个伯长的官职，拱手相送呢？王室早衰，有心无力，倘若可以扶持一个伯长，将这个乱得不成样子的世界交由其来打点，不也算是一种王室之福？——那齐侯国富兵强，又有贤相管仲辅佐，正是不二人选。"

周釐王思忖半晌，接着道："儿也有此意。只是……只是这齐侯会不会如同那南蛮楚王，有朝一日妄想废了天子，僭越称王？"

太后冷冷一笑："断然不会，我儿尽管放心。齐侯为伯为霸，必以尊王为先！此乃是齐侯十分高明、过人之处。王室虽衰，终究是天下共主，诸侯无论何种狂妄，对于天子终要忌惮三分。因为，东西南北列国诸侯，百余国邦，皆自王封，说到底其中根本皆在于王室！若弃根本而欲自雄，岂有可能？我儿放心，三百年内，可保王室安享无忧！三百年后……"太后忽然哽咽，呆了半晌，喃喃道："权看祖宗荫庇之远近，福德之定数吧……"

周釐王无言，不由陷入忧思。

正沉寂间，忽然又报齐使公孙隰朋觐见。太后忽然笑了："求官的来了。齐国使臣，我儿不可怠慢，快去吧。"

周釐王匆匆行了礼，便退去，未至门口，又听太后道："儿啊，以后凡事想开点，不可沉溺嗜酒，我儿身子本弱，倘若……唉——"

周釐王回头，见太后眼中就已滚下两行泪来，当下无比酸楚，沉沉道："儿自即刻起，必戒酒！母亲放心……"

周釐王衣冠整齐，于大殿中正襟危坐；见公孙隰朋自殿外款款来拜，忽然觉得心中就踏实起来，实在是一种奇怪之感。周釐王先开口道："齐侯北杏之会，以定宋君，朕知之；柯地之会，曹沫劫持齐侯，而齐侯不怨，一诺千金！天下皆知齐侯乃信义侯，朕心甚慰。"

公孙隰朋道:"我国君奉王命而会诸侯,定然不负天子之望。然,北杏之会,全为宋公之故,而宋公会盟之后,竟公然背盟而去,其藐视王权,是为一罪;不守信誓,是为二罪。有此二罪,不可不伐! 齐国遣隰朋入洛城,特来请旨。"

周釐王一听,也是怒火中烧,厉声道:"宋公如此狂妄,必要伐罪!"

"我王英明! 臣遵旨——"公孙隰朋道,"齐将联合盟国诸侯,一同起兵伐宋,也恳请天子之师,助我一臂之力!"

齐国之强,岂用什么王师相助? 其意乃是借用天子名号,以使列国诸侯信服。周釐王暗忖道:"此请正合我意,我正欲借齐国伐宋,使天下皆知天子犹在!"当下道:"齐使言之有理,朕命单伯大夫统军,会合齐师,共讨宋国!"

"诺!"堂下单伯应声领命。

公孙隰朋道:"谢天子洪恩! 倘若诸侯果尊齐侯为盟,齐侯必以尊王为帜,率众朝奉,以保我王社稷稳固,安乐太平!"

听到"尊王为帜,率众朝奉"八个字,周釐王眉间顿时露出隐隐的欢喜来。

临淄南门大开,车轮滚滚,马蹄声碎,旌旗连绵如云。管仲率领一师,浩浩荡荡驶过浮桥,出城南下。城门外百姓主动回避,夹道相送,都来争观堂堂管相潇洒而威严的仪容。在齐人心目中,所谓国家大事过于遥远,模糊难明,然而管子新政致使齐国百姓人人安居乐业,家家有利可图,却是看得见、摸得着的真实而幸福的存在,每个人都切身感受到了! 彼时天下百姓之富,齐居第一! ——单说农民,齐国率先打破井田制,每家每户都有田可耕,税收还是因地制宜、好坏不同的"相地衰征"法,足可确保农民丰衣足食。而农闲时候又可以上山冶铁挣钱,下海煮盐创收,或者将自家庭院里新政规定家家必种的桃、李、梅、枣等果子拿到市场上贩卖等。管仲主政下的齐国,到处都是源源不断的财源,只要肯勤劳向上,不愁没有收获。管仲主政前后,齐国判若两个世界,所以,齐人都视管仲为神人一般,民间百姓更是早尊管仲为财神,恨不能一日三拜。今日管相又率军出城而讨宋,一时间老百姓都欢呼不已,争相来送。

却说公孙隰朋从洛邑返回,带来了令人惊喜的周天子令,管仲当即决定联合诸侯,起兵伐宋。陈、曹二国皆愿做先锋,引兵从征。管仲于是率一军先行,与陈、曹二军以及单伯大夫率领的天子之师会合。齐桓公与王子城父、鲍叔牙等自统大军后来,之后两军会师于商丘,然后再与宋国决雌雄。此番出征,相国夫人高雪儿执意要随征,管仲本不准,但怎么也拗不过小娇妻,再加上齐桓公每每出行,必有美姬伴随,于是便应了,携了高雪儿共乘一车,夫妇相伴同行。

大军开出临淄约三十里,行至猛山。却说那猛山十分有趣,高约两百米,乃是一座不大的小山,只是山形丑陋,难以名状。猛山东南西北各有两座高山环绕,分别是康山、象山、黑山、柏山、寨山、常家山、杏木山、稷山,但猛山与周围之八山却无一相连,全然隔开。居高而望,猛山被群山环抱,仿佛盆地之中一座孤岛,十分醒目;仅其西北方向有一条沟壑,从盆地之中蜿蜒而出,直通淄水。当下正是春色宜人的时节,但见山清水秀,碧空如洗,古木参天,花草茂盛,到处涌动着催人奋发的勃勃生机!

"美哉!"管仲不禁一叹,心中大乐。夫人高雪儿翠袖红裙,发髻高耸,头上的金簪玉钗熠熠生辉;明眸流转之中,尽是对管仲的仰慕之情、喜悦之意。大丈夫出征,美佳人伴随,远方的锦绣山河也在,身边的红颜知己也在,管仲一时眉飞色舞,无限豪情,于是立于滚滚而行的兵车上,不由对着猛山高声唱道:

> 子之还兮,遭我乎猛之间兮。并驱从两肩兮,揖我谓我儇兮。
> 子之茂兮,遭我乎猛之道兮。并驱从两牡兮,揖我谓我好兮。
> 子之昌兮,遭我乎猛之阳兮。并驱从两狼兮,揖我谓我臧兮。

此为《还》诗,乃是猛山当地一首打猎的山歌,存于《诗经·齐风》中。管仲心情大好,纵情山水,吟唱得有声有色。只是一阕刚刚唱完,至二阕,管仲起一句"子之茂兮",便不知哪里有人接唱下句"遭我乎猛之道兮";管仲唱"并驱从两牡兮",那人便接"揖我谓我好兮"。至三阕同样也是你一句我一句,两相配合之默契,可谓天衣无缝。妙!随行的甲兵也随之霍然大振,在歌唱的间隙里齐声喝起彩来,一时声震群山,妙音绕谷,惊得山林间的鸟儿飞也不是,落也不是,只胡乱踏着枝头争先鸣叫,似要与行人竞个高低。

高雪儿待在管仲身边，又是惊诧又是开心，小鸟依人，笑靥如花，抬头紧紧盯着管仲，明眸清澈，眼睛里尽是满满的柔情。管仲不忍坏了自己的雅兴，也不管那和唱之人是何人，权且做邂逅，共歌一曲！两人倒也彼此知音，配合得十分完美。管仲忍不住与那人将《还》诗又唱了一遍；一边唱，一边循声向那人仔细瞧去——渐渐走近了，才发现乃是猛山脚下一个放牛的野人。那人四十上下，浑然一个农夫，身短而瘦，瘦骨嶙峋，似乎长期没有吃过饱饭，一身褐色粗布单衣，顶戴破斗笠，双脚赤足而有泥。身边有牛三头，正低头于坡上吃草，头头肥硕健壮，与牧牛人的身躯形成鲜明对比。那人正骑在一头黑牛背上，仰望青山，以手叩牛角而歌。虽是远望，管仲依然可见那人手法娴熟，叩牛角直如击打编钟一般。

"此非寻常野人，想来腹中早已饥馁。"那人嶙峋精瘦的模样让管仲想到自己当年落魄挨饿时的情景。"此人与我有一歌之缘，当以酒食劳之。"管仲说着，便叫身边侍卫公孙猿来，悄悄嘱托了几句。

大军依旧前行中。须臾间，公孙猿手捧一盒，走上山坡，与那人奉上吃食，有熟牛肉、梅子脯、两张粟饼和一大黑碗糙酒。那人翻下牛背，对公孙猿粗行一揖，便一屁股坐于牛头边草地上，大块吃肉，大口喝酒，其肆无忌惮之状，溢于言表。待风卷残云吃喝完，才忽然想到什么，问公孙猿道："送我酒食之人，可是齐相管仲？"

公孙猿道："是管相。"

那人又道："我欲见管相一面。"

公孙猿道："军务倥偬，相国车马早已远去了。"

那人望一望坡下山道上，唯见兵车辚辚而过，果然不见了对歌之人。那人双目如电，直面公孙猿，道："某有一言，请传于相国——'浩浩乎白水！'"

公孙猿懵懂不明，当下只一揖，默默而别。待追上相国之车，如其言禀告。管仲听了也是迷茫不解，轻轻道："'浩浩乎白水'……此是何意……"

身边高雪儿忽然咯咯笑起，满脸荡漾着娇妻独有的幸福光泽，戏谑道："管相博学多才，也有此不明之事？"

管仲一怔，笑道："请夫人赐教。"

高雪儿道："野人已明言,只是君不识。我闻古有《白水》之诗云:'浩浩白水,儵儵之鱼,君来召我,我将安居？国家未定,从我焉如?'此人借用诗中之意,乃在向管相求官,愿得仕于国家。"

管仲恍然大悟:"夫人真贤妻也！此人必是英豪,我当亲往一叙。"当下命掉转车辕,逆行而去。

到了那山坡下,管仲下得车来,由公孙猿伴随着去访牧牛人。高雪儿则坐在车上等。

那人见管仲到了,淡淡一笑,长长一揖,道:"猛山野人,谢管相赐食。"

管仲上下打量他一番,而后瞧着旁边的三头牛,乃是二雌一雄。管仲笑道:"你以牧牛为生,敢问牛有道乎?"

"有道!"那人高声道,"上看一张皮,下看四只蹄。前看龙关广,后看屁股齐……我放牛十有一年,自信牛畜之道,无所不及。"

管仲指着那两头雌牛,道:"请教此两头母牛,产子若何?"

那人也以手指指去,道:"此一头母牛乃多子之牛,今年必产子;那一头母牛少子,三年内方可产子。"

管仲惊问其故。那人答道:"母牛乳多而红则多子,乳疏而黑则无子。母牛一夜粪三堆,一年生一子;一夜只有粪一堆,三年产一子。这两头牛的境况我了然于胸,是以知之。"

管仲点头一赞,又问道:"既知牧牛之道,然知齐国之道否?"

时春风正暖,万物竞发,此地山野之间,粟米长势喜人。那人指着不远处一块粟田,随口道:"譬如粟米,种壳如甲深藏于内,叶子如城舒卷于外,苗有纤芒又如外有兵刃,人不犯我,我不犯人,如此兵锋强盛但不自用,反以饱满颗粒而养育芸芸众生,此非管子之新政乎？此非齐国之道乎?"

管仲心头一凛,大加赞叹,当下恭行一礼,道:"如此见识,非山野村夫可为！请教公之姓名,何以在此牧牛?"

那人深深还礼,道:"我乃卫国野人,姓宁,名戚。因慕管相礼贤下士,可图大业,故跋山涉水,特来相投。一时难遇,不得已在猊山为村人牧牛。"

管仲又问其所学,皆对答如流。管仲叹道:"豪杰不幸陷于污泥之中,倘不伸手汲引,何以显达,才学废矣！此人世间最为叹惋之事！齐侯大军在后,不日亦从此地经过,你且宽等。我当作书,持此书而谒见国君,必得重用。"当下作了书缄,交给宁戚。

宁戚得书大喜,两人当下作别。

猊山遇宁戚,管仲开怀不已,登车后,不由一声长啸。高雪儿在旁也看得欢喜,道:"恭喜夫君又为国家荐一贤才！夫君可知这猊山之来历吗？"

"未知也,请夫人赐教。"

高雪儿侃侃道:"据传数百年前,此山潜藏一怪兽,力大无穷,异常凶猛,夜里偷袭猪羊,白日践踏庄稼,闹得一方百姓人人自危。后来齐侯得知了此消息,便从临淄城中率兵而出,在此撒网掘坑,火攻箭射,好一番苦战,终于将此怪兽捕杀。呵呵,你道这怪兽是何模样？——时齐侯下问是何野兽,无人知晓。但见马不像马,牛不像牛,虎不像虎,猴不像猴,勉勉强强,如同一只走样的丑陋之犬,其形状与这座山形倒是十分相像,于是文官便用一个犬、一个丑、一个山,造了这个'猊'字,称此兽为'猊',而称此山为猊山。猊山虽丑,然古有齐侯射猊兽,今有管相遇宁戚,不亦奇乎……"

高雪儿讲完,夫妇二人同时大乐,那融合的笑声如泉水叮咚一般,在山野间行进的铜马车上随风飘荡,经久不息。

至第三日,齐桓公大军果然到了,猊山之中,浩浩荡荡,兵车如龙。齐桓公那辆五匹白马驾驭的豪华大车异常壮观,宁戚远远地早瞧在眼中。宁戚依旧粗布褐衣,破笠赤足,只牵了一头黑色公牛,呆呆地立于道旁的一块大石头前。一队一队的甲兵威武而过,眼看着齐桓公的大车将近,宁戚于是叩着牛角,高歌吟唱道:

> 南山灿,白石烂,中有鲤鱼长尺半。生不逢尧与舜禅,短褐单衣才至骭。从昏饭牛至夜半,长夜漫漫何时旦?

歌声嘹亮,响彻山谷,却暗藏着英雄不遇的忧伤之感。齐桓公极通音律,早被那歌声吸引,知其中大有深意,于是止住车轮,命左右将唱歌之人寻来。

宁戚被带到,虽然一身山野粗衣,又丑又瘦,然其挺挺而立,风骨超群。齐桓公高高地坐于车上,只俯视一眼宁戚,便大为惊异,心中暗暗道:"此人非凡夫。听其声,观其歌,倒是颇有几分仲父的风采,当必有过人之处,我且一试。"当下道:"你方才所唱是何歌? 你是何人?"

宁戚轻轻拍打身上的尘土,躬身一拜,回道:"我乃宁戚,卫人。方才所唱,乃是《宁戚饭牛歌》。"

齐桓公坐于车上,哈哈大笑,忽又变色道:"你一个山野牧夫,焉敢讥讽时政?"

宁戚嘴角露笑,淡淡道:"臣乃小人,何敢讥讽。"

齐桓公道:"当今齐国新政昌盛,百姓乐业,草木沾春,欣欣向荣。寡人以尊王为上,统率诸侯而宾服天下,所谓舜日尧天,不过如此。你高唱什么'不逢尧与舜',又什么'长夜漫漫',不是讥讽,却是何来?"

宁戚毫无惧色,凛然道:"臣山野村夫,无缘目睹尧舜先王之政。然而臣亦闻知,尧舜之时,十日一风,五日一雨,百姓耕田而食,凿井而饮,日出而作,日落而息,民风淳朴若素,不知权谋为何物,所谓'不识不知,顺帝之则'是也。如今王权旁落,诸侯并起,四海之内烽烟不绝,礼仪崩坏荡然无存,如此而曰'舜日尧天',小人实是不解。又闻尧舜之时,正百官而诸侯服,去四凶而天下安,不言而信,不怒而威,天下一家,和睦相亲。如今明公北杏一会诸侯而宋国反叛,柯地二会而鲁国劫盟,信义不举,用兵不息,劳民伤财,兵戈遍地,如此而曰'百姓乐业,草木沾春',恕臣愚钝,此二不解也……"

宁戚所谓二不解,正中痛处,齐桓公当下不由怒火升腾,脸色涨紫。时鲍叔牙、公孙隰朋也已闻讯赶至国君车驾边。但见宁戚依旧不饶,继续侃侃而笑道:"臣又闻,尧弃其子丹朱而将天下禅让于舜,舜又谦让而避于南河,后百姓群起而拥护,不得已而即帝位。明公昔日杀兄公子纠而得国,如今又假天子而令诸侯,小人又不知,明公直面尧舜揖让,又当如何?"

此一番话,众人皆大骇。齐桓公终于忍不住,起而大怒道:"匹夫如此出言不逊,欲试我宝剑锋利否?"当下一挥手,喝令斩之。

　　鲍叔牙、公孙隰朋皆大惊,一时不知所措。国君令下,左右武士齐出,不费吹灰之力,便将宁戚霎时缚住,又绑在眼前那块大青石上,将要行刑。宁戚面色如故,并无丝毫惧怕,坦坦荡荡高声道:"桀杀龙逢,纣杀比干,与今日之宁戚,可以并列为三,足供天下人笑谈!"言罢,一阵狂笑,引颈而待刑。

　　鲍叔牙见状,急谏道:"此乃刚直无畏之臣,正可为国君所用……"

　　公孙隰朋也劝道:"此人见势而不趋,见威而不惕,见死而不惧,非寻常牧夫,杀之可惜,国君当赦之啊!"

　　齐桓公到底乃是一代英明雄主,当下陡然清醒,仰头一笑,话锋急转,盯着宁戚,重重道:"我岂不知宁戚乃是人中豪杰? 方才不过一试,卿等勿虑。"

　　原来如此! 鲍叔牙不由嘿嘿而笑,快步走上来,亲将宁戚身上绳索解开,为其整理衣衫。宁戚纳头便拜:"国君方是真豪杰! 我有一物,当献与国君。"说罢,将怀中管仲之荐书捧出。

　　身边兵车如河水流过,行军正急。车马喧闹声中,齐桓公忙拆而阅之,见书言道:"臣奉命出师,行至峱山,得卫人宁戚。此人非牧竖者流,乃当世有用之才,君宜留以自辅。若弃之使见用于邻国,则齐悔无及矣!"齐桓公当下大惊不已,恐慌道:"你既有仲父推荐之书,何不早呈于寡人?"

　　宁戚答道:"臣闻'贤君择人而辅,贤臣择主而事'。君如果好阿谀,恶刚直,不纳忠言,臣宁可死! 不必再出管相之书了。"

　　齐桓公大喜,亲下车来,握着宁戚双手,道:"真贤才也! 寡人当拜为大夫,共参国政。"当下便令身边的竖貂寻找衣冠,要立时赠予宁戚,以拜大夫。

　　却说竖貂一直侍立在旁,见宁戚刚勇如鲍叔牙,游说如管相国,早已心生不悦;此时又见宁戚说什么"好阿谀,恶刚直,不纳忠言"等语,更是生起坏心来,于是诣笑着,报齐桓公道:"大军开拔,征途正急,国君岂可因此荒山一会便拜官爵? 此人卫国人,何不差人到卫国访查一番,若果然贤,再封爵不晚。"

　　齐桓公霍然一笑,道:"若到卫国寻访,此人必有瑕疵,彼时寡人是爵之呢? 还是弃之呢? 视此心胸豁达、刚勇无畏、敢于直言、不拘小节之人,岂能不开罪于人？——适才寡人不是也要杀之而后快吗？以人之小恶，而亡人之大美，此人主所以失天下之士也。寡人不为！齐国用人不疑，疑人不用，何惜区区一爵！竖貂勿再言！——寡人便于这猺山之野，立拜宁戚为大夫。"

竖貂诺诺退后，而不敢再言，只是此后也视宁戚为眼中钉，暗中常常使坏，此是后话。鲍叔牙、公孙隰朋听了国君那番用人之论，皆点头称赞不已。宁戚心中暗暗道："明君强臣，风云际会。今日始知，宁戚奔齐，不虚此行！"

春风浩荡，群峰如聚。猺山脚下，车马辚辚，犹见道旁一头黑牛悠悠嚼着青草。如此荒山野岭之间，齐桓公便拜了宁戚为大夫。此所谓"宁戚饭牛"之典故，亦是后世猺山美谈之一。

齐桓公大军开至宋境，前方地平线上，忽然旌旗飘扬，一列车马远远来迎。管仲与陈宣公杵臼、曹庄公射姑早已在此等候多时了，当下几路人马会师，彼此行礼叙好——唯缺单伯统领的那路洛邑王师尚未到达。闻知宁戚已被拜为齐国大夫，管仲当下也是欢喜异常。宁戚亦来拜谢管相不提。

齐桓公道："如今几路人马合而为一，士气正盛，正可发兵宋都，以讨御说之罪。"

管仲道："天子之师未至，国君何必太急！可令三国兵马休整数日，一面差人到商丘城中打探消息，一面坐等王师到来。待天子令旗一到，囊中宋国，可一鼓可破！"

"仲父言之有理，且等王师。"齐桓公于是传令下寨，又命设宴，要款待陈、曹二君。正忙碌间，忽报临淄特使十万火急来见。齐桓公大惊失色，喃喃道："莫非国中有巨变？莫非北方戎狄犯我疆界？"

临淄之使入帐，满脸沮丧，哭泣报道："大司田宁越殁了……"

齐桓公大惊失色："……何时殁的？寡人出城之日，大司田精神矍铄，依旧安好无恙啊！"

使臣道："大司田身患重疾，早病多日，国君出城，大司田强撑相送。国君走后第三日入夜，大司田掌灯批阅奏章，一口浓血喷在案头……就走了……"

齐桓公呆了半晌，忧伤道："大司田为国累死了……"时管仲、鲍叔牙、公孙隰朋等在侧,皆为国家失一栋梁,黯然伤神。昔日管仲拜相之初,曾举荐齐国五杰:宁越、公孙隰朋、王子城父、宾须无和鲍叔牙。其中宁越最为年长,也最老成持重,后任大司田,管相新政之农业改革事宜也悉数交给宁越执掌。去年齐桓公率军远出,于北杏、柯地连会诸侯,国中之事也是由宁越坐镇打理,可叹天不与寿,一代贤良之臣,撒手西去了。

"仲父新政,齐国大治,此正欲大出天下、建功立业之时,宁越却走了! 寡人痛失一臂膀……"齐桓公说着,就落下泪来。

帐内一片哀悼之声。

管仲想了又想,盯着悲哀中的齐桓公,忽然道:"宁越精于农事,勤勉国政,实乃忠良之臣,今不幸殉国而终,足令山河同悲。然而目下伐宋,迫在眉睫,国君不可乱了方寸,徒因一人之亡而失国之大计,否则宁越九泉之下也难以瞑目! 国君可在营中设一白帐,以祭宁越;临淄国中之事,可令高子、国子二人权理。宁越身后之事,待平了宋国,再处理不迟。"

"一切但凭仲父裁处吧……"齐桓公哽咽道。

三日后,单伯大夫率领的洛邑王师赶到。齐桓公也从痛失宁越的忧伤中走了出来,于是决计发兵。齐国中军大帐,齐桓公、陈宣公、曹庄公、单伯大夫以及管仲、鲍叔牙、公孙隰朋、王子城父、宁戚等齐聚一席,共谋伐宋大计。齐桓公先道:"四路人马已齐,明日便可攻打商丘,谁可为前部先锋?"

"慢! 我有一策,可以不战而胜!"众人皆望去——乃是宁戚。

"此是何人?"曹庄公冷冷道,眼睛中满是不屑。

齐桓公道:"此乃寡人于猱山之野新拜的大夫,宁戚。"

曹庄公不语,陈宣公斜睨,而宁戚并不以为意,依旧朗朗道:"齐侯奉天子令,盟和诸侯,以讨无礼之宋国,其以兵威胜,不若以仁德胜! 宁戚蒙齐侯器重,未立寸功而居大夫之爵,实是汗颜。如今交兵在即,臣虽不才,愿凭三寸不烂之舌,游说宋公罢兵而请盟。倘若臣谋事不成,齐侯再发兵不迟。"

陈宣公十分蔑视宁戚,阴阳怪气道:"我等兴师动众,反而不如你一条舌头吗?

此大夫刚刚穿上官服,便要抢干如此大事,毫不知羞! 一旦不成,齐侯方伯威名将扫地殆尽!"

曹庄公也附和道:"愿齐侯谨慎三思。"

下面齐国众卿也多有不信任之色,齐桓公一时踌躇难决。

正胶着间,但见管仲呵呵一笑,道:"宁戚口出大言,必有大才! 昔日姜太公年七十,犹屠牛于朝歌;八十出山便为天子师,九十而封国于齐。南方楚地有大鸟,此鸟不飞则已,一飞冲天;不鸣则已,一鸣惊人! 世之奇才者,何须千锤百炼,只待此一飞一鸣便可! ——宁戚便如是。国君勿虑,但让宁戚游宋,静候佳音!"

管仲如此说,齐桓公心中便有了底,众人也不便再议论什么。齐桓公当下慨然道:"寡人也坚信宁戚之才,但请大夫商丘一行!"

宁戚顿感一阵暖意,热血翻涌。宁戚慢慢起身,缓缓拱手,淡淡地嗔道:"臣非管相赞誉之鸟,臣乃齐国山野一猛!"言罢哈哈大笑,忽转身,大步铿锵,领命而去了。

管仲轻拈长须,瞧着宁戚背影,微微会心一笑。

却说商丘城中,早已举国哗然。面对齐桓公大军的威逼,朝野主战、主和不一,国君宋桓公也是犹豫难决。宋桓公正当盛年,智勇兼备,本也算得一代雄主,只是可惜棋逢对手,不容他不谨慎。宋桓公于北杏会后背盟而去,实是不甘屈居齐国之下,然而齐国谋略之高,接二连三得手,克遂、平鲁、请天子师,争天下心,这一切大大出乎宋桓公意料之外,令其不得不敬服。眼下齐桓、管仲率军来伐,宋桓公知道,战则必败,和则必辱,这两种结局皆非所愿,然而一时又没有两全其美之策,所以连日来愁眉紧锁,寝食难安。

宫外忽传萧君求见,宋桓公闻报大喜不已;又道萧君将萧国兵车也尽数带来,宋桓公不由转喜为忧,当下忙命萧君觐见。

萧大兴被宋桓公封为萧国之君尚不足一年,宋国就发生了如此大事,萧大兴岂能坐视不理? 当下入宫,恭敬行了礼,便道:"齐侯携天下之师,兵临城下,敢问宋公作何计较?"

宋桓公黯然道:"寡人正欲请教萧君高见。"

萧大兴道："臣有愚拙之见,唯明公裁决。齐国之政,尽决于相国管仲。臣与管仲少年相识,彼此相知,我甚知管仲博学多能,精于谋略,有经天纬地之才,扭转乾坤之能,可谓当今天下第一人物! 臣自愧不如。有朋友鲍叔牙曾道:'假使人生得用,管子谋划,百不失一。'诚不虚言。管仲拜相至今,已历六年之久,臣相信,齐国霸业已成定局,其势断然不可阻遏! 宋国与齐请和方是上上之策,愿明公思之慎之。然而——倘若明公决计一战,萧大兴也再无异议,萧国兵马尽在城外,唯明公之令是从,萧大兴即使战死,也决然无悔!"

萧大兴乃是宋桓公最为信任之人,言语中深意,宋桓公早已心知肚明。沉默半晌,宋桓公若有所思,当下只一挥手,示意萧大兴退下,轻声道:"萧君一路风尘,且先安息。容寡人三思而后行……"

不想次日,商丘城门之下,竟来一个齐使。但见宁戚乘着一辆破旧的牛车,仅携随从二人,要见宋公。那宁戚一脸漠然,毫无排场,立于城门下依旧喂牛吃草,十分古怪而反常。宋桓公闻报一惊,问身边戴叔皮道:"齐侯派了如此一个怪人前来,是何意思……这宁戚是何许人也?"

戴叔皮道:"听说此人乃是猱山中一个放牛村夫,齐侯新拜为大夫。想来必是辩才过人,齐侯令其前来游说。"

宋桓公道:"寡人何以待之?"

戴叔皮略一沉吟,道:"待之以威,勿用礼。可于殿前架起一口火鼎,以慑其心。倘若此人言语不当,便投入鼎中,以温水煮个半死,然后再还之。先杀一杀齐侯的威风和锐气!"宋桓公默默点头。

城门陡然间开出一条缝隙,宁戚被传觐见。

宁戚说不上欢喜,也瞧不出忧愁,只将牛车弃于城门外,独自一人,入得城来。须臾后,行至殿前,一口硕大的三足大鼎,霍然扑入眼帘。鼎下柴木初燃,火苗如蛇;鼎里面满是清水,有白烟缭绕,微微飘荡。鼎之左右横列两队武士,个个操着短刀大斧,凶神恶煞一般。宁戚缓步,悠悠来到鼎前,以手指轻叩布满怪兽纹路的鼎肚,一连叩了四五下,继之舒眉开心,闭目陶醉道:"鼎中之水正温,正好沐浴! 哈哈哈哈!"言罢纵声大笑,丝毫不惧,坦荡荡入殿去了。倒是那些在旁的武士都被惊出一头冷汗来。

大殿上，宋桓公居中而坐，下面萧大兴、戴叔皮及五族大夫等重臣俱在。左右分列甲兵，杀气腾腾。宁戚大步昂然，入内先向宋桓公行一揖礼，躬身道："齐人宁戚，拜见宋公。"

宋桓公微低头，玩弄着手中一把寒光闪闪的铜匕，置之不理，仿佛没有听见。

宁戚抬起头来，望一眼如此宋公，眸子转了两转，便仰面长叹道："危乎哉，宋国也！"

宋桓公嘿嘿一笑，抬头厉声道："孤乃公爵，位列诸侯之首，危从何来？"

宁戚道："明公自比周公如何？"

"周公乃千年一出的圣人，天下谁人敢比？"

宁戚如松柏挺立，慨然道："周公处周之盛世，天下太平，四夷宾服，犹且一饭三吐哺，一沐三握发，犹恐天下贤士不归，此圣人待贤之礼。如今明公以殷商亡国之后，处此群雄逐鹿之秋，先主闵公被弑不远，君之宝座坐之未温，即便效法周公，千吐哺，万握发，日日夜夜礼贤下士，天下才俊也未必单单非来宋国！呵呵……今观明公却反其道行之，妄自尊大，轻慢贤士，羞辱远客，虽有百千忠言妙策，岂能达于明公面前？如此不危，莫非乃是国家之福？——我宁戚不辞劳远，专为宋国安危而来，明君不予礼遇，冷眼旁观，陈设大鼎反要烹煮宁戚！如今我且遂了明公之愿，看你宋国危也不危！"说罢陡然转身，箭步连连，就向那烈火熊熊的大鼎冲去。

宋桓公大骇，在场诸人也是个个惊颤。宋桓公拍案忽起，大呼道："拦住他！"

几个武士蜂拥而上，将宁戚顷刻间就截下。宁戚立在甲兵中间，纵声狂笑不已，大声道："宋公陈鼎，意在宁戚，如何又不敢了！哈哈哈哈！"

唬得宋桓公走下来，先狠狠一挥手，示意撤鼎；继之亲行一揖，强笑道："方才戏耳！先生何必当真呢？"然后又赐席，再赔笑道："寡人嗣位未久，不明国之大道。先生高人，此来必有见教，御说洗耳恭听。"

戴叔皮在侧，满面羞愧，不知所以。萧大兴眉宇间露出一丝难得的笑意，瞧着宁戚，心中暗暗道："管仲遣此人来，大事必成！"

宁戚落座，整整衣冠，正色道："放眼当今大势，天子失权，诸侯割据，杀伐频仍，篡逆不息,礼义廉耻四维尽废,君臣父子荡然无存。齐侯实不忍天下之乱,故而临危请命,上承王令,以主夏盟;与诸侯初会于北杏,以定宋公之位。然而明公又背盟而去,便是定而不定,自讨其罪! 如今天子闻讯而震怒,特遣王师,以齐侯为首,统率联军而伐宋! 敢问明公,先叛王命于北杏,后抗王师于商丘,双方一旦交兵,宋国胜算几何?"

宋桓公心下暗惊,道:"依先生之见,该当如何?"

宁戚道:"以外臣愚见,明公只需一束之贽,与齐会盟,上不失尊王之礼,下可结盟主之欢,兵甲不动,军鼓不鸣,宋国自然安于泰山。"——所谓"一束之贽",乃是周时初次拜见尊长所送的礼物,"大者玉帛,小者禽鸟"等,宁戚如此说,明显是在示意宋桓公要尊齐桓公做霸主。

宋桓公叹道:"寡人失计,北杏之会一时糊涂而退,悔之晚矣。如今齐侯大兵压境,锐不可当,岂肯受我贽礼?"

宁戚一笑:"齐侯胸怀四海,宽仁大度,不念旧恶,不记人过。齐、鲁柯地之会,曹沫举剑劫持齐侯,齐侯以怨报德,一诺千金,到底将汶阳之田归还于鲁。试问曹沫何人? 而明公又何人? ——明公乃是北杏会盟之人,齐侯焉有不纳之理?"

宋桓公哈哈而笑:"如此,寡人无忧矣!"又转头道:"寡人当以何为贽礼?"

宁戚道:"何需府库之藏,一束肉脯便可。"

宋桓公更是仰头大笑,又赐酒道:"寡人受教了。先生但饮一爵薄酒。寡人将遣使与先生同至齐侯大营——修和请盟!"宋桓公将最后四字故意高声扬起。

殿堂间的气氛终于舒缓起来,众人悬着的心都放了下来。

"臣愿为使!"但见一人忽然请命道。宋桓公抬头望去——乃是萧大兴。

商丘城外笔直的官道上,萧大兴载着重宝,与宁戚同乘四马大车而行,两人一路谈笑风生。而宁戚来时之牛车也悠悠在后尾随,宁戚命二随从小心照看着返归——那头肥牛可是宁戚的心肝宝贝哦!

至齐国大营,国君帅帐之中,萧大兴拜见齐桓公,道:"宋公遣臣为使,一来请罪,二来请盟。"又献上白玉十珏,黄金千镒,还有宁戚口中戏道的"一束肉脯",以为赘礼。

齐桓公大喜,环顾帐中众人,最后将眼光落在单伯大夫身上,道:"此乃天子之命,寡人岂敢自专?烦请单大夫将宋国之礼转达天子。"言罢,将萧大兴金玉之礼又转送单伯。

单伯拱手道:"齐侯尊王大义,单蔑敢不从命!"便也不再推却,将礼物尽数收了。

萧大兴又道:"宋公专候齐侯,盼齐、宋两国早结盟好!"

管仲满脸喜色,对萧大兴道:"待单伯大夫上奏天子,以达宋公诚意,之后两国再结盟不迟。"

萧大兴称诺——不久后选得吉期,宋国与齐国再度歃血而盟,宋桓公恭恭敬敬尊齐桓公为霸主。此后终宋桓公一世,宋、齐始终是关系稳固的盟友之国。

齐桓公命设酒宴,以款待宋使萧大兴。陈宣公、曹庄公、单伯大夫及管仲、宁戚、鲍叔牙、公孙隰朋、王子城父,还有陈、曹两国随行大夫等众尽皆列席,一时间钟鸣鼎食,觥筹交错,欢声笑语不绝于耳,一片升平祥和之象。

宴会毕,萧大兴就返回商丘而去。次日,单伯也辞了齐桓公,携带着宋国的金玉赘礼,返归洛邑王城复命。而陈宣公杵臼、曹庄公射姑也带领各自兵车返回本国去了。齐、宋两国由此尽释前嫌,转结盟好,一场大战瞬间消于无形,所谓不战而屈人之兵,善之善者也。

时周釐王二年春,公元前 680 年事。

第十章　一平郑国

夜深了,万籁俱寂。自南而北注入大海的淄水哗哗流淌,在黑夜里更显得波涛诡谲,神秘莫测。河水之东,牛山一脉,峰峦起伏,连绵不绝。河水西岸,一座古老而沧桑的都城掩去了白日里熙熙攘攘的繁华,此刻模糊得没了身影,与天地山川一同消融在茫茫夜色之中。

星斗满天,月光不见,临淄城静静睡着,唯有相国府里灯火辉煌,人影幢幢,恍如白日里一片忙碌之中。管仲堂中高坐,于灯火前正出神地批阅一卷文书,案头上更是堆满了一包又一包如山的竹简。下面诸多属官以国叔牛为首,分列左右,各自于铜灯之下写写画画着什么,看得出来,均有疲倦之色。自宋国归来,积压许久的诸多政务需要紧急处理一下,管仲不觉从天蒙蒙亮一直忙到了现在。

大长案上,一则谍报被打开,灯影下的黑字讲述着楚国与邓国之间近期发生的一次疆界纷争。管仲轻轻叹一声"楚国!"便扶案起身,慢慢踱步到西面墙壁一幅绘在葛布上的地图前,呆呆出神。地图前面一左一右支起两具青铜灯树,每树上有油灯八盏,将整面墙壁照得透亮,但管仲犹嫌其不足。眼前用竹笔勾画的一条条朦胧的曲线在那块葛布上,瞬间真山真水,一目了然:东泰西华、江淮河济、齐鲁郑楚……一些往事也不由涌上管仲心头——南方楚国,强悍霸道的楚武王主政整整五十年后,方才去世,目下其子楚文王熊赀承续江山,也已历时九年。楚武王在世时,甘冒天下之大不韪,僭号称王,几番征战将汉阳诸姬十余诸侯,尽数收入囊中,楚国由此向东打开门户,整个江汉平原归楚所有。楚文王嗣位后,继承父志,将国都由丹阳迁入郢地,这几年先后伐申国,战邓国,打蔡国,灭息国,兵锋所指,连连得手,楚国由此又将势力也延伸到了南阳盆地,北上中原之门户业已洞开!楚武东进,楚文北出,楚国北上中原的脚步步步逼近。而北方之晋、西方之秦尚不足以成势,普天之下,可与齐国争霸者,必是楚国!管仲不由暗叹——自己平生最大劲敌,必是南蛮楚人……或许就是当年青林山下,虎饮泉边,管仲与鲍叔牙共同相识的少年故友斗縠於菟……

"管相。"国叔牛轻轻一唤,将管仲的沉思打断。管仲回头,见国叔牛立于青铜灯树之侧,手捧一卷文书,禀道:"临淄派往郑国的游士来报,去年祭仲死后,郑国再度陷入内乱,一直避居在栎城、被闲置了十七年的废君子突近期蠢蠢欲动,似有谋图复国之意。"

管仲接了文书来看,而后又转过身去,拂袖于后,眼睛从地图上的南方之楚,箭一般飞到中原之郑,沉吟片刻,轻轻自语道:"郑国,郑国啊郑国……"

翌日早朝,齐桓公端坐,众臣齐聚。齐桓公道:"征宋途中,大司田宁越因病而殁,寡人甚是悲伤。栋梁虽去,然国之大厦断然不可倾,天幸宁越之后,又得宁戚!寡人将大司田重担尽付于大夫宁戚,勿负寡人。"

宁戚应声领命,伏地拜恩,堂上众臣齐声赞好。却说宁戚以一番如簧口舌而说服宋国,化干戈为玉帛,其才其德,无人不服。伐宋后归途之中,管仲向齐桓公谏道:"可以接任宁越者,正在猛山大夫。"于是齐桓公今日便拜宁戚为大司田,令其共掌齐国大政。此后宁戚与公孙隰朋、王子城父、宾须无、鲍叔牙并称"齐国五杰",再加上相国管仲,有"一相五杰"之誉,此六人便是齐桓公霸业的主要缔造者。

管仲接着奏道:"自平王东迁以来,天下第一雄强,莫过于郑。郑国南依嵩山,北望黄河,东凭济水,西据洛河,兼有虎牢之险,天下闻名。昔日郑庄公据此地利,伐宋灭许,吞并戴国,又恃强欺凌王室,繻葛一战,箭射周桓王之肩,此天下第一之大不韪也!如今郑国又与楚国结党。楚,僭越称王之国,地大兵强,东向吞噬汉阳诸姬,北进蚕食申国、邓国，南蛮嚣张，不臣跋扈，楚乃周室第一公敌！国君欲要称霸，必先尊王；欲要尊王，必要攘楚！而欲要攘楚，则必要先得郑国！——何况北杏之会九国诸侯中，宋、鲁、卫、陈、蔡、曹、邾、遂皆已与齐国结盟，唯有郑国依旧未曾臣服，所以故，齐国非要拿下郑国不可！"

齐桓公道："郑国居中原枢纽之地，与周毗邻，亦是南下楚国通道所在，寡人欲收郑国久矣，只恨无计啊。"

管仲道："目下郑国，正待一计。却说郑国江山，皆仰仗一人——祭仲。祭仲在郑庄公之时，便已出任卿大夫；郑庄公之后，先后历郑昭公、郑厉公、郑子亹、郑子仪四世，把持郑国朝政十余年，是郑国举足轻重的第一权臣！庄公之后的郑国乱局，全靠此人撑持。天幸祭仲去岁已亡，而郑国又有另一人物渐出——一直潜居在栎城长达十七年、被废了的公子突见祭仲已死，郑国无人，便开始谋图复国之举。那公子突也是一代枭雄，被废多年而不敢轻举妄动，皆是忌惮祭仲之才的缘故。所以，郑国又一场大乱，如风雨将至，迫在眉睫。国君可命一将前往栎城，以兵车助公子突复国为君，则子突必对主公感恩戴德，郑国尊齐便是水到渠成之事，如此中原最强之国亦可为国君所定。"管仲略顿，接着道："收复郑国，再与郑、宋、鲁等大国诸侯择期而会，此番再会，国君必是天下臣服的方伯！齐国霸业成矣！"

齐桓公神色得意，昂然道："仲父之言，甚合寡人心意！——寡人决计平郑！何人可以统军前往郑国？"

众臣先后请缨，皆欲争功，其中以宾须无为最。齐桓公一时难决，但见管仲又道："入郑之将，非宾须无不可！"齐桓公于是命宾须无为将，仲孙湫副之，统率兵车二百乘，即刻开赴郑国栎城之地。

一支羽箭破空飞出，嗖一下正中靶心——这已是第八支中的的箭了。躲在被黄土高墙圈起的僻静院落里，公子突满脸愤愤地立在一株大梧桐树下，百无聊赖地习箭闲射。郑厉公子突早已年过半百，以竹冠束发，穿一件粗糙的葛布衣裳，十分朴素，仿佛一个落魄的士子；但是身材魁伟，满脸横肉，黑髯如戟，双目射电，令人一见，不寒而栗，浑身上下都透出一种深深的怨气和凌厉的杀气。这株梧桐乃是子突初到栎城时，自己亲手种下的，如今一棵小苗早已长成参天大树，院里的几间茅屋无不被其绿荫覆盖。子突当年种此梧桐，乃是自诩"凤凰栖梧"之意。如今梧桐大若伞盖，满地浓荫——可叹十七年光阴转眼逝去，子突也已两鬓花白了。岁月不饶，子突渐老，然而其沧桑的身躯依旧挺拔，犀利的目光依旧冷峻，胸中那团浓浓的野火依旧熊熊燃烧，愈燃愈烈，直欲将这梧桐大树、这荒僻小院乃至整个栎城都焚毁殆尽。却说子突被政敌驱逐，远避栎城后，一直布衣蔬食，生活极其节俭；但暗地里却不断招兵买马，将栎城守军扩充了一倍。尽管如此，栎城终究是弹丸小邑，些许人马除了守城自卫，自然难以大用。子突虎落平阳，龙戏浅水，十七年来道不尽的失意落寞——子突乃是郑庄公的第二个儿子，也是最具其父之风的。郑庄公膝下诸子，除世子子忽之外，子突、子亹、子仪也都颇具豪杰之风。郑庄公死后，诸子争夺君位，以至于郑国至今混乱难止。先是子忽以世子继位，是为郑昭公。然而未足一年，子突得宋国相助，夺了昭公江山而继位称君，是为郑厉公。此后厉公在位仅仅四年，又被祭仲废掉，不得已避居在这栎城，而昭公由此复国。再之后，昭公又坐了两年江山，便被高渠弥杀掉，高渠弥与祭仲共立子亹为君。至周庄王三年，公元前694年，齐襄公杀郑子亹与高渠弥，国中祭仲又立子仪为君。算来郑子亹在位也不过一年，这之后郑子仪执掌郑国社稷至今，又历十四年。当年郑庄公在世之时何其英雄，郑国譬如大野龙蛇，一下子成为平王东迁以来第一强国，海内诸侯，孰不敬仰？而庄公死后，诸子纷争，以至于郑国骤衰，国力日减。每每想到此处，蜗居在栎城的子突总是痛心疾首，立誓要卷土重来，重掌郑国权柄，恢复其父霸业！去年子突宿敌祭仲终于死去，子突以为机会到底还是来了，便差心腹秘密到新郑打探消息，昼夜谋划复国之计。但如此大事谈何容易？子突谋算不可谓不多，只是可恨手中无兵可用，岂非一场春梦罢了？又想到自己避居栎城，十七年已过，须发早白，时不我待，莫非就此老死？一时悲愤交集，百无聊赖，便操起长弓，立在那棵亲手种植又恨不能亲手伐掉的梧桐树下，狠狠射起箭来。

"主公，大喜啊主公！"一人急匆匆破门而入，来不及行礼，便大声喊道。那人是堵叔，他本系郑国大夫，子突做四年厉公时为心腹亲近之臣，后来厉公被驱逐到栎城，他不离不弃，甘愿做一庶人，始终伴随在侧。这几日，他奉子突之命，化身农夫，到新郑城中打探消息,刚刚返回。堵叔满脸喜悦道:"我带来两大喜讯,其一,国都之门,发生蛇斗奇事……"

"坐下细讲。"子突一挥手,两人便于浓密的树荫下,席地而坐。子突手执陶缶,倒了两碗清水,堵叔捧一碗仰头饮尽,便侃侃道来——原来近日郑国都城新郑的南门,有一天清晨,薄雾隐隐,阴风阵阵,不知何故,突然就发现两条蛇来:城门之内,有大青蛇,长有八尺,眼放绿光,令人惊骇;城门之外,有大红蛇,长达丈余,粗如碗口,一身鳞甲灿灿然;两蛇于门阙之中,撕咬争斗,三日三夜,胜负不分。一时间郑人围观若市,摩肩接踵,水泄不通,然而大家仅仅远望,无一人敢于近前。至十七日,内门青蛇被咬死,横尸墙角;而门外红蛇却奔入城中,沿街迤逦而去。有好事者远远追随,但见红蛇钻入太庙之堂,倏忽不见,此后便再也寻它不着了! 你说奇也不奇?

子突听后,若有所思,道:"两蛇相斗是何意? ……何喜之有? ……"

堵叔道:"君位定矣! 臣贺主公!"

子突大惊:"堵叔何出此言? ……"

堵叔正襟端坐,朗朗道:"城门外之蛇,即主公也。蛇长丈余,暗指主公为兄长,且避居在外。城门内之蛇,乃是子仪也。蛇长八尺,暗指子仪为弟,居城内而为郑君。两蛇相斗十七日而终分胜负,主公自甲申之夏被逐出新郑,当今辛丑之夏,正好是十七年之数! 内蛇伤死,此为子仪失位之兆,恐要丢国亡身;外蛇入于太庙,乃是主公祭祀宗亲、继承社稷之意! 主公目下正欲谋图复国,申大义于天下,南门蛇斗正逢其时,可谓不言自喻,此难道不是天意吗?"

子突听完并不言语,冷冷呆了半晌,又道:"另一喜讯何在?"

"齐侯闻知主公将欲归国,特命宾须无为将,统率兵车,前来相助,大军不日便至栎城。"

"啊呀——"子突猛然间就失声大叫起来,心中惊讶兴奋之情难抑,"齐侯兵来,大事必成! 此——天助我也!"当下,子突举碗,以水做酒,狂饮一碗。

饮毕,子突将空碗置于树荫里,用手抹了抹嘴角,又问道:"祭仲之后,何人继其位?"

堵叔答道:"叔詹。子仪对叔詹颇为信任,拜为上大夫,为百官之首。"

"叔詹……"子突喃喃着,似有沉重之思。子突缓缓起身,在梧桐树下背手踱起步来……不住思索着叔詹其人其德其才,是要为己而用之呢,还是一剑杀之呢,这将是子突当下急需搬掉的最大绊脚之石。暖风和煦,桐荫清爽,过了半晌,子突自言自语道:"叔詹,治国贤才,非将才也……"

两日后,齐国兵车果然赶至栎城。子突大喜,亲出城外郊迎三十余里。宾须无、仲孙湫将大军于城外扎营,而后随子突一同入城。

子突杀牛宰羊,陈鼎设簋,大摆宴席,以为宾须无、仲孙湫洗尘。一番寒暄,三爵酒后,未等宾须无开口,子突主动道:"蒙将军与齐侯相助,子突感恩戴德,铭刻于心。倘若果真复国,吾必尊齐侯为盟长,赴汤蹈火,唯命是从!"

宾须无面上虽喜,心中暗忧。初次相会,宾须无总觉得眼前这个废厉公礼仪周全,心思缜密,是个大识时务的俊杰——然而又野心勃勃,桀骜太过,总觉得哪里有什么不对劲。君命在身,大战在即,宾须无一时也来不及多想,只愿火速攻克郑国,拥立子突为君再说。当下笑着应道:"公子不必客气。唯愿齐、郑盟好,亲如一家。"于是双方又开怀欢饮。

是夜,宾须无、仲孙湫、子突、堵叔四人共聚一堂,掌起明灯,共同商议如何打进新郑。那子突胸中早有谋划,昼思夜想,远非一日,当下率先道:"欲取新郑,必要先拿下大陵,然后如此这般……"此见与宾须无暗合,当下便点头应允。堵叔又详述了大陵守军近况,宾须无喝彩道:"好! 就来他个夜袭大陵之计!"

大陵城池高大,甲兵众多,乃是栎城与新郑之间最为重要的一座军事重镇。子突奔栎,继位后的子仪便派大夫傅瑕镇守大陵,严密防守子突。子突在栎城招兵买马,傅瑕也在大陵磨刀霍霍,双方虽未交火一次,却也剑拔弩张了十七年。十七年啊,子突恨不能早将傅瑕千刀万剐,以泄岁月蹉跎之恨!

这日子夜时分,天黑地暗,大陵城外忽然火把通明,喊杀声四起。傅瑕大惊,慌忙登上城楼观望,原来是子突率师来攻。傅瑕也是人中豪杰,深通兵略,防守十七年,从未懈怠过,当下哈哈大笑道:"国君有令:'只要子突无犯,便留得哥哥性命,以度残年。'今子突公然袭我,是自取灭亡!"兵马稀少的小小栎城也的确并非大陵对手,于是傅瑕丝毫不惧,大开城门,领兵来战。

夜色朦胧中,双方对阵,各自大怒。子突厉声道:"十七年之恨,今夜立时了账!"便驱车来战。城墙之下,火光影里,子突与傅瑕来去冲战,大战五十余回合,不分胜负。

似乎有一阵莫名的骚乱,但见子突忽然间勒住车轮,指着城楼,冲傅瑕哈哈大笑,道:"傅瑕! 你且看一眼你的城池!"

傅瑕一凛,回头一望,不禁吓得脸色煞白——城楼前守军皆被捕住,一支新的军队在城墙上举火欢呼,正中高高打起一面"齐"字赤旗,旗下有一将军握剑挺立,火影里威风凛凛,形容模糊。

这里,子突厉声一喝:"这便是匹夫重兵防守的大陵!"言罢,又纵声狂笑。堵叔立于栎城军前,大声道:"齐侯兴兵,以助我家主公复国。方才交兵之际,齐将宾须无绕到城后,已经乘虚取了大陵!"

傅瑕听得满头冷汗。再回首望城,但见城楼前,宾须无高呼言道:"我乃齐国宾须无! 大陵已失,公当早降,别图后计!"其声如军鼓雷鸣一般。

傅瑕无奈,只得弃了手中兵器,下车而降。几个甲兵一齐拥上,五花大绑,将傅瑕捆了个结实。须臾,城门洞开,两队甲兵分持火炬,列队迎出来。子突对跪在地上的傅瑕嗤了一鼻,便率领兵车,雄赳赳开入城中去了。

子突克了大陵,堂中高坐,左右有宾须无、仲孙湫、堵叔等众,皆是甲衣未卸。傅瑕被戈矛威逼着押入堂中,依旧凛然不惧。子突直勾勾瞪了一阵,片言不发,忽然就冷冷道:"速将傅瑕剁成肉酱,枭首悬于东门! 以泄我十七年之恨!"

左右甲兵将上,此刻傅瑕大呼道:"明公不欲入新郑吗? 为何杀我?"

子突阴冷而笑,攥着拳头道:"新郑,自是我的。你,也是我必杀的。"

"明公但赦我一命,臣愿枭子仪之首,恭迎明公直入太庙!"

"你有何策,可杀子仪?! 不过花言巧语,哄骗于我,寻计归郑而已! 左右——斩!"子突大怒,霍然一挥手。

"且慢!"宾须无拦道,"但听一说,何妨之有?"

　　傅瑕浑身绳索，双手缚后，立于长矛短戈之前，正色道："明公乘夜突袭，巧取大陵，实是高明。然而天色一亮，此处军情，新郑必知。子仪之君，与楚最为交厚，必搬救兵于楚。届时新郑严阵以待，楚师北上袭击，明公腹背受敌，前后夹攻，想要破郑为君，诚为难矣！我有一计——目下新郑，皆由叔詹所掌。臣与叔詹，乃是至厚之交。君若赦我，我当隐匿此地战报，乘夜潜入新郑，与叔詹合谋，如此里应外合，取子仪之首，不过囊中取物一般——此计比之明公血战，如何？"

　　子突一听，哈哈大笑，大骂道："老贼奸计，岂能诳我！只待我放你入了新郑，你便囚鸟得脱，正好与叔詹起兵拒我！真是好计啊。"言罢又要催杀之。

　　宾须无道："杀了傅瑕，除了泄一时私愤，于君胸中大事，丝毫无益。倘若傅瑕之计得用，则省了我们不少兵戈，如此大妙。我看傅瑕之言可信！……公子啊，傅瑕妻子儿女尽在大陵，可乘夜一并请入栎城，以待傅瑕归来。"

　　宾须无如此说，子突霎时恍悟，扭头望着宾须无，重重道："公真乃高见！"

　　傅瑕扑通跪下，伏地哀声道："我若失信，乞斩全家！妻儿为质，明公何疑？"说罢连连叩首。

　　子突陡然转笑，一时换了嘴脸，无限可亲，亲来与傅瑕松绑，又赐座，又赐酒，满脸堆笑道："我知傅瑕大夫乃智谋之士，方才只不过一试，你受惊了！寡人即刻放你入新郑，勿负寡人之望。"

　　傅瑕饮了酒，拱手而辞，便连夜驾了一辆青铜轺车，向新郑驶去了。

　　这里，宾须无见子突杀伐决绝，纳谏如流，变幻莫测，心中再度生起一种莫名的不安来，只暗暗叹道："此公子为君，必是一代奸雄……"

　　天色尚未拂晓，傅瑕便已赶至叔詹之府。朦胧晦暗的大门前，傅瑕敲门甚急。见是主家故友，守门人慌忙请入，又急急去禀。

　　叔詹从梦中惊醒，情知必有要事，便慌忙掌灯更衣，一面命仆人带着傅瑕，先至堂中等候。叔詹，出身贵族世家，生得眉清目秀，玉树临风，通诗书，精射御，仿佛一个白面书生。然其人素怀大志，结交广泛，精于权谋，善于机变，颇有英豪之风，在朝野上下人望极高。所以祭仲死后，叔詹便被拜为上大夫，陡然间成为郑国炙手可热的第一权臣,且年龄不过三十岁,可谓少年得志,无限风光。叔詹匆忙间披了衣服,赶至堂中,定睛一看,但见灰暗的灯光下,傅瑕衣衫残破,满脸土灰,说不尽的狼狈相,便大惊道:"你不在大陵守城,忽来我府中做什么?"

傅瑕拱手行礼,强装一笑,见左右无人,就悄声道:"大陵城已被子突占据,我连夜到此,专为故友前程而来。"

叔詹情知有变,没想到是如此巨变,心下大为惊骇,道:"子突蜗居栎城,手中不过蝼蚁之兵,如何能够破了大陵?"

傅瑕道:"栎城人马,岂能破我! 齐侯欲正郑位,令宾须无统率雄兵,相助子突归国。目下大陵已失,我连夜逃命至此。齐军旦暮之间,必至新郑,试问国中守军,能抗齐军几时? 新郑若破,子仪之下,第一断头之人,必是你叔詹上大夫! ——不知故友作何计较?"

叔詹额头冒着冷汗,但喜怒不形于色,强装淡定,道:"不知故友何以教我?"

傅瑕道:"子乃上智之人,必应斩子仪之首,然后开城迎之! 如此方可转祸为福,亦可避免生灵涂炭之苦——事在万急,死生荣辱,悬于一时,当断则断! ——不然,悔之无及!"

叔詹无言,沉吟良久,嘿嘿转笑道:"子突英雄,本是国中故主。昔日郑子亹被弑,我便有意迎立子突为君,只可惜为祭仲所阻。如今祭仲已死,子突欲归,莫非天要随我心愿! ——只不知,计将安出?"

傅瑕道:"可先通信栎城,成里应外合之势。待齐军兵临城下,你出城假意迎战便可。我与子仪共同守城,乘其不备,便结果了他。如此,子突兵不血刃入城,我等拥立他为君,大事可定矣!"

言谈刹那间,叔詹脑海里正进行着一场精密而神速的计算:齐军势大,欲破齐军则子仪必求救于楚,然而事发突然,楚国远水难解近渴,不待救兵至,郑国都城已破——算来算去,子仪之败必是定局! 当下道:"就依傅大夫之计,我当致书栎城,设计迎立子突! 你我共谋一场富贵。"

二人如此议定。案头铜灯下,叔詹执笔蘸墨,草草写了一封秘书……

须臾,天亮了。傅瑕在叔詹府中用了早饭,估计宫中的国君也已食毕,这才缓缓起身,进宫禀奏齐助子突,大陵已失。满朝众臣皆大惊失色,子仪骇然道:"子突到底还是来了!——寡人当以重宝为贿,求救于楚王。我等只需坚守勿战,待楚兵至,内外夹攻,则齐兵可退。"又道:"国家危难,谁人可以使楚?"

"臣愿往!"叔詹请命道。子仪点头,命叔詹火速到楚国搬救兵去。傅瑕又主动请命守城,以补大陵失守之罪——子仪也点头,当下丝毫不疑。

叔詹故意拖延,迟迟不予动身使楚;傅瑕则是效死一般守城,奔波甚急。两人一驰一缓,子仪喜忧参半。不想未出两日,叔詹南下楚国的使团尚未起身,霍然间黑云压城,子突与宾须无便统率大军,业已奔至新郑城下了。

子仪登上城楼远眺,一望见旌旗密布的齐军,便怒火中烧。子仪虽恼子突夺国,但更恨的是,齐国乃有杀兄之仇未报!郑国与齐国,说来也是旧相好,如周桓王八年,公元前712年,郑庄公征伐许国时,也曾得到齐国兵车之助,彼时郑、齐乃是盟好之国。然而好景不长,到了齐襄公时代,襄公与妹妹文姜淫乱,惹得天下骂声不断,而襄公似乎着魔发狂一般,丝毫不惧,更不收敛,反而四处用兵逞强,以堵海内众人之口——周庄王三年,公元前694年,齐襄公以两国会盟为由,将郑君子亹诱入首止之地,然后公然杀之,同行的大臣高渠弥也被当场五马分尸。因着这场过节,子仪继位后便与齐绝交,从而与楚国结好,以至于今。当下子仪望着"齐"字大旗下一辆耀眼的兵车,知其乃是齐国大司理宾须无,于是大吼道:"宾须无!数年之前你齐国杀我兄长子亹,怎么今日又要来杀我吗!——所谓诸侯盟主,便是如此耍威风吗!"

宾须无立于车上,正色道:"子亹乃是杀昭公而自立,其虽被诛,死有余辜!我国君尊王攘夷而统领诸侯,天下称赞,海内归心!而你郑子仪却与那僭越无礼的南蛮楚国称兄道弟,此公然挑衅华夏之举,齐侯岂能坐视不理!——我劝子仪快快开城纳降,还政于子突,以免兄弟骨肉相残!否则,悔之晚矣!"

子仪在城楼上啐了一口,又瞧见了子突。但见子突在下面高声道:"先君庄公生前,便欲传位于我,个中缘故,唯我子突文韬武略,可堪兴国,你等兄弟个个皆不如!奈何世事辗转,人生难料,我被囚禁栎城已达十七年!今来讨国,弟焉敢不还?——来来来,你我大战三百回合,看看哪个才是真正的郑伯?"

"二哥——"子仪抚着城墙,长唤一声,本欲叙两句兄弟之情。话未出口,立在身边的叔詹满脸怒色道:"欺我主太甚!看我如何大败子突!"而后也不请旨,便匆匆下楼,操戈登车,亲率一军开了城门,厉声大吼,直奔子突而去——而城楼上,只留傅瑕腰悬长剑,"护"在子仪身边。

子突虽然发白,却也老当益壮,驱车便迎上来,与叔詹大战。

双方冲杀了十几个回合,胜负难分。忽然子突诈败,转头奔走,叔詹于是快马追去。这当儿,傅瑕在城上大声道:"快看,子突败了!"——子仪不知有变,手扶城墙,探着脑袋,正不住向下瞧去。岂料身后傅瑕霍然拔剑,从其后心一剑刺入。子仪一声惨叫,倒在墙边,鲜血横流。子仪抽搐着嘴角,回望满脸阴笑的傅瑕,一下子什么都明白了,当下大怒道:"我中尔等奸计矣!"又强忍着痛,皱眉大斥:"我待你不薄,何故叛我?"

傅瑕冷笑,振振有词:"执政十余年,郑国日衰,毫无建树,国君啊你乃是无能之君!为郑国大计,我与叔詹合谋,共迎子突归来。你九泉之下,莫要怨我!"

子仪大骇,疼得躺在地上起不来,却转眼一笑,道:"说什么郑国大计,不过……不过为谋一己私利,呵呵!"心上疼痛难忍,又强呼吸了两口,冷冷道:"傅瑕啊,我……我虽死,你……你也断不能生……"傅瑕仰头狂笑:"我乃开国有功之臣,富贵荣华唾手可得!不劳挂念了。"

子仪眯着眼睛蔑笑,冷冷道:"我那二哥……世之奸雄,恩怨必报,你……你抗栎城十七年在前,又杀故主而取媚于后,哼哼……待入城之后,你……你必为二哥所杀……"

傅瑕望一眼脸色苍白、苟延残喘的子仪,听得浑身冷战,头顶如扎,却不以为然,只对性命将终的子仪嗤之以鼻。子仪拼着最后的力气,强撑着又站起来,只冷笑不止;又从腰间慢慢抽出自己的佩剑,大喝一声:"苍天有眼!"便一剑横刎颈下,当下血流如注,立时毙命。

子仪已死,傅瑕便亲自打开城门,恭迎子突入城。城门外,叔詹也瞬时收了兵,与子突之军合兵一处,侍立在旁。

望着眼前这座朝思暮想了十七年、金光闪闪的国都之城,子突恍若隔世,喜极而泣,不由垂泪道:"鬓发已白,此身未死! 郑国,我回来了!"当下一挥手,便驱车先行,后面随着宾须无、仲孙湫、堵叔等;车马辚辚,战旗飘飘,在雄兵猛将的山呼声中,不可一世入城而去。

时周釐王二年,公元前 680 年,郑厉公子突再度继位为君;此次复位,距厉公之前被祭仲驱逐到栎城,前后已达十七年之久。

却说郑厉公早年颇有作为,在郑人心中素有威望,进城之时,城中百姓皆夹道相迎,欢呼不已。但见人山人海,填街塞巷。宾须无感慨道:"郑人盼子突,如大旱之望云霓啊!"

在跪迎的人群中,有一人见郑厉公车驾将近,忽然就起身抬头,只冲着那车大笑不已。郑厉公高高俯望去,似曾相识,一时模糊,又追望一眼,瞬间大喜过望,急令喝住车马,便跳下车走过来,道:"十七年未得相见,师叔别来无恙!"那人满脸堆笑,又眼眶红润着道:"故主归来,郑国复兴有望! ——臣拜见国君!"说罢便伏地就拜。郑厉公一把扶住,携了那人之手,共乘一车而去。此人正是师叔,郑厉公首次执掌国政时曾为大夫,其人精明干练,德才兼备,对厉公忠贞不贰。后来厉公被驱逐而废,师叔于是也辞官归隐,寄情田园,历十七年,至今复出。

郑厉公车队继续前行,将近宫门,见道旁迎接者,多有朝堂之上各级官属。郑厉公不由左顾右盼,察言观色。这些官员多有忠于先君子仪者,面上皆是愤愤之色。其中尤见三人并肩而立,腰悬利刃,冷眼怒视,并不下拜。郑厉公离国多年,不能认识清楚,便问身边师叔道:"此三人是谁?"师叔答道:"原繁、公子阏、强鉏,皆子仪麾下之臣。"郑厉公听了,嘿嘿一笑,心中却暗暗道:"蝼蚁鼠辈,焉敢怒视于我! 明日之后,凡顺我者昌,凡逆我者亡!"

十七年已逝,而国君宝座始终依旧。郑厉公朝堂高坐,百官朝贺。傅瑕抢先入内清宫,将子仪的两个儿子尽皆杀之。厉公闻讯,默默无言。厉公以叔詹为复国第一功臣,加封其为正卿;赐堵叔、师叔皆为大夫。从此之后,叔詹、堵叔、师叔三人共参国政,成为厉公得力辅弼,郑人称之为"三良"。又将国中禁军尽付于堵叔统领,其他有功之士皆有封赏不提——但是很奇怪,唯有那诛杀子仪的傅瑕并未赐爵受赏。初次朝会,关于傅瑕,厉公只字未提;傅瑕在下,又惊又恨又怕,心中忐忑难安。

厉公又将千镒黄金奉与宾须无,道:"齐国相助之情,没齿难忘!"

宾须无道:"齐国相助郑伯,皆因子仪亲楚,不尊天子。愿郑伯共尊王室,以绝楚蛮,不负昔日之诺。"

厉公道:"寡人不日便遣使入临淄,请齐侯主盟,大会诸侯,共尊天子,郑国绝不负齐国!"

宾须无称善,次日便率领齐军返回临淄去了。

郑国又一场巨变始定,国中暂安。

齐宫之中,钟磬共鸣,琴瑟合奏,有歌女翩翩起舞。齐桓公大摆宴席,为宾须无洗尘庆功。但见方鼎圆簋、竹笾木豆,案上摆得满满当当,各色美味令人陶醉不已。齐桓公携众臣一同举爵,先为宾须无贺功。宾须无饮了酒,将郑国那边厉公计赚新郑的详情和盘托出,众人听得如痴如醉。

待宾须无言毕,齐桓公接着问道:"郑伯继位后为政若何?"

宾须无答道:"封叔詹为卿,封堵叔、师叔为大夫,三人共同辅政。又将遣使入齐,甘愿请盟。"

齐桓公一直惦记着那个立大功的傅瑕,问道:"傅瑕封什么官、晋什么爵?"

宾须无答未封,齐桓公一脸诧异,却见管仲冷冷一笑,道:"傅瑕必死。"

众人皆大惊。

齐桓公道:"不是傅瑕妙计,郑伯岂能踏破新郑之城!如今新君已立,正当共享富贵之时,仲父何言傅瑕必死?"

管仲道:"臣乃颍上人,郑国先君庄公及其数子,如子忽、子突、子亹、子仪等,臣皆了如指掌。新君子突乃是一代枭雄,最具庄公之风。傅瑕乃是子仪故臣,坚守大陵长达十七年之久,如今一夜之间立时反叛,可见其心反复难测,毫无臣子气节,如此之人,何以侍君?君又岂敢用之?——诸位稍待,我料不出十日,傅瑕必为子突所杀。"

众皆骇然。宁戚道:"然也。我闻子突杀伐果敢,为政苛严,当用必用,当死必死，傅瑕啊……可谓聪明反被聪明误！"

鲍叔牙愤愤道："卖主求荣之人，死何足惜！不若战死大陵，尚可青书留名。"

众多附和鲍叔牙之论。管仲微一沉吟，又道："去岁北杏之会，宋、鲁、陈、蔡、卫、郑、曹、邾、遂九国诸侯，陈、蔡、邾三国早服，卫、曹二国后来又主动请盟，余下遂、鲁、宋、郑四国，历时两年，至今先后平定！国君仁德布于四海，齐国正如红日升腾，当此之时，当遣使臣再入洛邑，再奏天子，择时择地，再会诸侯！此番一会，霸业成矣！"

堂中齐呼一阵好，一时间群情慷慨。齐桓公道："此番再会，仲父以为当与何国会盟？择于何地何时为宜？"

"国君初创霸业，当以简便为政。"管仲徐徐道，"陈、蔡、邾、曹之国，不必再会；鲁国柯地已盟，也不必再会；只需约宋、郑、卫三方大国来会，兼有洛邑王室之使，足矣。会盟之地嘛……卫国有一地方，名曰鄄，居四方道路之中，可于今年冬月，行鄄之会！国君入卫地而会盟，更有亲昵诸侯，海内一家之意！"

"善！"齐桓公大喜，与众同敬管仲一爵。饮酒毕，齐桓公呵呵乐道："寡人尚有一件大事，不曾与众卿分享——竖貂，速速呈上杏子来！——每人一盘，每盘九枚，不可多，也不可少！"

众人皆不解，争问缘由，只管仲笑而不语。齐桓公得意道："寡人北杏初会诸侯，九国之中仅来四国，四国之中又有宋国叛我而去！彼时寡人心灰意冷，以为霸业难成，立于会盟坛上暗生退意。时仲父劝寡人道：'北杏之会已会，国君已然做了盟主，天下尽知，这便是成了！'然要寡人这个盟主由虚变实，尚需一番征讨的功夫。这功夫的第一步，便是先将北杏九国诸侯一一吃掉！巧了，那时正好竖貂捧了一盘当地熟透的杏子上来——不多不少，那盘中正好九个！"齐桓公神色飞扬，做咀嚼状，接着继续乐道："就这样，仲父带着寡人将九国杏子就全部吃掉了。寡人记得咬那肥杏，如吞山河，如嚼城郭，果然奇异非常！所以故，值此平定郑国、九国归附之日，特与众卿，再品味一番那杏子！"

下面齐声拍案，喝彩不断。公孙隰朋道："妙！实在是妙！"

仲孙湫大声高喊："我看今日之宴，可取一名——九杏之宴！"众皆大笑。

宾须无看着默默的管仲,心中暗暗道:"管相之谋,百不失一,从此齐国必将天下无敌!"

竖貂进来,将一盘又一盘杏子呈上。琴瑟又起,歌舞再兴,一片欢声笑语中,齐宫君臣都认认真真地吃起杏子来。但见个个憨态可掬,如吃天宫王母宴上的蟠桃,人人都生怕漏咬了一口!管仲终于忍不住,仰头纵声一笑,大乐道:"杏得一国君臣如此而食,可谓旷古绝今第一奇闻了!杏,可以不枉此生了……"

庭中大槐树下,浓荫碎了满满一地,但见一席一案,酒肉狼藉,傅瑕独自一人闷闷而饮,已经醉了七八分了。郑厉公已继位多日,大肆提拔心腹,他自认乃是助厉公登上国君宝座的第一人,然而莫说赐爵,就连金帛赏赐也是丝毫也无,只被冷冰冰闲置家中。傅瑕郁闷难排,愤愤不平,于是抱着酒缸,醉生梦死,一边豪饮一边狂道:"姬突啊姬突,你做了郑国国君,怎么……怎么把我忘了呢?"

"我岂能忘了你傅瑕啊!"一声厉喝传来。傅瑕一惊,回首望去,却见家门已被冲破,两队威猛的甲兵手操长戈,鱼贯而入,正中簇拥一人,正是郑厉公!傅瑕陡然间酒醒,失手将酒缸掉在地上,摔了个零碎,又慌忙伏地拜道:"臣一时酒后失言,死罪……"

厉公呵呵一笑,道:"你倒是知罪!寡人登基以来,如叔詹、堵叔、师叔等皆有擢升,唯独不用你,你一定怨恨寡人——可你知道这是为什么吗?"

傅瑕伏在地上,满身酒气,头也不敢抬,低声道:"臣不敢,臣……不知。"

厉公转眼大怒,厉声喝道:"你坚守大陵十七年,兢兢业业以拒寡人,对旧君不可谓不忠!然而仅仅一夜之间,你便倒戈相向,复为寡人所用而弑杀故主,如此贪生怕死、心机叵测的无节之臣,寡人要你何用?——我当为子仪报仇!"言罢,两名武士一拥而上,一把寒光闪闪的大刀就架在傅瑕脖子上。

傅瑕霎时变色,魂飞魄散,忽然就抬头大呼:"且慢!"接着一声长长的冷笑,道:"兔死狗烹,功成乃诛,国君真乃一代奸雄!请问国君,我妻子儿女尚在栎城,我死之后,他们如何?"

"他们皆是无罪之人,寡人自会养之。你安心走吧。"郑厉公言讫,就拂袖而去了。

傅瑕闻言,心中稍稍有一丝安慰。傅瑕举目,从槐树枝叶丛中向高远的蓝天望去,但见苍穹浩渺,白云如烟。傅瑕一下子似乎望见了故主子仪,记得破城之日,傅瑕于城墙之上亲手将子仪刺死,彼时子仪道:"我那二哥……世之奸雄,恩怨必报,你……你抗栎城十七年在前,又杀故主而取媚于后,哼哼……待入城之后,你……你必为二哥所杀……"此言如昨,犹响彻耳边。傅瑕深深一叹,双目落泪,低低道:"早知今日,何必当初!"言罢默默闭眼,世界转瞬间陷入一片黑暗。武士手起刀落,一颗血淋淋的人头就滚到了槐树跟前……

傅瑕被诛,满朝震惊。众人皆知,重掌权柄的厉公要大开杀戒,清理政敌了。其中,十七年前与祭仲一起将厉公驱逐到栎城的旧臣,今朝诽谤新君、依旧对子仪忠心耿耿的老臣,可谓个个惊惧不已。新郑城里人人自危,陷入一片惶恐之中。

公子阏是当年的祭仲死党,见情形不对,于是以打猎为名,欲要出城逃去;车马刚刚赶到东门,便被宫中禁卫追上拿下——当众宣读其十七年前逐君之罪,被斩于城门之前。翌日,早在地底下长眠了两年的祭仲被掘墓挖出,先是鞭尸,之后挫骨扬灰,东南西北四处抛撒,令他魂飞魄散,永世不得超生。可叹祭仲生前权势滔天,死后也是不得安宁,连最后的一具腐尸朽骨也是荡然无存!而当日深夜,同样参与了逐君的公父定叔以夜幕为掩护,侥幸逃出新郑,一路奔卫国去了。老臣原繁,对子仪多有赞誉之词,对厉公多有诽谤之意,今见厉公杀心大起,刀刀见血,便惶恐难安,于是主动上书,称病告老还乡。厉公不允,又遣人连连登门责问。原繁已知在劫难逃,不几日后于深夜间,梁上悬一麻绳,自缢而亡了。

另有一人,名叫强鉏,这日,跌跌撞撞直闯入叔詹府上,涕泪交流道:"叔詹大人救命!我乃子仪忠贞旧臣,朝堂之上也曾公然呵斥厉公杀弟谋国,如今众人皆被赐死,我也行将做鬼……大人,大人救我!"言毕,跪拜不已。叔詹将之扶起,脸上尽是忧郁之色,胸中可谓五内俱焚。厉公继位以来,大肆杀戮,铲除异己,一帮老臣死的死,逃的逃,令朝野上下杯弓蛇影,风声鹤唳。这位新国君雄则雄矣,只是杀心过重,操之过急,同时刚愎自用,铁腕独断,容不得丝毫异见。叔詹对此颇有看法,又想到自己是子仪老臣中唯一得到擢升的，厉公是诚心重用，还是别有算计呢？……想到这里，叔詹不由脊背发凉，觉得自己必须出手了，救人便是救己，当下对强鉏道："你且待在我府上，我这就去面见国君。"

半晌后，叔詹归来，俊美的脸上仿佛蒙了一层灰，整个人昏沉沉的，三魂尚在，七魄已丢。面对叔詹的求情，厉公痛斥强鉏之罪，言道其罪必诛；然而只因叔詹在国中树大根深，颇具威望，为百官之首，"三良"之一，看着这个情面，厉公又妥协道："詹卿来求情，寡人当有所赦——强鉏免死，保其爵禄，刖其双足！"叔詹无奈，只好灰溜溜返回。想着虽然双足被斩，好歹是保住了一条性命，不知当喜还是当忧！叔詹缓缓行至府内堂中，望着案边焦灼不堪的强鉏，无力道："国君免你死罪……"而后拉着强鉏的手，深情地望着强鉏膝下踩在蒲席上的穿着粗布白袜的那一双好足，不由长长一声叹息。堂外庭院平整，有两株大树，几丛翠竹，一条甬道直通门外的美好人间。叔詹拉着强鉏就向外面的阳光下走去，边走边摇头道："出去走走吧，以后就没有机会了……"

傅瑕被杀，公子阏被斩，公父定叔被逼出走卫国，原繁自缢身亡，强鉏被刖双足，一番腥风血雨后，郑厉公稳坐郑国宝座，志得意满，刹那间觉得自己仿佛就是当年的"小霸"郑庄公。这日早朝，众臣俯拜，厉公道："内政已定。如今齐国奉天子令而盟会诸侯，已成霸主之势。寡人继位，亦得齐国鼎力相助。堵叔何在？——命你为使，前往临淄，寡人愿意与齐结盟，尊齐为霸。请齐侯定下会盟之期，寡人当亲赴请盟。"

"诺！"堵叔得令，次日后便率领使团，奔赴齐国去了。

第十一章　桓公始霸

　　奉郑厉公之命,堵叔为使来到临淄,请求与齐会盟之期。齐桓公心中早有主意,按照管仲已经拟定好的,约以今年冬月,于卫国之鄄地,齐、宋、郑、卫四国一会。堵叔得令,欣然而归。

　　堵叔去后,管仲又命公孙隰朋出使洛邑,上奏天子,并请王室共赴鄄地之会。不想公孙隰朋去后,管仲连日来一直忧心忡忡。齐桓公迷惑不解,道:"仲父何故忧虑?——乃是担心天子不赴鄄地之会吗?仲父运筹帷幄,呕心沥血,一会于北杏,再会于柯地,先后破遂、降鲁、平宋、定郑,上尊周王,下抚诸侯,恩威布于四海,列国陆续归齐。今冬鄄地会盟,不过瓜熟蒂落、水到渠成而已!假使王室不至,天子不来,又有何妨?……哈哈,仲父何忧?"

　　管仲应道:"鄄之会,我料王室必到。我所虑者,不是来不来的问题,而是来了做什么的问题。国君欲图霸业,必行大道!倘若王室赴会,带来了册封国君为伯的天子之令,如此,鄄地会盟方才称得功成圆满!——此乃臣心中所虑之事,也是臣命公孙隰朋出使洛邑之关键所在。"

　　齐桓公恍悟,当下不知道该说什么,只悠悠叹道:"仲父远谋,小白浅见啊……"

　　洛水悠悠,一路蜿蜒东去,直入黄河。在洛水北岸,有一块远远近近被邙山、崤山、熊耳山、嵩山东西南北四面合围起的美丽盆地，有嘉名曰洛阳，乃是一片山环水抱、土地肥沃、物产丰富、人杰地灵的四塞之国，洛邑王城便坐落在这里。但不知何故，却说周室自关中的镐京东迁洛邑之后，天子王气反而不怎么钟爱于周了。当年无限风流的文王武王的后裔迁居此地后，可谓一代不如一代，仿佛江河东去，日日向下，直至被汪洋大海彻底吞没。莫非时也？势也？

笔直的官道上，一辆华贵的青铜轺车自东而来，缓缓驶入王城的大门。

宫中顿时焦躁起来，不停地传报，道是齐国使臣——大名鼎鼎的公孙隰朋前来觐见。周釐王大喜，忙整理衣冠，于朝堂中予以隆重接见。周釐王继位之后，齐桓公作为当今天下第一人物，几年之中可谓翻江倒海，独领风骚，天下几大诸侯如郑、卫、宋、鲁等无不以齐国马首是瞻！最为重要的是，齐桓公始终高扬尊王大旗，统率海内诸侯，群向周王俯首，于是天下再度知道有周——东周大乱局下，周天子因为齐桓公的庇护，终于又找到了一种神圣存在的尊严和脸面。要知道，自平王东迁洛邑以来，这种尊严和脸面只有到了釐王这一代，才刚刚捡了起来；先前历平王、桓王、庄王三代将近百年，皆是天子颜面扫地殆尽，不过苟安而已。所以，这一代天子周釐王对齐桓公却有着一种奇怪的感激之情——可谓本末倒置，这原本是根本不可能的！

公孙隰朋上殿，行了君臣大礼。周釐王受礼之后，赐席。公孙隰朋称谢，入席道："臣奉齐侯之命，朝拜天子。今年冬月，齐侯将与诸侯会于鄄地，此皆赖天子洪福所至，齐侯叩首万谢！"

周釐王开怀一笑，道："周室天下，诸侯无尽，最知朕者，莫过于齐侯也！——还望齐侯一如既往尊王，为天下列国立个楷模。"

公孙隰朋道："昔日齐侯奉天子命，大会诸侯于北杏。其中如鲁、卫、郑、曹、遂五国皆是不奉王令、不来盟会者，齐侯皆一一讨之，使天下皆知尊王是何物。另有宋国结盟后又背盟，齐侯又发兵定之。再如郑国俯首蛮楚，不敬王室，乃大逆不道之罪，齐侯便废其国君而改立子突——普天之下凡不奉天子者，齐侯皆为天子讨伐之！齐侯尊王，矢志不移，我王何必多虑？"

一番话说得周釐王胸中暖烘烘的，乐道："朕得齐侯，可以高枕无忧了！齐使啊，朕得赏赐些什么给齐侯呢？"

"齐侯所作所为,不过行臣子之道而已,何敢贪图赏赐?"公孙隰朋说着,眼睛乌溜溜一转,沉默片刻,便又狠狠抬高嗓门道,"我王真要赏赐,只需赐一个字便可!"

殿上众臣如周公等皆是一怔,周釐王依旧笑着道:"一个字?……好啊! 齐侯想要赏一个什么字呢?"

"伯!——"公孙隰朋也当仁不让,大声响亮应道。

伯者,霸也。彼时春秋时期,"伯"是一个敏感而耀眼的字眼。血亲兄弟之序,有伯、仲、叔、季之别,伯是老大,仲是第二,叔是第三,季是最小,所以诸侯敢于称伯尊大者,便是海内带头大哥,便是天下霸主。

殿上顿时鸦雀无声,气氛陷入一片尴尬之中。周釐王止住笑容,心中暗暗道:"好一个聪明而狂野的齐侯啊……"又想到无论天子赐不赐伯,齐侯称霸业之势已不可逆转,身为天子为什么不做个顺水人情呢? 何况周室日衰,天子除了赐一个字还能做些什么呢? 况齐侯尊王而图伯,不正是渴而得饮,天子所最需要的吗? 赐齐侯为伯,难保天下诸侯不会群起而争伯,如此赐字之手亦是权柄之手,周天子岂非要再度掌控天下了? ……周釐王一时又想得美滋滋的,重重道:"朕便将这个字赐予齐侯。鄄之会,天子之使必到!"

公孙隰朋又惊又喜,伏地拜道:"我王英明! 臣俯首谢恩!"

风萧萧兮,云惨惨兮,冬月天寒,无雪有风。苍茫辽阔的大地上,衰草连天,黄叶翻飞,被西风吹起的黄尘一阵又一阵地席卷着卫国的官道。虽然万物凋敝,生机毫无,却见大道旁边的老树粗枝硬杈,如箭如戟,傲立风中,战天斗地。

数不尽的铜马车刚刚从这条官道上过去。又许久后,但见尘烟之中,又有一辆来自洛邑的车驾,正冒着风寒,急急忙忙沿着这条道路赶往鄄地——车上之人,正是衣冠楚楚的天子使臣、大夫单伯。

鄄之地,位于卫国东部,其地有鄄邑小城,居齐国、宋国、卫国、郑国及洛邑之中,几方人马于此相聚,彼此皆较为便利。单伯是最后一个赶来的,却早被接入城中。却说单伯入城,抬头一望,但见风尘仆仆来迎者,乃是齐桓公小白、宋桓公御说、卫惠公朔、郑厉公突——皆是最近几年新兴骤起的风流人物,且清一色都是周王室身边最为重要的大国近邻,这几个人聚在一起,天下大事,足可一拍而定!其余方国,孰敢言不!——单伯兴奋之余,心中却是沉甸甸的。周釐王之所以派单伯前来,乃是因为周庄王四年,公元前693年,王姬下嫁齐襄公时,护送王姬入齐者,乃是单伯;至周釐王二年,公元前680年,齐桓公率军讨伐宋国,当时受天子命而统领王师助阵者,也是单伯。由此可见,此番鄄之会,周釐王乃是有意令单伯为使,可谓用心良苦啊。

是日,吉时已到。鄄邑城中一座高台上,铜钟大鼓分列左右,中间香案上陈设着一溜儿的方鼎圆簋,十分庄严。另有五色旌旗遍插四周,于朔风中飘得欢畅。天寒地冻,直欲呵气成冰。齐侯小白、宋公御说、卫侯子朔、郑伯子突先后前来,相携登坛;周天子之使单伯也如期而至。五人各穿裘服,外罩披风,口中吐着白烟,互相拱手行礼。

其他如管仲、鲍叔牙等齐国及他国的随行官员也纷纷各就各位。

管仲担任司盟官,高高立于台上,列国随行人员皆列于台下。香案前,齐桓公先道:"应宋公、卫侯、郑伯屡屡相请,小白不敢推辞,故于今日,于鄄地,齐、宋、卫、郑四国一会。幸有天子之使亦到,小白不胜欣慰之至!"

郑厉公接着大声道:"会必有盟,盟必有主。请齐侯执牛耳。"宋公、卫侯也相继请齐桓公执耳,单伯也道:"天下盟主,非齐侯莫属!"

齐桓公一拱手,便不再多言。于是台下易牙杀了牛,齐桓公先执了牛耳,又先歃了血;之后宋桓公、卫惠公、郑厉公一一歃血毕。

管仲高声朗读盟辞,道:"辛丑年冬月朔日,齐小白、宋御说、卫子朔、郑子突,共会于鄄地,公推齐小白为伯,歃血而盟。凡我同盟之人,第一共尊天子,共奖王室;第二养孤老,食常疾,收孤寡;第三列国之有纷争,报盟主公裁之。盟约如山,天地共鉴!凡有败约者,神明不佑,列国共讨!"

几国国君齐声道:"谨遵命。"

盟毕,但见单伯挺身而出,又道:"我奉王命,前来观会。今有天子册封诏书在此,布于天下。"四国之君于是一齐躬身,拜而听命。

西风凛冽,旌旗四扬,管仲的黑须不停地被风卷起。管仲心潮澎湃,举目望去,但见单伯手执诏书,朗声诵道:"方今天下,礼坏乐崩,王纲失序,四方大乱。郑庄公射王于北,楚熊通僭越于南,周室社稷,倾颓之危,朕每每思虑至此,肝魂俱碎。幸有齐侯小白,尊天子于艰危,申大义于天下,有平乱鼎定之功,具领袖万邦之能,朕心甚慰。今特册封齐小白为诸侯之伯,以彰其德!愿勤勉忠君,勿负朕心。"

周天子这道诏书,如同寒冬里一股强劲的暖流袭来,令在场众人无不浑身一颤,热血翻涌起来。齐桓公大喜,高声道:"臣小白,领旨谢恩。"宋桓公、卫惠公二人慌忙称贺不已,心中却是满满的羡慕嫉妒恨,又一片酸溜溜地无可奈何。唯郑厉公老辣沉稳,面色如故,瞧不出丝毫的神情波动,也并未发声向齐桓公称贺,心中却暗暗道:"齐侯尊王而图霸,乃是当今天下第一妙策啊,我当借用之……"

台下,鲍叔牙、公孙隰朋、王子城父等昂首挺胸,率领各国官员齐声道贺:"恭贺齐侯称伯!"一刹那间,群情激昂,声如震雷,裹挟着寒风卷地而起,直冲云霄而去。

齐桓公终于为霸!时周釐王二年冬,公元前680年事。《史记》曰:"诸侯会桓公于鄄,而桓公于是始霸焉。"

管仲见状,微微一笑;朔风呼啸,山呼声中,一条新的谋略瞬间涌上心头……

鄄地会盟之后,宋国、卫国、郑国先后辞去,单伯也返回洛邑去了。

齐桓公、管仲一行也缓缓向临淄归去。不日寒风骤停,天色放晴,刚刚做了霸主的齐桓公心情大好,管仲等随行之臣也是个个喜气洋洋。车马进入齐境后不久,便在大道边上一处小山坡下扎营,修整一番再走不迟。

却说离此营地五里之外,有一处市井——原本是齐国官道之旁一片草木横生的蛮荒之地,后来因管相推行新政,有四海通商令,按照"国都之外每隔一百五十里,设市井一处"的要求而建,乃是从西方进入齐国的第一座市井,设立至今已四年有余了。又因为此处市井旁边有一株百余年的老槐树,高十余丈,形如巨盖,每年春天满树槐花如雪,香飘十里,令人惊叹,成为当地民间的一道奇观,所以这个市井又被俗称为"槐市"。军营安顿好后,齐桓公叫上管仲与鲍叔牙,三人乔装改扮,皆穿民间布衣,共乘一辆二马小车,往槐市一游。

赶至那株大槐树下,三人下车,鲍叔牙将车马系好。但见槐市宽阔的大门口车水马龙,行人熙攘。人们拱手行揖礼,彼此诉说着什么;人影幢幢中,有一胖一瘦似是老相识,胖子扯着嗓门道:"用我的旄裘换你的犀角怎么样?"

瘦子摇头笑道:"我国人要你的旄裘有何用? 倒是我的犀角甚得你国公卿喜爱! ——嘿嘿,你想得美!"

胖子上前便拉着瘦子的衣袖道:"我店中还有许多宝贝,你且来看看。"说着两人就钻入市井中去了。

齐桓公问道:"这二人不是齐国人?"

鲍叔牙道:"不是。胖的不是晋国人就是燕国人,那瘦子必是楚国人。"

齐桓公不解道:"何以见得?"

鲍叔牙答道:"旄裘,皮毛御寒之物,所出之国,非晋即燕;而犀角天下少见,唯南方楚国才有。"

齐桓公恍悟,叹道:"原来如此啊。"

正说间,又见一行壮观的商队风尘仆仆而来,随行有十余人,有马车五辆,载货颇丰。领头有二人,一个道:"大哥,众人皆已疲惫不堪,不如到槐市中歇息片刻,吃些饭食再走。"另外一人应道:"赶路要紧,不可耽搁。前方不足十里,便是驿站。我等驾五车货而入齐,自有饮食供应,且有五人加以侍奉,那才叫舒服啊! 加一把劲儿,快走!"

此话齐桓公听得真切,举目望着他们远去,面有迷茫之色。鲍叔牙在侧,笑着道:"依管相四海通商之令,齐国要道每隔三十里,便专为各国商旅设驿站一座——凡载一乘货物入齐者,供奉饮食;凡载三乘货物入齐者,加奉牲畜草料;凡载五乘货物入齐者,再加派五个齐人侍奉着;所以那人要急着向驿站赶去。呵呵呵呵……如此厚待,普天之下,唯我齐国! 所以海内行商便如潮水一般,争先向齐涌来。"

"仲父妙算,寡人今日要开眼界了!"齐桓公一叹,微笑着点了点头,然后就携着管仲和鲍叔牙向槐市中走去。

市井喧嚣,人来人往,多有摩肩接踵者。管仲一边走,一边回齐桓公道:"此皆百姓之功,臣不过顺势而为,何足挂齿。"

齐桓公迈着步,似乎想到了什么,缓缓道:"昔日寡人曾问仲父道,齐国自太公以来,颇重工商,虽然齐国冠带衣履甲天下,然而其他如皮毛、骨器、象牙、筋、角、锡、美羽、珠玑、丹砂等物,却是十分匮乏,该当何如? 仲父道,此等之物齐国不产,皆出他国,只能通过商人运到齐国来。寡人又道,如何才能使天下的商人都来齐国呢?仲父道,家有梧桐,凤凰自来。齐可制定优商、惠商、利商之策,使天下人尽知来齐国行商,有利可图,有财可发,则商旅们必定蜂拥而至,不请自来;于是便有了后来的四海通商令。今来槐市一观,始知仲父所言,真实非虚!"

三人边走边看,但见这个市井虽然不在国都之中,却也是店铺林立,商品琳琅,当时周室天下之物,几乎无所不备。喧闹声中,鲍叔牙接着齐桓公的话,指着身边一排一排热闹的商家,道:"北方晋燕一带的旃裘、筋角、木材、枣粟、马、羊、旌;南方楚国一带的竹、锡、果品、花木、犀牛、珠玑;西南巴蜀的丹砂、姜、铜、铁、竹木之器;中原河洛的稼穑、五谷、桑麻、六畜;还有我们齐国的鱼、盐、丝、帛、漆器、铜器等,这个边境之市应有尽有。齐国商业之繁荣盛况,令臣这个老商旅也觉得不可思议啊!"

齐桓公不由一笑:"鲍师傅真是行家,这些东西眼花缭乱,很多寡人都不认得——也难怪,行商乃是鲍师傅的看家本领,寡人知道鲍师傅与仲父早年结伴为贾,对这市井之物自然万分熟悉。"

"是的。只是臣只知道商人,而管相却知道商业;臣只知道一人之商,而管相却知道天下之商。"鲍叔牙道,轻描淡写之中暗藏无限深意。

齐桓公一怔,驻了脚,望着管仲道:"齐国商业之盛,齐国财富之巨,孰国可抗?周天子也不及。此皆是仲父之功!"

"非也。"管仲道,"臣起于山野草莽,早年与鲍叔共贾,风餐露宿,饱尝艰辛,虽未得发迹,然却早知商为何物。人之嗜欲,皆自天生,人之好财,本性俱来。何以平其欲而得其财? 非商不可! 所以城门洞开,熙熙攘攘;荒野兽径,行旅无止——此乃人性之道,如流水趋下,日夜无休时,不召而自来,其中自有无穷之伟力。智者洞悉入微,顺势而用,小则可以富家,中则可以富国,大则可以富天下。人性之力,山岳可移,民心之能,不可穷尽,此绝非一人一能可以比抗。所以故,齐国之富乃是不可胜数的齐人艰辛劳作的产物,非夷吾一人可为。为人君者,必以民为本,如此方可高瞻远瞩,永立于不败之地。"

"小白谨遵仲父教诲。"

　　三人信步闲游，边走边看。忽然闹市正中、官署堂前，黑压压众人围观如堵。有官员怒喝之声传来："乌有行商不正，私自于盐中掺杂沙土碎石等物，依律处以扑罚之刑——推出去，抽三十鞭子！"话音刚落，又有一个年轻的声音求饶道："小人孤苦无依，只想赚两个钱孝敬老娘，大人饶命啊！"——那声音乞求了一阵，眼看无用，就又扯着嗓门大哭道："同乡！同乡救救我！"

　　时市官正在执行公务，齐桓公与管鲍也混入人群中一观。他三人皆穿民间便装，所以一时也无人认得出来。管仲治下，齐国乡野之间到处都有市井，而每一处市井中都设有市官予以管理。这些官员以司市为首，另有胥师、贾师各一。胥师管理市场，负责刑罚和禁令，处理诉讼纠纷等；贾师主要管理各色商品，以确保货真价实，买卖公平。另有负责契券文书的质人、负责税收事务的廛人、负责维持治安的胥人等若干。市井之中都建有一座候馆，候馆多是高楼，便于瞭望，乃是这些官员的办公所在。今日槐市中因为许国一个叫乌有的商人私自于食盐中掺假，以次充好，谋图暴利而被贾师查出，于是司市依法而当众惩处，只是不巧被暗访的国君撞上了。

　　却说那乌有只是一个二十出头的年轻人，眼看将被鞭打行刑，无奈间只好大呼"同乡"。管仲顺着他的声音望去，见静观的人群中，最前面一个五旬上下、穿着缁布棉袍的异国他乡之人哀叹连连，急得团团乱转；想来这人便是"同乡"了。"同乡"惶惶不安，无意间将头扭过来，眼光就与管仲正面碰了一下，这一碰又惊又喜又似乎带着三分恐惧。"同乡"将管仲瞧了个遍，又将齐桓公与鲍叔牙也打量了个够，这当儿，眼看执鞭的胥人就要将嗷嗷乱叫的乌有拖下去行刑了，"同乡"忽然就冲着司市大喊道："住手！乌有当免刑！——市刑有法：国君过市则刑人赦！"

　　这一声喊石破天惊！司市、胥师、贾师等皆是目瞪口呆，围观众人也是一片惊骇，但见这个"同乡"抖擞精神，从人群中穿过，直来到齐桓公面前，伏地就拜："他乡野民，拜见齐侯！拜见管相、鲍卿！"

　　齐桓公微微一惊，问道："你是何人，可是认得寡人？"

　　"回齐侯：我乃许国商人漆白子，那是我同乡之人乌有。小人并不认得齐侯，但小人认得齐国相国管仲、齐国大司商鲍叔牙。但见此二人并立在侧，拥护之人华贵非凡，如坐云端——必是齐侯无疑！”漆白子道。

齐桓公哈哈大笑：“管相国、鲍师傅，原来是你们的老朋友啊。”

齐桓公一笑，慌得司市率领身边官员齐来伏拜国君，诚惶诚恐，不可名状。在场的百姓商家、各国行人也齐声来拜，一时山呼，遍地沸腾。齐桓公令众人起身。此时鲍叔牙如梦初醒，高兴道：“想起来了，你是漆白子！漆白子啊，数年不见，你可好啊！”

管仲也想起来了，微微一笑。周桓王二十二年，公元前 698 年，宋国攻伐郑国之时，管仲与鲍氏三兄弟到新郑贩粮，曾与许国商人漆白子、鲁国商人高武子共同在郊外躲避战乱。后来管仲大婚时，漆白子与高武子还曾同到临淄来贺。当下三个昔日难友免不得嘘寒问暖，十分欢喜。

乌有见状，也慌忙爬过来求情。齐桓公问道：“这个许国乌有，犯了何事？”

司市躬身道：“臣奉国命，管治槐市。乌有在齐国、许国之间，多年以贩盐为生。其人奸诈不诚，贪财好利，去年便曾在盐中掺假，当时臣等依律行事，将其罪状悬于木板，以示惩戒。不想今年又犯，作假更甚，依齐国市刑，‘小刑宪罚，中刑徇罚，大刑扑罚’，故以扑罚处之，鞭三十。”——其中宪罚便是公示罪状，徇罚便是当众游街，而扑罚则是用鞭子抽打。

齐桓公瞧一眼鲍叔牙：“鲍师傅，你是寡人的大谏官，也是管相举荐、统辖齐国商务的大司商，依你看，此事该当如何？”

“禀国君，司市秉公执法，并无丝毫不妥。”鲍叔牙道，又喝问趴在地上的乌有，“乌有，司市所言是否属实？你可愿认罪服法？”

“小人认罪，理应扑罚，只是……只是……”乌有说着，满脸抽搐之状，仿佛鞭子已经打在身上——当是一个惧疼怕死的主儿，拿求救的眼光直勾勾望着漆白子。

漆白子拱手道：“乌有之罪属实不虚，司市惩戒并无不妥。不过这孩子并无大恶，只是投机取巧之心太重，我们结伴行商，我已多次劝阻于他……此外……此外天幸齐侯今日驾临槐市，乌有合当免刑！齐侯仁泽，广布四海！”

乌有的确有罪，然而国君临市是否可以赦免，齐桓公心中一时拿不定主意，此等市井间之微末小法，他心中的确一片茫然，当下默默不语，只向管仲望去。管仲会意，朗朗道："'国君过市，则刑人赦；夫人过市，罚一幂；世子过市，罚一帟；命夫过市，罚一盖；命妇过市，罚一帷。'——此为齐国市井之法，亦是我朝周公礼法，凡入齐境之人，无不守之！今日国君驾临槐市，乌有之扑罚，自然可以赦免！……不过，乌有掺假之盐需在槐市之中清理干净，待贾师验收合格后，方可以再流通于市井之中。"

围观众人皆无言，一时默默。

乌有伏地大哭道："谢齐侯隆恩！谢苍天眷顾之情！"——此言一出，周围观众顿时群呼起"好"来，叽叽喳喳都道齐桓公如何如何恩德。齐桓公当即满脸堆笑，十分开怀。

司市、胥师、贾师不约而同道："诺。"须臾后，三人依管仲之言便将此案了结，众人也都纷纷散去了。

齐桓公、管仲、鲍叔牙相携而行，又入候馆之中查看。司市将槐市几年来的商情政务——道来。将近午饭时候，漆白子领着乌有，进献了一顿颇具当地风情的美食。齐桓公也乐得与民同欢，于是候馆内，因为乌有假盐风波而结缘的十余人共聚一堂，举爵共饮，倒也其乐融融，别有一番滋味。

因管仲行四海通商令，齐国工商业仿佛一夜之间迅猛爆发，天下财货如潮水一般涌向齐国，自然也缔造出无数的富商来。饮宴间，管仲问道："市井之货万万千千，何物盈利最多？"

"盐！"漆白子与乌有异口同声道。漆白子接着侃侃而谈："盐者，上达天子，下至庶民，日日所用，无人不需。此寻常难以入眼之物，却是获利最丰。然而普天之下，只有齐国推行官山海之策，也唯有齐国方才拥有巨大的盐业生意可做，于是近几年间，中原一带如许国、宋国、郑国、卫国等一大批商贾纷纷转行，入齐专以贩盐为生。实不相瞒，小人与乌有常年也是来到齐国购盐，再运回许国卖掉的，盐啊，乃我等衣食父母啊。"漆白子说着，忽然一笑，又道："管相不知，只因管相的官山海令，天下才生出许多的盐商来，无数百姓因盐而富，所以，民间如我等之众，皆称管相为盐宗,皆拜管相为盐神啊!"

"盐神!"齐桓公望着管仲,哈哈大笑不已。平实而论,管仲实乃中华史册上盐铁法第一人,难怪乎民间尊之为神! 齐桓公乘兴脱口道:"盐神寡人已知,那么当今天下,谁是贩盐的第一豪富?"

"鲍季牙。"漆白子与乌有又是异口同声道。鲍季牙乃是鲍叔牙的四弟,鲍氏举家迁至临淄后,精明的鲍季牙便专做起盐业生意,未几年,便成为天下盐商第一人。鲍叔牙当下道:"齐国国门大开,凡天下人皆可入齐发财。今国君在上,尔等可曾听闻那鲍季牙有不尊市井之法,唯利是图、舞弊作乱之事?"

"绝无!"乌有抢道,"鲍季牙乃是我们盐界带头守法、诚信为本的第一楷模,我甚是尊重仰慕啊!"

司市道:"鲍季牙诚信如斯,绝非虚言。臣闻鲍季牙曾言道,正因其兄乃是齐国大司商,鲍氏更应带头守法,不给哥哥脸上抹黑。此亦是我们市井商界中一段美谈。"

齐桓公叹道:"寡人今日方知,仲父何以令鲍师傅担任大司商了!"

鲍叔牙道:"臣出身市井,深知商贾艰辛。如今幸而为齐国司商,敢不秉公执法? 臣弟若果有其罪,臣绝不敢因私而废公!"

"鲍师傅当满饮一爵,请——"齐桓公说着,众人随之皆举爵共饮。

一爵酒落肚,满腹暖洋洋的。管仲瞧着漆白子,若有所思,又问道:"尔等千里迢迢入齐,我齐国唯恐礼遇不周——列国商人在齐国可有什么不满意之处?"

"有,有!"乌有又抢道,"管相新政重商,每一百五十里置市井,每三十里设驿站,人供饮食,马供草料,货物多者还赠有仆人侍奉,如此好事,也只有齐国有! 所以大家争先恐后,蜂拥而来。只是……只是……这日子久了……"乌有说着,忽然脸红起来,笑嘻嘻道:"商人常年在外,甚是枯燥苦闷,常常一年半载,连个女人的手也不得碰上一下……"

满堂哄笑。鲍叔牙大乐道:"这孩子,想榻上的老婆啦!"

齐桓公忽然大惊,茫然暗自叹道:"寡人岂可无一日不近女色! 商贾亦人,怎可如此乏味?"

管仲沉默半晌，开口道："齐国自有美人可拥，歌舞可娱，尔等商旅尽可以开怀常住。"乌有听了，满脸神往但又不知所云，但见管仲又道："除长夜难耐之外，可是还有什么难处？"

漆白子一拱手，道："漆白子有一言，进献管相。大周天下，邦国众多。国与国之间皆设关税，小者百取二三，大者百取七八，各自为营，彼此攀高。此举于我等四海奔走之人，无异于过关斩将，壁垒重重。管相乾坤巨匠，齐侯天下方伯，倘若可以统领诸侯，统一关税，无论与国与家，与己与人，与己国与他国与天下，皆是无量功德！"

管仲听了，连点了三下头，陷入沉思之中。半晌后，管仲面齐桓公道："国君，臣拟于临淄城中置女闾七百，便于列国客商及时行乐，并征其夜合之资，以充国库。另于城西雍门内外设民乐一处，广集四海歌女乐人，共相娱乐。如此美人、美乐盈盈不绝，国都临淄便是满城春色，天下人皆陶醉于其中矣。"齐桓公自然允准——所谓女闾，便是妓女。不久齐国便率先开了妓院，置妓女七百，并第一个征收皮肉之税。管仲女闾行乐及雍门卖唱之策，极大地刺激了当地的娱乐业，使得临淄城慢慢变作天下人竞相流连忘返的温柔富贵之乡。商业越来越繁盛，人口越来越众多，临淄大兴，齐国巨富。

解决了年轻人乌有的问题，管仲又瞟了一眼漆白子，再禀齐桓公道："漆白子所言，臣也早有计较。如今国君已然做了天子册封的方伯，臣的主意就可以马上实施了。列国之间降低市税，统一关税，互惠互利，天下共富的大好局面，指日可待！漆白子勿急，这一天不远了。"

管仲虽然没有详细明说，但在座之众却无一丝一毫怀疑之心。漆白子、乌有及几个市官，先后道："果如此，天下商人皆得绵绵福泽！"

…………

别了槐市小宴，又行宫中大宴。却说齐桓公从槐市返回营中，车马启程，不日后进入临淄。鄄地一会，桓公始霸，故而于宫中设宴，大会群臣以贺。齐桓公居中高坐，管仲、鲍叔牙、公孙隰朋、王子城父、宾须无、宁戚、东郭牙、仲孙湫、雍廪等国中重臣分列左右,殿堂辉煌,欢声笑语,洋洋喜气,绕梁不绝。竖貂吩咐乐工,先鼓瑟,唱《鹿鸣》《四牡》《皇皇者华》;又吹笙,调寄《南陔》《白华》《华黍》。易牙治席,每人案上美食,前后分列四行,摆得满满当当,有七鼎、六簋、八豆、九俎,其中牛、羊、猪、鱼、腊、肠胃以及羹汤、蘸酱、蔬菜、果品等,无有不备;鱼和腊肉且是干、鲜各一。爵中所饮,也是桓公亲赐的上好的清酒。一时间钟鸣鼎食,觥筹交错,满堂皆欢,齐自太公立国至今,三四百年间,很久没有像今天这样令人振奋了!

仲孙湫笑吟吟地挺身高声道:"我等臣子当一同举爵,共贺国君为霸!"

众臣皆附和,皆举爵,满堂皆是道贺之声。齐桓公却微微一笑,摇头道:"此一爵酒,寡人不当饮。寡人能有今日,自当先谢一人。"说着便端着酒爵,走了下来。

众人都觉得管仲乃是齐国霸业的第一功臣,国君自然要先敬管仲,不想齐桓公却来到鲍叔牙面前,躬身行一大礼,道:"天下人皆知管仲之贤,却不知鲍叔能知人。想寡人继位之初,险象环生,举步维艰,是鲍师傅三让相位,三荐管仲,寡人因信鲍师傅方才得一王霸奇才!此事历历如昨,寡人毕生难忘!鲍师傅请满饮此爵。"

鲍叔牙道:"臣乃庸人,不过为国惜才而已,国君过誉了。不过——看到管相治下,齐国盛况空前,臣真是满肚欢喜啊!"言罢哈哈大笑,举爵痛饮。

齐桓公又斟一爵,走过来,敬管仲道:"昔日堂阜边城之中,仲父与寡人畅谈三天三夜,所献霸道九策,至今一一得用,齐国翻天覆地,终于为霸!仲父为相,步步为营,凡有谋划,百不失一!无仲父,则无小白!"

管仲接了,道:"臣本他国野民,半生蹉跎,一事无成,蒙国君不计射钩之仇,委臣以相国大任,此知遇之恩,臣唯有鞠躬尽瘁,报之以死!"便一饮而尽。又道:"方今宇内大乱,群雄逐鹿,齐国霸业,幸而夺得先机。然,天下之事变幻莫测,此后齐国的道路也将会更加艰难,愿国君戒骄戒躁,谨慎从之。"

"小白谨遵仲父教诲。"齐桓公躬身道。而后又举一爵酒,面群臣道:"齐有今日之盛,全赖众卿鼎力撑持!寡人江山,与众卿共享!来,我们共饮一爵同心酒!"

当下满堂齐饮,皆大笑开怀。雍廪道:"国君为伯,齐国图霸,方今天下,舍我其谁!诸公不见,齐国连山野之间的樵夫村妇,个个走起路来也是一副大丈夫模样!"

说得众人又是一阵哄堂大笑。正欢喜间,却见宁戚皱起眉头,面生忧色道:"物极乃反,乐极生悲。国君做了方伯自是可喜可贺,然而齐国由此也被推上风口浪尖,为众矢之的,嫉恨者有之,暗算者有之,明争者也必有之,我等皆当居安思危,常怀忧患,否则……"

"怕他什么!"仲孙湫打断宁戚的话,以右手指向王子城父,昂然道,"大司马的齐国新军,天下无双!盖有不服霸主者,发兵灭之!"

一阵阵附和之声此起彼伏,众皆跃跃欲试,摩拳擦掌。齐桓公似乎也酒涌心头,陡然间杀气腾腾道:"寡人有仲父奇谋,有城父雄兵,正可横扫诸侯,席卷海内!哼哼……天子早衰,天下以力强者为霸,有不服寡人者,那遂国便是榜样!"齐桓公说着就仰头狂笑起来。席间众人也被此话撩得燥热,都道:"霸主威武!"

宁戚见状,摇头不语。王子城父、公孙隰朋二人也是若有所思,默默无言。

"不可!此大谬也!"管仲忽然厉声一喝。场面顿时冻住,仿佛被冰水泼了,但见管仲慨然道:"齐国宏图霸业,唯靠武力征服,此乃大谬之论!自古成大业者,必以道德为本,武功为辅。昔日武王伐纣,一战灭商,之后刀枪入库,马放南山,兵事自废而盛世自来。周公辅政,一沐三捉发,一饭三吐哺,而海内诸侯尽皆归心。反观夏桀滥杀龙逢,商纣私斩比干,皆成亡国之君。此青史之鉴,不可不慎!国君非唯齐侯,亦是天子亲封的诸侯伯主,从此之后,当胸怀四海,仁善天下,华夏诸侯终究一家之亲,自当以和为贵;凡有纷争,首以道义化之,盟约解之,玉帛消散之;非不得已,少动兵戈,慎起战火,唯如此,方能得天下之心,方能为诸侯之伯!"

宁戚奋而拍案道:"管相之言,乃是大道之论!宁戚拜之。"

齐桓公霍然间醍醐灌顶,一拍脑门道:"寡人一时糊涂了……然而,请教仲父,寡人是否也学周武王,也刀枪入库,马放南山?"

管仲呵呵一笑:"非也!武备非但不可弃,尚需增减十倍。古来军国大事,贵在刚柔相济,皆不可偏执一端。而今日之局更有不同,海内板荡,群雄并举,欲图大业,谈何容易!为霸者,需双拳并出,一拳紧握战车兵符,而另一拳,需握天下之心。"

齐桓公怔住,问道:"天下之心何在?"

"一面大旗而已!"管仲高声道。言罢一挥手,但见公孙猿与国叔牛抬着一面卷好的赤色大旗,自堂外大步而入。众人皆茫然,都眼巴巴望着那旗。但见堂中闪烁不定的亮光下,那面大旗徐徐展开,赫然间就跳出四个浓黑雄壮的大字来——尊王攘夷!

一片唏嘘声中,管仲起身,行至那面崭新的大红大黑的大旗面前,气宇轩昂,威风凛凛,铿锵道:"方今天下大势,内忧外患而已。所谓内忧者,周室早衰,诸侯四起,礼义廉耻丧失殆尽,杀伐弑乱此起彼伏,华夏神州犹如一匹脱缰的烈马,是奔腾狂纵气绝而死,还是失足坠崖碎骨而亡,吉凶未卜,实令人愁!所谓外患者,夷狄之辈幸逢华夏内乱,趁火打劫,四方侵扰。犬戎攻破镐京,周室东迁洛邑之耻,至今历历在目;东夷、西戎、南蛮、北狄之患,群虎噬人,与日俱增,愈演愈烈,实乃亡国灭种之忧!内忧外患合一,华夏不绝如线!我辈岂能因为一城一邑之苟安,而忘却千年未遇之巨变!所以故,夷吾相齐国,辅国君,谋霸业,皆以尊王攘夷为要!——尊王者,以解内忧;攘夷者,以抗外侮!诸夏亲昵,不可弃也;戎狄豺狼,不可厌也!齐国尊天子而与诸侯相亲,海内一家,兄弟相携,共涉难关,共谋强盛!夷狄异类,非我之族,其亡华夏之心始终不死,此必灭之!齐国当倡率诸侯,与之血战,驱逐夷狄,保我故土!——此'尊王攘夷'四字,乃夷吾毕生心血所得,乃为齐国霸业之正道,乃为当今天下之病药,一旗高举,四海归顺,得之者昌,逆之者亡,此即所谓天下之心!亦臣所以报国君知遇之恩也。"

齐桓公为管仲言语所撼,热血沸腾,当下只字不语,只默默先拜了那旗,然后又拜了管仲。

鲍叔牙、王子城父、宁戚、宾须无、雍廪等,先后击掌赞道:"好旗!妙!"

公孙隰朋道:"管相励精图治,章法森严,先施新政以强齐国,继之尊王攘夷以谋天下,足见呕心沥血,所忧者深,所虑者远,我等深感钦佩。尊王攘夷大旗一出,齐国便不仅仅是齐国了,齐国便是整个天下!"

"大司行所言甚是。"管仲接住话,忽然间又想起一件事情,就继续道,"我另有一策:鄄地之会,余温犹在,国君当乘此东风,以盟主之尊再发号令,约以明年春月,齐、宋、卫、郑四国于鄄地再会!彼时打出尊王攘夷之旗,公诸天下,使华夏之士万众皆知!还有……"管仲说着,不知怎么就言语道断了。

齐桓公道:"仲父之谋,寡人无不遵从。仲父还有何吩咐?"

管仲略沉吟，接着道："国君，槐市之中，漆白子关于列国关税之论甚佳！鄄地再会，可将此论立入盟约，在齐、宋、卫、郑四国之中先实施一番看看，继之再普行于天下。我要齐国四海通商之策畅通无阻，我要齐国巨富，也要列国同富。嘿嘿，人一旦富了，这玉帛就多了，玉帛多了，干戈就好化解了。"

"一切尽听仲父谋划。"齐桓公道。

忽然，仲孙湫抬高嗓门道："管相如此赐富，听得俺口水直流啊，不如辞了大夫爵位，去市井之中发财为好！"

众人都禁不住被逗得前俯后仰地笑起来。一时满堂欢愉，无限开怀。

又三日后，齐桓公便发盟主令，约宋桓公、卫惠公、郑厉公于明年开春之时，鄄地复会。三君皆遵命而从，都无异议。却说此消息不胫而走，传入南边陈宣公耳朵之中，陈宣公慌忙遣使来齐，主动请求参加会盟。齐桓公大乐而允。

陈宣公为何主动请盟？——与南方一件大事有关。在齐桓公鄄之会的同时，淮河边上的息国为楚所灭，桃花夫人被迫下嫁楚文王。却说桃花夫人便是息侯夫人，名叫息妫，陈氏，本是陈国陈庄公之女，亦是陈宣公侄辈，后来下嫁息侯为妻。息妫出生之时，正值桃花遍地怒放；其人成年后果然目似秋水，面如桃花，为绝色美女，倾国佳丽，故世人又称之为桃花夫人。

木秀于林，风必摧之。楚文王闻息夫人美色，心痒难耐，食不甘味，寝不能寐，必欲得之而后快。楚文王思忖再三，定下一计，遂以巡游为名，来到息国。楚国何其强，息国何其弱，息侯惶惶难安，于是设美酒佳馔以款待楚王。饮宴期间，楚文王终于得睹息夫人芳容，一见之下，惊为天女下凡，暗誓不得此女，决不罢休！是夜，楚文王于馆舍发动兵变，一番搏杀，最终生俘息侯。而息夫人闻变，本欲投井而死，不料被楚将都丹截下。楚文王怜香惜玉，软硬兼施，为了得到息夫人之心，便许以不杀息侯、不绝息祀，以做交换。息夫人无奈只得应允，于是楚文王终偿所愿，立时便于军中立息妫为国夫人。息国已灭，楚文王将息侯安置于汝水之滨，封以十家之邑，延续息祀。可怜息侯也是周室姬姓王族，今家国破灭，妻子被夺，如何苟活？不久便郁郁而终。此乃周釐王二年，公元前680年事。

息国被灭,自家侄女被掳往楚国,陈宣公大为震惊。又想到周庄王十三年,公元前684年,楚国伐蔡,蔡哀侯亦被楚王生擒于莘野——而蔡哀侯之夫人,正是息夫人的姐姐,蔡侯与息侯,乃是陈国一对姐妹的连襟!兔死狐悲,物伤其类,短短四年之间,陈国之两个夫婿,竟然连连被楚生俘,其中一个业已亡国身死,抱憾无穷,这让陈宣公免不得忧心忡忡!南方之地,荆楚如虎生翼,日益做大,自江汉平原而至南阳盆地,皆为楚国所得。如今息国已灭,则蔡国门户洞开,前景堪忧;倘若蔡国也灭了,那楚国的触角一下子就伸到陈国来了!怎么办?——齐国!方今天下,齐国最强,陈国唯有与齐结盟,方才可以对抗楚国,以图自保。陈宣公如此因势而定,于是才有了陈国意外加入鄄地二会的请求。

陈国的意外加入,更加印证了齐国争霸方针的正确性。管仲笑道:"齐国霸业,大势所趋,众望所归,过不了多久,天下诸侯皆将以齐为盟。"

寒尽春来,山河染绿,暖风和煦,鸟语花香,苍茫无垠的黄土地上,到处萌动着勃勃的生机。如巨龙盘旋的黄河早已开冻,哗哗哗哗的春水一路奔涌翻滚,东向直奔大海之中。岁月的车轮又向前滚动了一圈,时周釐王三年,亦即公元前679年之春。鄄地会盟之坛,一如去岁初会之状,但见车马云集,旌旗飘荡,五国聚首,天清地爽,到处洋溢着一派喜气洋洋的祥和气象。

绿树环抱之中,列国之众群集如堵,都不由举头仰望——却说会盟坛上,齐桓公、宋桓公、卫惠公、郑厉公、陈宣公五国诸侯的身后,一面高高扬起的大旗于东风中呼呼啦啦飘得正欢,旗上"尊王攘夷"四个大字分外耀眼,与日争辉!众人看得如痴如醉,皆目不转睛,心有所思。春光明媚,光阴如金,一片悄无声息的沉默中,那四个大字仿佛陡然间化作四个天神,从旗子上一跃而下,坠落大地,便化作一声霹雳巨响,就从这鄄地爆发出来,然后爆出卫国,再爆出齐国、宋国、郑国、陈国,又爆出周天子国,复又爆出整个华夏之国,愈传愈远,愈远愈烈,风吹之不散,雨打之弥新!又如一团火、一团白、一团光,把整个烽烟弥漫中的春秋大地照得通透雪亮……

白日下,担任司盟官的管仲手捧盟辞,身影细长,朗朗道:"齐小白、宋御说、卫子朔、郑子突、陈杵臼,于壬寅之春,复会于鄄。盟约如下,列国共守:其一,内尊王室,外攘夷狄,华夏亲昵,共兴礼乐;其二,凡我同盟,衰弱者扶之,强横者抑之,昏乱不共命者,率诸侯讨伐之;其三,养民生息,盟国与共。田租百取五,市赋百取二,关赋百取一,毋乏耕织之器……"——其中"田租百取五,市赋百取二,关赋百取一"便是管仲采纳民间商人漆白子的建议,而制定出的当时十分先进的税收及关税政策。

齐桓公、宋桓公、卫惠公、郑厉公、陈宣公皆恭敬道:"谨遵命!"

第十二章　二平郑国

两次鄄地会盟,齐桓公霸主地位定于一尊,当时天下为之沸腾。齐国国势日盛,桓公威望日隆,整个华夏世界无不仰望于齐国。又一年后,临淄城中传报:其一,由于大司田宁戚妥善执行管仲的"新农令",齐国东部荒芜之地得以开发,齐国的农业产值比之往年又增加了一倍。其二,鄄地二会中有一条"关赋百取一"的盟约,即国与国之间外贸的关税降低为百分之一,此项盟约对于会盟各国皆有兴商富民之效。然而唯有齐国工商业最为发达,独占鳌头,乃是当时第一商品输出大国,所以此项低关税政策,齐国受益最大! 年底时朝中官员蓦然发现,国库的收入比之往年也增加了一倍!……齐桓公大喜过望,时不时地便令竖貂驾着豪华奢靡的五马大车,携着花枝招展的一群美姬,在临淄城中招摇过市,呼啸如风。齐桓公是英明睿智的一代霸主,同时也是好色贪玩的富贵小哥,齐国国政尽皆托于仲父管相,自己倒也乐得个轻松自在,逍遥快活。

这日,临淄城中忽然来了一个宋国使臣,要觐见齐桓公。齐桓公纳闷,不知何事,便传令宋使入朝——原来宋国有一个附庸,名叫郪国。依周制,"天子之田方千里,公侯田方百里,伯七十里,子、男五十里。不能五十里者,不合于天子,附于诸侯曰附庸"。周之爵禄有公、侯、伯、子、男五等,而附庸不在五爵之内。附庸,乃是方圆不过五十里,没有资格直属天子,而附属于别的诸侯国的弹丸小邦——如鄣国乃是齐的附庸国,遂国乃是鲁的附庸国,而郳国以及萧大兴所开创的萧国皆是宋的附庸国。东周之后,王纲失序,诸侯敢于战天子,卿大夫敢于杀诸侯,礼坏乐崩,乱象频仍,以下犯上之事层出不穷,孰料这郳国也乘机兴风作浪,竟宣告要脱离宋国而自立,那宋桓公如何能够答应? 必要发兵收复——经过一番交锋和几次会盟,宋桓公对齐桓公霸业彻底俯首,所以对于征伐郳国之事,便主动遣使向盟主禀奏,一来表达对盟主的尊崇,二来也是想赢得更多的支持和帮助。

齐桓公听宋使讲完,令其先退下,到馆驿中休息;而后与朝中众臣道:"区区郳国,宋国收拾绰绰有余,小事一桩。今宋公遣使而来,请齐相助,岂非多此一举? 寡人以为不必理睬。"

管仲道:"国君非但要予理睬,更需派兵相助。如今天下皆知齐侯乃是诸侯之伯,如宋国等盟国无论大病小患,伯长皆当伸以援手,主持正义。郳国目无礼法,犯上作乱,自当伐之。臣以为……"管仲接着道:"说来这郳国,乃是脱胎于邾国。邾国,子爵,乃是周武王时期受封的东方方国之一,不久成为鲁之附庸。周公摄政之时,因邾国夷父颜有功于周室,便封夷父颜次子、邾友于郳地,始有郳国,又名曰小邾国。因着这个缘故,臣以为,国君可令邾子一同起兵而伐郳。齐、邾二师与宋合兵一处,则郳国不战可破。"

王子城父道:"此战投石击卵,胜败早就一目了然。我揣测管相之意,实非兵事,乃是告之天下,齐国有伯! 凡天下之战,皆当依礼而战。"

管仲悠悠一笑,道:"然也。"

"原来如此啊。"齐桓公方才明白其中深意,当下也便决计伐郳,于是道,"当依仲父之意。仲孙湫何在? ——令为统率兵车二百乘,会合邾国之师,一同助宋讨郳。"

仲孙湫应声称诺,领命而去。

转眼入夏,风云突变。东方一块肥沃的黄土地上,矗立着一座四四方方的小小城池——名曰郳城,乃是郳国之都。盛夏酷热,蝉鸣声声,不见一丝凉风,沉闷异常。天上有云若厚厚的磨盘状,沉沉地压在郳城顶上。云层正中透着一圈椭圆形的缝隙,阳光便如一束束利剑,从缝隙中火辣辣地直射下来,仿佛就刺在郳城的城楼之上。齐国仲孙湫的兵车围了郳城东门,邾国邾子的人马围了北门,而宋桓公自己的军队则分别围了西门和南门,满目旌旗,到处兵刃,水泄不通,铁桶一般,郳城已成瓮中捉鳖之势。

郳宫之中,闷热无比,混乱不堪,众大夫个个额头冒汗,如一群热锅上的蚂蚁。国君郳子一屁股瘫坐在红柱子旁边,痴了一般,半晌呆呆道:"误听他人妄言,说什么脱附庸以自立,如今怎么样?……宋国大兵压境,还搬来了齐国、邾国相助,呵呵……郳国要亡了啊!"

一大夫道:"目下只有广献金帛,请罪求和,才是上策,请国君当机立断!"

"宋国灭郳,只在覆手之间。且宋公御说,阴毒之人,恩怨必报!现在求和,晚了啊……"郳子垂头丧气,软绵绵道。

"即使如此,也当一搏!可派出两路使臣,一路向宋请罪,一路向齐请和。齐乃方伯,齐侯信义著于天下,绝非恃强好杀之主。昔日齐、鲁会于柯地,鲁将曹沫执剑劫持齐侯,要求归还汶阳之田。齐侯虽然被逼而允,但事后一诺千金,并不反悔,汶阳之田也立时还鲁。齐侯胸怀天下,不计小节,所以为霸!只要我郳国真心请罪,即使宋公不允,而齐侯也必允;齐侯只要点头,宋国也断然不敢违逆,则我国大祸自然消于无形。"

郳子闻言,思忖片刻,然后慢悠悠起身,叹一口气,道:"也只好如此了……"

郳城南门外,宋军营帐密密麻麻,青铜战车罗列如棋。宋桓公的大帐扎于河水岸边一块高台之上,这里老树成林,浓荫密布,河流的凉气一阵一阵地吹入大帐之中,真是一个好所在。此刻,宋桓公与邾子、仲孙湫以及国中戴、武、宣、穆、庄五族各大夫等,正在帐中小聚。案上有刚刚被冷水浸透了的梨子,又有加了冰块的清凉蜜水,每个人身后还各有一个执扇摇风的兵士侍候。宋桓公儒将风采,意气昂扬,白玉冠下是一张俊朗的国子脸,朱红唇上翘着一对潇洒的八字胡,正满脸笑盈盈道:"附

庸郳国反叛,承蒙齐国、邾国慷慨相助,御说感激不尽。来,以水代酒,我们共饮一
盏!"说罢,举盏邀众人共饮蜜水。

凉丝丝的蜜水从喉间滑入腹中,顿觉五内清爽,暑气尽消。仲孙湫道:"宋公不
必客气。鄄地之会,我等皆有盟约,理当福祸与共,伸大义于天下。"

邾子道:"方今天下大乱,华夏有倒悬之危,幸有齐侯勇猛精进,推行伯政,实是
顺天应人之举。邾国以为正是如渴得饮,如饥得食! 凡伯主有令,邾国自当谨遵
力行!"

"邾子所言甚是。"宋桓公道,"御说昔日曾对齐侯有所误解,以今观之,齐侯胸
怀,谋国则小矣,自当王天下! 御说远远不及。这个乱哄哄的世界,如今也只有齐侯
做了霸主,才能真正开辟出一条堂堂正正的大道来。"宋桓公说完,便又举着蜜水,
道:"为我等之伯,为我等之盟,诸位再饮一盏。"

众人又饮了蜜水。仲孙湫放下手中的盏,眯着眼睛,戏谑道:"郳城宫中,不知
那郳子可是有这凉丝丝的蜜水消暑吗?"

帐中哄然一笑,宋桓公道:"消暑的蜜水怕是没有,但焚身的烈火正烧得通
红……郳子啊,好好珍惜这最后的时光吧,明日晨后,大军入城,玉石俱焚……"

众人又是哄笑。正热闹间,不想一个宋军斥候大呼着自帐外闯进来,拱手急报
道:"禀国君,大事不好! 趁宋军伐郳、国内空虚之机,郑国军马从后偷袭而来,已经
攻陷我西邑、戏邑两座城池,目下正急速东进之中。"

宋桓公"啊"了一声,惊得手中蜜盏掉落地上,摔得粉碎。

"郑国! 郑伯……"众人不由脱口惊叹,又都觉得不可思议,当下皆面面相觑,
瞠目结舌。两次鄄地之会,郑厉公皆歃血,对天而盟了,况各国国君之中,属郑厉公
最为发白年长,怎么可能突然反转,向盟友之国背后捅刀子呢? 在座众人中,数仲孙
湫心里最是七上八下——只因自己的国君乃是刚刚确立的霸主,受诸侯信服共推,
又受了周天子的册封;然而霸主主盟后才没过多久,其中一个小弟就反叛了! 郑国
袭宋,与其说是宋国之耻,更不如说是齐国之羞!

宋桓公大惊之余,转眼间又变得异常冷静。宋、郑本是兄弟友国,几百年间姻亲
不断,然自郑厉公后,邦交骤变。昔日春秋小霸郑庄公死后,世子忽继位,是为郑昭

公。不久宋国插手郑国内政,逼得昭公出走,而改立郑庄公二子突为君,这便是郑厉公第一次为郑国国君。再之后,由于郑厉公未曾兑现先前重金谢宋的承诺,而宋国当时的国君宋庄公又贪贿无厌,由此导致宋、郑之间烽火连绵,战争不断。其中最为严重的一次,宋庄公曾率军攻入郑国祖庙,拆了庙上之椽而去! 此事令郑厉公大为蒙羞,以为必报之辱。又不久后,郑厉公被废而长期避居栎城,宋国也先后换了几任国君,而宋、郑之间的风波始终不断。如今郑厉公二次复国为君,其断然背盟而偷袭宋国,说来也是在情理之中的……宋桓公当下眼睛滴溜溜一转,果断道:"郑国入侵,西邑、戏邑已失,我当火速回军驰援。郳国之事,容后再图。"说罢,便命换上甲衣,就要拔营而去。

仲孙湫道:"我与郳子亦当率领本部人马,协助宋公,驱逐郑国之军。"

"不必了。此乃宋、郑私怨,孤与宋国,自可平之。仲孙将军请回,将此事报与盟主齐侯便可。"说罢头也不回,就出帐去了。

黄尘滚滚,西风卷地。宋桓公气愤地当下火速拔营,率领宋国兵车,直向西邑方向冲杀去了。

却说郳子在宫中,将几大车金帛玉器等礼物备好,又挑选了两名心腹大夫,准备一个使宋,一个使齐。两位郳使尚未动身,忽然得报城外宋军如水而退。郳子大为疑惑,于是携众人登城远眺,果然,城下之军仿佛败逃一般,片刻间就烟消云散。此战虎头蛇尾,竟不了了之,不知到底是何缘故? 郳子一头雾水,百思不得其解。茫然半晌,郳子只背靠城墙,对着天边波浪般的卷云叹道:"终于走了! 郳国可以喘一口气了! ……"

西邑、戏邑二城位于宋国最西边陲,也是宋、郑接壤之地。郑国占了这两个城邑,无疑就是将郑国边境向东扩张了一点点。待宋桓公率军赶到这里,郑国早已做了周密安排。原来郑厉公心中早有盘算,趁着宋国远征郳国的可乘之机,以迅雷不及掩耳之势,发兵火速攻克了西邑、戏邑二城。待宋桓公回师来战,郑国早已收兵,只坚守城池不出,避而不战,就仿佛守着自己国中土地一样。时郑厉公已经班师回新郑,但留下了重兵并有得力二将,令其分别各守一城,互为掎角之势,但只可坚守,不可出战,唯图自保便是上善之策。

宋桓公驱车而来,先至西邑,见城门紧闭,吊桥高悬,城楼上遍插郑国之旗。无论宋人如何搦战,城中郑军就是不出。宋桓公无奈,又赶至戏邑,境况与西邑如出一辙。宋桓公怒不可遏,于城下兵车上大骂不止;身后戴、武、宣、穆、庄五族大夫以及众军士也随之叫骂起来,一时场面喧嚣,如鼎沸腾。

戏邑城头,旌旗飘扬中,忽然闪出一将,全副铠甲,手握长剑,对着城下高声道:"见过宋公!"说罢,装腔作势,虚虚地行了一揖。

宋桓公大怒道:"尔等为何占我城邑!"

那人道:"回宋公,郑国不过占了宋国区区两座边城,比之宋国拆了郑国祖庙之椽,何足道哉?"所谓"郑国祖庙之椽",乃是指周桓王二十二年,公元前698年,宋庄公联合五国兵车伐郑时,宋国攻破郑国太宫,拆了祖庙的椽木而归之事。此乃郑国奇耻大辱,时郑厉公主政。

宋桓公厉声喝道:"你是何人?"

那人道:"我乃戏邑大夫公孙豹。"

宋桓公哈哈大笑:"戏邑大夫! ——尔等鼠辈,暗里偷袭,占我城池,侵我国土,焉敢称什么戏邑大夫!"

"回宋公,戏邑已为郑国所得,我国君赐我守城重任,公孙豹自然就是戏邑大夫!"

"当今天下,齐侯为霸。鄄地之会,盟主有令,凡我同盟之国,自当彼此互助,不可擅自攻伐,你等怎敢违背盟约,无视盟主号令?"

公孙豹立于城上,大笑不止,狂道:"我等只知有国君,不知有盟主!"

宋桓公一时被窘得面色紫涨,无言以对。身后群臣中,但见戴叔皮喝道:"厚颜无耻的贼子! 快快下城吃我一矛!"

公孙豹又笑:"休想诳我出城! 汝等速速退去,否则——哼哼……"说罢一挥手,城头上埋伏的弓弩手登时云集而出,随之一阵箭雨如蝗袭来,宋桓公的人马不得不远远退避而去。

旷野间,"宋"字大旗低低地垂了下来,大队大队的兵车缓缓而行。一片垂头丧气之中,宋桓公回望一眼渐已模糊的戏邑之城,轻轻叹道:"下一步,看霸主的了……"

郑子自回邾国去了。仲孙湫带着齐国兵马尚未赶至齐境,一封加急的军报便已先飞到临淄城中。时齐桓公与几个美姬正在城西申池边上,炙鲜鱼、烤肥羊,玩投壶游戏。此地竹林茂密,碧波荡漾,兼有美女妩媚,美食飘香,齐桓公大为开怀,一时笑声连绵,荡于申池之上。竖貂不忍也无奈,只好将仲孙湫的紧急军报呈与齐桓公。

齐桓公笑而启视,一望之下,如观恶鬼,顿时火冒三丈,大喝道:"郑国老儿,安敢无视于我!"言讫,便将奏报霍一下弃于地上,将手边酒罍嗖一下就砸入正烤着鲜鱼的火堆中,那火得了美酒的滋养,发出几声爆响,火苗忽一下就蹿出三丈高。

众美姬吓得失声尖叫,个个惊慌失措,纷纷抱头而退。竖貂见了,忙差一个内侍去唤管相国过来。此时管仲正在申门外查看淄水运粮事务,距此甚近,竖貂是知道的。

少时,管仲赶来,见齐桓公闷闷地独坐在水边的一块青石上,满脸沮丧。众人皆已退去,只竖貂、易牙二人侍立在侧。管仲行了揖礼,道:"国君息怒。郑国偷袭于宋,夺去西邑、戏邑二城之事,臣已尽知。那年为谋齐国霸业,臣不得已除了郑子仪,而改立郑子突为君,不想这郑子突乃是反复无常、无信无义之人!都怪臣不识人,以至于郑国背盟,徒令国君蒙羞。"说着又躬身行了一个大礼。

齐桓公大叹,半晌道:"唉!这怎么能怪仲父呢!"说罢一挥手,示意竖貂"赐坐"。那竖貂眼睛向四周一扫,便灵敏地将一张蒲席铺在桓公身边。管仲谢坐,便轻轻落席坐下。

凉风拂来,衣带飘举,竹叶窣窣而响。君臣二人临水对席,齐桓公接着道:"郑子突能做国君,皆因齐国相助。两次鄄地会盟,郑子突也皆歃血,信誓旦旦!怎么,寡人刚刚做了天子册封的伯主,这郑子突便公然背盟,竟发兵夺了盟国的城池!寡人这个伯主何在!——是可忍,孰不可忍!"

管仲呵呵一笑,道:"国君勿恼。齐国霸业,为天下先;国君称伯,为天下主。而今神州板荡,遍地烽烟,国君这个伯长便无时无刻不在风口浪尖之上。所谓兵来将挡,水来土屯,一关一关而过就是了。区区一个郑子突,不足挂齿,既然此君敢于背盟,那夷吾就给他来个二平郑国!"

"仲父所言是也,即刻发兵,讨伐郑国!"齐桓公大振。

管仲略顿,静静道:"郑国必伐,然非即刻之事。宋国伐郕在前,被郑偷袭于后,此皆是盟主理当主持之事。天下人亦圆睁双目,坐等视之,所以——国君当先发诏书,厉数郑国之罪,以安天下人之心。此为其一。其二,伐郑则非齐国一己之事。鄄地之会,盟约之国,有齐、宋、卫、郑四方大国。今郑国背盟,国君当以盟主之尊号令宋、卫两国,联军而讨郑。如此顺势而用兵,天下震撼,郑国可一鼓荡平,如此方才圆满。"

齐桓公道:"寡人自当令宋、卫发兵,然三国联军,统帅为谁?"

"国君,此次伐郑,夷吾要带兵亲往!可令王子城父副之。"管仲一脸凝重道。

齐桓公望一眼管仲的神色,便知此次与郑交锋,非同小可,便道:"就依仲父。"

见两人大事已定,齐桓公也心平气和了,那竖貂、易牙便将烤好的鲜鱼肥羊端上,并有两爵佳酿,请二人品尝。管仲接了酒爵,与齐桓公一饮而尽,道:"不扫国君雅兴,臣告退。"便离了申池而去。

管仲登上车,国叔牛驾驭,车轮滚滚,沿着竹林边的小路缓缓而行。管仲目不转睛,盯着身边一棵棵、一片片的翠竹不停地向后闪去,却恍如盯着鬓发苍白的郑厉公。管仲心中暗暗忖道——郑厉公入主新郑不久,第一起用叔詹、堵叔、师叔"三良"辅政,继之拔刀相向,杀傅瑕,斩公子阏,刖强鉏,逼死原繁,挤走公父定叔,可谓本性凶狠,睚眦必报! 先入盟后又背盟,玩弄齐、宋二国于股掌之间,亦不失奸雄本色。看来自己亲手扶植起来的这位郑伯,乃是虎狼一般、不容小觑的厉害角色! 管仲隐隐觉得,自己平生劲敌已至,丝毫大意不得! 欲要尊王攘夷,必要先与郑厉公斗智斗勇,一场轩然大波立时将起于北方黄河……

管仲回府,召鲍叔牙及其四弟鲍季牙,并有国叔牛,四人共席堂中。管仲先道:"郑国背鄄之盟,偷袭宋国西、戏二邑,不可不伐。然,凡战之事,先知我情,次知彼情,方可取胜。"又直面鲍季牙,道:"季牙兄弟乃是盐商大贾,于列国之间频有走动,我意,令国叔牛为你旗下一卒,以行商为掩,入郑国将虚实探个清楚。不知你意下如何?"

鲍季牙一拱手,直道:"管相有命,鲍氏兄弟敢不尽心?"

"好。"管仲又叮嘱国叔牛道,"到了郑国,凡有消息,不论昼夜,立时传报。"

国叔牛一诺,道:"管相放心。"

鲍叔牙盯着鲍季牙,道:"郑子突其人诡诈善变,捉摸不定,不探得秘情,如何交锋?季牙啊,管相将叔牛托付给你,你务必谨慎从事,不可使叔牛有什么闪失啊。"

鲍季牙道:"哥哥放心。"

翌日,鲍季牙押着五大车海盐,一行十数人,朝郑国驶去;国叔牛自然乔装改扮,混迹其中。当时海盐乃是齐国继丝绸之后又一名扬天下的大宗商品,各诸侯国皆是求盐若渴,那郑国自然也不例外。鲍季牙趁势专门贩起盐来,也做成了天下第一盐商,货通四海,发财无算。单说郑国境内,就有鲍氏商铺二十余处——各色人等来来往往,既有市井间的小商小贩,也不乏宫廷要员、世卿贵族,于此中打探各种消息,倒也是个绝佳去处。

不久后,齐、宋、卫三国联军,于郑国东部边境会师,计有兵车六百乘。齐国以管仲为帅,王子城父副之;宋桓公亲率宋国大军,帐下有戴叔皮、穆仲、庄伯等,文武会集;卫国则以叔武子为将,统精兵前来助阵。联军一路势如破竹,直向郑国腹地扑去。而郑厉公也毫不示弱,调兵遣将,精心布局,将主力布于黄城一线,伺机与联军决战。

三国联军滚滚而进。行军途中,将近黄城,忽见地形有变,渐渐出现连绵不绝的小山与丘陵。管仲与王子城父同乘一车,管仲道:"我军当以何计击破郑军,王子兄有何高见?"

王子城父道:"我军远道而来,到处荒野,毫无屏障可依;而彼军避居城垣,深沟高垒,以逸待劳;双方利弊,一望可知。只有将彼军调出城外,以伏击之法克之,乃是上上之策。"

"我亦正有此意,特请王子兄赐教。"管仲道。

"然而管相……"王子城父道,"此计用于他人可行,唯独对付郑子突不可行。三十余年前,庄公为郑国国君,有北戎侵犯华夏,郑庄公令子突率军迎敌。戎人精于骑射,来去如风,飘忽不定。那子突于是佯装战败,将戎兵诱入山谷,四面包围而全歼之。子突素来善于用兵,精于伏击战术之妙,岂可轻视?管相——"王子城父说着,用手一指大道两旁起伏连绵的丘陵与茂盛的丛林:"我军开入郑境以来,未逢一战。如今将近黄城,忽逢此地凶险,多有高陵密林,正是伏击之战的绝佳场所,我意在此地一战击败郑军!——然而,我料郑子突必然故技重施,也欲在此地大败我军!"

管仲哼了一声,傲然道:"果如此,我便以其人之道还治其人之身!"

两人正议间,陡然间有紧急军情传来。御者止住车轮,管仲拆阅密报,先是一惊,继之一笑,乐道:"王子兄果然料事如神!"说罢将密报转给王子城父看。原来是国叔牛探得郑国军情,万急来报——那郑厉公果然坐镇黄城,将麾下精锐一分为三:一路守黄城,另外两路各埋伏于黄城南北的荒山野岭之中,欲要将三国联军诱入口袋阵中,四面合围,聚而歼之。

王子城父阅毕,不由叹道:"此君果然好手段!"

"王子兄,我们如此这般……"管仲将计就计,临机一动,将一番谋划悄悄说与王子城父。王子城父听了,直点头,轻声道:"妙!"

翌日,联军正向黄城开进,大道之上忽然闪出一彪郑军前来搦战。管仲令宋桓公部前往迎敌,并嘱咐道:"此部郑军弱不禁风,必然一击而退。郑军若逃,则全力追击,自有妙用。"宋桓公欣然而往。果然,未经几番拼杀,郑军立时向西方败逃而去。宋桓公则谨遵管仲军令,一路贴着追杀去。

车马辚辚,黄烟滚滚,转眼间开入一条河谷之中。宋军正追得紧,忽然一通鼓响,喊杀声立起,但见两边谷上到处都是郑军,他们居高临下,势如风雨,登时就恶狠狠冲杀下来。宋桓公大惊道:"不好,误入虎穴!"慌忙传令撤兵。哪里来得及! 这河谷之中设伏的乃是郑厉公精心布下的两路精兵,专等此刻战机! 眨眼的工夫,宋军被郑国人马前前后后、左左右右包了圆,顿时陷入血战之中。

宋桓公叫苦不迭,彷徨无奈之际,忽听不远处有大队车马嘈杂而来,仿佛什么人高呼道:"宋公勿惊! 宋公勿急!"宋桓公举目望去——这一边,王子城父率领齐国兵车若潮水般奔涌;那一边,叔武子率领卫国之师卷地袭来。宋桓公大喜过望,挥剑迎击。当下宋、齐、卫三军反而将郑国之师合围,强弱瞬间易势,郑军眼看就要被淹没掉了。

万急时刻,黄城中的郑厉公得报后大为吃惊,慌忙率领城中精锐之师出城,奔赴河谷之中救援。只因郑厉公亲来,郑军士气为之一振,于是双方再度陷入一番血腥搏杀之中。人喊马嘶,天日无光,顷刻间尸横遍野,河水为赤。儿番苦战,郑军终究赢得一线生机,顺利突围,直奔黄城而去。看着郑厉公率领残部狼狈窜去,王子城父、宋桓公、叔武子等并不追赶,只大笑望着,任其远去。

郑厉公血染战袍,率众从河谷中逃奔来,车马立于黄城城下,高呼开门。谁知惊天动地一声狂笑,但见白云悠悠,城头之上,一片欢呼声轰然雷起,齐国大旗瞬时高高飘扬,而管仲则冷冷立于旗下,只望着郑厉公,笑而不语。原来管仲顺着郑厉公河谷设伏的计策,先以宋桓公为诱饵,假装上当;继之以王子城父、叔武子二部外围埋伏,以伏击对伏击;等到郑厉公出城救援,城中空虚之际,管仲则率领本部人马直扑黄城,弹指之间就将黄城纳入囊中。

郑厉公本欲算人,反被人算,正所谓聪明反被聪明误,一时气得眼中冒火,胸口要炸,于车上拔剑指着管仲,道:"颍上野人,安敢如此!"就不由喷出一口热血来。然而事已如此,徒呼奈何,郑国人马,已十损五六,当下也不敢恋战,只得率领残部再度西逃,直逃回新郑老巢,别图后计。

齐、宋、卫三国兵马陆续进入黄城,管仲大排宴席,予以犒劳。席间,宋桓公领着众人,共敬管仲奇袭黄城之策。管仲举爵道:"区区小事,何足挂齿。"

宋桓公接着道:"还请管相做主,以使郑国归还宋国西、戏二城。"

管仲道:"何止归还二城!郑子突不守信诺,公然背盟,需于盟主处向宋公郑重请罪。盟约如山,神人共鉴,岂可视同儿戏!"

宋桓公道:"有齐为天下盟,我等心悦诚服!"

王子城父又道:"黄城之战,郑国虽败,然其并未服,郑师残部业已奔入新郑,必会整军再战。"

"那我们就兵临新郑,打到郑国心服口服为止!"管仲陡然变色,目射精光,厉声道，"列国于鄄地会盟，对天歃血：'凡我同盟，衰弱者扶之，强横者抑之，昏乱不共命者，率诸侯讨伐之！'郑子突也是与会诸侯之一，实乃自取其咎。有齐国在，此先河断不可开！诸公——"管仲起身，慨然下令："王子城父留一旅之师镇守黄城，诸公随我明日启程，兵发新郑！"

王子城父、宋桓公、叔武子及其余之众，霍然立起，齐声道："谨遵令！"

新郑宫中，郑厉公满怀焦虑，白头发似乎也多了几根。厉公年轻时候便具雄才大略，其父庄公在世之时亦赞不绝口，声称"此儿类我"。想那时节，青春鼎盛，意气纵横，又正值庄公小霸，郑国一时雄强不可挡，实是令人神往！然而不过二三十年之后，当厉公再度为君，庄公霸业已被几个不肖子孙挥霍殆尽，天下雄主瞬间便转移至东方齐国，郑国再也不是厉公心目中那个昔日的郑国了！每每思虑至此，厉公心中总是无尽的悲哀和忧伤，无数黑夜里暗暗发誓："拼我一生，定要恢复庄公霸业！"——所以，厉公决然不会臣服霸主，定要与齐桓公一决高下！

周釐王四年，亦即公元前 678 年，郑厉公在重新做了两年国君之后，终于按捺不住，到底还是与霸主齐国在黄城之地，真刀真枪碰了一下，不过以郑国大败而告终。黄城之败，使郑厉公意识到强中自有强中手，并第一次切肤之痛地认识了管仲！却说齐国霸业全在管仲，有管仲在，郑国称雄，诚为难矣！……郑厉公又不由想到，年轻时候曾有卜官为自己推算命运，言道："子突一生犯二，成也是二，败也是二。"并有八字谶语："二仲二克，二起二落。"这所谓的"二仲"，莫非就是祭仲、管仲？伯仲叔季，人伦之序，"仲"自然是老二——其父郑庄公死后，由于祭仲暗中相助，郑厉公才得以做了郑君；然而其继位之后又总是被祭仲掣肘，最后又被祭仲废掉，闲置栎城长达十七年之久。到了厉公第二次为君，表面看是齐国兵车之助，实则也不过是管仲之谋；如今自己欲要恢复庄公霸业，偏偏这个管仲就站出来挡道，莫非这就是命中的第二个"仲"？第二次"克"？……余生会不会被管仲克掉？！

郑厉公由此及彼，思虑绵绵。黄城之败，近忧在前，而南方楚国，远虑在后。多少年来，郑国因其地处中原，夹在南北两大强国齐、楚之间，图存不易，左右为难。郑庄公时，郑国与齐十分亲好；到了齐襄公时代，郑国与齐决裂；此后郑国诸君尤其是郑子仪,一直亲楚。然后厉公再度为君,不得已也是参加了齐国主持的两次鄄地会盟。再后,郑厉公趁着宋国伐郕,果断背后偷袭,夺了宋国西部两座城池。郑厉公自然知道,不久之后,盟主齐国是必来伐郑的。左思右想,前斟后酌,郑厉公有了一个新的决定——到底还是在用兵宋国之前,便遣使南下楚国,告楚文王"厉公复国",意在与楚结好。不料那楚王呵呵冷笑,对郑使道:"子突复位已经两年,如今才来上报于孤,子突怠慢于孤太甚!"遂将郑使呵斥而出。楚,虎狼之国,其心难料!——如今郑国正与齐等三国大军恶战,黄城已丢,新郑也吉凶难料!当此关口,郑厉公实是担心,万一楚王挥师北上也来伐郑,那可该当如何?!

未几日,齐、宋、卫联军继续西进,已在距离新郑二百里外安营扎寨。郑厉公急召叔詹、堵叔、师叔以及世子公子踕入宫,以应对燃眉之急。堵叔先道:"新郑之战日益临近,臣按国君旨意,兵力部署已毕。我国都一带,山岭密布,河流交叉,地形复杂,易守难攻。正可凭此地利,打败齐、宋、卫三国!"

师叔又详细介绍了双方战力,言语之间满是忧患之意。郑厉公听了,正色道:"齐、宋、卫三国势大,不可轻视。放他们进来,待其进入都城百里之地,我军依托有利地势,多用伏击,勿要硬战,以智取胜乃为上策。"

堵叔、师叔皆应声领命,唯叔詹默而不语。又见公子踕沉沉地叹了一口气,郑厉公只以为自己这个儿子年少怯战,当下也不甚在意,又问道:"南方楚国,可有消息?"

师叔道:"楚国对郑颇有敌意,大战在即,臣自是密切关注楚国,不敢稍有懈怠。不过,至少目前未见楚国有什么发兵动向,只闻楚王甚是宠爱桃花夫人,正于紫金山上为其修建桃花洞。"

郑厉公"嗯"了一声,心中稍安。

叔詹微微一笑:"臣有冒犯之言,不吐不快。"郑厉公命讲。叔詹道:"臣以为新郑之祸,可以不战而消。齐以背盟为辞而伐我,理屈在我,天下之心向齐而不向郑,其中输赢不言而喻。新郑虽有山河之险,然地利岂可胜于人心?况齐将管仲、王子城父等,皆是精于谋略、深通兵道之辈,且看黄城之战……故而……故而,此番大战前途堪忧，愿国君三思。何况南方楚国，如虎在邻，万一楚国背后袭我，则非是一战之胜负了，郑国恐有亡国之忧……"

"住口！"郑厉公大怒，目射凶光。叔詹之言，实乃一片公心，只是其中关于"齐以背盟为辞而伐我，理屈在我"等语犯了厉公之大忌，一时免不得恼羞成怒。"叔詹！莫不是要寡人向齐国屈膝请罪吗？"郑厉公大声喝道。

"正是！"叔詹大义凛然，丝毫不惧，反而昂然道，"齐侯为伯，绝非好战，尊王攘夷而已！郑国只要遣一使臣，主动认罪请盟，归还宋国二城，则齐必纳郑！新郑之祸，自然可以化干戈为玉帛！"

"息怒息怒……"堵叔、师叔二人忙强装笑容劝解。不巧，正火急火燎间，门外忽来急报，几人闻言，皆是大惊失色——原来楚文王以斗班为帅，兴师伐罪，大军正出楚境，不日便可踏入郑国。

楚国到底还是北上攻郑了，看来那楚文王远远不是只知给桃花夫人修建花园那么简单！堂中气氛轰然一振，似乎天一下子塌了。公子踕更是万分恐慌，再也忍不住，刹那间吓得眼眶红红的，伏地大声道："父亲，向齐国讲和吧！"

公子踕才十七八岁，脸皮白净，性格阴柔，不似其父勇武好战，平日里好读诗书，最是厌烦骑射，浑身上下都是一副书斋文士的模样。郑厉公望着这个软绵绵的儿子，怒道："你祖当年世称小霸，天下谁人不惧！你父虽然无能，却也敢于纵横驰骋！——我怎么偏偏生了你这样的儿子，乱世之中，怯弱如羔羊一般！讲和、讲和！……郑国姬姓之族，怎么会有你这等不肖儿孙！"

堵叔劝"息怒"，忙将公子踕扶起来。

叔詹见状，又慨然道："臣以为公子所言是也！如今郑国被齐楚两国夹击，可谓腹背受敌，生死悬于一线！楚乃南方蛮夷，齐乃华夏伯主，只有向齐请盟，才是眼下唯一出路啊！愿国君三思而行。"

郑厉公受了叔詹又一番顶撞，却丝毫没有暴怒，反而熄了火气，异常冷静，起身踱起步来。众人皆默默不言，一时堂中寂寂。呆了半晌，郑厉公启口重重道："寡人誓要恢复庄公霸业！——楚不过肢体小疾，唯齐方是我心腹巨患。即使讲和，寡人也是与楚盟，断不与齐和！新郑布防已毕，寡人誓要在国门之前，与齐侯管仲再决雌雄！"

叔詹见状，顿时脸色苍白，但转眼间便一拱手，郑重道："既然国君主意已定，臣便不再言语，唯任国君差遣，为国尽忠而已！"

郑厉公闻言，满脸惊喜之下忽然冷冷地又一皱眉，默默瞧着叔詹——叔詹虽然表了忠心，然而厉公心中，刹那间已将叔詹狠狠记了一笔，从此之后疑心更重，对叔詹渐渐也不再信任；只是顾虑叔詹在郑国朝野树大根深，难以撼动，一时没有想到合适办法，暂时敬而远之而已。

郑厉公道："举国兵力，皆在新郑，唯南方空虚，不堪楚国一击。命师叔为使，多载以金帛，入楚营求和，必要令楚国退兵。寡人与叔詹、堵叔全力用兵于新郑，定要将齐、宋、卫三国打个大败！命公子踕坐守城中，总督粮草，不可有误！"

叔詹、堵叔、师叔、公子踕皆振声道："诺！"

栎城，郑国南方之邑，离楚甚近，也是困守郑厉公长达十七年的牢笼之地。却说栎城中最近两年也新开了一家鲍氏商社，鲍季牙经营的齐盐也从这里渐渐流入楚国。此刻，国叔牛奉管仲之令，早混入栎城鲍氏商社之中，日日夜夜专事打探消息，无一刻懈怠疏忽。楚国北上伐郑之事，如何不知？国叔牛当即一封密报，十万火急，奇快如风，片刻间就飞落入管仲的手中。

齐、宋、卫三国联军的大营就扎在新郑二百里外的旷野上，眼看着就要进攻郑国国都了，三国人马个个摩拳擦掌，跃跃欲试。当楚国伐郑的消息传来，更令军中兴奋难遏，皆以为天助我也，破郑不过囊中取物一般。就在满地欢呼雀跃声中，孰料——联军统帅管仲陡然间发出军令，竟令大军后撤五十里待命，看样子似乎是不打新郑了？

晴空里一个霹雳！三国众多领头人物皆是不解，于是吵吵嚷嚷，结伴来到管仲帅营，责问其中缘故。但见偌大的营帐中，黑压压地都是愤愤不已的大人们，一双双满是质疑的眼睛中射出一支支的长箭，最后集中插在孤孤单单的管仲身上。

管仲见状，呵呵一笑，带头打破沉闷，开口道："今日后撤五十里，几日后或要再后撤五十里，新郑不打了。"言语之中云淡风轻，又镇定自若，不容任何一人有丝毫的质疑。

众人这才意识到神机妙算的管仲是别有用心了，当即一片哗然。宋桓公满脸僵着笑，道："管相用兵如神，一战便克黄城。前几日尚言要兵临新郑，打到郑子突心服口服为止。铿锵之言，犹在耳畔，如今为何忽然便改了主意？"

却说王子城父听闻到动静，是最后一个赶入管仲帅帐之中的。当下见宋桓公如此发问，就立于人群里哈哈大笑，大声道："管相心思，我知一二。我等若攻新郑，必是败局！反之，退守静等，却可以不战而胜！"

众人又是一片唏嘘声。叔武子急道："叔某是个粗人，如在云雾之中，还请管相与我等说个明白。"

管仲收了笑容，起身慨然道："若无楚国攻郑，我便一鼓取了新郑；如今楚国忽来搅局，则情势为之大变——我不攻郑，恰是取胜之道！我等华夏诸侯，同心而盟，旨在尊王攘夷，扶危济困，为天下乱世辟出一条正义之道来，而非与某国有仇，必要亡其国、灭其族方可。郑国背盟，必要伐之，然！只要郑国诚心来降，华夏诸侯复归一心，我便撤兵即可。然而目下，楚国忽然北上亦来伐郑，则局势又迥然不同。我等继续攻打新郑，则郑子突必急，难保不会亲楚国而绝华夏，此举与我等尊王攘夷的大业背道而驰，若果如此，即使打下新郑，也是得不偿失，徒增一场败局而已。倘若我等退避不打，郑子突自然知道其中深意，待楚国进攻转猛，郑国徒呼无奈之际，子突必会亲来请罪而求和，如此便是不战而胜，何乐不为！"

满帐中人顿时皆恍然大悟。宋桓公叹道："管相真乃仁人也，胸怀天下，不拘小节，公而无私，以道取胜，我等不及啊！"

叔武子接着道："好是好，就怕那郑子突不领情，硬耗着不来求和，岂不辜负了管相一番苦心、一番善意？"

管仲微微一笑，道："叔武子不知郑国，也不知楚国，故而多此一虑。无妨，诸公尽管放心，每日里好酒好饭便可，令将士们美美地休养个饱！不出一月，我料郑子突必来！"

波谲云诡，变幻莫测，殊难预料。师叔为使，南下楚营拜见斗班，以达郑国亲楚之意。不想那斗班立时翻脸,痛斥郑厉公继位两年后才来臣楚,乃是对楚国之大大不敬! 当下将师叔轰出帐外,又传令三军立时北上。师叔无奈,返回新郑,郑厉公顿时陷入一片惶恐之中。与此同时,管仲所率之军停止西进步伐,并后退五十里扎营的消息也传入厉公耳中。想求和者,彼偏不允;不愿求和者,人家却静候以待。不愿与之战者,偏偏战车狂飙;想与之战者,又偏偏要化干戈为玉帛! 局势瞬间逆转,与郑厉公胸中成竹完全背道而驰! 一向刚愎果断的厉公终于自信不起来了,不由按剑抚膺,对天长叹:"天! 子突莫不是真的老了……"叔詹又进言道:"楚国步步紧逼,不打残郑国是不会甘休的。齐国联军不战自退,意在求一个'和'字。绝楚盟齐,齐必纳我,齐纳我后,则楚国必自退,此乃上上之策,愿国君速决!"

郑厉公踌躇半晌,一言不发。蓦然,转头死盯着献言的叔詹,厉声喝道:"令堵叔率一万精兵出城,南下迎战楚国!"

叔詹大惊,哑口无言……

兵车辚辚,烽烟蔽日。不几日后,南方万急战报传入新郑——堵叔兵败,所率一万精兵几近全军覆没。楚军勇不可当,飓风卷地一般,业已攻下郑国重镇栎城。

宫中哗然,举国惊恐。大殿上,君臣齐聚,郑厉公眉头紧锁,拂袖于后,背对着一群惊慌失措的大夫,只一言不发。躁乱了好久,但见公子踅一个猛子,匍匐于地,哭泣哀求道:"父亲,向齐国请和吧!"

叔詹亦跪地,哽咽道:"公子所言甚是,臣……臣愿为使!"

郑厉公背后的双拳攥得紧紧的,似要把骨头攥碎,又不住颤抖着。但,依旧一言不发。

堂下如堵叔等众大夫,也不由皆请命道:"向齐国请和吧……"

须臾,郑厉公悠悠转身,眉头锁着,眼睛笑着,连着呵呵了几声,仿佛转忧为喜,大声道:"楚国欺我太甚,盟国待我甚宽,此真乃郑国之福! 丢了栎城不足道,一时输赢何足论! 众卿勿慌。寡人决意向齐国求和! 叔詹——命你为使,速往三国大营拜见管相等众——请罪! ——求和! ——拟定会盟之期! ……啊,哈哈哈哈……眼下危局自然可解! 郑国之强,以待来日——以待来日!"

叔詹急不可待，忙一拱手，大声应道："诺！"

翌日，叔詹驱车出城，行至三国大营，以盟主之礼拜见管仲。叔詹转达郑厉公请罪之意，愿意归还宋国西邑、戏邑二城，并奉上黄金千镒、谷一万钟、白璧三十双，以表诚意。管仲帐中高坐，言辞凛凛，既痛斥郑国背盟、暗袭宋城之罪，又慷慨接纳了郑国请和之意，唯愿华夏一家，共同尊王而攘夷。宋桓公、叔武子、王子城父等皆在侧，频频点头。最后约定今年入冬，于幽地再行诸侯会盟。至此，釐王四年爆发的这场宋、郑争端终于得到平息。

未几日，消息传到南方，楚国得知郑国已与齐国结盟，只好悻悻地退兵而去。栎城失而复得，郑国转危为安。

周釐王四年，公元前 678 年之冬，幽地会盟坛上，齐桓公、宋桓公、鲁庄公、卫惠公、郑厉公以及陈侯、许男、曹伯、滑伯、滕子共十国诸侯同聚于一杆大旗之下，歃血而盟，相约互帮互助，互不相侵，互通有无，共同尊王攘夷，并定下了一条崭新的盟约——"修道路，偕度量，一称数，薮泽以时禁发之。"

却说幽地之会，鲁庄公陡然而来，尊齐为霸只是一个方面，更有借机与郑国暗中结好之意。而郑厉公也是心知肚明，内心深处暗暗窃喜不已——郑国与鲁国由此暗结鬼胎，埋下了又一个隐患。

高高的会盟坛上，西风漫卷，旌旗飘荡。齐桓公自然执牛耳，管仲依旧任司盟官。郑厉公满面羞愧，先对齐桓公躬身道："子突一时糊涂，罪无可恕。蒙盟主宽宏大度，丝毫不弃，子突感激不尽！今日之会，无上善功。盟主但有驱使，子突与郑国赴汤蹈火，万死不辞！"

齐桓公道："凡我盟国，便是一家。愿郑伯以天下为念，共扶华夏。"

郑厉公称："诺。"又与宋桓公相见，彼此恭敬行礼；郑国已然归还侵吞的宋国二邑，宋桓公自然也不再计较了。见宋国与郑国前嫌尽释，满满一团和气，众国君都是乐呵呵的，于是再度相携与共，对天而盟，拜神而誓，言语铿锵，声震大地。

十国诸侯，上自国君，中至大夫，下及小卒，无不欣欣然，寒冬里的幽地沉浸在如沐春风般的一片祥和气氛之中。

众皆欢喜间,唯有管仲愁眉不展,未露一丝笑容。鲍叔牙茫然不解,移步到管仲身侧,轻轻问:"幽地会盟,圆满告终,管相为何闷闷不乐?"

管仲轻轻一叹,拈着几茎颐下的长须,道:"适才偶有所感,故而忧思——我观郑伯其人,大具其父奸雄本色,此番幽地会盟,恐是其缓兵之计。此人勇略兼备,反复无常,不久之后,必然再生妖乱!"言罢,望着会盟坛上那面鲜艳夺目的"尊王攘夷"大旗,不由又是一声浩叹……

第十三章　夺伯邑案

铺着厚厚茅草的土屋一间间相邻,一排排相连,望不到边;又有朱红木柱撑起的或二三层,或五六层的高楼星星点点,十分夺目。街巷棋布,店档林立,车马喧嚣,行人挥汗、织机声、染布声、冶铁声、制陶声、煮酒声、伐木声、玉器打孔声、吆喝叫卖声、鼓瑟声、卖唱声、投壶声、赌博声、汉子骂声、女人笑声、车轮吱呀吱呀滚动声、牛马鸣叫蹄踏声……一片浓浓的市井烟火气中,临淄城开启了新的一天。又见布满车辙的大道上,一辆二牛驾驭的拉着五六袋食盐的货车在一个中年男子的辔绳下,缓缓而行。那牛车驶过一家冒出白烟的酒肉店,又经过一群人围观的廊下堆满陶盆、陶篮、陶豆的朱氏陶坊,然后在一棵大柳树下转上另一条街。柳荫下有三四人正在斗鸡,个个替跳跃的两只鸡喊破了喉咙;牛车碾过一地的鸡毛,从虚掩半门的一个小院前经过。院落静悄悄的,从门缝里依稀可见一个缟衣綦巾的少女正在缫丝;牛车继续向前,墙角边有一人正在杀狗剥皮;再前,右边门前一老一少正在笑着编制青竹鱼篓,身边还堆着十几个竹笾木豆;而左边院中炉火通红,黑烟熏天,十几个光膀的大汉铸铁正忙,领头的似乎正焦急训斥着什么;再向前走,满眼行人熙攘,摩肩接踵,隐隐地又有一辆白马豪车正迎面驰来……

临淄城今非昔比! 管仲拜相,行四海通商令,致使临淄商业繁荣,无论国人野人,都神速般地富了起来。依管仲谋划,临淄国都之中,拟设工商之乡有三,发展商民可达六千户,目前至少已达五千余户。临淄自姜太公开国建城以来,早具规模,虽自那时起也重工商,小有繁荣,然而只有到了管仲时代,临淄才真正百业俱旺,户口激增,财货汇聚,繁花似锦。平实而论,临淄业已比肩当时天下第一大城——周天子的洛邑王城,再过几年,必会取而代之!管仲年轻时关于经营临淄的狂言壮语就要梦想成真了。在那个东周列国都在驰骋兵车,不知商业为何物的特殊时代,唯有齐国率先行商,以商富国,开历史之先河。姜太公时期,便有"齐国冠带衣履甲天下"之说,而至管仲时代,则是"齐国丝织、盐、铁、渔业甲天下"。管仲深谙商道,巧于经营拳头产品。丝织业经姜太公首倡,历数百年积累,在齐国原本就有极好的基础,管仲发扬光大之,如今的齐国单说这丝织业,竟有罗、帛、纱、缦、绢、绮、纨、缟、綦、锦等二十多个品种,所谓"食必粱肉、衣必文绣",实在是惊艳华夏,羡煞他国!丝织业外,管仲首创盐铁官营制度,行官山海令,其中尤其注重对盐业的经营。因食盐乃是百姓日常最大需求之一,人人不可免,国国皆有需;而齐国偏偏东临大海,盐产丰富,具得天独厚之先机。所以管仲提出"海王之国,谨正盐策",将食盐收归国有,按人头征收盐税。此税数额惊人,国家稳坐巨收,国库由此大为丰盈;再别说将齐国之盐再贩卖至内地如鲁、宋、曹、卫、郑、晋、秦等无法产盐之国了,其收入更是不可计量。同时管仲还懂得官办民营,国有制保持不变但又允许民间参与介入,所以齐国盐业在以税富国的同时,也藏富于民,成就了一大批的盐商,如鲍叔牙四弟鲍季牙便是因贩盐而豪富的当时天下第一盐商。

随着一阵笑嘻嘻的呼喊"国君来了,国君来了",却说那辆牛车一时惊慌不已,赶忙退避在墙根边上。放眼望去,但见街上车马行人纷纷主动让向两边,中间腾出一条明晃晃的道来——齐桓公披头散发,身穿一身紫色衣服,左右各拥着一个娇艳丰腴的美妇,同时桓公正高高举着一只精致的铜壶,往自己口中倒酒。一条亮晶晶的柔美的酒线从壶中倾泻而下,落入桓公口中,身边两个美女便同时拍起白玉一般的嫩手,咯咯咯咯地就笑起来。他们乘着五匹大白马驾驭的镶着五彩花纹、华丽无比的青铜辂车,由竖貂驾驭,不快不慢地驶来了。齐桓公时常如此这般招摇过市,潇洒纵情,但也从不扰民。而城中百姓也习以为常,每每见来,主动避让且又围观如堵,一时君民同乐,盛况空前,成为临淄城中一道奇观。

不过今日似有异常,齐桓公一口酒下肚,眼睛一亮,忽然发现自己一身紫衣,身边两个美姬也是紫衣,驾车的寺人貂还是紫衣;这也就算了,左瞅瞅右望望,天!人头攒动、争相观望的临淄百姓,竟然十有七八也都穿着紫衣!这种情况绝非今日才有,只是以往忽略掉了,齐桓公忽然生出一丝忧虑来。原来依照周礼,国君衣饰自有定制,其颜色仅有青、赤、黄、白、黑五色,此所谓"五方正色也",其他如红、绿、黄等皆是不正之色,君服不用,更别提什么紫色了。然而齐国丝织业太发达了,各种尝试层出不穷。某一日桓公游市,偶然发现紫色丝帛,大为喜爱,于是采办了些,回宫后,便一反常规地穿起了紫色衣服。桓公只是一时兴起,并无他虑,孰料齐好风尚,上行下效,国君好紫色,民间便竞相效仿。不久整个齐国忽然刮起紫色旋风,上自国中大夫,下至贩夫走卒,皆以紫衣为荣,以至于本属末流的紫色布料陡然奇缺,价格暴涨,而那些原本正常日用的如生绢等料却一路暴跌,少有问津,整个衣裳市场因为齐桓公一己之好恶竟卷起了一场风暴!此间种种传闻齐桓公其实早有耳闻,当时并不以为意,而今日目睹满街紫色,不禁深思起来,顿感此事也非同小可。

辂车轻轻而过,两边一身又一身的紫衣如风影闪去,眼见前面又出现的一身紫衣尤为鲜亮耀眼,齐桓公忙命止车。竖貂一扯辔绳,白马嘶鸣了几声,辂车正好停在那人面前——一个四十多岁富商模样的中年人,身上的紫衣乃是极上乘货色,色泽亮丽,薄如蝉翼,尤其衣上的一种名叫"方空"的花纹,实在精彩,令人叫绝。齐桓公道:"你身上的衣服,寡人看着甚是入眼啊。"

那人慌忙行了大礼,笑眯眯禀道:"回国君。国君好紫,小人也便好紫,小人身上所穿紫衣,乃是今年临淄城中丝人们的新手段,叫作'方空縠'。"

"方空縠……"齐桓公盯着那人衣上花纹方空,似曾相识,喃喃道。是了,竖貂有一日似乎曾采办了几样最为时兴的临淄布料,以供齐桓公欣赏。齐桓公记得,有所谓的"纨素""冰纨""文绣""绮绣""轻绡"和"方空縠"。

齐桓公又环顾一眼周围的子民,攒头比肩,除了两人穿着白色葛布,其余全部是紫;于是又笑着问那人道:"国人皆好紫,那紫色衣料价格如何?"

"极贵!"那人得意扬扬,"五素不得一紫!"——此中之"素",乃是指生绢。当时至少五匹生绢方可以换得一匹紫色布料；要知道，生绢原本就很昂贵了。

齐桓公大惊，眉目间转眼又是一笑，将手中青铜酒壶递过来，道："赐你了。"

那人受宠若惊，忙接过酒壶，又伏地拜谢道："谢国君赏赐！"

齐桓公又轻轻命竖貂："速往相府。"竖貂应道："诺。"车轮滚动，马车徐徐而去。须臾后，齐桓公于伞盖下回眸一望，但见街上众人霎时拥在一起，争相要喝国君赐酒，而那个人早已淹没在一片紫衣之中。

时管仲正于府中批阅案牍，见国君到来，忙起身相迎。齐桓公大呼道："仲父啊，这可如何是好？"就闯入堂中，霍一下就半卧在案边，依旧批发在肩。竖貂低头斜睨，静静地侍立在桓公身后。

管仲以为有大事发生，忙问缘故。齐桓公便将临淄街上紫衣之事和盘道来，管仲听得哈哈大笑。齐桓公急了："仲父啊，五素方得一紫啊！紫衣如此昂贵，百姓又争相购买，如此奢靡耗费，于齐国霸业大为不利！唉——此事都是小白惹的祸，我该当如何？"

管仲止笑，正色道："一件紫衣，竟令国君如此忧心，真乃齐国之福！礼曰：正谓青、赤、黄、白、黑五方正色也；不正谓五方间色也，绿、红、碧、紫、骝黄是也。圣人垂衣裳而治国，其色不正，其国何治？——国君啊，国君不当穿紫，此非礼仪之道，于国不利。况民间如此效仿，市井扰乱，乃取祸之道，国君当禁之。"

齐桓公道："寡人也决意禁紫。只是……只是如此事情，源自寡人，行于民间，如何而禁？难不成要寡人因之而棒杀百姓吗？"

"解铃还须系铃人。"管仲呵呵一笑，放眼望了望呆立在齐桓公身边的竖貂，忽然就计上心头，而后轻轻附在齐桓公耳边，秘声悄悄道，"此事可以这么办……"齐桓公听了，频频点头。

几日后，齐桓公于宫中设宴，大会群臣，共论齐国霸业之道。临淄城中大小官员皆至——果然，十有七八都是紫衣；寸步不离、贴身侍奉的竖貂自然也是一身紫衣鲜亮。不过——齐桓公却是一身黄衣。

钟鸣鼎食，渐渐酒已半酣。竖貂趋步前来齐桓公面前倒酒，不想齐桓公忽然变色,喝道:"竖貂!退后,退后!——远点,再远点!"

竖貂茫然不解,只得遵命,步步后退。席间那些紫衣大夫也是面面相觑,不知何故。唯见身穿玄衣的管仲眉间暗笑,若无其事,只慢慢而饮。"再退,对……就远远地站在墙角!"竖貂第一次这么着退出席外,立在几乎看不见人的墙根暗影里。然而众大夫都纷纷转头,所有目光全聚集在竖貂这里——此时齐桓公大声道:"呸!寺人貂啊,你身上那身紫衣太难看了!寡人厌紫,休让我再瞧见!"

竖貂眉头紧锁,满脸沮丧,不明白自己最了解的国君为何转变如此之快?明明好紫,为何又忽然厌紫!本要献媚,不想反遭训斥,当下委屈得只想撞墙。而那些穿着紫衣的席间大夫顿时恍悟,再度面面相觑,只是此番虽不言语,人人眼睛里都放出一句话来:"原来国君厌紫啊……"

翌日,朝中大夫再无一人穿紫。消息不胫而走,如风而散,满城皆知。

又三日后,齐桓公乔装布衣,与竖貂二人偷偷乘着一辆小而轻便的栈车,于临淄城中"巡查"一番,呵呵,竟然再无一人身穿紫衣了。

皋门广场,暖暖的阳光洒了一地。

管仲辞了齐桓公,出门登车,由公孙猿驾马,便欲归相府。车马出了宫,行至皋门广场,忽见镌着"新政强齐"四个朱红大字的桓表木柱之下,喧嚣鼎沸,百姓云集。虽然嘈杂不已,但依然可以清楚听到,人墙拥挤之中,有一少年以头不断猛磕桓木,大呼道:"父母冤死,谁与报仇!"其声无比悲苦。

管仲听得真切,十分诧异。那桓表高耸入云,仿佛南门一柱,乃是自己拜相之初亲立于皋门之外的,上面"新政强齐"四字也是亲自手书的。数年来,四民分居令、新农令、官山海令、四海通商令、举贤三选法令等,一个一个改革法令,皆在此桓表下公之于民,行之于国,历近十年之功,终于使得齐国大治,霸业初成!如今有人偏偏于此桓表之下鸣冤,显然有着极深的用意。管仲又听了听,瞧了瞧,便止马下车,在公孙猿的陪同下,穿过人群,来到桓表前。

人群里顿时静了下来,那少年觉得应是一个大官走过来了,当下不再以头撞木,抬望眼,只呆呆盯着管仲。管仲见那少年十五六岁,衣衫破旧,额头渗血,满眼泪花,问道:"你有何冤情,到此皋门大闹?"

少年稚嫩之中微带刚毅,又有三分惊恐,嗫嚅道:"你……大人是何人?"

"这便是我们相国管相啊!""有什么冤情快讲,自有管相为你主持!"围观人中一阵七嘴八舌。

那少年始知眼前人便是大名鼎鼎的管相国,一时竟号啕大哭,匍匐拜倒,边叩首边泣道:"野民拜见管相! 今见管相,父母可以瞑目了……"

少年凄惨之状溢于言表,若非真有冤屈,绝不至此,围观百姓许多人不由潸然泪下。管仲扶起那少年,抚慰道:"你莫哭,也不要怕,到底有何冤情,尽管道来。"

那少年难以遏制,依旧哭了半晌才平静下来,管仲与之就在桓表之下,一同席地而坐。有一个百姓看地上尘多,便脱了自身衣服要塞在管仲膝下。管仲一挥手,不用。但听那少年道:"我乃是骈邑人士,名叫榛生,今告骈邑大夫伯偃滥杀无辜,将我父母并十岁的妹妹乘夜而杀,又焚火烧屋……"原来榛生之父名叫节刚,天生力大,勇而好武,又为人刚直,好打不平,在骈邑之地颇有人望。三个月前被骈邑大夫伯偃招入府中做了家臣,原本平平无事,后来却无意之中发现了伯偃倒卖食盐的秘密,节刚大惊,因其人秉性刚直,守法无畏,于是断然辞别,并扬言要向上级官府举报。哪曾料到就在那天月明之夜,榛生一家四口睡得正熟,陡然间大门被打破,十几个黑衣人操刀就杀了进来。寻常百姓之家如何经得住这番袭击,榛生母亲与妹妹瞬间被砍死,其父节刚力大敢斗,一方面尽力抵挡,一方面掩护儿子从后门而逃。最终榛生侥幸逃脱,而父节刚亦被乱刀斩杀。慌乱之中,借着白亮亮的月光,榛生依稀记得最后杀父之人的容貌——父亲临死之前,被那人一刀刺入腹中时曾大骂:"覃禾! 为何杀我全家?"那人冷冷一笑道:"挡我财路者,杀无赦!"话音刚落,父亲便倒在血泊中了。这便是榛生终生难忘的父亲诀别之言,而那凶手覃禾乃是伯偃大夫的家臣之首! 再之后,覃禾又一把火将房屋烧个干净,对外只说榛生家里夜里失火,不幸四口皆被烧死,以掩其罪。对于漏网的榛生,覃禾也开始秘密追捕,定要斩草除根。榛生不敢再在骈邑里待,终日东躲西藏,好在历时半月逃亡,总算活着见到了齐国之相,并将此段冤情公之于众。

管仲听完,万分惊讶。一是自新政之后,百业兴旺,民生富足,内以强国,外以兴霸,管仲自信将齐国治理得井井有条,民心归附,不想骈邑之地竟然发生了如此欺民戕命之事,实是出乎意外。二是管仲最担心的事情到底还是发生了——行官山海令,将矿山和海盐收归国有,严禁民间私自经营,虽说法令如山,也难保某些人贪得无厌,利令智昏,铤而走险而私贩,如今骈邑地方终究是发生了偷贩私盐的大事!管仲大怒,昂然道:"骈邑大夫如此藐视国法,本相定将严惩不贷!榛生,随我来。"言讫,带着榛生同乘一车而去。此后榛生便住在相府之中,管仲有意如此安排,实乃为保全榛生,以免再为奸人所害。

归府安置妥当后,管仲唤来国叔牛,令其调出档案,查看骈邑伯偃政绩如何。一番忙碌后,国叔牛回道:"偃政,大夫爵,封于骈邑,有食邑三百户。偃政乃仁义之人,素爱百姓,常有善举,其封地政通人和,并无违法之恶。"

管仲听了,一声冷笑:"鹰立如睡,虎行似病,偃政乃是欺上瞒下、大奸似忠的鼠辈!"又令国叔牛急召大司理宾须无前来。国叔牛得令而去。

须臾,宾须无至,两人互行揖礼,入席坐定。管仲道:"齐国大夫伯偃于封地之内连杀三命,又违官山海令,有贩卖私盐之举。"

宾须无听了,微微一惊,道:"怪哉,骈邑偃政我略知一二,据说乃是一个良善大夫……"所评竟与国叔牛口中相差无二。

管仲惊讶更甚,便一挥手,国叔牛就带着榛生入堂来。榛生噙着热泪,将冤屈来龙去脉又讲了一遍。宾须无听了,失色道:"齐国辖下竟有如此事情,定当依法严惩!"又道:"此事我将亲往查访:第一,齐国之盐皆产自东海官家盐场,是否有私盐泄漏,一查便知。第二,我欲前往骈邑,问政于伯偃,是非真假,便可水落石出。"

管仲道:"有劳大司理了。"

宾须无一拱手,便告辞,急忙办案去了。

望着宾须无风风火火的背影,管仲叹道:"我料大司理此去,定然受人蒙蔽,难觅真相!"

在旁的国叔牛道:"宾大夫深通法理,精于刑案,决狱执中,不杀无辜,管相因此而举荐他为大司理,乃齐国五贤之一,怎么会……"

管仲道:"非是大司理不尽职责,那伯偃欺上瞒下绝非一日,骈邑之地必然壁垒重重,岂可轻易被问破!"管仲想了一会儿,忽然又道:"叔牛,再唤来公孙猿,我们三人乔装改扮,化作民间商人,前往骈邑私访一番。"

国叔牛重重道:"诺。"

管仲、国叔牛、公孙猿皆改穿粗布葛衣,结伴而行。公孙猿推着一辆民间运货的役车,车上堆着四袋干枣,自己扮作挥汗的车夫;国叔牛随车步行,乃曰"公孙之弟",浑然一个老农模样;而管仲头上加了一顶斗笠,仿佛又回到当年管鲍行走市井之时的模样,亦步行在役车一侧。三人不日来到骈邑,但见此地山清水秀,松篁交翠,群峰环绕,中蓄良田,国叔牛不禁脱口叹道:"好地方啊!"

三人先行赶至榛生的家。其家位于某村最东边的一个小山坡下,门前有溪流与村庄阻断,本就孤零零的,此刻残垣断壁,满目焦黑,烈火与血腥汇合的气味仿佛犹在。院子里一片狼藉,灰烬中偶见陶器的碎片。破窗前一棵只被烧了一半的大桑树上,明显刀痕累累。管仲看了,不住地哀伤叹气。

行了半天路,口渴难耐,三人便坐于榛生家门前的那条小溪边上,汲水而饮。片刻后有一白发渔夫用竹竿挑了渔网,身后跟着一个背着沉甸甸的竹篓的孩童,在溪流对岸逐水而行,看样子像是捕鱼归来。管仲忙起身,大声唤道:"老伯可是刚刚捕的鲜鱼? 我正想烤几尾鱼做饭呢!"

那渔翁喜出望外,白须颤动,眼睛笑眯眯的,应道:"客人稍等,就来就来。"于是拉着身后小孩,蹚着溪水,慢慢走过来。这条清溪深不过膝,只是足有一二丈宽,水中乱石密布。管仲不住道"小心小心",就伸手将渔翁接了过来。

国叔牛将羊皮水袋递与渔翁喝,公孙猿将半瓢红枣塞给孩子吃。渔翁大笑,将渔网、竹篓都丢在一边,于是几个人于溪边的乱石上坐定。管仲将篓中之鱼全部买下,有大小十几尾,国叔牛付了贝币。

那渔翁接了钱,先是一惊,继之哈哈大笑:"客人买鱼是假,要向老汉问话才是真!"

管仲一怔,惊道:"何以见得?"

"客人口说买鱼,却连竹篓中物看也不看一眼,便好歹全部买下。你三个行路之人,烤三条鱼足矣,一下子买这么多,莫不是等着路上发臭吗?"

管仲听了叹服。渔翁又道："老汉还知，客人所问之事，必是那所烧焦的房子。"说罢，用手指了指眼前不远处榛生的家。绿油油的小山坡下，草木掩映中，有一团凄凉破败的乌黑，直令人无限感伤。

管仲大惊，忙拱手道："老伯慧眼！我确是那家节刚的至交好友，不知他家因何而被焚烧一空？"

渔翁又将他三人打量一遍，道："要问老汉，须要先答老汉。客是本地人？外乡人？是官？是民？"

国叔牛道："老伯为何有此一问？"

"若是本地人，老汉不会说。若是民而不是官，老汉说了也是白说。"

公孙猿凑过来，忙道："我等三人皆是外乡枣贩，要到临淄……"管仲一个手势将公孙猿的话截断，重重道："不敢瞒老伯，我三人皆非本地人士，我乃临淄之官。至于何官何名，自不必说，老伯见谅。"

渔翁一点头："你这个人，老汉只看一眼，便知你必是官，大官。罢了，老朽实不该有此追问。官家所问之事，且听老汉道来：我乃是本村人氏，祖上三代皆以打鱼为生，故以鱼为姓；排行老三，故名鱼三，今已虚活七十有六。被烧死的节刚家，邑大夫那里说是家中不慎失火，四口皆亡。可老汉知道，此一把火必是有人故意放的，而且只烧死了三个，逃脱了一个。"

管仲问道："老伯为何如此说？莫不是火烧之时，你就在跟前？"

"火烧之时，当在夜深人静之刻，老汉也正在自己家中酣睡，是以并不在跟前。但老汉知道，这家男人节刚刚从邑大夫伯偃的家中跑出来，因为发现了他们有贩卖私盐的勾当，节刚还扬言要向朝廷举报呢，不承想……唉！此家隔溪独居，距村中甚远，夜里的事情虽然不知，但天亮后我等村民忙蹚水来救，哪里还来得及？若是自家失火，如何地上流淌血迹？院子里到处有打斗痕迹，篱墙被撞倒了，陶罐碎片满地都是，院子里那棵树干上有刀砍之痕，失火！哼哼——乃是先被人砍杀，然后放火焚尸！唉……我们找到烧焦的尸首，埋于房后大松树下。老汉人老眼亮，一眼便认出那是节刚夫妇与他们的小女三个人，儿子榛生必是逃了。如今半月已过，榛生依旧音信全无，活不见人，死不见尸，想来也已为覃禾所杀，然后喂狼了。"

　　渔翁越说越气,举着水袋当酒喝。管仲眉头紧锁,道:"想来是那伯偃大夫惧怕节刚告密,于是先下手为强,杀人灭口……"

　　"伯偃! ——不不,杀人者,非伯偃也,乃是覃禾!"渔翁摇着白头道。此语一出,仿佛霹雳一声骤响,管仲三人不由大为惊叹! 从榛生到这老翁,皆言杀人者是覃禾,然而伯偃乃是骈邑大夫,覃禾不过伯偃家臣而已,若非奉了主家之命,一个家臣岂敢妄自灭人之门? 见三人皆是满脸迷茫,老翁一个苦笑,自己道:"伯偃本是个善心大夫,只是十年之前起用了一个名叫覃禾的家臣,一切就变了。那覃禾人面兽心,笑里藏刀,不知使用什么手段得到了伯偃的重用,此后伯偃就被蒙蔽了双眼,整日不问政事,骈邑一切大小事务尽决于覃禾,当地人只知有覃禾而不知有伯偃! 欺压百姓,巧取豪夺,抬高赋税,草菅人命,近几年又勾结东海盐官,将齐盐私自贩卖到宋国睢阳,以牟暴利,这些皆是覃禾之罪,而伯偃并不知晓! 骈邑地方天愤人怨,百姓敢怒而不敢言,多有咒骂伯偃者;唯老汉知道,骈邑之罪不在伯偃,却在覃禾!"

　　管仲听了,无限感慨,接着道:"老伯何以认定伯偃无罪?"

　　渔翁又一声叹,对着淙淙流淌的溪水静默半晌,忧伤道:"实不相瞒,老汉年轻时也曾在伯偃府中效力,颇得信任,也深知伯偃天性仁善的性情。后来我老了,离开伯偃了,然后覃禾就来了,然后骈邑就乱了。五年前,有一次覃禾向农家加收赋税,老汉气不过,便破入府门,找伯偃理论;伯偃也礼见了我。经此一番闹,我才知晓事情全是覃禾的主张,而伯偃并不知晓。此事最后以伯偃取消农税、覃禾受到训斥而告终。然而又几日,老汉一家便在山林中遭到了覃禾的毒打,从那之后,老汉便再也见不到伯偃了,百姓们也再见不到邑大夫了。如今……唉,只有遍地徒劳无益的骂声……"

　　国叔牛与公孙猿面面相觑,哑口无言。管仲轻声道:"原来如此……"然后又问:"邑事尽决于覃禾,那伯偃如何度日?"

　　"此大夫,善人也。自幼好养麋鹿,家中有鹿百余头,日日奉养甚忙。骈邑四周多山,早晚皆有麋鹿出没,伯偃有事无事便推一辆满载鹿食的役车上山,尤其在冬天大雪之后,鹿无所食,伯偃便散食养鹿,有遇鹿儿受伤也便急救之。封地政事尽交予覃禾,伯偃也乐得自在,可以心无杂念,专事养鹿。百姓因之称其为鹿大夫。"

公孙猿不由笑出声来。管仲却怒眉扬起，冷冷道："宁养鹿，不养人！"

管仲言语中透出杀气，令人感到一阵惊惧和不安。渔翁面色就此僵住，不知是喜是忧，只微微摇了摇头，道："我所知者，已尽告于官人，就此告辞。"言罢一拱手，挑起渔网就要走。

管仲忙起身，躬身行礼："晚辈谢老伯指点。老伯——老伯可告知骈邑百姓，但有不平事者，可到临淄皋门桓表之下公诉，必有官人为之主持公道。"

渔翁回过头，白发红面，笑容可掬，道："老汉记下了。今日幸与官人一会，骈邑定将苦尽甘来！告辞。"便领着那个童子，依旧踏着溪水躞去。须臾间，这一老一少如风影一般，便消失在一座山峰下若隐若现的小村庄中了。

溪流哗哗作响，水面翻卷着一朵朵洁白的浪花。国叔牛道："依老翁之言，骈邑首要严惩者，乃覃禾也。"

管仲大怒，双目射电，冷冷盯着面前一片美好的锦绣山水，厉声道："善用奸邪有眼如盲，沉迷畜生不务人事，如此大夫，误国误民，要之何用！骈邑之恶，首伯偃也！"

管仲三人顺着溪流而下，欲进骈邑之城。半个时辰后路过半山腰一片梯田，远远地，见一家祖、儿、孙三人正于田间耕作，却被三个挎剑的黑衣人恶狠狠相逼。又听了几耳朵，原来是逼着他们纳税。

管仲三人佯装继续赶路，依旧远观着。但听得那个父亲道："管相推行新农令，有'相地衰征'法：十一仞见水轻征，十分去二三，二则去三四，四则去四，五则去半，比之于山。国家因土地肥沃程度之不同，税收也不同。我家农田乃山腰梯田，非是那山下水边的良田，为何也要征收同样的重税？莫非骈邑不是齐国的吗？"

一黑衣人，左脸带刀疤，冷笑道："这里是齐国，更是骈邑！某奉覃禾大人的税令而来，你一家为何就是不缴？"说罢霍一下抽出剑来，架在那父亲肩上："你要试一试某的宝剑是否锋利吗？"

管仲见状，向国叔牛递了一个眼色。国叔牛会意，快步跑过去，凑上来，一边赔笑一边道："大人息怒，息怒——"就将那剑轻轻撤了下来，又变色斥责农人道："你等农夫,为何不愿缴纳农税?"

黑衣人见国叔牛虽是陌生人却替自己说话,愈加得意。那父亲听了,竟蹲下身来呜呜呜哭,旁边儿子也陪着掉泪。鬓发斑白的老爷爷这时道:"家中儿媳身染重疾已经三年,急需拿粮食换药。即使如此,我家年年赋税,除了这一次,从未落过。但是……只是邑里的税越来越重,一年比一年多;我家又是山间之田,按照齐国新政'相地衰征'法,其实只纳一半的税就可以了,可是……唉,如今家中已经无粮可以上缴,田里又不到收获时节,大人们就索要贝币抵税,家中缺药缺粮,儿媳将死,哪里还有钱啊……"

国叔牛听得心酸,又问道:"要缴纳多少贝币?"

"一朋。"那老汉道,言语间充满麻木之感。

国叔牛大惊。商周时期以海贝为原始货币,五个海贝为一串,两串合计为一朋,即所谓一朋十币。彼时一具一二百斤的中型青铜器需要二十朋币,一套精美的贵族礼服也需二十朋币。而在民间,一币可购约 0.8 亩良田,一朋便是八亩土地!此家要缴纳的赋税竟达一朋之高,大大出乎国叔牛预料,也是与管相兴农富民的主张相悖的!当下国叔牛一叹,对着黑衣人又道:"我看此家所种乃是贫瘠之田,齐国之农税:十一仞见水轻征,五则去半,比之于山。此家农税一串即可,何必一朋?大人想是弄错了。"

"丝毫无差,骈邑这里就是一朋!"

"管相兴农,有'相地衰征'之法,尔等焉敢不守国法!"

"什么管相不管相,老子这里只有覃禾之法!你这行路人再敢多嘴,休怪我不客气!"黑衣人说着,就准备向国叔牛也举剑去。

公孙猿远远地听了这话,怒火中烧,陡然间操起长剑就要拔出。管仲又使了眼色,公孙猿一叹,便收了剑,默默不语。

那里国叔牛也回头望了一眼管仲,见管仲冲自己又使眼色,便强笑,将袖袍中一朋贝币取出,送与黑衣人道:"他家的税我代缴了。大人看他家中妇人卧病,权且宽容一回。"

黑衣人将串在一起的贝币轻轻扬起,嘴角一笑,就得意去了,并不曾有一句话,也并不曾回头向齐国的相国望上一眼。

那家三口大惊失色,齐于田间匍匐拜倒,向国叔牛谢恩,先后道:"请恩人留下姓名,容我家日后奉还贝币。"

国叔牛道:"救人危难,说什么奉还呢。我只需你等将姓名报来,家住哪里?"

那三人一时满脸诧异,但又不能说什么,就恭敬作答。国叔牛默记心间,他十分清楚,这便是管仲所搜集的罪证。

管仲过来,上下打量了这家祖孙三口,只一拱手,并无一言,便辞去了。路上公孙猿依旧愤愤地,道:"这几个小人不遵新法,欺辱良民,就在眼前!我要杀之,以儆效尤,管相为何不允?"

管仲道:"此等小人物,杀之无益。我正要伯偃、覃禾之辈铁证如山……"

管仲等继续前行,便来到了骈邑之城。此城坐落于河流岸边一块高地上,正北靠山,其余三面引河水环绕以作护城之用。城池虽小,然坐落于青山绿水之间,群峰龙脉交汇之处,占尽地利,自成一体,观之如画,恍若世外桃源。管仲瞧了半晌,叹道:"如此好河山,可惜不得其人!"

公孙猿驾着役车,马蹄声碎,缓缓向前。管仲戴着斗笠,与国叔牛同在车右步行。将近南门,忽然见一辆铜马车匆匆出城,车后尾随着两队甲兵,并有仪仗、旌旗等物。大道两边也忽然多出许多百姓,都主动避让,伏拜于道路两侧;其中多有端着酒饭吃食、时鲜果品诸物之人,像是在迎接什么重要人物。管仲大为惊奇,又见那出城之车乃是黑色墨车,三马驾驭,此乃礼制中的大夫之车。车上有一人,穿玄端礼服,正襟危坐,体形肥胖,目光柔软,一脸和善之相。管仲想此人必是骈邑大夫伯偃,当下不便言语,与身边二人混入人群后面一株大柳树下,远远望着。

原来宾须无视察完东海盐场,又赶至骈邑来——果然是伯偃出城迎接齐国大司理来了。当下两人于南门之外相见,彼此下车,互相行了礼,而后相携着一同向城中走去。管仲见那伯偃谦逊有礼,进退娴熟,言辞温暖,令人可亲,也实在不像一个十恶不赦之人,当下摇了摇头,不禁想到了溪边老渔翁那番对伯偃的评论来。又见伯偃身后紧随一人,形容枯瘦,贼眉鼠眼,两条细细的八字长须如同两道猫须,压在唇上,虽然缄口不言,只是眼珠子四下里滴溜溜转个不停。管仲料此人必是覃禾。为了验证是否属实,管仲当下以手指他,故意对身边一个当地百姓戏谈道:"这人就是大名鼎鼎的覃禾大人吧? 只顾到处乱看什么? 如一只鼠。"那百姓陡然惊慌道:"千万不可这么说,覃禾大人是骈邑虎一般的人物!"管仲冷冷地笑了。

伯偃与宾须无步行将入城门,南门外夹道相迎的百姓们顿时叩首不已,有欢呼大司理的,有赞美伯偃大夫的,并有敬酒的、献果的,气氛热烈,一片吉祥。管仲侧耳,但听得"骈邑风调雨顺,五谷丰登,特请大司理饮一碗骈邑之酒""伯偃大夫待民如子,实是我等百姓之福""大司理要向国君禀奏,骈邑乃是齐国第一福地"等语,便不由锁起眉头。喧闹声中,只见覃禾依旧眼睛四扫,恶狠狠地瞧着百姓们,势如虎狼,不怒自威。片刻后,迎接宾须无入城已毕,而南门外的百姓们竟齐刷刷霍地起身,将刚刚捧在手中的吃食统统摔在地上,用脚踏了又踏,还有几个大胆的竟然破口大骂起伯偃来。管仲瞧在眼里,心中又惊又愤。原来这些百姓都是被覃禾日常欺负惯的,敢怒而不敢言的,今天又被逼来专门做给齐国大司理看的。

只眨眼工夫,百姓们似被风吹,如鸟兽散,南门外空空荡荡,遍地狼藉,与刚才的热烈气氛形成了鲜明对比。管仲呆呆望着南门,只不言。

国叔牛道:"管相,城门洞开,我们进城去吧。"

"不进了! 我们就此返回临淄。"管仲扭头就走。国叔牛与公孙猿赶忙追上,三人别了骈邑,大步流星回临淄去了。

又两日后,宾须无也回到临淄,先入相府,拜见管相。两人彼此行揖,脱履入席。宾须无愁容满面,道:"榛生命案之事,我先行赶至东海盐场,继之又到骈邑之城,先后问政于盐官与伯偃,管相啊——东海盐场并无海盐外泄之情,伯偃在当地也是百姓拥戴,众口铄金,并无恶事可查……然而管相,虽说如此,我却深感到其中似有隐情藏匿,似有重大线索被神秘人物遮掩着,令官方逮他不住。宾须无惭愧,此行并未将隐情查出……"

"大司理勿忧,此冤案已有铁证,骈邑渔翁是也。"管仲道。

宾须无大惊:"管相何以知之?"

"以天下之目视,则无不见也;以天下之耳听,则无不闻也;以天下之心虑,则无不知也。"管仲淡淡一笑,然后将自己暗访骈邑之事前前后后和盘托出。

宾须无恍然大悟，道："原来管相早已先我一步。既然已得老渔翁等人为证，我便带兵将伯偃与覃禾捉了，狱中定案，斩首便了。"

"且慢！"管仲道，"榛生家中命案及骈邑私征重税、欺压百姓等事，业已一目了然，相信一旦审理此案，更有无数百姓前来哭诉。然而私贩海盐之事，却是更加隐秘，伯偃是否涉入其中，更不可知。我们勿要打草惊蛇，对外只说骈邑无恶，以骄其心。我们且再等一等，本相定要将覃禾之辈私自贩卖到宋国的食盐当场捉住，待人赃俱获，再行惩处！官山海令乃齐国大法，为国家根基所在，岂容此辈奸邪小人践踏！"

宾须无听了，接着道："管相言之有理。我以为东海盐场有必要再次密查一番，其中定有与覃禾私通者。"

"然也，有劳大司理。"管仲允道。

正商议间，却见国叔牛捧着一简文书进来，轻声道："禀管相，齐鲁之间汶阳长城已经完工，设汶阳关。"

管仲"哦"了一声，忽然大笑道："修得好！那汶阳关口乃是齐鲁之间必经之咽喉，更是齐国商人南下宋国必经之要道！此地设关，齐之南门便尽在我执掌之中，连一只鸟也休想偷偷飞出去！"管仲说着，不由攥了一下拳头。

"管相是说，骈邑要贩卖的私盐也必从汶阳长城而过，我们只要在这里张好口袋，则覃禾等人定然自投罗网？"宾须无又是恍然一悟，接着道，"原以为管相修建长城，只是要保家卫国，防鲁入侵，不想还有这般奇妙作用！"

"然也。"管仲道，"长城依托地利，蜿蜒于国之边境，其军事之用自不必说。有长城则必有城关，有城关则枢纽开合尽归于我。对外可以防他国之敌入侵，对内也可以控遏内贼外逃，如今汶阳关已成，先拿覃禾之辈一试！"

管仲又命唤公孙猿来，道："东海盐场，宾兄不必再去。你只需悄悄赶到汶阳关，守住这只口袋，则万事了了。"当下安排妥当不提。

汶阳段长城历时数年，终于修建完毕。这一段齐鲁交界之处，争端不断，兵戈连绵，是个用武之地，所以管仲首先于此开工，修建了齐国第一段长城。此地有山有河,有沃野,有丘陵,地形复杂,道路多多,原来齐人由此南下鲁、宋等国,有大道、小道、旁道、岔道,又可走陆路,又可走水路,不一而足,如今一道汶阳关,诸路不通,唯一道可行。却说公孙猿因为相府事务繁杂,晚行了一日,沿途不敢有丝毫懈怠,揣了管相密令,昼夜兼程,匆匆向汶阳关赶来。

事有凑巧,当公孙猿渐至关隘时,陡然发现道上忽来了一列奇异商队,有二十余人,清一色的黑衣,戴青竹斗笠,驾十辆役车,车上载着满满的麻布袋子。——其中一人,正是覃禾! 好在管仲私访骈邑时,公孙猿借机认识了覃禾,而覃禾并不知公孙猿是何许人也。公孙猿当下喜出望外,自叹来得早不如来得巧! 于是不动声色,假装若无其事,只悄悄贴着覃禾的车队尾随而去。

汶阳关前,新建的长城如庞然巨物,横亘云间,令人一望,不由生畏。此段长城皆由山间青石垒砌而成,每一块石头方寸都打磨得刚刚好,完美拼接,而石头缝隙之间偶见落根疯长的野草,绿莹莹的,点缀着生硬的石墙。新设的关防仿佛就是一座国都的城门,上上下下到处都有甲兵把守,城门之上还矗立着关楼并有两座石头兵营。覃禾率车队来到关下,一挥手止住车,然后自己揣了什么东西独自登上关楼,想是面见关令去了。

汶阳关令名叫程羊。不一会儿,程羊与覃禾一同笑嘻嘻地从城墙上走了下来,看得出,彼此十分熟悉。程羊来到十辆车前,只瞟了一眼,便下令放行。此刻公孙猿见状,大喝一声:"覃禾休走!"

覃禾顿时怔住,脸色煞白,回首一望,见公孙猿并不认识,于是当下啐了一口,就继续要走。公孙猿带着五六个精壮兵丁,几个箭步就将覃禾围住,冷冷道:"大胆覃禾,你这车上偷运的什么?"

"乃是粮食,关令大人自知。关你什么事?"覃禾目光凶狠,瞪着公孙猿道。程羊见来人不凡,势头不对,便先不言语,只旁观着。

公孙猿目光炯炯,双眉斜飞,唰一下拔出腰间长剑,对着车上两只袋子连刺两剑,白花花的盐粉就流淌下来。"违官山海令,贩卖私盐,覃禾你的末日到了!"公孙猿大声道。

在场众人皆大惊失色。覃禾此时方知来者不善,这是要置自己于死地啊! 当下怒向胆边生,使出自己在骈邑地方的恶霸手段,挥舞拳头就向公孙猿打来。此一番打,公孙猿在心中不知憋了多少时日,此时终于可以痛痛快快出手了。当下三下五除二,也不用剑,只七拳八脚,便将覃禾门牙打落,眼圈打黑,疼在地上不能起来。

那二十余头戴斗笠的黑衣人,纷纷从车上操起家伙,就要与公孙猿大战起来。只见公孙猿一脚踏在覃禾带着血迹的胸膛上,丝毫不惧,扯着嗓门高喊道:"关令何在? 管相手令在此!"

程羊此时如梦初醒,大惊失色。当下脑袋一个急转,先慌忙赔笑,然后赶紧接了公孙猿手中的令书,一看乃是临淄密使专为缉拿私盐而来,当下吓得不由抽搐一下。程羊定定神,强装挺起胸膛,大吼道:"幸亏公孙大人及时赶到,险些被覃禾骗了!来呀,给我一并拿下!"

关前守兵一哄而上,饿虎扑羊,片刻工夫便将覃禾二十余人都捆绑了个结实。程羊弓着腰,低着头,不住向公孙猿赔笑着什么。公孙猿不理,耳边只听得覃禾破口大骂道:"程羊你个伪君子! 焉敢抓我! 这些年你受了老子多少金帛!"

一阵急风从东面猛烈吹来,似一个疯狂的魔头,霍一下就撞在汶阳关的石墙上,发出呜呜几声响,然后如一块软绵绵的黑帛,重重地坠落地上,碎了……

覃禾被囚的消息传到骈邑,伯偃大惊,始知自己的家臣已经闯下了弥天大祸。原来伯偃过于心善,误信了覃禾,将邑中大小事务均交予覃禾打理。而覃禾阳奉阴违,暗里所干的一切勾当,伯偃也是的确不知。此次因汶阳刚刚设关,覃禾不得不亲行,要将私盐车辆妥善送出关外,然后再返回骈邑。自以为手眼通天、无所不能的覃禾,岂能料到关城之下正有一张天罗地网口子大开,专候自己快踏进来!

伯偃正彷徨无计间,临淄城就来了一支军马,以风卷残云之势便将骈邑接管。伯偃顷刻间被抓。不久,覃禾、东海盐官春豕、汶阳关令程羊,先后载于槛车中一并押来骈邑城中。

戈矛如林,甲兵簇拥之中,管仲与宾须无威风凛凛,相携而来,共同坐镇骈邑。于是这桩轰动齐国的大案终于水落石出:其一,榛生一家三口被杀,冤情昭雪,主谋者、操刀者正是罪大恶极的覃禾。其二,近三年来,覃禾北与东海盐官春豕勾结,南与汶阳关令程羊私通,公然违抗官山海令,将齐盐偷偷运往宋国睢阳私自贩卖,以谋暴利,查得赃款三百黄金。其三,又查骈邑百姓举报覃禾种种罪行如滥用私刑、强抢民女、私征重税、掠夺财物、谎报政绩、欺上瞒下等共计十二桩。其四,覃禾种种所为,邑大夫伯偃的确不知。

小城南门之外,人山人海,男女老幼,围观如堵,骈邑百姓三百户几乎家家皆至。人群正中设一刑场,有两个刽子手执刀而立。又搭建一个三尺之台,甲兵护卫中,管仲与宾须无居高而坐。有狱官手执罪状,当众宣读了覃禾等人之罪。

宣罪毕,管仲朗朗道:"骈邑之恶,起自榛生家三条命案,波及一邑之政,如今铁证如山,国法难容!——东海盐官春豕、汶阳关令程羊玩忽职守,以权谋私,亵渎公职,实是家国之耻!今将此二人官职剥夺,打三十棒,即日起发配边疆修筑长城!伯偃之家臣覃禾,藐视国法,胆大妄为,其重重不赦之罪十有二条,其中以草菅人命与贩卖私盐为最!覃禾万恶,万死难赎其罪,判覃禾及其手下四名恶党极刑——立斩!"

人群寂寂,鸦雀无声。先是一阵惨叫,春豕与程羊被棒打之后,载入囚车,运往南疆修长城去了。此二人非骈邑人,百姓们似乎无动于衷。之后,随着行刑声喊起,覃禾及其四个助纣为虐的手下被押在刽子手刀下,但见寒光闪了几闪,五颗血淋淋的人头滚落地上。

原本寂寂无声的围观百姓中,轰然间爆出一阵阵号啕的哭声来,这哭声非为死囚送刑之声,这哭声乃是压抑了太久的委屈瞬时得到释放而产生的发自肺腑的如潮水般涌动的一种喜极而泣!这哭声也令管仲与宾须无等官员大感意外,一时怔住;管仲不由叹道:"民被欺辱久矣!"

但见榛生流着眼泪,跪于人群中大呼道:"谢管相为小人做主!父母妹妹,可以瞑目了!"又有几人随着同声道:"覃禾已死!骈邑太平了!"

管仲正心酸,忽然又有一个中年汉子于人群中高高立起,大声道:"覃禾其罪大矣!然而覃禾不过伯偃门下一个家臣而已,伯偃之罪何在!"——这一句话不当紧,在场的所有百姓都抬起头来,先后大呼道:"愿管相惩治伯偃之罪!我等再也不愿依附伯偃!再也不愿依附伯偃!"

这一句话更激怒了管仲,管仲起身,正要宣判伯偃,却听得百姓后面一个熟悉的声音渐渐传上来。管仲望去,却是那个溪边老渔翁一边唤着"管相管相",一边正从人墙里钻出来。

老翁一见管仲,先是美美一个笑,继之匍匐拜倒,道:"我老汉有幸,得以在溪边与齐之相国一叙。既有此缘,再听老汉一言可否?"

管仲脱口一声"老伯",便扶起眼前的白头老翁,道:"但讲无妨。"

"家臣有罪,大夫自然难辞其咎。但念在伯偃天性仁善,只是受人蒙蔽,并无罪恶实行,恳请管相另眼相看,法外开恩!"

众百姓依旧愤愤地,管仲望一眼言辞恳切的老翁,又瞧一瞧望眼欲穿的百姓,叹道:"骈邑百姓三百户,为伯偃求情者,一人而已!"当下思忖再三,道:"伯偃身为国之大夫,愚昧不明,任用奸小,以使封地之中恶行累累,民怨沸腾!念其天性善良,尚余仁政,今夺其封地三百户,收归国有。伯偃仍留大夫爵,赐地五十亩,以祭宗祀。"

老渔翁又伏拜道:"相国慈悲!"

在百姓一片欢呼声中,伯偃被两个甲兵押着走了过来。伯偃身胖,晃晃悠悠,眼眶红润,鬓发凌乱。伯偃走近,将眼前的齐相从头到脚看了个仔细,满满的心酸,又有几分失落,几分悔恨,几分敬畏,而后恭恭敬敬向管仲行了一个大礼,只道:"伯偃无话可说。"便羞惭地退去了——管仲夺伯邑案就此告结。此后伯偃耕田种菜,隐居不出,日食粗粮藿羹,夜宿贫窗草榻,与普通野民无二,然至死对管仲没有一丝抱怨。百余年后,圣人孔子讲学,曾以此评论管仲道:"人(仁)也。夺伯氏骈邑三百,饭疏食,没齿无怨言。"

骈邑三百,载歌载舞,南门城外一时如庆,管仲与宾须无相视而笑。宾须无轻叹:"今日始知,与民同乐啊!"

管仲正欲搭话,却见国叔牛匆匆过来道:"国君急召管相,郑国使臣叔詹入齐,国君大怒……"

管仲大惊,眉头一皱,目射精光,当下霍地一挥长袖,斩钉截铁道:"速回临淄!"

第十四章　霸主屠遂

管仲于骈邑削夺伯偃封地的同时，临淄城里也发生了一件怪事。

却说郑国使团入齐觐见，为首者乃是郑厉公麾下"三良"之首——叔詹。郑使为何来齐？原来周釐王四年、公元前 678 年幽地会盟之后，郑厉公虽说一时臣服于齐，然而心中始终别怀鬼胎，伺机而动，依旧要与齐桓公再决高低。幽地会盟仅仅一年后，郑国便不再向盟主齐国朝贡了，齐桓公虽有不悦，也没有太在意，只是派遣了一个使臣到郑国谴责一番。齐使到新郑后，义正词严责问郑厉公，而郑厉公只默然不语，不久后便派遣以叔詹为首的使团来临淄了——此番叔詹前来，若依常理看，应当是为郑国再度请罪来了。

临淄宫中，齐桓公殿中高坐，左有鲍叔牙，右有公孙隰朋。随着一声"郑使觐见"，但见叔詹款款而入，如画中美男子来，不由令人眼前一亮。叔詹出身贵族世家，神清骨秀，玉树临风，自带一种华贵之气，齐桓公看得也是满心欢喜。

郑国乃同盟之国，叔詹乃郑之上卿，看来郑国是郑重其事请罪来了——齐桓公也作如是想。待叔詹行了大礼，齐桓公微微笑道："郑国为何不来朝拜盟主啊？"

"禀齐侯，"叔詹叹气，低头皱眉道，"郑国无日不以齐为尊，只是南蛮楚国频频侵扰，步步相逼，以至于郑国方寸大乱，不知所为。"

此语暗藏弦外之音,齐桓公顿时收了笑容,冷冷道:"既然不知所为,你今为郑使,来齐国何干?"

叔詹半晌默默,似有无穷难言之隐,末了终于挺胸,昂然道:"郑国要退出联盟!"

一语晴天霹雳,齐桓公、鲍叔牙、公孙隰朋皆大骇,齐桓公更是要咆哮而起,一时硬是忍住了。鲍叔牙不由想到幽地会盟之时,管仲便料到郑厉公奸雄反复,必会再生妖乱,如今不过仅仅一年时间,郑国果然就又要背盟了! 当下黑髯偾张,怒不可遏道:"你那国君,全赖齐国相助,方才由栎城入主新郑,齐郑由此结好。孰料鄄地会盟之后,郑国便发兵侵占宋国城池——此郑国一反复也! 至去岁,郑国叩首请罪,我主宽怀不予计较,于是又有幽地会盟,齐郑复好! 九国诸侯皆可为证! 怎么? 盟约字迹依稀未干,铿锵誓言犹在耳畔,郑国便要二反复吗?!"

鲍叔牙声色俱厉,叔詹脸色一阵红一阵白,当下又羞又愤又怒,直面齐桓公,就大声道:"齐侯若能以兵威降伏南楚,我国君敢不朝夕听命于齐!"——话刚出口,便顿觉不妥,不由惊咽了一口唾沫,喉咙处如滚圆球。

齐桓公再也坐不住,霍然起身,攥着拳头,勃然大怒道:"原来是背齐而向楚献媚啊! 郑伯欺寡人太甚! 孺子狂妄无礼太甚! 武士何在!"门外一队甲兵如虎,应声而至。齐桓公脸色铁青,气得直喘粗气,不住挥手道:"将这叔詹推出去,乱刀剁成肉酱!"

叔詹听了,立于阶下,直仰头大笑起来。

公孙隰朋满脸焦急,忙道:"国君息怒! 列国邦交,皆循礼法,两国交兵,不斩来使。叔詹乃郑国上卿,今以郑使入齐,更是尊客! 愿国君三思。"

鲍叔牙也霎时冷静下来,也谏道:"国君英明神武,乃是当今天下第一霸主,何必与这小小郑使斤斤计较呢?"

齐桓公一怔,顷刻间就转怒为笑,呵呵道:"寡人岂会在一个郑使面前妄动兵戈! 方才只是要杀一杀他的狂妄之气。"接着又是一阵冷笑。齐桓公起身,踱了几步,将叔詹上上下下瞧了几遍,淡淡道:"郑国决计退盟,寡人悉听尊便。郑国既已非我盟国,叔詹也便不是盟国之使,寡人待客之道自然不同。来呀,将这郑使请入城内大牢之中好生款待,叔詹啊,待寡人伐郑平楚之日,你我再续今日之情。"

此一番意外之言,竟令叔詹不由生出敬佩之心来。叔詹颤了一下,只拱拱手行了一个礼,便立于原地呆呆不动。公孙隰朋又道:"可将叔詹交由王子城父的军中看押。"

齐桓公允准。两位武士将叔詹刚刚押出殿门,步履声犹在,齐桓公一下子就瘫软了下来,心如鼎沸,魂魄俱销,自觉又有大事催逼,却无力应对,口中喃喃嘀咕道:"仲父,仲父啊,你现在走到哪里了啊……"

管仲从骈邑赶回,一路风尘仆仆,不敢稍有停歇,驱车赶马,穿街过巷,直入宫中。君臣相见,分外亲切,齐桓公顿觉有了主心骨,命竖貂置酒相待,为管仲洗尘。

齐桓公急不可耐,忙将叔詹入齐之事和盘托出。管仲听完,静如止水,道:"叔詹为使,专为传达郑子突背盟绝齐之意。子突其人,野心勃勃,如今敢于公然退盟,必有周密盘算——我料子突绝齐之时,必会与楚盟好! 其意乃是与齐国争霸。子突目下已是国君最大劲敌,此人奸诈凶狠,反复无常,业已两番背盟,是自绝于华夏矣! 为齐国计,为天下计,此辈必除之! 不过……国君今日险些被子突利用,还好并未铸成大错。"

齐桓公满头雾水,一片茫然,嗫嚅道:"郑国与楚结盟? 不会吧? ……如此反复之人,谁会信而盟之? ……寡人险些被子突利用? ……仲父何意……"

"过不了许久,郑楚盟好的消息必然传来,国君稍待。国君啊,子突如果要与楚结盟,与齐退盟,那么遣何人为使以来临淄,则无异于将此人送入虎口之中啊。谁来了? ——叔詹!"

"啊——"齐桓公惶恐,依旧不敢相信。只见管仲又低低道:"国君可还记得傅瑕、公子阏、原繁等诸人之事乎?"——却说周釐王二年,公元前680年,郑厉公借助齐国兵力,入主郑国二度称君后,第一件事便是高举屠刀,大肆排除异己。功臣傅瑕首先被杀,接着公子阏被斩,原繁被逼自缢身亡,公父定叔无奈出走卫国,强鉏被刖……踏着血腥之路,郑厉公终于稳坐宝座。其中不得不特别提一人——叔詹。叔詹并非郑厉公嫡系,厉公也多有猜疑忌惮之心,只是叔詹乃是郑国之卿,家族世代累有经营,各种关系盘根错节,为郑国之首席权臣,一时极难撼动。所以,郑厉公提拔重用的"三良"之中,叔詹依旧为首,如此布局也是不得已而为之,郑厉公不过是在等待一个合适的机会罢了。现在机会终于来了! 郑厉公偏偏令叔詹出使齐国,实是要借助齐桓公之手将这一颗眼中钉彻底铲除! ——齐桓公想到这里,不由一身冷汗,愤愤道:"子突老儿如此阴险,寡人那日如果真杀了叔詹,岂不令老儿乐死!"

管仲道:"幸国君及时纳鲍叔、隰朋二人之谏,只是囚了叔詹。囚得好!"

"依仲父之见,我等将如何处置叔詹?"

"我料叔詹入齐,必不知晓郑楚结盟的企图,懵懵懂懂,也是被郑厉公玩弄于股掌之中。叔詹不亡,必是子突死敌! 子突欲假齐国之手以除叔詹,我等反要借叔詹之命以杀子突! 此郑君玩弄阴谋太甚,夷吾定要与之见个雌雄! ——但将叔詹好生供养在临淄城中,我自有妙用。"

齐桓公"哦"了一声,想了几想,又道:"仲父何以认定郑国与楚国必会结盟?"

管仲道:"不出一月,消息必来,国君且拭目以待。"

这是一个闷热的夏季,暑气蒸腾,蝉噪聒耳,齐桓公深居宫中,莫名其妙总是心烦意乱。某日子夜,梦见自己被众人簇拥着登上北山,正要欣赏旭日初升,忽然身后洪水滔天,如席卷来。桓公大惊,急唤左右,而身边众人顿时消失得无影无踪。桓公一时不知所措,于是拔出腰间佩剑便向洪水刺去,但觉一片红光闪耀,自己从头到脚却被血水浇了个通透……俄尔梦醒,全身尽汗,再也难以入睡,以为乃是不祥之兆。

次日早朝,果然就接到了郑厉公以堵师为使,悄悄与南方楚国结盟的消息,屈指算来,此日乃是管仲所言"不出一月"之第二十三日,齐桓公慨然叹道:"仲父神算。"又变色怒道:"郑国两次背叛盟约,如今又公然与楚蛮结盟,是可忍,孰不可忍! 寡人乃天下之霸,誓要统率盟国联军,荡平郑国!"

下面众大夫也是群情激愤。仲孙湫第一个带头,挥舞拳头道:"齐国霸业正盛,天下孰敢不从! 国君当发盟主令,先平郑国,再伐楚国!"

正嘈杂间,忽见殿外更有军报传来。齐桓公大惊,以为郑国率先起兵,忙传信使觐见。那信使匆匆入内,大声禀道:"遂地反叛! 遂因氏、颌氏、工娄氏、须遂氏四氏之众聚而谋反,将我戍守之军斩杀殆尽,两千齐兵无一生还!"

朝中顿时一片惶恐,齐桓公惊道:"虎贲何在?"

"虎贲中了遂人之计,第一个被斩杀,首级悬于遂城东门。"

"啊呀!"齐桓公顿时觉得心如刀绞,眼冒金星,大怒道,"齐国待遂以仁,遂人焉敢如此……"

周釐王元年,公元前681年,齐桓公于北杏初会诸侯,鲁国不会。彼时遂国为鲁附庸,便也拒而不来;继之齐桓公亲自统兵,一战而克遂。遂国亡后,齐桓公厚葬遂公,善待百姓,遂国仅有的四氏之族均得到了妥善的安置。齐桓公又留下两千守军戍遂,以虎贲为其首领。那虎贲非是旁人,乃是齐桓公最为信任的贴身侍卫,同时也是攻克遂国的第一猛将!而虎贲上任之后,始终坚守桓公以仁为本,以信取天下的嘱托,与遂亲善,勤勉政务,致使遂城之地一连数年始终太平无恙,如今怎么转眼之间便彻底反复了呢?一想到虎贲被枭首城门,齐桓公心中别提有多痛了。

管仲顿觉事发突然,必有蹊跷,然剿灭遂地反叛,无疑是当下第一要务,道:"遂本为鲁之附庸,北杏会后便乖乖臣服于齐,如今反叛,是公然挑衅齐国霸业,岂能听凭任之!我愿亲率一军,入遂平叛。"

"不!"齐桓公涨紫了脸,声色俱厉,"谁也不要与寡人争!遂国是寡人打下的,遂人反叛便是又打了寡人,我将亲往平叛,将遂城踏为齑粉!"一日之间,连得郑、遂两个大大的坏消息,且都在挑战这位年轻霸主的权威和底线,齐桓公胸中压抑了太久的怒气正无从宣泄,正好拿遂城开刀了。

管仲也不便再多说什么,只是让王子城父随国君一同出征。王子城父应声领命。望着朝堂上怒发冲冠的齐桓公,管仲陷入了一片阴云之中——遂人反叛,背后必是鲁国在作祟,此事与郑楚结盟相伴相随,难不成郑国与鲁国也暗暗勾结?郑国北连鲁国,南结楚国,其核心意图必是针对齐国!一场霸业之争暗流涌动,势必搅得周天寒彻,海内板荡……

齐国新军大营的东北角,藏着几方规整的院落,其中一院便关押着叔詹。叔詹虽然被囚,却是好酒好饭供着,同时也可以在庭中自由活动,这是王子城父奉命对叔詹的特别关照。

烈日炎炎下,厚重的木门被猛然推开,管仲在一队甲兵以及国叔牛、公孙猿二人的簇拥下,大步迈过门槛,悠悠踏入院落中来。刚行了几步,管仲回头道:"尔等门外侍候。"国叔牛、公孙猿同时点头,于是又伸手将木门关上,众人皆立于院门之外静候。

满目寂寥,不过两间茅屋,一株老槐,彼时叔詹百无聊赖,正伏于廊下树荫里读书,手中慢慢摇着一把破扇。听得响动,叔詹起身望去,见有一人独至廊前,双手拂袖于后,只静静盯着自己,一言不发。叔詹又仔细瞧去,但见那人魁伟高大,长髯垂胸,神情自若,安泰如山,浑身上下处处投射着潇洒与威严。叔詹惊了一下,忙躬身行个大礼,道:"郑人叔詹,拜见管相!"

"早知詹卿盛名,不期在此幸会。"随着朗朗一声笑,管仲还了礼,上前亲切地拉着叔詹便入席落座。管仲到来,更显得廊下那一片好浓荫! 闷热的空气里似乎也吹来了一丝丝凉气,两人便坐于廊下攀谈起来。

叔詹犹似惊弓之鸟,惶恐道:"我在此院等死,已近一月,如今得见管相之面,虽死也无憾了。"

"詹卿何出此言?"管仲故做惊骇状。

"叔詹入齐,本欲先见管相,有大事相商,不料管相身在骈邑,只恨无缘。后来庙堂拜见齐侯,又出言狂妄,有悖礼仪,可谓自取一死。幸齐侯施恩,权留命于此,方有今日一会。"

"请问见管仲有何要事?"

"叔詹此番出使齐国,皆因郑君要退盟之故。我国君因惧怕南方楚国骚扰,意欲绝齐而向楚,叔詹以为乃是愚蠢之举。楚系南蛮,为华夏之公敌;齐乃天子亲封之伯长,深得诸侯之心,所以盟齐才是正道,亲楚无异自焚。出使齐国之前,叔詹曾说服国君,唯愿齐侯以首霸之尊,号令天下以抗楚,如此则郑国乃安。国君也允诺叔詹,暂不和楚,只待叔詹不辱使命而归。管相啊,叔詹上为齐国霸业谋,下为郑国安危计,相信管相不难理解叔詹这番苦心。"

管仲听完,仰头一阵大笑。那笑声令叔詹不知所以,便茫然道:"管相何故发笑？"

但见管仲眉头一皱，正色道："我笑詹卿依旧蒙在鼓里而浑然不觉——你出使齐国之际，郑伯同时遣堵师为使南下，与楚国结盟了！"

叔詹惊得瞠目结舌，半晌说不出话来，忽然捶胸道："不可能……不！国君骗了叔詹！叔詹无罪，国君因何负我！"说着就吼起来，眼眶中渗透出绝望的泪水。管仲目光如炬，只死死盯着叔詹，却不发一言。

老槐树里蝉鸣忽起，搅得院落中仿佛钟鼓齐鸣，叔詹浑身躁烈如火。正无可奈何间，叔詹见管仲只静静瞧着自己，就恍然顿悟了。叔詹落泪道："明白了，国君这是要借齐侯的手来斩叔詹的头啊！可怜我叔詹一心为国，到头来依旧要成为第二个傅瑕……"

"然也。郑伯铁心要与齐国争霸，只不过借你的人头传个话而已。"管仲冷冷道。

"唉——"叔詹一声浩叹，然后就放声冷笑起来，"叔詹无话可说，谨将项上人头献上……唯愿化作厉鬼，再找子突报仇！"

树影婆娑里，叔詹垂头，好似被矮矮的茅檐压得垮了下来。管仲却大赞一声"好"，道："人之将死，其言也善，夷吾请教詹卿，时下郑国当何去何从？"

叔詹陡然间来了生气，慨然道："我将立死，有何惧矣！郑国乃我母国，国君乃我君父，然而那子突看似英雄，实则是玩火自焚的昏聩之君！当今天下，齐乃第一强国，首倡尊王攘夷，天子受封，诸侯信服，其春秋首霸之势不可阻逆！郑国居中原四战之地，东西南北强敌环伺，唯可自强而绝难为霸！郑国唯有与齐结盟，华夏一家，此方为正道。倘若背齐亲楚，逆势争霸，无异于飞蛾扑火，此亡国之举，悔之晚矣啊！"

管仲点头，面露喜色："世人皆言，叔詹乃是祭仲第二，果然名不虚传。区区一个郑国何足道哉，齐国与南蛮北狄必有一番恶战，且齐国必胜，蛮夷必败！子姑待之——詹卿如此人才，齐国岂会令你如此枉死！"

此话令叔詹浑身战栗，一时难以置信，嗫嚅道："管相……管相何意？"

管仲放声大笑："郑伯假齐国之手以杀叔詹，倘齐国果然杀之，岂非蠢猪笨牛之举？詹卿放心,本相第一保你不死,第二保你仍以上卿之尊返归郑国!"

叔詹一阵惊悸,不由呆了,忽然狂喜,又忽然巨忧:"果如此,管相起死回生之恩,叔詹何以为报!只是……只是不知管相有何吩咐?"

"我只要詹卿辅佐郑国,与齐一道尊王攘夷,不知可否?"

"此乃叔詹一贯主张,何劳管相再予嘱托?"

"我与詹卿共同干一件大事如何?"管仲一笑,而后趋身附在叔詹耳畔,声如蚊蝇,细语悄悄,授了一道绝妙之计。叔詹听完,不由一叹:"此计叔詹求之不得,敢不竭尽全能!"

浓密的树荫遮掩了半个茅屋,有几点阳光如金子般撒在地上。廊下土壁小窗,微风摇影如画,两人会心一笑。

"肃肃兔罝,椓之丁丁。赳赳武夫,公侯干城……"管仲高声吟诵着,便起身告辞。叔詹也慌忙起身,拱手道:"恭送管相。"

叔詹忽然又想到了什么,追两步,道:"管相!——子突南与楚盟,北必与鲁国暗通,管相要提防鲁国作乱。"

管仲点头,回望去,淡淡一笑道:"祸已至矣。遂地叛乱,尽诛齐国戍军,此必是鲁国所为!"言讫便走了。

叔詹立于槐树下,身影碎在树影里,呆呆地目送管仲离去。望着那扇厚重的院门吱呀一下开了,吱呀一下又闭了,叔詹顿觉人生难料,心乱如麻……

遂地因何叛乱?此事还要从郑厉公说起。郑厉公两次参加诸侯会盟而尊齐为盟,皆是缓兵之计。厉公烈士暮年,壮心不已,对内铲除异己,铁血统治,对外杀戮大开,誓要争做霸主。齐桓公尊王攘夷对整个华夏皆有大利,唯独厉公不以为然。郑国地处中原,国土狭隘,四周被卫国、宋国、陈国、许国、周天子国等强敌环伺,可谓四战之地,八面来风。面对如此格局,欲要争霸,首先必与近邻开战,必然挑起华夏内部的种种争端,然而齐桓公早立下了华夏一家、互不侵犯的盟约,有尊王攘夷这面旗帜在,郑厉公如何开疆拓土?周釐王四年,公元前678年,郑厉公出其不意,本已打下宋国二城,正是由于齐桓公出面主持公道,以至于郑国不得不将已经到嘴的肥肉又给吐了回去。此事郑厉公始终耿耿于怀。同时,南方楚国也屡屡侵扰郑国边疆,也是一件头疼之事。幽地会盟之后,经过一年时间的隐忍和酝酿,郑厉公到底痛下决心,定下了"绝齐争霸之策":其一,派遣叔詹出使齐国的同时,又令堵师为使,悄悄南下与楚国结盟。如此既达到了亲楚绝齐的目的,同时也将叔詹送入死地。厉公其人,凶狠奸诈,早欲将叔詹这棵大树铲除,只是惧其在国中势大,不便下手,如今终于逮住了这个一石二鸟的机会。其二,又派师叔为使到鲁国游说,愿意与鲁为盟,以共同对付齐国。齐、鲁亦敌亦友,恩怨重重,鲁庄公自然不愿看到齐国一天天壮大,于是郑、齐两国可谓一拍即合。而遂地策反,正是师叔所献之计,鲁国与郑国皆在暗中大力支持。郑厉公与齐桓公霸主之争,由此拉开了殊死决战的大幕。

却说师叔使鲁,献上遂地策反之计。鲁庄公踌躇难决,问计于施伯,时公子结也在侧。施伯道:"郑国反齐,齐失此中原大国,则其霸业离析。齐国不能霸,于鲁有大利。况郑伯争霸之志,蓄谋已久,无论鲁国盟郑也好,弃郑也好,郑伯也必一意孤行,与齐一搏!此真可谓天赐良机。国君当速速与郑结好,观郑、齐之斗,以坐收渔翁之利。"

鲁庄公点头,又道:"遂地反齐之计,卿以为如何?"

施伯道:"此乃绝妙之策。其一,遂人亡国不久,素有复国之心,只恨孤立无援,倘若鲁、郑施以援手,则遂人干柴烈火,一触即发,必反!其二,遂本鲁之附庸,北杏会后为齐国所夺,助遂起义成功之后,则遂国复立,鲁又得一附庸,无论鲁、遂皆有裨益。其三,假使一旦失败,遂依旧还是遂,齐国陡生一段烦恼,而鲁国却丝毫无损。所以故,当应郑使师叔之请,共助遂国反齐。"

在旁的公子结立功心切,早已频频摩拳,道:"臣请命入遂!"

鲁庄公又忧虑道:"只是寡人与齐侯早有会盟在前,铿锵誓言犹响耳畔,遂人之事终是有碍颜面……"

施伯略一沉吟,道:"无妨。我等皆在暗中,齐侯终究无奈。倘若遂人成功,国君可乘势为遂请命,齐侯天下伯主,必允国君之请。反之,倘若遂人失败,则无异于齐国内乱,与我鲁国何干!"

鲁庄公哈哈大笑:"如此寡人再无忧矣!"便应了公子结之请。公子结得了君命,大喜过望,得意扬扬赶往遂地去了。

公子结驾了青铜辂车,别了曲阜,悄悄潜入遂城,一番联络,骤有响应。

夜色微茫,树影婆娑,遂因氏草堂之中,数盏铜灯上下跃动,几多黑影映于空空的壁上。公子结与遂因氏、颌氏、工娄氏、须遂氏共聚一席,悄悄秘语。得到鲁国、郑国资助刀兵的消息,四氏皆欣喜若狂,异口同声要反!五人又筹谋半宿,遂定下了明日先行献酒,待戍守兵卒醉后,四氏之众再一同杀出,然后将其斩杀殆尽的妙计——对外只称齐兵虐待遂人,草菅性命,以至于不得不反!公子结又许诺,事成之后,鲁国将出兵车保护遂城,鲁侯还将上请齐桓公,以使遂复国,并公推遂因氏为遂公。遂乃舜帝后裔,虽然国小而民稀,然其团结好战之名,也令东方诸侯皆忌惮三分。当下遂因氏、颌氏、工娄氏、须遂氏四氏都觉得复国有望,个个面露喜色——但对公子结之别图却是浑然不觉。

翌日。天气尤其炎热,骄阳似火,暑气逼人,军营里如蒸笼一般,人人挥汗如雨。将近正午时分,正在营中巡逻的齐兵中,有两人不幸中暑,就赶忙换撤了下来。虎贲将军立在辕门外,张大眼睛不住向前方望去——今年也颇旱,附近取水的河道儿近枯竭,军中很是乏水。晨时不得不派出一支小队到远处去运水,此时依旧未归,虎贲因此也焦急万分。

白花花、火辣辣的烈日下,虎贲抹一把额头的汗珠,甩在地上,皱眉叹道:"此时若得一口冰浸佳酿,便是神仙中人。"

正愁闷间,忽听得一队男人扯着粗犷的嗓门,齐声高歌:"骄阳烈烈兮水干涸,土地生烟兮人思渴。我有酒果兮一车车,赠予亲朋兮行且歌……"

虎贲举目望去,但见前面大道上,黄尘骤起如烟,热气浮动如雾,但依稀可辨是当地遂人赶着一溜儿车队,边走边歌,正向自己的军营热情开来。虎贲顿时眉开眼笑:"是遂人送酒水来了!"

那歌声犹若诱饵,引得不少官兵纷纷跑出辕门外,簇拥在虎贲身边望眼欲穿,都欢呼道:"有酒果来了啊!"其中有一人,素来谨慎,警觉最高,当下皱眉向虎贲禀道:"我等自戍遂以来,遂人从未如此待我,今无缘解渴而来,莫非其中有诈?"

　　虎贲怔住，陷入沉思，但一想到自己统兵镇遂以来，也算广施仁政，三年以来，齐遂和睦，从无事端，恍如一家之亲。何况地小人稀，所来之众乃是手无寸铁的平民，有何惧哉？同时酷热难耐，营中缺水，兄弟们对车中之物早已垂涎三尺，岂有不受之理？当下应道："国君嘱我以仁待遂，彼岂有负我之理！不必多虑。"

　　歌声息了，来人及十余辆牛车皆止于辕门外。但见个个汗流浃背，衣衫半湿。所来之众以遂因氏为首，遂因氏笑着向虎贲拱手作揖，道："今年大热而旱，遂人感念将军多有劳苦，特献酒果数车，请不吝笑纳。"

　　虎贲不由而笑，忙还礼道："营中正缺此物，遂因氏美意，不知如何领受啊！"身后诸多齐兵皆探着身子，直勾勾向遂人的牛车瞧去。车上乃是堆放整齐的一缸缸当地人酿造的糙酒，酒香透鼻，直入肺腑。另有如甜瓜等一些鲜果，以及干肉、酱菜、粟米饼之类下酒之物。

　　遂因氏笑眯眯地打开一缸，倒了一碗糙酒，举过头顶，恭敬道："此乃遂人之酒，请将军满饮！"

　　虎贲默默，半晌并未接酒。遂因氏深知其意，于是抬头，大笑道："遂因氏先干为敬，将军勿怪！"言罢仰起脖子一气饮尽。

　　遂因氏又敬一碗，虎贲便不再有疑，也举头畅饮。众皆大笑起来。酒润喉咙，浸入肚肠，虎贲感到一种从未有过的酣畅，高声道："来呀，请遂人父老入营！"

　　在一片欢呼声中，营门大开，遂人的牛车在众多戍卒的垂涎中顺利驶了进来。齐兵早就急不可耐了，车上的美酒转眼之间被瓜分干净，众齐兵争先恐后豪饮起来。一道道酒线从陶缸中飞流而下，然后落入大兵们张大的口中，继之发出一阵阵得意的赞喊之声。戈矛弓矢被随意抛在地上，重要的防守也撤了下来，整个军营瞬间化作一座忘乎所以、纵情而狂的欢乐场；连虎贲也得意忘形，被遂因氏等人灌得是云中雾中，飘飘若仙了。

　　而辕门外不远的树丛中，颔氏、工娄氏、须遂氏三大头领带着遂人四氏所有的青壮，个个怀中揣着兵刃，暗伏不动，任汗水将衣裳浸了一遍又一遍。他们只是用怒烧的眼睛死死地盯着虎贲的辕门，如群狼将出，似饿虎将扑。

　　足足又过了半个时辰。

军营正中的大帐里，瞧着早已醉话连篇、身软如泥的虎贲，遂因氏重重地干咳三声，而后一挥手，四五个虎背熊腰的遂人大汉一齐拥上，只挥舞几下，就先将虎贲身边两个亲随干掉了。虎贲蒙眬中惊醒，恍然觉得有变，就下意识向腰间拔剑去。只可惜剑尚未拔出，就被遂因氏用利刃割了咽喉，倒在血泊中一动不动了。

整个军营轰然间喊杀声大起，但这次是当兵的被当民的斩杀，且如同砍瓜斩菜一般。慌乱中，遂因氏赶紧于营中燃火升烟，以使营外面的遂人伏兵得到进攻的讯号。

壁垒般的营门被内应轻松就打开，于是仿佛洪水涌入，遂人四氏顷刻间合兵一处，在齐军营地中尽情猎杀起来。那些齐兵个个都饮了断头酒，摇摇欲坠之身如何能敌好战的遂人壮丁？哪有什么还手之力，不过就是刀俎上的鱼肉！不消一番功夫，虎贲部戍卒被砍杀殆尽，尸首横七竖八，血流如河。但见偌大军营转眼间化作一个地狱尸坑，且多有抱酒缶以死者，血腥气、酒气与汗臭混在一起蒸腾，呛人鼻孔，惨不忍睹。唯有晨起赴外寻水的一队兵卒，约有二十人，侥幸得脱，后来匆忙逃回临淄报信，这才使齐国得知遂人叛乱了。

大功告成，以遂因氏为首的遂人终于又完全控制了遂城。此时，一直躲在暗中的公子结道："遂人起义成功，齐国必然发兵来攻，我将返回鲁国，请鲁侯援兵来助。"遂因氏、颌氏、工娄氏、须遂氏皆信以为真，乐而置酒相送。公子结笑眯眯喝了庆功酒，然后就驾车向曲阜溜走了。

紧接着便出现了齐桓公怒气冲冲，亲统兵车二度伐遂的那一幕。

管仲担心齐桓公怒火攻心，行事太过，于是命王子城父随国君一同伐遂。却说大军离了齐国，行于旷野间一个三岔路口，将近遂城，王子城父道："遂人之祸，背后必有鲁国作祟，国君与臣当分兵为二：一路直扑遂城，一路却需埋伏于鲁、遂要道，严防鲁国背后发兵来攻。"

齐桓公道："卿之所言，正合我之所想。寡人克遂之后，再与鲁国计较。"

王子城父指了指眼前岔道，又道："如此，国君可从此间左路南下，以阻鲁军。臣率一师走右路，必克遂城，为齐国报仇。"

"不!"齐桓公斩钉截铁,满脸杀气腾腾,"防阻鲁军,卿自当之。寡人誓要雪洗遂城,以雪吾恨!"说着便命拨转车辕,决绝地向右边岔道行去了。

"诺……"王子城父无奈应道,只好向左路前去。

车马萧萧,未几攀上一个高坡。王子城父将铜马车驻了,抚栏回首,见苍茫大野间,齐桓公大军如一条蜿蜒大蛇,正汹汹向前游去。而不远处,遂城如豆。尽管青天白日,朗朗乾坤,然而一股血腥之气业已扑鼻而来。王子城父连连摇头,悠悠叹道:"臣非是争功。臣料遂城必破,而鲁国必不助遂!臣只是担心国君怒气太过,杀伐太过,恐于齐国霸业不利啊……"

"齐军来了!齐军围城了!"遂城城墙上,一群农夫模样的百姓顿时乱了阵脚。遂人虽然好战,然而此时并无真正的甲兵,只有四氏青壮年临时组成的军队,维持城中秩序尚可,而面对城下威武雄壮、严阵以待的齐国虎狼之师,他们不由个个胆寒。遂因氏、颌氏、工娄氏、须遂氏四首领聚在城楼正中,皆感大祸临头,心中顿时忐忑难安。遂因氏用拳头砸了一下厚如石块的墙头,狠狠道:"鲁国呢?鲁国援兵何在……"

齐军恍如乌云,好似黑烟,似乎天地变色。虎贲的人头依旧悬在城门之上,但见蓬头垢面,血肉模糊。大军之前闪出一辆五马兵车,车尾立着一杆绣着"方伯"二字的锦绣赤旗,分外耀眼。齐桓公于大车上,不由起身望着城门,盯着自己的爱将"虎贲",当即泪眼蒙眬,心如刀绞,口中只喃喃道:"虎贲!虎贲……"身边众人皆不停劝其节哀。

拭干泪痕,齐桓公红着眼,拔剑指城,怒道:"此乃藐视寡人之城!昔日寡人于北杏初会诸侯,遂人公然不来,寡人于是挥师破了此城。仲父教导说,欲霸天下,首倡信义,寡人于是存其城而延其祀,养其民而乐其业。孰料三年之后,遂人竟将我齐国戍卒醉杀殆尽,虎贲被斩首,今日犹悬东门!寡人之仁太过乎!"

城墙上不断有人走动,皆做惶恐之状。齐桓公不屑一瞧,大声吼道:"遂因氏、颌氏、工娄氏、须遂氏!四氏首领何在?!"

那四人依旧聚在城上原地,先后道:"齐侯别来无恙……"

齐桓公斥道:"尔等四人速速献上人头来,可免洗城!"

须遂氏闻言,转而狂笑不已,高声应道:"愿与遂城玉石俱焚!"

齐桓公冷笑,便不再搭话,环顾左右,重重命道:"屠城!无论男女妇孺,凡遂人者,一律斩杀,一个不剩!寡人要今日之后,天下不再有遂!"

隆隆战鼓响起,齐军如虎狼一般,纷纷攻城。遂之四氏仓促应战,先时尚能抵挡一番,但岂能长久?齐军强大的攻势令遂人既有所料,又出乎所料,几番搏杀之后,城门被破,齐军如水灌入城中。无论大街小巷,商铺民宅,到处都是杀人之所。得了齐桓公屠城之令,齐军百无禁忌,逢遂便杀,上自垂垂暮年的七十老妪,下至尚未满月的初生婴孩,皆无幸免。厮杀之中,遂因氏见灭族之祸难免,拼力死战,从西门中夺出一条生路,将城中最后的二百男女交给须遂氏带出,以望为遂人留下最后一丝希望。须遂氏最为勇猛,受了遂因氏之命,于是率众匆匆逃去——只是未及十里之远,便被齐军追上,在一片黑松林里,最后的遂人全被砍头,须遂氏则被斩掉一臂而被生俘。

遂城血流成河,到处死尸。硝烟弥漫中,齐桓公踏着血路,行至原来遂国的宗庙,哼哼冷笑,便下令纵火,将其祭祀神殿烧为灰烬,然后便退出此城去了。

虎贲之头被取下,身子早已找不到,齐桓公以大夫之礼,命葬于北门之外高岗上,并亲往祭奠。遂因氏、颉氏、工娄氏、须遂氏四个首领皆被俘虏,齐桓公下令剁为肉泥,制成肉饼,而后抛入荒野喂狗,齐桓公狠狠道:"寡人乃天下霸主,胆敢蔑视寡人者,有如此四人肉饼!"

时周釐王五年,公元前 677 年,遂人便从青史中永远地消失了。遂城被血洗,鲁国自然知晓,然而鲁国与遂之间的要道上,王子城父的大军旌旗高扬,若虎踞龙盘一般,即使鲁国想救也早已被阻住了去路。曲阜宫中,鲁庄公无奈地摇了摇头,轻轻闭上了眼睛;待双目再启,便仿佛什么事情也没有发生,就于廊下缓缓踱步去了,一边走一边自言道:"齐国啊齐国,来日方长……"

风云诡谲突变,世界吉凶难料。齐桓公屠遂,列国诸侯大为惊骇,与此前后之间,洛邑王室又发生一件晴天霹雳的大事。亦在公元前 677 年,天子周釐王突染重疾,撒手而崩;太子姬阆继位,是为周惠王。此年依旧用釐王年号,称釐王五年;至次年即公元前676年,方改元为惠王元年。周釐王天不假命,在位虽然仅仅五年,然而却是春秋史上至关重要的五年。齐国率先崛起、齐桓公称霸是这五年之中最为重大的要事,王权之柄由天子而彻底转至诸侯,烽烟四起、纷纷扰扰的天下也得以在一个新伯长的率领下,始结同心,一旗为令,步履蹒跚,冒险前行,齐桓公由此而成为春秋五霸之首,而周釐王也有幸成为东周以来第一个被"尊"的王。一盘乱世棋局被齐桓管仲煞费苦心,多方经营,方才弈得刚刚好,如今转瞬之间格局又突变,先是郑国退盟,继之遂人反叛、鲁国作祟,然后旧王忽去而新王猝立,诸种严峻挑战不断向齐国重重袭来,如黑云压城,摧人肝胆,且容不得丝毫的喘息!下一步,齐国该向何处去呢?

这日朝会上,管仲谏齐桓公道:"齐国以尊王攘夷而霸,如今天子驾崩,齐国当第一个遣使入洛邑,吊先王而贺新王,以为诸侯表率。"

齐桓公称善,命公孙隰朋再度为使,洛邑一行。

然而,当公孙隰朋急匆匆出城,尚未走出齐国国界之时,就接到郑国已经第一个朝贺天子的消息,公孙隰朋大惊道:"郑国何其神速!"

管仲得报也大为震惊,呆了半晌,便独自一人踱起步来,一边走一边叹道:"郑子突借地理之便抢先朝拜洛邑,意在先齐国而尊新王,箭——已上弦了……"

管仲所料不差。郑厉公悄然与鲁联合,策划遂人反叛,不料齐桓公雷霆手段,旦夕之间将遂城屠杀殆尽!郑厉公正无奈之际,洛邑王城却送来了这个天大消息。郑厉公喜道:"旧王死而新王立,万象更新。齐侯以尊王而图霸,寡人岂有不可?"于是遣师叔为使,于列国诸侯之中,第一个抢入王城朝拜新主。

师叔车载重礼,驶入洛邑,觐见入宫,先吊先王,后贺新王;言辞之中溢满尊王之深意。周惠王与之叙了礼仪,暂安置于馆驿之中。

师叔退去,周惠王私召周公,道:"郑国率先而来,卿以为如何?"

周公沉吟,道:"郑国之史,历历如昨。王室东迁洛邑以来,郑国首强,国君庄公时称小霸,威慑诸侯。然而庄公奸雄太过,公然欺辱王室,以至于繻葛之战,射王之肩,天怒人怨,诸侯沸腾,此失道之举岂能久乎?于是郑国霸业旋即消亡。又二十余年后,郑子突即位,却将其父之误革除殆尽,反行之于尊王之道,今郑国率先来拜,更见其心。此真乃我王之福啊!以臣意度之,子突尊王尚有另一层深意——此人大具其父之风,今日之举,乃是要与齐侯争霸!"

周惠王惊诧不已,道:"先君之时,早已册封齐侯为霸主。如今郑伯又来争霸,是福是祸? ……朕当如何自处……"

周公恍然一笑:"乃福,非祸。欲图霸业者,必以尊王为先,齐侯如是,郑伯也如是。以臣之见,齐侯依旧是天下霸主,而郑伯要争霸,尽可以由他去争!所谓齐郑相争,我得其利,我王何乐而不为?"

周惠王顿悟,一时双目放光,嘿嘿而笑,轻声道:"朕正有此意。朕要天下诸侯皆争先恐后而尊我为王……"

夜色深沉,月明如洗,齐国新军大营也陷入一片沉寂之中。陡然间忽有噼啪声起,一道红光卷着黑烟从东北方位冲天而上。原来是拘押叔詹的几间茅屋被大火燃了,瞬时火势汹汹,亮如白昼,红光之中,黑影乱动。有两个兵士扯着嗓门不停高喊:"郑叔詹纵火自焚了!快快救火啊!"于是就又赶来很多人,纷纷汲水灭火,手忙脚乱,闹作一团。然而那火业已成势,无可扑灭,顷刻间这里便化作一片黑乎乎、热腾腾的断壁残垣。一切都烧没了,几个大兵用长戈扒拉着,希望可以发现一些残余之物。几经寻觅,只找到一具模糊的焦尸,并有一块被烧裂了的玉佩——"此玉佩乃是叔詹随身之物,看来叔詹是烧死无疑了。"一个头领道,众人也都信了。

叔詹果真葬身火海之中?不是的。原来是日深夜,管仲派公孙猿前去,趁着一个间隙,故意纵火,用一具早已染病而亡的士兵尸体巧妙替换了叔詹。彼时水火混乱之中,叔詹被披上一件蒙头的黑色披风,由公孙猿护拥着登上一辆轻快墨车,如月下一阵黑风,神鬼不觉,便悄然遁去了。

公孙猿驾马驱车,一路向南疾驰而去。明月渐渐黯淡,有天光隐隐从东方透出。行至齐鲁交界的山间,天已亮了。但见晓色迷蒙,丛林氤氲,群山若隐若现,有溪流声哗哗入耳。道旁一株古松树下,公孙猿止住了车。

叔詹跳下车,行了一个礼,急道:"敢问姓氏? ——可是奉了管相之令?"

公孙猿道："正是。我乃管相护卫，公孙猿。"

叔詹什么都明白了，再拱手致谢："管相可有什么话说？"

"管相道：天亮后，天下人皆知叔詹已死。然叔詹若回郑国，便是脱了狼窝又入虎穴，唯有暂时隐居鲁国，别图后计，此方为上策。"公孙猿学着管仲的口气道。

"救命之恩，没齿难忘。但有差遣，何惜此身！请转呈管相，叔詹虽万死也必报管相！"叔詹说着，就哽咽了。

"詹卿，此地乃齐鲁边境，顺着这条路南去，便是鲁国。詹卿珍重，后会有期！"公孙猿说着，从车上取来一个布囊，内有衣食贝币等物，交予叔詹。

叔詹接了，背在肩上，只觉沉甸甸的。晨曦之中，轻烟微起，山鸟与溪流呼应之声绵绵不绝。两人彼此拱手行揖，便相辞各去了。

从此之后，世人尤其是郑厉公都道叔詹已死，乃是不堪受辱，自焚殉国。而真正的叔詹则悄悄隐在泰山脚下一处废弃的竹篱茅屋之中，白日汲泉采果，夜来孤灯读书，也时不时地蓬头垢面，来往于曲阜城中打探见闻，只是众生芸芸，已经没有一个人识得这位郑国上卿了，叔詹淡淡而笑。百无聊赖之际，叔詹也常常拂袖于后，立于茅屋前面一块大石头上，眺目北望，呆呆出神。他相信，不久齐相管仲委派的密使就要来了……

第十五章　二平鲁国

牛山起伏,淄水蜿蜒,山簇拥着水,水偎依着山,更有白烟轻雾缭绕其间,恍如蓬莱仙境一般。青山碧水之间,老松、古藤、灌木、竹林和几块高耸的赤色巨石,共同包裹出一块天然平坦的高地,名曰南山之坛,亦称南坛,可谓临淄城外难得的宝地,是齐桓公以及国中众大夫野宴纵情之所,时常觥筹交错,琴瑟齐鸣,欢笑之声不绝于山间。管仲也十分痴迷南坛,只是爱于独游,不喜众聚,常常于此登临远眺,涤荡胸怀,与大山大水混元归一之时,也常有奇谋妙策忽生心头。

时局变幻莫测,令管仲满怀隐忧。这日他巡视完东海盐场,返归途中偶望牛山蜿蜒,苍翠如画,一时来了兴致,便转辕到南坛一游。国叔牛、公孙猿及几个亲随相伴而来,余众先行回临淄城了。

国叔牛知管仲身心俱疲,有意让其换个心境,放松一下,于是在南坛中央支起射圃,请管仲射上几箭。管仲大喜,接了弓箭,又催御者发车。管仲立于滚滚奔驰的铜马车上,动中发箭,一口气连发三箭,箭箭皆中!身边几人不由喝彩,公孙猿惊道:"管相人称神射,果然名不虚传!"

管仲喜不自禁,又催车马更增其快,御者欣欣鼓舞连声应"诺"。马车来回奔驰,管仲又射四箭,无一不中。虽然忙于公务,少持弓矢,然而今日之射一如当年青春之时,又快又准,四射宛如一射,一气呵成！欢呼声中,国叔牛又奉上三支箭,大声道:"愿管相十全十美！"

管仲仰头大笑,颐下长须随风飘举,就从国叔牛手中掠箭而过,乘车飞驰而去。又连射两箭,又中。当取出最后的一支箭,正欲搭弓时,忽有一人从外面急匆匆跑闯进来,大呼"郑国急报"。国叔牛锁着眉头冲那人一摆手,示意要等管仲射完再禀。而管仲业已听见,微一分神,手中功夫终究迟了一点点,铜马车如风如电疾驰中,那支箭依旧凌厉飞出,依旧"射中了",可惜却是射在了边缘上。

一声微叹,那车停了下来,身边几个亲随及公孙猿依旧呼好,唯国叔牛露出尴尬之色。管仲下了车,将手中长弓抚了又抚,忧戚道:"久不持弓,手生了啊。"

公孙猿立于一株虬松下,微笑道:"管相十发九中,何必过于苛责？"

"若依年少学艺时慈母之训,似今日一箭不中,当需再罚射十箭！"管仲说着,纵声哈哈大笑起来,然后就朝国叔牛方向大步走去。还未到国叔牛面前,便又冷冷问道:"方才郑国急报？——周天子被郑伯接走了？"

"然也。"国叔牛低声应着,忙将急报递与管仲看。此事管仲早预料到了,当下抽一下接过,只瞟了一眼,便匆匆道:"速回临淄。"

郑厉公与周惠王那边又发生了什么事？真是五浊恶世,乱象频仍,时局之骤变远远出乎人之意料。却说周惠王甫即位毕,宝座尚未坐温,便被人家一顿好打,被赶出了洛邑之城——周惠王初登大宝,自诩高明,在齐国与郑国之间暧昧不定,以"霸"为钓饵,左右制衡,以为天下诸侯可以从此大定,一时得意忘形,目空一切,便纵情享乐起来。周惠王先是将朝中大夫苪国的园囿硬生生夺了过来,继之又将边伯在王宫旁边的房舍也占为己有,然后又无端收了詹父和子禽祝跪的田地,同时还削去了石速的俸禄,而这一切——竟然全是为了满足自己喜好饲养野兽的一己嗜好而已！真乃奇闻！

新王登基以来尽是失德之举,朝中怨声载道,各种势力暗潮汹涌,王子颓便在这种乱局之下被推上了潮头。子颓,姬姓,名颓,乃是周庄王与宠妾王姚之子,也是周釐王之弟,周惠王之叔。子颓虽是庶出,却极得周庄王宠爱,周庄王指派大夫苪国为其师傅。所以，在这种特别时候，苪国便第一个站出来，与边伯、石速、詹父、子禽祝跪一起，又联合贵族苏氏，骤然间发动叛乱，意在推翻周惠王，共同拥立子颓为天子。双方第一次交锋，子颓一派失利，被逼逃亡卫国。本以为祸乱至此就到头了，不想那子颓愈挫愈勇，后来居然联合卫国、燕国两支军队卷土重来，一举攻克了周室，将周惠王赶出了王城。此后，苪国、边伯、石速、詹父、子禽祝跪五大夫于洛邑城中，共同拥立子颓为周天子。而丧家之犬的周惠王则被另一个枭雄郑厉公看中，视为奇珍异宝，将之从败途之中接到了郑国，并安置在栎城暂住。郑厉公声称要为天下讨逆，辅佐惠王复辟。时周惠王二年，公元前 675 年，史称"子颓之乱"。

深宫之中，纱帐重重，宝鼎生烟。齐桓公、管仲、鲍叔牙、公孙隰朋、王子城父、宁戚、宾须无，齐国一君一相五杰齐聚一堂，神情严肃，彼此行礼落座。齐桓公先忧道："遂人之乱方息，王室之祸又起。苪国等五大夫借卫、燕之兵，公然行废立之举，天下震动，海内皆惊。而周天子又偏偏被郑伯接了去，如此巨变，寡人乃诸侯之伯，当何以应对？"

宁戚道："王室之乱自有来龙去脉，姬姓子孙失道，也怪不得他人。臣以为郑伯背盟在前，涉足周室在后，意在与齐争霸，此人方是齐国大患！国君霸业历数年艰辛，诚然来之不易，如今郑国公然挑衅，难保他国不会步其后尘——此番子颓之乱，卫国本为我同盟之国，也竟然附逆而征伐天子！会盟坛上，尊王誓词何在？周室之祸固然棘手，而郑、卫二国，齐国也断然不能袖手！"

鲍叔牙怒道："食言无信，小人之国，国君当发兵讨伐郑、卫！"

"匡扶周室，一也；讨伐郑、卫，二也。两者孰当为先？"齐桓公更忧。

王子城父道："国君慎思。臣以为中原事务，暂不宜动。其一，郑国、卫国皆是大诸侯国，不可小觑。一旦开战，齐国即便有伯主之尊，也难免陷入被动。其二，周室两个天子，一个攥在郑国之手，一个全赖卫国之助，如果齐国贸然出兵，难保天子不被他人利用，彼时齐国不是尊王而是为王所弃，于我霸业不利。其三，国君难道忘了卧榻之侧——遂人之乱了吗？鲁……"

未等王子城父说完，齐桓公与宾须无同时失声一惊，不由脱口道："鲁国。"王子城父接着道："遂人何足道哉,鲁国才是卧榻之虎!国君若欲鼎定中原,必先平了鲁国方可。"

管仲嘿然笑起,悠然道："国君不必忧虑,诸君不必烦恼!近邻之鲁,远方郑、卫,皆不过一群蝼蚁!"

齐桓公也终于露了笑容,瞧着管仲道："因祸而为福,转败而为功,此乃仲父之能,天下无匹!……仲父必是已有良策?"

管仲道："郑乃齐国心头大患,诚如是也。然而郑国只可缓图,不可急攻。郑伯既然如此热衷王事,那齐国就将周王拱手相送,我等冷眼旁观便可——"叔詹的身影顿时浮现出来,管仲似乎想到了什么,顿时目射精光,铿然道："我要郑伯为人作嫁,到头来一场空忙!"——原来管仲早与叔詹达成密谋,要共同除掉郑厉公,只是目下时机尚不成熟罢了。

管仲接着又道："卫国更不足道,待平了郑国,卫国自会拱手来降。目下当务之急乃是鲁国,鲁国不定,则是齐国最大威胁。"言及此,管仲一声浩叹:"国君及卿等只看到了鲁国、郑国与卫国,却不知陈国也卷了进来。据曲阜密报:鲁侯主动做媒,要将卫国之女嫁与陈侯……"此消息刚刚才报来,众人都是大惊,真是一波未平,一波又起,多事之秋,时局错综。

——鲁国与齐国关系最为玄妙,两国泰山南北,互为唇齿,恩恩怨怨几百年来始终不绝。齐强而鲁弱,因之鲁庄公不得不尊齐桓公为霸,但鲁庄公表面臣服而内心终是如鲠在喉。鲁庄公没有与齐国公开翻脸的勇气,只有暗暗盼望齐国霸业早衰的阴算。幽地会盟后不久,暗暗图谋不轨的郑厉公第一个跳出来,公开背盟而反齐,这让鲁庄公兴奋难抑。于是鲁国与郑悄然暗合,率先策划了遂人反叛事件。然而此事大大刺激了齐桓公的底线,以至于霸主一怒,血染山河,整个遂城被屠杀殆尽。鲁庄公大出意料之外又一百个不甘心,却也只能躲在背地里生闷气,自此对齐桓公的怨恨又深加了一层。

时光飞逝,纷纷扰扰,忽然间周王室又爆发了"子颓之乱",海内震惊。此番动乱,除了郑厉公将周惠王接往栎城,与齐国争夺"尊王"权外,另一件事情也令鲁庄公大为振奋——卫国居然也援助子颓,公然发兵攻打周惠王,等于说又有一个盟国无视齐桓公的盟约,私自"打王"了!如此等于郑国、卫国以及鲁国三国皆已跳出盟约之外,如果再挑动一些国家背齐,那么齐国霸业岂不顷刻间就化作泡影了?每每思虑到此,鲁庄公总暗自窃喜,然而哪一国可以被挑动呢?如何挑动呢?——鲁庄公陷入沉思,问计于施伯。施伯道:"釐王四年,齐侯主持幽地会盟,时共有齐、鲁、宋、卫、郑、陈、许、曹、滑、滕十国诸侯歃血而盟。如今郑、卫、鲁皆已对齐国离心,许、曹、滑、滕乃小国不足道也,剩下只有宋国与陈国乃是齐之铁盟。齐宋之好,根深蒂固,一时难破;可以离间者,乃在陈国。臣闻陈侯好女色,而卫侯正有一女待字闺中,国君可踊跃与陈侯做媒,令娶卫女。此一段姻缘,可结鲁、卫、陈三国之好,如此陈国自然与我等同心,而陈齐之盟不攻自破。"鲁庄公大喜,之后好一番殷勤奔波,果然就促成了陈卫之间这段姻缘,而陈宣公与卫惠公皆对鲁庄公感激不已。目下婚约已定,只待择良辰吉日完婚了。

待管仲言毕陈国之事,席间众人皆感时不我待。齐桓公忧愁满面,又叹道:"倘若郑、卫、鲁、陈皆弃齐国而去,寡人这个霸主岂不成为笑柄……"

"浩瀚之海,无风亦有三尺之浪!所谓兵来将挡,水来土屯,如此而已。'如切如磋,如琢如磨。'反反复复,大器乃成!国君勿忧……"管仲侃侃吟了《诗经》,接着道,"遂人反叛,皆在鲁国挑唆,不可不讨,此也是当下首要之务。国君可联合宋国一道伐鲁。此番当用奇兵突袭,必要痛彻教训一番鲁国!"

言及联宋伐鲁,满席由忧虑转为一片振奋。鲍叔牙道:"鲁国龟缩,定要打他出头!"

管仲又道:"劳烦大司行为使,先行到宋国走一趟,相约齐宋二君择地会晤,共同出兵讨伐鲁国。"

公孙隰朋称"诺",接着道:"只是请教管相,两国国君定于何地会晤?"

"鄄城。"管仲捋须,脱口而出。那神情,早已深思熟虑。

齐桓公等皆茫然——鄄城乃在卫国东疆,既然是齐宋两国国君密晤,那么地点自然在齐国或者宋国境内为佳,管仲为什么偏要选择在卫国之地呢?齐桓公不禁发问。

"我偏要齐宋两国在卫地一会,偏要让卫侯知晓我等将要伐鲁,我更要看看这个卫侯对此事作何计较!"管仲答,斩钉截铁。

众人皆惊,又顿时恍然大悟,都向管仲投以赞许而钦佩的目光。

大计已定,齐桓公心中稍安,于是命易牙置以美馔佳肴相待。管仲等人略饮了几爵酒,便要相辞去。齐桓公微醺着也不强留,一席君臣就此作别。

管仲、鲍叔牙、公孙隰朋、王子城父、宁戚、宾须无六人绕过回廊,历阶而下,款款出了一道门,边走边议论公孙隰朋出使宋国之事。几人谈兴正浓,忽闻有女子嬉笑之声隔着一道墙传过来。众人侧耳,听得七嘴八舌,非止一人,娇声嫩语,甚是悦耳。又前行几步,那笑声更浓,乱作一片,兼有头顶脚踢之声。此乃国君深宫之内,难免有女眷之乐。待转过一树黄花遮掩的墙隅,豁然开朗,但见眼前粉白黛绿,一片明媚花圃之中,有七八个妙龄少女群集一起,正玩蹴鞠游戏。正中为首者,十五六岁,束发垂髫,腰细如蜂,身轻如叶,桃花美目,媚丽欲绝,一身红装飘飘而动,闪展腾挪好似足底驾风一般。余众皆穿青衣,清一色侍女装扮;唯她长得最美,蹴得最欢,笑得最艳,无异于鹤立鸡群,十分夺目。

六人不由止步,悄然望去。管仲细审,并不认得,便问道:"那红装女子是何人?"

"乃先君齐襄公之女哀姜。"公孙隰朋答道。

鲍叔牙笑道:"先君襄公攻克纪国之时,宋妃喜添弄瓦之喜,便是此女。"

管仲似乎想到了什么,道:"是了。此女业已长大成人了……"偶一回首,发觉自己与鲍叔牙自当年投奔齐国至今,一晃二十年春秋已逝,不胜唏嘘,叹道:"光阴如箭,后生可畏,转眼间我等行将老矣!"

"管相,"公孙隰朋望着花枝招展的哀姜,忽有所悟,道,"昔日先君襄公与文姜兄妹淫乱,狂悖人伦,以至于招来杀身之祸。不过——彼时此二兄妹也定下了鲁侯与哀姜的婚约,如今哀姜长大成人,鲁国夫人也一直空着,想必潜居在曲阜的文姜夫人正急盼着这份婚约呢!"

管仲一听,哈哈大笑道:"多亏隰朋兄提醒。何其鲁国夫人正在面前,而我有眼如盲啊!"当下眉头一皱,顿时又生一计。

王子城父连连拊掌,一口一个"妙",满脸狡黠,神神秘秘笑道:"管相引君入彀,鲁侯啊鲁侯,此番看你何处可逃!"

管仲故做一脸严肃状,却又嘿嘿道:"走,且与鲁国蹴鞠去。"众人闻言,都笑了。花圃之外,六人恍惚间就不见了。

深宫内廷中,哀姜与诸女群笑之声穿花拂叶,脆如晨鸟,一阵一阵飘荡着,经久不散……

曲阜。鲁宫西南坤德园,门前一湖碧水,四周松竹烟润,空气清新,景色宜人,文姜夫人一直居住在这里。岁月最是无情,一代佳人渐老,最近几年,文姜身体多有不适。鲁庄公纯孝,几将鲁国国中名医请了个遍,但多不能治,直到一名来自莒国的郎中出现,文姜病情却离奇般骤然转好。原来自齐襄公死后,文姜寂寞难耐,始终郁郁寡欢,所得者乃是阴阳不调的心病。那莒国良医魁梧健壮,正值盛年,既通医道,又善戏谑,深得文姜喜欢。空房寂寞,孤枕难眠,一来二去,文姜夫人便拉着莒医同榻而眠,夜夜尽欢,整个人似乎又恢复了青春神采,诸病皆消。而莒医从此成为文姜专御之医,隐身坤德园中尽享富贵,又仗着文姜宠信,一时肆无忌惮,不可一世。此事渐渐传入鲁庄公耳中,因是生母所爱,鲁庄公也无可奈何,只是时常思念鲁桓公,想着其父生前因为文姜夫人淫乱而枉死齐国,如今孤身黄泉之下未久,文姜夫人却又另结新欢,日夜享乐,人情之薄,勿乃太过!鲁庄公每每思虑至此,总是摇头叹息不已,也渐渐由母亲而对女人生出一种莫名的恐惧来,总担心这种不幸会再度降到自己头上,于是三旬早过而始终未起大婚之念,这番尴尬的心事和苦衷又无从与人说起,除了对月长叹,就只有自己暗暗忍着。

这日,莒医独自驾车出了坤德园,借着到鲁市中采买补品之机,一头扎进一间偏僻的茅草小院里,玩起斗鸡来。文姜夫人赏赐不断,莒医自然富有,私下里常常蓄买斗鸡,可叹他生就这么个嗜好。今日笼子里带来的,乃是一只红冠彩羽、体瘦而高、威风凛凛的上品雄鸡——鸡冠上罩着赤色盔甲,鸡足上还配有金属假距,一看便非同凡响。凌乱的小院里,一株大槐树下,早放着几十个各式各样的鸡笼,一帮顽劣之徒正聚在一起开心。莒医一进门,便眉飞色舞,忍不住连吼三声,这当儿,三个老玩伴就风一般凑过来,相约要逐一与莒医斗鸡。莒医挺起胸脯道:"来来来——"

片刻工夫,那三人的鸡竟然都败下阵来,看来莒医是真有好鸡啊,难怪那么神气。看着莒医之鸡就地呼呼腾起,嘴啄足踏,猛如鹰隼似的,一气将他人的三只鸡逐一打败,围观的众人便群起喝彩。莒医大胜,更是得意扬扬,翘着眉毛道:"我这鸡已经连胜三局!谁家再来?"

羽毛乱飞中,忽然钻出一个人来,道:"我来试试。不过——"那人阴阳怪气,一脸蛮横,又仿佛暗暗赔着笑,但是很奇怪,明明中年面容却找不见一根胡须,"如此斗法毫无趣味,你我赌斗一局如何?如果我的鸡赢了,你的鸡归我。如果你的鸡赢了,我甘愿赔上一镒黄金。"那人说罢,从袖子里摸出一镒金来,亮闪闪的,故意从众人眼前一扫而过。

一镒黄金!在这鲁市之中乃是一个天大的数字,那些人个个惊得目瞪口呆,齐声唏嘘。莒医见此人口气甚大,满身古怪,暗道今日莫非遇到高手了?但又想到即使赌输了,也不过输一鸡而已,有何惧哉?当下呵呵一笑:"好!赌!只是不知你鸡何在?"

那人身后又闪出一人,白白净净,也是毫无一须,双手将一只青竹笼子推了来。笼子里那只鸡寻常得很,还肥胖,样子蠢蠢笨笨的,众人都嘲笑起来,道:"这是待宰的下酒鸡,也敢到这里来寻死?"莒医瞧了又瞧,暗忖道:"天外有天,鸡外有鸡,此鸡看似平平,必有过人的神技,此番斗鸡不可小觑。"

大家闪开,腾出地面,两鸡开斗。众人翘首凝目,皆为一场畜生之战而惊心动魄不已。岂料转眼之间,三下五除二,那人那只肥鸡便被啄得倒在地上起不来,声声惨叫,鸡毛飞得一团烟雾似的。莒医兴奋得狂跳起来,大呼:"我赢了!我赢了!"

众混混便跟着起哄道:"黄金!黄金!黄金——"

但见那人一脸不屑,慢悠悠掏出金子,递与莒医,又恭恭敬敬赔笑道:"愿赌服输,无话可说。"

一片羡慕声中,莒医接了金子,顿觉异常沉重。莒医反而乐不起来,冲着那人仔细再打量去。细瞅了几眼,恍悟那人乃是宫中不男不女的寺人,忽然就不安起来。莒医日夜待在文姜夫人身边,与鲁国宫中之人偶有接触,也算是有一些见识的。今日之事,对方明摆着是借斗鸡之名而专送金子来了,这番心计,到底是何用意?莒医当下认定那人必是鲁庄公派来找自己算账的，一时惶恐难安，额头渗出汗珠，嗫嚅道："你不是来斗鸡的……你……"说着，就要将金子推还给对方。

那人哈哈大笑，乐呵呵就迈步上前，轻声道："不必惊慌，一点见面礼何足道哉——请借一步说话。"一边说着，一边拥着莒医就向院门外走出。身后有两名神秘人紧紧贴着也跟了过来。

一行四人步履匆匆，离了斗鸡场，行至街道上一个僻静角落，停下步来。莒医满脸惶惑，先道："你是鲁国宫中什么人？找我何干？"

那人拱手行了一个揖，道："莒医莫怕。我非鲁国人，乃是齐侯身边近侍竖貂，人称寺人貂。适才献金，却是有事相求，并无恶意。待事成之后，还有重谢。"——竖貂的确受齐桓公之命而来。不过，"点将"竖貂者，却是管仲，说是"此番使命，非竖貂不可"。

得知来者乃是齐人，莒医心中悬着的石头总算落了地，长舒一口气，道："原来是齐侯近侍，难怪不同凡响啊。不知我有何用，可值一镒黄金？"

竖貂道："齐侯有姊，即鲁国文姜夫人。齐侯近来甚是思念姐姐，特遣小人赍礼，前来问安，烦请莒医代为引路。"

"原来如此，"莒医心里直乐，原来攀上文姜是如此的好处不尽，当下就放声大笑，"如此小事，你何不早言啊！走走走，我请你到市上酒家小酌一碗，然后再去拜见夫人……"

坤德园内，几丛翠竹烘托出一座草亭，亭中设有木榻，文姜以手托腮，如一只慵懒的白猫，侧卧在木榻上闭目养神。两名侍女侍立在后。听闻莒医回来了，文姜只闭目笑笑。又报说莒医还带了一个齐国国君的内侍来，文姜心中陡然一惊，不过转瞬就又复归平静。文姜睁开迷离的眼睛，依旧卧着，而后瞧了竖貂儿眼，缓缓道："早闻我弟身边有一内宠，莫不就是你？"

美人迟暮，依旧令人倾倒。竖貂慌忙伏地而拜，满脸堆笑："小人竖貂不才，昼夜勤勉，唯恐辜负了国君一片恩宠。国君甚是思念姐姐，特备了几份礼品，令小人前来问夫人安。"说罢，身后有两人便将礼物呈上，莒医接了。

　　文姜瞟了一眼那些礼品，面色红润，嘴角暗笑，蒙眬的眼神里也透出光来："我弟如今做了诸侯之伯，海内无不敬仰，哪有什么空闲再想念我这老姐姐。"言讫，柔声一叹，眉宇间忽然生出一丝忧伤。莒医见状，快步上前，就着文姜丰腴的肩头就按摩起来。文姜就又闭上了眼睛享受着。

　　"夫人不知，我国君思念姐姐，寝食难安，某夜梦到姐姐厉声呵斥，说什么齐女业已成人，为何不与鲁国完婚……国君说着就惊醒了。时小人就在榻侧，听得一清二楚。所以国君特遣小人前来，也是问一问夫人，此梦何意？……"竖貂一边细声细语地说着，一边小心翼翼地盯着看着。

　　文姜双眉蹙然，身子颤了一下，霍然睁眼，扶榻而起，嘴角竟抽搐了半天，只是没有一句话。竖貂与莒医面面相觑，茫然不解。文姜离了榻，历阶而下，默默在草亭前踱起步来，但那神态，却似在岁月的荒野里踽踽独行。文姜内心深处，那段最柔软、最甜美，也最凄凉的往事再次被触动，当年"哥哥妹妹"的缱绻情话又在耳畔响起，而两人情深之时所定下的儿女婚约，文姜又岂能忘记？兄妹而夫妇，狂悖人伦，世所唾弃，但文姜无怨无悔！如今人生将尽，更有什么可以怕的！

　　文姜呆呆出神，忽就莞尔一笑，腮畔竟生出一丝羞涩来。文姜望着眼前几棵直入云霄的翠竹，低声喃喃吟道："桃有华，灿灿其霞。当户不折，飘而为苴。吁嗟兮复吁嗟！桃有英，烨烨其灵。今兹不折，讵无来春？叮咛兮复叮咛！"而后忽然转身，英姿抖擞，仿佛换了一个人，满是巾帼不让须眉的豪气，淡淡问道："哀姜今年十六岁了吧？"

　　"正是！"竖貂慌忙应道，"哀姜正值芳龄，清如芙蓉，艳若桃李，真乃齐国第一美人！就如……就如夫人一般！"

　　文姜大乐而笑，满脸明媚如花，道："昔日我兄襄公在世之时，我们兄妹便定下了儿女婚约：待哀姜长大成人，便与我儿同儿完婚，现在到了履行婚约的时候了！"

　　竖貂大喜，呵呵道："是啊，我国君也正有此意！夫人之子与国君之侄喜结良缘，真是天作之合啊！"

　　莒医与侍女都齐声向文姜道喜。文姜笑吟吟地一挥手道："你回去复命吧，不日鲁国国君将至齐国迎娶哀姜。"

竖貂尖锐的嗓音高声扬起了一个"诺"字,便得意地退了出去。

此番真可谓不辱使命,翌日竖貂就匆匆返回齐国去了。

却说竖貂去后,文姜便命人去传鲁庄公,要议一下与齐女哀姜的婚事。不想鲁庄公不在宫中,也不知去了何处,已经多日不见人影了,此事只好暂时搁一搁。

原来鲁庄公悄悄忙别人的婚事去了——鲁庄公接纳谋士施伯的建议,撮合陈宣公迎娶卫惠公之女,以此联姻,欲将陈国拉入卫国、鲁国、郑国的阵营中,共同对抗齐国的霸权。虽为他人作嫁,然此事鲁庄公却也颇费心神,还从鲁国王室宗族之中选了一女为媵,一同嫁入陈国。此外,鉴于卫、陈之间道路遥远,鲁国还主动担起了护送新娘子的重任,而此重任,鲁庄公又交给了公子结——便是上次深入遂城、策划遂人反叛的那位公子结。

鲁国诸多周旋,令陈、卫皆感激不已。最乐者乃是陈宣公,如今公子结护送的卫国婚车业已浩浩荡荡出发,如一朵红云正缓缓向陈国飘来;而自己的宫殿也早已沉醉在一片婚喜气氛之中,单等洞房花烛了,陈宣公眯眼笑道:"鱼水之欢,其乐何及!鲁侯美意,何以为报啊!"

笔直的官道上,一行婚仪之车三十余辆,正悠悠行驶。马蹄声碎,銮铃不绝,其间还夹杂着未来陈国夫人身上佩戴的美玉鸣响之声,十分悦耳。而先头开路的一辆青铜马车上,载着得意扬扬的公子结。此乃堂堂陈国国君的婚仪,所有随行人员,除女眷之外,都一律穿着庄重的黑色玄端礼服,公子结自然也不例外,此乃礼也。

车队早出朝歌,这日行至一处旷野,附近不远处三十里外,便是鄄城。忽然间前方大队兵车狂奔,尘烟翻滚,隐隐旌旗飘动。公子结大惊,心中暗忖:"此地鄄城,依旧未出卫境,如何有如许多兵车? 临行之前,何曾听闻卫国在鄄城有兵事? 其中必有蹊跷。"于是喝令车队暂驻,又命二人前去打探。

不久,探子回报:齐桓公与宋桓公于鄄城密会——天下竟有如此巧遇! 实是不可思议。面对严峻而复杂的挑战,管仲定下齐、宋联兵,先行讨伐鲁国之策。公孙隰朋受命出使宋国,双方约定择期会于鄄城,共议伐鲁之举——至今日,便是约会之期。偏远的鄄城之下,齐国方面,齐桓公、管仲、公孙隰朋、王子城父相携而来;宋国方面,宋桓公与国中五族大夫也相伴而至。

当下,那公子结闻报大惊,叹道:"齐侯、宋公择此边城密会,必因伐鲁而来!如此大事,所幸被我撞上了!坏了,坏了……"公子结在车旁急得团团转。

公子结强迫自己镇静下来,想到如此大事,自己当何以自处?鲁庄公将卫陈联姻重任交予自己,此刻断然脱不开身。然而鲁国依然蒙在鼓里,自己又岂能袖手旁观,说不定等自己从陈国回来,曲阜已然被齐宋联军攻破了!踌躇了半晌,公子结忽然冷冷一笑,自叹道:"遂人何其好战,也难免被本公子玩弄于股掌之间!今日撞上鄣城之会,看我如何将齐宋联盟拆散!"言讫,便决定孤身赴会,施展三寸不烂之舌,再玩弄一番。

公子结将婚礼车队安排毕,令其原地暂息,等自己回来了再出发。军务倥偬,片刻耽误不得,然后公子结便驾了一辆轻便的青铜轺车,只带着两个亲随,就急匆匆向鄣城驶去……车行一矢之远,又喝令停住。公子结发现自己穿的乃是迥异于平常的玄端服,以为不妥,需要更衣。乱了半晌,终于在车队中寻了一件墨色的曲裾深衣,还嫌窄小不太合身,只好勉强穿了——而其随身二人却依旧是玄端礼服。

鄣城之中,齐桓公、宋桓公及管仲、公孙隰朋、王子城父、宋国五族大夫等早已入席,一边饮酒,一边合议伐鲁大计,相谈甚欢。王子城父正论及发兵路线,门外忽报:"鲁国公子结求见。"

席间之众皆大惊。宋桓公忧道:"我等在此商议伐鲁,而鲁公子结忽至,莫非消息走漏,鲁国早已知晓?"

公孙隰朋道:"公子结乃是鲁侯心腹至亲,上次策划遂人反叛者,便是此人。如今此人现身鄣城,不可小觑啊。"

齐桓公愁眉紧锁,将席间众人扫了个遍,最后落在管仲身上,道:"来者不善,当何以应对?"

"鲁国知与不知?公子结因何而来?……目下朦胧难以明晓。但请君入席,一切随机应变。"管仲笑着,又举起爵来,大声道,"来来来,宋公、国君、众等,无须多虑,但请先饮三大爵!"众人皆强笑着饮了一爵。

管仲举头尽饮，将空爵重重砸在案上，双目射电，冷冷道："传公子结。"

公子结与二随从须臾间便至。那公子结趾高气扬，满脸的不可一世，将席间众人先瞥了一眼，而后淡淡一揖，其礼甚为不恭："鲁人公子结拜见宋公、齐侯。"继之挺起腰杆，话锋一转，阴阳怪气道："得知二君在此，我特来参加会盟。"

一言既出，满席皆惊，看来公子结真是一个厉害人物啊！此语可谓一剑封喉：第一我已知道你们正在偷偷密谋偷袭鲁国了，齐桓霸主，也如是乎？第二放弃你们的阴谋，我们还是以和为贵吧！

席间顿时一片尴尬和沉寂，陷入僵局，都想着这次要白忙了，皆是又气愤又无奈。公孙隰朋欲要应对，一时却找不到妥善言辞。齐桓公勉强一笑，正要开口先为公子结设席，然后再作计较——不料此刻，管仲倏忽起身，放声大笑，笑得堂中咚咚作响，笑得齐桓公等一片茫然，笑得公子结莫名恐慌起来……但见管仲手中托着一只空爵，佯装醉态，踉跄着向公子结走近："公子结，来得好啊！来来来……哈哈哈哈，快快入席……"

公子结知是名震天下的管仲，先怯了一截，拱手道："管相……"话尚未出口，就被管仲强行揽在怀中，晃晃悠悠入席去。公子结身不由己，满脸不自在，又不得不被挟持着走。这当儿，管仲回首，将他身后二随从瞧了个仔细——见二人皆是玄端礼服！——管仲大喜过望，又将一手伸入公子结腋间挠了几挠。公子结奇痒难耐，从管仲怀中挣脱，又跳又笑而去，如伶人丑舞一般。这一跳不当紧，众人都发现公子结的深衣是那样的窄瘦，似乎应该再多用一块布才合身。宋桓公暗暗道："堂堂鲁公子，如此穷穿衣，大失礼仪。"

管仲依旧假借酒兴，追两步，使劲拽住公子结，到底按在了自己的席边。公子结觉得管仲力大无穷，自己犹若被其玩弄的猴儿，心下生出一种无名的惧怕来，额头不由渗出汗珠。管仲酩酊，半眯着眼睛，命上酒，挥手吆喝众人为迎接公子结而同饮，于是席间又生出了欢笑声，公子结也勉强喝了酒。

管仲放下酒爵，满脸醉态，望着公子结，乐呵呵道："齐鲁唇齿相依，最是兄弟相亲。今日郓城齐宋会盟，又岂能忘了鲁国啊……公子啊，我等日夜盼望与鲁盟好啊，只是……哈哈哈哈，不久之前，遂人反叛齐国，人人都说是鲁国背后作祟……所以啊,我等是心有顾虑啊!"

公子结雄赳赳、气昂昂而来,先发制人,本以为早占上风,岂料此刻又被管仲搬出遂人一事,反为他人后发而制,当下惊慌之余,强装镇定,忙挺起胸脯,高声道:"绝无此事!管相你多虑了,遂人反叛是遂人自己所为,此与鲁国无丝毫干系!"

"真与鲁国无关?"

"断与鲁国无关!"

两人于是不约而同呵呵笑起来。管仲道:"那我就放心了,看来是我有眼如盲,错怪周礼之国了!"

公子结暗暗得意不已,心想:"世人都道管仲大才,看来也不过如此。"当下从案上取酒以敬管仲,管仲喝了。

管仲双目迷离,醉态十足,打呵欠道:"公子此来,想必是鲁国要与齐、宋再结盟好?"

这句话公子结正求之不得,忙道:"正是正是!鲁国尊齐为伯,愿听号令。"心中却暗暗道:"可叹管仲也中了我计,我先胡乱盟了,解了齐宋伐鲁的目下之急再说。"

"甚好,甚好!"管仲开怀一笑,睁大惺忪醉眼,环视席间,道,"我们议一议齐、宋、鲁三国结盟的盟约吧!"众皆茫然不解——在座者宋桓公乃是公爵,齐桓公乃是侯爵,而公子结区区一个公子,又岂能代表鲁侯而与二君结盟?于是众人不由面面相觑,皆哑口无言。

齐桓公到底深知管仲,明白所谓结盟必是其临机应变之举,眼下虽不知用意何在,但管子之谋,百不失一,只管照做就是了,当下笑道:"来来来,大家共议。"

管仲笑着向齐桓公递了一个眼色,齐桓公又深情向宋桓公点了点头,至此,齐宋之众都心有灵犀,均不再犹疑,都忙称善,便笑着议起来。

又一番功夫过去,盟约终于完成,众皆欢喜,席间一片假笑。公子结自诩高明,以为大功告成,当旋即开溜,就起身道:"三国结盟,可喜可贺!本公子也不辱使命,就此告辞了。"说罢向齐桓公、宋桓公等恭敬行礼,就要抽身离去。

公子结刚迈出一步,忽然见管仲朗朗笑着就又追上来,公子结闻声而惶。管仲依旧若醉若醒,道:"公子为邦国盟好而来,不辞……不辞劳远,用心……用心良苦!

良苦！今欲归,岂有不送之理！我……我送之——"

公子结轰一下就蒙了,嘴角抽搐,面如土色,但又无奈,只好强装着振振有词道:"管相日理万机,岂敢劳管相相送？不送！……为着齐鲁之好,公子结区区颠簸,何足道哉？不送！还有……还有管相您醉了,岂能相送？"

"本相海量,谁人不知？几爵浅酒,岂能醉我？"管仲说着,抖擞一下便霍然挺立,英姿飒爽,瞬间就换了一副模样——公子结登时感觉自己被骗了,愈加惶恐,又没有一点招儿。只见管仲冷笑道:"鲁国乃礼仪之邦,我辈岂可无礼于鲁人？公子,请——"

公子结面色土灰,呆了片刻,只好道:"有劳管相。"就硬着头皮,带了那两个随从出门去——心中忐忑翻滚,自觉如囚徒一般。管仲昂首挺胸,款款相送；身后国叔牛、公孙猿二人也机警地跟过来了。

到了车前,趁着各自登车的间隙,管仲悄悄对公孙猿道:"鄄城附近,必有卫国婚车。速领一军,将其劫了！——要佯装不知情,劫后择地安置,不可无礼。切记！"公孙猿领命而去。继之管仲上了铜马车,叔牛驾驭。

两辆马车并辔行了好远,公子结忽然驻车,道:"殷殷盛情足矣！管相请回。"管仲道:"行道迟迟,载渴载饥,我心何忍！——必须再送一程！"公子结无奈,只好又启程。

眼见距鲁国越来越近,离婚车越来越远,公子结忧心如焚。又行了好远,公子结又驻车,满身焦虑之状溢于言表,脸上似有万蚁噬心之苦,管仲看了直乐。公子结于车上施大礼,道:"足矣,足矣！管相若再送,我心难安！"管仲笑道:"我观公子神情凄苦,却是为了哪般？——本相之罪也！——不足！不足！却看管仲我相送,以博公子一笑！"于是得意扬扬,凭空吟唱道:"燕燕于飞,差池其羽。之子于归,远送于野。瞻望弗及,泣涕如雨。燕燕于飞,颉之颃之。之子于归,远于将之。瞻望弗及,伫立以泣……"公子结毫无办法,歌声中只得继续向前。

又行了好远,公子结复驻车,再请管仲回,满脸苦苦哀求状。管仲止住歌声,抚着车栏,仰头大笑:"本相待客之礼,滋味可足？"公子结忙道:"足矣,足矣！"管仲忽然变色,不屑道:"公子珍重。告辞！"言罢,国叔牛骤然转辕,冷冰冰如风一般就逝去了。

望着大道上扬起的烟尘，公子结垂着头，不停晃着脑袋，叹道："完了，完了……"

齐、宋在卫国境内密会，消息也传到了朝歌。卫惠公得报，陡然一阵惊悸难安，深知此二国必是为伐鲁而来。然而卫惠公正陷于周室"子颓之乱"中无力抽身，同时又根本没有敢于同齐国公开叫板的实力与胆略，便只好听之任之，卫惠公叹道："随他齐国去吧……"

鄄城这边，公孙猿早找到了婚车，那一行人饿得前胸贴后背，个个怨声载道。卫国新娘将公子结骂了个黑天暗地，而鲁国媵女则独自躲在车里嘤嘤哭泣。公孙猿按照管仲吩咐，将车队劫了，另找了一片林子里安置，然后回城将此事禀告齐桓公。至此，齐桓公、宋桓公及两国重臣才恍然大悟，皆拍案称赞管仲才堪应变，一时都笑得合不拢嘴。

大道如箭，一车如飞。待管仲归到鄄城，齐桓公先迎过去，道："寡人正纳闷，仲父如此屈尊而远送一个不善之客，原来是大有深意啊。卫陈联姻，被仲父弹指之间就搅了，仲父真神人也！"

管仲行了礼，道："公子结愚蠢而狂妄，正好教训一番，亦报遂人之仇。"

宋桓公道："我有一事不明，管相如何就知道此人是护送婚车之人？"

管仲呵呵一笑："陈娶卫女，鲁国相送，此事目下沸沸扬扬，哪个不晓？此地鄄城，乃婚车去陈必经之地。那公子结衣装不合，必是临时换装，而其身后二人却穿着迎亲的玄端礼服，管仲是以推知，公子结必是鲁之护送婚车者！只不过赶巧碰上了，他便来这里卖弄一番聪明——呵呵，自己换了衣装而身边人却不换，岂非天下第一大蠢材！"言讫，众人皆大笑。

公孙隰朋道："齐宋鄄地之会与公子结的婚车，实是过于巧合。亏了管相随机应变，临机反制，倘若让公子结占了上风，我等诚可忧矣。"

管仲默默，然后挥手召公孙猿，道："我手书一简，你持此简，即刻赶到宛丘，交予陈侯——我们得问问，这扔在荒野里的新娘子，陈侯还要不要？嘿嘿……"

众人又是哄堂大笑。侍者捧来笔墨,管仲挺笔疾书。

王子城父悠悠道:"妙! 陈侯得此消息,必归怨于鲁国。此桩联姻是断不能成了,如此鲁国欲拉拢陈国一道背齐的阴谋则不攻自破! 我料,陈侯恼羞之下,必发陈师与我等合兵,那就是齐、宋、陈三国伐鲁了!"

不想还有如此深意,齐桓公等顿时愕然。管仲抬头,拈着竹笔,微微笑道:"知我者,王子兄也。"

……却说陈宣公在宛丘城中欢欢喜喜坐等美人来,不想等到的却是齐相管仲一封大出意料之外的书信。陈宣公揽信后勃然大怒,骂道:"竟将寡人新人抛于荒野,鲁国何必欺人太甚!"又见书信中也提到齐、宋联兵伐鲁之事,就击案咆哮道:"我当发兵,与宋、齐会师而讨鲁! 非如此,难消我心头之恨!"

果如王子城父所言,数日后,齐国、宋国、陈国终究组成三国联军,以齐桓公为统帅,一路浩浩荡荡,杀奔鲁国而来。

"蠢! 蠢! ——你……"曲阜宫中,鲁庄公咆哮不已,恶狠狠地将一卷竹书摔在地上,吓得本就屈膝伏拜的公子结浑身哆嗦,不断喃喃着,可就是说不出话来。鲁庄公五内俱焚,母亲文姜几日前刚刚传唤,语重心长地要他娶了齐国哀姜做夫人,鲁庄公大为不悦,但他又十分清楚母命难为,只好先诺诺着。此事正闹心不已,公子结那边更坏的消息就又传来——却说公子结与管仲别后,便飞也似的奔向婚车,孰料婚车却不见了! 后来得知是被齐国劫走,当下就清楚自己已被管仲玩弄得无可收拾了! 正无计间,陈国与齐、宋联军伐鲁的消息陡然传至,公子结大为惊骇,捶胸顿足,欲哭无泪,伤了半天心后,只好踽踽回了曲阜。陈、卫这段联姻被搅黄,陈宣公痛恨鲁国,卫惠公埋怨鲁国,陈宣公与卫惠公之间也生了嫌隙,此三国本欲结好,岂料被一个意外风波各惹了一身骚。

看着公子结伏在地上、瑟缩如狗的模样,鲁庄公猝然间更火,骂着"三国伐鲁,我先斩了你祭旗",拔了剑就砍过来,不过只是虚砍。公子结惊得失了魂魄,拔腿就跑,一边跑一边喊:"冤枉! 国君我冤枉啊……"

鲁庄公追着砍着,怒道:"还敢喊冤! 你有何冤?"

公子结跑着道："臣偶然撞上了齐、宋密晤，臣孤身深入，是为了揭穿他们的阴谋，这一切都是为了鲁国啊国君！只是……只是，谁知道那管仲如此厉害，会将计就计……"

鲁庄公挥舞着剑依旧追着，厉声道："蠢材，自作聪明！你不会差人来曲阜报信……你以为那管相如你一样蠢啊！如今好好的联姻，因你而败！连陈国也与寡人翻脸！三国联军齐来伐鲁，你要寡人如何应对？"

"臣死罪！国君就是杀了我，也退不了敌军啊，国君息怒……"

两个人在大殿中跑得团团转，身边侍人皆不敢向前。鲁庄公终于砍累了，将宝剑弃了，一屁股坐在地上，用袖子拭了拭额头的汗珠，气喘吁吁歇了。公子结见状，便远远地跪在前面，急喘又不敢大喘，尽量压着，心中余悸犹在。

又呆了半晌，鲁庄公低着头，无奈道："来人，将公子结交予大司寇，依律裁处。"

公子结满眼泪水，哽咽道："臣……领罪。臣拜别国君！"言罢叩首行了一礼，就被两个人带走了。

鲁庄公起身，整了整衣冠，背着向堂中正席走去，又命道："传众卿诸大夫，速来议事。"

须臾，如施伯、曹刿、曹沫、公子偃等诸臣鱼贯而入，分列两旁。另有鲁国三大公子也至，乃是公子庆父、公子叔牙、公子季友。却说鲁庄公之父鲁桓公共有四子：嫡长子即鲁庄公做了国君，另有庶长子庆父、庶次子叔牙、嫡次子季友三人也逐渐涉足国政，皆被封为卿大夫——此三公子便是后来赫赫的鲁国三桓孟孙氏、叔孙氏、季孙氏之祖，此乃后话。

鲁庄公满脸愁云密布，先道："因公子结之故，陈、卫联姻失败，陈国归怨于寡人。目下，齐、宋、陈三国联军，汹汹将抵国门，众卿以为当如何应对？"

公子庆父最是勇武，大声道："怕他怎的，臣请统率鲁师，与之一战！"

"战则必败！"鲁庄公怒喝道。公子庆父缩回去，便不敢再言语了。

施伯道："当务之急，可分而制之。齐国伐我，乃是因遂人事件；陈国伐我，不过因为一桩姻缘而已。而宋国唯齐为命，所以——只要能使齐国退兵，则宋国、陈国也自然退去。"

"施伯有何妙计?"鲁庄公道。

"臣请一问:公子结在鄄城时,可是承认了鲁国策反遂人之事?"

鲁庄公似乎猛然醒悟,道:"这个不曾,公子结倒是咬定此事与鲁国无关。"

"公子结还不算蠢。"施伯道,"三国之中,以齐为首。然而齐国并无鲁国与遂人私通的确凿把柄,鲁国只要死扛不认,齐国便是师出无名,如此伐鲁旗号便只有卫国新娘这一个口实了。陈侯乃平庸之主,好色之徒,国君只需献上美女数人,再贿以财帛,陈侯了了心愿,自会退兵。陈若退兵,则齐国伐鲁之名自消,也必退去。齐、陈退去,则宋国更不足虑了。"

公子季友正色道:"只是齐国灭我之心甚重,如今大兵压境岂可轻易退去? 恐恶战难免!"

鲁庄公道:"弟所言,也正是寡人忧虑所在。"

施伯捋须,微笑道:"公子以为齐国是真要灭我吗? 非也! ——乃在和耳! 齐国如果真心开战,当此关口,如何又来文姜夫人催婚齐女之事? 齐侯为霸,志在会盟,天下归心,非好战也。我料此番干戈,可以转瞬化为玉帛! 不过……"施伯忽然又想到了什么,接着道:"此事要费好一番周折。其一,国君当遣使入齐,第一诚心请和,再次重申尊齐为霸;其二,当为国君请聘,尽快迎娶哀姜入鲁。"

一场战祸在施伯三言五语之间已现转机,可鲁庄公依旧面露忧色。众臣见状,面面相觑。施伯眼珠一转,问道:"国君可是不愿迎娶哀姜?"

鲁庄公依旧沉默。

公子庆父嬉笑道:"听闻那哀姜乃当今天下第一绝色,国君……"

鲁庄公拿眼光向公子庆父剜了一下,庆父戛然止住笑容,知趣地垂下头去看膝盖。鲁庄公道:"母亲有命,我岂敢不娶哀姜,只是……"鲁庄公十分难堪,接着道:"东方之国,齐鲁为要,而齐强鲁弱、齐尊鲁卑亦是事实,寡人身为一国之主,常怀远忧。如今齐国风头正猛之际,偏遇中原郑国与之争雄,真乃天赐良机! 寡人本欲与卫国、陈国一道,共同联郑而抗齐,然而……只是……唉! 我实在是不甘心!"

"国君!"下面一人声如震雷。众人望去,乃是曹刿。但听曹刿言道:"国君断然不可再作此想！臣十分赞同施伯之谋！然齐鲁二国，数次交锋，强弱之势已成定局。此番迎娶齐女，乃是天赐良机，国君此后自当以齐为伯，唇齿同心，尊王攘夷，共镇华夏！切勿再生二心，再取其辱！况齐侯为霸，胸怀天下，躬行大道，实为当今天下第一勇于担当者！纵有一己小利，有何不可？而郑伯狂妄无羁，反复无常，横生干戈，毫无信义，不过奸雄之私罢了，我料郑国必败！国君何必附逆此等不肖鼠辈呢？！"曹刿越说越激动："愿国君以鲁国大局为重，三思而后行！"

满席哑然。沉寂半晌，施伯昂然道："臣亦赞同曹刿大夫之论。"

众多有附议，唯见公子庆父、公子叔牙、公子季友三人不约而同地对曹刿投以蔑视的目光。

鲁庄公忽觉自己对内被母亲掌控，对外为齐国左右，譬如飘蓬，身不由己，真不知堂堂一国之君怎么就混到了这种地步，不由生出一种悲凉感来，当下闭了眼睛，便有两道清泪潸潸而下。鲁庄公叹道："曹刿之论，寡人知道了……"

朝议散后，鲁庄公便以施伯为使，并携公子庆父一道，入三国联军大营求和。两人满载礼物，驱车而行，早至彼营中。

公子庆父先悄悄拜见了陈宣公，献上诸多金珠宝贝，并有绝色美女五人，陈宣公果然就怒气顿消，嘴上虽依旧说，而心中早去了伐鲁之念。

另一边，施伯觐见齐桓公。齐桓公问管仲，当如何应对。管仲嘿然一笑，附耳嘱托了几句。须臾后，施伯进入帅帐，见齐桓公、宋桓公、陈宣公并管仲四人端坐在上。施伯插手行揖，献上礼单，道："外臣施伯拜见齐侯、宋公、陈侯，拜见管相。齐、鲁互为东方唇齿，自当以和为贵，今齐侯统率三国之军，无故来伐我鲁国，想必其中必有误会。外臣为使，一来消除两国之间不必要之误会；二来便是请和尊霸；三来嘛……闻齐侯有一侄名曰哀姜，正待字闺中，我国君有意迎娶哀姜为夫人，结两国百年之好！请齐侯成人之美，务必允准。"

齐桓公先微微一笑："齐鲁世代联姻不绝，文姜姐姐便是贵国桓公夫人，倘若哀姜若幸而为鲁侯夫人，实乃美事一桩！只是此事寡人尚做不得主，须回国问了哀姜，方可定夺。倘若哀姜无意，寡人也无可奈何啊……"继之陡然转怒，拍案道："好你个施伯,妄为使臣! 我三国大军压境,汝却口出狂言,毫无诚意,还谈什么请和尊霸?"

施伯不卑不亢,道:"敢问齐侯何出此言?"

"鲁国暗通郑国,欲要背叛幽地会盟! 鲁国暗助遂人,公然反叛齐国! 怎么,这也是你口中的什么误会吗?"齐桓公昂然道。

"当然是误会! 鲁国从未暗通于郑而背盟于齐! 鲁国也从未助遂国而反叛! 齐侯乃天子亲封、诸侯共推的霸主,信义著于天下,言行必有所依,倘若空口无凭,则诚为天下人耻笑耳。"

齐桓公哈哈大笑,早料到施伯必会有此一说,而管仲也早嘱托了应答之语,当下乐道:"施伯啊,你是说寡人毫无鲁国的罪证? 然也,鲁国聪明,寡人确无。不过这两件大事寡人肚子里知道,你那国君心中也明镜一般,寡人劝鲁国一句,多行不义必自毙!"

施伯依旧不惧,铁嘴钢牙道:"谢齐侯教诲。"

齐桓公冷冷笑了,低沉道:"寡人乃侯爵,宋公乃公爵,齐宋鄄城之会,你鲁国国君不至,却派了一个小小的公子结前来结盟,真乃周公礼仪之邦啊! ——如此羞辱,我等孰不可忍! ——此番鲁国,铁证也无?"

施伯心中暗叫"糟糕!",眉头一皱,正不知如何转圜,就见齐桓公狠狠地将一块帛书摔在自己面前。施伯捡起一看,原来是公子结自以为是,在鄄城与齐、宋缔造的所谓"盟约",上面赫然有公子结的署名! 施伯暗骂一声"蠢猪!",心里便猛然一沉。

陈宣公收了公子庆父的贿赂,本想劝齐桓公罢兵的,此刻见状,也不敢吱声了。

施伯急了,忙道:"此都是那公子结私自所为,我国君丝毫并不知晓。如今公子结已被依法严惩,正欲禀告齐侯。齐侯! 鲁国乃是真诚请和,此番前来求婚……"

"住口!"齐桓公佯装大怒,厉声喝道,"将这鲁使轰出,鲁国一应礼物悉数退回! 不日,寡人将发兵攻破曲阜,彼时再作计较!"

施伯也不再言语,浑身冰冷,只好悻悻地退去了。

大帐内,望着施伯凄凉逝去的背影,齐桓公与管仲四目相对,不由呵呵呵呵大笑起来。

施伯回到曲阜,急入宫中,面国君而禀明实况。鲁庄公大骇不已,忧道:"求和也不成,求婚也不成,如何是好?"

施伯总觉得此番出使,似乎哪里藏着古怪,但一时又搞不明白。当下思忖半晌,忽有所悟,忙道:"此番干戈,非文姜夫人不能解! 若文姜夫人出面,为子求婚,此婚必成! 婚成,则三国之军自然偃旗而退。"

转来转去,又转到迎娶哀姜。鲁庄公连连叹息,沉思片刻后,挥了一下衣袖,示意施伯退下。然后,只好自己去面见母亲文姜。

坤德园中,文姜夫人这几天忽然又身子沉重了,不管莒医如何调理,怎么调笑,也还是于事无补。文姜老了,自知时日无多。近些天来,不知为何,越发思念自己的情哥哥齐襄公。文姜不得不面对自己的内心,无论是真正的夫君鲁桓公,还是目下眼前这个解闷的莒医,她这一生最爱者,实乃是哥哥齐襄。人之将老,其情愈真,无论如何,务必让自己的儿子顺顺利利娶了哥哥的女儿哀姜,此乃齐襄公生前,他兄妹二人因情而生的一个约定,而这个约定也将是文姜在这个世界上最后必须完成的一件事情。只是刚刚给儿子提及这个念头,齐国就又打上门来了,也不知为什么,自己这个儿子总是处理不好与母舅之国的关系! 文姜一急,就猝然发病了。

鲁庄公进入坤德园,才发现母亲又病,于是国之大事到了嘴边,便又咽回去了。文姜何等聪明之人,三眼五眼就什么都知道了,便开口问道:"我身体无碍,同儿不必忧虑。你此番前来,乃是为了与哀姜的婚事吧?"

鲁庄公眼泪唰唰地就流了下来,当下伏跪榻前,将齐、宋、陈三国伐鲁及施伯出使一节和盘托出。文姜听完,默默一叹。放在往常,文姜必要劈头盖脸将鲁庄公训斥一番,但是今天,文姜不愿意训了,也真的训不动了。文姜脸色略显苍白,和蔼地笑了一下,声音低沉,依旧掷地有声,道:"目下鲁国之危,我自可解之,儿不必烦恼。我将外出一遭,见一见你舅舅齐侯,看一看我儿妇哀姜,自有妙用。为母辅佐我儿二十年,只能走到这里了,以后的路,儿自斟酌走好。我仅有片言,儿需谨记:娶了哀姜,并立为国夫人。大婚之后,善待哀姜,和睦齐国,不要再与你母舅之国争短长了!"

鲁庄公至孝，赶忙伏首泣道："儿记住了。只是……只是母亲这身体……"

"赴齐一行，非但是鲁国之大事，亦乃我病之良方，你大可放心。你与哀姜大婚不定，我是死不了的……"

鲁庄公再也忍不住，扶在榻侧呜呜呜呜就大哭起来。

这一日，齐桓公命三国大军又向前开进五十里扎营，鲁国国中一片惶恐。

又过了一日，却见文姜乘坐一辆豪华的青铜马车，在大批军士及随从的护卫下，出了曲阜东门，浩浩荡荡奔齐营而去。

管仲拍案大笑道："大事成矣！"命大开辕门，鼓乐列队，热烈欢迎文姜。齐桓公也亲出营外相迎。

辕门外，文姜缓缓下车，见了齐桓公，满脸是笑，身体一下子就轻盈了许多。齐桓公也暖暖叫了一声"姐姐"，就快步迎上去。

姐弟二人相携着，乐呵呵进入帅帐，嘘寒问暖，言谈甚欢。文姜道："我此番专为我儿与哀姜的婚事前来。昔日齐国先君襄公在世时，我们兄妹便定下了这桩儿女婚约，如今我儿孤身未娶，哀姜也到了婚嫁年龄，该让他们完婚了！"

齐桓公喜道："如此甚好！这一桩好姻缘，唯尊姐姐之命便了。"

文姜笑吟吟地，望一眼默默在旁的管仲，又道："管相以为如何？"

管仲拱手行礼，道："夫人亲来，我等臣子还有何话可说？唯愿早结连理，齐鲁一家，泰山南北，永无纷争！"

于是暖融融一片欢笑声中，婚事就这样定了下来，然后，三国联军自然也就退了，一场大战瞬间消散得无影无踪。不日，文姜也随齐桓公的大军去了临淄，专程将未来的儿妇哀姜全全面面瞧了个够。此事敲定，文姜心中大安。

鲁国又一次被管仲成功摆平。时周惠王二年，公元前 675 年。

不久后，文姜猝然而逝，临终之前，只念叨了一句话："哥哥妹妹之情，至死方休……"此也是当年齐襄公说与文姜的枕畔私话。文姜并没有看到鲁庄公与哀姜的大婚。文姜死后，孝顺的鲁庄公悲痛欲绝，母亲最后的嘱托自然不敢忘，依着周礼,在文姜夫人入土为安后,鲁庄公与齐哀姜先行订婚,然后至周惠王八年,公元前669 年八月,哀姜婚鲁,并被立为国夫人。时年鲁庄公三十六岁。至此,历经几番交锋后,有曹刿、施伯等人的诚挚劝谏,有母夫人最后的临终嘱托,又加上美女哀姜来到身边,鲁庄公便彻底打消了与齐国争雄的念头,心甘情愿臣服于齐。此后很长一段时间,齐鲁邦交关系十分稳定而和睦。

值得一提的是,文姜、宣姜,又哀姜,齐国的女人再一次倾倒了世界。订婚之后,鲁庄公为哀姜美色所迷,顷刻间仿佛整个人都变了。某年鲁庄公竟公然到齐国观看祭祀社神,所谓"如齐观社",此举有悖于国君出行之礼,时曹刿曾劝谏而鲁庄公依旧我行我素——实则为看望哀姜,并在婚前行淫。再后迎娶哀姜到鲁,鲁庄公又命以玉帛作为礼物,曹刿又劝道:"男用进见之礼,大者玉帛,小者禽鸟;女用进见之礼,不过榛、栗、枣、脩,以示尊卑男女有别。如今国君使夫人乱之,非礼也,乃乱国之兆。"鲁庄公又听而不闻——至此,曹刿与鲁庄公嫌隙已生。曹刿亦是一代英杰,早欲仿效齐相管仲,变法图强,而鲁庄公每每总以恪守周公礼法而拒之——然国君自己却又公然违于礼制。曹刿心灰意冷,认定鲁庄公乃乱世之中迂腐昏庸之君,难有作为。又几年后,曹刿公然反叛,欲要推翻庄公,另立强国新君,只可惜谋事不成,反被镇压,曹刿也被鲁国驱逐了。此外,哀姜做了国夫人后,又引起公子庆父对其垂涎三尺,鲁庄公最为担心的女色乱国之事不幸在自己身上再度上演。公子庆父与哀姜叔嫂通奸,在鲁庄公死后,曲阜直接爆发了庆父之乱,史书所谓之"庆父不死,鲁难不已"。鲁国从此遭受重创,日渐分崩,后来渐渐形成了孟孙氏(公子庆父系)、叔孙氏(公子叔牙系)、季孙氏(公子季友系)"三桓"专政的格局,卿大夫崛起主政,而国君一步一步沦为傀儡,鲁国自然也更加衰颓下去了。此皆为后话。

第十六章　内忧外患

　　洛邑王城南郊,一马平川,肥沃的土地直通巍峨的伊阙。这里北望邙山,南依洛水,瀍河蜿蜒于东,涧水环绕于西,阡陌纵横,沟渠如网,湿气氤氲,草木茂盛,广布着东周王室最好的一片井田。当时天下,只有齐国率先废除了井田制,推行"均地分力、相地衰征"的新农令,其余诸侯国土依旧在奄奄一息的井田古制中徘徊,而帝都洛邑的井田无疑是海内最为完美的。数百年来,以"国人"自居的天子脚下的农夫们日出而作,日落而息,踩着节令,挥汗如雨,先耕公田而后再忙私田,如此日复一日、年复一年,不断上演着一种机械麻木而又生生不息的循环,祖祖辈辈也不知在这里繁衍了多少代了。目下正是三月农忙时节,田里的麦苗经过一冬的沉睡,业已苏醒,长势喜人,满地都是墨绿色的生机和希望,看来又将是一个不错的丰收年。城中的农民在每年这个时候,都会暂时搬到田间的茅屋里小住,父子兄弟并肩并出,牵牛扶犁,执锹挥锄,尽管汗流浃背,但人人脸上都挂着幸福的笑颜。春光明媚,群鸟啁啾,远处洛水盈盈,近处新柳如线,好美的一幅洛邑春耕图!

　　须臾,一阵阵牛鸣之声由远及近传来,农夫们不约而同抬头望去,但见北面王城方向的大道上,陡然间来了一群"牛阵"——牛约有百头,有黑牛、白牛、黄牛、黑底白花杂色牛几种,每行四头,二十余行,仿佛一支畜生队伍且排列得有规有矩,缓缓而行。奇怪的是,这些牛都体形相当,十分肥壮,每条牛腿都缚了金黄色如靴子一样的东西,而牛背上皆覆盖着绣了五彩花纹、正如这明媚春光般的红色锦缎——那缎子,阳光下闪着如水波一样的亮光,真羡慕死人了。每只牛角上都挂着一疙瘩由各色布帛做成的大花骨朵,这些花朵寻常百姓大约只有在婚嫁大事时方得一见,当下那些田畴里的农夫个个都惊呆了。此奇不足道,更有大稀罕还在后头呢!牛阵正中,有一人虽然肥矮,容貌猥琐,却束高冠,着锦袍,手执一鞭,双目圆睁,高高骑在牛背上,口里哼着谁也听不懂的什么歌谣,正得意扬扬赶牛呢!此畜生之阵前,有两队甲兵开道。而畜生之阵后,又有大批随从,有文有武,有主有仆的,紧紧跟着——尤其还有一辆六马驾驭的青铜大车分外耀眼,只是如此豪车却是空荡荡的,除了驭者,并无人乘坐。阳春三月间,洛邑王田里,忽然出现如此一幅离奇古怪的画面,真是匪夷所思,令人不知所以。

那披着文绣的牛也惹动了田里正在拉套的一头老牛,老牛在田里停了脚,咀嚼着草,发出几声羡慕的哞哞叫声。身边的男主家深情地望着老牛腿上厚厚的黄泥,叹道:"都是牛,田里的牛和王城来的牛,怎么就大不一样呢?"

"今天开眼了,做人还不如做畜生,我家自爷爷至今,哪个穿过牛身上的彩衣?"不远处又有一个瘦子自言道,然后就惹来田间一片笑声。

"世有'文兽'之说,莫非正在眼前?"

"这些牛是牛吗?天下还有这样的牛?"

"赶牛的那位是谁啊?……真神气……"

农人们不由七嘴八舌闲论着,嘎嘎笑着。忽然又有一人惊道:"啊呀,赶牛的就是刚来的新王啊!噢……我在城中见过一面……好像又不是……"

话音未落,所有人就又呆住了。田野里一片沉寂,顿时没了一点声响。

那赶牛人正是周室新王——子颓。子颓乃是周庄王庶出之子,周惠王之叔。不久前,周惠王由于荒淫失德,引起朝中动乱,子颓于是乘势而起,联合蒍国、边伯、石速、詹父、子禽祝跪五大夫,外借卫、燕之援军,发兵攻占了洛邑,将周惠王驱赶去了郑国;继之自承天命,摇身一晃就做了天子,这便是周王室的"子颓之乱"。却说子颓其人,有一癖好,天性喜牛,乃是一个"牛痴"。未做天子之前,便在自己府中养牛三百头,其府若牛棚。如今做了王,养牛更甚。子颓养牛,不喂草料,全用五谷,宁可饿死人,不可使牛瘦。且饲养之事皆亲力亲为,从不假手外人。所养之牛皆背覆文绣,谓之"文兽";凡有外出,好骑牛而行,不用车舆,谓之"神座";又好在春秋二季之时,驱赶成群之牛践踏田野,丝毫无忌,谓之"宝踏"……凡此种种,不一而足。如此肆无忌惮、贵畜而贱人的洛邑之主,实在是闻所未闻,周室子民私下里悄悄谑称之为"牛天子""周牛王"。

今日南郊之行,便是为了所谓的"宝踏"而来。子颓做天子仅仅几个月时间,加上今日身穿简衣,胯下骑牛而弃"天子驾六"不用,莫说田畴百姓,就是洛邑城中大夫,也多不敢相信这就是礼仪堂堂的大周天子、天下共主! 而子颓却不以为意,自觉"得牛意"远比"得民心"要醋畅痛快得多。

"牛阵"顺着田间大道缓缓南移,走着走着,右首一头黄牛仿佛嗅到身边的青苗有着什么稀罕味道,撅着屁股拱着牛角就踏入田里去。它一带头不当紧,十几头大肥牛前前后后纷纷拱入地里,用沉沉的蹄子把好端端的一地青苗踏得死了十回! 而子颓远远瞧着,乐得合不拢嘴。

这乃是一份私田,可把垄上的一家四口急坏了,大儿子二话不说,抄起手中的锄头一边骂着,一边就抢赶去。有几头牛受惊,转头就跳到路上,只是有一头大黑牛不服,瞪大牛眼,哞哞一叫,拱着尖刀般的利角就抵上去。哇一声惨叫,那家大儿子躲闪不及,被牛角刺破腋下,鲜血直流。子颓远远看着,怒火中烧,又得意不已,比画着吼道:"武大夫(牛名)! 好样的! 抵死他!"

此刻,田里那家顿时疯了! 父亲、母亲和小儿子霎时冲过来,吼着赶牛走,只是并不敢下狠手。谁知那牛越发狂妄起来,以一敌四,要逞威风! 大儿子急火攻心,从地上爬起来,乘着一个空隙,抢起锄头,冲着牛脖子就连"砍"数下,那牛惨哞几声,轰然倒地,就只能呻吟抽搐了。被践踏得满是坑洼的麦地里,深深钻入泥土的青苗上,顿时泼了一摊殷红的滚烫的牛血。

子颓一见,哇哇大叫,捶胸痛哭道:"我的武大夫啊! 啊啊……来人,给我杀!"

七八个操着铜戈的甲兵就冲下田去,将那一家四口一下子就镇住,戈抵着每个人的胸膛。井田里远远近近的农夫都吓得打起哆嗦来。那父亲挽着仍在流血的大儿子,哀求道:"大人,是你的牛要踏我的田啊……"

"大人?哼哼——此乃我大周天子!"一个甲兵冷冷道。此语一出,那家农人个个脸上煞白,父亲也嗫嚅着嘴唇傻了,不知道该说什么了。

子颓说话间已经一溜儿碎步跑到血泊里的牛前,双目垂泪,呜咽了几声,连连呼喊着"武大夫"。伤心半天后,看着心爱的牛是真的死了,又冷森森道:"世间再无武大夫,呜呜呜呜……我要为我的文兽报仇!杀无赦!"

话音刚落,两支长戈先后探出,一戈直刺入那农父胸膛,一戈从大儿子颈下划过,随着几声凄厉的惨叫,田间又横出二尸。甲兵又前逼一步,那农家妇早吓得六神无主,将只有十余岁的小儿子揽入怀中,扑通一下伏跪在尸前,惊悚着哀求道:"我王饶命!我王慈悲……我王……"

"住手——"一人大喊道。众人不由回头,见牛阵后面,有一人大夫模样,驾着青铜轺车正疾驰而来。轺车赶到子颓身边,那人跳下车,躬身先行了礼,道:"石速拜见我王。"而后向四周扫了几眼,就什么都明白了,强赔了一个笑脸,道:"农人冒犯天威,打死文兽,实乃不赦之罪。念其荒野之人,不识天颜,还望我王仁德宽恕。"——来人正是石速大夫,也算是子颓的"开国功臣"之一吧。

子颓止住悲伤,回头望了望石速,又瞧了瞧那武大夫,就又伤心起来:"可怜啊!武大夫我日日夜夜伺候了三年啊,谁曾想到今日会宝踏早夭……"

石速止不住想笑,但不得不强忍着,当下忙将子颓搀扶过来,劝慰道:"文兽虽死,然已有两人为其陪葬,以二陪一,文兽也算去得风光……"见子颓心情好转了些,只是犹在迟疑,石速忙又凑到子颓耳边,悄声道:"郑国栎城那边来了消息,请我王速回宫中商议!"——所谓"郑国栎城",乃是被赶走的周惠王被郑厉公收纳之地,石速此语,显然关乎子颓的江山大计。子颓当下仿佛打了一个冷战,盯着石速就沉重道:"回城!速召芮国等火速入宫。"

石速得令,正欲上路,只是自觉身后被什么东西扯住似的。石速回头,不由瞟一眼田里的尸首和那对惊恐的母子,然后对立在旁边的侍卫首领道:"这里你留下,妥善抚恤,勿要再损圣德。"就又急忙追上子颓,并招呼牛阵后面那辆天子专用的六马大车过来,欲要快马回城——哪曾想道,子颓冷冷一摆手,仍旧骑了那"神座",晃晃悠悠赶着牛群，要如此这般回城去。石速无奈，只好跳上自己的轺车，放慢马速，陪着骑牛天子，蜗牛一般慢慢赶路。

君有君乐，臣有臣急，石速望一眼牛群中摇头晃脑、扬扬得意的子颓，不由一叹："无须太久，我等皆将死于牛身之下啊……"

赶了半日，才到宫中，蒍国、边伯、詹父、子禽祝跪四大夫早恭候多时。子颓先将那许多牛儿安顿好，又亲自喂了一遍粮食，这才紧急召见。须发花白、最为年长的蒍国二话不说，便将郑国刚刚发来的一册书信递上。

子颓打开竹简，郑厉公的手笔赫然入目："突闻以臣犯君，谓之不忠；以弟奸兄，谓之不顺。不忠不顺，天殃及之，王子误听奸臣之计，放逐其君。若能悔祸之延，奉迎天子，束身归罪，不失富贵。不然，退处一隅，比于藩服，犹可谢天下之口，惟王子速图之。"

信中严厉斥责子颓逐周惠王而自立，乃不忠不顺的乱举，同时又提出了"奉迎天子"的调停意图，措辞强硬，语气逼人，暗藏"先礼后兵"之意。原来郑厉公退出齐国之盟，也欲要"尊王"而争霸。乱世之中，机会俯拾可得，偏偏周王室就爆发了"子颓之乱"，乱臣子颓借助卫、燕之军攻陷洛邑，正统的周惠王一日之间变成了丧家之犬。天子蒙难，海内震动，而这恰恰是郑厉公最最希望看到的！此时霸主之国齐国被郑厉公用计陷于齐鲁之争而无暇西顾，此番的"尊王"义举、万世之功自然就被郑厉公抢了去。郑厉公天下争先，果断出手，将无家可归的周惠王迎到郑国，暂时安置在栎城居住，以天子之仪敬之。栎城虽小，然郑厉公曾在这里盘踞了十七年，宫室齐整，武备森严，民心凝聚，基础雄厚，也是一个不错的所在，周惠王也无微词。郑厉公又许诺，一定要严惩子颓，拥立旧主还都，把周惠王感动得涕泪不已；于是惠王也许诺事成之后，重重褒奖厉公云云。

郑厉公早探得子颓荒淫好牛，骄横无忌，洛邑之地，民多生怨，其身边心腹之臣如蒍国、边伯、石速、詹父、子禽祝跪等也是无能之辈，郑厉公自信平叛子颓之乱，不过囊中取物一般，实不足虑——所担忧者，依旧是东方的齐国。齐桓公及管仲等，才是霸业真正的劲敌！所以，郑厉公行东西二策：东策制造混乱，瓦解齐盟，使齐国频出事端，无暇插手中原；西策乃是自家近水楼台先"尊王"，以挟天子而号令诸侯。

如此刚柔相济,文武兼施,不用太久,便可以取代齐桓而自立为霸。郑厉公一番筹划,壮志满怀,当下决议,先以文书礼劝子颓退位,如其不允,则发兵以武力灭之。这才有了这封软硬兼施的调停之书。

子颓看了那书,生了三分怯意,抖动着竹简,道:"郑子突要为旧天子出头,如之奈何?"

石速接过书简,瞅了一眼,仰头大笑:"拿我等当三岁孩童看了!"

芮国望着子颓,忧道:"敢问我王,意欲何为?"

子颓叹气,道:"朕绝不向我那侄儿屈膝。然郑子突不可小觑,其人颇似其父庄公,皆奸雄也。诸公可还记得三十余年前繻葛之战、射王之肩的旧事吗?朕不愿这等旧事再落到我的肩上,落到我的牛儿身上,不如……"

"不可!"芮国厉声道,"牛!——哼哼,今日之势,无异于骑虎不能复下!我等起事至今,早已踏上血腥之路、不归之途!我王既已做了天子,岂可舍却万乘之尊,再退居为臣?果如此这般,无异于俎上鱼肉,任人宰割!何止文兽牛儿不能保,我等皆将烹杀鼎中矣!"

子颓大骇,一时无言。子禽祝跪道:"倘郑国胆敢兴兵来犯,臣自有计退敌,以保我王安枕无忧。郑伯欺人之语,当弃之不理。"

子颓稍安,壮起胆气应了一声。

郑厉公的书简被付之一炬,前来下书的郑使也被逐出了洛邑。

得知被子颓拒绝,郑厉公大怒,便亲自统率国中之军,向洛邑杀来。也怪郑厉公一时心急,又过于轻敌,大军行至半道的邙山岭中,便中了伏击,郑军反被杀得落荒而逃。原来芮国、子禽祝跪等早料定郑厉公必来攻城,再次从卫国、燕国各借一军,埋伏于山岭要道之中,以逸待劳,瓮中捉鳖,郑军安得不败?

残兵败甲返回新郑后,郑厉公陷入了冷静的沉思,自觉操之过急,子颓之事还需从长计议。虽说洛邑未克,然周惠王已被自己攥在掌中,郑周之战迟早自己要胜的——郑厉公最担心的,依旧是齐国!到目下此时,齐桓公与管仲君臣顺利地平了鲁国,齐鲁联姻,再结盟好,郑厉公的如意算盘又落空了。齐国安定了东方,那面

"尊王攘夷"的大旗就又要在中原上空飘起来了,如何才能遏制齐国,下一步该怎么走?……郑厉公满脑子疼痛,食不甘味,夜不能寝,却始终未得一计一策。

百无聊赖间,堵叔大夫忽然闯宫来报:"齐国忽来天灾!"郑厉公闻言大惊,呆了片刻,就仰头大笑起来:"天助我也!哈哈哈哈,天助我也!……"

郑国情报真实不虚,齐国果然遭了天灾。

临淄西南商山脚下,本是一片开阔的农田,有一条小河从田间蜿蜒穿过,滋润得这里土地肥美,粟米丰登,每年秋熟之时,粟穗子全都沉甸甸低垂着,金黄的粟田一块儿一块儿连绵不断,恍若撒了满地金子。齐国行官山海令之后,盛产铁矿的商山被官府封山冶铁,整日里叮叮当当的凿石之声从半山腰的一条峡谷里隐隐传出,飘到这里只如风中铜铃作响,反而成了农夫们耕作时的耳畔乐趣了。山间出铁,田里生粟,一个从石头里炼"金",一个从土地里种"金",于是这里被称作"二金之乡"。

黄尘古道上,一株光秃秃的高柳树下,管仲的辂车止住,国叔牛与公孙猿如往常一般侍立在左右,车后又有一队打着旗幡的护卫甲兵。管仲跳下车,站在田边举目四眺,满面愁容。

正值初秋,眼前的金乡粟田被刚刚闹过的蝗虫风卷残云般吃了个干干净净,别说粟穗了,就是连一根粟茎也没有留下。目力所及,全是裸露出黄土的白地,且地面干得起皮,到处裂出口子。那条原本就清浅的小河也枯竭了。河两岸与道路旁的树上,所有的叶子一片不剩,一棵棵树只向天空撑起干巴巴的枝丫,仿佛无数双手在呻吟声中向老天声讨公道。今年春始就大旱,半年了没有一滴雨降下,粟米及其他五谷本就长势不佳,好在大司田宁戚及时调配沟渠,先后灌溉了几次,勉强还说得过去。不想到了盛夏时节,旱情愈甚,不少河流都干枯了。这还不算,六月时节,距离收割谷物仅剩一月时间,齐国境内又发生了一次百年不遇的罕见蝗灾。黑压压的蝗虫不知来自何方,自齐国东郊入境,一路西进,如骤雨狂风,将大半个齐国扫荡了个遍,所过之处,遮天蔽日,寸草不留。旱灾加蝗灾,将齐国百姓心中仅存的一点希望灭尽,哭声遍野,民心生乱——以至于到了后世,惜字如金的《春秋》于"庄公二十年"(公元前 674 年),重重记载道:"夏,齐大灾。"刚刚将鲁国平定的管仲本来信心满满,就要腾出手来对付郑国了,孰料世事多艰,一场天灾忽堕,令人猝不及防,不免手忙脚乱,管仲也不由犯起愁来。

管仲望着那田,无奈地摇了摇头,又见不远处新堆了几个土堆,十几个农夫正在打井,看样子是连打了好几眼都没有打到水,一干人骂天骂地,焦躁难安。管仲下了田,沿着干硬的田垄朝他们快步走去。国叔牛、公孙猿不语,只默默紧随去了。

当地一名须发花白的长者领着几个青壮,刚刚又挖了一口井,深度已到,可惜还是没水,众皆又怨又气。人前的老翁欲哭无泪,举起干瘪枯瘦的右手,指天呜咽道:"要粟没粟,要水没水,天哪!你睁睁眼吧……"

"老伯,"管仲说话间走近,躬身行了一礼,"这片农田,原来水井在哪里?"

"啊——是管相,管相啊……"这老翁倒认得管仲,当下如遇救星,不由老泪横流,伏拜地上就哭起来。身后众人也都拜倒,田间顿时满地哀伤。

"众乡亲快快请起。"管仲三人忙将大家搀扶起来。管仲见自己辖下的子民个个灰头土脸,皮包瘦骨,眼睛里满是凄惨的泪水,浑身上下哪儿还有一丝一毫的精气神?顿时心酸不已。

那老人家黑色单衣,裸肩赤脚,腰间拴着一只葫芦,用沾满黄土的枯手抹了一下老眼,慢慢道:"老小儿人称六伯。回管相,这里地处商山脚下,田间有一条小河流过,平常灌溉,汲取河水便可,是以从未打过井。"

"管相啊,我等连日来掘土不断,已连打四井,只是都不见水啊。"

"乡亲们都饿出病了!蝗灾之后,我等原本想着掘一口井,种一些菜,勉强度过冬日饥荒,可是……唉——"

"如此这般我等皆将饿死,请管相垂怜!"

…………

众人七嘴八舌间,管仲手搭凉棚,将周边地形瞧了个遍。管仲瞟一眼他们挖的井,摇头道:"这里远离河道,地势暗暗隆起,乃是一块硬地,绝非水路所在。"又指着南边不远处的一座山头,喜道:"水井在那里,你们随我来。"

众人闻言,都来了精神,纷纷操着家伙,簇拥管仲而去。国叔牛知道管仲是要到商山的禁地中寻井,提醒道:"管相有官山海令,商山产铁,已被封禁多年。"

"救命要紧。选中水源之地,立即开禁,与大局无碍。"管仲道。

国叔牛应声得令,便先行一步,快跑着找禁山官吏去了。

从毫无生机的赤地中穿过,管仲一行人来到一个山口。众人望去,见这里东、南、西各有一个山头,下面怀抱着一块平地,形若半月之状,树木丛杂,荒无人迹。管仲在这里东张西望,左右踱步,然后在出口正中地方——但见有三株并立的高大古槐树,管仲用脚在树下不远处狠狠踹个深窝,大声道:"这里开掘,不消一个时辰,必有清水汩汩涌出。"

六伯等十几个农人顿时欣喜,一拥而上就开始挖地掘坑。公孙猿找了一块干净的山石,请管仲坐下休息。这当儿,国叔牛与禁山官员也赶来了,当下互相致礼,说了寻找水源之事。管仲又询问了一些商山冶铁的近况。

似乎没过多久……一阵风来,满山的树木草丛飒飒作响,渐渐将山林深处传来的凿石之声淹没。管仲等相谈正欢,忽然就听到身边的农夫炸锅般欢呼起来。水!是泉水!——碎石与泥土层层堆叠的下面,奇迹般地冒出一股股泉水来!那十几个打井人顿时跳起,人人展颜欢笑,围着那泉,如一群孩子般欣喜若狂。有人掬着喝了一口,不停摇着脑袋如拨浪鼓,笑着连连大呼:"好水。"六伯忙解下腰间的葫芦,从深坑中装了满满一葫芦水,白发飘着,笑吟吟走过来,捧着葫芦过头顶,跪拜道:"管相神人,妙指神水——果然有水! 请管相品尝。"

管仲微笑,坐着接了,对着葫芦嘴喝了一口,甘甜之中犹带着一股泥腥气,还有一点微微的草根茎块的苦涩感,管仲咂了咂嘴,道:"人皆赴高,水独趋下,道也。是以圣人治世,其枢在水啊!"

六伯只乐呵呵笑道:"管相高论,老小儿自是不懂,但有一问:请教管相,何以知道这山口之处必有好水?"

"老伯请起。"管仲道,"无他。山环水绕,水随山行,群山汇聚之处,也必是明水、暗水交集之地。此处三面环山,有平地如半月,当有丰沛暗水潜藏地下,而山口正中,地势最低,必是最佳取水之源。老伯不见,那里三棵老槐树异常茂盛?"

六伯惊叹,白须飒爽,满面红光,又道:"管相博学多能,真奇才也! 今日探得水源，非同一般，请管相为这眼清泉赐名。"

管仲背靠大山，眼望平野，略一沉吟，拈须道："地在二金之乡，水在三槐之下，我看，就叫金槐之泉吧。"

山泉得名，众人又是一片欢腾。那些农人又开始四处搬运石头，要在泉眼边上砌上一圈石栏。管仲瞧在眼里，乐在心头，但一瞟见眼前干旱开裂、被蝗虫席卷一空的大片的白地，不由就又忧上眉头。管仲陷入沉思，半晌，自言自语道："官府当开仓散粮……"

"管相——"随着几声呼唤，远处道上急匆匆过来两人。原来是大司理宾须无和大司田宁戚，两位朝中重臣相伴而来，必有要事。管仲心中又是一沉。

三人致礼相见。宾须无眼亮，抢两步走近看了看刚刚挖出的清泉，手捧一掬倾泻在脸上，任滴滴泉水肆意地往自己的毛孔里渗去，陶醉半晌，回首道："管相好兴致啊，躲在这里找泉水喝。"

"今日郊外查看农荒，偶遇农人打井不着，便指引他们挖得一泉。大司理、大司田相伴而来，想必也与这齐国天灾有关。"

宾须无一声长叹，忧道："旱灾、蝗灾接踵而来，齐人经此一劫，元气大伤，必染重疾。民间存粮早无，来年种子也被食尽，国野生怨，动乱频出，有饿死饿伤者，有大打抢食者，有争夺水源者，有劫掠商户者，亦有潜逃出境、别谋生路者……臣执掌齐国牢狱刑罚，近一个月来拘押者甚众，他们所犯之罪也十分确凿，若在寻常时节，以法论之便可。然而……当此特殊时节，百姓也是被逼无奈，岂可再以刑罚加身？我实不忍，特来请管相定夺。"

泉边农夫们登时人人畏惧，纷纷放慢干活速度，侧耳细听。而宁戚却巍然坐在一块青石上，神情坦荡，只闭目不语。管仲瞧了一眼宁戚，戏谑笑道："齐人将饿死，大司田悠然自得乎？"

"有何难哉！"宁戚眼睛一睁，透出幽幽的亮来，一口气道，"天意虽不可测，岂不闻人可胜天？管相行新农之令，开天下先河，朝野盛赞，民心归附，数年来国泰民安，五谷丰足，臣掌管的国府粮仓，早已攒下雄厚家底，足可支撑齐国三年用度！区区一次天灾，岂可动摇国本！只消管相一声令下，我大司田可保齐国安然无恙。"

宾须无又惊又喜："大司田之意？……"

"开仓散粮，以官救民！"宁戚斩钉截铁道。

管仲仰头就是一阵大笑，两位大员分明就是找自己定夺主意来了，而管仲心中其实也早有了主张，可谓英雄所见略同。管仲慨然道："地之守在城，城之守在兵，兵之守在人，人之守在粟。今民无粟，官家岂可袖手？——开仓！"

此语一出，六伯等众百姓听得真真切切，个个哑口，热泪盈眶。但听得管仲又道："其一，大司理所报牢狱之受灾百姓者，可群集于皋门广场，逐一宣判其人之罪——有罪便需罪之，国法不容亵渎！然此番之罪，皆当众一律赦免，发放盘缠，令其归家。其二，大司田开仓之论，乃治国正论，当立行之。官仓之粮，除了赈济灾民、解燃眉之急外，尚需将来年种子逐家逐户发放，此后一桩事情，更为重要。其三，农为国之本，水为农之根。旱情紧急，当发动四野，遍寻水源，确保田间有井，沟渠通畅，勿使农家再逢缺水之患。其四，经此一灾，深知农乃国本，动摇不得。自即日起，颁布奖农之令：民之能明于农事者，置之黄金一斤，直食八石；民之能蓄育六畜者，置之黄金一斤，直食八石；民之能树瓜瓠荤菜百果使蕃袞者，置之黄金一斤，直食八石；民之通于蚕桑，使蚕不疾病者，置之黄金一斤，直食八石……"

管仲尚未说完，但听得身后号啕一片哭声。管仲、宾须无、宁戚不由起身望去，但见山口三株繁茂的老槐树下，杂乱散着一些碎土、石块及铲除的荒草灌木，白发苍苍的六伯与满身都是泥土的众乡亲，齐齐地俯身拜倒，都磕着头，只"管相管相……"呜咽叫着，似乎人人都有无穷的话语，但是一句也说不出了。

夜深了。明月如盘，清辉冷光从浮云边洒下，笼罩着山林间一片平坦的河谷。这里老树丛生，野草茂盛，几十堆篝火簇拥着一顶顶军帐，有巡视的甲兵来来回回不停地穿梭着。不远处，哗哗的流水声在夜间异常响亮，半山腰又有阵阵狼嗥如鬼哭般幽幽传来，令人不禁毛骨悚然。

居中是国君大帐，几十盏铜灯一齐绽放，帐中亮如白昼。在帐外守候了整整一下午的军医和堵叔大夫刚刚退去。却说日间午宴后突然昏厥的郑厉公终于安然无恙了，此刻独自卧于榻上，拥着锦被，闭目假寐似乎在静养。军医反复叮嘱只要静心调养,可保无大碍。郑厉公岂能不知其中利害,但如何能够静得下来呢?——年逾六旬,须发尽白,大事未竟,时不我待!白日间,郑厉公与西虢公在这郖地河谷密会,相约开春两国共同发兵,打破洛邑,诛杀子颓,拥周惠王复辟。郑厉公之所以选定西虢公为援,一是西虢在洛邑之西,而郑国在洛邑之东,东西夹击洛邑,可得军事之利;二是西虢乃三四流的小诸侯国,便于控制,打下洛邑后的战果,郑厉公意在独食,不愿分享。郑厉公视天下大国如齐、楚、卫、宋等皆如眼中钉、肉中刺,誓要一一拔掉,唯希望郑国一家独大,余国众星捧月而已。郑厉公鼓动如簧之舌,平庸的西虢公稀里糊涂也就答应了,不想席间二君饮酒正欢,郑厉公忽然胸口一阵剧痛,就昏了过去。紧接着随军医官急来,几番施针,又用了一碗草药,郑厉公就又恢复如初了。无他,郑厉公年事已高,又处心积虑废寝忘食,体内残存的元精犹若灯火将枯,愈燃愈少了,所以军医才开出了个"静养"的方子。然而厉公虽老,其斗志却旺于青年十倍,宁愿驰骋而死,不愿苟且而生!

一个黑影闪过,堵叔大夫又来了。郑厉公眼睛忽然就睁开,堵叔此番进帐,必是有紧急要务不得不来。堵叔恭敬行了礼,道:"国君安好?"

"是洛邑有报?是齐国有报?"郑厉公说着就半坐在榻,目光炯炯,亮如寒星,除了须发苍白略显老态之外,浑身上下都是喷薄欲出的斗志和杀气。

"齐国。"堵叔说着就将一简密报呈上。

郑厉公览毕,将密报弃于地上,"齐侯、管仲,真大才也……"不得不又一声浩叹。原来齐国虽遭天灾,并有饥民暴乱之象,但管仲等力挽狂澜,出手迅急,及时开仓散粮、兴修水利、奖励农耕、赦免罪囚等,仿佛一眨眼间就神速般拨乱反正。眼看齐国即将滑落于深渊中了,却硬生生又被提拉了上来,此番手段,郑厉公不能不佩服。

堵叔捡起密报,装于袖中,勉强一笑,道:"今日山谷之中,可谓一喜一忧。西虢公允诺发兵,破洛邑只在弹指之间,届时国君振臂一呼,挟周王以令诸侯,霸业不远矣,此诚可谓一喜。放眼当今天下,国君霸业之劲敌,不过东方之齐。齐乱于我有利,齐盛则一时难图,眼下齐国竟能顺利度过天灾,实是一个奇迹。内祸平复之后,齐国必会染指周室,于我大郑极为不利,此不可不忧。"

郑厉公起身，披衣踱步。山野寂静，帐外又传来了几声群狼的嗥叫。郑厉公忽然想到，先父郑庄公在世之时，齐国有一次被北戎侵犯，彼时郑、齐乃友好盟国，于是郑庄公派兵援助齐国，两国共同将戎兵击退……郑厉公忽然冒出一个念头，呵呵冷笑，道："一计不成，再使一计。寡人要齐国动荡不止，自取灭亡！"说罢，招堵叔过来，细语悄悄，密授一计——乃是要堵叔到北戎走一遭，借用戎兵再次袭击齐国后方，要齐国天灾之后又逢人祸！看他齐侯、管仲如之奈何！

堵叔听了大惊，瞠目结舌，道："蛮夷乃华夏公敌，国君借戎兵以乱齐国，倘若天下知之，则国君必成众矢之的，何谈千秋霸业！"

郑厉公大笑："你到了北戎之地，只悄悄散布齐国'尊王攘夷'之志，扬言齐国即将发兵消灭戎人便可。如此戎兵自会伐齐，于我等何干？寡人只要清风过岗，空谷余音，却不见丝毫痕迹。"

堵叔忐忑半晌，最终到底应道："诺！"

堵叔退出后，郑厉公小腿陡然一软，身子不由颤了几下，然后就胡乱摸到榻边，赶紧坐下。郑厉公眼前莫名就浮现出英姿勃勃的齐桓公、正当盛年的管夷吾，皆如利剑，直刺胸来。郑厉公挑了挑铜灯，火焰猛然一蹿，就低声自言道："老了，老了……子突时日无多，洛邑尊王之举当速速了之，然后挥师东向，与齐国一决雌雄！"

转眼之间，天已入冬，凛冽的北风席卷着整个齐国，天地间一片肃杀。云惨淡，草枯黄，苍茫的原野上，一支威武雄壮的齐国新军车辚辚，马萧萧，迎着朔风匆匆北上。真是祸不单行，天灾刚过，尚未喘息，来自北方的山戎忽然来袭，其快如风，其烈如火，数日间攻破齐国北疆两座城邑，到处烧杀劫掠，百姓死伤不可计数。铁蹄过处，遍地哀号，人间顿时化作地狱。

"齐"字大旗迎风猎猎，管仲与王子城父并辔立于各自战车之上，眼见大军行动如风，犹嫌其慢。忽有斥候急急来报："戎兵自西而东，正向柳邑奔来。为帅者乃是令支国速买，有骑兵三千余众，以大亮、小亮二将为先锋。"

王子城父道："北方之戎地广人众，分支杂乱，目下主要有令支国、无终国、孤竹国三部，其中尤以令支贪心最重，劫掠最甚。昔日齐僖公在世之时，越燕而犯我齐国者，便是这头令支虎狼！"

管仲道："王子兄，可有破敌良策？"

王子城父道："戎人善于骑射，来去如风。我用车乘，不如其快。然而，戎兵轻而不整，贪而无亲，胜而不让，败不相救，正可诱敌深入而歼灭之。前方柳邑西门外五十里之地，大道两侧尽是荒木老林，当地人称鬼林，便于伏兵。我可遣一偏师迎敌，诈败而逃，将戎兵引入鬼林深处，然后前堵后截，必获全胜！"

管仲赞道："大司马之见正合我意。犯我华夏者，我辈必诛之！"

正说话间，柳邑大夫风尘仆仆，早率着一干人马出城迎接来了。当下彼此相见，叙礼毕，柳邑大夫奏报了北戎军情与城中守备之状，又道献上邑中守军，以归管相随时调遣云云。大军依旧急行之中，一列列飒爽英姿，如风影般倏忽闪过。道边草地上临时设了几席，管仲、王子城父、仲孙湫、柳邑大夫四人胡乱坐在一起。旌旗猎猎，兵车辚辚中，管仲弹指挥手，细语轻声，做了如下部署：其一，柳邑大夫率邑中人马坚守城池不动，只接应粮草便可；其二，王子城父率一军埋伏于鬼林之头，管仲自己率领一军埋伏于鬼林之尾，呈首尾夹击之势；其三，仲孙湫统领一支小队人马迎战戎兵，许败不许胜，将其诱入鬼林便是立一大功。

这日将近午时，柳邑城西果然就发现了令支国的戎兵。烟尘蔽日之中，隐隐旗幡飘动，呜呜的牛角声里，弯刀闪烁，群马奔腾，势如飙风卷地而来。令支戎人盘踞于滦河岸边的山林之中，以放牧、狩猎为生，以肉为养，不食五谷。其国之民皆以"杜梨"为图腾，日常为民，战时为兵，又劫掠成性，无论对其内部族群还是外部华夏诸国，皆以"屠其男、霸其女、夺其财"为荣。今年令支国中牛羊得了一次瘟疫，牲畜骤减，入冬之后更显饥寒交迫，加上郑国有意散布"齐国尊王攘夷、先灭令支"的消息，于是令支国主密卢大怒，遣大将速买统率国中一支精锐骑兵，绕道燕国，直扑齐国。未出十日，速买便火速夺得齐国北疆两座城邑。

马蹄声如雷。北戎人专有的呼哨声、呐喊声中，速买催着胯下雄健的黑马，满脸得意之色。正不可一世驰骋时，远远地见前方好大一片树林，忽然闪出一袭华夏人的车马来——原来是仲孙湫迎战来了。两相对阵，迎头便打，不出二十个回合，仲孙湫诈败，掉转车辕就逃去，其狼狈之状溢于言表。戎人大笑不已，呼哨声群起，纷纷挥舞手中的弯刀,便争先恐后追了来。

黄尘骤起,其快如风,速买的骑兵忽一下就钻入了鬼林之中。初冬时节,树木上依旧挂着大片大片的黄叶,下面的灌木、藤蔓有青有黄有红,只见到处都是茂密的丛林,深不可测,遮天蔽日,鬼气森森。绣着"杜梨"图案的黑色大旗高高扬起,速买一马当先,在左右先锋大亮、小亮的护卫下,只挥鞭向前驰去。

不一会儿,追着追着仲孙湫忽然就不见了。又片刻后,速买瞧见前方旌旗飘扬,兵车阻路,居中一辆四马驾驭的青铜大车悠然而出——车上有一人衣冠楚楚,长髯飘飘,身披黑色斗篷,腰悬一柄长剑,儒雅俊逸之下,双目射电,正杀气腾腾瞧着自己呢。速买挥鞭止住兵马,不屑道:"你是何人,胆敢阻我道路!"

速买身长九尺,异常高大,目如鹰隼,声如虎啸,也颇具几分威风;只是尖嘴猴腮,骨瘦如柴,上身穿着一件花斑兽皮,发上又插着一支五彩的鸟羽,显得不伦不类,不知所以。管仲早将其打量半晌,当下应道:"我乃齐相管仲,你是何人?"

速买哈哈大笑,道:"我乃令支国主麾下大将速买!今日得见管仲,可谓不虚此行了——哼!你焉敢口出什么'尊王攘夷'的狂言!你可识得我们戎人骏马弯刀的厉害!"

管仲正色斥道:"天下万邦,各有疆土,遍地黎民,各有生计,你等北戎之人,屡屡越界侵我华夏,是何道理!我华夏礼仪之邦,素讲仁心,本相劝你一句,放下弯刀,诚心悔过,本相可以不予计较。如若不然,定将尔等碎尸万段,永做异乡孤魂野鬼!"

一席话说得速买面色紫涨,又气又恼,正无言以对。身边小亮吼道:"我们戎人此来,专为你们齐人'尊王攘夷'!休得多言,看我斩了那什么管相的头来!"说罢,左手揪住马鬃,右手挥舞着弯刀就向管仲冲来。

管仲霍一下拔出佩剑,凭空一举,但听得到处都是战鼓雷鸣,两边树林里密密麻麻都露出弓箭来。仲孙湫操着一条长戈,立于战车之上,从管仲身后也风一般奔出。

速买大惊,大呼:"不好!"就忙传令撤军。哪里来得及!北戎骑兵已被射乱,死伤难计,而齐国的兵车战阵又从树林里一列一列涌出来,双方顿时陷入一场恶战。齐国兵车乃是王子城父一手训练的新型战车,比之其他诸侯国都先进很多,同时明知齐与夷狄必有一战,于是也有专门针对夷狄骑兵的一些设计和战法,今日可谓小试牛刀。

那个时代马鞍尚没有发明出来,骑兵只能双腿紧紧夹住马肚,然后一手抓住马鬃,一手操着兵器而战——与后世真正意义上的骑兵不可同日而语,自然也很难胜过当时华夏国的兵车战法,其唯一长处就是速度奇快。速买的人马被齐国的兵车层层堵截,极难脱身。兵车四周皆有铁甲防护,行动虽慢,却坚如磐石。车上御者居中驾车,左边"车左"操弓,可以远射;右边"车右"执着长长的铜戈,可以远远地横扫击刺。反观北戎骑兵,只有一把短短的弯刀,近兵车不得,还得把一半注意力用在马鬃、马肚上,所以,个个只想尽快脱身逃命罢了。

眼前兵戈碰撞,人仰马翻,鲜血四溅,伏尸塞路,如兽搏杀,惊心动魄,而管仲只抚着车栏,静静待着,冷冷看着,心中暗暗道:"齐国新军果然威猛,尊王攘夷,谁可敌之?王子城父真奇才也!只是今日观战,顿觉兵车厚甲犹嫌不足,车阵配合还需改进,车右铜戈尚需再加长三寸,车轴尖刀我忽然又有了新的想法……"

戎兵死伤近半,大亮护着速买,且战且退。眼看着就要逃出鬼林了,不想王子城父的伏军又出,速买红着眼睛狠狠命道:"杀出去!"又是一场血战。须臾后,仲孙湫部又从后边杀来,当下齐军合兵一处,将戎兵前后堵截,置之死地。"杜梨"之旗不知何时便倒在地上,被鲜血染了个通透。混乱之中,大亮被王子城父一矛刺死于马下,余下戎人几乎被歼灭殆尽,唯有速买力大善战,刚猛异常,到底还是逃了出去——待到逃入令支国境,查点人马,三千精锐只剩下一十八骑。

管仲挥师继续北上,将被戎人占领的两座城邑也迅速收复,又休整城垣,安抚百姓,平整道路,抚恤伤残,于是北疆渐安。管仲又将随行车马三千人留下以为戍卒,谨防北戎再来侵害。

大计已定,将欲返归。不想王子城父在城中抓获了一个北戎探马,从其口中得知,有郑国人在令支散布齐人伐戎的谣言,于是才有了速买带兵越过燕国而偏偏入侵齐国的这段战事。管仲闻报大惊:"齐国中郑子突之计也!"当下一刻不敢久留,便传命大军迅速撤回临淄去。

绣着"杜梨"图案的黑色戎旗早被人从城头扔下来,满是泥污,静静地躺在城门口的大道上。两边百姓夹道相送,欢呼声响彻云霄。管仲静静坐在青铜马车上,似喜似忧,无喜无忧,且喜且忧,似乎什么也看不见,似乎什么也听不见。人声鼎沸之中,但见硕大的车轮从"杜梨"旗上碾过,一圈一圈不停地转着,沿着一条若隐若现的车辙,就向"华夏"驶去了……

第十七章　镰枝兰鼓

　　齐宫巍巍，历阶而上。夕阳余晖下，大司田宁戚一溜儿碎步，神色慌张，焦急前行。

　　国君寝殿之中，四面帐帷，幽幽暗香，十几盏铜人座灯早已燃亮。一张青铜大案上，内侍逐一捧上一鼎肥羊，一盘蘸酱，一罍清酒，一笾果脯，还有一簋刚刚特制好的"淳母"饭。这"淳母"乃是出自周王室的"八珍"美食之一，其法先用温火将黍米饭蒸熟，然后再浇上猪油和易牙精心秘制好的牛肉酱，十分考究。食用之时搅拌均匀，一口多味，黍米香、油脂香、牛肉香汇聚成一种独特的诱惑气息，令人胃口大开，不能自已。此饭也成了齐桓公的最爱之一，每日必食。

　　"来来，簋中'淳母'，寡人与爱姬分而食之。"齐桓公说着，用铜匕舀出一勺黍饭，就要喂向倚身在侧的卫夫人。卫夫人一身红衣，满脸娇羞，先是埋头咯咯一笑，然后就伸出樱桃小口过来，香气扑鼻，美美吃了一口。竖貂侍立在旁，无声媚笑。

　　门外忽然报道："大司田宁戚求见。"

　　"不见！国君与夫人正进'淳母'，岂可叨扰？"竖貂冲着门，冷冷怒道。

　　齐桓公"咄"了一声，斥道："不可无礼，快宣。"

　　竖貂转眼满脸堆笑，轻声道："有甚大事，不可明日早朝再奏？小人看国君昼夜劳神,实在不忍啊。"

齐桓公将铜匕一条直线稳稳放在铜簋边上,正色道:"大司田此刻前来,必有紧急要务,尔等不可造次!"

竖貂垂头,声如蚊蝇:"诺……"

卫夫人瞟了一眼竖貂,也不敢言语,当下躬身行了一礼,袅袅娜娜就退去了。

"大事不好——"宁戚进来,不及行礼,只拱手道:"国君,大灾之后,民间借贷又纷争不断,有愈演愈烈之势,如之奈何?"原来管子新政之后,齐国国势日强,民间也是愈来愈富。未及十年,偌大齐国,东西南北皆有豪富之家,这些富人既有祖上封邑的世家子弟,更有借助新政东风迅速发迹的布衣新贵,正可谓国家东风,家家春意。不久后,这些富人便将自家多余的钱财借贷给穷人,以坐收利息;而穷人得了钱财资助,也加快了自家崛起的步伐。两全其美,很长一段时间内各得其利,于国于民皆是一桩益事。不想天有不测,今年遭灾,民皆蒙难,穷人还不起贷,富人收不得钱,各种矛盾冲突仿佛一夜间陡然爆发,多有打架斗殴、官司诉讼乃至被逼身死者,举国上下呈星火燎原之势,实是堪忧。宁戚乃是司田之官,于最底层百姓接触最多,感触最深,也忧虑最甚。

齐桓公大惊,叹道:"一事方平,一事复起,今岁齐国何其多难……"便望着一盏摇曳的灯火,不语了。

见齐桓公只是沉默,宁戚急催道:"国君,民间之难势如水火,一触即发,片刻耽误不得! 国君当速决之!"

齐桓公犯了难,半晌问道:"卿可有高见?"

宁戚凛凛道:"我齐国向来以民为本。臣记得某日管相曾曰:'取于民有度,用之有止,国虽小必安;取于民无度,用之不止,国虽大必危。'目下齐国情形,便是急需'用之有止'! 国君当下令废止所有债券,以养民生。否则齐国危矣。"

齐桓公愈加作难,低沉半晌道:"卿之言固然有理,只是太过。民间借贷,皆是依国法而行,今陡然废止,譬如医好聋子又患瞎盲,此举明君断不为之。"

宁戚更增忧色:"如此,该当如何……"

两人默默,陷入无限的愁思。眼见案上"淳母"、肥羊渐渐冷去,忽听得雪白纱帐后面传来"咯咯咯咯"几声银铃般笑声。一缕醉人的幽香飘来,卫夫人红艳艳的裙裾滑地,软脚婀娜而出,面齐桓公笑着躬身行了一礼,道:"请国君恕妾冒昧之罪,妾见国君与司田大人万分焦虑,不得不无礼献上一言。我有四字,可解国难。"

齐桓公眼中放光:"爱姬有话快讲。"

"石璧之谋!"铜灯之下,卫夫人愈显娇媚,恍如一朵芍药花,盈盈笑道。

"啊!"齐桓公恍然大悟,立时大喜道,"此等难事,非管相不可!"又问道:"仲父北上平戎,也该返回了吧?"

宁戚答道:"管相鬼林之战大胜,相信不日便可回到临淄。"

齐桓公点头应了一下,当下便派使者连夜出城,轻车快马,速速迎接管仲回城。

宁戚也自退去了。

灯火摇曳,卫夫人斟了一爵酒。齐桓公再取铜匕,美美地又吃起"淳母"饭来,边吃边自嘲道:"管相不在身边,寡人要饮食无味了哦……"

卫夫人所言"石璧之谋"是何意?——却说鄄地会盟之后,得周天子册封,齐桓公终于做上了真真正正的霸主。虽说齐国已经推行新政多年,民富国强,然而到底霸业艰难,几番折腾之后,国库之中便捉襟见肘;同时霸主自然理应率先"尊王",以为楷模。齐桓公将要西行朝拜周天子,却苦于贺献之礼不足,于是问计于管仲。管仲道:"臣当年嵩山学道,也曾习得一个无米之炊的法术,可为国君解忧——可下令于阴里之地筑城,城墙要三重,城门要九座。阴里毗邻大山,俯首皆有青石。筑城之时,工匠云集,借机可使匠人雕刻石璧,一尺石璧可作价一万钱,八寸石璧作价八千,七寸石璧作价七千,石珪作价四千,石瑗作价五百,各有定数。待石璧完工之时,自有四方黄金,哗哗如水涌入齐国——国君区区朝贺之礼何足道哉!亦可免齐国百姓三年赋税!""……区区石璧,怎可定下如此高昂的价格?!"齐桓公听得瞠目结舌,难以置信,再详问时,管仲却笑而不语。

不久后,阴里石璧如数完工。管仲先西行洛邑,拜周天子,道:"鄙邑之君既为伯主,自当率众诸侯朝拜先王之庙,以尊周室。"天子乐道:"善。"管仲又道:"臣请命,使天下诸侯朝拜先王之庙,观于周室者,当敬献彤弓石璧,倘若不献彤弓石璧者,不得入朝。"如此尊周之礼,天子正求之不得,更乐道:"善也!"于是周天子以"彤弓石璧"号令于天下。而管仲之所以"彤弓石璧"者——乃是因为彤弓列国各有所用,而石璧只能独求于齐国。齐以天子令行天下,不久四方列国纷纷载着黄金、珠玉、丝帛、五谷等来到齐国购买石璧,其昂贵之价一如管仲初时所定。阴里原本一文不值的烂石头刹那间化作炙手可热的"石璧",从齐国潮水一般滚滚流出,而天下四方之财也如水倒灌似的向齐国纷纷涌入,一来一去齐国好发了一阵横财!齐桓公看得目瞪口呆,乐得手舞足蹈。国库瞬间充盈得要溢出来,齐桓公于是又下令免了国中百姓三年赋税。公孙隰朋叹道:"小贾之能,市井行商,列国不乏其人。聚财有道,富国富民,当今天下唯管子一人耳!"

此便是"石璧之谋",又被齐人称之为"阴里之谋"。

自那之后,齐桓公再也没有为钱财的事情犯过愁。桓公自觉管相仲父乃是一个学识渊博的全才,国政、邦交、牧民、生财、用兵、教化以及士农工商等等诸多事务,无所不通,无所不能,鲍叔牙、王子城父、公孙隰朋等辈只能专其一才,管相则最是善于临危处变,转败为胜,常有神出鬼没、深不可测之感,但又让人感到无比的踏实可靠。目下齐国又遇到了钱财方面的麻烦,经卫夫人一提醒,齐桓公顿觉此种难事非管相出手不可,仲父一到,妙计自来……

齐宫北门外,两辆青铜马车突然止住,有四个官府人家却乔装布衣,径直向齐市走去。这四人两两在前:乃是管仲、宁戚;两两在后:乃是国叔牛、公孙猿。原来齐桓公派出使臣后,忧心的宁戚一刻也坐不住,便追上去和使者一道去迎伐戎归来的管仲。

在济水岸边,两厢相遇,宁戚爆豆一般将国中贷款纷争之事向管仲和盘托出,管仲深感国事紧急,又有君命相催,于是和宁戚一道,带着国叔牛、公孙猿乘着轻快辂车先回。北上大军由王子城父压阵,随后缓缓回城。

当下宁戚一脸不乐意,脚底如绊石,只被管仲笑吟吟拽着推着走。宁戚急道:"国君急召管相回来,乃因齐民有水火之患,今管相既已抵临淄,如何不去拜见国君,却先来这里看什么市井?"

"民者,国之本也。你我先查访一番民情,再拜国君,犹未迟也！宁兄勿忧,且随我街市一游。"

宁戚无奈,摇了摇头笑笑,只好跟着管仲走。

管仲揽着宁戚前行,又回首对国叔牛笑道:"速传司空来见。"

国叔牛一声"诺",就一道烟去了。当时官制,整个国家机器的运转,周王室依靠的主要是"六卿":天官冢宰、地官司徒、春官宗伯、夏官司马、秋官司寇、冬官司空。各诸侯国主要是"五司":司马、司寇、司士、司徒、司空。其中司空一职,主要掌管水利、营建、赋税以及被称为"百工"的各种手工业。

时已冬季,早有寒气袭来,加上今年齐国天灾人祸不断,齐市上行人比之寻常是少了很多,尽管如此,依旧熙熙攘攘,难掩繁华。各种酒肆、作坊、商市、客栈热热闹闹,大街上马车牛车吱吱呀呀,行旅贩夫来往穿梭,各种嘈杂的声音淹没了一切。管仲等乔装成平民,任谁也没有想到,此刻堂堂齐相正如草民一般,也正游走于底层闹市之中。

一堆高高垒起的陶器之前,管仲对着几只陶簋、陶豆和陶碗,端详半晌。伐木丁丁声中,管仲与白胡子老匠笑谈,言道:"此乃扶桑之木,作为车辐不得其用,此木乃是长弓良材。"粮米店前,管仲亲自购买一钟粟米,详细询问今时米价暴涨几何……说话间,宁戚正要移步向旁边正在铸造铁具的一炉烟火走去,却被管仲死死拽住。宁戚回头,见管仲稳如磐石,一动不动,目不转睛正盯着一家丝绸店,那里几个富家公子刚刚扔下一袋子贝币,买走了几匹华丽的锦缎——那锦缎有着精美的纹理,十分鲜亮。

管仲昂首入店,拱手道:"店家安好！适才所卖锦缎非同凡响,可是镰枝兰鼓?"

店家四十岁上下,身宽体胖,满目和善,一身锦绣冬衣透着几许富贵之气,当下大大拱手,满脸堆笑道:"啊呀,贵人好眼力！此正是曾经名噪临淄的镰枝兰鼓！请看——"说着慌忙将管仲几人请入店中,又抽出一匹又滑又亮的锦缎以为鉴赏。

宁戚与国叔牛同时暗暗惊道:"一国之相,竟能对如此市井小物也了如指掌,真是匪夷所思！"

"镰枝兰鼓"本义是指周朝时的钟鼓及其台架,有富丽堂皇之象,后来却成了一种美锦的专名——此锦乃是当地齐锦的一种,由赤、黄、青、墨四色丝线织成,因其饰有镂枝兰鼓的花纹图案,在齐桓公初期很长一段时间内为贵族和富商阶层所推崇,故名。后来管子新政,齐人渐富,各种时新锦缎层出不穷,镂枝兰鼓渐渐被他物取代,而到了今日,此种昔日名贵已被大多数人遗忘了。

管仲抚摸着锦上凸起的花纹,悠悠道:"此锦作价几何?"

店家挺胸道:"行家面前不敢妄语,一匹锦一千五百钱。"

"倒也值得。"管仲微低头,依旧瞧着那锦道。

"且慢——"门外忽有一人高声道,来人正是齐国司空南宫燕,官府中人皆称其为司空燕。公孙猿请司空燕时,自然将管仲等微服私访齐市之情讲明,司空燕心中有数。当下见了管仲与宁戚,只略略拱手,以眼神示意,并不道破,只直面店主声色俱厉:"店家何止不敢妄语! 一千五百钱乃是五六年前镂枝兰鼓之价,去年市价不过一千钱,到了今冬这个行情,当是八百钱一匹! 店家,我妄言否?"

那店家顿时目瞪口呆,脸色煞白,心中嘀咕着今日之客绝非寻常买主,正不知所措间,忽有所悟,就当即赔了几声笑,只躬身对管仲一人道:"我卖镂枝兰鼓十有余年,真正识得此物者,贵人乃是第一人! 齐国管相主政,人尽其才,物尽其用,小人只请教一语:此锦一千五百钱,难道不值吗?"说罢将那匹锦霍一下抖开,顷刻间堂中陡然一亮,仿佛落下一块五彩霞云。

宁戚向来朴素,做了大司田后依旧不尚奢华,鲜衣美食从未入其法眼,当下竟然也被惊呆了,不由叹道:"好锦!"

管仲乐呵呵起身,一捋长须,得意道:"镂枝兰鼓名不虚传,当值得一千五百钱! 就依此价买锦。"

那店家就又惊了,心潮翻滚,七上八下的,瞪着管仲,又冲着司空燕瞧了几眼——司空燕半眯着眼,只是静立无言。店家又急道:"方才那位贵客也是行家,所言行情也分毫不差。小人货真是实,求财也是实,敬重各位贵人更是实——这样,为今日之缘,小人将此锦相赠,分文不取!"说着将那锦整理好,就要硬塞给管仲。

管仲哈哈大笑:"普天之下哪有白拿的道理! 店家放心,我是真心看上这锦了,此锦正要物尽其用啊。"

店家一时又不知所措,国叔牛就将钱囊递过来了。店家顿觉浑身不适,嘴里嗫嚅着:"这……这这……"眼看着管仲等携了那锦,就要出门远去了。

这当儿,管仲忽然回首,笑问道:"这镳枝兰鼓,市面上还多吗?"

"不多了,不多!"店家赶忙迎上去,匆匆应道,"此锦前些年火遍整个齐国,如今人老珠黄,少有问津了。我家也不过五十匹,整个临淄城也不过一千匹了。"

"多谢。"管仲一拱手,就带着众人淹没在人流中了。

远远离了那店,司空燕方才按规矩拜见管相。管仲扶住,道:"无须多礼。敢问司空,府库之中,镳枝兰鼓尚存多少?"

司空燕答道:"七年之春,国君曾以镳枝兰鼓赏赐国中众大夫,自那之后,此锦束之高阁,极少取用,眼下其存当有二千二百之数。"

管仲微一沉吟:"本相要明天一日之内,整个临淄城中镳枝兰鼓尽数收入国府之中。不,十取其八即可,于民留二,即以一千元每匹的价格收购。"

"此事不难,只是管相,府库二千之锦尚无用处,如此大肆采买,还请示下。"司空燕满脸迷茫。

"自有妙用,到时自知。此事要密而神速,人不知而鬼不觉,不可引起齐市动荡。"

司空燕躬身,高声应道:"诺!"

街市上,车轮滚滚,人头攒动,管仲一行步履匆匆,转眼就不见了。

仲父归来,齐桓公正等得焦灼。时天色已暗,宫中灯火辉煌,一如白昼。管仲、宁戚、司空燕三人匆匆而至,脱履登堂,拜见国君。齐桓公又惊又喜,声声唤着:"仲父,仲父!"便搀扶着管仲入内。

几人分宾主落座,竖貂献了蜜水,管仲痛饮了一盏。

齐桓公道:"仲父率师,北上驱逐戎兵,劳苦功高。本当褪去甲衣,好生歇息一番,怎奈齐国今岁多艰,一波方平,一波又起,小白也是夙夜忧愁难安啊。"

管仲道:"国君可是为民间借贷纷争之事忧心?"

"仲父真知寡人者也!"齐桓公顿时满脸喜悦。

管仲道:"归来途中,大司田已将借贷之事与臣详细讲明,国君勿忧,臣已有良策。"

齐桓公惊道:"请仲父赐教。"

宁戚与司空燕也顿时双目圆睁,侧耳细听。

"此患不出二十天,必可烟消云散。"管仲郑重其事道,"其一,请大司理宾须无到南方去,大司行公孙隰朋到北方去,大谏官鲍叔牙到西方去,大司田宁戚到东方去,此四人皆奉君命以查看四方放贷情况,汇总后报入相府。其二,明日大司空遣人到齐市,将镶枝兰鼓美锦十之七八收入府库之中。其三,至后日,国君可张榜发令,此后凡我齐人觐见国君者,不需黄金珠玉等物,只用镶枝兰鼓美锦便可。此令一发,不出十日,镶枝兰鼓必会价格暴涨。其四……"管仲呵呵一笑,"这其四,还需劳烦国君设一席好宴……"

"呃——要寡人设宴?"齐桓公感觉好奇又好笑。

管仲应了一声,然后拈着黑须尽数道来。待管仲言毕,齐桓公不由放声大笑,赞道:"仲父真奇人也!"在侧的宁戚与司空燕却瞠目结舌,面面相觑,惊诧得说不出话来。

翌日,临淄城东西南北四门之中,同时驶出一辆华贵的青铜辎车,宾须无、公孙隰朋、鲍叔牙、宁戚各自出城,分赴四方。几乎同时,府库中派出的秘密使者也怀揣钱财,分几路悄悄隐入喧闹的闹市中,去购买镶枝兰鼓了。

又一日后,皋门广场的门洞旁边,"觐见国君只用镶枝兰鼓"的君令帛书赫然夺目,官吏鸣金宣读,百姓围观如堵,整个临淄城因之一下子就沸腾了。

又十日后,东西南北四路之使陆续返回,皆持手册进入相府。管仲正襟危坐,但听得自南归来的宾须无道:"南方百姓,多居住在山谷之中,他们登山下谷,以砍伐树木、采摘野果、狩猎为生。那里放贷者,多的有一千万钱,少的也有六七百万钱,收息者百取五十。借贷的贫家有八百余家。"

自北归来的公孙隰朋道:"北方百姓,住在水泽和海滨附近,民多以煮盐、捕鱼或打柴为生。那里放贷者,多则一千万钱,少则六七百万钱,利息大体百取二十。其借贷的贫民有九百多家。"

自西归来的鲍叔牙道:"西方百姓,皆居住在黄河、济水周围的草泽之地,以耕田、打鱼、狩猎、打柴为生。那里以粮食放贷,多的有千钟之粟,少的也有六七百钟,其借出一钟,便收息一钟。借贷的贫家九百余家。"

自东归来的宁戚道:"东方百姓,居山地,临大海,他们上山砍柴,下水渔猎,并纺织葛藤粗线为生。当地放贷者,主要是丁、惠、高、国四家,其债多者有粮食五千钟,少的也有三千钟。每借出一钟粮,收息五釜(十釜为钟,大约为百分之五十)。借贷的贫家有八九百家。"

南北西东报毕,管仲略一盘算,自言自语:"四方放贷者,共放债三千万钱,三千万钟粟,借贷贫民三千家有余。"接着问道:"目下齐市上镽枝兰鼓作价几何?"

司空燕回道:"已涨至一万钱一匹。"言毕,自己都惊讶得不敢相信。

管仲又问道:"目下府库之中镽枝兰鼓共计多少?"

司空燕接着道:"一切遵管相令,府库以每匹千钱的价格购得镽枝兰鼓八百三十六匹,加上原有库存二千二百三十六匹,共计三千又七十二匹。"

管仲点头,悠悠道:"足矣。国君可以设宴请客了……"

这日,西风微寒,暖阳高照,宫城外皋门广场一下子拥来了许多锦绣华衣的富人——齐国东西南北被调查得清清楚楚的债主们,受国君盛情相邀,齐聚而来,无一人敢落下。门洞两侧各有武士披甲执戟,威风逼人。"觐见国君只用镽枝兰鼓"的君令帛书依旧高悬在宫墙上,黑色墨迹清晰如初。城门对面,广场正中,那支刻着"新政强齐"四个红字的桓表略显陈旧了些,但依旧高傲坚挺,直插云霄,恍若擎天一柱,令人举头一望,不由生畏。此桓表自管仲推行新政第一天始,至今已矗立在这里十一年了。齐国也在这支桓表的指引下,发生了翻天覆地的变化,此桓表已成齐国之魂。

广场上,那些债主三五成群,七八扎堆,窃窃私语。有人道:"咱们此来,当有觐见之礼啊!"

旁有人接道:"不用,是国君召见,我等来了便可。"

"来自然要来,无觐见礼也可,有觐见礼更佳,只是——"又有一人躬身低头道,"宫墙上有令,觐见国君只能用镳枝兰鼓之礼,可这镳枝兰鼓上哪儿买去?"

"齐市上,镳枝兰鼓有人出天价一万五千钱哪,可人家愣是不卖啊!"

"唉!早知如此,那几年镳枝兰鼓我就囤它十车!"

七嘴八舌间,忽有内侍风一般从门洞中飘出,扬声道:"国君有令,客入——"

齐宫殿堂里,早已广设席位。正中三席,齐桓公居中,管仲居左,司空燕居右。下面以中间步道为界,东西网格状各设四列席位:东边四列是国中东方、南方债主之席,西边四列是国中西方、北方债主之席。每席之前各置有一张小小的木案,上面红锦铺底的青铜托盘里,放着一只晶莹透亮的玉盏;其旁又有一把裹着黑色软套的铜壶,里面装着暖融融的蜜水。今日之宴,竖貂和易牙本已精心筹备,要用八个簠、八个豆、六个铏、九个俎及其他等约三十道菜的盛大之礼相待,以显国君隆恩,也让那些地方权贵开开眼界;不想齐桓公厉声否决,道:"用一盏蜜水相待便可。"

堂中炉火烧得正旺,温暖如春,众皆入席落座。此时又见两列身穿黄色深衣、如花似玉的妙龄侍女踏着软步,婀娜着鱼贯而入。每案之侧皆有一女侍奉,当下众侍女齐齐跪落,刹那间一排排纤纤玉手齐出,铜壶齐起,蜜水齐落,玉盏齐满。水鸣淙淙,满堂寂静,众债主个个惊惶不已。虽无丰盛酒肉,但仅此一盏蜜水,便处处透露出一代霸主的不凡气度,不怒自威。

齐桓公重重咳嗽了一声,微笑道:"今日众子民云集齐宫,寡人是五分开怀、五分惭愧啊!寡人向来深居宫中,尔等远在四方山海,彼此闻名而不得会面,此刻我们君民得聚,稍补遗憾,不能不为之开怀!然而,齐国今岁不宁,天灾降于前,北戎袭于后,国事艰难,府库空虚,众人受邀而来,寡人却连一席佳肴美馔也款待不出,只能以此区区蜜水待客,实在汗颜啊。"言毕一声叹。

席下有国氏长者,激动地连咳了几声,急道:"我等有缘得拜国君尊严,乃是万幸,岂敢贪什么饮宴之盛!国君爱民之心,国人素知,今日玉盏蜜水,胜似瑶池佳酿,我等何憾之有?"

众人群起附和。

齐桓公认得那人，当下两眼放光直直望去，道："国氏所言也颇有道理——何憾之有！来来来，寡人就以一个'民'字敬诸位一盏。"

下面齐声道："国君请——"于是满堂共饮一盏。

盏空，众侍女又一齐扶着铜壶斟满。又有一人带头道："美哉今日之饮！我等谨以一个'君'字，同敬国君！"众人纷纷附和，群情慷慨。

"好、好，请——"齐桓公举着玉盏，"为君民一体，家国昌盛，请！"

两盏饮毕，又有倒水之声悦耳响起，如山间溪流。齐桓公忽然就转乐为忧，竟掩面号啕大哭起来。

管仲半眯着眼睛，纹丝不动。司空燕不由哀伤唤道："国君、国君……"

下面顿时一片惊诧。须臾，叽叽喳喳又一片声起："国君何哭？国君保重！国君所为何事啊……"

齐桓公用大袖拭了拭眼睛，道："吾心不安……齐国百姓不吝高息借贷，也要向国家缴纳赋税，此乃忠也！民以忠君，君当爱民，寡人看着治下有三千贫民要靠借贷度日，岂能心安？寡人想替这些百姓还贷，又苦于府库之中空空如也……寡人愈加不安！"

此语一出，席间的这些债主顿时人人惊讶不已，个个五味杂陈。原来国君葫芦里卖的是借贷的药啊——然而，一个有心为贫民还贷的国君，即使卖药也卖的是济世良药，善哉！沉寂里，来自东方的一丁氏贵族，霍然挺身，铿然道："国君今日为贫民还贷，明日倘若我等落难，国君岂会袖手？仁君如此，夫复何言？臣家中共放贷三千九百钟粟，涉农一十九家，我愿一笔勾销，以报国君。"

"不可——"齐桓公先是一喜，又转而一忧，高声道，"欠债还钱，古来之理，岂能因寡人无端而废！倘贫民得益，又使尔等受损，我又岂能心安？……"齐桓公又一声叹，满脸难为情，若有所思了好久，又接着道："这样吧……现在齐市上镰枝兰鼓之锦很贵吧？"

下面乱糟糟道："贵！关键是又贵又罕，拿多少钱也买不到啊……"

管仲忙接话，郑重补充道："目下，镰枝兰鼓至少一万钱一匹。"

"仲父啊，府库之中镰枝兰鼓尚有多少？"齐桓公转头问向管仲。

"库存所剩无几,是专门留给国君及后宫裁衣用的。"管仲满脸不舍。

"罢了,"齐桓公挥舞着大袖,摆摆手道,"全部捐出来,替贫民还债吧。"

"这怎么可以……"管仲目瞪口呆,怔住了。

在侧的司空燕更是满脸的诧异,说不出一句话来,然而内心却如黑云翻滚一般。

下面终于爆发了,那些老贵族、新富商见国君毫不犹豫将家底捐了,顿时不敢再忍了,纷纷俯首道:"我等愿意将债券捐了,免了贫民的债务,请国君不必捐锦……"

"岂可如此?寡人知道,诸位都是放贷之人,齐国贫民得诸位慷慨资助,方可春得以耕,夏得以耘,秋得以收,冬得以藏,尔等有功,寡人当谢!……惜乎囊中无金玉之物,寡人已自汗颜,怎可再让尔等自损?"

"我等一片赤诚,还请国君勿要推辞!"这些债主们齐声高嚷,乱纷纷道。齐桓公又"不可",众人于是又"请命",一时殿堂之中你来我往,彼此盛情难却。

管仲重重喊了几声,众人乃止,但听得管仲道:"诸位听我一言:不如这样,诸位各以自家债券作价,以目下行情购买国君所属镂枝兰鼓之锦,如此国君爱民之情可彰,诸位忠君之心可报,两全其美,不亦乐乎?"

"对!还是管相的主意好!就这么办!"堂下附和之声陡然鹊起。

"那就依了众位臣民?依了仲父?……"齐桓公还是满脸不乐意地问道。

众人齐声道:"依了,依了!"

管仲乐呵呵举起玉盏,环视一周,笑道:"齐国君民一心,天下无可敌者!来,我等为君为民为国为家,再共饮一盏!"

满堂玉盏共起,同饮而空,继之哄堂一阵朗朗笑声。

三盏蜜水毕,齐桓公撤去。而后,司空燕主持操办,众债主们纷纷以一万钱一匹的价格,用各自的债券都购买了镂枝兰鼓——弹指之间,国府以区区三千匹织锦的代价,顺利"还清"了举国贫民的所有债务,一场借贷危机瞬间化为过眼云烟。贫民涕泪,富人喜悦,朝野瞠目,诸侯震撼,一段惊世奇谈不胫而走,广为传颂。

新郑。南门郊外的荒林里,树木驳杂,遍地枯草,郑厉公被一辆二马兵车载着,手执弓箭,逐射麋鹿。身后又有一队甲兵远远随着。郑厉公皓首白发,目如烈火,将近麋鹿时便立射一箭,但偏了;再一射,又不中。郑厉公大怒,复挽弓,第三箭凌厉飞出——不想那麋鹿屁股一拐,惊鸣几声,转眼就窜入荒草丛中不见了。此刻不知怎的,郑厉公忽然将彤弓高高抛起,大喝一声,继之左手捂住胸口,就从奔驰的车上猛栽了下来。车上御者吓坏了,忙勒住车马;后面的甲兵护卫也惊恐地纷纷奔过来。

时郑厉公的世子公子踕也陪同狩猎,第一个扑上,将父亲扶起,揽在怀中,连连呼唤。众人都拥过来,七手八脚,好一番忙乱,郑厉公终于醒了。郑厉公睁开眼睛,见天空里满满都是儿子和一些武士焦灼的脸庞——然而仅仅片刻间,这些脸庞倏忽不见,齐桓公和管仲微笑的面容却剜心一般清晰起来。郑厉公一声浩叹,从公子踕怀中坐起,见身边地上散落着几支长箭。郑厉公捡起一支,自言道:"管仲之才,胜我十倍! 管仲不死,郑国霸业无望……"说完猛地将箭折断。

前不久,齐国平戎的消息传来;又未几,镳枝兰鼓的消息又传来。接连而至的两个"坏消息"令郑厉公又气又恼,并滋生了一种深深的无可奈何之感。整日焦虑不已,这才今日来南郊射猎散心。不想一连三箭皆射不中一只麋鹿,一时急火攻心,两眼一黑,便栽倒了。公子踕深知其父心思,当下暗暗道:"君父非射鹿不中,乃是因射齐不中而忧虑啊!"

风吹草动,寒气嗖嗖,一只孤独的黑鸟哀鸣几声,便向云层中飞去了。郑厉公望着那云中黑鸟,忽然想到一个神秘的人物来。郑厉公招招手,示意身边心腹护卫过来,然后冷冷道:"速传南宫豹来见。"

要用南宫豹!!! 公子踕登时大惊失色……

却说管仲正北上伐戎之际,一支商队赶着三辆马车、两辆牛车自南而北,渡过汶水,正驻足于齐国南疆汶阳关下。为首一人三十多岁,身形颀长,英姿飒爽,布衣竹冠,外罩披风,腰间悬着的一块玉佩分外闪亮。那人抬头仰望,大为震惊,脱口道:"此为何物?"但见汶水岸边,依托山间地势,一列巨大的石墙拔地而起,横亘眼前。石墙上有均匀分布的宛如城墙垛口一般的东西,遍插旌旗。正中有城楼,下面是巨石筑就的又阔又深的幽幽的城门,门洞之上镌着三个斑驳的齐字——"汶阳关"。

此人乃是斗縠於菟,若敖族人,出身楚国赫赫有名的斗氏家族,官拜大夫,其父便是楚国令尹斗伯比。斗穀於菟初来齐国，眼前之物平生从未见过，不觉失声惊问。恰好此时，有一家齐国商人刚从汶阳关中走出来，冲他一笑，道："他国人吧？没见过吧？——这就是我们齐国的长城！管相的大作！"

斗穀於菟听了，也冲着拱手行了一礼，并不答话，就又向关城望去，须臾叹道："妙用地利，巧夺天工，一夫当关，万夫莫开！伟哉齐之长城！"

"若兄，你我登上城楼一观，如何？"旁有一人昂扬道。这人与斗穀於菟年岁相当，也是布衣竹冠，只是比斗穀於菟胖了一些，矮了半头，满脸狡黠诙谐之状。此人是屈完，芈姓，屈氏，名完，亦拜楚国大夫。斗穀於菟与屈完乃是少年故友，一起读书，一起习射，自幼便情谊深厚。楚文王继位后，频频北出，南阳盆地大半得手，不久前又与郑国结盟，有北上中原之志。楚文王深知，北方诸国以齐为大，齐桓霸业正盛，楚国也须早作图谋，于是便遣斗穀於菟与屈完二大夫乔装商人，趁着齐国天灾、戎患交集之时，秘密前来一探虚实。因为这个特殊使命，身份自然要保密，所以斗穀於化名若荆，称"若兄"；屈完化名向赢，称"向兄"。

"向兄定是有了主意？"斗穀於菟笑道。

屈完笑笑。两人率众押着五车楚国商货，缓缓入关。齐国推行四海通商的国策，他国之人来齐国行商，有额外特别待遇，如"凡载一乘货物入齐者，供奉饮食；凡载三乘货物入齐者，加奉牺畜之草料；凡载五乘货物入齐者，再加派五个齐人侍奉"，于是天下商旅纷纷入齐，已经有十余年了，所以斗穀於菟等未受丝毫阻碍，便顺利进入了汶阳关。

关内大道旁，几棵老柳树异常粗大，散布着七八家酒食店。斗穀於菟安排随行之众择一家店吃喝，稍事休息后再走。这当儿，但见屈完提了一缸酒走过去请守关兵士喝。几个兵士乐呵呵接了酒过去。几口下肚，双方就热和起来。屈完乐呵呵说自己是宋国商人，初来此地，想和自家兄长一起登上城墙饱览齐国风光，不知可否？几个兵士就不悦，道万万不可。屈完又从袖中掏出几个玉斗，眼前兵士每人一个，请求好歹通融一番。那几个兵士接了玉斗，都睁大眼睛细瞅，其中一个头领模样的人悄悄道："上吧，只此一回。"屈完忙躬身道谢。

屈完拉过斗穀於菟，两人从关口一侧的石阶攀登而上，边走边看，将里里外外，上上下下都瞧了个仔细。斗縠於菟更是在心中给这里的长城关塞画了一幅图。

汶阳长城上,向东走了一大段,此处暂无巡视士兵,是个说话地方。俯瞰汶水河蜿蜒如蛇,远眺临淄城巍巍如虎,斗縠於菟压低声音,重重叹道:"好长城!好关塞!管子有此设计,我不及也。"

屈完揶揄一笑,也悄声道:"若兄颇思念故人否?"

斗縠於菟望向远方的山峦,道:"少年之时,机缘巧合,与管仲、鲍叔牙二人相识于青林山虎饮泉边,后来也曾冒死救得他二人性命。然,彼时何曾想到,此二人如今竟是齐侯霸主身边的股肱栋梁!尤其管仲,官拜齐相,齐国霸业,皆出自管仲之谋,真奇才也!"

屈完道:"我闻当时巫尹曾留下'北有虎,南有虎。虎令尹,霸王辅。五十年后,汉水斗虎'的谶语,时人皆以为乃是若兄与管仲二虎相争之意,不知若兄以为如何?"

"楚巫谶语天机,非我辈愚智可以揣测。倘若虎子可以得志,倘若楚齐果有一战,我倒乐与管仲一决雌雄!"

"好!我愿相助若兄,你我共做楚国管鲍!哈哈哈哈!"

斗縠於菟抚摸着长城上的垛口,一块糙石十分磨手,若有所思,道:"向兄,不觉得我楚国也有必要修此长城吗?"

屈完顿悟,道:"然也。齐长城早有耳闻,今亲自登临,方感其雄伟壮观。不过修长城非是一般的土木工程,非如齐国这般豪富者不能为之啊。"

斗縠於菟沉默片刻,又道:"向兄以为,我楚国若修长城,当先修何处?"

"必在郢都西北、东北一线,若断若续之连绵群山之间,相去五六百里。此处乃是国都之屏障,北上又是争霸中原的门户!更有汉水穿行其间,若此处修了长城,便是方城以为城,汉水以为池,可谓山川险塞,固若金汤。"

斗縠於菟点了点头,道:"正与我见相同!回国后便力谏楚王于此修建长城,为万世不灭之功。我看,我楚国这段长城可取一名,就叫方城吧。"——后来楚人果然就在那里修建了长城,时称方城,今人称楚长城。至周惠王二十一年,公元前656年,齐桓公、管仲统率八国联军伐楚时,方城即为楚国发挥了巨大的防御功能。此为后话。

斗榖於菟、屈完一行驱车,继续上路。此后数日间,官道每隔一百五十里的市井,都留下了他们虚心盘桓的身影。又不久,抵达临淄。二人详详细细考察了临淄的山川与城防,到齐市中大肆买货,到雍门外纵情听歌,到闲燕处看士人习射,乘了淄水河的舟,饮了天齐渊的水,踏了新农民的田,商山铁矿,东海盐场,以及"女闾七百"的胭脂旖旎之所等等,无有不查,无有不至。齐国的四民分居、"叁其国而伍其鄙"、均田分力、四海通商、三选法、官山海等等耳目一新的异国妙策,斗榖於菟与屈完无不惊叹,每日每夜研习,常常废寝忘食。此外,斗榖於菟内心深处,终究尚有一段隐秘的情结。某日黄昏,借助若明若暗的天光,斗榖於菟独自一人,站在远处偷偷地"拜访"了管仲与鲍叔牙的府邸——他甚至依稀辨出了回府的鲍叔牙的身影,而管仲终究连个影子也没有看到。斗榖於菟十分想与这两位故人相认,把酒言欢,怎奈君命在身,不敢有丝毫造次。而这一切,屈完其实早就看在眼里,只是默默不言而已。

这日,客栈里,斗榖於菟抚摸着腰间那块玉佩,呆呆出神。玉佩形如满月,雕着凤凰衔日的图案。此玉佩本是一对,另一只斗榖於菟送给管仲了。想当年,管仲与鲍叔牙正是凭借那块玉佩为信物,才成功从楚国逃命出来。睹物思人,斗榖於菟又陷入了昔日往事的沉思中。

忽然,有随从闯入,报告了齐国新近发生的镰枝兰鼓的奇事。

时屈完也在侧,不由叹道:"世人皆言管仲有大才,果然不虚! 以区区三千花锦化解齐国一场危局,真乃神出鬼没之笔!"

斗榖於菟顿感其妙,忽然放声一阵大笑,然后端着手中玉佩,道:"一匹镰枝兰鼓一万钱,管仲兄,视我手中之玉,你当作价几何啊?"

屈完瞧着那玉,其中故事他是知道的,当下陡然间双眼放光,灵机一动道:"若兄,我们也该回去了,临行之前,你想不想在齐国也天价卖它一回?"

斗榖於菟一怔,惊诧道:"卖? 天价? ……卖什么?"

屈完指着那玉佩:"此玉可在临淄城中卖他十万钱!"而后附在斗榖於菟耳边,

声如蚊蝇,说了一番悄悄秘语。斗穀於菟听了,嘴角含笑,不住点头。

　　日升月落,又整整过去了十天。这日早朝后,鲍叔牙辞了宫门,返回府邸。将近自家门前,远远地就望见身穿葛布破袄的一个瘦子在寒风中瑟瑟发抖,但那人却扯高嗓门,卖力大喊着:"镂枝兰鼓不足贵,吾有美玉十万钱!"喊了一遍又一遍。有过路人听了,不屑地笑了笑就走了。

　　鲍叔牙不由怔住,深知其中必有蹊跷,于是勒马下车,款款移步,走近问道:"你沿街叫卖,口气甚大,是什么东西竟能比镂枝兰鼓更加昂贵?"

　　那人好将鲍叔牙打量了一番,嘴里哈着暖气,搓了搓手,道:"官家莫不是我齐国大谏鲍叔牙?"

　　鲍叔牙一惊,又笑了,乐道:"你怎么认得鲍某? 我们相识?"

　　"非也,小人不过临淄城中一个贫寒农夫,怎能与鲍卿相识? 只是十日之前,有一富商赠我一物,要我整整十日之后,在此府门前叫卖。'镂枝兰鼓不足贵,吾有美玉十万钱'便是那人教的。那人说必会有人付我十万钱,买了此物。"说着从怀中掏出一块玉佩来。

　　鲍叔牙接过那块被暖得温热的玉佩,只瞅一眼,便大惊失色,目光锁住。鲍叔牙攥着玉,又紧紧抓住那人肩头,厉声道:"那人在哪儿?"

　　这一下可把叫卖人吓蒙了,当下不知犯了何事,惊恐交集,挣脱着道:"走……十天前就走了……小人不认得,只知道他看样子是个富商……"

　　鲍叔牙恍然醒悟,不觉赔了一个笑,松开那人肩膀,道:"好,此玉我买了,就十万钱。"转头就要回府中取钱,又忽然意识到自己哪有这许多钱财,只好打发人去找自己那个"齐国第一盐商"的弟弟鲍季牙借去。

　　叫卖人在府门外等得忐忑难安,暗暗道:"真有这种好事儿? 一块玉就值十万钱? 十万钱就这么落在我头上? ……"

　　半晌,鲍叔牙终于复来,将满满一大袋子贝币塞给那叫卖的农人。那人瞬间就傻了,不敢接,嗫嚅着嘴唇道:"这,这这……不,那商人已经给了我一千钱叫卖钱了,这……我怎么敢接……"

鲍叔牙朗朗一笑:"放心,安心接了便是,我鲍叔牙岂有欺你之理?"

"真是我的?"

"真是你的!"

这一说,那人就有了胆气,乐呵呵笑不拢嘴,就雄赳赳扛起那袋子贝币告辞了。街道正中,但见那人每走两步就跳一跳,笑一笑,自言自语道:"啧啧,天底下竟有这种奇事! 天底下竟有这种好事! 天底下竟有这种美事啊……"

相府堂中,管仲与王子城父正共看一幅画在帛上的兵车图。伐戎归来,二人常有揣摩,欲要针对北戎骑兵特点,改进齐国兵马战车。府门被冲开,鲍叔牙手里举着那块玉佩,嘴里嚷嚷着"管相管相",就闯了进来。

管仲与王子城父皆惊。但见鲍叔牙带着一阵风,黑面虬髯,满脸堆笑:"管相,可还识得此物?"

管仲瞧向那玉,怔了一下,就惊叫一声,不由自主向自己身上摸去,摸了几摸,什么也没摸到,喃喃道:"丢了? ……"就起身向内走去。

片刻后,管仲拈着另一只玉佩快步出来。两玉一碰,同样的晶莹剔透,同样的都有一点赤红瑕疵,同样的都雕着栩栩如生的凤凰衔日。分明是同一块璞玉上雕琢的孪生。管仲满脸迷茫,问道:"鲍兄,你那玉哪里来的?"

"哈哈,管兄之玉不曾遗失,我这块玉也是真实。"鲍叔牙止住笑容,正色道,"有人沿街叫卖,道'镶枝兰鼓不足贵,吾有美玉十万钱',就被我买了。"然后将方才买玉之事爆豆般道出。

管仲听了心头一沉,捋着颐下长须,悠悠道:"斗穀於菟来临淄城了……"

"斗穀於菟? 此何许人物?"在旁边一直好奇不已的王子城父初次听到这个古怪名字,满头雾水问道。

鲍叔牙道:"王子兄不知,斗穀於菟乃是楚语:斗,即楚国令尹斗伯比的族姓;於菟,虎也;穀乃是喂奶之意。此人曾被云梦泽中的老虎奶之而活了下来,故取此名……"然后就将当年落魄岁月,管鲍二人南下私贩黄吕时候,如何与斗穀於菟相识于虎饮泉边,如何因青林山之战而被囚入楚营,然后楚王因为巫尹谗语如何要杀管仲,继之以此玉佩为信物,斗穀於菟如何救助管鲍二人脱险等一段如烟往事,娓娓道来。

鲍叔牙铿锵之语,也将管仲带入遥远的梦境之中。待鲍叔牙讲完,管仲如梦初醒,对着堂外亮光,再仔仔细细瞧那玉佩,含笑道:"妙!斗公子,别来无恙?"

王子城父道:"斗穀於菟令人十日之后再行卖玉,一是向管相、鲍卿聊表敬意;二是借助这十日工夫,定已全然脱身齐国而去。斗穀於菟出身楚国贵族,其志不可小觑,此番入齐,必是身负使命,扮作商人,打探齐国虚实。"

"然也。"管仲将那两块玉攥在手中,道,"这对玉佩,一前一后尽归我手。前者故友之情,后者宣战之意。昔日少年朋友,沙场对决不远矣……"

鲍叔牙、王子城父当下心中都沉甸甸的,一时无语。

管仲手中攥着玉,拂袖于后,在堂中缓缓踱起步来,一边踱步一边悠悠吟道:"北有虎,南有虎。虎令尹,霸王辅。五十年后,汉水斗虎……"

第十八章　三平郑国(上)

临淄城东西南北共开城门十三座,而西边雍门,无疑是齐都第一繁华旖旎之所。齐人本就好乐,至桓管时代,国力雄厚,民富而殷,乐律之盛,天下独步。齐桓公"好新声,纵俗乐",宫中歌女乐姬极多;桓公本人也很善抚琴,有名琴曰"号钟"。大司田宁戚有二嗜好:一是养牛,二是高歌;当年初见桓公时,叩牛角所唱之《宁戚饭牛歌》,千古美谈。至于相国管仲,更是一个音乐奇才,只是惜乎被其文治武功淹没了。管子射钩,鲍叔救管,逃亡途中,囚车之中的管仲临机创作出《黄鹄》,与众人一唱一和,鼓动士气,疲惫尽消,从而顺利得脱,当年的这段惊险往事多亏了那首歌啊。管仲不但通乐律,能作歌,而且还提出了有名的定律方法——"三分损益法"。其他如王子城父、公孙隰朋、宾须无、高子、国子、卫夫人、蔡夫人等,也皆是酷爱音律之人。上行下效,民间喜好者更是不计其数。管子新政、齐国称霸之后,临淄超越洛邑,成为天下第一名城,列国好乐之士无不纷纷奔入齐国,于是临淄慢慢就成为先秦时代的音乐之都——宫城里有官乐中心,郭城里有雅乐中心,"齐右高唐"多歌咏,"齐左莱地"多乐舞,而雍门则成为民乐汇集之所——不分国籍、不分老幼、不论行业、不分贵贱的各色人等纷纷会集这里,乱哄哄你方唱罢我登场,盛况空前! 所以临淄第一繁华在雍门,最是八方荟萃,极尽喧嚣热闹。

一辆青铜马车过了系水桥,悠悠向雍门驶来。国叔牛于车前娴熟地驾驭着白马,而管仲屈膝坐于车厢伞盖之下,举目向雍门两边熙熙攘攘的平民不停地望了又望。公孙猿则手执长剑,神情机警,步步贴着马车行走,小心翼翼护卫着相国。时二三月天气,东风和煦,碧柳垂丝,系水盈盈欲笑,人们也纷纷拥向雍门,与春同乐。但见城门前人头攒动,摩肩接踵,有喊破嗓子卖唱的,有手执彩羽跳舞的,有乐呵呵蹴鞠玩耍的……不一而足,时不时地就传来一阵喝彩之声。

道路拥挤,国叔牛不得不勒了几下缰绳,放慢车速。马蹄嗒嗒地从一个摆着各种乐器的摊儿前缓缓而过,管仲望见那里摆着琴、瑟、磬、鼓、笙、竽、柷、圉、埙、管、箫等物,不由心花怒放,自言乐道:"金、石、土、革、丝、木、匏、竹八音之器,除了金音藏于庙堂,其余七音,雍门一个不缺啊!"——八音是中国古代乐器的总称,即金、石、土、革、丝、木、匏、竹共八种。其中磬属石音,埙属土音,鼓属革音,琴、瑟属丝音,柷、圉属木音,笙、竽等属匏音,管、箫属竹音;而青铜铸就的大钟等则属于金音,只不过金音乐器只有上流贵族才能使用,所以这个摊儿上是不可能有的。管仲所言雍门七音便是此意。

马车穿出幽幽的门洞,眼前豁然开朗,又是一片明媚天地。但见右边城墙根儿那儿,黑压压人山人海,争相目睹一个女子唱歌。那女子歌声极美,极悲,仿佛深夜里少妇对月呻吟,缠绵哀怨,引出无限伤情,围观之人落泪哀啼者,竟十有七八。管仲当下也被震惊了,忍不住一拍车栏,示意停车,继之立起身,于伞盖之下抚栏观看。

层层人墙中,有一个三十上下的妇人背靠着一株大槐树,正在唱歌——身穿葛布白衣,淡绿裙子,头上裹着灰色綦巾,无丝毫钗簪胭脂之饰,十分素雅清秀,只是眉宇间透出一种深深的忧伤来,似有难言的乱世离别之苦。管仲屏住呼吸,侧耳听其唱道:

> 彼黍离离,彼稷之苗。行迈靡靡,中心摇摇。知我者,谓我心忧;不知我者,谓我何求?悠悠苍天!此何人哉?
>
> 彼黍离离,彼稷之穗。行迈靡靡,中心如醉。知我者,谓我心忧;不知我者,谓我何求?悠悠苍天!此何人哉?

彼黍离离,彼稷之实。行迈靡靡,中心如噎。知我者,谓我心忧;不知我者,谓我何求?悠悠苍天!此何人哉?

管仲听得入神,也不由愁容满面,摇头叹息道:"悠悠苍天!此何人哉? ……此歌极悲,歌中之人,不是亡国之臣,便是丧家之民啊!"

国叔牛手攥缰绳,接着道:"此妇人称韩娥,乃韩国人氏①。其人歌喉绝伦,万人仰慕,只是面容不离凄苦之状,人询问之,韩娥避而不答。一月之前来到临淄,因缺粮无食而在雍门卖唱三曲,之后便投身客栈之中。韩娥去后,雍门百姓犹觉其人尚在,慨叹余音绕梁,三日不绝。有好事者十余人,遍访临淄客栈,要寻找韩娥。三日后终于找到,不想店主以为众人乃是寻衅滋事者,恐对生意不利,于是将韩娥羞辱一番,赶将出来。那韩娥满腹屈辱,一言不发,只是沿街痛哭不已……韩娥之哭不同于寻常之哭,乃是拖着乐律之长音而哭,其哭若歌,惊天地、泣鬼神,竟引得满街百姓泪眼相向。据说临淄城中有人因此哭声,三日之间难以饮食下咽。再之后,韩娥郁郁,要离开临淄远去。此消息不胫而走,刹那间惹得国中百姓扶老携幼,群起而相留。韩娥感百姓盛情难却,于是不走,每日里专在雍门此老槐树下为民而歌。民听其歌声,人生愁苦一扫而光,多以珠玉粟帛相赠,韩娥由此渐富,衣食无忧;但就是其人愁容不改,始终如故。"

"原来如此。"管仲一叹,从袖中取出一袋贝币,交给国叔牛。

国叔牛会意,接了贝币,下了车,向前面人群中走去,要将这些钱送与韩娥。

国叔牛隐入人墙中去了,管仲低头,若有所思……忽然间,几道剑光闪烁,那些围观韩娥的人群中,就旋风一般窜出几个彪悍的杀手来,清一色玄衣短靴,各执铜剑,都逼向管仲冲杀来。在旁的公孙猿大惊,唰一下拔出手中长剑,护在车前,大吼道:"保护管相!"只刹那间,守在雍门的武士即应声赶来。

而此刻国叔牛一急,将钱囊扔向韩娥,转头就奔过来帮忙。歌舞升平的场面陡然间一片混乱,百姓们惊叫着四散逃去,韩娥早吓得六神无主,躲在槐树后面,屈膝

---

①　此韩国指西周封国,非战国时代的韩国。

抱头,不敢再多瞧一眼。

那些刺客显然早有谋划,分作两拨,一拨截住赶来相救的守城官兵,一拨直扑管仲。那些人身手矫健,勇猛异常,招招凌厉,直取性命。公孙猿也算是齐国一等一的好手,怎奈以一敌众,渐渐招架不住。管仲立在车上,左躲右闪,勉强支撑。而守城官兵已连连倒地数人,血溅当场。

万急时刻,忽然又有一人仿佛从天而降,落在管仲车前。那人一身青色深衣,操着一柄尺长的短刃,手法娴熟,快如劲风,只几个回合,便将围堵的刺客放倒两三个。管仲大是感激,深情望去,见此人高鼻梁、深眼窝,黑髭茂密,瘦骨棱棱,身材又短又矮,但功夫迅猛,操着短匕,如劲风旋转,神出鬼没。公孙猿也护了过来,贴近那人道:"好身手!"

那人并不答话,杀性骤起,执刃就又冲杀去。又片刻工夫,杀手只剩下最后三人,皆背靠背挤在一起。困兽死斗,已到最后关头,双方皆已杀红了眼。刀光剑影中,业已脱险的管仲立在车上大呼道:"留活口!"——话音未落,那青衣人红刃穿心,又干掉一个。

公孙猿欲要活捉一个,不想稍不留神,竟被对方一剑刺伤右臂。公孙猿依旧不死心,滴着血正与刺客周旋;此时那青衣人忽如一鬼就到了刺客身边,一剑封喉,就将刺客了结了。公孙猿无奈一声叹。

最后一个刺客见败局已定,毫不犹豫,就横剑自刎了——但死前拿眼睛远远地、直勾勾地瞪着那青衣人,十分古怪……

刺客全部已死,此时王子城父带着一队甲兵也赶来了。众官兵清扫战场,王子城父向管仲深躬身,沉沉道:"临淄城父特向管相请罪!"

管仲一摆手,下了车,道:"小人算计,防不胜防,王子兄不必自责。"

刺客共计九人,个个死得惨烈。管仲瞧着这些死尸,道:"依王子兄看,这些刺客是什么人?"

"军中武士无疑。从容貌衣装上看,多半是郑国人,只是可惜未得活口。"王子城父道。

"郑子突!"管仲心中暗暗怒道,一转身,猛然发现方才仗义出手之人还站在一旁。管仲走近,深行一礼,感慨道:"管仲多谢壮士出手相救。"

"你就是管仲!"那人立在原地,凛凛然一动不动,毫无礼仪且如此说了一句,那双眼睛中依旧怒火熊熊。

管仲不由一惊,旁边王子城父、国叔牛、公孙猿等皆有惊讶之色。管仲笑道:"对,我就是管仲。请教壮士姓名?"

"某乃宋国人士,名叫扶苏子。"那人道。恍如晴天霹雳,管仲顿时惊得不能自已,上前紧紧抓住那人双臂,如遇亲眷,热泪盈眶——扶苏子! 扶苏子是管仲家中老仆,管母在世时最后的那一段岁月全赖扶苏子撑持。只是那时门庭落魄,管仲漂泊,为管氏尽忠了一辈子的扶苏子终于耗尽了最后一滴心血,就郁郁而终了。一直到今天,管仲也是丝毫未报扶苏子一星点的情义,此也为管仲心中一大憾事。如今在这雍门搏杀之后,管仲忽然闻到昔日故人的名字,怎能不激动呢?"你是哪里的扶苏子?"管仲不由脱口道。

"宋人扶苏子。"那人冷冷回道——哦,是了,管家的扶苏子是个高个子,陈国人;而眼前的扶苏子是个矮子,乃宋国人。两人不过侥幸重名而已——然而,这个名字的情愫却刹那间深深种在管仲心里了! 管仲如梦初醒,松开此扶苏子臂膀,微微一笑道:"壮士之名与我一个故人相重,看来你我真乃有缘。今日壮士仗义相助,救了我性命,感激不已。如蒙不弃,请到我府中做一家客,本相久早如望云霓!"

此时那扶苏子终于露出一个笑容,却又笑得十分勉强。扶苏子匍匐跪倒,额头贴地,道:"扶苏子乃无家可归的漂流客,今得天下闻名的管相召用,何其幸也! 扶苏子万死不辞。"

"快快起身。"管仲乐呵呵搀扶起扶苏子,然后就一同回了相府。于是,此后扶苏子就做了管仲的家臣,可以与管仲朝夕相处、贴身共事了。

雍门城头上,一阵春风拂来,甜蜜的空气里游荡着几丝血腥气。公孙猿捂着右臂已经包扎好的伤口,瞧了瞧地上的九具死尸,又望了望管仲新招的这个家臣,总觉得哪里古古怪怪,可一时又说不出来。思前想后一番就不想了——"这个扶苏子武术精湛更胜于我,此后两人一同护卫管相,不亦美乎?"公孙猿也乐起来,踏着大步就尾随着管仲、扶苏子去了。

到了相府,管仲厚赐玉斗两只、美酒两缶、粟米十钟、锦缎两匹并一万钱,扶苏子受到了优渥的待遇,比之余众可谓高人一等。管仲设家宴酬谢,令夫人高氏及国叔牛、公孙猿相陪。再详问其来历,扶苏子道乃是宋国陶邑盐商之后,母亲因在扶苏树前意外生产,故名扶苏子。自幼好武,厌烦商贾,后来仗剑游历海内,十有余年,渐渐成了无家无室的浪子。管仲问其家乡还有何人,答道母亲早死,尚有一父一兄;又问父兄姓名,皆对答如流。

却说这扶苏子木讷寡言,好独处,喜怒不形于色。管仲凡有赏赐,皆又转赠他人,似乎毫无富贵之念。其德、其行、其才颇具豪杰之风,只是目光异常机警,总有如临大敌之感;看似洒脱淡泊,却又总是心事重重。此种怪异慢慢引起了管仲夫人高雪儿的注意。高夫人故做无事之状,暗里留心窥测。某日忽然发现扶苏子趁无人之时,竟然手操短剑向管仲书案连连虚掷去,共掷三下,目光阴冷恐怖。高夫人大惊失色,冷静而退,不敢有丝毫惊动。是夜,高夫人将此事说与管仲听,忧道:"扶苏子莫非乃是真刺客?"管仲一笑而过,以为夫人多虑,言道扶苏子既已入府,自当信而不疑,即使其人有不端,亦可以仁化之。

管仲如此一说,高夫人虽不再言,但内心忧虑更甚。翌日,高夫人避开管仲,悄悄召公孙猿来,命其秘密到宋国陶邑打探扶苏子底细,未雨绸缪,以防不测。公孙猿听了,更是大惊,那日雍门行刺之时,公孙猿总觉哪里有古怪……经高夫人此刻一提醒,豁然开朗了——当时扶苏子助战的确不假,然而公孙猿要"救下"的活口,分明就是被扶苏子利落杀掉的!还有最后一名刺客自刎前,以一种蹊跷的眼神专盯着扶苏子,分明有故人相托之意!……如此说,扶苏子乃是以九条性命为觐见礼,从而谋取信任,才顺利来到管仲身边的真正危险的大刺客?!

两人皆吓出一头冷汗。

高夫人定了定神,道:"凭空推敲,尚难定论。倘若果真如此,更不可打草惊蛇,此人背后必有一张更为凶险的大网!对方一旦发现密谋泄露,必会变本加厉,出手更疾,如此则管相更危矣!"

公孙猿道:"夫人勿忧。此事权且以无作有!只要我公孙猿不死,必保管相毫发无损！我胸中已有主意,不日便可见分晓。"

高夫人躬身,稳稳行了一礼,道:"管相之生死,齐国之安危,尽托付于猿侠了!"

公孙猿还了礼,满脸铁青,一言不发,就凛凛然去了。

风云突变。春光大好,最忌杀戮,然而西部一场兵戈汹汹而来——据密报,郑厉公联合西虢公正集结大军,准备发兵洛邑,要诛杀子颓而拥立周惠王复辟。消息传到临淄,管仲拈须微微一笑,心中暗暗道:"时机到了……"正要找王子城父等前来商议,不想城南商山也忽来急报:"山中矿井塌陷,百余工匠被困,生死难卜。"管仲大惊,二话不说,便匆匆出城奔商山而去;随行之众自不必说,其中有一人便是府中新客扶苏子——那扶苏子怀揣短刃,大步而行,嘴角冷冷一笑,心中也暗暗道:"时机到了……"

自官山海令推行以来,商山成为齐国第一禁山,由官府主持的第一座铁矿冶炼厂便在这里红红火火办了起来。十余年来,商山采矿冶铁一直正常有序,其间虽有过两次小的事故,但并未造成严重损失,如目下这般矿难还是自燃起炉火以来的头一遭。被困于矿井中的百余工匠乃是齐国第一批采矿精英,管仲心中如何不急?

商山半腰,密林深处,碧水潭边一个黑洞洞的矿口,顿时人头攒动,乱作一团。管仲带着五百甲兵,并有国叔牛、公孙猿、扶苏子等人,与商山令及辖下之众合而为一,组织了一支抢险敢死队,携带着铁锹、绳索、担架、草药等物,迅速深入矿洞,清理塌陷,抢救人员。管仲亲临坐镇,诸事有条不紊,情形虽急,但也沉着应战,幽深难测的矿洞中也时不时地总有好消息传出来。

至第三天拂晓时分,矿洞中最后一人终于也被救了出来。管仲长长舒了一口气,顿感眼皮垂下来便再难以睁开,然后被公孙猿挽着扶入一顶临时搭建的帐篷中,倒在木榻上就酣然入睡了。整整两天两夜,管仲不曾合一下眼,好在抢险救难成效不错,被困矿工一百二十三人全部救出,其中死去七人,受伤者有二十人,余众皆是完人无损,另有两名武士在抢救中也不幸遇难。该抚恤的抚恤,该医治的医治,该褒奖的褒奖,管仲一一安排妥当,诸事完毕,身心俱疲,实在顶不住了,自己怎么倒在木榻上的也浑然不知了。

商山一瞬间就安静了。晨曦之中,远处的峰峦若隐若现,碧水潭边散落着一顶顶白帐,那些救援的甲兵和脱险的工匠也都睡得一塌糊涂,有粗鲁的鼾声此起彼伏。时已暮春,草木葳蕤,到处一片喜人的新绿,有红色的、黄色的、白色的野花从石头边上探出来,挂着露珠,盈盈欲笑。东边几株大松树下,搭着一个长长的木棚,棚下堆着木柴、陶盆、陶缸等物,旺火烧着三口大釜,其中一口釜的热腾腾翻滚的浓汤中,昨夜宰杀的野猪将熟,香气四溢,十分诱人,只是没有几个人嗅得到了。

炊烟缭绕中,犹见庖厨挎着竹筐,曲着身子,在木棚旁边的一片浅水滩中,一边等着肉熟,一边采着荇菜。这时候的荇菜肥美鲜嫩,在滚水中烫熟后是佐饭的美味菜肴,庖厨正要采了来做给管相吃。那庖厨五旬上下,一边水中采荇,一边小声哼唱:"参差荇菜,左右采之。窈窕淑女,琴瑟友之。参差荇菜,左右芼之。窈窕淑女,钟鼓乐之……"此刻的商山春晓,庖厨成了唯一一个还在"动"着的人。

而下面不远处,树木掩映之中,曲折的山路上陡然间奔来一人。那人是个当兵的,急匆匆跑到管仲帐前,将要开口,忽然守在帐外的公孙猿猛一下就睁开眼睛,带鞘的长剑霍一下就抵在那人胸口。自与高夫人一番谈话之后,公孙猿倍感重任压肩,对于管仲的护卫愈加机警,可谓如影随形,寸步不离。今日拂晓后,管仲如释重负睡下了,而同样熬了两天两夜的公孙猿却不敢有丝毫懈怠,依旧持剑守在帐外。寂静晨光中,公孙猿倚着帐门仿佛也睡着了,只是心中有一只眼睛始终睁着,稍有风吹草动,便会挺剑而出。

来人脸色煞白,吓了一大跳,继之慢慢推开剑鞘,笑着道:"公孙大人勿急。我乃山门守卫——方才从临淄方向匆忙过来一人,自称是相府侍卫,名叫卷耳。那人神色疲惫又惊惶,自称有十万急务要见公孙大人。"说完便将卷耳呈上的一块木质令牌递过来。

公孙猿接过那块熟悉的令牌,心中猛然一沉。卷耳正是数日前经高夫人提醒,被公孙猿秘密派往宋国陶邑打探扶苏子底细的人。卷耳武艺超群,为人忠厚,深得信任,此刻必是探得了重要消息而连夜赶来汇报。公孙猿踌躇片刻,不由扭头,撩起帐门向内一望,半明半暗的光线里,管仲卧于榻上睡得正香。公孙猿缓缓放下帐子,生怕打搅了相国;而后朝右边猛喝一声道:"乔南! 乔北!"

　　有二人应声而至,乃是高瘦精壮的同胞兄弟,皆满身甲衣,手提长戈。此二人亦是相府侍卫中的精英人物,深受公孙猿信任。乔南、乔北虽也睡眼惺忪,然而一经公孙猿召唤,瞬间便精神抖擞,大步过来,执戈拱手道:"公孙大人有何吩咐?"

　　"我到山门片刻即回,管相这里交由你二人守护。我来之前,任何人不得入帐!"公孙猿严厉命道,又重重地重复道,"记住——任何人!"

　　"诺!"二兄弟齐声领命,便操着大戈,一左一右凛凛然立于帐门之外。

　　商山并不甚高,半山腰的矿洞距离山门也并不甚远,须臾便到了。那卷耳立在一根红柱之前,焦躁不安地向上不停张望。一见两个身影晃动,卷耳便大呼着跑上去,然后一把拉住公孙猿的衣袖,拽到一块大石头后面,背着人,急道:"扶苏子有诈!宋国陶邑并无此人,所谓其父其兄,皆是无中生有!我带了他的画像图影前去,有宋地的齐国商人一眼便认出,此人乃是郑国人,名叫南宫豹,几年前曾为上卿叔詹的家臣,后来不知所终。"

　　"什么?……"公孙猿顿时瞠目结舌,一头冷汗。"郑国人"三字如晴空霹雳般爆响,刹那间便令公孙猿有如临大敌之感。雍门城楼下的古怪行刺,高夫人满怀忧虑的深深叮嘱,所谓"扶苏子"那张异常冷峻却又捉摸不定的面孔……昔日种种,顿时冷飕飕涌上心头,公孙猿登时就全明白了,攥着拳头大叫一声:"不好!快——"便带着卷耳风一般沿着山路向上奔去。

　　石阶被踏得咚咚响,枝叶间的晨光碎了一地,满山草木皆惊。

　　那"扶苏子"正是郑厉公身边的神秘人物——南宫豹!

　　话分两头。却说公孙猿别了乔南、乔北兄弟,直至他的背影完全消失于一片树林背后,这一幕幕——潜藏在帐篷里的南宫豹的眼睛始终盯着。机会终于来了!

　　南宫豹阴沉着脸,摸了一把腰间,确定贴身不离的短剑依旧在。南宫豹又环视帐内,朦胧中一片狼藉,几个大兵歪着身子睡得正死,角落里木案上扔着一条绳索,还湿湿的。南宫豹移步,将绳索盘好,系在腰间带着,而后乃出帐去。

　　南宫豹步履轻轻,轻得仿佛听不到一点响动。

　　天已大亮，山鸟啁啾，然而营中仍旧一片寂静。折腾了几天几夜，大家都撑到了极限，此刻酣睡正浓，只有那个庖厨哼着小歌儿在采荇。南宫豹如同轻飘飘的一个鬼影，从帐篷间幽幽穿过，先扫一眼，看到管仲帐外有二人执戈侍立；又第二眼，就瞧见炊烟升腾后面有人唱歌。南宫豹快步向前，行至木棚下的大釜边，戛然止步。浓汤翻滚中，大块大块的野猪肉马上烂熟。南宫豹迅速从旁边操起一只陶碗，并有一支铜匕，置于红色木盘之中，继之又用肉钩扎起一块带骨头的肉疙瘩，撂在碗里，端起托盘就走。

　　这时，后面的庖厨拎着水淋淋的竹筐就追过来，嚷嚷着："哎——扶苏子，肉还没熟呢，你干什么呢！"

　　南宫豹回头，以一种从未出现过的恐怖目光瞪了庖厨一眼，冷冷道："管相要吃肉，休得多言！"

　　庖厨一惊，竹筐不由就掉在地上，嗫嚅着嘴唇想说什么但不敢开口了。待南宫豹走远，约莫听不见声音了，又小声嘀咕道："吃肉就吃肉，凶什么……"庖厨微一低头，满是疑惑，就又盯着南宫豹的背影，胡乱猜想起来。

　　南宫豹端着肉，大步流星来到相国帐外。乔南、乔北同时将大戈一挡，乔南大声道："管相正在入睡，任何人不得入内！"

　　南宫豹目光顿时柔软起来，赔了一笑，道："我岂能不知？岂敢入内？但公孙猿曾有吩咐，只要肉煮熟了，便盛了来放在管相榻前。这个——交给你了，告辞。"说罢，将托盘塞给乔南，转身就走。

　　南宫豹之言合情合理，言行合一，乔氏兄弟如何又会多想？当下乔南嗅了一鼻子肉香，托着盘子，笑着就钻入帐篷中去了。乔北在帐外也开心笑了，不由就将胸前的长戈攥得松了，又忍不住探着脑袋向帐内自己兄长的背影望去——这当儿，早将时间一分一毫都算计得清清楚楚的南宫豹身子一闪，拔出腰间短剑，只两三个大步，就闪电一般奔到了乔北脑后。乔北只闻得风响，未及回头，便被南宫豹攥着青铜剑柄狠狠砸在后脑上，仿佛没有一丝响动，乔北就昏倒在地上——只是被打昏了，并未死去。南宫豹拖着横在地上的乔北，如一股风就钻入了帐篷中。速度奇快，电光石火一般，微微颤动的帐门就又平平悬着不动，似乎什么也没有发生过。

帐内,乔南蹑手蹑脚才将托盘放在案上,看了看,并未惊动熟睡中的管仲,正要退出。乔南一转身,忽然帐门风开,南宫豹拖着不知是死是活的乔北,鬼森森迎面扑来。乔南大惊,狂呼着:"管相! 管相!"操起大戈就匆匆来战南宫豹。南宫豹冷面不言,举着短剑就刺过来。

乔南也是相府中一流的侍卫,岂奈强中更有强中手,那南宫豹身形鬼魅一般,飘忽不定,又快又准,只三下五除二,便将乔南击倒,抽出身上绳索娴熟地将其缚住,然后抓起碗中肉块霍一下就戳入乔南口中。乔南就被制住了,挣扎着动弹不得,口中被那块肉烫得老疼,喊又喊不出,两眼直勾勾干望着榻上的管仲。

南宫豹斜睨一眼被缚在地、如一条肉虫的乔南,不屑道:"某非滥杀无辜之辈!"

管仲登时惊醒,一眼望去,便知祸起萧墙。见身边侍卫都已倒地,当下只缓缓坐起,掸了掸衣衫,神情自若,处变不惊道:"扶苏子,你到底是何人? 本相性命已在你手,可令本相明明白白而死。"

此时帐外一片混乱。那庖厨一直盯着南宫豹,见其打倒乔北,入帐内后又有打斗声传出,自然知道乃是行刺管相之故,于是放声大喊,营中甲兵刹那间应声而至。公孙猿也携着卷耳气喘吁吁赶了过来,瞟一眼庖厨,又见相国帐外空空无人,惊骇道:"糟了!"就向大帐冲过去。

眨眼的工夫,以公孙猿为首,甲兵如水层层涌来,刀剑戈矛密密麻麻群指相国帐门,气氛紧张得只听得见各自的心咚咚咚咚擂鼓一般。

天地都哑了。

南宫豹丝毫不惧,仰头大笑,冲帐外喝道:"胆敢一人入帐,管仲立死!"

外面自然不敢轻举妄动,公孙猿火急火燎立在帐门口,当下大声道:"管相,此人并非扶苏子,乃是郑国遣来的刺客——南宫豹!"

"南宫豹! ……"管仲听了,不由一惊,继之一声冷笑,"足下好手段!"管仲说着,就起身,踱步到木案之前,上面有半碗肉、一罍酒、两只爵。管仲不慌不乱,案前落席,取出铜勺,缓缓舀了两爵酒,指着侧面一席,道:"足下可否陪我饮一爵黄泉之酒?"

南宫豹步履稳健,爽快行至案前,但不落座,剑不离手,站着端起铜爵,道:

"好!"言讫,一饮而尽,又道:"管相待某甚厚,南宫豹并非不知,但为故主尽忠,不得不为之! 管相请——"一把短剑闪着寒光就已在手中立了起来。

不过,南宫豹攥着剑的手却微微颤了一下——细心的管仲早瞧在眼里,又见自己的两个侍卫一个只是被绑了,一个虽然不省人事但必定未死,心中顿时灵机一动,慢悠悠托起铜爵,呷了一小口,冷峻地望着南宫豹,道:"足下受命于郑伯,暗暗潜伏,用心良苦。前时于雍门自戕本国九个壮士,后又自称为扶苏子以接近本相,皆为今日之事?"

南宫豹倒也坦荡,大声应道:"然也!"原来郑厉公几番用计,欲使齐乱,皆被管仲四两拨千斤,转危为安,无奈之下,便令南宫豹潜入齐国,借机行刺管仲。受命之时,南宫豹道:"欲行刺于管,必先取信于管,愿借国君麾下九颗人头!"郑厉公允了。雍门之乱,实是南宫豹自行策划,借郑国九个死士的头颅以为觐见之礼,从而顺利进入管仲视野。南宫豹之所以又自称扶苏子,乃是探得昔日管家曾有一个忠仆,就叫扶苏子。管仲忽然间撞上了与昔日故人同名的救驾义士,能不感慨万千吗? 如此,行刺最重要的一步"取信于管",就实现了。事实也确实如此。再之后只需坐等一个良机便可,果然,这个机会今日终于就到了!

管仲举爵又饮了一半,接着道:"本相观足下亦是忠义之士,何其愚也! 郑伯自继位以来,对内杀傅瑕,斩公子阏,刖强锄,逼死原繁,逼走公父定叔,诛杀正义之士,累累血案,国中皆怨! 对外今日会盟,明日背盟,言而无信,反复无常,早已失信于天下! 如此凶残无道之主,你何必……"

未待管仲话尽,南宫豹仰头一阵大笑,管仲不由惊诧。但见南宫豹慷慨道:"某只是一介武夫,国家大事,非我所明。某所尽忠故主者,非我国君,乃是郑国上卿叔詹!"

峰回路转,柳暗花明,世间之事何至于如此曲折? 管仲近几日正思谋着该起用叔詹了,如何这个忽然从天而降的刺客也正与叔詹有关! 管仲顿时愈加镇定,冷笑问道:"如此,足下乃是因为叔詹而要行刺本相了?"

南宫豹顿时一怔,火冒三丈:"数年之前,叔詹奉命出使齐国而被管相诛杀,莫非有假? ——某实乃叔詹家臣,故主死后,漂泊无依,幸被国君收留军中。我枉活至今,正为此时此刻,为叔詹报仇!——管相爵中之酒可是已尽?"说着挺着短刀就要刺来。

"慢——"管仲一声大喝,厉声道,"欲杀叔詹者,乃郑伯也,非管仲也!叔詹死而复生,亦管相也!我将活叔詹请来,足下又当如何?"

南宫豹闻言,心中大骇,又狐疑不已,但念头一闪,又认定此乃管仲故意拖延之计,当下杀气腾腾道:"管相已饮黄泉之酒,何须巧舌如簧,起死回生?某不上当,受死吧!"

眼看南宫豹的短剑就要向管仲胸膛刺去,万急时刻,帐外的公孙猿登时急中生智,拂双袖于后,将长剑藏在背上,大步流星,独身入帐,边走边大声道:"南宫豹何在?叔詹来也——"

犹若天国佛音,南宫豹顿时入梦一般,浑身软了,剑也落下,不由回首望去,仿佛是叔詹!——哪里是叔詹,分明是公孙猿!——南宫豹陡然间惊醒而狂,又回身便向管仲刺去。

只这瞬间一转,南宫豹心神忽乱,便失了战机。管仲嗖一下将手中酒爵向南宫豹头上掷去,一击便中,顿时血下。管仲几个闪展腾挪,就要向帐外夺路逃去。南宫豹头上猛一疼,后面的公孙猿就又缠上来。小小帐中,南宫豹施展平生绝技,避开公孙猿,而短剑直向管仲飞去。管仲灵机闪过,但足下一滑就摔倒了,那剑从自己肩头划过,衣裳破了个白色的口子。南宫豹又几个神出鬼没的拳脚,便将公孙猿手中长剑抛出老远,继之连踢两腿,随着一声惨叫,公孙猿被重重摔倒在地上。

此时帐外甲兵已经蜂拥而入,成败仅在片刻瞬间。管仲与公孙猿皆倒在地上,而南宫豹也是手无寸铁。正焦灼无计间,帐内用来盛熟肉的那个木盘里,陶碗边上一支精光锃亮的铜匕闪入南宫豹眼帘。

南宫豹如风卷地,攥住铜匕一声大吼,便似一只猛虎向地上的管仲扑去。这当儿,公孙猿也一个鲤鱼打挺,快如闪电,横着胸膛就挡在管仲面前。南宫豹紧握铜匕轰然扎下,那铜匕便如一片利刃穿过肋间,直入公孙猿心房——春秋时期,贵族钟鸣鼎食,常用一种青铜打造的食具:铜匕。铜匕宛若后世的勺子,只是勺的两侧皆是刃,勺尖也更是异常锋利。此食具常以勺侧割肉剔骨,用勺尖扎住肉块而取食,同时勺子也可以从鼎中舀汤喝。至后世筷子通行之后,铜匕便弃之不用,退出历史舞台了。

公孙猿胸口有血冒出来。但帐外的甲兵也呼一下攻进来,一条条戈矛纷纷将刺客抵住。公孙猿疼着却笑了几笑;南宫豹却是又恨又恼,无奈干咆哮!行刺到底还是失败了!

管仲惊叫着"公孙猿",忙翻身起来看其胸口。管仲盯着插入胸腔的铜匕,又惊又怒,然后握住眼前的一条长矛就要向南宫豹捅去,南宫豹反而也平静地笑了,视死如归。管仲立时清醒,松开矛,愤愤命道:"押下去!"

南宫豹于是被五花大绑推出了帐外。管仲又忙将公孙猿抱到自己的榻上,轻轻放好,又不停大叫:"快传医来!"

那一边,乔南、乔北兄弟也被解救了,皆无性命之忧。危局已破,帐内除了商山令、国叔牛、卷耳等几人,众人也慢慢退了。公孙猿脸色已经煞白,满是剧痛之状,嘴角犹笑,道:"管相,不用了……咳咳……我已无救,好在……好在公孙猿幸不辱命,倘若今日,管相死,死……我何以自……自处……"就喷出好大一口血。

"兄弟啊!"管仲惨叫,热泪泪泪而下。公孙猿想抓管仲的手,但抓不住;又想说什么,但明显说不出。管仲急忙将公孙猿双手攥得紧紧的,道:"兄弟,兄弟……你还有何未了的心愿……"

公孙猿眼珠转了半圈,仿佛想到了什么,但只是干咳不止。管仲见状,忽然就想到一事,道:"我知兄弟举目无亲,身边只有一子,名叫黑子。兄弟……兄弟不要挂心,你之子便是我之子,此子我将以义子待之……"

管仲明显说到了公孙猿心坎上,公孙猿顿时淌下泪来,十分勉强又十分欣慰地用嘴角笑笑,嘴唇嗫嚅了半天,道:"如此,我……我,还有何话可说!黑……黑子啊……呜呜呜呜……"

身边众人皆泣不成声。公孙猿眼睛闭了一下,又强使力气睁开,如同推开一扇石门,然后抖擞着手,指了指帐外。卷耳见状,赶忙跑去将帐门掀开,但见一个白色边框里,青山高耸,云蒸霞蔚,近处一株孤松在晨风中微微颤动。公孙猿看到了,只憨憨地笑,又低低道:"商山,东海……商山……"便把眼皮合上,头一歪,再无动静了。

商山令、国叔牛、卷耳等立时匍匐拜倒,垂头而泣。管仲却止住了热泪,瞧着公孙猿最后的容颜,咀嚼起其最后的遗言"商山、东海、商山"六个字——是了,公孙猿本是商山人氏,生于斯长于斯,慷慨仗义,爱打抱不平,乡人称猿侠。齐国新政初年,公孙猿因为误解管仲官山海令,而一路追到东海盐场,要杀管仲以"为民除害"。也是在东海之滨,管仲第一次见到了公孙猿。海风月夜,刀光剑影,管仲动之以情、晓之以理,以大义开导公孙猿,结果这个百里追杀的刺客却变成了最最忠诚的护卫,在管仲身边整整十二年!十二年间兢兢业业,惕励勤勉,从未出过任何闪失。管仲还曾与公孙猿有过一赌:限五年之内,倘若管仲不能使齐民以富,那么就要将项上人头交由公孙猿处置。结果只三年满,齐国百姓红红火火的日子,尤其是商山乡民普遍富裕的生活,公孙猿就看到了。此后公孙猿更是坚定了对管仲的尊崇之心与追随步伐。至今日,公孙猿又在这桑梓之地,尽忠职守为保管相而慷慨赴死,此忠此义,千秋不灭!上苍啊,天可怜见,是以令一代忠贞烈士得以魂归故里,死得其所!公孙猿一生,生于商山,成于东海,最后又死于商山,冥冥之中,莫不是一番神奇安排?

管仲于是将公孙猿葬于商山之巅的一个峰峦下,那里松篁交翠,一溪环抱。既可以俯瞰整个商山全景,又可以远眺齐都临淄大城。下葬之日,管仲与高夫人亲往吊唁。待丧礼毕,管仲便认了公孙猿唯一的后嗣黑子为义子。此为后话。

相府公堂,四名武士侍立于大门两侧。但见南宫豹须发凌乱,衣衫不整,被缚绑着押了过来。南宫豹依旧步伐矫健,挺着胸膛迈过台阶,踏入堂中,双目一环视,见大堂正中坐着管仲,左案是鲍叔牙,右案是王子城父,另有国叔牛默默侍立在侧。南宫豹趾高气扬,并不理会,只把脸扭着看空空如也的东墙,一副大义凛然的模样。

管仲丝毫不以为意,淡淡道:"松绑。"管仲盯着南宫豹细细瞧了半晌,似有无穷话语却只是缄口不言。又片刻后,管仲凭空连击三掌,悠悠道:"无他,今日请南宫壮士见一故人。"

有二人将南宫豹身上的绳索解下,拎了出去。南宫豹并无感激之念,依旧冷冷立着,只用右手不断摩挲着左腕上又红又深的绳索的痕迹。

一阵脚步声又轻又快,如雨声骤然而来。但见管仲右侧一面屏风后面,忽然闪出来一个人——非他人,正是数年间销声匿迹的郑国上卿叔詹!

南宫豹循声望去,见早已死在齐国的故主忽然矗立面前,不由大骇。当下不敢相信,眨了几眨眼睛,聚精会神又望去——真是叔詹!锦衣玉冠,高大俊朗,双目炯炯,风度翩翩,依旧是昔日模样!南宫豹扑通一声跪下,纳头就拜,哽咽道:"南宫豹拜见故主……"

叔詹慌忙扑过去,扶着南宫豹的臂膀,眼泪就落下来:"南宫豹? ……真是你南宫豹!"

南宫豹起身,也是热泪盈眶,道:"是我……"两人生死重逢,四目相对,皆感慨万千。

叔詹陡然间隐去欢喜,满脸忧愁,惊道:"你? ……你为何要行刺管相啊?"

南宫豹顿时也一头雨雾,眼中谜团比之叔詹更多,道:"詹卿? ……詹卿如何数年之间消息全无? 国人只道詹卿出使齐国,为管相所害,早已尸骨无存……这? ……我正是为詹卿复仇,才潜入齐国行刺啊……"

叔詹一声长叹,回首望了一眼管仲,见管仲正襟危坐,半眯着眼,默默捋着颈下一茎长须。叔詹大声道:"南宫豹糊涂! 杀我者,正是故国之君子突啊! 我幸不死,全赖管相之恩!"说着,便将出使齐国后直至今日之况全盘道来。

却说那年,郑厉公参加幽地会盟后仅一年,便两面三刀,行了个一箭双雕之计。一方面故意遣叔詹,以郑国使臣身份出使齐国,责问盟主不敢以兵威降楚;一面以迅雷不及掩耳之势,又使郑国与楚国结盟。郑、齐至此公然决裂。如此布局,郑厉公明显是要假借齐国之手以除掉叔詹。叔詹出身贵胄世家,根深蒂固,极难撼动,自祭仲死后,叔詹便成为郑国国君之下的第一权臣。郑厉公深惮之,早欲除之而后快,于是故意令叔詹使齐。此中关节,管仲早看得明明白白,于是将计就计,放一把火将囚禁叔詹的牢房烧个干净,对外只称叔詹丧命齐国火海——实则是管仲与叔詹早达成密约,要同诛厉公,共谋大业,管仲也许诺必助叔詹以上卿之尊返归郑国。此后,叔詹一直悄然隐身在鲁国山野中,数年忍辱负重,所等待的,便是如当下这般"大机"了。而外界尤其是郑国,皆以为叔詹早被齐国杀掉了。

再说新郑城中,郑厉公以为叔詹已除,大喜过望,将叔詹一党尽皆罢黜不用。郑厉公第二次做国君后,排除异己,杀伐过重,这也为自己留下了莫大的隐患——如叔詹不久之后便令其尝尽了苦头,此为后话。却说叔詹"死"后,家臣散尽,唯有一个叫南宫豹的人引起了郑厉公的高度重视。南宫豹为人忠义,武功超群,常有为叔詹报仇之念。郑厉公以为大为可用,于是厚以财帛,留在身边。郑厉公与管仲明争暗斗,几番交手,皆不能胜,最后不得已巧言欺骗,打着为叔詹报仇的旗号,令南宫豹潜入齐国而行刺管仲。于是雍门与商山连番大戏,骤然上演。

所有隐秘之情,终于在今日大白于天下。叔詹不由呜呜大哭,骂道:"子突小人,欺骗叔詹于前,玩弄南宫豹于后,此阴险毒辣、毫无信义之鼠辈,何以为君!"

南宫豹如梦初醒,顿时泄气,呆了半晌,无话可说,只呵呵冷笑,笑着笑着就号啕大哭起来。

南宫豹忽然立起,阔行三步,面管仲,慨然道:"事情已然如此,南宫豹再悔也无用。我万死难恕其罪!所幸做鬼之前,得见故主之面,南宫豹深感管相大德!可立斩我!"言讫,匍匐跪拜,行了大礼。

"管相!"叔詹也轰然跪倒,与南宫豹并肩,大声道,"南宫豹行刺管相,乃十恶不赦之死罪。但念他本性纯良,受人蒙蔽,似可斟酌。此忠肝义胆之辈,管相正当用之!叔詹斗胆请管相开恩,令南宫豹戴罪随我返郑,为齐国霸业助一臂之力。待立功之后,再斩不迟!管相啊——"叔詹说着,就又哽咽起来。

南宫豹听了,大惊战栗。

"詹卿请起。南宫豹忠义,本相自知,若为行刺之怨而诛之,何必再等到此时!南宫豹啊,本相恕你无罪,你且起身随故主返回郑国去吧。"管仲道。

此语一出,南宫豹更是战栗大骇。但见南宫豹抬起头瞧着管仲,忽然间就呆住了,只是看,那是一种难以言表的超越生死的由衷的敬仰与信任。

堂中顿时静了,静得仿佛天荒地老。也不知过了多少时间,叔詹瞪着南宫豹,以为他因突如其来的免死大讯一时高兴蒙了,便小声提醒道:"南宫豹,呆什么!快向管相谢恩!随我回郑国干一件大事!"

南宫豹丝毫没有懵懂之状,稳稳地向管仲拱手行了一礼,落落大方。又转头也向叔詹行了一礼,神色十分怪异,但听南宫豹道:"詹卿请自回。詹卿本是郑国擎天一柱,虽数年间音信全无,但国中盼詹卿者甚众,如傅瑕之兄,如公子阏之侄,如强鉏之子,如原繁之党,如公父定叔之族,更如自家亲朋僚属等,不一而足。此皆一触即发之连弩,足可助詹卿成就大事……"说罢便起身,缓缓后退去——所谓傅瑕、公子阏、强鉏、原繁、公父定叔等人,不是被郑厉公杀掉者,便是被废者、被逐者。

叔詹察觉情形不对,忙追上去,揽着他的手道:"我更需要南宫相助啊!"

南宫豹将手挣脱出,一边摇头一边连连后退,又退了七八步,霍然间含泪而笑,凛凛道:"南宫豹有何面目再回故国!詹卿厚我之恩,管相恕我之义,待来世再报!"言讫,举头便向对面大柱轰然撞去,堂中顿时抖了三抖,众人惊骇之中,南宫豹已然气绝,横死于柱下。

叔詹顿时狂呼一声"南宫豹",扑上去就将南宫豹依旧热血的身躯抱在怀中,大号不已。

管仲早急呼道:"拦住他!"可惜还是晚了。望着已被叔詹的背影挡住了的南宫豹遗体,管仲不由摇了摇头,就闭上眼睛不语了,满面悲哀。鲍叔牙挺直了身子,目光炯炯,只一个劲儿地点头。王子城父一脸冷峻,对着那里拱了拱手,轻声自言道:"君且好走。"

一片无言的悲哀静静笼罩着,堂中正不知所以。这时忽有一人急匆匆就闯了进来,那人见状,欲言又止,脸上满是焦灼之色;却听王子城父先开口道:"快讲! ——可是郑国来了消息?"

那人道:"郑伯统兵车四百乘,西虢公统兵车二百乘,东西夹击,正向洛邑开拔而去。"

"好! 终于等到了!"鲍叔牙拍案道。

管仲睁开眼睛,正色道:"军务万急! 郑伯伐洛邑,国中必然空虚,请王子兄、鲍兄火速出城,率我齐师袭其后! 可一战而定郑国!"

王子城父与鲍叔牙皆"诺",便起身离席,就要出门去。

"且慢——"叔詹止住眼泪,高声道,"大司马、大谏官勿急! 且待叔詹先行潜入新郑,联合城中旧部为内应,何须兵戈之苦,开城纳降便可! 郑国之祸,只除掉子突一人便可！——愿管相勿忘昔日之言！"

管仲起身,深情望着叔詹,拱手道:"有劳詹卿了。"

叔詹望着管仲,只会意地点了点头。两人早有密约,不足为外人道也。

鲍叔牙、王子城父先行退出,安排兵事去了。叔詹要将南宫豹的遗体带回郑国安葬,管仲自然允准。于是国叔牛领着几个甲兵,七手八脚,将南宫豹的尸首棺椁弄好,交给叔詹,叔詹便辞谢而去。而大门外,也早已备好了运载棺椁的马车。

堂中空空如也,庭外春光明媚,柳绿花红。望着叔詹远去的背影,一幅平野之中兵车大战的壮烈画面就依稀浮现出来……片刻后,管仲静静道:"齐郑之争,可以完结了！"

第十九章　三平郑国(下)

弭城城下,旌旗飞扬,甲兵鲜亮,威风而规整的仪仗分外耀眼。郑厉公白须飘飘,笑眯眯瞧着前面那条通向西方的笔直的官道,他的身后,立着世子公子踕及大夫堵叔、武将白武等人。来了! 但见树木掩映之中,烟尘滚滚,兵车辚辚,西虢公统率的二百乘威武之师来了。郑厉公乐呵呵就迎接过去。

依照约定,郑厉公统兵四百乘自东而来,西虢公统兵二百乘自西而来,两君会师于弭城,共同讨伐洛邑里的子颓,拥立周惠王复辟。此事郑厉公苦心谋划许久,如今终于等到这一天了! 此番出征,郑厉公有意将公子踕带在身边,以为如此大功,必要嫡子沾染一二,好为将来继承社稷积累威望。新郑国中之事,尽交由心腹大夫师叔打理。却说师叔、堵叔二大夫再加上叔詹,为赫赫有名的郑国"三良",郑厉公将叔詹"除掉"后,师叔、堵叔自然成其左膀右臂,厉公功业,皆赖此二人之力。此番讨伐洛邑,郑厉公有意将师叔留置于内,堵叔随征于外,以为内外呼应,珠联璧合,可以万无一失了。

城楼之下,甲兵簇拥之中,郑厉公与西虢公相见致礼。西虢公道:"有劳郑伯出城相迎!"

郑厉公道:"子突举义旗,平贼臣而尊王室,公第一个响应而来,子突感激不已!"

西虢公笑道:"想当年镐京之乱,犬戎得志,王城尽废,于是平王不得不东迁洛邑。郑之先祖尽忠王事,不幸亡于乱军之中,此番功德,自天子以至庶人,哪个不知?于是郑国桓公、武公、庄公三世皆为王朝卿士,诸侯信服。如今周王又遭子颓之乱,郑伯又挺身而出,平乱尊王,大有先祖之风! 我深敬佩之,故带兵前来相助。"

"知我者,西虢公也!"郑厉公笑吟吟地揽着西虢公手,两人同登一车而入城。大军城外安置不提。

城中,郑厉公设酒宴,款待西虢公。钟鸣鼎食之间,西虢公问及洛邑攻城之事,郑厉公先道:"周王有召,令你我以天子令讨逆,诛杀子颓,待功成之时,赐赏西虢公酒泉之邑。"

"酒泉之邑"西虢公可谓垂涎已久,郑厉公此语正中下怀,当下不由心花怒放。无利不起早,劳师远征,尊王的虚名自然不可少,而索要封地的实利更是核心所在。此种蹊跷,天下诸侯人人心知肚明,更何况一代枭雄郑厉公! 却说出征之前,于栎城中,郑厉公一明一暗,软硬兼施,早逼迫周惠王许下重诺——待重返洛邑之后,天子将赐西虢公酒泉之邑;而赏郑厉公的,则是天子辖下虎牢之东的一大块肥地。周惠王一番叹息后,只得应允。

西虢公满脸笑容,接着道:"天子有命,焉敢不尽心! 只是洛邑王城,周公所造,坚不可摧,天下无二,如之奈何啊?"

郑厉公道:"你我明日便发兵,取急攻之势。你攻北门,我攻南门。洛邑兵事衰颓,城中守备不过二三百乘,那'周牛王'及芮国、边伯、石速、詹父、子禽祝跪等辈,我视之皆如草芥,必可一战而胜! 所虑者乃是外援,'牛王'所以占据王城,全赖北方卫、燕之军相助,所以故——此番洛邑之战,'牛王'兵败之时必会再度向卫、燕求救,而信使出城,亦必从北门而过——我攻南门必破之,公打北门守之便可,切莫令一只鸟飞出北门去!"

"郑伯高见!"西虢公笑着,举爵相敬。当下铜钟雅乐声起,两人共饮一爵。

夜幕笼罩,树影婆娑,一条河流在朦胧中幽幽流淌,微微的水流声此刻显得异常清亮。新郑洧水岸边，树丛里隐着一家酒店，门口"傅"字酒旗依稀可辨，一扇小窗中透出微弱的火光来。店前旁边一所专用院落里，早停下一溜马车来；店后临着洧水的几株大柳树下，也系着几只小船。万籁俱寂，一切都隐匿在幽暗夜色中了。

自店门入，穿过前堂，进入后院，绕过一条回廊，再过两扇木门，但见一间大堂内灯火闪烁，亮如白昼。堂中人头攒动，影影绰绰，皆有躁动焦急之色，似乎众人早等不及了。有哪些人？——为首者乃是傅玉，这家酒店的主人，更是傅瑕的兄长。公元前680年，郑厉公被闲置十七年后，在傅瑕相助之下，终于入主新郑，第二次做了郑国国君。然而郑厉公为君后第一件事，便是杀了傅瑕这个大功臣。此后傅氏后人便以傅瑕兄长傅玉为首，悄然隐居洧水之滨，以打鱼卖酒为生。又有公子阏之侄——公子阏被厉公斩杀了。又有原繁之子——原繁因厉公相逼而自缢而亡了。又有祭仲之孙——祭仲本是郑庄公时代第一权臣，生前与厉公不睦，虽然善终而死，然而厉公进入新郑城的第二天，便将其掘墓鞭尸，挫骨扬灰。又有一人满面愤愤，端坐在轮椅上——此乃是强鉏，被厉公刖了双足，这还是叔詹求情后的"善果"了。又有一高一矮二家臣——他们乃是公父定叔的心腹之人，而公父定叔被厉公驱逐，至今尚流落在卫国。更有其他十余位被厉公罢官、削职、闲置、流放的所谓"异己"者，放眼一望，满席嘉宾，居然是清一色的厉公死敌！个个恨不能食厉公之肉、碎厉公之骨、寝厉公之皮！众人面面相觑，互相对一下眼神便什么都不用说了，人人心中都明白，压抑了六七年的仇恨，终于等到机会要报了！

"诸公，别来无恙！"好响亮的声音！众人不由同时望去，但见一人锦衣玉冠，风度翩翩，昂首挺胸从屏风后面阔步而来——正是德高望重的上卿叔詹！

"詹卿——"满堂不由大惊，悲喜交集。众人之中，只有傅玉、强鉏二人依旧不动声色。

"真的是叔詹上卿啊！您……您还活着？"原繁之子不由向前，未及行礼，热泪便汩汩而下。

"子突尚且未死，我岂能先他而去！"叔詹说着，冷冷一笑，而后当仁不让就坐了堂中主席，一挥手道："诸公，请入座。"

叔詹左右，傅玉与强鉏坐了，其余之众依次落席。有几个侍者匆匆过来上了酒，然后就迅速退去了。

"为今日相会,大饮一爵!"叔詹高声喜道。

众人登时击案,举爵同饮。但觉其酒五味杂陈,更透出一种悲怆来。

傅玉饮了酒,道:"在座诸公,无一不是同病相怜者。诸公心中必有一疑:詹卿何以忽然从天而落,且容我相告。"于是将郑厉公故意派遣叔詹出使齐国,欲假借齐国之手除掉叔詹,然后叔詹如何得管仲相助而保命至今等等,和盘道来。

众人恍然大悟,皆有"叔詹即我、我即叔詹"之感,胸中愈燃愈烈的复仇火焰在傅玉言罢之后,陡然间就爆发了。一人厉声道:"国君欺人太甚!我等本是国家股肱,数年以来,死的死,伤的伤,罢免的罢免,驱逐的驱逐,皆因国君排除异己,独断专行之故!此乃残暴不仁之君,当誓除之!可叹我等群龙无首,数年之间无有作为,今三良之首、郑国之望、上卿叔詹归来,乃天意也!请詹卿做主,为我等报仇雪恨!"

此语一出,满堂轰然响应,众人目光齐聚叔詹。

叔詹环伺一周,目如烈火,慨然道:"叔詹此来,正为铲除暴君!叔詹与公等,对暴君皆有个人私恨,此仇固然不可不报!然此仅一也。其二——子突为君,对内诛杀忠良,对外屡屡失信,玩弄阴谋,天下不齿,唯图一己私利而妄自与齐争霸,此乃取亡之道,郑国危矣!所以,于公于私,于国于家,叔詹决议诛杀子突,匡扶郑国!——诸公,谁可助我!"

堂中之众无一不响应,满席之人无一不拍案,群起道:"我等皆愿听詹卿调遣,万死不辞!"

叔詹一挥袖,满堂寂静。但听得叔詹接着道:"子突远征洛邑,国中空虚,新郑防务,不过师叔一人而已。我等虽然不在朝堂,然合众人之力,一夜之间聚集三千家兵,不过举手之间。此番大事,当行潜伏之策,以迅雷不及掩耳之势,先擒拿住师叔,如此则新郑便落入我手,子突则失了巢穴。此为内计,余尚有外谋——齐国伐郑大军,以王子城父、鲍叔牙为统帅,不出三日,便至新郑城下。我与齐相已有密约:待齐军至,可开城纳降,与齐结盟。而后齐军自与子突相战,必会斩获暴君头颅!如此内外相应,暴君可除!我等再共同拥立新君,内修政理,外结齐援,郑国可脱深渊,复兴有望!"

"好计！干！"有人摩拳擦掌道。

又有人问道："齐国是否可信？"

叔詹一笑："齐侯霸业，天下公心，无信何以取天下？——不似子突争霸，徒为一己私利，其中胜负，不卜自知，何用质疑齐国？"

强鉏在侧，接着道："公等可还记得齐鲁柯地之会，曹沫劫持齐侯之事吗？"强鉏所言，乃是指周釐王元年，公元前681年，齐鲁柯地会盟时，鲁国曹沫于会盟坛上，持剑劫持齐桓公，要求齐国退还占领鲁国的汶阳之田。齐桓公虽被逼而应，但事后并不反悔，应诺而还，一言九鼎。如此齐国信义之名天下鹊起，桓公霸业自立。

众人经强鉏提醒，顿时皆坚信不疑。又见强鉏问叔詹道："子突之后，当立何人为君？"

叔詹笑道："叔詹数年漂泊在外，国中事知之甚少，还请强鉏大夫理论。"

强鉏道："子突嫡长子踕已被立为世子多年，目下他父子二人皆在征伐洛邑途中。我观此公子不似其父，颇具仁德之风，对其父暴政也多有微词，是个可立之主。只要不出大变，当立公子踕为君，方为上选。"

叔詹道："我意也如是。郑国之患，只在暴君一人而已，暴君去后，社稷自安，不宜再波及无辜。可立公子踕！"

众人也诺诺，皆无异议。叔詹见状，见大事已定，起身又举爵道："饮了爵中酒，举事成功！"

"举事成功！"除了强鉏，众皆起身，高呼而饮。新郑城中一场出其不意、攻其不备的好戏，在一席小酌之后就隆重上演了。可叹算计了一辈子的郑厉公，此刻正投身疆场，意气昂扬，只见眼前战车辚辚，甲兵雄壮，而对于隐藏身后的一片恐怖的魅影却是丝毫不知啊……

洛邑王城之中，宫楼巍峨，侍女若云。但见芮国神色慌张，于宫门外跳下铜马车，便快跑着直入宫去。至深宫内门，见了两个内侍，便问："王在何处？"皆答不知。芮国气喘吁吁，又询问第三个，那人用手一指，冷冰冰道："王在后宫园囿之中饲牛未归。"芮国胸中陡然一沉，不由摇头，自言道："王必死于牛下矣！"又对着那人道：

"你速去报王,郑伯、西虢公率师攻城!"说罢,也不再觐见王子颓,扭头就走了。

郑厉公用兵神出鬼没,洛邑尚在一片懵懂之中,大军便已兵临城下。当下郑厉公之师攻打王城南门,西虢公之师攻打北门。芮国寻子颓不见,便自作主张,匆匆召集边伯、石速、詹父、子禽祝跪四人,道:"十万火急! 令边伯、詹父守南门,石速与子禽祝跪守北门,王城固若金汤,郑子突想要破城,绝非易事! 我当速速起草国书,遣人出北门而向卫国求援!"几人应声而行,但个个心中不禁江河翻涌,皆有一种不祥之感。

王城南门,尘烟滚滚,郑国的车阵黑压压的,一眼望不到边。雷鸣般的喊杀声,直令城上守军肝胆欲碎。须臾,大旗之下,郑厉公与周惠王各乘一车,并辕而出。郑厉公一身甲衣,手抚长剑,纵然须发皆白,依旧难掩一股狂气。郑厉公对着城上,厉声喝道:"饲牛的子颓何在?"边伯与詹父不能答。空空呆了半晌,郑厉公仰头哈哈大笑:"寡人奉王命讨逆,怎么,子颓逆贼以为牛棚之中可以避难乎!"

周惠王乘王车,着王服,立于车盖下,抚栏高声道:"朕才是大周天子! 子颓为祸,奸我王位,天下人人得而诛之! 有献城杀贼者,朕重赏之!"此语一出,颇有动摇军心之效,城上守兵不由左顾右盼起来。

边伯急了,忙大声道:"郑伯,可否暂退,容我等商议片刻?"

郑厉公只哼哼冷笑,并不答话,霍一下拔出佩剑,凭空高举,令道:"攻城!"

战鼓雷鸣,甲衣飒飒,郑军如风卷来,直向王城扑去。长戈大戟,烈火浓烟,惨烈的厮杀声中,郑厉公丝毫不为所动,只拈着白须,冷冷地看着眼前攻城之战。眼见一批又一批的郑国士兵从城头上滚落下来,郑厉公不由叹道:"洛邑王城,天下第一城,此言不虚啊!"

两军正胶着之间,忽然城门洞里竟透出一道光来。郑厉公大喜,定睛望去,但见厚重的城门一点一点自内而开,一股百姓就欢呼跳跃出来,有人大声呼道:"请天子入城! 请天子入城!"——原来是城中百姓自发打开了城门。自从子颓占了洛邑,此君好牛着了魔道,常常驱牛肆意践踏农田,宁可使人死,不可使牛亡,一心在牛,哪管百姓! 以至于洛邑百姓早就怨声载道了,民间戏称子颓为"周牛王"也是如此而来——今日领头开城者,乃是一个农妇,其丈夫与儿子便是在子颓之牛践踏农田的争执中,被子颓杀掉了。

"天助我也!"郑厉公一声狂笑。于是郑军冲着打开的城门,鱼贯而入。战局骤然间戏剧性扭转,几乎是片刻工夫,边伯与詹父皆被郑军斩杀于城墙之下,余下的洛邑守军便纷纷抛戈弃甲,投降了。

大军簇拥之中,百姓夹道相迎,郑厉公与周惠王春风得意,马蹄嗒嗒,一路顺风直向天子宝殿驶去。周惠王百感交集,喜极而泣,满脸儿女情长的神色。而郑厉公则双目炯炯,雄视八方,冷静的脸色里别有所想,他心中更盯着一个人——子颓。

隐隐的厮杀声与车马声从窗外一阵阵传来,芮国强装充耳不闻,伏在案上,挺起竹笔,蘸了石墨,写起国书来。芮国才思敏捷,似这等文章可谓熟之又熟,只是此刻不知为何,右手却不住地抖了又抖。似乎好长一段时间,求救的国书终于完毕,芮国慌忙装好,瞟一眼门外,大声道:"来人——"

门似乎被狂风撞开,冲进来两个人,一个干干净净操戈站着,一个浑身血污扑通就跪下。芮国本想说"速从北门出城,将此书面呈卫侯",一见来者,顿感不妙,登时就立起身来,满脸惊慌。

跪在地上那人大声哭道:"南门已破!旧王已入城坐朝了!大夫啊……呜呜呜呜……"

手里原本攥得紧紧的国书嗵一下就掉在地上,芮国顿时就呆住了,一动不动,如同石人。那人又哭道:"目下该当如何,大夫!大夫您倒是说句话啊……"子颓五大夫之中,以芮国最为年长,谋略最多,也最有决断。当年因为芮国的私家园圃被周惠王强行占去,芮国不甘受辱,于是联合其他大夫,以卫、燕为外援,果断地驱逐了惠王而改立子颓为君。然而目下,计将安出?

芮国笑了,微微地冷笑,笑声令人不寒而栗。芮国稳稳地来回踱了几步,最后一脚踏在那件国书上,绝望道:"大势去矣!"就抽出腰间佩剑,霍然自刎了。鲜血淌了一地,将那册墨迹尚未干透的国书浸了个通透……

这边,王城后宫一湖碧水边上,依旧柳暗花明,风光旖旎。鲜绿莹莹的草地里,子颓手中牵着一头"穿"了花花绿绿衣服的黑牛,正又惊又怕,六神无主。子颓着便服,身躯十分肥胖,与牛无二。而南门破城的消息刚刚传来,子颓也是刚刚知晓。

正不知所以,忽见石速、子禽祝跪二人各穿甲衣,操着兵器,并带着两队大兵如飙风而至。微波的湖面上尽是凶神恶煞一般的倒影。子颓如见救星,双眼放光,急道:"郑伯带着那王打进来了,如之奈何?"

石速操着长矛,拱手道:"南门已破,北门被西虢公锁住,出东门不远又是郑国地盘,目下之计,只有从西门夺路而去,暂避锋芒,以待天下诸侯来救!"原来石速、子禽祝跪二人率师坚守北门,见西虢公只用一半兵力攻城,而另一半兵力却只用来围城,便知其意只是要封死这里。不久又得知南门被破,王城已成瓮中捉鳖之势,于是决绝而退,带着精兵要保护子颓从西门逃命而去。

子颓轻声道一声"好",就要逃去。不想未走几步,身后黑牛"哞"了一声。子颓回身,牵住那牛,又指着一堵墙壁后面的那所全是牛儿居住的偌大院落,语无伦次道:"牛……牛也要走,我要带牛走……文兽,快……"

子禽祝跪扑通一下就跪在地上,几乎哭道:"我王! 我等将落敌手,生死存亡之际,何可再恋乎牛!"

石速也一把拽住子颓衣襟,急道:"快走! 晚了追悔莫及!"

谁曾想到,此刻子颓十分决绝,无丝毫犹豫,从石速手里猛然扯回衣襟,厉声道:"大胆! ——若牛不保,朕宁可死! 大胆大胆!"说罢,头也不回,肥胖的身躯亦带着雄赳赳的刚勇之气,直直向前面一扇垂花的大门走去。石速、子禽祝跪及那些武士们个个眼睛瞪得圆彪彪的,无话可说。

石速不住摇头叹息。子禽祝跪无奈,只好带了几个人跟过去,帮着子颓一起赶那些牛——好肥好慢好可爱的牛,足有一百头! 头头身上裹着文绣,此起彼伏哞哞叫着,撅着屁股,咀嚼反刍,逶迤排了二十余行,队伍壮观,胜似仪仗,出宫门,踏街巷,过民房,从幽深的王城西门穿出,以为又要到城郊的沃野农田中威风去了!

西门外,道路平坦,远方山峦起伏如画。石速将子颓架在自己的青铜马车上,不让赶牛。而子禽祝跪则带着兵士用槐枝、柳条及兵器狠狠地赶那牛群——怎奈牛本就行得慢,肥牛更慢,子颓之"文兽"肥牛可谓慢中之慢! 眼看身后王城之中烽烟四起,追兵转眼将至,石速急不可耐,瞪一眼身边的子颓,望一眼慢腾腾的牛阵,不由脱口恨道:"昔日石速当死牛下之谶语,应在眼前!"

石速话音刚落,"子颓休走!"的呐喊声就骤然响起。石速回首一望,见兵车云集,郑国追兵汹汹而来。战车旌旗晃动中,一眼就瞧见,当先一人就是厉害无比的郑厉公。子颓吓坏了,额头满是冷汗,拉住石速的手,就呼喊道:"石速!石速救我啊!"

石速看也不看,将手从子颓那里挣脱出来,提了长矛就跳下车,大声道:"不过战死而已!"便下令列阵迎敌。

郑厉公虎狼之师就冲杀过来,一番血肉相搏,洛邑之军顷刻间被击溃,十之六七战死,余者逃去。石速勇猛善战,怎奈寡不敌众,终被郑将白武一矛刺死。子禽祝跪于乱军之中多处受伤,正欲驱车逃走,被堵叔一箭射死在车栏上。

子颓被白武如拎一只鸡似的扔在郑厉公脚下。子颓在地上打了两个滚儿,将头慢慢抬起来——只望了望郑厉公的膝盖,不敢再往上看;又见两旁尸横遍野,到处是血,不由魂飞魄散;继之又瞧见自己的牛宝贝们似乎未受丝毫惊吓,依旧整整齐齐待在那里,忽然又感十分庆幸!

郑厉公喝道:"子颓,你今有何话可说?"

子颓吓一大跳,哆嗦着伏在地上,颤抖道:"勿杀我……我,我可以为郑伯养牛……"

顿时一阵哄然大笑。郑厉公乐呵呵道:"好个牛天子——我要牛何用?莫非等到逃亡之时,可以相伴吗!"

笑声朗朗又起。此刻,子颓顿觉那是索命的鬼叫,自知一死难免,强撑着站起来,满脸悲哀,嗫嚅道:"郑伯开恩,容我……容我最后饲牛一回再死……"

郑厉公只觉眼前人可恶可憎,无药可救,再多看一眼便有要发疯的感觉,当下眉头一皱,二话不说,霍一下抽出宝剑就刺过去。子颓胸口冒血,觉得从未有过的一种冰凉之感从心上迅速蔓延开来,肥胖的身躯支撑不住,就倒在地上。子颓最后的眼睛余光中,看到的依旧是满满当当、肥肥胖胖的牛,依然觉得十分欣慰,并无痛苦之感,连着呻吟了三声"牛",就合眼了。

郑厉公收剑入鞘，不屑地向旁边的牛群瞟了一眼，令道："将这些牛全部射杀，煮牛肉以犒赏三军！"正要转身离去，忽然又扭头，瞪着横尸在地的子颓，冷冷道："专设一口大鼎，将此人与牛一起煮了——做一个'牛王羹'吧！"言罢，登车而去。

一排排弓箭射上来，一支支长矛刺过来，随着一阵阵惨烈哀嚎的牛鸣，子颓生前不知用了多少五谷饲养的百余头"文兽"之牛纷纷倒地，也随他去了。因牛而生，与牛同死，子颓也算得一个生得其乐、死得其所吧。

自周惠王二年至四年（公元前675年至前673年），历时三年的周王室"子颓之乱"最终被郑厉公平息了。洛邑之战，拥立天子，郑厉公一时名动天下，大有与齐桓公并雄之势。周惠王复辟临朝后，赐西虢公酒泉之邑，并有酒爵等器；赐郑厉公虎牢以东土地，并加赏王后的鞶带、铜镜各一。郑厉公一时志得意满，风光无限，满以为郑国霸业自此成矣！

巍峨的嵩山连绵北去，如一条大蛇渐渐屈身伏行，抵黄河南岸忽又隆起，如蛇头探河而饮，结出一块威武之地——虎牢。此地北濒黄河，南连嵩岳，山岭纵横，自成天险，可谓"一夫当关，万夫莫开"。其东沃野无垠，一马平川，其西崇山峻岭，犬牙交错，乃是自古以来洛阳东边的门户与要塞。很早时期，周穆王曾将捕猎所得的猛虎圈养在此，所以得名虎牢。《穆天子传》记载道："有虎在乎葭中，天子将至，七萃之士高奔戎请生捕虎，必全之。乃生捕虎而献之。天子命之为柙，而畜之东虞，是为虎牢。"

虎牢城筑在一条深沟大堑边的高岗上，占据险要，极尽地利，与周边地势浑然一体。洛邑周惠王复辟后，西虢公带着赏赐就西返了，郑厉公则带着大军赶到虎牢，周、郑之间将此地进行了交割，郑厉公终于得到了梦寐以求的虎牢天险。此刻郑厉公在公子踕、堵叔二人的陪伴下，正登城远眺。身后的黄河紧贴着脚下滚滚东去，轰轰的水声依稀在耳畔回荡。不远处的敖山峰峦尖秀，峥嵘万状，陡峭的崖壁与连绵的深谷似乎被鬼雾神烟笼罩着，幽幽不可测。面对如此雄伟壮丽的山河，郑厉公仿佛也看到了自己雪白的鬓发与苍老的容颜，不禁自惭形秽，顿感岁月流逝，时日无多。大功已成，一种从未有过的轻松感荡漾开来，整个身子就要化作一缕青烟，向四面八方悠悠飘去。

　　郑厉公更知道,洛邑战后,自己的心血业已耗尽,再难有作为了。他不由向身边的儿子公子踕望去——这位未来的郑伯方才二十出头,明眸皓齿,神采奕奕,正如风里的旗,浪里的鱼,三月间的花与树。郑厉公好生羡慕啊,心中竟古怪地闪过一个念头:"倘若天地允准,甘愿我为子来你为父!"

　　郑厉公抚摸了一下城墙上的尘土,轻轻一掸,问公子踕道:"踕儿,你可晓得'武公之略'吗?"

　　公子踕道:"禀君父。我郑之先祖、开国之君郑桓公本是周厉王之子、周宣王之弟,后于宣王二十二年受封郑地,建立郑国。后来幽王继位,荒淫无道,百姓怨恨,诸侯叛离,桓公料定必生祸乱,于是有了东迁之念,欲要在洛邑之东建立新国。只是天不假年,不久犬戎攻破镐京,平王东迁洛邑,桓公也在这场劫难之中不幸殉国。后来我武公继位,兼灭虢、郐,横扫八邑,尊王爱民,迁都新政,郑国始兴。历几十年艰辛,济、洛、河、颍之间四水立国的宏图大略终于实现,这虎牢城便是建自那时。此策起自桓公,而成于武公,国史称之为'武公之略'。不过——后来周平王对我武公不断开疆拓土大为不满,猜疑日重,就用天子令收回了虎牢之东的赐地。此后近百年间,虎牢之地不为我有,直至今日,此地可谓物归原主。儿臣揣测君父洛邑之战,虎牢封地也是志在必得! 桓公、武公、庄公列祖若知,亦当含笑九泉了。"

　　郑厉公捋着白须,欣慰一笑。

　　堵叔接着道:"我郑国起自桓公,历武公奠基,有庄公小霸,占尽风流,一时无二。之后诸公子乱国,郑国骤然而衰。幸哉国君栎城隐忍十七年后,终于再度掌国,数年之间,呕心沥血,纵横捭阖,终至今日洛邑尊王,虎牢复得! 国君伟业足可以与先君庄公并论,郑国霸业由此复兴,真是可喜可贺!"

　　堵叔言讫,郑厉公笑着笑着就僵住,无意中就摇了一下头,道:"我虽有图霸之志,奈何天命将尽! 当今天下,霸在齐国,实难撼动! 我风烛残年,可为之事到此尽矣。然郑国争霸大业,至此帷幕方始,儿啊,郑国此后就要看你的了!"

　　公子踕吓了一大跳,忙嗫嚅道:"儿臣……儿臣何德何能……"

　　郑厉公登时变色,老眼射电,令人战栗:"武公之与桓公,庄公之与武公,寡人之与庄公,皆子之与父也! 你莫不是郑氏之后! ——找打!"说着挥着手掌就要砸过来。

公子踕嗖一下就躲到堵叔身后。堵叔慌忙赔了几个笑,连连劝解,说什么公子尚小,来日方长,可堪辅佐等等话语,郑厉公怒气渐消。三人又绕到北门看了一番黄河,就下城了。

城池交割完毕,郑厉公改其名为虎牢邑,又留下守邑官员,就带着大军南下,得意扬扬地向新郑开去。

翌日正午,行至一座荒山下,此地树木驳杂,道路崎岖难行。郑军缓缓而行间,忽然茂密的丛林里窜出两只黑色的貛来,身躯粗短,极其凶猛,从郑厉公车驾前尖叫着由左首横穿过去。那貛惊了驾辕的马,马儿扬蹄嘶鸣,倾斜了车厢,险些将郑厉公从车上甩落下来。好在御者驾车娴熟,斜中取正,到底还是稳住了马车。郑厉公心惊肉跳,抓住车栏望去,只见右边草影晃动,早已不见了貛的踪影,一时间便眨眨眼睛,不知是真是幻。这当儿,郑厉公身后的国君大旗无风而折,轰然间若霹雳之声,引得三军将士无不惊悚。郑厉公更是大骇不已。

堵叔慌忙跳下车赶过来。郑厉公道:"野貛惊马,帅旗自折,大夫以为主何吉凶?"

公子踕与白武也前后赶来。堵叔接道:"貛有几只? 从何方而来?"

郑厉公立在车盖下,依旧抚栏,道:"两只,皆黑棕色,自南猛然窜出。"

堵叔若有所思:"自南来……莫不是新郑城中有变,两路人马为祸?"

几人面面相觑,皆忐忑不安。半晌,独见白武大笑,纵声道:"国君洛邑建功,天下震动,何来什么祸事!"

"国君! 国君——"声声急呼,从前面陡然传来。郑厉公等举目望去,见一人驾车甚急,在林木夹道的荒野,裹着烟尘如风而至,那人乃是新郑信使。赶至军前,车马尚未止住,那人就翻身跳下,连滚带爬到郑厉公车前,满脸惶恐,大声道:"禀国君,新郑生变——那叔詹揪合强鉏、傅瑕等二十余众谋反,师叔被俘困在狱中,整个国都尽被叔詹掌控! 还有,齐国大军也已屯集新郑北门,统兵者乃是王子城父与鲍叔牙。叔詹与齐军里应外合,扬言……扬言要在新郑城下诛杀国君啊……"

"什么!"郑厉公顿觉一股血气直往上冲,喝道,"叔詹?……叔詹早死!他从何而来!"

"小人也不知叔詹何以死而复生,但从目下局势看,叔詹忽来,定是国都内部强鉏等人蓄谋良久,而外部与齐国私通也非一日,要对国君不利啊!"那人急道。

郑厉公顿时不语,刹那间什么都明白了,只恶狠狠地瞪着前方湛蓝的天空,右手颤抖指着,喝了一句:"叔詹! ——管仲! ——"就连连喷出几口热血,一头从马车上栽下来,不省人事了。

待郑厉公醒来,已是太阳落山时分。大军早已止步,在荒山下扎营安歇。郑厉公被抬进大帐中,军医行了针,喂了药。公子踕守在其父榻前,精心侍奉,泪流不止。随军诸大夫等皆守候在帐外。前脚刚刚为天子打下了洛邑,后脚就被他人端掉了老巢,狂傲的笑颜犹在,但转眼便做了丧家之犬! 如此大喜大悲,骤起骤落,实在令人费解,难以接受,整个军营里充斥着一种浓烈的悲哀和怨气。

郑厉公未醒之前,大夫堵叔思潮翻涌,最是坐卧不宁。堵叔是郑厉公最可信任之人,自蛰居栎城之时便相伴左右。郑厉公卧榻之后,堵叔又唤来新郑信使详加盘问,自己再一前后推敲,新郑陷落的前前后后便一目了然。诚然如此,自叔詹入齐,便已经注定了今日生死对决。郑厉公欲假借齐国之手铲除叔詹,而管仲则将计就计,反要借助叔詹以扳倒厉公。郑厉公几番对齐国施展手段,管仲皆隐忍了,直到其出兵洛邑,正要建立万世功业之时,管仲才果断出手——趁其郑国无人,叔詹先行潜入新郑以为内应,后王子城父与鲍叔牙随之大兵压境,如此拿个郑国岂非囊中取物一般? 堵叔是郑厉公的坚定拥护者,对厉公雄才也始终仰望不已,然而直到今日此刻,才不得不慨叹天外有天,人外有人,厉公枭雄,犹不及管仲大略! 又想到厉公与管仲之争,管仲每每躬行道义在前,而厉公却屡屡失信于后,其中胜败早已注定。还有厉公其人刚愎独断,杀伐过重,斩傅瑕,除公子阏,刖强鉏,逼死原繁,逼走公父定叔,谋图叔詹性命等,以至于这些含冤受屈之辈终于逮住机会疯狂反扑,说来也是世间常理,咎由自取而已。

然眼下之事该当如何？堵叔犯了大难。堵叔深知厉公狂傲自负，宁死不屈，遭此番算计，即使死也必要与齐军、与管仲做最后决斗。然而管仲何许人也，如此一盘好棋，明显必是要置厉公于死地啊。城中叔詹等众也必是厉公不死、绝不罢手的企图！而自己身为人臣，又岂能让国君送死呢？打是打不过，救又救不了，如此两难，情何以堪！堵叔又想到世子公子踕亦随行在军，稍有不慎，便是父子、君臣、全军覆没之险！如果可以保全公子踕继位，局势还算败中有救，万幸之幸了。倘若公子踕被废，叔詹等另立新君，那么一场针对郑厉公父子的清算便会血洗一般，一如当年厉公杀傅瑕、公子阏、原繁等旧事重演！因果轮回，冤冤相报，自己及厉公心腹之众便是一片人头滚落，将陷入万劫不复之地！

堵叔正恍惚间，忽听帐内呼唤自己，堵叔慌忙入内。郑厉公已醒，侧身半躺着，气色好像还不错。公子踕将一只玉盏撤下，应该是刚刚给父亲饮了蜜水。另有贴身内侍也在侧。

堵叔轻声道："国君安好？"

郑厉公不答，只示意堵叔入席，而后一声浩叹："大势去矣！"

堵叔案前落座。但听得郑厉公道："我年少之时，太卜曾为我占卜，言道'公子一生犯二，成也是二，败也是二'，并留下八字谶语：'二仲二克，二起二落。'今行将就木，恍然顿悟。我乃先君庄公次子，二子也；先后两次为郑国国君，此便是二起。第一次做国君被驱逐至栎城，第二次做国君，于今陷入如此窘境，此便是二落。一为君时掣肘于权臣祭仲，逐我入栎城长达十七年者，便是此人。二为君时又遇齐相管仲，数年龙争虎斗，至今将以我死而告终。此便是'二仲二克'。此乃天命，子突岂可与天相争啊。"

公子踕闻言，就又抽泣起来。郑厉公道："勿哭，时间不多了。堵叔……你且执笔，替我起草二书。"

"第一书，转呈郑国上卿叔詹，"郑厉公说着，堵叔慌忙就记，"子突平生之误，唯在愧对叔詹。昔日令君出使齐国，实乃子突之罪也。今子突薨前，有二言告君：其一，我之遗骸但凭君处，鞭尸挫骨，但无怨言，唯消君恨。其二，君终是郑人，定有家国之念。我子继位之后，将继续拜尔为卿，擢居三良之首。愿詹卿不计前嫌，辅佐犬子,护佑郑国。"

堵叔不停写着,心惊肉跳,五味杂陈。公子踕忍不住就大号起来,却被郑厉公厉声喝住,郑厉公道:"我命将尽矣,容后哭祭不迟!"

"第二书,转呈齐侯及管相。"郑厉公又叹了一口气,接着道,"齐侯者、管相者,子突平生最恨之人,亦最敬之人。郑齐之争,今已见分晓,子突甘拜下风,只叹悔之太迟,徒增两国无穷烦恼。我薨之后,公子踕袭郑,断断再无争霸之念,唯愿齐侯方伯海量,许郑入盟,华夏一体同兴。诸夏亲昵,不可弃也,尊王攘夷,何吝一郑! 子突临终拜上。"

郑厉公一反常态,如此安排后事,也大大出乎堵叔意料。堵叔挺笔而书,心中泣血,却又万分钦佩,暗暗道:"国君终究是国君……"

堵叔书毕,捧与郑厉公看。郑厉公详细审视完,挥了挥手。郑厉公又望着公子踕,语重心长道:"管仲之才,我不及也;齐国霸业,不可争也! 为父病榻之上刚刚才想明白……齐国大军压境,只因为父几次入盟背盟,搅扰华夏大业,并非要亡我之国。你回到新郑,与齐结盟,尊齐为霸,则齐军自然退去。至于叔詹,此人恨我要杀我固然不假,然其爱国之心亦必赤诚,也断然不允许郑国再度陷入内乱。况叔詹之才,可堪大用。我死之后交由叔詹任意处置,你还要擢升其爵位与封地,如此叔詹之恨可消,且必会拥你为君! ——有如此二书,再加上我这颗项上白头,目下危机自解,可保我儿顺利登上国君之位。"

公子踕哭着就匍匐在郑厉公腿上。堵叔也不由跪倒在地,重重唤了一声:"国君! ……"

郑厉公道:"堵叔请起。我料叔詹断然不会为难师叔,你们三良必有聚首之日,望同心辅佐我儿,我死……有何憾哉……"

堵叔泣道:"诺!"就重重地用脑门磕了一下地。

郑厉公挣扎着坐起来,咳嗽了两声,缓了缓,道:"扶我出去……我,我要再看看外面的郑国……"

公子踕与堵叔只得应允。早有内侍将备好的担架抬来,郑厉公被搀扶着躺在架上,支了高枕,盖好锦被。公子踕、堵叔陪在左右,就出帐而去。

帐外如白武等随行官员立时跪拜,齐呼"国君"。郑厉公已经面色无光,喘息加急,没了说话力气,只用眼睛一个一个看了,算是最后的致意。前方道路右侧有一个高岗,堵师招呼大家向那岗上走去。

时已黄昏。残阳如血,正从西方的山头一点一点滑落,像是被什么怪物吞了去,满满的无奈和忧伤。四周的山峦和草木都黯淡了,没有一丝一毫的生机。那高岗之上洒满余晖,感觉还有些温暖,一株旺盛的古树扭着身躯,孤零零立在岗上,仿佛低头呻吟着,也仿佛淡淡微笑着。郑厉公被安放在这株老树下,老树的身影一下子就罩住了他。

郑厉公起身,半坐在担架上,问道:"新郑在哪里?"公子踱以手指南方。郑厉公于是向南望去,久久不语。众人皆屏着呼吸,静静地陪着南望。须臾间,郑厉公两行老泪在夕阳下闪着赤色的微光就流出,从深陷的眼眶里顺着鼻梁而下,然后如一串小珠就挂在苍白的胡须上。公子踱见状,于心不忍,劝道:"夜幕将至,天色转凉,请君父回帐歇息吧!"

郑厉公不语,依旧呆呆地南望,一任老泪横流,恍若一个啜泣的石人。随行者有数人忍不住就痛哭起来。郑厉公忽然皱起眉头,干咳着发起怒来,似乎霍然间又想到了什么,郑厉公猛然转头向东瞧去——那里是齐国临淄城的方向。但见郑厉公呼吸急剧转快,举手向东方凭空狠狠抓了一把,待攥成拳头,一口鲜血就喷了出来,口中最后呼出了两个字:"管仲!——"言讫,轰然倒下,气绝而终。夕阳余光中,郑厉公横尸老树下,白须上挂着血,嘴唇大张着,到死还是怒目圆睁,望着头顶广阔无垠的天空……

新郑城中,叔詹与强鉏等早已布下天罗地网;新郑城外,王子城父与鲍叔牙也已经八面埋伏,专等洛邑取胜、功成而返的郑厉公。孰料这日新郑城下忽然一片缟素,当头棺椁在前,后面三军挂孝,声势浩大,哭声漫天——郑厉公猝然崩逝了!这是令叔詹、强鉏、王子城父、鲍叔牙等人无论如何也没有料到的!原本想着必有一场恶战,待双方血流漂杵之后厉公方才会束手待毙……

堵叔一身白衣,自诩"新君之使",先入齐军大营,将郑厉公第二封遗书面呈王子城父。王子城父揽书毕,道:"我军当后撤五十里,待禀告国君及管相后,再行定夺。请郑伯棺椁先行入城。"

堵叔又入新城,将郑厉公第一封遗书面呈叔詹。叔詹阅后百感交集,召集强鉏、傅瑕等众相告,道:"今子突已死,我等仇恨自了。郑国先君未葬,新君未立,齐国大军又囤积于国门,此非常之时,稍有不慎便是一场国祸。我等旧恨一笔勾销,当打开城门,拥立公子踕继位!"众皆无异议。

消息传到临淄,齐桓公与管仲皆惊诧不已。齐桓公忽然喜道:"郑子突居然去了! 呵呵,从此齐国无敌矣!"管仲扼腕一叹,无端生出一种寂寞感来,思忖半晌后,管仲道:"齐军当立时撤回国中。然后以公孙隰朋为使入郑,一是为郑国先君吊唁,二是为新君道贺。"齐桓公道:"依仲父之令而行。"

于是短短数天时间,郑厉公猝然逝世之后,公子踕在新郑城中便继位为君,史称郑文公。文公新立,国中大赦,拜叔詹为正卿,狱中的师叔也被无罪释放。叔詹、堵叔、师叔依旧为郑国"三良",位列百官之首,甚得文公重用。同时,在叔詹主持下,郑厉公也得以安享太庙,最终也未曾受得半点羞辱。郑厉公于暮年第二次为君执掌郑国,在位共七年而终。

又不久后,堵叔受命郑文公,也由新郑出使齐国。郑国郑重与楚国断交,转而与齐国结盟,虔诚拜齐桓公为霸主。齐、郑由此复归于好。

时周惠王四年,公元前 673 年事。

第二十章　舍我其谁

东风如温暖的软手轻柔地抚摸大地,褪去冬装,换上新衣,一切都是鲜嫩嫩、活泼泼、笑盈盈的。一条小河的臂弯里,枕着一大片茂密的树林,高大的槐柳、低矮的灌木、鲜绿的野草以及各种五颜六色的小花,伴着不停鸣叫的翠鸟,在春光中恣肆疯长着。阳光从油亮的枝叶间洒下,斑驳的影子里,有一只麋鹿和几只野兔受惊而狂奔。而它们的后面,有一个富家公子和十余从人驾马驱车、牵鹰驱狗,吹着口哨,欢呼呐喊,打猎追来。那公子约莫三旬年纪,一身锦绣华衣,外罩黑色披风,手操弓箭,立在一辆铜马车上,左右不停张望。马车驰骋中,公子一连发了七八箭,可惜连一只小物也没有射着。

公子率众紧追不舍,一直追出丛林,赶到河流边上,只见春水哗哗流去,麋鹿和兔子却没了影子。正纳闷间,一阵骤响,就从树木后面窜出来一批武士,有百余人,勇猛强悍非同寻常,操着长戈短剑,不容分说,就将他们逼至水边,团团围住。那公子大惊,转眼定了定神,强装不惧,道:"你们是谁? 胆敢在宛丘脚下围攻陈国世子!"——此人正是公子御寇,陈宣公之嫡长子,早已被立为世子多年。按常理,陈宣公之后,此君便是下任陈侯。

武士中领头的却十分理直气壮,握着剑柄,昂然道:"哼哼,围的就是世子！——国君有令，世子御寇蓄意谋反，铁证确凿，国法无情，就地斩杀！"

此语犹若深夜雷鸣，令人不禁惊悚。御寇听完，顿时失了魂魄，面色苍白，泣道："天哪！父亲！儿臣岂有谋反之心！你真要因为一个贱妾而诛杀嫡子吗！"——却说陈宣公后来得一姬妾，美艳而媚，甚得宣公宠爱。不久此姬生一子名叫妫款，宣公便有废御寇而立妫款之意。自古母以子贵，那姬妾于是枕边风不断，时时挑唆宣公废立。而宣公爱屋及乌，几番反复，终于下定决心，诬陷公子御寇有密谋造反之罪，令宫中武士奉旨来杀。

"休得啰唆！杀！"

随着一声令下，公子御寇随行十余众也都攥紧了武器，将其护住。只是踏春游猎的些许家臣如何能够抵挡百余宫中铁甲精锐？但见公子御寇将手下一把推开，凛凛道："君令臣死，父令子亡，唯命而已！然我父索命者，唯我一人而已。勿伤无辜！"

那武士头领微微笑了笑，又一摆手，层层戈矛就稍稍向后撤了撤。公子御寇以为自己最后的遗言得到了承诺与尊重，于是二话不说，拔出佩剑就自刎了。

御寇刚刚倒下，那个头领就又摆了摆手，如狼似虎的甲兵就恶狠狠地重新冲杀过来。明媚亮丽的河边绿荫下，瞬间就变成了血腥的屠场。一转眼间，地上尸体横七竖八，滚烫的鲜血顺着地势流到河里，那河面顿时一片殷红，上面还托着几朵娇艳的黄花，一漾一漾地，不断向下游漂去……

红彤彤的夕阳终于从高高的城墙上彻底沉沦下去，如落入了一个无底深渊之中。暮色刚刚降临，整个宛丘城陷入一片朦胧。街道上，有二公子各驾着一辆轻便的青铜轺车，催马甚急，但又小心翼翼，生怕惊动了什么人，正穿街过巷，要出城逃命去。其中一公子又急又镇静，沉稳地向前赶去，有临危不乱之象，乃是公子陈完。另一公子又急又哀伤，边走边不住地左顾右盼，满脸都是故土难舍的悲凉，乃是公子颛孙。此二人皆是世子御寇一党，平日里三人过从甚密。御寇死讯传来，陈完与颛孙实是不敢相信，惊恐之余，坐立难安。陈完决绝拍案道："陈国断然不可再留，当速去！"颛孙道："国君欲传位于妫款，其恨唯在世子御寇一人，今御寇已除，何会再波及我等?"陈完冷冷一笑,接着道:"国君既以谋反之罪诛杀世子,此等大罪岂无同党!同党不是你我,岂有他人? 况陈国近二十年间,王室萧墙,大肆杀戮之事还少吗? 昔日桓公病重之时,妫佗杀其侄而篡位;八个月后,先父妫跃诛杀其叔妫佗,复立江山,是为厉公。厉公在位七年而终,传其弟妫林,是为庄公。庄公在位七年又卒,再传其弟妫杵臼,是为当今国君。奈何未太平几时,国君竟又杀其嫡子御寇! 呜呼,父子叔侄,血亲相残,庶可以免乎! ——颛孙兄何出此小儿之语!"一席话说得颛孙脊背发凉,直冒冷汗,嗫嚅道:"虽然如此,只是故国难舍,其情难断!"陈完大笑道:"天下万邦,皆可以为故国!"于是两人相携而逃。

出城后,陈完去了齐国,而颛孙去了鲁国。

那陈完乃是陈厉公妫跃之子。却说陈桓公共有四子:长子妫免(世子免),次子妫跃、三子妫林、四子妫杵臼。桓公暮年病重,国君之位本应传于世子免,不想桓公同父异母之弟妫佗勾结蔡国,率先发难,杀掉了免。之后桓公逝去,妫佗自立为君,是为陈废公。此番巨变,妫跃、妫林、妫杵臼三兄弟自然怀恨在心。废公妫佗娶蔡女为妻,其妻与蔡人通奸,而废公也常到蔡国淫乐。在废公篡位仅仅八个月后,有一次趁废公正在蔡国聚女欢淫之时,妫跃三兄弟就设计将其杀掉了。此后,妫跃继位为君,是为陈厉公。而陈厉公天不假年,在位仅仅七年就猝然而逝;临终之前,因国情复杂,并不敢传位于自己的儿子陈完,而是直接传与兄弟妫林,即后来的陈庄公。因着自己父亲与叔叔的这一段复杂缘故,陈完对宫室权力争夺异常敏感,常常居安思危,战战兢兢,如履薄冰。不想只因与叔伯兄弟、当今世子御寇投缘相近,终究还是卷入了一场废立风波。所以,陈完当下毫不犹豫,就直接投奔齐国而去。

陈完之所以要去齐国,还是与其父亲陈厉公的临终嘱托有关。那时齐桓公尚未继位,齐国霸业还是一片虚无,但陈厉公道:"陈国社稷动荡,变幻莫测,倘若叔侄难以相容,我儿可以远避齐国,自有后福。"——此番话却源自一场占筮。却说陈完幼年之时,陈厉公曾请精通《周易》的周太史为其占卜,得"观"卦变为"否"卦。周太史道:"'观'卦六四发动,爻辞曰:'观国之光,利用宾于王。'此子将代替陈而享有国。但不在本国,而在他国。不在其自身,而在其子孙。如在他国,则必是姜姓之齐国。山岳则配天,物莫能两大。待陈国衰亡之日,则是陈完之子孙昌盛之时。"周太史之筮,陈厉公念念不敢忘,故有临终之嘱。不想时至今日,陈完果然就舍陈国而投奔姜齐去了。

临淄城中,得知舜帝之后裔、陈桓公之孙、陈厉公之子、陈宣公之侄前来相投,齐桓公喜出望外,欲以重礼相待。时竖貂、易牙在侧,先后道:"国君断不可留下陈完,不但不可留,还需杀之。"齐桓公惊问其故。竖貂道:"国君岂不闻昔日周太史为陈完卜筮,预言此人后嗣将享有齐国?"齐桓公先是哈哈一乐,继之便有如鲠在喉之感,于是屈身请教于仲父。管仲道:"倘若此公子果有此天命,杀之岂能违背于天?倘若此公子无此天命,今绝路来投而齐国不容,则是阻天下贤路,于齐霸业极为不利。盖国家之事,即当下之事;至于后世之事,臣不能知,亦不能为。愿国君三思。"齐桓公于是决定留下陈完,当下道:"善。"

这日,齐桓公于宫中设宴,管仲、鲍叔牙相陪,共同款待陈完。寒暄毕,齐桓公见陈完正是血气方刚的年龄,身躯魁梧,眸子晶亮,国字大脸,双耳垂肩,好一身福禄之相。而陈完故意竹冠布衣,以示其"平民"身份,然而对答应酬,礼仪十分周至。齐桓公大喜,道:"公子乃帝舜之后裔,今屈身来投,寡人甚幸。公子且安心留在齐国,寡人将拜为上卿。"

陈完大惊,忙于案前俯身就拜,道:"他乡流亡之臣,蒙齐侯礼仪相待,此便是莫大之恩。我所得者已多,岂敢再奢求上卿高位?齐侯执意如此,无异令臣去死。《诗》云:'翘翘车乘,招我以弓,岂不欲往,畏我友朋。'陈完请为齐侯帐下一小工。"

"贤哉公子!"齐桓公说着,转头望望管鲍二人,道,"公子既不愿意受封,寡人倒不知该如何安置了。"

管仲笑道:"齐国士农工商四业皆旺,然百工之事尚有不足,急需一个干练的工正,不知公子可屈身否?"

"陈完愿为工正!"陈完说着,就又叩首谢恩。齐桓公于是便赐其工正之官,令其掌管整个齐国手工制造业,诸如木工、金工、皮革、染色、刮磨、陶瓷等所有手工工种的制作、检验、管理、发展等一系列事务。此官乃是居于末流的辛苦官,严格讲并非一种爵禄,但陈完此后终其一生,躬身实践,无怨无悔,将此小官做得有声有色。

中国现存的最早的手工业技术文献《考工记》，相传就出自陈完之手。

酒宴尽兴，未免多饮，不觉天色已晚。齐桓公道："掌火！我与公子继饮之。"

不想陈完却辞道："臣卜其昼，未卜其夜，不敢。"——其本意是说我占卜了，只能白天陪您饮酒，但不能晚上再陪。言外之意暗指齐桓公夜以继日，宴乐无度，此乃不正之风，当以劝阻。后世有成语"卜昼卜夜"，便是出自这里。

齐桓公第一次被人拒绝，当下不由一怔。鲍叔牙顿感陈完狂妄无礼，眼睛中露出愤怒之色。管仲则静静地只坐着。但听陈完又道："酒已成礼，不继以淫，义也。以君成礼，弗纳于淫，仁也。"

管仲嘴角露笑，心中暗暗道："贤。"

陈完言语铿锵，义正词严，力劝桓公饮酒适可而止，可谓一番良苦用心，这令齐桓公对这个落难的陈国公子不得不刮目相看，当下大笑道："酒者礼也，不可过也。"于是一场齐宫酒宴就此高高兴兴结束了。

时周惠王五年，公元前 672 年，陈完作为历史上一个十分神秘的人物来到了齐国。

过了很长一段时间后，齐桓公又赐给陈完一些田地……陈完灵机一动，自道："因食于田，故当改姓为田。"由此，陈完始称田完，为齐国田姓始祖。陈完改姓，首要是为了隐姓避难，同时也是以一种特殊的方式表达对齐桓公的感激之情；此外在当时那个时代，陈、田二字读音接近，正好借而用之，也潜藏了不忘本源之意。

再后，齐桓公感田完孤身入齐，尚未婚配，日子不免过得冷清，于是要为田完娶亲。齐懿仲欲将自己的女儿嫁给田完，不知前途如何，于是为此也卜了一卦。结果其卜大吉，卦辞曰："凤凰于飞，和鸣锵锵。有妫之后，将育于姜。五世其昌，并于正卿。八世之后，莫之与京。"此番占卜再次言道自田完开始，妫氏后裔将在姜姓之国开花结果——至五世时，爵位等同正卿；到了第八世后，地位无人可及，当有取国之象。齐懿仲大喜，于是将女儿欢欢喜喜嫁给了田完——却说田完之后，历二世田孟夷、三世田闵孟庄、四世田文子须无，皆为工正，至第五世田桓子无宇，深受齐庄公喜爱，屡建奇功，并领封邑高唐，田氏由此发展壮大。之后历六世田武子开、七世田釐子乞，到了第八世田成子恒时，田成子发动政变，杀齐简公而立齐平公，自任相国，铲除异己,扩张封地,齐国大权自此尽归田氏。再之后到了田完九世孙田和之时,田和到底废了齐康公,自立为齐君,并被周王室册封为诸侯。姜氏之齐最终被田氏之齐取代,这便是春秋史上著名的"田氏代齐"的故事。此皆为后话。

　　刚刚安顿好陈国落难公子,近邻鲁国就传来了文姜夫人逝世的消息,齐桓公十分哀伤。葬礼毕后,鲁桓公便至齐国迎娶了哀姜,此桩姻缘乃是文姜生前最后的心愿,意在两国结好,唇齿相依。果然,哀姜归鲁后,以联姻为纽带,两国邦交愈加稳定和美,也总算是没有辜负文姜的遗愿。偏此时,东南方徐、戎国侵犯齐鲁之境。齐桓公于是与鲁庄公合兵而下,一番征战,大败徐、戎。经此一役后,徐、戎二国亦臣服于齐,承认齐桓公的霸主地位。齐桓公独领风骚,威望日隆,华夏诸国再度震动。

　　齐、鲁大败徐、戎的消息传到洛邑城中,周惠王愈加犯了难。其实自从郑厉公死后,周惠王始终有不畅之感。子颓之乱虽然平息,然而相助子颓的卫惠公并没有受到惩罚,周惠王心中也早有伐卫之念,只恨无兵无用。

　　某日周公入宫,请问天子为何郁郁不乐,周惠王道:"朕即位以来,本有齐侯小白为霸,不想又来了郑伯子突争霸,此二公皆以尊王为旗号。朕一时糊涂,本想左顾右盼,扶持二霸相争,以坐收渔翁之利。不承想那郑子突如此不堪,朕才赐了他虎牢之地,他就去了。他去了,郑国的霸业也完了,这个天下,还是要靠齐国啊!可是,可是……"

　　周公道:"我王是否担忧齐侯心有前嫌,不用我王所用?"

　　"是也,"周惠王焦虑道,"朕偏袒郑伯而冷落齐侯,那齐侯心中能无芥蒂?而偏偏朕热之人早早去了,朕冷之人却又如日上中天!朕心甚烦啊。"

　　周公道:"臣有一策,可解我王之忧。"周惠王忙问何策,周公接着道:"先君釐王在世之时,以天子令册封齐侯为方伯,公告天下,齐国霸业由此鼎定。我王何不仿效之,派遣使臣再赐齐侯为霸,令修太公之职,则所有前嫌尽释,而此霸主又必会为我王所驱使。"

　　周惠王顿时大悟,道:"此策妙极!——册封之日,亦是齐侯为朕讨伐卫国之时!卫国助逆子颓,此恨朕心难消!"言罢,得意地笑了起来。

周惠王十年,公元前 667 年,齐桓公与宋、鲁、郑、陈四国之君幽地会盟(第二次幽之会),齐桓公被公推为盟主。五国诸侯祭天拜地,歃血盟誓,重申了华夏一家、尊王攘夷的大义。此番诸侯会盟发生在徐、戎臣服齐国之后不久,鲁国则是在哀姜归鲁后的首次之会,郑国也是在厉公逝去、文公主政后的首次之会,而宋、陈早是齐国铁杆盟友,邦交最是稳固。虽只五国之会,然而足见天下之心,莫不归齐。齐桓公于是大喜过望,暗暗道:"当今天下,舍我其谁?"

待会盟结束,返归临淄城后,齐桓公特意于宫中大摆宴席,君臣同乐。

酒宴极其丰盛,满案方鼎圆簋,竹笾木豆,有牛肉、羊肉、猪肉、鱼肉、腊肉、蔬菜、果品、蘸酱及美酒佳酿等,琳琅满目,令人垂涎。又有钟鼓齐鸣、琴瑟合奏、轻歌曼舞,以助雅兴。几巡酒后,满席公卿大夫皆是意气风发,豪情不已。目下齐国国运昌隆、霸业鼎盛,正可谓如日中天之气象! 齐桓公更乐,纵情而饮,渐渐有得意忘形之色。

鲍叔牙见状,手执一爵至桓公面前,斟得满满,以为国君贺功。齐桓公接了,满脸红霞,不禁拊掌道:"美哉乐也,今日之饮!"

鲍叔牙正色道:"臣闻'明主贤臣,虽乐不忘其忧'。臣愿国君勿忘出奔莒国之日,愿管仲勿忘困囚槛中之事,愿宁戚勿忘饭牛山野之时。"

此语一出,满席皆惊,堂中顿时哑然无声。管仲、宁戚及王子城父、公孙隰朋、宾须无等,皆陷入沉思中。齐桓公戛然止住笑容,将鲍叔牙凝望半晌,骤然起身离席,躬身一拜,重重道:"寡人及诸爱卿,皆不敢忘! 此齐国社稷无穷之福也! 待寡人饮了鲍师傅之酒,就此散席!"言讫,举爵一饮而尽。

众人皆道:"贤哉鲍卿!"

话说齐桓公饮了酒,就要散席而去,忽然外面传报:"周王有使召伯廖到!"

席间立时一片肃穆。齐桓公抖擞精神,大步迎接召伯廖入内。召伯廖手捧王书,宣召道:"齐侯小白尊王平乱,躬行大道,朕心甚慰。今赐齐侯为方伯,修太公之职,得专征伐之权!"齐桓公又惊又喜——这已经是第二次周天子赐封自己为伯主了! 当下行礼谢恩。

召伯廖忙扶住齐桓公，又道："周王又有言：卫侯援助子颓，破洛邑，妄称王，助逆犯顺，天理难容！朕怀此恨数年，至今未讨，烦方伯为朕图之。"

齐桓公心中猛然一沉，就忽地换了笑脸，道："天子有令，敢不效命？兵者国之大事，容小白与众臣合计一番。贵使远道而来，一路辛苦，请入席先饮三爵。"

召伯廖瞟一眼满堂的齐国精英，笑了笑，道："王命在身，不敢久留，就此辞去。唯愿齐侯早早发兵，勿负天子之望。"就知趣退去了。

召伯廖刚走，满堂齐声道："恭贺国君受封为伯！"

齐桓公乐呵呵的，春风满面，得意不已，道："同喜同喜！此皆赖众卿之力。"转眼又正色道："天子赐伯方毕，就又令我征讨卫国，可？不可？"

管仲大声道："可！卫国必讨之！——国君尊王以成霸业，今天子封伯、赐征伐专权，正可大用之！况子颓为祸，卫侯助逆，天下人人诅骂，此正所谓不可不讨，况有天子之命乎！此其一也。其二，鄄地会盟，宋公、卫侯、郑伯、陈侯皆至，国君霸业始立。然而盟后不久，郑伯陡然叛盟，其后有卫侯暗暗助之。子颓之乱，卫侯不请盟主之令，私自发兵助逆攻王，更是背盟之举！盟约不行，何以为霸！——故卫国必讨之！"

堂中顿时一片踊跃，齐桓公道："仲父言之有理！令王子城父先行整军备战，然后择日发兵，征讨背盟之卫，以为天子伐罪！"

王子城父高声应道："诺！"

第二年春，天色转暖，齐国奉天子诏，打"方伯"旗号，兵车浩浩荡荡出齐国，西向而伐卫。此番出征，本来管仲挂帅，只是齐桓公执意要去，管仲只好让国君统军，另命王子城父、公孙隰朋二人随征。本就齐强而卫弱，齐顺而卫逆，又有精通军事的大司马、善于邦交的大司行二人辅助，此次伐卫之战可谓轻而易举，仿佛囊中取物一般。所以管仲也是较为放心的。

而此时的卫国，又是另一番异象。助逆子颓、与周惠王有切齿之恨的卫惠公未待方伯伐罪，就先早早逝去了；其子公子赤继位，是为卫懿公。卫惠公朔十五岁时就做了卫侯，前后在位共计二十一年，其间还有八年时间被国人驱逐在外，流亡齐国，共享年四十有六。此君一生阴毒刻薄，私欲太过，不念人伦道义。惠公少年时期便已表现出对权力的勃勃野心，暗中蓄养死士，昼夜离间挑拨，终究杀兄杀弟，以庶出之子的身份成功夺位。后来引起国人公愤，被驱逐在齐，而卫人改立公子黔牟为国君。再后，卫惠公为了得到齐国外援以复国，不惜将自己生母宣姜又嫁与自己之庶兄公子顽为妻，真乃奇闻！到了晚期，卫惠公又卷入周室风波，居然助逆子颓，驱逐旧主而拥立新王，其中缘由，主要是当年曾经夺了自己江山的公子黔牟乃是周王室之婿！一个被私欲和算计冲昏了头脑的邦国之主，自然也是一个睚眦必报、不计轻重的庸俗之人，结果，他是轻轻松松地死了，但他把战火再度引到了母国。无情无义之辈，多生不肖之子孙，一家一国皆如是。卫惠公的儿子赤更是一个奢侈淫乐的纨绔之主——此公自幼便好养鹤，成年后更是嗜之太过。卫惠公临终之前，回顾自己一生，不由生出悔恨之意，又见后继之君似乎尚不如己，顿感卫国前途黯淡，一片不祥之兆，于是嘱托儿子道："父之为君，毕生荒唐，今可谓壮年而卒，皇天不佑。望我儿继位以后，亲近贤臣，远离骄奢，时时刻刻以社稷为重，尤其……尤其不可好鹤误国！"言讫而终。不知他的儿子是否真的听进去了——哀哉十分遗憾，岂料一语成谶，到底还是发生了卫懿公好鹤亡国的惨剧，此乃后话。

得知齐桓公率师来伐，卫懿公拍案叫道："寡人初立，齐侯便来伐卫！欺我太甚！"眼睛一怒，身子一挺，二话不说，便起倾国之兵，计兵车五百乘，亲自挂帅，雄赳赳、气昂昂来迎战齐军。

卫懿公并不问齐军因何而来，只愤愤地驱赶大军，列阵于城外东郊。齐军那边，王子城父何许人也，看了卫国战阵，就笑了；当下令旗一挥，齐军瞬间变换阵型，不知怎的，就忽然间从东西南北四面向卫军冲杀过来。齐军勇武不可挡，如狮扑兔，如汤泼雪，未儿时，便将卫军杀得七零八落。卫懿公惊骇不已，见那疆场上人仰马翻，杀声震天，戈矛血染，满地横尸，早被吓得失了魂魄。于是顾不得自己的军队，缩着头藏在铜马车伞盖之下，在卫队甲兵的层层保护中，自己悄悄先行逃去了。

卫国一战而惨败，军心、民心丧失殆尽。卫懿公躲在朝歌城中，下令四门紧闭，避战而不敢出；其惧怕之状难以言表，即使白日里也要关闭寝宫之门窗，仿佛齐军陡然间如天兵一般，一下子就会从门窗之外杀进来。

是夜,寝宫中灯火早熄。卫懿公却难以入眠,辗转反侧间,忽然想到一个重大问题——白日里仗早打完了,但是还没明白为什么而打啊?是了,自己刚刚继位不久,不曾招惹齐国,那齐国为什么伐我?恍见齐军打着"奉天伐罪"的旗号,然而自己何时得罪过天子?奇哉怪也……这么一番茫然自问,竟呼呼入睡了。

翌日晨后,齐桓公兵车止于朝歌城下。卫懿公慌忙登城,"以礼相待"。一片旌旗飞扬之中,齐桓公立于大车之上,令公孙隰朋高声宣扬王命,历数卫国之罪——此时此刻,卫懿公方才明白,原来此番交兵,皆是因为自己老子援助子颓,驱逐天子之故啊!当下卫懿公愁眉紧锁,用力高声哀求道:"齐侯啊,子颓一节,皆是先君之过,实与寡人无关啊!齐侯所伐者,当先君也,非寡人也!"

城下齐军一阵大笑,齐桓公更是乐得不知所以。但听卫懿公又道:"劳烦齐侯先到营中歇息,寡人之使随后将至,以替先父请罪!"

"孺子尚可教也!"齐桓公冲着城楼大呼一声,就率军退去了。片刻间,城下尘烟茫茫,如同黄雾一般,却早已看不见一人一车了。

不日后,齐军大营之中,来了一行卫国人。为首者分明是一个富家公子,青春正盛,一身柔骨,细皮白面,媚如妇人,细长的双眸中藏着几许谦恭、几许机警、几许凶狠。此乃公子开方,卫懿公长子,惜乎庶出。卫懿公遣公子开方为使,前来请罪求和,也暗暗有将此公子质于齐国之意。公子开方身后是五辆青铜大车,车轮碾得很慢,满载着沉甸甸的金帛之礼。四个随从之外,另有一个婀娜多姿的妙龄女子,裙裾曳地,斗笠垂纱,朦朦胧胧的花容月貌令人想入非非。

公子开方缓缓从齐军营中穿过,见军容肃整,甲兵雄壮,远非卫军可比,心中暗暗叹道:"真乃霸主之国!"

时齐桓公正于国君大帐中饮酒,王子城父、公孙隰朋及随军诸大夫分列东西两席,有琴瑟之声飘浮若梦,席间酒兴正浓。此次出征,竖貂与易牙也随行军中,齐桓公衣食住行,离此两位精熟之人,实是乏味难耐。此刻,竖貂、易牙侍立在齐桓公身后,眼睛正紧紧盯着案上的一鼎一簋,生怕哪里出了纰漏。

公子开方被传召入帐,齐桓公瞧着眼前俊俏如妇人的美少年,就先生出三分欢喜来，开口道："你是何人？"

"卫侯长子、公子开方拜见齐侯。"开方一面回复，一面躬身行礼，沉着镇静，落落大方，看得出来，颇通礼仪。

竖貂、易牙二人不由望去，将开方上上下下打量了个通透。

齐桓公道："乃是卫公子。所来何为？"

开方道："昨日之战，我国君深感冒犯虎威，坐卧难安。今特遣我为使，为两件事情而来：其一，为我先君助逆子颓之举而请罪，然先君已故，新君实属无辜，还望齐侯明鉴。其二，卫国自当尊齐为伯，我君愿与齐侯永结盟好。卫国愿意献上五车金帛，略表诚心，请齐侯笑纳。"

齐桓公眼见此番征讨的目的已经达到，心中暗暗乐了，但一脸正色道："先王有制，罪不及子孙。今惠公已死，何必殃及其子！寡人尊王以服天下，岂能无端苛求于卫国？"

开方一听大喜，慌忙又伏拜于地："开方尚有一请，愿孤身入齐，求仕一职，任凭齐侯差遣，披肝沥胆，死而无恨！"

席间王子城父、公孙隰朋皆怔住了，两人立时知道此乃卫国献上人质、息战求和之策，其实倒也不是什么大事，诸侯之间多有此举，于是也没多说什么。竖貂、易牙二人忽然眼睛就放出光来，凭直觉，两人都相信又一个同党来了，日后必可大用……而齐桓公却愈加得意起来，刚刚来了个陈国公子完，现在又要来个卫国公子开方，自己这霸主何其威风、何其荣耀，何其令人神往啊！当下道："公子乃卫侯长子，论次序乃是国之储君，奈何舍南面之尊，而屈身背面于寡人？"

开方慨然道："明公乃天下伯主，海内孰不敬仰！倘开方可以执鞭侍奉左右，乃是十万荣幸，岂不强过区区一君？"

齐桓公大乐，以为开方真心爱自己，兼着酒兴，得意道："公子既然愿仕于齐，寡人便允之。寡人便拜公子为齐国大夫……"

"臣拜谢国君！"开方欣喜若狂，毫不推让，忙纳头谢恩。

公孙隰朋在侧，不由想到陈公子完来到临淄时，齐桓公欲拜为卿，但陈完请而为工正之事，当下不由摇了摇头，心中暗忖道："诸国公子连连入齐，此有引狼入室之象,大非吉兆……"

"来呀,赐饮一爵。"齐桓公正要赐开方酒。

"且慢……"开方道,"卫国中另有一人,感齐侯大德,今也随行而来,只愿为齐侯敬上一爵。"

齐桓公大为惊诧。说话间,开方一击掌,但见帐外亮光中,有一黄衣女子头戴斗笠,面笼白纱,款款而来。恍恍兮若春梦,那女子如一缕香风飘至齐桓公面前,探出葱白玉手,除了斗笠,莞尔一笑,其眉宇风情、芳华绝色颇似一人,但又胜之数倍……齐桓公一时想不起来,又被眼前如此佳人瞬间迷了心神,只顾痴痴看着。那女子二八妙龄,丰腴挺拔,艳若桃李,大大方方躬身行了一礼,甜甜道:"卫女冒昧,齐侯勿怪。今特来献上一爵,以为齐侯祝贺,愿齐、卫两国世代盟好。"

竖貂见状,忙一个箭步,捧上酒具。那女子手法轻盈而娴熟,满满斟了一爵,双手献上。齐桓公与那女子碰了一下眼神,各自心猿意马,都跑出千里之外了。呆了半晌,那女子窘得娇羞低头,齐桓公这才醒了,忙喝了酒。这当儿,那女子又一躬身,便如风摆杨柳般退去了。

齐桓公犹在梦中,托着空爵,回味道:"此女何人? 寡人似曾相识?"

竖貂、易牙二人皆在身后隐隐而笑,然后怪怪地瞧着前面的开方,似乎又遇知音了,有一肚子鬼话要说个痛快。那开方也是面露得意之色,但狠狠压着,一本正经道:"此乃卫侯之女,刚行及笄之礼。此女非他人,便是齐侯后宫卫姬之妹。"

齐桓公大惊,嘿然一笑:"难怪眼熟,原来是卫姬之妹。此二女皆是绝代佳人,其妹美艳更过之!"——却说齐桓公退兵后,齐、卫复归于好,其中一个重要原因便是因为此女子。不久,由公子开方从中周旋,卫懿公便将此女送入齐国,齐桓公纳之为妾。前面的卫姬乃是齐桓公当年迎娶王姬时,卫国随嫁的媵女。卫姬善媚且颇有城府,加上王姬未育子嗣,而卫姬第一个为齐桓公生下一子,所以卫姬十分得宠。见卫姬夺得后宫之冠,竖貂与易牙也就早早凑了上去。如今其妹也来,真乃二花争艳,令人缭乱,二姐妹皆得桓公宠爱,一时占尽风流——后来齐宫中便以长卫姬、少卫姬别之。而公子开方入齐国后,迅速与竖貂、易牙合流,三人同侍桓公,极尽曲折能事,桓公因之尽享富贵快活,连周天子也远远不及。有国君撑腰,竖貂、易牙、公子开方在齐国也是十分得势,国人称之为"三贵"。公子开方的到来,更促使"三贵""二姬"五人不誓而盟,沆瀣一气,狼狈为奸,渐渐滋生为后宫中一个潜伏的毒瘤势力,终于在桓公暮年,此毒瘤发作,致使齐国内乱、霸业终结。此皆为后话。

公子开方"不辱使命",卫国转危为安。而齐桓公也终究以胜利告终,于是齐军凯旋。大军一路东行,这一日踏入齐国境内。春天的原野一片新绿,微微起伏好似大湖生波。近处的老槐木、古柳树、鲜嫩草、野花束等无不活泼泼地舒展着,令人一望,不禁要生出飞天遁地的勃勃野心;而远方,山峦隐隐起伏之间,有几只雄鹰正振翅翱翔。

齐桓公心情大好,携王子城父、公孙隰朋、仲孙湫等登上一处高岗,远眺得胜之师荣归故里。但见兵车辚辚、甲衣声声,大军如巨龙逶迤而行,不住翻飞的旌旗从这头望不到那头……齐桓公不由想到周庄王十二年即公元前685年,自己箭下逃生、仓皇狼狈从莒城返归临淄之时;不由想到边城堂阜,昼夜密谈,管仲献上"霸道九策"之事;不由想到皋门广场,万众瞩目,管仲受印,登坛拜相之日! 而历经短短不到二十年的时间,当年所谋霸业终于成功! 齐国一平宋国、二定鲁国、三败郑国,破谭国,灭遂国,击败徐、戎,降伏卫国;大会诸侯,称霸天下,海内归心,莫有不服,齐国于是成为当今天下名副其实的第一强国,孰可比抗! 齐桓公感慨万千,热血翻涌,对着岗下的三军将士,不由慷慨道:"当今天下,舍我其谁?"

身后随行诸人闻此八字,无不大受鼓舞。但见仲孙湫热腾腾移步到齐桓公右侧,举起带鞘之剑,冲着下面正在行进的大军,高呼道:"当今天下,舍我其谁!"

所有军士刹那间齐刷刷扭转过头,皆注视着齐桓公,戈矛弓矢长长短短都举了起来,一时间声如震雷,群呼道:"当今天下,舍我其谁!"那声音威猛不可挡,惊得草木战栗,白云飞逝,那声音又如一颗充沛饱满的圆溜溜的鞠球,砰一下就冲到了临淄的城楼,而后一个弹跳又腾空跃起,向茫茫大海飞去了……

时周惠王十一年,公元前666年事。

临淄城里,管仲与鲍叔牙联袂并肩立于一面墙壁之前,默默看着。那墙壁上悬挂着一幅《天下方国图》，其图绘在几张拼合缝制的上好羊皮上，四四方方，大如一面战鼓。但见山河曲曲折折若线，海内八方诸侯皆一览无余。

两人看得正入神，忽然外面报道："国君伐卫大胜，凯旋之师已入国境。"

鲍叔牙笑道："国君亲征，一战而胜！大长我齐人威风！"

管仲依旧沉迷在图中，并未答语。但听得门外又道："大谏官所言甚是。凯旋之师踏入故土，士气高昂，群情激越，三军将士皆山呼道：'当今天下，舍我其谁！'"

鲍叔牙惊诧了一下，就又开怀地笑了。管仲也回转头，道："伐卫之战，不过囊中取物，然此战之后，劲敌皆灭。齐国霸业，天下独步，舍我其谁！我齐国之强，时也，势也！……"管仲稍顿，又向壁上之图望去，接着道："然而，'当今天下，舍我其谁'，尚有不足啊……"

鲍叔牙知管仲之言大有深意，正色问道："齐国下一步该向何处走去？"

管仲伸出手指，在那图的中间画了一个大大的满圆。鲍叔牙看见，所圈者皆是华夏之国，若周、郑、卫、宋、曹、戴、许、陈、蔡、齐、鲁、莒、薛、徐、燕、晋、秦、申、曾、邓、唐、随、黄、息以及郢都附近那一块儿的楚国等。管仲又探出食指，点了四点那图周边的上、下、左、右，慨然道："诸夏亲昵，不可弃也；夷狄豺狼，不可厌也。齐国霸业，尊王攘夷为本，下一步便是这海外蛮荒——东夷！西戎！南蛮！北狄！"

…………